JOURNAL, t. II
1934-1939

Si ses œuvres sont rédigées en améric... ont été les premières langues par... femme de lettres cosmopolite ... 1903 dans la banlieue de Pa... Nin, pianiste et composite... ...on mariage à Cuba avec Rosa ... ...e du consul de Danemark à La H... Anaïs a neuf ans quand ses pa... ...ze quand sa mère l'emmène aux Etats-Unis ... ...rères cadets. A seize ans, elle se fait modèle ... ...se espagnole pour échapper à la monotonie de la m... meublée tenue par sa mère et elle achève seule son instruction par la lecture.
Mariée à vingt ans avec le banquier américain Hugh Guiler (qui se fera un nom — Ian Hugo — comme graveur et cinéaste), elle vit jusqu'à la deuxième guerre mondiale en Europe où elle écrit ses premiers livres et fréquente les artistes et écrivains étrangers.
En 1940 elle retourne aux Etats-Unis, doit publier à ses frais ses ouvrages illustrés par son mari, mais conquiert peu à peu une place dans les lettres américaines.
Son œuvre la plus importante — son Journal *tenu depuis l'âge de onze ans — n'a pu paraître que condensée, étant donné le nombre de volumes qu'elle comporte.*
Anaïs Nin est décédée en janvier 1977.

Dans le tome premier du *Journal*, il s'agit des années 1931 à 1934, vécues en France.
Le tome II couvre les années 1934-1939 et débute à New York où l'appelle son ami, le Dr Otto Rank. Occupée avec le Dr Rank à soigner les autres, Anaïs Nin paraît dès l'abord moins préoccupée d'elle-même. Le journal perd un peu de son caractère de refuge, de recherche du père, pour se faire plus objectif, plaisir d'écrire et de comprendre les uns et les autres, et soi-même, dans un monde lourd de menaces. C'est en effet l'époque de la guerre civile espagnole. Ses amis d'alors sont bien entendu, Henry Miller, auquel il faut ajouter immédiatement Lawrence Durrell, et beaucoup d'autres : Théodore Dreiser, Waldo Frank, Pablo Neruda, Stuart Gilbert, Rebecca West, Marcel Duchamp, Jules Supervielle, etc. Comme l'écrit son présentateur, Gunther Stuhlmann, « Louveciennes, la chambre d'hôtel de New York, la péniche qu'elle habite sur la Seine, transfigurée par sa magie personnelle deviennent des îlots exemplaires au milieu d'une mer agitée ».
L'œuvre si bien commencée s'amplifie et s'approfondit. Le voyage à la découverte de soi-même s'étend au monde extérieur, les personnages se transforment à son contact, elle explore les recoins de l'âme humaine ; son style est naturel, spontané, et toujours à l'écoute ; elle est passionnée et passionnante.

ŒUVRE DE ANAIS NIN

Dans Le Livre de Poche :

JOURNAL, tome I (1931-1934).

ANAIS NIN

Journal

Tome II

(1934-1939)

ÉTABLI ET PRÉSENTÉ PAR GUNTHER STUHLMANN
TRADUCTION DE MARIE-CLAIRE VAN DER ELST
RELUE PAR L'AUTEUR

STOCK

Titre original :
THE DIARY OF ANAIS NIN, 1934-1939

(The Swallow Press et Harcourt,
Brace and World, New York)

PRÉFACE

LORSQUE parut, au printemps de 1966, le premier tome du *Journal* d'Anaïs Nin, le poète lauréat du Prix Pulitzer, Karl Shapiro écrivit dans *Book Week :* « Depuis une génération, le monde littéraire des deux côtés de l'Atlantique vit dans la rumeur d'un journal extraordinaire. Les premiers lecteurs du manuscrit en discutaient en termes hyperboliques comme d'une œuvre qui prendrait place parmi les grandes révélations de la littérature. Une tranche importante de ce journal paraît enfin et il semble bien que les espoirs soient fondés. »

De fait, l'accueil réservé au premier volume témoigne bien que cette œuvre de toute une vie, qui ne saurait être publiée intégralement pour diverses raisons, n'a rien perdu de sa force et de son originalité dans le découpage inévitable d'une présentation partielle. Car même le morceau substantiel qui constitue le premier volume, et qui s'étend sur un peu plus de trois années de la vie de Miss Nin, ne correspondait qu'à quelque 600 pages sur les 15 000 que comprend la transcription des volumes du journal primitif. Celui-ci occupe actuellement deux classeurs de quatre tiroirs dans la chambre blindée d'une banque de Brooklyn.

C'est toujours une entreprise téméraire que d'opérer un choix dans un texte cohérent, organique comme celui du journal avec un entrelacs de temps et d'incidents, des lacunes et des répétitions naturelles, une maturation progressive. L'esprit sélectif manifesté une première fois par l'auteur au cours de la rédaction de son journal se trouve renforcé une seconde fois par le processus de publication. Et le journal primitif lui-même, dans toute sa plénitude, n'est après tout qu'une réflexion, une réfraction de la totalité de l'auteur. Ce n'est pas l'Anaïs Nin de tous les jours, dans son intégralité, qui est représentée dans l'espace et le temps, avec l'intention de s'offrir aux regards du monde. Dans sa manière directe, peu flatteuse parfois, de révéler l'être intérieur, sa réaction spontanée devant les gens, les idées ou les événements, Miss Nin nous introduit dans une confidence que ne vient farder nul art de l'écrivain. Mais c'est précisément son don et son talent d'écrivain, et cela dès les premières années, qui insuffle aux pages du journal une vie frémissante, qui communique même au fragment l'envergure et la puissance d'un tout cohérent. Où que nous ouvrions le journal nous sommes pris, pour ainsi dire, dans le roman de sa vie, un roman qui progresse instinctivement, logiquement, comme un rêve, avec ses rythmes propres, ses tensions, ses actions et ses contre-actions.

Le premier tome commence à l'époque où Anaïs Nin allait faire ses débuts littéraires avec une étude brève et passionnée de D.H. Lawrence. Elle habitait alors, avec sa famille, une maison ancienne dans le calme village de Louveciennes, aux environs de Paris. Mais la tranquillité extérieure de ce site campagnard, après la vie mouvementée et prestigieuse de son enfance catholique en Europe, et les pénibles années de son adolescence exilée aux Etats-Unis, fut de courte durée : elle se liait de plus en plus avec une multitude d'artistes et d'intellectuels, et notamment « l'auteur-gangster » alors inconnu, Henry Miller, sa femme la remarquable June, et le poète surréaliste enfiévré Antonin Artaud. Gênée par les nombreux rôles qu'elle s'imposait et qui la mutilaient, d'artiste, épouse, sœur, fille, ménagère, muse, confidente, séductrice, elle se trouvait coincée entre la vacuité policée de la « société » et la liberté corrosive de la « Bohème ». Poursuivie par une conscience d'elle-même souvent douloureuse, hantée par l'ombre élégante, égoïste de son père, le compositeur et pianiste espagnol Joaquin Nin, qui avait abandonné sa famille alors qu'elle était enfant, elle essaya de démêler, grâce à la psychanalyse, les divers fils de sa personnalité. Mais ni le docteur René Allendy, fondateur de la Société française de Psychanalyse, ni le disciple banni de Sigmund Freud, le docteur Otto Rank, avec qui elle explora le rôle ainsi que les possibilités créatrices de la femme dans le monde moderne, ne purent lui fournir autre chose que des réponses partielles. Dans son refuge, le journal, qu'elle transportait avec elle comme une amulette, elle analysait les analystes. En novembre 1934, à la fin du premier volume, deux mois après qu'Henry Miller eut publié, en partie grâce au soutien qu'elle lui avait apporté dès la première heure, son premier livre *Tropique du Cancer*, elle s'apprêtait à quitter Paris. Le docteur Rank, qui avait été amené à exercer à New York à la suite de la dépression, lui avait adressé une invitation pressante à venir le rejoindre quelque temps pour l'assister dans son travail aux Etats-Unis.

Le présent volume prend la suite immédiate du journal, et débute avec l'arrivée d'Anaïs Nin à New York. Comme le premier, il forme un tout, limité par des événements qui, extérieurement comme intérieurement, marquent des changements importants dans la vie d'Anaïs Nin et qui fournissent un cadre naturel à l'intérieur du flot continu du journal.

Le texte de ce volume représente environ la moitié des manuscrits originaux (volumes 40 à 60) qui couvrent la période allant de 1934 à 1939. Là encore, certaines personnes ont dû être éliminées, notamment le mari d'Anaïs Nin et certains membres de la famille. Il a fallu changer ou bien omettre le nom de certains malades qu'elle avait psychanalysés, et les dates indiquées par l'éditeur n'ont pas la précision des dates des originaux, et peuvent même parfois prêter à confusion car il arrive que l'auteur revienne sur un événement antérieur.

S'il existe une différence, un léger déplacement du centre d'intérêt, entre ce volume-ci et le précédent, cela tient sans doute au fait que Miss Nin cède plus rarement à l'introspection, et prend une plus grande assurance vis-à-vis du monde extérieur. Miss Nin, à n'en point douter, s'examine toujours avec autant de franchise et de pénétration : « Ce que je préfère chez moi, écrit-elle, c'est mon audace, mon courage. La manière dont je reste fidèle à moi-même sans trop blesser les gens ni leur nuire... Ce que je déteste par-dessus tout c'est ma vanité, mon besoin de briller, d'être applaudie, et ma sentimentalité. J'aimerais être plus dure. Je suis incapable de faire unc plaisanterie aux dépens de quelqu'un sans en éprouver du regret. » Mais elle a moins besoin de se confesser dans le journal. Elle a tué le fantôme de son père, bien que, semble-t-il, elle soit toujours à la recherche d'un « leader », d'un père. Son attitude à l'égard d'Henry Miller et de ses amis bohèmes est en train de changer. Elle se montre moins tolérante vis-à-vis des excentricités d'autrui, du talent gaspillé. L'intérêt qu'elle porte à son travail, ses rapports avec Rango, le sauvage Indien révolutionnaire, et sa femme valétudinaire Zara, avec le jeune Lawrence Durrell acquièrent une nouvelle dimension, une nouvelle solidité. Elle est toujours « incapable de prendre racine tranquillement, à cause des divers côtés de moi-même qui fleurissent constamment, des strates de mystères latents, de tout ce que je ne suis pas encore ». Elle est toujours prisonnière de ses différents personnages, mais le monde, pour ainsi dire, devient plus réel, plus tangible, les choix plus clairs.

« Le journal, écrit-elle à la fin des années 30, était à un moment une maladie. Maintenant je ne le prends plus pour les mêmes raisons. Avant c'était parce que je me sentais seule, ou parce que je ne savais comment communiquer avec les autres. J'avais besoin de cette communion. Maintenant c'est pour écrire, pas comme un réconfort, mais pour le plaisir de décrire les autres, par abondance. »

Sa technique innée, l'œil sélectif des premiers cahiers du journal, qui donnait au précédent volume une actualité aussi immédiate, devient un principe artistique de plus en plus conscient : une manière de saisir sur le vif le moment d'intense réalité émotionnelle. Ses « portraits », explique-t-elle, n'étaient faits qu'au « moment où une personne comptait pour moi. La personne croît et décroît, paraît et disparaît, seulement par rapport à moi ». Le récit extérieur, le purement descriptif, demeure fragmentaire. « Ce serait comme une statue sans bras ou sans mains que l'on aurait mise au jour, et qu'il faudrait déchiffrer, deviner. » Ainsi, lorsqu'elle arrive à New York, les personnages qui animaient de façon si intense sa vie parisienne s'estompent avec le flot des situations nouvelles, des responsabilités nouvelles. Son journal se gonfle des histoires des malades qu'elle psychanalyse. Lorsqu'elle revient en France, contrainte de choisir entre la profession de la psychanalyse et son besoin de créer en tant qu'écrivain, ses amis de New York se trouvent pris dans le même processus. Ils n'occupent le devant de la scène qu'au moment où elle s'intéresse à eux le plus, où il existe un véritable contact émotionnel.

Le déplacement du centre d'intérêt dans ce volume, le changement dans le but et la fonction du journal, reflètent aussi peut-être la prise de conscience instinctive par Anaïs Nin du choix inévitable qui s'impose à l'individu, et particulièrement à l'artiste, dans le monde moderne. Devant les orages politiques qui s'amoncèlent sur l'Europe, devant la guerre civile en Espagne, cette sanglante avant-première des horreurs qui se préparaient, elle reconnaît : « Je me suis bien rendu compte du drame politique qui se déroulait, mais je n'ai pris aucun parti, parce que la politique, toutes les politiques me semblaient pourries jusqu'à la moelle et toujours fondées sur l'économie, et non pas sur une base humanitaire. La souffrance du monde me paraissait sans remède, si ce n'est ce que nous pouvons donner individuellement. Je ne faisais confiance à aucun système ni mouvement. » Et tout en engageant activement ses sympathies, en participant à des rassemblements et en dactylographiant des lettres pour la cause loyaliste, elle ne peut se défaire de son pessimisme politique fondamental, persuadée que « rien ne change la nature humaine. Je ne sais que trop bien que l'homme ne peut se changer que psychologiquement, et que la peur et la cupidité le rendent inhumain, et nous n'accomplissons dans chaque révolution qu'un changement de rôles, un simple changement de ceux qui détiennent le pouvoir, rien de plus. Le mal persiste ».

En tant que femme, en tant qu'artiste, elle a opéré un

choix qui remonte peut-être à la solitude de son enfance : « J'ai construit un univers personnel, mais je crains de ne pouvoir contribuer à l'édification du monde extérieur. » Son choix n'est pourtant pas une simple fuite devant l'incontrôlable. C'est un acte de défi, la création d'un coin qui soit « vivable » selon sa propre expression. Comme amie, comme auditrice qui prend parti pour ce qui lui paraît digne d'être défendu, elle s'est lancée dans une lutte personnelle contre les fléaux que sont la peur et l'instinct destructeur de l'homme. Louveciennes, sa chambre d'hôtel à New York, la péniche sur la Seine, transfigurées par sa magie personnelle, deviennent des îlots exemplaires au milieu d'une mer agitée. Menant une vie pleine et riche, et se préoccupant des autres dans la mesure de ses capacités, Miss Nin apporte sa réponse au dilemme de l'existence humaine. A suivre son image reflétée dans le labyrinthe compliqué du journal, d'autres pourront découvrir la clef des vastes chambres du moi qui attendent d'être explorées. Car, ainsi que le dit fort justement Miss Nin : « La vie personnelle vécue en profondeur débouche toujours sur des vérités qui la dépassent. »

New York, novembre 1966.

GUNTHER STUHLMANN.

(NOVEMBRE 1934)

MON bateau, ainsi qu'il convenait, traversa l'Atlantique en un temps record. Il faisait nuit au moment de l'arrivée à New York, l'orchestre jouait et les gratte-ciel clignaient d'un million d'yeux. J'essayais d'apercevoir le docteur Otto Rank sur le quai, je contemplais la Cité babylonienne, les gens survoltés, New York un rêve enveloppé de brouillard et d'odeurs marines.

Rank était là. Grâce à un de ses malades influents, les formalités furent rapidement expédiées et je fus entraînée avec armes et bagages vers un taxi ; je me retrouvai dans une chambre réservée pour moi dans ce que j'appelai tout de suite l'« hôtel Chaotica ».

Nous nous rendîmes au bar. Il avait les poches remplies de billets de théâtre, les bras chargés de livres pour moi. Il avait un programme pour tous les soirs de la semaine. Il avait pris rendez-vous pour moi avec George Balanchine parce qu'un jour j'avais exprimé sur un ton de regret le désir de me remettre à la danse.

De ma place je voyais tout New York qui s'élance vers le ciel, vers une ascension, vers l'avenir, l'exultation, New York avec ses gonds bien huilés, son éclat de plastique, les dures surfaces métalliques, une lumière crue, du bruit, New York, roc acéré battu des vents, tout le contraire de Paris.

Pour Rank c'est une vie nouvelle. Ses journées sont déjà trop remplies.

Le lendemain matin, j'étais à l'hôtel Adams, là où se trouve son bureau, à la fois pour apprendre et pour le seconder.

Des gens célèbres venaient le consulter, restaient assis dans son salon d'attente. Des cadeaux arrivaient de la part de malades reconnaissants, des billets pour des premières, l'opéra, des invitations dans des restaurants nouveaux, des écoles nouvelles. Il en faisait fièrement étalage comme s'il s'était assuré le contrôle de la vie de la cité, et je me sentis d'emblée au centre et à l'intérieur de toutes les activités, là où j'aime me trouver.

Ce soir-là, il m'emmena voir les portes magiques de la gare de Pennsylvanie qui s'ouvraient à votre approche comme si elles pouvaient lire dans vos pensées, puis sur la terrasse de l'Empire State qui semblait osciller dans le vent, pour me faire admirer le panorama. C'était beau et fort, l'ensemble était conçu comme une envolée dans l'espace, flèches arrogantes et acérées perçant le ciel comme pour chercher à fuir la terre vers d'autres planètes.

A New York l'acoustique convient au rire, car la vie est tout extérieure, tout action, ni pensée, ni méditation, ni rêve, ni réflexion, seulement l'exubérance de l'action. Nul souvenir du passé, nul regard en arrière, nul doute, nulle question.

Les pièces de théâtre étaient à une seule dimension et prosaïques. Rank et moi nous nous amusions à les récrire en imagination comme elles auraient dû être. Pendant les entractes, il parlait beaucoup de son amour de Mark Twain, de *Huckleberry Finn* notamment, du thème de la libération du Noir en insistant sur l'esprit d'aventure.

Rank admirait la parodie de la littérature que fait Mark Twain, la manière dont Huck recherche les complications, les additions, les chemins détournés. « Non, ce serait trop simple, ce n'est pas ainsi que cela se passe dans les livres. »

Le cabinet de Rank est un appartement de trois pièces dans l'East Side, à proximité du parc. Je fis la connaissance de chacun des malades qui venaient, j'étudiais leur dossier avec Rank, et il me montrait comment aborder chaque cas. Il m'expliqua sa méthode de l'attaque dynamique, sa manière de saisir le conflit présent, instantanément, une progression rapide à partir du conflit présent. Il démontrait chaque étape, chaque structure. Toutes nos conversations étaient pleines d'inattendu. Il pensait que le névrosé est pareil à un paralytique, émotionnellement, et qu'on ne devrait pas le laisser croupir dans son impuissance.

Peut-être parce que la vie de New York était d'une activité si intense, les événements semblaient accélérés et l'atmosphère changée d'un jour sur l'autre, mais le caractère de l'analyse dynamique de Rank semblait aussi accélérer ses malades.

Je me trouvai brusquement au cœur d'intrigues politiques, au centre de la vie de l'opéra, du théâtre, des millionnaires, des vedettes de cinéma, des fondations et des bourses d'étude. Je ne pouvais révéler leurs noms (c'eût été contraire à l'éthique), mais leurs histoires me fascinaient, en tant que romancière.

Le rideau se lève sur des pièces bien plus profondes et plus terrifiantes qu'aucune pièce ou aucun film. Derrière les grandes puissances, tragédie, frustration, craintes, amertume. Mort par suicide, mort par meurtre psychologique. Toute la journée, je les entends chuchoter derrière la porte close. Je reste dans la petite pièce, occupée à étudier et à prendre des notes. Une symphonie. J'ouvre à un homme qui tient entre ses mains la destinée de l'opéra, à un autre qui est en train de construire une chaîne d'hôtels, à un autre qui peut influer sur les cours de Wall Street. Mille et une histoires.

Rank commence à se plaire ici, mais plus encore, comme il l'a dit, lorsque je considère son travail en romancière, lorsque je réagis aux drames et aux surprises. Ses investigations font apparaître de nouvelles intrigues, de nouveaux aspects du caractère.

Plus je pénètre, à travers lui, dans la vie de ces caractères, plus ils ressemblent au-dehors, dans la rue, au restaurant, à une symphonie synthétique.

La luminosité transparente de tous les objets, depuis les devantures de magasin, jusqu'aux voitures et aux éclairages. Une texture qui n'a rien de réel, rien d'humain. Des jours clairs et brillants. Chaque jour on se sent nouveau. La poésie du mouvement sans heurts, du service rapide, action dansante, aux comptoirs, pour faire la monnaie dans le métro. Rythme, rythme, rythme. Maintenant que je sais ce qui bouillonne en eux, je n'ose regarder les gens de trop près car ils paraissent un tant soit peu artificiels, à la manière de robots, leurs diverses parties faites de béton et de fil électrique. Un million de fenêtres, haute tension, haute pression, chargée de vitamine, la cité de demain, et les gens de demain qui ne seront pas des êtres humains et qui peut-être, le sachant, viennent trouver le docteur Rank pour pleurer et se plaindre, une dernière fois, car eux aussi sont probablement une race en voie d'extinction. Tout comme en Europe les aristocrates sont une race en voie d'extinction, peut-être qu'ici l'homme qui se figurait que ce monde serait à lui est aussi sacrifié à quelque chose d'autre. Ici, dans le cabinet du docteur Rank, j'entends des protestations, des révoltes, des chagrins, mais au-dehors ils semblent faire partie des buildings, stériles, émaillés de blanc.

J'ai renoncé à l'idée de suivre les cours de danse de Balanchine, afin de me concentrer sur cet art nouveau, l'art d'explorer les êtres humains à un niveau plus profond, l'archéologie de l'âme.

Anaïs, l'assistante secrétaire, n'est pas des plus efficaces. Mais Rank est tolérant parce que je compense cela en comprenant ses idées. En fait, je les comprends si bien que maintenant il veut que je travaille aux traductions qui ont été faites de ses livres, que je fasse un travail de mise au point parce que dans certaines de ces traductions de l'allemand, directes, mal dégrossies, il y a une certaine lourdeur qui obscurcit ses idées.

Mon petit bureau est surchargé d'énormes livres avec des titres allemands. Du travail pour une vie entière. Chaque jour, le traducteur apporte ce qu'il a fait et je le récris de façon plus claire.

A six heures le travail est terminé. Nous allons au restaurant. Nous parlons des malades. Rank ne peut s'empêcher d'enseigner continuellement, car son esprit d'interprète est constamment à l'œuvre. Je suis fatiguée de l'abstraction au bout de quelque temps, aussi je lui suggère Harlem.

Harlem. Le Savoy. Une musique qui fait trembler le plancher, endroit spacieux, avec des boissons crémeuses, des lumières crépusculaires, et une gaieté authentique, et les Noirs qui dansent comme s'ils étaient possédés. Le rythme déchaîne tout le monde dès qu'on entre sur la piste.

Rank me dit qu'il ne savait pas danser. « Un monde nouveau, un monde nouveau », murmurait-il, étonné, ahuri. Je n'aurais jamais cru qu'il ne savait pas danser, qu'il avait mené une vie tellement sérieuse qu'il ne savait pas danser. Je lui dis : « Dansez avec moi. » Au début il était raide, il trébuchait, il était perdu, étourdi. Mais au bout de la première danse il commença à s'oublier et à danser. Cela lui procurait de la joie. Tout autour de nous, les Noirs dansaient sauvagement et gracieusement. Et Rank errait comme s'il apprenait à marcher. Je dansais et il dansait en m'accompagnant. J'aurais bien voulu danser avec les Noirs qui dansaient avec tant d'élégance et de spontanéité, mais je sentais que je devais procurer à Rank le plaisir de découvrir la liberté du mouvement physique, lui qui m'avait procuré la liberté émotionnelle. Lui donner en retour le plaisir, la musique, l'oubli de soi pour tout ce qu'il m'avait donné.

En rentrant, la radio du taxi prolonge nos humeurs de jazz. C'est essentiellement une cité de rythme.

Rank ne pouvait oublier Harlem. Il brûlait d'envie d'y retourner. Sa dure journée de travail lui semblait interminable. Il dit : « Je suis tenté de le recommander à mes malades. Allez à Harlem ! Mais il faudrait qu'ils y aillent avec vous. »

Ma chambre à l'hôtel Chaotica est d'une largeur égale à la longueur du lit, elle a un bureau microscopique, elle est entièrement dans les tons bruns. Rank avait choisi l'hôtel parce qu'il affichait un petit déjeuner « continental ». Le petit déjeuner « continental » était passé par une fente aménagée dans la porte, avec un bruit de coup de pistolet, à sept heures du matin. C'était une boîte en carton qui contenait une bouteille thermos remplie de café tiède et aqueux, un morceau de beurre d'un demi-centimètre dans du papier d'argent, et un petit pain rassis de la veille. Mais il y avait une radio à la tête du lit.

Lorsque Rank a un dîner habillé ou d'autres invitations, ou bien je reste dans ma chambre et j'écris dans mon journal, ou bien je sors avec mes propres amis.

Rank me dit que les femmes dissimulaient fort mal, que la plupart des femmes qu'il avait analysées lorsqu'elles se trouvaient mêlées à n'importe quelle intrigue, en amour ou en politique, laissaient toujours un « indice », voulaient être découvertes, maîtrisées, voulaient perdre. C'était presque comme si elles continuaient à rejouer les anciennes formes primitives de l'amour, où la femme était maîtrisée par la force supérieure de l'homme. Pour se sentir comprises, dans une situation plus abstraite, elles étaient heureuses de perdre.

Dans la comédie musicale de Gilbert et Sullivan, le soldat attrape une crampe à essayer de jouer le rôle du poète. Rank dit que tout le monde attrape une crampe, physique ou mentale, à jouer un rôle. Crampes de l'âme, crampes du corps, arthrite des émotions.

La radio joue des blues. Paris, New York, les deux pôles magnétiques du monde. Paris, cité sensuelle qui séduisait le corps, avivait les sens. New York artificiel, synthétique ; Paris-New York, les deux pôles magnétiques à haute tension entre la vie, la vie des sens, de l'esprit de Paris, et la vie en action de New York.

Rank opère des merveilles tout au long de la journée, des merveilles avec la douleur, paroles qui guérissent comme les mains des anciens guérisseurs religieux, et le soir il pénètre dans mon domaine où je règne, la vie et le présent.

Nous étions au restaurant et je me mis à lui poser des

questions sur son enfance. Il se lança brusquement dans des histoires interminables. Puis soudain il s'arrêta, et ses yeux se remplirent de larmes. « Jamais personne ne m'avait posé de questions sur moi-même ou sur ma vie. Il faut tout le temps que j'écoute les autres. Jamais personne ne m'a demandé comment j'étais, enfant. »

Je comprenais maintenant son profond amour pour Huckleberry Finn. Il avait dû lui ressembler, enfant, avec des taches de rousseur, familier, déguenillé, débrouillard, espiègle, aventureux, inventif. Il aimait se rappeler qu'il avait attrapé des poissons à la main dans une rivière peu profonde, fier d'avoir été plus rapide que les poissons. Il ne devait manquer ni de courage ni d'humour.

Le lendemain, je le surpris en train d'observer les enfants qui patinaient à Central Park. Ils portaient des bonnets de laine rouge vif, des manteaux bleus ou blancs. Ils riaient et criaient sur un fond de neige blanche. « Je voudrais être là-bas avec eux, en train de rire. »

Mais il était enfermé avec les désespérés et les désemparés, avec des gens prisonniers de tragédies, tragédies étranges pour lesquelles le reste du monde n'éprouvait que bien peu de sympathie. Rank, ce matin-là, courbé, comme écrasé, dans l'embrasure de la fenêtre, semblait prisonnier de son travail, de sa profession et de sa vocation. Les malades défilaient sans cesse, chacun de ceux qui étaient guéris amenait père, mère, sœur, frère ou ami. Ils se multipliaient à un point inquiétant. Etait-ce une maladie nouvelle née de notre époque ? Pas le temps d'aimer, pas le temps d'avoir des amis, pas le temps de se confier.

Rank transfigure chaque chose par la magie du sens. Ceux qui viennent à lui sont comme les aveugles, les muets, les sourds. Lorsqu'il découvre l'« intrigue » de leur vie, cela les intéresse. Cet intérêt les sauve. Cette intrigue, créée par l'inconscient, revêt progressivement un intérêt plus grand qu'aucune histoire policière. Rank révèle les liens, les trames, les schèmes. C'est d'un intérêt sans fin, rempli de surprises.

Il rédige sa conférence dans le train, tandis qu'il se rend à Philadelphie ou Hartford.

Il revient sur l'idée que les psychologues ont de la femme une connaissance très imparfaite. « Parce qu'elle n'a pas suffisamment créé, elle ne s'exprime pas, elle imite l'homme. » Il insiste donc, lorsqu'il dicte une conférence, pour que j'inscrive dans la marge mes propres commentaires à l'encre rouge. « De cette façon, nous aurons les deux côtés de l'histoire. »

Une phrase sur deux que prononce Rank commence par : « J'ai une idée. » La découverte de la signification est ce qui donne de la profondeur à l'expérience et ce qui l'embellit. Il n'est pas d'objet, de geste, d'action qui ne soit illuminé par le sens.

Nous étions devant la maison en meulière, 158, 75e Rue Ouest, où s'étaient écoulées plusieurs années de mon enfance, où j'avais connu les plus grandes difficultés, les humiliations, la pauvreté.

Il y avait toujours à demeure l'un des membres de notre vaste famille cubaine. Lorsqu'il n'en venait aucun, ma mère louait le dernier étage et le premier à des artistes que nous connaissions. La fille de Teresa Carreno, la grande pianiste, habitait au sous-sol. Nous habitions au rez-de-chaussée, dans ce qui avait été autrefois un salon et une salle à manger. Enrique Madriguera (le violoniste qui devint par la suite un chef d'orchestre célèbre mais qui était à l'époque un prodige de seize ans) habitait au dernier étage. La maison était pleine de gaieté, de musique, de visiteurs de marque. José Mardones venait chanter, Miguel Jovet jouait de la guitare, ma mère chantait, mon frère Joaquin étudiait son piano, Enrique étudiait son violon.

Chaque fois qu'il y avait une révolution à Cuba (et il y en avait beaucoup), un oncle était exilé et débarquait chez nous. Durant leur séjour, les gens de la famille nous faisaient faire des promenades en voiture, nous emmenaient au théâtre, et nous goûtions au luxe. Et lorsqu'ils étaient partis, nous retournions à notre ménage et au lycée. Vie pour nous pleine d'imprévu, de pittoresque, comique et dramatique, mais nous étions cousus de dettes.

La maison n'en était à cette époque qu'au second cycle de son histoire. Ses premiers propriétaires avaient mené une vie fastueuse, avec cuisine au sous-sol, office pour le maître d'hôtel, chambres de bonnes au dernier étage, grande salle à manger donnant sur un jardin, salon rempli de miroirs, chambres à coucher avec cabinet de toilette et salles de bain luxueuses au premier. Cet ancien confort bourgeois se voyait encore aux lampes, tapis, miroirs compliqués. Mais lorsqu'ils vendirent, la maison fut divisée en chambres séparées avec une salle de bain par étage. Ma mère, mes deux frères et moi-même couchions dans ce qui avait été la salle à manger. Nous faisions notre toilette dans ce qui avait été l'office et utilisions ce qui avait été la douche des domestiques à côté de la cuisine au sous-sol. Nous avions deux lits pliants qui se transformaient le jour en sobres bureaux, lorsque la pièce redevenait salle à manger. La grande baie vitrée donnait sur une arrière-cour que j'eus tôt fait de transformer en jardin. Le bureau était devant cette fenêtre. Les lourdes boiseries, les moulures, les frises donnaient à la maison l'air d'avoir appartenu à une famille qui avait été riche autrefois et qui était tombée dans la pauvreté avec distinction.

Ce fut là que j'inventai le théâtre de l'improvisation.

Bien qu'écrivain, je tenais à ce que nous jouions suivant notre imagination, sans scénario, préméditation ni plan. Je donnais seulement un thème. Nous nous costumions dans l'une des chambres qui n'étaient pas louées, après quoi j'attendais que mes frères ou mes cousins se mettent à jouer. Mais aucun ne voulait collaborer. Ils restaient plantés sur la scène improvisée dans leur costume improvisé fait dans une moustiquaire. Des décorations de Noël, des rideaux et des châles me regardent et demandent : « Explique-nous ce que nous devons faire et dire. »

J'avais davantage de succès lorsque je racontais des histoires. Nous éteignions, et je racontais des histoires jusqu'à ce que nous soyons terrifiés (histoires de Grand-Guignol, histoires de revenants, histoires d'épouvante). Lorsque nous étions tous suffisamment terrorisés pour allumer je savais que j'avais donné une bonne représentation théâtrale.

Rank était au courant de cette période de ma vie et voulait en connaître le cadre. Mais après quelque temps il se mit à parler de lui.

Il se révoltait contre sa profession. Il parlait de son propre emprisonnement.

« J'ai toujours été prisonnier du besoin que les gens ont de se confesser. Je ne veux plus recevoir de confessions. J'en ai assez de me donner, d'être utilisé par les autres. Je veux me mettre à vivre pour moi. Je me révolte d'être assis à longueur de journée dans un fauteuil à écouter les confessions des autres. Je veux être libre, Anaïs. Je n'ai jamais la permission d'être un être humain, sauf avec vous. Lorsque les gens ne m'idéalisent pas, ne font pas de moi un dieu, ils font de moi un démon, un père, une mère ou une grand-mère ! Selon ce qu'ils ont besoin d'aimer ou ce dont ils veulent se venger. J'en ai assez d'être assis dans un fauteuil alors que je me sens si plein de vie inutilisée, et que j'ai tant à donner dans la vie. »

J'avais éveillé chez Rank une soif de vie et de liberté, tout comme Henry (Miller) et sa femme June et moi. Quelle ironie !

Il se rendait compte qu'il n'avait pas suffisamment vécu. Il se révoltait contre son mode de vie, contre tout ce qu'il donnait sans recevoir, l'annihilation, l'immolation d'une vie de médecin. Même la nuit, me dit-il, alors qu'il est endormi, on l'appelle. Cris de détresse, menaces de suicide, fuites.

Voilà pourquoi il aurait voulu que je me fasse danseuse plutôt qu'analyste.

Je l'aidai tout au long de sa crise. Je suggérai simplement un meilleur équilibre entre son travail et son plaisir, entre travail et loisir. Il commença à contrôler le flot de ses malades, à consacrer plus de temps au théâtre, aux livres, à ses propres écrits.

Pour se décharger, il m'envoya aussi mes premiers malades.

Pendant ce temps, à Paris, Henry a fait connaissance de Blaise Cendrars et il me décrit leur rencontre *.

Blaise Cendrars voulait être le premier homme à s'envoler vers la lune, et s'il l'avait fait quelle description magnifique il en aurait donnée.

Henry a reçu des nouvelles de sa fille, elle étudie la musique.

Il est venu à New York, est arrivé tard, retardé par le brouillard. Il a pris une chambre dans le quartier où à une époque il avait travaillé dans la boutique de tailleur de son père.

* Voir Henry Miller, *Lettres à Anaïs Nin* (Christian Bourgois, édit.).

(JANVIER 1935)

JE suis allée voir Théodore Dreiser à l'hôtel Ansonia. L'endroit était impersonnel, avec une grande fenêtre donnant sur Broadway. Il y avait des livres qui traînaient partout et un bureau couvert de papiers.

Dreiser avait le teint rose, il était grand, avec quelque chose de paysan. Il avait une voix lente, des petits rires étouffés, des yeux bleu pâle et des mains couvertes de taches de rousseur.

Le dîner fut servi par des garçons d'hôtel. Nous parlâmes de choses et d'autres, d'écrivains, de livres. Il me raconta que des quantités de gens lui écrivent comme à un confesseur, pour lui faire part de tous leurs ennuis et lui demander conseil, persuadés qu'un écrivain devrait savoir comment diriger leur destinée. Il recevait tellement de lettres qu'il lui fallait une secrétaire.

« Et vous, vous n'avez rien à me demander, vous voulez dire que vous êtes simplement venue me voir, pas me demander quelque chose ?

— Je n'ai rien à vous demander. Je vous respecte comme écrivain, et je voulais vous connaître. C'est tout. »

Il semblait tout à fait soulagé. Il en gloussait de plaisir. Il me raconta une histoire : « Il y avait un roi, selon une légende, qui avait le pouvoir de changer en or tout ce qu'il touchait. De plus en plus de gens entendirent parler de ce pouvoir et ils arrivaient de partout, ils affluaient vers son palais, ils l'assiégeaient, ils se pressaient autour de lui, mendiant, implorant, se bousculant, tant et si bien qu'ils l'étouffèrent sous leur pression massive. Voilà ce que j'éprouve parfois devant toutes ces lettres de gens désemparés qui me supplient en m'écrivant : Que faire ? Pourquoi se figurent-ils qu'un écrivain peut guider leur vie ? »

Dreiser ne croit pas à l'âme. Il est matérialiste.

Les lumières de Broadway dansaient tandis que nous parlions. Même dans une chambre d'hôtel, il réussissait à créer l'atmosphère terre à terre de ses livres.

Il me demanda comment j'arrivais à avoir une individualité tout en conservant ma féminité et sans me faire remarquer.

Après le dîner, il s'assit dans son rocking-chair, comme s'il avait été dans sa maison de campagne, et il admira mes mains qu'il compara à des branches de céleri.

Je faillis rire de cette poésie potagère, mais je m'avisai que l'expression était très dreiserienne. Il avait l'air si bien dans son fauteuil.

Au moment où j'allais partir, il ne se leva pas, il se balançait toujours en souriant. J'enfilai mon manteau et je m'arrêtai à la porte.

« Comment, vous ne passez pas la nuit avec moi ?

— Non, répondis-je poliment, comme s'il m'offrait un verre de vin, merci.

— Dommage, dommage », murmura-t-il avec un petit

gloussement, puis il se leva et me raccompagna jusqu'à la porte en riant joyeusement.

J'ai fait la connaissance de quelques amis d'Henry qu'il avait réunis dans son studio : Conason, un docteur, Sylvia Salmi, une photographe, et Emil Schnellock, un peintre. A Paris, Henry écrivait continuellement des lettres à Emil.

Rank part faire une tournée de conférences en Californie pour trois semaines. Il donnera aussi une conférence à La Nouvelle-Orléans où il s'arrêtera au retour.

Rank est tout aussi préoccupé par le mal qu'Henry. Après une journée avec ses malades, il a rédigé ceci :

Me suis éveillé en me rendant parfaitement compte que je n'avais jamais été humain de toute ma vie. Je veux dire par là que jamais je n'ai réagi naturellement selon mes émotions. Bien sûr, c'était de l'autoprotection, que je rationalisais comme humaine : pour ne pas blesser les autres. Cruauté, mesquinerie, étroitesse de vue, cela c'est humain. L'humain est le mal. Etre jaloux, indiscret, possessif, paresseux et dépendant, exploiter autrui, tout cela est humain. Avoir de la compassion et de la compréhension, avoir de la patience, venir en aide à autrui, toutes choses considérées comme humaines, c'est une bonté idéologique. La loyauté en amour n'est pas naturelle. Non seulement Dieu et la religion, l'immortalité et la moralité sont une idéologie créée par l'homme, mais aussi l'amour. L'homme qui agit en réalité comme une femme, qui est une femme suivant ses instincts, celui-là seul est humain. Ce n'est pas parce qu'il est mauvais que la femme aime l'« homme méchant » mais parce qu'il est naturel. Ce serait plus humain de rejeter toute thérapie et d'être libre, de ne pas être mauvais mais d'être humain, naturel. L'abnégation qui est indispensable pour être bon, humain, est le refus du moi naturel mauvais et n'est, par conséquent, nullement un sacrifice mais de l'autoprotection, et l'attitude la plus égoïste qui soit. D'un autre côté l'apparent sacrifice pour les autres est en fait de la domination, une protection contre le risque d'être trop humain, et c'est encore céder au mal tout en prétendant que l'on est bon.

Suis allée avec Henry voir « la rue des premiers chagrins », où il jouait enfant. Nuit de neige à Brooklyn. Maisonnettes de brique rouge comme dans les petites villes d'Allemagne. L'école d'Henry. La fenêtre de sa chambre, si nue, avec un vieux store. L'usine de fer-blanc qu'il a décrite dans *Printemps Noir.* La rue qui conduisait au bac, celle qu'il descendait avec sa mère. Sa mère portait un manchon de fourrure et il n'a jamais oublié le plaisir que c'était de glisser ses mains froides dans la fourrure douillette. Je devinais à ses propos que c'était là l'unique chaleur que sa mère était capable de lui procurer, contre la neige et le froid, une fourrure animale et nulle chaleur humaine. C'était si étrange de voir maintenant les lieux et les souvenirs qui avaient été évoqués à Louveciennes, suscités par la chaleur de mon intérêt et qui étaient devenus la poésie de *Printemps Noir.*

Puis nous nous rendîmes à pied jusqu'à l'appartement dans une cave de Brooklyn où Henry avait habité avec June et Jean. C'était maintenant un restaurant chinois. Il était stérile et dépouillé, sans charme ni beauté, mais il n'était pas pire que certaines des rues et des maisons où mes amis artistes habitaient à Paris, lieux humides et sombres sans chaleur ni lumière.

J'ai longtemps cherché la justification des colères d'Henry, de ses hostilités et de ses vengeances. Je pensais que c'était une réaction à la suite de souffrances exceptionnelles. Tellement d'écrivains américains font preuve de cette amertume, de cette haine.

Mais lorsque je compare la vie qu'ils ont eue et ce qu'ils ont enduré avec la vie d'écrivains européens (Dostoïevski ou bien Kafka), je constate que les Européens ont souffert bien davantage, et tous connurent une plus grande pauvreté, une plus grande misère sans jamais devenir hostiles ou furieux ainsi qu'Edward Dahlberg ou Henry. La souffrance était transmuée en œuvre de littérature, et en confession. L'asthme de Proust, la Sibérie de Dostoïevski ont contribué à leur compassion pour l'humanité. Chez certains écrivains américains, n'importe quelle privation ou souffrance tourne à la mutinerie, à la colère criminelle et à la vengeance aux dépens des autres. Il y a une absence d'émotion quasi totale. Ils tiennent la société pour responsable, écrire devient alors un acte vengeur.

Il me semble que la réponse se trouvait dans l'attitude à l'égard de la souffrance. Pour certains écrivains américains rien, si ce n'est le paradis, n'était acceptable. Pour l'Européen, cela faisait partie de la condition humaine, c'était quelque chose que l'on partageait avec les autres êtres humains.

Il est intéressant de lire la préface de D.H. Lawrence à *Bottom Dogs* d'Edward Dahlberg.

Le véritable pionnier en Amérique bataillait comme un diable et souffrait tant que son âme volait en poussière... L'esprit et la volonté survivaient; mais quelque chose de l'âme périssait: la douceur, l'épanouissement, la tendresse naturelle... Il se produit alors un dessèchement intérieur de l'individu, un isolement, une désagrégation amorphe comme des grains de sable, chaque grain isolé sur sa propre volonté... L'homme inspire à l'homme une telle répulsion nerveuse, une répulsion à hurler, qui lui écorche les nerfs! Ce roman va encore plus loin. L'homme n'est plus qu'une odeur, agressive et intolérable, que l'on ne peut supporter. Rien de ce que j'ai lu jusqu'ici ne m'a causé davantage d'étonnement que les chapitres de ce livre sur l'Orphelinat. J'ai compris alors avec stupeur la rapidité avec laquelle l'âme humaine peut se dépouiller de sa conscience et de ses contacts émotionnels pour se trouver réduite à une condition sub-animale de simple et grossière persistance. Ce n'est pas de l'animalité, tant s'en faut. Les enfants sont bien moins que des animaux, ce sont des volontés fonctionnant à froid avec un minimum de conscience. Ils ont une étrange volonté minérale de persister, rien d'autre. Je ne veux plus lire de livres comme celui-ci. Mais seulement savoir quel est le dernier mot en matière de conscience répulsive, de conscience en état de répulsion. Cela aide à comprendre le monde, épargne la nécessité d'avoir à étudier plus avant le phénomène de la répulsion physique, jusqu'à nouvel ordre.

Pour que l'âme vole en poussière si facilement il faut qu'elle n'ait pas été bien solide pour commencer. Pour que l'animal grondant sorte de son antre si facilement, c'est qu'il était d'humeur à gronder à la plus légère provocation.

Pourquoi les épreuves de D.H. Lawrence ne lui ont-elles pas fait haïr le genre humain ? Un écrivain humain s'aperçoit que les autres êtres humains peuvent être victimes comme lui et qu'il devrait s'unir à eux contre l'agresseur, et non en devenir un.

Rank connaissait le même conflit que moi : vouloir être bon et le devenir de façon artificielle, pas humaine. Je n'étais pas naturelle avec Henry, je jouais le rôle de la confidente idéale dont il avait besoin pour écrire.

Lorsque Rank sauvait les gens, ils étaient sa création. Il fallait qu'il continue à être le personnage qui les avait sauvés, le sage idéal. Il ne lui était pas permis d'être humain, ou même de les aimer. La vie d'un analyste est tragique. Un médecin de campagne, de médecine générale, peut être humain, faillible. Il peut être aimé pour ce qu'il est hors de sa profession. Un analyste n'existe pas dans l'esprit de son malade sauf comme personnage dans son drame.

Je pense à lui tout en répondant au téléphone et en triant son courrier. « Le docteur rentrera à la fin du mois de février. C'est l'assistante du docteur Rank qui est à l'appareil. Oui, il est en tournée de conférences. »

La façon dont Rank écrit ne rend pas justice à ses idées. Il traduit de l'allemand ce qu'il pense. Il ne se préoccupe que du sens. Lorsque je lui lis ce que j'écris il en extrait le sens, il ne remarque pas la forme ou l'expression.

Il veut que je récrive tous ses livres avec ma « concision française ». C'est un philosophe, ce n'est pas un artiste. Le poète est amoureux, c'est un amant. Le philosophe est un commentateur.

Juste avant son départ, il a encore parlé de son enfance, de son grand amour du théâtre. Il se passait de nourriture pour voir une pièce. Il avait besoin de parler de lui-même. Il dit : « Je n'ai jamais rencontré personne qui prenne autant d'intérêt que vous aux êtres humains, Anaïs. » J'ai libéré un flot de confidences. Il avait écrit de la poésie et des pièces, il aurait voulu être écrivain avant d'entrer en rapport avec le docteur Freud. J'ai ressuscité une partie submergée de la personnalité de Rank. « Je n'ai pas parlé de moi-même depuis trente ans, ou même davantage. »

Qu'adviendra-t-il de cet écrivain qui a vécu muet et caché derrière le masque du médecin ?

J'avais raconté à Rank l'histoire de Richard Osborn (voir *Journal, 1931-1934*) et de sa double vie à Paris. Il s'intéressa à son conflit entre sa vie d'avocat pour une banque américaine dans la journée et sa vie de bohème la nuit, ainsi qu'à sa dépression. Rank avait le sentiment, à écouter tout ce que je lui racontais, que l'on n'aurait jamais dû enfermer Osborn. « Pour commencer, il montre des symptômes très nets de culpabilité, et là où il y a culpabilité, il y a possibilité de guérison, et en outre, ses symptômes ne sont pas de ceux qui évoluent de manière violente. »

Je demandai à Rank s'il voulait lui venir en aide. Rank proposa d'aller voir Osborn et de parler aux gens qui l'avaient enfermé.

Il loua une voiture et nous nous rendîmes à l'asile dans le Connecticut. Je fondais de grands espoirs dans l'efficacité de cette visite, car Richard Osborn avait lu les livres de Rank et avait entendu Henry parler de lui. J'attendis dans la voiture. Rank disparut derrière d'énormes portes. Il revint plus tôt que je ne le pensais.

Sur le chemin du retour, il me raconta ce qui s'était passé. « J'ai demandé à voir Osborn. Ils ont accepté et ils ont fait venir Osborn dans la salle d'attente, où ils nous ont laissés seuls. J'ai dit : « Je suis le docteur Otto Rank. » Il m'a regardé fixement, puis il a eu un sourire ironique et a déclaré : « C'est vous qui le dites », puis il m'a tourné le dos et il a quitté la pièce. Ce fut la fin de notre entrevue. »

Bien que cela signifiât qu'Osborn venait de perdre une chance d'être libéré, je ne pus m'empêcher de rire.

Henry est en train d'écrire une histoire sur un crime dans la banlieue parisienne. Après cela, il eut une de ses meilleures envolées lyriques, déversant des pages enfiévrées pour *Printemps Noir,* des pages sur les rêves, déversant des images.

(FÉVRIER 1935)

L'UNE des malades que m'envoya Rank était violoniste dans un orchestre. Je l'appellerai « Emilie ».

Allongée sur le divan et moi assise là où je ne peux être vue, tout le monde a l'air vulnérable. Lorsque l'on regarde d'abord la chevelure, puis le front, que l'on suit l'arête du nez, la bouche, tout être humain dans la position du sommeil, privé de masque protecteur, paraît sans défense.

Elle entra avec une démarche de jeune homme, il est vrai, portant des talons plats et un imperméable taché, les cheveux ébouriffés et courts, roulant les épaules en marchant d'une manière masculine. Mais lorsqu'elle retira ses chaussures et que je vis la forme délicate de ses pieds, et que je remarquai la finesse expressive de ses mains comme elle rejetait ses cheveux qui retombaient sur son visage effrayé, je sus que c'était une fille qui faisait comme si elle était un garçon, ou une fille qui n'osait pas être une femme. Son expérience de l'homme consistait à s'être une fois servie d'une brosse à dents en guise de substitut à l'amour, après quoi elle avait décidé que cela ne lui disait rien.

Elle était la première qui ait osé venir, car ce faisant elle avait échappé à l'emprise tyrannique du chef d'orchestre, une femme que j'appellerai « Marcia ».

Emilie joua pour moi sa mélancolique et plaintive mélodie : sa vie s'était écoulée dans une petite ville du Sud avant de venir à New York, vie de craintes et de refoulement. Tout était un péché : le rire, la danse, la toilette, le charme, et la plante qu'était Emilie s'étiola de tant de prohibitions. Lorsqu'elle joua pour la première fois dans l'orchestre de Marcia, la complète liberté d'action et de pensée de Marcia fut pour elle une libération, mais elle tomba complètement sous la coupe de Marcia.

Elle parlait sans cesse de ses nombreux « crimes ». Ils étaient petits et inoffensifs mais ils lui pesaient. L'analyse ressemble parfois à une confession catholique : j'ai fait ci et ça, j'ai besoin de l'absolution, je ne peux dormir la nuit lorsque je songe qu'un jour j'ai souhaité que ma sœur fût morte, et qu'elle est tombée malade et elle est morte. Lorsqu'elle joue du violon, il lui semble qu'elle fait la cour aux gens, et qu'elle souhaite les charmer pour qu'ils tombent amoureux d'elle, et que c'est mal.

Emilie ne s'inquiétait pas seulement de sa paralysie, mais aussi de l'effet destructeur de la domination de Marcia sur les autres membres de l'orchestre.

Elle se sentait plus forte après quelques entretiens, elle sentait qu'elle commençait à échapper au pouvoir de Marcia. Pouvait-elle m'amener ses amies ? Elle commençait à ne plus se sentir hypnotisée et sans défense.

Avant le départ pour l'Ouest de Rank, notre dernière

conversation porta sur mon assertion que la fameuse incapacité de la femme à saisir des idées était toute relative. Elle ne pouvait saisir des idées abstraites, mais elle était capable de les transposer en les humanisant ou plutôt en les personnifiant. Mais une fois qu'elles étaient incarnées, concrétisées en une personne, alors elle les saisissait avec peut-être plus de profondeur, parce qu'elle les saisissait, les éprouvait émotionnellement, et elles pouvaient l'affecter et la transformer. Mais ce sont les mêmes idées que celles qui touchent les hommes par l'intermédiaire de leur esprit.

L'analyse est en train de révéler le peu d'objectivité qu'il y a dans la pensée de l'homme. Même dans l'esprit le plus rationnel, il y a un fond de motivations irrationnelles qui sont personnelles, et qui appartiennent à son passé personnel, à ses traumatismes émotionnels. Si bien qu'en définitive la pensée pure existe rarement sous sa forme abstraite, elle fait partie de l'expérience et des émotions. Une synthèse. Invention, découverte, création, histoire et philosophie sont composées de tous ces éléments. L'homme généralise à partir de l'expérience et renie la source de ses généralisations. La femme individualise et personnalise, mais en fin de compte l'analyse révélera que les rationalisations de l'homme sont un déguisement pour ses préjugés personnels, et que l'intuition de la femme n'était que la reconnaissance de l'influence du personnel dans toute pensée.

Rank, qui participe des deux activités, pouvait admettre cela. Il passe des journées à dévoiler les erreurs des rationalisations.

Mes malades se sont multipliés à un rythme effrayant. J'ai à peine le temps d'attraper mon petit déjeuner continental, de m'habiller, que déjà le téléphone sonne et que les malades sont à la porte. Il y a un vestibule de deux mètres de long environ entre la porte et le divan sur lequel ils sont étendus. Avant qu'ils se soient allongés je sais comment ils se sentent. Je suis assise à contre-jour dans un fauteuil profond. Il n'y a qu'une seule petite fenêtre en haut, au-dessus de Central Park. La fumée de cigarette remplit la pièce exiguë. Et même lorsque la radio ne marche pas, j'entends le bruit assourdi de la musique dans d'autres pièces. C'est la musique de fond de New York. Les voix des malades, tristes, aiguës, fortes, susurrantes, lasses, animées, pittoresques, fatiguées, rauques, puissantes, petites, zézayantes, étrangères. Les visages des malades, les paupières baissées, comme si leur regard contemplait maintenant un drame intérieur ; le jeune homme qui ne peut aimer personne ; la sœur qui ne peut aimer que son frère ; l'écrivain qui ne peut écrire ; l'homme obsédé de politique, incapable de prendre parti ; larmes, rires, rages, silences renfrognés : ils emplissent la pièce exiguë.

Un jour, je vis couler tant de larmes, qu'en trouvant une mare près de ma porte je crus d'abord que c'étaient tous les pleurs, puis j'aperçus le parapluie que l'on avait laissé pleurer sur le tapis. Les autres jours de neige, de givre sur la fenêtre, piquants, froids et clairs, les malades arrivaient pleins de gratitude pour la chaleur, pour un peu de repos, pour un moment d'intimité avec eux-mêmes. Etrange, la perte du moi est une maladie plus grande que l'imposteur du moi, l'ego. L'ego est la caricature que l'on prend pour le moi, l'ego est le fraudeur, l'acteur, le travesti du moi.

Moi perdu, moi désorienté, moi aveugle. Lorsque naît le moi véritable, l'ego disparaît.

C'est là qu'est le remède contre la colère, le contrepoison que le monde a choisi de dénigrer et d'ignorer. Combien de personnes dures, inhumaines, ai-je vues fondre devant mes yeux et redevenir humaines. Combien de colères se sont dissoutes, combien de fausses attitudes ont été abandonnées, combien de haines guéries.

J'ai vu des gens noués, impuissants, devenir constructifs, créateurs, humains. Et surtout j'ai vu que la source de colère la plus fréquente est l'impuissance. L'hostilité est de la jalousie. L'esprit de destruction est signe d'impuissance.

(MARS 1935)

LORSQUE Rank revint, j'étais à la gare. Il était tombé amoureux de l'Ouest. Il était enthousiaste de son climat, de sa vie détendue.

Puis il s'assit et lut mes rapports sur les malades. Il les approuva tous. « Vous avez le don », déclara-t-il.

Certains pensent que l'analyse est un procédé artificiel parce que c'est un procédé de serre, une nourriture forcée, une croissance accélérée. Biologiquement, la vie continue à évoluer suivant ses rythmes propres, ses erreurs propres. L'analyse ne devient nécessaire que lorsque la croissance est gênée, lorsque les défauts paralysent la croissance.

Parfois, l'analyse entraîne une autre forme d'idéalisation. On exige trop d'elle. Tandis que j'analysais tant de personnes, je me rendis compte que le besoin constant d'une mère, ou d'un père, ou d'un dieu (c'est pareil) est en fait un manque de maturité. C'est un besoin enfantin, un besoin humain, mais tellement universel que je vois comment il a donné naissance à toutes les religions. Serons-nous jamais capables de rechercher cette force en nous-mêmes ? Certains hommes l'ont fait. Ils sont également devenus fous de solitude. La femme sera la dernière sur terre à apprendre l'indépendance, à trouver la force en elle-même. Mes malades se détournent de ceux qu'ils aiment ou qui les aiment lorsque le besoin n'est pas satisfait. Le jeune homme efféminé qui vint, incomplet de toute évidence, à moitié femme de toute évidence, cherchait un homme qui ajouterait à sa faible masculinité, et la compléterait.

Ils exigent aussi de l'amour la satisfaction d'un besoin, un besoin de croissance, et c'est pour ce besoin que souvent ils sacrifient l'amour, ou se rendent coupables d'injustice. Je me rendais coupable de la même injustice lorsque je cherchais une force en tout homme que j'appelais « le père ».

L'analyse procure une vision du moi potentiel. Elle donne aussi parfois de faux espoirs, parce que le moi potentiel n'arrive pas toujours à se développer. Nous avons des loyautés vis-à-vis du passé, des engagements, des promesses données, des responsabilités humaines.

Le pâle soleil d'hiver brille sur ce que j'écris. J'écris en attendant des malades. J'écris après qu'ils sont partis, j'écris tout en dînant, parfois au lieu de dîner. J'écris allongée sur un dessus de lit rouille, la radio jouant en sourdine au-dessus de ma tête. Sur ma coiffeuse, il y a un jardin japonais dans une coupe. Messages de mes malades, et livres qu'ils m'apportent.

Rank partage son temps entre New York et Philadelphie.

J'ai fait une étrange découverte. J'étais heureuse de

retourner à une vie qui ne soit pas constamment analysée par Rank.

Le journal écrit à mes moments perdus, entre deux malades.

Comme toujours ma vie se poursuit à la manière d'une partition de musique, toujours sur plusieurs lignes à la fois. Le jour, je m'efface, je suis confesseur et docteur, mais le soir je mène ma vie personnelle. Invitée par les Wagner dans leur palace de la 5e Avenue, larbins en gants blancs, mobilier XVIIIe siècle, murs blancs, miroirs à cadre doré, et toujours, pour finir, le tranquille retour dans une grande voiture avec une couverture de fourrure sur les genoux. Passé un samedi après-midi dans leur propriété de Long Island, à regarder une partie de polo, et lorsque j'admirai le meilleur cheval, ayant pour les chevaux une intuition analogue à celle que j'ai pour les vins, M. Wagner déclara : « Vous êtes la femme la plus racée que j'aie jamais rencontrée, belle race. » Ceci m'amusa, et j'en riais dans le foyer en montant m'habiller, lorsque Mme Wagner se pencha par-dessus la rampe du premier étage, et au ton sur lequel elle dit : « Qu'est-ce qui vous fait donc rire si gaiement ? », je compris immédiatement le ton de leur ménage : elle, pâle, pétrie de sérieux et de dignité, et lui, rubicond, tout en rondeur et en gaieté.

J'en arrive à pouvoir deviner une tragédie au battement d'une paupière. C'est trop, c'est trop.

Proust appelait cela son rayon X, et le mien fonctionne trop souvent, dans des grands dîners, au cinéma, dans des cocktails, en parcourant la ville.

Les malades vont et viennent, ils viennent de tous les milieux, riches, pauvres, ignorants ou cultivés. Les riches sont protégés par un isolant qui ne fait qu'accroître la séparation de la réalité. S'il n'y a aucun bruit de l'extérieur, il n'y a ni pleurs, ni rires, ni vie intense non plus. Quelques-uns ne peuvent payer. Emilie dit : « Je vais bien mais ne me renvoyez pas. Il ne m'est jamais rien arrivé d'aussi merveilleux. »

Elle a envers l'analyse une attitude religieuse.

L'analyse accélère la croissance, la maturité, mais les changements mettent plus de temps à venir que l'intuition. Les schémas ont des racines profondes et il faut du temps pour qu'ils changent.

J'évite tout langage clinique parce que, en tant qu'écrivain, je crois que le langage a un pouvoir. Je me donne également beaucoup de mal pour décrire chaque caractère, chaque motivation dans ce qu'ils ont d'unique, pour ne pas donner aux malades le sentiment d'être classés.

La science peut guérir, mais c'est l'illumination poétique de la vie qui fait que mes malades tombent amoureux de la vie, qui leur redonne de l'appétit pour elle. J'évite les étiquettes et l'atmosphère d'hôpital.

Rank ne savait que penser, au début, de cette importance donnée au langage. Je voulais éviter l'algèbre de l'émotion, les équations mathématiques humaines, je voulais tout ramener au domaine d'un drame vivant.

Finalement, il dit : « Oui, vous avez raison. Les mots sont magiques. Freud a fait beaucoup dans son analyse du langage du malade comme clef de ses problèmes, mais, en tant qu'écrivain, vous êtes en train d'étudier quel pouvoir possède l'analyse d'affecter le malade par l'emploi de certains mots. »

Puis il revint à son obsession que je récrive ses livres, que je les condense et les rende plus clairs. Il ferait faire une traduction approximative d'*Une Etude de l'Inceste dans la Littérature.* C'était un ouvrage de six cents pages. Ce serait la tâche d'une vie. Il faudrait que je renonce à écrire pour moi. Je prenais déjà ombrage d'un excès d'analyse. Banquets intellectuels. Orgies d'idées.

La force de la création idéologique d'un homme, et la tragédie humaine que cela constitue. Il fait preuve d'une sagesse qui attire les gens. « Je suis semblable à un homme riche qui craint de n'être aimé que pour son argent. » Il se sent seul dans son monde d'idées.

Henry, cependant, est occupé à écrire, mais aussi à essayer de se faire publier. On lui a demandé d'expurger *Tropique du Cancer.* Il s'est révolté contre les compromis, contre le pragmatisme, le commercialisme. Il se sentait vaincu et lésé. La vie à New York lui paraît mécanique et routinière.

Un soir, Rank fut invité à l'opéra par un homme immensément riche qu'il avait guéri. A minuit, il me téléphona d'en bas. Pouvait-il monter cinq minutes ? Lorsque je lui ouvris, il disparaissait derrière une gigantesque corbeille de fleurs qu'on lui avait offerte et qu'il voulait m'apporter. Il voulait aussi faire admirer le docteur Otto Rank, le Viennois, en tenue de soirée dans son nouvel habit sur mesure, en cape, chapeau haut de forme et souliers vernis. Il entra, et comme un acteur bondit sur le divan, enleva son chapeau tel un chanteur célèbre sous les ovations, salua et s'écria : « C'est moi que l'on devrait acclamer, parce que c'est grâce à moi que le chanteur a si bien chanté et que l'homme riche a soutenu l'opéra. » Il salua un public imaginaire qui applaudissait. Il chanta un extrait d'un opéra viennois, descendit d'un bond et disparut.

Henry dit : « A New York, j'ai peur d'être replongé dans la routine, une vie bornée, l'esclavage. » Son enfance. Il ne peut supporter de vivre comme il vivait auparavant.

J'éprouve le besoin d'échapper aux explications constantes. Je veux m'enfuir loin d'un excès de conscience, un excès de lucidité. Le soir, je recherche les amitiés, la danse, la nature, l'oubli, la musique ou le sommeil.

Au moment où j'écrivais ceci, une femme s'est jetée par la fenêtre, du septième étage. Ainsi quelqu'un dont nous ne nous étions pas occupés a décidé de mourir, à deux pas du secours. Je ne peux secourir tous les malades. Je me sens comme le roi dans la parabole de Dreiser. Je n'ai plus de temps libre. Ils téléphonent la nuit et hantent mes rêves.

Henry a écrit d'autres passages lyriques aussi bons que les premières pages de *Printemps noir* qu'il a écrites à Clichy. J'ai une foi absolue en l'écrivain qu'est Henry.

Rank pense que mon journal est précieux comme étude d'un point de vue féminin. Il dit que c'est un document par une femme qui pense comme une femme, pas comme un homme.

Lorsque j'entendis l'orchestre accorder ses instruments cela me rappela tout ce qu'Henry incorpore à ses romans et que j'ai un jour appelé « l'accordage » et qui, me semblait-il, n'aurait pas dû y être, devrait plus tard être supprimé comme un échafaudage. Mais Henry aime ces moments où les instruments ne sont pas encore accordés.

« Si je suis un artiste, ainsi que vous le dites, déclara-t-il, en ce cas tout ce que je fais est bien.

— Mais l'artiste doit comporter un critique. »

Est-ce de cette manière qu'Henry garde vivant ce qu'il écrit, en le laissant suivre les rythmes capricieux et naturels de la vie elle-même ?

Rank a prononcé une conférence sur la psychologie de

la femme. Il dit que j'ai complété sa connaissance de la femme. Il avait toujours voulu écrire poétiquement et dramatiquement et il trouve que ce que j'écris, c'est la poésie et le drame de la névrose. Ainsi l'homme qui m'a retiré mon journal, parce que c'était une névrose, me le rend comme une œuvre unique à cause de son enthousiasme.

Lorsque j'écris à la première personne, je trouve que je suis plus honnête que lorsqu'un homme généralise.

En psychanalyse, je discute bien volontiers avec A. les tragédies de la culpabilité chez Dostoïevski, sachant bien, tout le temps, qu'il parle de ses propres culpabilités qu'il ne souhaite pas admettre ni nommer. Je parle bien volontiers avec B. de la faim en Chine ou en Inde, ce qui est sa manière d'exprimer ses désirs personnels. Le langage de l'homme, c'est ce déplacement du personnel vers l'impersonnel, mais c'est une autre façon de se tromper soi-même. Le moi chez eux est déguisé. Il n'est pas absent ainsi qu'ils le pensent.

Visité le planétarium. Cela m'a redonné un sens de l'espace et m'a permis de me détacher de l'obsession de mes malades. Marcher dans la neige avec un bruit de pas assourdi, et pénétrer dans une réplique du ciel.

Je voyais, au lieu d'étoiles, des relations qui évoluaient comme des constellations, s'éloignant, se rapprochant les unes des autres, petites, grandes, pâles ou brillantes, chaudes ou froides, diffuses ou claires, et parfois explosant. Escortées de fumée et d'un panache, d'une pluie d'étincelles, tournant, se déplaçant selon un plan invisible, selon des influences que nous n'avons pas encore su mesurer, analyser, contenir.

Ressortie sur le blanc tapis de neige. Silence tandis que tombe la neige. J'ai fait un long voyage loin des imbroglios humains. J'ai respiré l'espace et l'ordre.

Rank m'a écrit une lettre de Philadelphie où il passe le plus clair de son temps.

Vous êtes grande, dans la vie comme je le suis dans la création. Vous avez vécu mes créations. Et en ce sens vous êtes plus grande, et votre philosophie de la vie est vraie. C'est celle à laquelle je suis arrivé — sur le papier! Et comme vous êtes exceptionnelle dans la vie, ce que vous écrivez n'est pas seulement exceptionnel, un document unique, mais grand. Si personne d'autre ne le fait, c'est moi qui publierai La Maison de l'Inceste.

Plus j'explore la névrose, plus je me rends compte que c'est une forme moderne de romantisme. Elle provient de la même source, une soif de perfection, l'obsession de vivre jusqu'au bout ce que l'on a imaginé, et si cela s'avère illusoire, un refus de la réalité, le pouvoir d'imaginer et non pas de soutenir son endurance, et lors l'élan créateur changé en force destructrice.

Beaucoup parmi les romantiques se sont détruits eux-mêmes parce qu'ils ne pouvaient atteindre l'absolu en amour ou en création. Ils ne pouvaient l'atteindre parce qu'il était inventé. C'était un mythe. Le névrosé agit de façon semblable. Il s'assigne des buts impossibles, des buts imaginaires. Il veut gagner le respect et l'admiration d'un père ou d'une mère qui n'est même plus en vie (s'adressant à des substituts). Il veut gagner l'amour du monde en donnant au monde quelque chose dont peut-être il ne veut pas. Il recherchera à s'unir à des contraires, des relations contraires et perverses avec ceux qui s'éloignent. Il cherchera à conquérir ce qui ne peut l'être. De même que le romantique, il est créateur, et capable d'appliquer son pouvoir d'inventions à l'art, à la science, à l'histoire.

Les malades pleurent lorsqu'ils s'aperçoivent qu'ils sont leur propre bourreau et non la victime d'autrui. Ils pleurent lorsqu'ils s'aperçoivent qu'ils sont les artisans de leurs malheurs. Comme j'expose une interprétation subjective, imaginative, leur univers change suivant le concept qu'ils en ont, leur vision personnelle.

Rank, dans la vie, peut être sombre et pesant. Il n'a pas de « joie de vivre ». Ses plaisirs sont de l'esprit.

Il admet que, dans la création, le médecin ou l'artiste peut atteindre l'absolu, mais pas dans la vie. Dans la vie il faut accepter les limitations. Dans la création il existe l'autocratie. Dans la vie, des compromis. Plus on cède, plus on est facilement satisfait. Henry cède, accepte. Rank cherche à changer, à contrôler. Henry est plus heureux. La sagesse acquise à partir d'idées, l'effort pour contrôler la vie intellectuellement est un désastre. C'est la *volonté* pour laquelle D.H. Lawrence n'avait que raillerie.

Limitation de la vie. Portes se fermant à mesure que l'on avance. Rideaux de silence. Inertie. Obstacles pareils à des murailles. Puis découvrir que la limitation est en soi. Une malformation, souhaiter l'impossible. Dans tous les cas, l'imagination est le piège. L'évasion est possible par la renonciation à la vie et la création dans l'art. Ou bien en acceptant les limitations. Je suivais Broadway en réfléchissant : dans mes livres je peux ordonner, régner, marcher, rire, crier, accuser, agir à ma guise. Je suis créateur et roi. La même volonté appliquée à la vie peut me détruire. Maints créateurs, romantiques, névrosés, sont des figures tragiques dans la vie. Ce sont des absolutistes. Ils sont las de lutter contre les limitations de la vie. En art, il n'y en a pas.

Joie seulement dans les petites choses en cours de route. Henry ne considère jamais sa vie dans sa totalité, mais il accepte chaque jour, sans souci de passé ni d'avenir.

Mes malades souffrent de solitude. Leur maladie les isole. Mais lorsqu'ils sont guéris ils souffrent d'une solitude différente, parce qu'il y a davantage de névrosés, que d'ex-névrosés. Et ceux-ci ont une intuition particulière et un langage particulier.

Aussi bien construite, aussi impressionnante que soit une rationalisation (un éditeur expliquant pourquoi il ne peut publier un certain livre, une femme expliquant pourquoi elle ne peut épouser un certain homme, un savant m'exposant pourquoi il a dû renoncer à une certaine découverte, un politicien fournissant une explication plausible de sa trahison d'un ami), je vois toujours la motivation réelle qui se cache derrière, celle qu'ils refusent de voir. C'est une connaissance terrifiante, comme de transporter un appareil à rayons X, et de voir la charpente osseuse.

Je vois maintenant Rank différemment, la cause de sa tragique vie personnelle. Si Henry manque totalement de volonté, Rank en a trop.

L'aspect caricatural de la vie apparaît toutes les fois que l'ivresse de l'illusion diminue. Certains Américains ont perdu la faculté de l'illusion, ils sont si pragmatiquement raisonnables que c'est peut-être pour cette raison qu'ils ont besoin de boire tellement. Ils n'ont pas le pouvoir de lévitation ou la possibilité de fuite du poète ou de l'artiste qui peut créer un autre univers à l'intérieur de celui-ci.

Henry achève de récrire *Printemps Noir*. Il a écrit la

merveilleuse section sur « l'Homme de la Cité », et les pages sur le burlesque.

Je m'agite et m'impatiente dans mon fauteuil d'analyste.

Une fois encore j'aboutis à la même conclusion. On ne peut aider les autres à vivre. Ils vivent sur leurs propres ressources un certain temps, et bientôt se mettent en quête d'un autre guide, appui, béquille.

L'obsession d'Henry qu'il écrit dans un vide, qu'il est comme un rat enfermé dans un piège, alors même que *Tropique du Cancer* circule et que *Printemps Noir* n'a pas encore été montré à un éditeur.

Je lui ai déclaré : « Que diriez-vous alors si vos livres avaient été brûlés comme le furent ceux de D.H. Lawrence, ou si vous aviez été réellement persécuté et jeté en prison comme Sade ? »

Il ne peut supporter les refus, le silence des éditeurs conventionnels, les fins de non-recevoir des magazines, les commentaires obtus des gens.

(AVRIL 1935)

JE reçus, voici onze ans, un exemplaire de *Rahab* de Waldo Franck. Il me fut donné par Hélène Boussinesq, sa traductrice française. J'aimai le livre, si bien qu'Hélène me donna pour l'auteur une lettre d'introduction.

Il m'emmena dîner. Il avait le type espagnol, les cheveux bruns, pas très grand, les yeux noirs. Il m'appelait *La Campanilla.* Il est alerte mais semble un peu amer. « On m'aime davantage en Amérique du Sud que dans mon propre pays. » Il parla de sa théorie selon laquelle trop d'importance est donnée à la femme en Amérique parce qu'elle était si rare les premiers temps, il y en avait si peu que les hommes y attachaient un grand prix. Elles ont toujours conservé leur position privilégiée.

Lorsqu'il parut compter que je passerais la nuit avec lui, cela me contraria, parce qu'il ne m'avait nullement courtisée, n'avait pas essayé de me sonder pour connaître mes sentiments, il n'y avait eu aucun échange subtil.

C'était aussi simple et facile que de commander un dîner. Je ris. « Je vois, dit-il, que vous n'êtes pas pleine de moi, vous n'éprouvez pas pour moi un intérêt profond. »

Nous descendîmes Broadway, en regardant un spectacle qui me fascinait : samedi soir à Broadway. Le mot MAGIE clignotait à des devantures où étaient suspendus des masques, des farces et attrapes : faux cigares, râteliers au fond d'un verre, fausse monnaie, faux cils, des boîtes de prestidigitation. Ordonnances d'illusions. Troisième œil, serpents de papier à langue fourchue, glaces déformantes, plongeurs mécaniques qui ne se lassaient pas de toucher le fond et de remonter, qui ne s'attardaient jamais à explorer les profondeurs. Des poudres de perlimpinpin contre l'impuissance, des beautés de harem en caoutchouc présentant des hanches et des seins généreux, des ours dansants, des derviches tourneurs, des livres de magie, des pipes d'opium, des fétiches vaudous, des indications pour envoûter un ennemi, un œil tournant au fond d'un verre comme si c'était le sien qui y était tombé tandis que l'on buvait, une alliance que l'on ne pouvait retirer, une chaîne que l'on ne pouvait briser, une serrure que l'on ne pouvait forcer.

Chez un bijoutier avait lieu une vente aux enchères. L'homme qui dirigeait les opérations n'était pas vêtu d'un costume d'illusionniste. Il était habillé comme un vendeur. Il vous invitait à risquer un dollar pour une montre en or. Il la faisait passer à la ronde, que tout le monde puisse voir. Quelques badauds s'étaient attroupés. Il parlait si rapidement qu'il fallait faire effort pour suivre ses paroles. Son regard sautait de la montre à la foule, et lorsque les regards de la foule suivaient le sien, il portait son attention sur d'autres objets, comme s'il ne pensait plus à la montre, faisant débuter les enchères sur une poupée, un canif. La montre restait sur le comptoir. Il détournait l'attention des gens vers des statuettes, des coupes en verre, des couvre-livres. La foule en attente et ceux qui lui avaient remis un dollar avaient les yeux rivés sur la montre. La foule était debout. Les enfants attendaient à la maison, des maris affamés, des épouses fatiguées, des malades. Le temps passait. Certains s'impatientaient. Le boniment du camelot continuait toujours. « Dans une minute, nous vendons la montre aux enchères. » Ils avaient donné un dollar, ils ne pouvaient abandonner la partie, le jeu, l'attente, le suspense... « Mais d'abord, je voudrais vous faire remarquer la statue de cette reine burlesque, elle est en sucre d'orge, elle est comestible. » Il parlait si vite qu'il n'y avait pas moyen de l'interrompre. Certains de ceux qui s'étaient attroupés avaient des rendez-vous, certains avaient mal aux pieds. Je les voyais danser d'un pied sur l'autre, ou se débarrasser de leurs chaussures, pour se masser les pieds, et certains paraissaient épuisés, mais ils restaient là, ils se sentait engagés avec le destin. L'enjeu, ce n'était pas une montre, mais leur chance personnelle. C'était « Ai-je de la chance, oui ou non ? » Vais-je recevoir un présent que je n'ai pas gagné, pour lequel je n'ai pas travaillé, un don miraculeux ? J'ai jeté les dés, je ne peux tourner les talons, je serai appelé juste à ce moment-là et la montre ira à un autre. La montre est là. Elle devient plus dorée. Le camelot fait durer le plaisir. Il prolonge le moment de foi, d'attente.

Dans l'éclat des lumières, on est étourdi. On oublie ce que l'on voulait. Si on abandonne la place, quelqu'un d'autre la prend. Boîtes à magie.

Waldo Franck n'arrivait pas à comprendre pourquoi ce spectacle me fascinait.

J'essayai d'expliquer mais ne pus y parvenir. « C'est quelque chose qui a trait à la vérité que l'on ne peut supporter de voir, alors on regarde autre chose. La vérité d'une relation apparaît parfois dans les premiers mots que l'on prononce, mais on ne veut pas les entendre. Je songeais à mes malades et comment le pire moment pour eux était celui où ils découvraient qu'ils étaient maîtres de leur destin. Ce n'était pas une question de chance ou de malchance. Lorsqu'ils ne pouvaient plus s'en prendre au destin, ils étaient désespérés. Illusions trompeuses. Ce camelot vend l'illusion. »

Waldo Franck éclata de rire. Il m'emmena au spectacle burlesque à la Quatorzième Rue. Un public exclusivement masculin. Nous prîmes place dans une loge de peluche rouge. L'art de provoquer sans rien dévoiler. La femme qui retirait tout mais gardait ses longs gants blancs.

C'est le printemps et mes malades vont bien. Mais je ne peux pas encore partir.

Rank pense que pour créer il est nécessaire de détruire. La femme est incapable de détruire. Il pense que c'est peut-être pour cela qu'elle a rarement donné de grands artistes. Pour créer sans détruire, j'ai failli me détruire moi-même.

Henry fait de l'aquarelle avec Emil.

Rank m'a fait terminer *La Maison de l'Inceste*. Il m'a aidée à en découvrir le sens, après quoi je fus en mesure de faire une synthèse. Ce fut lui qui déclara : « Voyons, cela se termine ici, naturellement, avec le danseur. Et cette page sur la drogue (lorsque je dis à Sabina : « J'écrirai pour toi — ce sera notre drogue ») ne peut être supprimée. Elle est importante. Elle dit exactement ce que j'ai ressenti en lisant le manuscrit dans le train. C'est comme une drogue. Je me suis éveillé en arrivant au bout comme si j'avais rêvé. Si les gens acceptent votre langage, alors ils seront drogués. »

J'ai eu, durant les analyses, beaucoup de temps pour étudier l'effet du langage artistique par opposition au langage scientifique.

Henry a terminé *Printemps Noir*, et fait la connaissance de William Carlos Williams.

Déjeuner avec Rebecca West. Nous avons eu plaisir à évoquer notre première rencontre en 1932 ; elle m'avait écrit au sujet de mon livre sur D.H. Lawrence, en disant grand bien et m'invitant à venir la voir. Elle avait écrit une critique élogieuse. Je me rendis effectivement à Londres, avec le manuscrit de *Tropique du Cancer*. Elle me plut au premier abord : sa cordialité, ses yeux noirs pétillants, son esprit. Elle me rendit visite à Louveciennes. Nous discutâmes au point que nous nous perdîmes dans la forêt et dûmes téléphoner à un ami de venir nous chercher en voiture. A Louveciennes, elle déclara qu'elle n'avait jamais vu une maison où des discussions sérieuses pouvaient être traitées si légèrement. Nous fîmes ensemble un petit voyage, avec beaucoup de gaieté et d'affection.

Elle n'avait pas terminé son livre à cause de son opération. Elle pensait qu'elle ne vivrait pas. « Je ne reverrai pas le printemps ! »

Mais elle était là, à New York, pleine de vie et d'ardeur, et je lui rappelai la scène merveilleuse à Louveciennes où, après la lecture de *Winter of Artifice*, elle avait les larmes aux yeux et dit : « *Notre* père n'était-il pas un homme terrible ! »

Elle me présente à Norman Bel Geddes et à Raymond

Massey comme la « femme qui a écrit le meilleur livre sur D.H. Lawrence ». Nous nous rendîmes tous à un match de hockey sur glace. Madison Square Garden. Violence, vitesse, puissance physique, lumière forte, odeurs fortes, musique bruyante, voix enrouées criant, nez cassés, intensité. Nous allons prendre un verre chez Reuben, pendant qu'Eddie Cantor donne une réception entre hommes et que le directeur de théâtre, Max Reinhardt, partage son dîner avec deux actrices et un décorateur. John Huston nous rejoint et me parle avec beaucoup de sérieux. Mme Bel Geddes a un regard moqueur. Puis à Harlem, d'abord dans une boîte de nuit pour entendre quelques chanteurs, puis dans un appartement particulier. Tout le monde dansait et buvait. Une moitié de Blancs, une moitié de Noirs, belles femmes, hommes bien habillés, jazz, c'était enivrant et magnifique, le rire, la danse, mais je regrette l'intimité qui se crée à Paris au cours de réunions de ce genre. Ici, ce n'est que plaisanteries, badinage, évasion. Norman Bel Geddes me dit que je ressemble aux femmes des miniatures persanes, mais dix minutes après il ne reconnaît plus personne, oublie avec qui il est venu. John Huston est brutal et cynique, plein de vitalité, de pittoresque. Raymond Massey est fuyant, mystérieux, avec son parler lent et son regard lourd sous des paupières lourdes.

Nous buvons encore. Nous discutons encore plus tard, dans quelque club privé. Lorsque le cynisme est à son comble, je commence à me renfermer. Lorsque les gens se mettent à se moquer les uns des autres et à se détruire, je me sens plus proche de mes malades inquiets. Je me sens plus proche de ceux qui souffrent que de ceux qui plaisantent, raillent, haïssent.

Les soirées frivoles débutent toujours très bien. J'entre dans le jeu avec vivacité, enthousiasme, avec curiosité, par amour de l'aventure. Mais mon plaisir et mon enthousiasme déclinent petit à petit. L'ironie, les railleries, le ridicule me glacent le sang. Comme si je regardais une scène de sadisme.

Je cherche la sortie, une excuse pour fuir. Mon malaise augmente. Ma gorge se contracte et je ne prends plus aucun plaisir à la nourriture ni à la boisson. Je veux m'en aller. Si tout le monde est ivre et venimeux, le besoin de partir devient impérieux. Je donne de mauvaises excuses. Chaque minute où je reste devient un tourment. Je rentre chez moi furieuse contre moi-même. J'abrège la soirée. Je ne suis pas certaine pourquoi. Au revoir, au revoir.

Je suis allée chez Waldo Franck. J'ai remarqué la vivacité et la perspicacité de son regard. Il était doux et humain, plein de mansuétude et il parlait du métier d'écrivain avec sensibilité. Il m'a accueillie avec un tel regard de foi et d'émerveillement que cela lui donnait l'air très jeune. Là, je pouvais parler en toute liberté. Il a de l'âme, quelque chose de riche, de vrai, de la clairvoyance aussi. Il m'a lu des passages de *Virgin Spain,* sa description d'une femme de Catalogne. Nous buvions du porto. Sa chambre était simple, en ordre. « Vous êtes quelqu'un, dit-il, qui ne connaît ni la mort ni les choses finies. Votre insatisfaction est une inquiétude créatrice, pas une grogne, c'est de la curiosité. Vous attendez encore des miracles. »

Il me donnait une impression de jeunesse, d'intégrité, de douceur. Il m'expliqua qu'il n'admettait pas tout le monde dans la solitude dont il a besoin pour son travail. C'est un homme humain, chaleureux qui ne s'est pas durci, qui n'est pas mort, ainsi que tant d'écrivains américains.

C'est un poète rivé à la réalité comme le sont les poètes en Amérique, mais un poète plein de simplicité et qui parle sans cesse de Dieu: « C'est Dieu qui vous a envoyée, *La Campanilla,* afin que je puisse terminer mon livre. »

Il ne voulait pas sortir. Il voulait ce paisible sentiment de sécurité où il puise la force.

M. Wagner m'attendait dans le couloir, il revenait d'avoir chassé la caille en Georgie. Sa photographie parut dans le journal du dimanche. Il franchissait une barrière sur un cheval célèbre. En sa compagnie, je me dirigeai gaiement vers le bar du Plaza.

Il fixa la bouteille d'eau comme s'il lisait dans une boule de cristal : « Je ne vois nul espoir d'une liaison. »

Quelle tête il ferait si je lui disais : « J'ai bien peur de devenir une sainte. » Voilà ce que cela m'a fait de pratiquer l'analyse. Vivre tellement pour les autres me fait craindre de devenir une sainte, d'être attirée de nouveau dans le coin le plus blanc du rêve, des ailes de religieuse, comme de petites voiles de navire. L'amour que j'éprouve pour mes malades, pour cet instant d'absolue sincérité qui se produit, me fait souhaiter de rester dans le monde.

J'aime tellement le monde, il m'émeut profondément, même le monde ordinaire, le monde quotidien, même la table du bar, le tintement de la glace dans les verres, le garçon, le chien attaché au vestiaire.

M. Wagner n'a pas dit que j'étais une sainte. Personne n'a dit cela. A force de contempler le miracle de l'homme qui renaît, je finis par avoir peur de me réveiller trop loin de la terre.

Toute la journée, des gens viennent, des gens demandent la force.

Je m'aperçois que l'analyse pourrait bien créer un

genre nouveau d'idéalisme dangereux. J'ai parfois le sentiment que Rank insiste trop sur ce qui *devrait être* plutôt que sur ce qui *est*; il n'accepte jamais l'expérience comme substitut à la sagesse. J'ai parfois le sentiment que le processus de sagesse accélérée peut devenir un raccourci dangereux. Il élimine la crainte et la douleur. Il me semble qu'il ne faudrait y avoir recours que dans les cas extrêmes, lorsque le névrosé est paralysé, ne peut pas vivre, aimer, travailler. Parfois Rank dépeint un état idyllique, une attente de la vie sans douleur. Rank déclare que l'homme est né pour le bonheur, que la douleur est une maladie.

Niveaux et niveaux. C'est comme si j'étais dans un ascenseur montant et descendant, des centaines d'étages, des centaines de vies. Je monte vers le ciel, des terrasses et des planétariums, des jardins, des fontaines, les nuages, le soleil. Le vent siffle dans la cage. Finalement au dernier étage, salles de danse et restaurants, et musique. Dans les salles les murs sont striés d'ombre par les croisées. Un refuge. Un confessionnal. Un divan où s'allonger. Quelque chose sur quoi s'allonger, se reposer, à quoi s'accrocher. Foi. Lumières rouges! Descente! Descente! La standardiste annonce: un homme qui boite, un homme dont la main est paralysée, un homme amoureux de sa mère, un homme qui n'arrive pas à écrire le livre qu'il veut écrire, une femme abandonnée, une femme bloquée par la culpabilité, une femme qui pleure de honte à cause de son amour pour une autre femme, une jeune fille que l'homme fait trembler de peur. Libérer les esclaves des succubes, des fantômes de l'angoisse. Ecouter leurs pleurs. Un homme engagé à fond dans la politique déclare: « Je trouve que je suis mou et iridescent. » Un autre dit: « C'est une faiblesse d'écouter les doléances de l'enfant en nous. » Je réponds: « Il ne cessera de se lamenter tant qu'il n'aura pas été consolé, rassuré, compris. Alors seulement il se tiendra tranquille en nous, comme nos craintes. Il mourra en paix et nous laissera ce que l'enfant laisse à l'homme : le sens du merveilleux. » Le téléphone annonce : « Un câble pour vous, désirez-vous que je vous le fasse porter ? — Oui, oui. — Bon anniversaire, bon anniversaire, tendresses. » Lumières rouges ! Descente ! Lumières blanches ! Montée ! Jouer à être Dieu, mais un dieu jamais fatigué d'écouter, se demandant tout le temps comment l'autre dieu peut regarder les gens souffrir. Musique, le réconfort. Grâce à la musique nous nous élevons dans de rapides ascenseurs silencieux jusqu'au ciel, perçant le toit. Lumières rouges ! Descente ! Au drugstore, j'achète des timbres, des aérogrammes, je commande un café. Je ne tiens plus le coup physiquement. Ce n'est pas le changement d'étages, les brusques montées et descentes qui me donnent le vertige, mais c'est de toujours donner. Des parties de ma vie, des parties de mon énergie passant en d'autres personnes. J'éprouve ce qu'elles éprouvent. Je m'identifie à elles, leur angoisse me serre la gorge. Ma langue est lourde. Je me demande si je peux continuer. Je n'ai ni objectivité, ni indifférence. Je passe en elles pour illuminer, pour révéler, mais je ne peux demeurer à l'écart, être indifférente à leurs mauvaises nuits, leurs espoirs ou leurs cris, ou même leur bonheur. Je regarde par ma fenêtre au moment où Rank était à la sienne. Il y a des patineurs dans le parc. L'orchestre joue. C'est dimanche. Je pourrais être en train de déambuler dans les rues de Paris, rues joyeuses et animées où les gens sont amoureux de la vie et même de leurs tragédies. Je pourrais être en train de marcher le long des quais de la Seine humaine et belle. Je ne connaissais pas alors mon bonheur. J'avais soif d'aventure. Les rires d'enfants fusent jusqu'au vingt-cinquième étage, jusqu'à la fenêtre à laquelle je suis. Lumières rouges ! Descente ! Tout en descendant, je réfléchis au problème de la symétrie émotionnelle. Au besoin qu'ont les gens de se venger, de mesurer la colère à la colère, l'humiliation à l'humiliation, l'indifférence à l'indifférence.

Dans la boîte aux lettres, il y a un abondant courrier. Un message de Waldo Franck : « Pourquoi ne me téléphonez-vous pas ? » Invitations à des cocktails, un livre de la part d'Emilie, la note de la semaine.

L'une de mes malades m'a demandé de poser pour elle. Il fallut que je me rende dans le même bâtiment, l'Arcade à l'angle de Broadway et de la 75e Rue, où j'allais à l'âge de seize ans lorsque j'étais modèle pour les artistes. Et tout comme si j'étais aussi pauvre qu'à cette époque, je n'ai pu avaler qu'un sandwich pour déjeuner, parce que l'un de mes infirmes m'attendait, pour ne m'apporter que sa maladie.

Lumières blanches ! Montée ! Lorsque j'ouvre la porte de ma chambre, je m'assieds sur le seuil, tellement épuisée qu'il me semble que je ne pourrai pas faire les trois derniers pas. Le téléphone se met à sonner. Je le laisse sonner.

James Boyd m'a emmenée au théâtre. Il m'a raconté une histoire fascinante sur Hemingway, qui est l'un de ses amis intimes. Il me décrivit Hemingway marchant de long en large dans son antre et disant : « Il existe une autre dimension. J'en suis parfaitement conscient mais je ne peux l'atteindre. » Il était donc pris au piège de ses reportages sur des événements extérieurs, de sa fidélité à la surface, aux paroles réellement prononcées.

Pour tous mes malades, la sensualité est une concession au « côté inférieur de leur nature ». Le puritanisme est puissant et déforme leur vie par une anesthésie complète des sens. Si l'on atrophie un sens, on atrophie aussi tous les autres, une relation sensuelle et physique avec la nature, avec l'art, avec la nourriture, avec les autres êtres humains.

A l'entresol il y a des concerts que je n'ai jamais le temps d'écouter. Au sous-sol il y a mes malles vides qui attendent le moment de reprendre le bateau. Là où les ascenseurs arrivent à bout de course règnent l'obscurité et l'hystérie. Au rez-de-chaussée il y a une Anaïs parfumée qui rencontre des célébrités, des assistants sociaux, des professeurs, des gens très pauvres, des gens du monde, des danseurs mondains, des acteurs, des danseurs, des écrivains, des timides, des audacieux, des femmes de banquiers, la fine fleur de l'aristocratie du Sud, des snobs, des philanthropes, des journalistes.

Trente-six étages, des femmes de chambre qui astiquent, des hommes qui nettoient les tapis, des lettres qui descendent dans des conduits. Trente-six étages pour mes activités, trente-six cellules, de six à huit malades par jour.

Le corps est un instrument qui ne produit de la musique que lorsque l'on s'en sert comme d'un corps. Toujours un orchestre, et, de même que la musique perce les murs, de même la sensualité perce le corps et parvient à l'extase.

J'ai reconstruit des vies brisées, ressuscité, guidé, enseigné. J'ai donné la clef de la chambre où se retrouvaient les amants, consolé ceux qui étaient délaissés, rendu la foi, éveillé l'intellect, ouvert des mondes nouveaux. Extase. J'en ai procuré la clef aussi, et je m'en aperçois à présent parce que mes canards boiteux dansent.

En Amérique, je le constate, c'est la survie des durs. Les sensibles, les tendres se font piétiner. Moules en série, perte de l'individualité, confusion entre l'individualité et l'ego. Il y a donc eu perte de l'individualité et du respect pour le moi, perte de l'identité.

Retrouvé Bel Geddes au bar du Ritz. Nous sommes allés ensuite au Kit Kat Club. Il me raconte qu'il s'est enfui de chez lui pour devenir un magicien de vaudeville.

Partout où nous allons, tout le monde le connaît. Les entraîneuses viennent s'asseoir à notre table. Norman dit : « Lorsqu'on se retrouve au lit en compagnie de l'une de ces strip-teaseuses, elles n'ont rien à donner. Elles se sont entièrement données dans leur numéro. » Il est généreux, cordial, sociable. Les noms émaillent sa conversation. « Lorsque j'ai vu Reinhardt... Miriam Hopkins... lorsqu'Eva Le Gallienne et moi avons dîné ensemble à Paris... lorsque j'ai produit... » On prend plaisir à le voir fraterniser avec le monde entier. C'est ainsi que se comporterait Henry s'il avait à ses pieds Hollywood et Broadway. Il me déposa à mon hôtel à trois heures du matin en me susurrant : « Vous êtes merveilleuse. »

A Harlem, j'ai compris que les Noirs sont naturels et possèdent le secret de la joie. C'est pourquoi ils peuvent endurer les souffrances qu'on leur inflige. Le monde les maltraite, mais entre eux ils sont profondément vivants, émotionnellement et physiquement, et il se peut que leurs bourreaux soient jaloux de cette faculté, ce sont eux les amers et les racornis.

Rank est nostalgique de Paris, ses cafés, son humanité, sa cordialité.

Il a déclaré en plaisantant qu'il aimerait se faire analyser par moi. « La moitié de l'efficacité de l'analyse réside dans le désir de l'analyste de guérir et de secourir. Ce désir est contagieux et souvent accomplit la moitié du travail. Chaque analyste l'éprouve au début, mais il le perd peu à peu. Si l'analyste devient mécanique, ce désir en pâtit. Le névrosé s'en aperçoit. Vous avez conservé votre authentique intérêt pour les êtres humains. Freud avait commencé à m'analyser. Il pensait que chaque analyste devrait commencer par se faire analyser. Mais nous ne pûmes continuer. Il n'était pas objectif. Tout au moins je n'en avais pas l'impression. Un excès de sagesse m'empêchait de vivre jusqu'au bout mon moi naturel. »

La schizophrénie ressemble tellement à l'indifférence qu'il est difficile de les distinguer. Je ne sais quelquefois si Henry a des moments d'indifférence totale, où tout lui est égal, ou bien des moments de dédoublement provoqués par la violence et les brutalités de la vie américaine.

Le danger de la schizophrénie, c'est que le névrosé en état de choc recherche un autre choc pour s'éveiller, recherche la douleur. Et la douleur qu'il éprouve lui procure momentanément l'illusion d'être pleinement et totalement vivant.

Henry est en train d'écrire sur Attila et le Christ, tous deux finissant par conquérir le monde, l'un par la force, l'autre par l'amour, et tous deux faisant autant de mal.

Henry se satisfait d'un flot de gens qui ne sont pas pour lui d'une importance vitale. A ce flot, il consacre son temps, son énergie, ses idées, sa conversation, ses lettres, mais il ne se donne pas. Il a le sentiment de communiquer avec le monde. Il me trouve distante, mais ne comprend pas que je ne peux pas donner superficiellement, que je ne peux former que des attachements profonds, essentiels, à quelques-uns. Je me tiens à l'écart du flot habituel.

J'ai maigri, j'ai perdu le sommeil. J'étais obsédée par les ennuis de mes malades, leurs cauchemars devenaient mes cauchemars. Je ne pouvais jouir de ma vie personnelle. Je pensais à eux et à la manière de leur venir en aide, jour et nuit. J'étais malade de leur maladie, par sympathie, par empathie. Je me sentais submergée et désespérée de ne pouvoir sauver tous les blessés. Je suis allée aussi loin que je le pouvais dans le don de ma force. J'étais vidée, pompée de tout ce que j'avais à donner.

Rank réclamait un autre sacrifice : que je renonce à écrire pour moi, et que je récrive ses livres. Il me voyait maigre et hâve, et pourtant il désapprouvait que je quitte New York. Je savais que le temps était venu de quitter New York ou alors je m'userais à servir et à guérir.

Le don que me fit Rank fut celui d'être comprise, justifiée, absoute.

Il me demandait toujours ce que j'avais fait pendant la semaine. C'était à ce moment-là que son pouvoir magique commençait à opérer, parce que quoi que je lui dise, du plus banal : « Je me suis acheté un bracelet », ou plus important pour moi : « J'ai trouvé une situation pour mon premier malade », ou bien : « J'ai rédigé une page sur les minéraux pour *La Maison de l'Inceste* », Rank se précipitait toujours sur ce fait, avec la joie d'un inventeur, et il métamorphosait ce fragment en une légende éblouissante, complète, extraordinaire. Le bracelet avait un sens, les minéraux avaient un sens, ils révélaient l'extraordinaire schéma suivant lequel je vivais que seul Rank pouvait voir complet et réalisé. Il répétait sans cesse : « Vous voyez, vous voyez, vous VOYEZ. » J'avais le sentiment d'accomplir des choses extraordinaires. Lorsque je m'arrêtais à une devanture et que j'achetais un bracelet, j'exprimais le drame de la dépendance et de l'esclavage de la femme. Dans le petit théâtre obscur de mon inconscient, le dénouement était l'achat d'un bracelet. D'après Rank, je n'étais pas séduite par sa couleur, sa forme ni sa matière, par mon amour de l'ornement. C'était beaucoup plus dramatique que cela ! L'intérêt de Rank se concentrait sur l'élucidation du mystère de ce rituel. « Vous voyez, vous VOYEZ. » Non seulement les instants que j'avais passés sur la 5e Avenue étaient évoqués, intensifiés, mais tout ce que j'avais fait pendant la semaine était comme une pièce parfaite, ou un roman, suscité par la révélation de Rank. Je me sentais comme une actrice qui aurait ignoré à quel point sa voix, ses gestes étaient émouvants, leur formidable répercussion, mais aussi comme un créateur préparant dans quelque officine obscure une vie pareille à une légende, et lisant à présent la légende dans un énorme grimoire. Et cela faisait sûrement partie de la légende, Rank se penchant au-dessus de chaque incident, expliquant, s'émerveillant de ce miracle qui ne m'avait pas semblé un miracle mais un caprice, ma flânerie et mon emplette d'un bracelet, aussi miraculeuses pour Rank qu'un liquide changé en or dans la cornue d'un alchimiste. Plus je parlais, plus je déversais d'histoires, plus Rank me persuadait que je n'avais pas seulement rempli le monde d'une multitude de petits actes, mais que tous les actes renfermaient une signification profonde et qu'il fallait les admirer pour l'acte même de leur floraison. Pour lui faire plaisir, je faisais un retour en arrière et retrouvais de petites actions que j'aurais risqué de perdre ou d'oublier dans les rues poussiéreuses de ma vie si riche, qui, illuminées par la baguette de l'interprétation de Rank assumaient une profondeur nouvelle, une patine, un éclat que je ne leur avais jamais remarqués, et dont Rank se délectait comme si cela avait été l'une des tapisseries les plus colorées qu'il ait jamais vues. Lumières chatoyantes projetées sur des actes insignifiants ? Rien n'était insignifiant. J'étais retournée au même endroit et j'avais acheté un second bracelet. Pourquoi cela ? Il m'arrivait souvent d'acheter deux de quelque chose qui me plaisait. Je sentais le danger de la perte. Je voulais me prémunir contre la perte d'une robe que j'aimais et qui pourrait s'user, la perte d'une sandale d'un modèle unique que je ne retrouverais peut-être jamais. Mais deux bracelets ? Dualité ? Deux amours ? L'un représentant la femme qui voulait être mise en esclavage (bracelet d'esclave), le second pour retenir celui que j'aimais, l'autre ? Allais-je les mettre ensemble, comme des jumeaux, ou allais-je en conserver un en prévision d'une perte possible, ou allais-je donner le bracelet assorti à quelqu'un d'autre ? Rien n'était insignifiant. Même lorsque je faisais un mensonge à Rank, c'était pour révéler l'aveuglement de la science, de la psychanalyse, afin de prouver qu'elle n'était pas comme l'œil de Dieu qui faisait partie de mon éducation catholique, capable de voir tout ce qui se passait sur terre.

Rank éclata de rire. J'étais toujours heureuse de le faire rire. Il riait de ce que je comprenais le jeu. Il dit que je ne voulais pas rendre les choses trop réelles pour qu'elles ne tournent pas au tragique, ou meurent, ainsi que cela se produit si souvent dans la réalité. J'aimais le *jeu*. Je ne voulais pas de la tragédie, de la destruction. J'avais cultivé les moyens de fuir, de m'échapper, les tours de passe-passe.

Il y avait un colloque de psychanalystes et nous étions sept dans le train à nous rendre à Long Beach.

Les longues et tristes planches de la promenade, avec le raclement des pieds sur le bois. Foules. Discorde entre la mer et les voix, voix perçantes comme des cris de chat-huant, discorde entre la mer incolore et les couleurs criardes des affiches de cinéma, entre l'odeur de hot-dog et l'odeur de poisson, les nuages qui filent menaçants et le sable crissant. La foule qui déambule, en mâchonnant, le vent qui décoiffe les chevelures teintes, le sel si âcre dans la morsure du vent sur les lèvres, des maisons sans vergogne qui devraient se cacher, révélant des façades maladives, des boutiques la gueule ouverte avec des haut-parleurs raillant le sifflement de la mer, annonçant une vente de meubles, d'horoscopes, de poupées. La longue promenade en planches, crissant sous les pas, une foire de monstres exposés gratuitement, des visages de hiboux, des rictus de morse, des regards de rayon de la mort. Un hôtel qui avait tout du pénitencier à l'extérieur et du bordel à l'intérieur, entièrement rouge et or. La mer était là, son rythme interrompu par les radios braillardes. La vaste salle à manger où tout le monde avait défilé, où personne n'avait passé, chacun arborant son nom sur son revers. Congrès. La mer ne peut entrer. On tire de poussiéreux rideaux, et il y a trop de serveurs, trop de pancartes sur les portes, trop de sonnettes, trop de miroirs, de tapis, de mégots de cigares dans des jarres remplies de sable. La mer était dissimulée, on lui imposait silence.

Ce fut ce jour-là, à un dîner, avec une étiquette sur mon épaule, que je m'aperçus que je ne faisais pas partie du monde de la psychanalyse. Mon jeu était toujours visible. A l'entrée, il y a toujours un contrôleur qui demande : « Est-ce réel ? Etes-vous réel ? Etes-vous psychanalyste ? » Ils savent toujours que je suis une simulatrice. Ils ne m'acceptent pas.

Il me semblait ce jour-là qu'ils examinaient tous des fragments qui n'auraient jamais dû être séparés sauf dans un laboratoire. Je n'étais pas un savant. Je recherchais une forme de vie qui serait continue comme une symphonie. Le mot clef était la mer. C'était cette vie océanique que l'on mettait en bouteilles et que l'on étiquetait. Sous mes pieds, agitée sans trêve sous le plancher même de l'hôtel, était la mer, et ma nature qui ne pourrait jamais s'amalgamer avec l'analyse dans un mariage durable. Je n'arrivais pas à entendre la discussion. J'essayais d'entendre le grondement et les pulsations de la mer.

Ce fut ce jour-là que je me rendis compte une fois encore que j'étais un écrivain, rien d'autre qu'un écrivain, un écrivain et pas un psychanalyste.

J'étais prête à rentrer chez moi et à écrire un roman.

Quelques jours après, je pris le bateau du retour. Lorsque je partis, New York était plongé dans le brouillard. Je n'entendais que les sirènes du bateau.

(JUIN 1935)

RETOUR au bercail. Louveciennes. Ruée des souvenirs. Insomnie. Je regrette l'animation de New York, la vitalité animale. Cela ne me gênait pas qu'il n'y ait pas de signification ni de profondeur. Ici je me sens inquiète. Le lit persan. Le tic-tac de la pendule. Le temps ralentissait. Le chien aboie à la lune. Teresa apporte le petit déjeuner. Toutes les ampoules électriques ont disparu. Les locataires ont emporté des choses. Les livres sont poussiéreux. Mes bouteilles de verre coloré paraissent moins éclatantes après les couleurs criardes et voyantes de New York. Les pièces colorées paraissent plus discrètes, plus douces. Les tapis sont usés. Où est le rythme de jazz, la nerveuse énergie de New York ? Le passé. Le verre de ma coiffeuse est brisé. Les tringles à rideaux ont disparu. Où sont les sièges de jardin ? La France est vieille. Elle a le parfum, la saveur, le bouquet, la patine des choses anciennes. Elle a de l'humanité, ce que New York n'a pas.

J'avais, sur le bateau, des craintes traumatiques. Le

docteur Endler m'attendrait sur le quai pour me ramener à l'hôpital et recommencer l'accouchement de l'enfant mort-né. Ou bien je m'imaginais la maison de mon père, tout en marron (le marron, d'après Oswald Spengler, est la couleur de la philosophie). Le marron est une couleur que je déteste.

Louveciennes est vieille et tranquille. Il fut un temps où je goûtais son ancienneté, son caractère. A présent elle paraît avoir l'odeur de moisi du passé. New York était neuf.

Le mur du jardin croule sous le poids du lierre.

Ma mère trouve que c'est beau.

Mais moi je suis triste. Je ne semble plus avoir ma place ici, ou bien suis-je éprise d'activité fébrile, d'intensité, d'excitation ? Le silence de Louveciennes, le visage fermé des villageois derrière leurs fenêtres. Paix. Chez soi c'est la paix. Les cloches du village sonnent. Le parfum du chèvrefeuille pénètre par la fenêtre. Un nouveau moi se sent étranger ici maintenant, un nouveau moi est un aventurier et un nomade. Les gens autour de moi ne changent pas comme moi, ne poussent pas de nouvelles branches. Revenir a été comme d'être prise dans un cercle. Je lutte contre la monotonie et la répétition.

J'étale sur mon lit tous les cadeaux que j'ai rapportés de New York. Une série de plats en bois avec des symboles astrologiques et les bordures en bleu. Nous donnerons un dîner et nous inviterons Antonin Artaud et René Allendy.

Tout est identique, c'est ce qui me donne l'impression de n'avoir pas bougé du tout. C'est pour cela que les aventuriers prennent un bateau et se rendent en Afrique, traversent le Tibet, escaladent l'Himalaya, parcourent à dos de chameau les déserts d'Arabie. Pour voir quelque chose de nouveau.

Face à face avec un Paris miniature, raffiné, tout en charme, en intelligence, la nouvelle Anaïs sent : Mais je connais déjà cela. C'est familier. Je suis amoureuse d'un monde nouveau qui n'est pas encore créé, couleurs vives, grande échelle, immensité et abondance, vaste cité synthétique de l'avenir.

Que c'était donc surréaliste d'être projeté comme un boulet de canon jusqu'au sommet de l'Empire State Building, pour contempler New York comme d'un avion, et de trouver des canaris chantant dans une cage. Incongru. A New York, on a l'impression de vivre dans l'espace, sans terre sous les pieds.

A Louveciennes, les draps sentent le moisi, il y a des milliers de feuilles d'automne à ratisser et brûler. Anaïs, ratisse les feuilles, tu es rentrée chez toi, fini les aventures.

J'avais trop escompté : grande expansion, formidables changements extérieurs correspondant aux changements qui s'étaient opérés en moi, voyages en Inde, en Espagne, en Chine, amitiés nouvelles, sensations nouvelles, rythmes nouveaux.

J'essaie de me poser en douceur. Du voyage fantastique à travers tous les niveaux de la vie américaine, l'exploration du vaste cerveau cosmique de Rank, l'ivresse de la liberté, l'aventure de l'analyse, jusqu'à l'isolement de Louveciennes, son assoupissement.

Il faut que je me développe de façon différente non pour couvrir des kilomètres, mais en profondeur. Il faut que je sublime mon amour de l'aventure.

Mon père est dans le Midi, il fait une cure pour ses rhumatismes. Joaquin passe des concours au Conservatoire de Paris.

Je rêve d'une presse à imprimer, je rêve de publier.

Il y a une grange à côté de la maison qui servait autrefois à entreposer du blé en haut, et où l'on remisait les voitures avec les chevaux en bas. Tout le monde est enchanté à l'idée d'y installer une presse à imprimer et de devenir indépendant des éditeurs.

Encore la Chine, suivant l'expression d'Henry, la Chine de l'artiste. La maison a commencé à se réveiller, à répandre de nouveau sa magie. Il est venu des visiteurs qui ont dit qu'elle était comme la maison dans *Le Grand Meaulnes* d'Alain Fournier.

Henry travaille dans la joie. Visites. Repos dans le jardin en prenant son temps. Je crée un tourbillon intérieur.

Je ne suis pas un artisan patient lorsque j'écris. J'aime conserver la vie, la fraîcheur de l'écriture. J'aime la première version spontanée, l'explosion des graines, l'ouverture de routes nouvelles. Conversation animée hier soir.

Nous écrivons tous sur les mêmes personnes, mais si différemment. Je suis toujours fidèle à la vie, comme l'est une femme. Henry, (Michel) Fraenkel et (Fred) Perlès inventent, romancent.

Fraenkel est venu, s'est approprié le projet de presse à imprimer, a dominé Louveciennes, a parlé sans interruption toute la journée et jusqu'à une heure avancée de la nuit. Le moi ! Un petit homme malade, frêle et nerveux, mais la *volonté* et l'*ego*, immense, remplissaient la maison. Il a tenu des propos outranciers, déclarant que *Printemps Noir* était le résultat de toutes les conversations qui avaient eu lieu entre Henry, Walter Lowenfels et Fraenkel. Henry lui-même a trouvé cela hilarant. Il a fini par perdre patience et déclarer : « Cette conversation est vraiment merveilleuse, n'est-ce pas ? Eh bien, j'en ai eu de meilleures avec Anaïs, ici même dans cette pièce ! » Mais Fraenkel était ivre de lui-même. Il ne voulut pas reprendre le train pour rentrer à Paris. Il s'installa. Je les laissai parler au jardin et retournai à mon travail.

J'étais en train d'écrire lorsque Fraenkel entra dans la pièce où j'étais. Il était humble et soumis, parce qu'il avait trouvé un exemplaire de son livre annoté par moi, et qu'il aimait les remarques que j'avais faites. Il dit : « Vous savez mieux que quiconque ce que signifie ce livre. » Il touchait son livre avec affection, tendresse.

A la suite de cet incident, je dis à Henry qu'à mon avis la presse à imprimer devrait être installée villa Seurat.

Henry a écrit à propos de la France :

Détérioration physique mais l'âme respire. Les choses pourrissent extérieurement et dans cette rapide pourriture le moi s'enterre comme une graine et fleurit. Ici, le corps devient une plante qui dégage sa propre humidité, crée une aura, produit une fleur. Je vois un gros globule qui nage dans le sang du grand animal l'HOMME.

Ce globule c'est Paris. Je le vois rond, et plein, toujours le globule entier, d'un seul coup. Le globule s'étire et s'allonge, permet à l'homme les mouvements les plus fantastiques, mais ne se rompt pas. Brusquement, je suis à l'intérieur du globule. J'ai pénétré par osmose. Je me suis infiltré entre la fin de l'après-midi et minuit. Je suis dedans à présent. Je le sais. J'avais réussi à pénétrer en entier, un homme complet, y compris mon âme.

Fraenkel expliquait que nous nous étions lassés de la logique, du rationalisme, comment le surréalisme, l'humour et le chaos étaient venus à bout de la logique incompatible avec la vie et l'inspiration. La chose vivante, comme dit Henry. J'ai reconnu cette qualité chez Henry et suivi son influence. Elle est plus proche de la manière féminine de percevoir, que j'abandonnai lorsqu'il fallut que je m'occupe de ma mère et de mes frères, lorsque j'essayai de remplacer le père absent et que ma mère disait : « Et maintenant dis-moi ce qu'il faut faire, toi qui as l'esprit clair et logique. » Je suis revenue à l'intuition et à l'instinct lorsque je me suis tournée vers D.H. Lawrence, puis vers Henry, qui représente le non-rationnel. Le fait même qu'il soit tout paradoxe et contraires, non résolu et sans noyau, est comme la vie même.

Ce qui rend les gens désespérés, c'est qu'ils essayent de trouver une signification universelle à la vie tout entière, et qu'ils finissent par déclarer qu'elle est absurde, illogique, vide de sens. Il n'y a pas de grande signification cosmique et unique pour tout, il y a seulement le sens que chacun de nous donne à la vie, un sens individuel, une intrigue individuelle, comme un roman individuel, un livre pour chacun. C'est une erreur de rechercher une unité totale. Donner à sa vie autant de sens que possible est correct à mon avis. Car c'est une contribution à l'ensemble. Par exemple, je ne suis engagée dans aucun des mouvements politiques, que j'estime pleins de fanatisme et d'injustice, mais vis-à-vis de chaque être humain je me comporte de façon humaine et démocratique. Je rends son dû à chaque être humain. Je ne m'occupe ni de classe ni de fortune. Mon respect va à leur esprit, leurs qualités humaines ou leurs talents. Je satisfais à leurs besoins autant que je le puis. Si nous agissions tout à l'unisson, comme j'agis individuellement, il n'y aurait ni guerres ni pauvreté. Je me suis rendue personnellement responsable du sort de chaque être humain qui est venu à moi.

Je regrette le rythme électrique de New York. C'était comme de chevaucher un fougueux pur-sang. J'étais ivre de liberté, d'espace et de dynamisme. Où sont les lumières éblouissantes, le mugissement des cornes de brume, des avions, des voitures rapides, du rythme sauvage ? Je suis agitée. L'aventure m'appelle. Lorsqu'un homme éprouve ce sentiment ce n'est pas un crime, mais qu'une femme éprouve la même chose, c'est un tollé. Partout où je regarde, je vis dans un monde fait par l'homme à son idée, et je suis ce que veut l'homme.

J'étais plus heureuse lorsque j'étais altruiste, mais maintenant que cette croissance et cette expansion ont commencé, je n'arrive pas à les arrêter.

Je me sens si étrangement libérée, je ne sens nulle limite en moi, ni murs, ni craintes. Rien ne me retient loin de l'aventure. Je me sens mobile, fluide.

Rank ne me manque pas. Je pense que j'ai fini par maîtriser le besoin d'un père. Il a joué le rôle généreusement, mais il a aussi essayé de me dominer et de m'absorber dans son travail. Il voulait que je consacre ma vie à récrire ses livres, une tâche pour une vie entière qui aurait détruit l'artiste en moi. Jamais il ne me pardonnera d'être rentrée à Paris.

En me rendant à pied de l'Opéra au parc Montsouris, j'ai compris que Paris était construit pour l'éternité, et New York seulement pour le présent. Un documentaire sur l'Egypte traduisait leur obsession d'éternité.

Nous avons fait des projets pour nous publier par nos

propres moyens, alors que nous ne possédons même pas encore de presse. Fred a baptisé la presse Siana, en inversant les lettres de mon nom. Fraenkel dresse la liste des livres que nous allons publier et je n'y figure pas.

Tout ce dont je souffre c'est d'être tombée d'un rythme rapide à un rythme plus lent. Je ne peux rester des heures assise dans un café, ni parler dix heures d'affilée comme Henry et Fraenkel. J'éprouve un impérieux besoin d'action et de mouvement. C'est comme si mon cœur battait plus vite que le leur et que je m'étais mise au rythme rapide de New York.

Je reviens à Louveciennes avec soulagement, après la vie de café, à un certain ordre, une certaine discipline dans le travail, un certain sérieux que je cache au monde. Le monde préfère les pitreries, les plaisanteries et le vaudeville.

Henry n'a que faire de l'intuition. Il n'est pas troublé par des paradoxes et des contradictions. Il accepte l'absurdité, l'irrationnel et le chaos. Il travaille à *Capricorne*.

J'ai demandé à Henry s'il aimerait aller voir Brancusi avec moi. Il a dit que non, qu'il n'aimait pas les prophètes, que c'était de l'affectation. Je suis donc allée voir Brancusi accompagnée de la fille de Dorothy Dudley.

C'était en fin d'après-midi. Il habite une petite maison avec une cour. Il nous ouvrit une énorme grille de fer. Il était vêtu d'un costume blanc de maçon, et portait une longue barbe blanche de Père Noël. Son atelier était blanc, ses statues blanches ou argent. J'ai aimé son *Oiseau sans Ailes*. Un long envol lyrique, perçant l'espace. Ses yeux noirs se fermaient complètement lorsqu'il riait. On aurait dit un moujik, un paysan. Son visage rubicond dans sa barbe blanche respirait la santé. Il a préparé des shish-ke-bab dans son âtre, et les a servis accompagnés de grandes bouteilles de vin rouge.

Ses statues nous observaient, mais contrairement à celles de Chana Orloff, elles possédaient toutes une légèreté, une capacité d'envol, et leur abstraction les rendait discrètes, noyées d'ombre à mesure que le grand atelier s'obscurcissait. Il rejetait la tête en arrière lorsqu'il riait. Vin rouge, rires. Il dansait, et il expliquait les histoires qu'il racontait avec des gestes, il les jouait. Le temps passait, mais lorsque ce fut l'heure de prendre congé, il protesta. Nous déclarâmes que nous devions partir, il se faisait tard. Il dit qu'il ne pouvait supporter que l'on s'en aille, il ne pouvait supporter la séparation.

Nous nous mîmes à rire : il ne nous était guère possible de coucher dans son atelier.

La fille de Dorothy et moi commencions à nous diriger vers la porte à reculons et Brancusi se mit à parler avec volubilité comme pour nous dissuader de partir. Comme il avait sculpté tellement d'œufs, je lui proposai pour le taquiner de le présenter à Chana Orloff qui sculptait des femmes enceintes.

« Ou peut-être que vous vous connaissez déjà, et c'est la vue de vos œufs qui lui a fait sculpter toutes ces femmes enceintes. » Brancusi répondit qu'il ne féconderait jamais une réaliste. Uniquement des femmes jeunes comme nous, des femmes jeunes et belles. Puis, comme il avait sculpté des célèbres « *Colonnes sans Fins* », je lui demandai s'il croyait aussi aux « Nuits sans Fins ». Nous prîmes congé finalement en riant et en plaisantant, mais lorsque nous fûmes à l'extérieur de la grille de fer, et Brancusi de l'autre côté, les mains sur les barreaux et une expression tellement triste et lamentable dans ses yeux noirs, nous eûmes le sentiment de le déserter *.

Henry est en train d'écrire sur June.

« Mon intérêt pour le passé est presque scientifique, comme celui d'un détective, il n'est pas humain. Il arrive simplement que je me débats avec plusieurs mystères. Et je veux être vrai. »

Il décrivait sa première rencontre avec June, leur premier baiser, son premier mensonge.

« J'écris avec froideur, une grande lenteur. Je n'aime pas tellement ce que j'écris. Je ne me suis pas tourné vers le passé pour l'embrasser. C'est seulement mon esprit qui fonctionne. Il me semble que j'étais endormi durant toute ma vie avec June, que c'était un rêve, que j'étais somnambule.

— Elle voulait que vous dormiez, elle avait besoin que vous dormiez.

— Je m'aperçois qu'elle était ma création. Je me rends compte combien j'ai appris à la lecture de votre roman, combien j'ai appris grâce à votre sincérité. »

Fraenkel habite au rez-de-chaussée de la villa Seurat. Fraenkel et Henry parlent beaucoup de Spengler, de la fin du monde, de guerre, de révolutions, de destruction et de mort. Le monde de la mort. Lorsque je trouve à redire à cela en tant que philosophie, Fraenkel déclare qu'étant une femme je fais un saut au-delà de la guerre, dans la vie, parce que je représente la vie. Je ne pense pas

* A sa mort, Brancusi légua son atelier à la Ville de Paris en demandant qu'il soit conservé comme musée Brancusi. La Ville de Paris le négligea et il demeura fermé. Des cambrioleurs réussirent à s'introduire par une imposte, et dérobèrent les petites sculptures. Désormais, il pleut dans l'atelier. - A. N.

qu'Henry s'intéresse au thème de la mort, non plus, mais il aime ces joutes idéologiques.

Je viens de terminer le livre du docteur Esther Harding *The Way of All Women,* et Fraenkel fut intéressé d'apprendre que c'était par suite de la perte de la polarité entre mâle et femelle que nous avions si couramment l'homme recherchant l'homme afin de renforcer sa masculinité, et la femme recherchant la femme afin de renforcer sa féminité. Mais la polarité reviendra comme elle revient au terme d'une psychanalyse, lorsque hommes et femmes ont tous deux retrouvé leur identité sexuelle séparée. Comment elle s'est affaiblie, le docteur Harding ne le dit pas.

Le monde entier souffrait d'une stérilité de conscience et il fallait le guérir en sondant l'inconscient pour redécouvrir les véritables sources de la vie.

Fraenkel dit que c'était impossible parce qu'il faudrait analyser tout le monde.

« Oh ! dis-je, cela se fera, non pas individuellement, mais par infiltration, contagion, par des arts nouveaux et des philosophies nouvelles, de nouvelles méthodes de critique et de nouvelles manières d'interpréter l'histoire. Tout ce qui arrive à un groupe réduit finit par arriver aux masses, au monde. »

Vu Chana Orloff, Richard Thoma, et Fujita, rue des Artistes.

En marchant villa Seurat avec ma robe russe rouge, je me sens de nouveau éprise du monde, éprise du monde entier.

Jack Kahane (de l'Obelisk Press) accepte de publier *Winter of Artifice* et il m'a donné un contrat à signer. Oui, j'ai un contrat en poche.

Henry devient une célébrité. Il reçoit des lettres de T.S. Eliot, une critique par Blaise Cendrars, et cent trente exemplaires de *Tropique du Cancer* ont été vendus à ce jour.

Notre presse personnelle publiera d'abord le *Scénario* d'Henry, inspiré de *La Maison de l'Inceste* et que je considère comme une parodie. *La Maison de l'Inceste* sera publiée après cela. Le troisième livre sera la lettre de cent pages qu'Henry a écrite à Fred.

(JUILLET 1935)

Réalité. Lorsque vous êtes au cœur d'un jour d'été comme à l'intérieur d'un fruit, et que vous jetez les yeux sur vos ongles de pied vernis, la poussière blanche sur vos sandales récoltée le long de paisibles rues somnolentes. Lorsque vous regardez le soleil qui gagne sous votre robe et entre vos jambes, et la lumière qui fait briller les bracelets d'argent, que vous respirez des odeurs de boulangerie, de petit pain au chocolat, que vous contemplez les voitures qui passent, remplies de femmes blondes sorties des photographies de *Vogue*, alors vous apercevez soudain la vieille femme de ménage, avec son visage brûlé, terreux, couvert de cicatrices, et vous lisez l'histoire de l'homme qui a été coupé en morceaux, et en face de vous s'arrête maintenant le tronc d'un homme qui repose sur un chariot à roulettes.

Henry a dit : « Lorsque je suis déprimé, je m'endors. »

Et soudain je me suis rendu compte que lorsque je suis déprimée il faut que j'agisse. New York m'a guérie de la dépression grâce à une activité intense.

Nous lisons cette définition dans le livre d'Arnaud Dandieu sur Proust : « Le tempérament schizoïde peut s'exprimer par une fuite dans l'action aussi bien que par une fuite dans le rêve. Le docteur Minkowski a très bien montré qu'un des symptômes les plus clairs de la perte de contact avec la réalité était la perte du sens de repos. »

Je ne peux transcrire dans le journal les interminables conversations sur l'art, la philosophie, la littérature, parce que je m'intéresse davantage aux êtres humains, et que leur vie intellectuelle fait d'ordinaire partie de leur mascarade. Les grands thèmes qui ne sont pas abordés dans le journal se trouvent dans les ouvrages de Spengler, Otto Rank, Antonin Artaud, André Breton, et, récemment, dans *Modernes* de Denis Seurat.

Un jour, Artaud m'a dit : « La différence entre les autres femmes et vous c'est que vous respirez dans le dioxyde de carbone, et exhalez de l'oxygène. »

Dorothy Dudley m'écrit : « J'avais l'impression d'être à l'intérieur de la nature dans *La Maison de l'Inceste,* un poème. Les poètes sont rares. Vous en êtes un. »

J'ai suggéré à Henry qu'il abandonne l'impossible tâche de faire la synthèse de son livre sur D.H. Lawrence, qu'il en accepte les fragments impressionnistes.

Je suis la jeune mère du groupe, en ce sens que je donne la nourriture et crée la vie. Ils sont tous en mouvement maintenant. Lorsque je regarde les changements, les transformations, les épanouissements que j'ai créés, je prends peur, j'ai peur de me retrouver seule, comme le sont en fin de compte toutes les mères. A chacun j'ai donné la force de s'envoler loin de mon univers et mon univers, parfois, semble vide. Mais ils reviennent.

Henry me fait le résumé d'une discussion de trois jours sur la schizophrénie. Henry est épuisé, nerveux, ému par son propre récit de la manière dont il est venu à bout de Fraenkel et l'a fait pleurer (nous reproduisons tous, sous une forme ou sous une autre, le processus de la psychanalyse, les uns pour les autres : confession, révélation du moi qui se dissimule sous les masques, absolution, foi, foi nouvelle et vision nouvelle).

Fred est venu avec une dizaine de pages de sa traduction en français de *Winter of Artifice.*

« Nous ne sommes pas heureux, dis-je, nous sommes joyeux, ce n'est pas la même chose. »

Nous partîmes tous prendre le café ensemble. Henry parlait toujours de son analyse de Fraenkel, m'expliquant comment la description de la schizophrénie s'appliquait aussi à lui.

« *Tropique du Cancer* était un livre de cannibalisme et de sadisme », dit-il.

Comme je le connais maintenant, c'était un masque, un déguisement du Henry sensible pour parer les coups du monde.

Je suis allée, hier, chez Elisabeth Arden, me défaire de ma fatigue. J'étais allongée, du coton sur les yeux. Ceci entraîna un demi-sommeil, une sorte de demi-rêverie, comme ce que Proust a si bien décrit. Je vis alors à la fois le réalisme extérieur et le réalisme intérieur du subconscient, je vis comment ils pouvaient se confondre ou bien alterner harmonieusement ainsi qu'ils le font dans la vie. Passer de la fantaisie au réalisme, de la rêverie à l'action, voilà ce que je voulais accomplir. Dans notre vie, les deux sont mêlés. Dans la littérature, ils étaient traités comme des activités distinctes. Je commençai à monologuer sur mon père. Je me précipitai chez moi, devant ma machine à écrire, et rédigeai en toute hâte cinq pages sur les pieds de mon père et le drame de la projection. Je sais maintenant comment j'écrirai ce livre. C'est une reconnaissance sans réserve de l'influence du subconscient sur la vision. A l'intérieur et hors du tunnel du conscient et du subconscient, avec tous les détails réalistes ainsi que dans le rêve éveillé.

Puis arriva une lettre enthousiaste de Rebecca West, qui avait donné mon livre à son gendre, éditeur, qui partageait son opinion.

Donc, au travail.

Recopié dix pages du journal que je tenais à New York. Ai pris plaisir à revivre l'activité fébrile. Puis j'ai rédigé les dix pages sur l'orchestre de *Winter of Artifice*. Musique. C'était le mot clef. Musique. Lui, le musicien, ne rendait pas pour moi le monde musical, rythmique, lyrique. « Jamais je n'ai pu danser autour de toi, mon père. Jamais nul n'a dansé autour de toi. Dès que je t'eus quitté, mon père, le monde entier se mit à danser en une symphonie. »

Joaquin m'a envoyé les premiers droits qu'il a touchés sur sa sonate, publiée à Londres.

Les premiers droits d'Henry ont passé à l'impression de son *Scénario*.

Trouver les motifs des actions des êtres humains, telle est la manière dont je justifie leur conduite. Je suis comme le gardien du python à Londres. Lorsqu'on lui demanda comment il arrivait à nourrir le python sans mettre sa vie en danger, il dit : « Oh ! je le nourris à l'aide d'un bâton, il m'aime bien, mais il n'est pas assez intelligent pour voir la différence entre ma main et un morceau de viande ! »

Henry croit à l'amour, l'argent, la célébrité, comme un enfant. « Cela viendra toujours de quelque part. »

La crainte du monde produit des cristaux dans l'œuvre. On recherche les expressions sans faille, cristallisées, la perfection, le dur miroitement des pierres précieuses, et on s'aperçoit que les gens préfèrent les écrivains négligés, embryonnaires, mal soignés, flous, parce que c'est plus humain. Aux joyaux, je préfère les imperfections humaines, l'humidité de la transpiration, les mauvaises odeurs, les balbutiements, et, tout le temps, je garde cela pour le journal et ne donne au monde que des joyaux.

(AOUT 1935)

UN après-midi, dans l'atelier de Fraenkel, nous avons composé une charade sur le thème de la mort de Fraenkel. Il nous demande de croire à sa mort, tout comme il fut demandé aux gens de croire à la mort du Christ, parce qu'il déclare que tant que nous n'y croyons pas, il ne peut ressusciter. Je ne peux partager la folie de Fraenkel comme je partageais et comprenais celle d'Artaud. Je pense que c'est parce que chez Fraenkel la folie est intellectuelle, et chez Artaud elle était enracinée dans une réelle douleur émotionnelle. En outre, Artaud est un grand poète.

J'écris de plus en plus au son de la musique, j'écris de plus en plus comme de la musique. Assise dans mon atelier ce soir, mettant un disque après l'autre, écrivant : la musique, stimulant d'un ordre élevé, bien plus puissant que l'alcool. Dans le monologue intérieur, il n'y a pas de ponctuation. James Joyce avait raison. Il coule comme une rivière.

Henry m'appelle « *Schneewittchen* », Blanche-Neige en allemand.

J'ai écrit une centaine de pages sur mon père (*Winter of Artifice*). J'ai recopié le journal que j'avais écrit à New York et j'ai déposé l'original au coffre, dans une banque, où je garde les cahiers. Je suis allée en taxi villa Seurat, et je suis tombée sur Fred qui portait du lait pour son petit déjeuner, avec Fraenkel. Fraenkel m'a invitée à entrer, et Henry était d'excellente humeur parce qu'il avait reçu une lettre d'un nouvel admirateur et nous nous sommes tous mis à l'expédition de formulaires de souscription pour *Printemps Noir* qui devait paraître dans la série de l'Obelisk Press. J'écrivis une quantité de lettres pour éveiller l'intérêt des lecteurs. Puis Fred et moi fîmes les courses pour le déjeuner, et après le déjeuner nous nous remîmes tous à l'ouvrage. La femme de ménage de Fraenkel fait la vaisselle. Arrive alors Richard Thoma. Il me rapporte l'exemplaire de *La Maison de l'Inceste* que je lui ai prêté. Il a dessiné une robe pour moi.

Il raconte des histoires fantastiques de malédictions vaudous et de magie noire, qui sont le prolongement de ses écrits romantiques. Il n'est pas surréaliste.

Nous sommes tous allés au café Select. Nous avons raconté comment nous sommes tous victimes d'obsessions qui se répètent avec des variantes. Fraenkel désire toujours la femme qu'il ne peut avoir, qui appartient à quelqu'un d'autre. Henry aime les prostituées, mais, que June ou toute autre femme qu'il aime manifeste quelque chose de semblable, il trouve alors à redire.

Je ne peux demeurer tranquille à Louveciennes. La beauté ne me suffit pas. Je dois continuer à me hâter pour empêcher mon passé de me rattraper et de m'étrangler. Il faut que je vive rapidement, que je mette beaucoup de gens et d'incidents entre mon passé et moi, parce que c'est encore un fardeau et un fantôme.

Hier, soirée frivole avec des amis de New York. Lumières vives, dîner savoureux chez Maxim's, cabaret aux Fleurs pour voir Kiki, mais ce n'est pas Kiki que j'ai trouvée séduisante, Kiki avec sa frange et sa jupe courte ajustée, mais son aide de camp, une femme si amusante et si vive qu'elle animait l'endroit entier. Je lui dis qu'elle était merveilleuse, et elle me répondit : « S'il vous plaît, dites cela à la patronne. — Où donc est la patronne ? — Elle est là, en train de compter son argent. » J'allai donc trouver la patronne et je le lui dis. Du cabaret aux Fleurs, nous nous rendîmes à la Boule Blanche. M. Wagner était rubicond après avoir chassé un mois en Ecosse. Lorsque l'hôtesse noire se pencha sur M. Wagner pour lui servir sa consommation, il la fixa avec une si grande intensité qu'elle sortit purement et simplement un sein de sa robe et le lui tendit. Son expression était extraordinaire à voir. S'il avait été sur l'un de ses pur-sang, il aurait été désarçonné.

Nous nous trouvons au café Select. Dorothy Murphy nous rejoint. Elle ne sait jamais vraiment où elle est. Elle ressemble parfois à un loulou de Poméranie. Elle reconnaît certaines personnes, certaines nourritures, certaines boissons. Mais le reste du temps, son regard se porte sur le monde comme si elle se trouvait sur un bateau qui tangue, sans rien reconnaître. Elle sait bien où se trouve la Coupole, mais seulement grâce à son flair. Et une fois là, sur sa chaise, elle ne sait plus pourquoi nous sommes installés sur ces sièges, parlant un langage étrange. Alors que ce sont nos lèvres qui remuent, c'est son nez qui remue et se fronce. Former des mots ainsi que nous le faisons exige de la langue un effort prolongé, et toutes ses phrases se terminent par une question. Nous devrions comprendre le langage de son nez. Les syllabes sous la forme d'une question perpétuelle sont une caricature de nos propos, mais son froncement de nez est vraiment d'un loulou de Poméranie. Chaque veine porte clairement l'année du cru. On y détecte le bleu du beaujolais supérieur, la couleur de soleil du pouilly-fuissé. Le whisky a formé de petits cratères. Le rhum y a dessiné un grain très fin comme les pépins de figue. Le nez entier, bien que manquant de proue, n'est pas aussi pointu qu'un sous-marin, mais évasé à l'instar de ce qui lui manque en tant que femme. C'est un nez qui tient la boisson. Assise sur sa chaise de café avec l'expression ahurie d'un chien dans un lieu inconnu, elle renifle l'odeur de pluie des imperméables, des bottes de caoutchouc, des parapluies, des flaques d'eau, l'air confiné de Paris, apéritif et poêles à charbon, essence et brouillard, tabac et café au lait, et elle ne souffle mot. Sa robe n'a pas traîné dans la boue, mais elle a l'air d'avoir couché dans la sciure de bois, et on dirait que la robe a perdu tout son empois à force de bouillir et qu'elle a été repassée dans une essoreuse. Son chapeau retombait comme les plumes d'un coq après le combat, mais il en restait une qui se dressait triomphalement. J'avais déjà quitté ma place lorsque sa bouche s'ouvrit pour dire quelque chose. Mais ce qu'elle dit a déjà été dit par la plume. Ce qu'elle dit, c'est que si, au lieu d'une plume résolue, elle n'en avait pas du tout, ses amis ne l'auraient pas tous abandonnée. Mais c'était cette dernière plume, cette plume posant une question, se révoltant contre le sort, protestant angoissée, anxieuse, héroïque, cette plume héroïque se dressant sur un cimetière de chagrins dépités, qui déprimait, obsédait et aliénait les gens, la dernière tour d'un château en ruine, le dernier cri d'une dinde condamnée à mort par le cuisinier, étaient comme cette plume outrageusement arrogante, survivant à l'ivresse, proclamant un passé mouvementé, le panache têtu d'un porte-drapeau dans une bataille de bouteilles. C'est cela qui faisait fuir les gens.

Brassaï ne se sépare jamais de son appareil photographique. Il a des yeux proéminents comme s'il avait regardé trop longtemps à travers les lentilles d'un appareil. Il a l'air de ne pas observer, mais lorsque son regard attrape une personne ou bien un objet, il est comme hypnotisé. Il continue à parler sans vous regarder. (Par la suite, Brassaï, qui était hongrois, eut beaucoup à souffrir pendant la guerre. Les Allemands pénétrèrent dans son atelier et ils examinèrent toutes les archives de ses négatifs. Que cherchaient-ils ? Ils emportèrent la plupart de ses photos de Paris la nuit, de nombreux souvenirs, de nombreuses gravures qu'il avait trouvées sur les quais, de nombreux négatifs anciens irremplaçables de sujets érotiques.)

Marcel Duchamp s'assit à notre table et parla de Brancusi. Il dit qu'il était « arrêté ». Il avait trouvé sa philosophie et n'en décarrerait pas, ne se laisserait pas déloger.

Marcel Duchamp pensait qu'un artiste ne devrait jamais cristalliser, qu'il devrait rester ouvert au changement, au renouvellement, à l'aventure, à l'expérience.

Lui-même, cependant, est comme un homme mort

depuis longtemps. Il joue aux échecs au lieu de peindre parce que c'est ce qui se rapproche le plus de l'immobilité complète, attitude la plus naturelle pour un homme qui est mort. Il a la peau parcheminée, le regard vitreux. Une mort différente de celle de Fraenkel, pas obsessionnelle, mais noble et classique.

Je sens en moi le virus du jazz. Il est entré dans mon sang. Il n'est ni blanc ni rouge ce microbe qui provoque mon agitation. Rythme. Je me rends compte que le rythme de New York était extérieur, et ici il est analytique et bavard. J'éprouve un besoin fébrile de nouveauté, de renouveau.

Je décris maintenant l'éclipse de mes relations avec mon père pour *Winter of Artifice.*

Le thème mystérieux de la saveur des événements. Certains pâles, peu marquants, éphémères. D'autres si marquants. Qu'est-ce qui détermine le choix de la mémoire ? Qu'est-ce qui fait que certains événements pâlissent et que d'autres gagnent en luminosité et en piquant ? Mes séances de pose pour des artistes à l'âge de seize ans étaient irréelles, floues. Leur description leur redonne quelquefois de la vie. Je les sens alors. L'époque où j'étais débutante à La Havane, aucune saveur. Pourquoi cette saveur reparaît-elle quelquefois, plus tard, alors que je vis un autre épisode, ou que j'en parle à quelqu'un ? Qu'est-ce qui la ressuscite, alors que sur le moment je ne l'ai pas pleinement vécue ? Au cours de mes entretiens avec mon père, je retrouvais tout le parfum de mon enfance. Tandis que nous parlions je retrouvais le goût de chaque chose. Mais tout ne revenait pas avec le même éclat ; beaucoup de ce que je décrivais à mon père, je le décrivais sans plaisir, sans aucun goût dans la bouche. Ainsi, tout ne reprenait pas vie, grâce à mon désir de le lui rendre intéressant. Certaines tranches de ma vie furent vécues sous anesthésie, et beaucoup d'autres dans une complète éclipse. Quelques-unes s'éclaircirent par la suite, c'est-à-dire que le brouillard se leva, les événements devinrent nets, plus proches, plus intenses, et demeurèrent comme déterrés définitivement. Pourquoi certains ont-ils ressuscité, d'autres pas ? Pourquoi certains demeurèrent-ils insipides tandis que d'autres retrouvaient saveur et signification. Certaines périodes comme celle où je posais qui semblaient intenses à l'époque, presque violentes, n'ont jamais eu aucun goût depuis. Je sais que je pleurai, souffris, me révoltai, fus humiliée, et fière aussi. Cependant l'histoire que je présentai à mon père et à Henry sur ces séances de pose n'était pas dépourvue de couleur et de pittoresque. Moi-même, je la racontais sans y retrouver le même goût. C'était comme si cela était arrivé à quelqu'un d'autre, et l'intérêt que je prenais aux épisodes était celui d'un écrivain qui reconnaissait un bon matériau. Ce n'était pas une phase de ma vie dénuée d'importance, c'était ma première confrontation avec le monde. C'était l'époque où j'avais découvert que je n'étais pas laide, découverte fort importante pour une femme. Ce fut une période dramatique : je commençai par me mettre en frais pour les peintres, portant une robe Watteau qui m'allait à la perfection, ce qui me valut des compliments et des engagements immédiats, et je finis par devenir la vedette du Model's Club, un sujet pour les couvertures de magazine, des portraits, des miniatures, des statues, des dessins, des aquarelles. On ne peut pas dire que ce qui est vécu dans un état d'irréalité, dans un rêve, un brouillard, disparaît complètement de la mémoire, parce que je me souviens d'une excursion que je fis jadis à la vallée de Chevreuse, alors que j'étais malheureuse, malade, indifférente, dans un état second d'aveugle détachement, de tristesse, de divorce avec la vie. Cette excursion que j'avais faite avec mes sens endormis, je la refis une dizaine d'années plus tard avec mes sens éveillés, en bonne santé, le regard clair et j'eus la surprise de constater non seulement que je me souvenais de la route, mais de chaque détail de cette promenade que je croyais n'avoir ni vue ni sentie. Jusqu'au goût de la grosse brioche que l'on nous servit à la fameuse auberge. C'est comme si j'avais été somnambule tandis qu'une autre partie de mon corps enregistrait et observait la présence du soleil, la blancheur de la route, les ondulations des champs de bruyère, malgré mon incapacité de goûter et de sentir à l'époque.

Aujourd'hui, je vois chaque feuille sur chaque arbre, chaque visage dans la rue, et tous aussi nets que des feuilles après la pluie. Tout est très proche. C'est comme si, jusqu'à maintenant, j'avais eu une période de myopie, de cécité psychologique, et je me demande ce qui causait cette myopie. Un chagrin seul, un choc émotionnel peut-il être cause d'une cécité émotionnelle, de surdité, de somnambulisme, d'irréalité ?

Tout est absolument net aujourd'hui, les yeux accommodent facilement, ils se concentrent sur les contours et la couleur des objets aussi nets et lumineux qu'à New York, comme en Suisse sous la neige. Intensité, acuité, outre la prise de conscience totale et sensuelle.

La névrose est comme une perte de tous les sens, de toute perception par les sens. Elle entraîne la surdité, la cécité, le sommeil ou bien l'insomnie. Il se peut que ce soit cet état qui provoque l'anxiété, puisqu'il ressemble à une mort dans la vie, et peut sembler le début de la mort elle-même. Mais pourquoi certaines choses revivent-elles, et d'autres pas ? L'analyse, par exemple, a réveillé mon ancien amour pour mon père que j'avais cru enseveli. Quelles étaient les tranches de vie qui étaient complètement tombées dans l'oubli ? Ce qui avait été vécu intensément quelquefois disparaissait parce que l'intensité même n'était pas supportable. Mais pourquoi des choses sans importance refaisaient-elles surface, soudain concrétisées ?

La névrose provoque une double exposition constante. Elle ne peut être effacée que par le grand jour, par une confrontation isolée avec lui, comme si elle était un fantôme qui avait besoin de visibilité et qui, ayant été tiré au grand jour, meurt. Les surréalistes sont les seuls qui aient cru que l'on pouvait vivre par superpositions, qui l'expriment, couche après couche, passé et présent, rêve et réalité, parce qu'ils croient que nous ne sommes pas à une seule dimension, que nous n'existons pas ou n'éprouvons pas sur un seul niveau, et que la seule manière de transcender les contradictions de la vie est de leur permettre d'exister dans un état multilatéral.

Je rentre à Louveciennes pour y lire des lettres de mes anciens malades, tous plongés dans la vie, heureux et reconnaissants.

Quelquefois pour échapper à la dépression, je parcours toute la ville à pied, je marche jusqu'à épuisement. J'appelle cela *« la fête des yeux »*. Antiquaires de la rue des Saints-Pères, galeries, boutiques de mode rue Saint-Honoré. Ou bien j'achète *Vogue* et je vis la vie de *Vogue,* tout luxe et esthétique, à laquelle j'ai renoncé, J'aurais pu aller au bal où tout le monde était costumé comme les portraits de Vélasquez. Je m'arrête au Lido pour observer les riches douairières qui draguent les jeunes danseurs argentins. Je vais faire du ski ou de la voile comme dans les photos de *Vogue.* J'achète un porte-cigarettes transparent et un chapeau auréole. Je vais vraiment à la présentation de la collection de Schiaparelli qui est une œuvre d'art magnifique. Je crois sans peine qu'elle a été peintre et sculpteur avant de dessiner des robes. Mais je ne pourrais rien mettre de tout cela villa Seurat ou à Louveciennes.

Je n'achète jamais pour longtemps, seulement pour l'effet comme si je reconnaissais que mes installations sont provisoires. Je sais qu'elles seront bientôt changées pour les ajuster aux changements intérieurs. La vie devrait être fluide.

Mon père, par contre, bâtit pour l'éternité. Il a une telle peur de la vie qu'il lutte pour la permanence, pour défier le changement. Il veut les bois les plus solides, les plus durables, des armoires bourrées de médicaments à toutes fins utiles. Il est désolé lorsque je lui envoie une lettre sans attendre l'ordre chronologique. L'amour du créateur pour le changement et la mobilité n'inspire pas la confiance humaine. Je crois que dans tout cela je suis motivée par une telle passion de la vie que l'idée de ne pas bouger est pour moi un concept de mort. Je frémis lorsque les gens se vantent d'être nés dans le même lit où ils espèrent bien mourir. La quête des valeurs fixes me semble une quête de l'immobilité et de la stagnation. Je songe à des pièces de musée, à des momies embaumées. Ce qui n'est pas vivant, je veux le jeter, même si c'est une vieille chaise. Tout ce qui ne joue pas un rôle dans le drame présent est bon pour le grenier. Les Espagnols ont un rite : ils font une fois l'an, dans la rue, un grand feu de joie de tous les vieux objets.

Je suis partisan d'éviter les constructions trop solides qui vous enferment. Pareil pour le roman, si vous cataloguez trop complètement, la fraîcheur et la vie se dessèchent.

Colette Roberts fait ce commentaire de *Winter of Artifice :* « Votre roman me touche. Il est humain et réel.

Mais parce qu'il se passe plus profondément que le niveau auquel on vit d'ordinaire, il semble être entouré de verre, comme le verre qui recouvre les tableaux au Louvre. C'est bien le vrai tableau que l'on voit, on le sent presque, mais il y a le verre. »

Lorsque j'analysais, j'observais clairement que la peur de la mort était fonction du non-vivre. Moins une personne était en vie, plus grande était la peur. Par « être en vie », j'entends vivre de toutes ses cellules, toutes les parties de son être. Les cellules que l'on renie s'atrophient, comme un bras mort, et infectent le reste du corps. Les gens qui vivent en profondeur n'ont aucune crainte de la mort.

(OCTOBRE 1935)

J'AI loué pour l'hiver l'appartement meublé de Jeanne. Au commencement, cela me plaisait de vivre dans son atmosphère, de me glisser dans le décor de son univers, mais je dus bientôt cacher les figurines de porcelaine, la pendule du XVIIIe en or et en mosaïque. Je dus retenir avec des épingles les lourdes tentures de brocard blanc à glands dorés. Mais j'aimais le téléphone blanc à côté de mon lit, les draps de satin blanc brodés aux initiales de Jeanne. Depuis son divorce, elle habite la campagne et vient voir ses enfants qui vivent avec leur père à l'autre bout de l'appartement. Cet appartement est séparé du mien par une longue galerie vitrée remplie comme une serre de plantes vertes tropicales, et il a une porte indépendante.

De ma chambre, je vois la tour Eiffel. Dans l'appartement du dessus, quelqu'un étudie son piano tant bien que mal.

Peut-être que si je n'arrive pas à vivre la vie chaotique

de June et Henry, que si je ne réussis pas à y entrer complètement, je réussirai à vivre une vie comme celle de Jeanne, tout en y introduisant tout ce qui me différencie : la profondeur. Le luxe est doux et beau. Le luxe aide à rêver.

Comme je rêvais bien à New York sous la protection de Rank ! Fleurs tous les jours. Taxis. Beaux restaurants. J'adorais expédier des lettres dans les conduits en verre, les portes d'ascenseur qui s'ouvraient magiquement, les femmes de chambre en robe empesée vert clair, l'élégance, les lumières tamisées, les radiateurs bouillant et sifflant, la neige sur le rebord des fenêtres.

Je me sentais en harmonie avec le rythme de New York. Ma chambre d'hôtel était inondée de soleil et de reflets de neige. Fleurs blanches dans un vase. Une phrase de cette âme immense et sage de Rank pour orienter la journée.

J'ai travaillé toute la journée à *Winter of Artifice.* Me suis promenée le long de la Seine après déjeuner, si heureuse d'être près du fleuve. Le bourdonnement des cafés. Pas d'argent, je ferme donc les yeux en passant devant une boutique.

Henry travaille aussi. Il a supprimé quelques pages que je n'aimais pas sur « je me les roule pendant que vous turbinez, les potes ». Hâbleur et moralisateur. Passages dénués d'intérêt. Il est clair maintenant que j'en ai plus à dire et ne le raconterai jamais si bien, et qu'il en a moins à dire et le dit merveilleusement. Il est clair aussi que le surréalisme est pour lui, pas pour moi. Mon style à moi est simple comme dans mon livre sur mon père, direct comme le journal. Documentaire. Henry est riche et dénué de signification pour l'esprit. Je me tourne vers l'intérieur pour écrire toute la journée.

Certaines pages sur mon père sont émouvantes et profondes. J'ai été absolument honnête. Mon style est dépouillé. Je ne me demande jamais comment je le dirai, je cherche uniquement à le dire aussi spontanément que possible.

J'ai rédigé les dernières pages de *Winter of Artifice.* A peu près la dernière fois que je suis sortie de l'éther pour voir une petite fille morte avec de longs cils et une tête fine. La petite fille est morte en moi et avec elle le besoin d'un père. La grande émotion avec laquelle j'ai écrit les dernières pages, et les dernières lignes, était si vive que ce n'est que bien plus tard que j'en ai compris le sens.

Le livre n'est pas terminé, seulement à moitié fait, parce que je rédige en premier les pages émotionnelles, sans ordre, puis je remplis les intervalles et je construis. J'ai connu des moments de solitude, de sérieux et de recueillement, avec seulement les joies austères du travail.

La clef de l'œuvre d'Henry est contenue dans le mot burlesque. Ce qu'il écrit est un burlesque du sexe, un burlesque des idées, un burlesque de Hamlet, ou Bergson, ou Minkowski. Un burlesque de la vie.

Ce que je ressens est trop profond et trop humain pour cela. J'écris mon livre sur mon père et je me sens seule, car je me détache de la vie de la villa Seurat.

Lorsque j'ai perdu mon collier aux étoiles bleues que j'aimais tant, Henry n'a rien trouvé de mieux à me dire que : « C'est bien, c'est un objet de moins dans votre vie. » Henry encourage Fred à se débarrasser d'un habit, d'un complet, de chaussures, de manuscrits, pour qu'il puisse « être moins encombré en voyage », et ils les jettent sous la pluie pour que personne ne s'en serve, n'en profite.

Conflit entre mon moi féminin qui veut vivre dans un monde gouverné par l'homme, vivre en harmonie avec les hommes, et le créateur en moi capable de créer un univers qui m'est propre et un rythme qui m'est propre et que je ne peux partager avec personne.

Mon désir d'aventure, d'expansion, de fièvre, de fantaisie, de grandeur.

Visite de Jeanne. Nous nous sommes transportées dans la fantaisie. Elle a lu *La Maison de l'Inceste* et en a été bouleversée. Elle m'a lu des extraits de son second livre. Irréalité. Conte de fées. Enchantement. Hors de la vie. Sa vie a la grandeur que j'aime, elle a des ailes et de la puissance. Sa conversation est imaginative. L'erreur que j'ai commise, et qui mit un terme à notre amitié, fut que ma timidité et mon amour d'une relation humaine ne s'harmonisaient pas avec son impuissance à se rapprocher de qui que ce soit, sa schizophrénie. « Je ne construis rien de durable », dit-elle.

J'ai appris à me passer de cette chaleur humaine, à accepter ces icebergs flottants, ces espaces lointains qui n'ont rien d'humain, comme mon père. Vivre dans la fantaisie sans intimité humaine. Sa liberté et sa moralité dans l'espace m'ont transportée. Quelques heures auparavant, villa Seurat, je sentis mon univers s'écrouler parce que je ne pouvais accepter la médiocrité. Lorsque je vis Jeanne, je compris dans quel domaine je peux toujours naviguer librement, le domaine du rêve. J'ai décidé de devenir téméraire, de faire et de tenter tout parce que rien ne me retient sur terre, et que je n'ai pas peur de mourir. Je veux vivre jusqu'au bout mes fantaisies, m'enivrer de gens, de vie, de bruit, de mouvement, de travail, de création, même si cela signifie une vie abrégée, car franchement la vie ne vaut pas la peine d'être prolongée trop longtemps. Peut-être que tout ceci qui est hors de la réalité est ce qui donne la joie.

Jeanne va bientôt revenir se changer ici avant de sortir ce soir. Les métamorphoses. C'est très important.

Qu'est-ce donc qui m'éloigne de ce que les autres nomment bonheur, foyer, êtres aimés, pourquoi mon amour pour eux ne me retient-il pas, ne m'enracine-t-il pas ? Jeux, aventures. L'inconnu.

J'ai fini d'écrire les pages émotionnelles sur mon père dans *Winter of Artifice.*

J'ai fini de lutter avec les dualités et les ambivalences des œuvres d'Henry. Il exprime une idée, et presque aussitôt une parodie burlesque de cette même idée. Nous avons eu une véhémente discussion au cours de laquelle j'ai essayé de prouver qu'un homme peut être contradictoire, mais non pas ambivalent parce qu'alors la création est impossible. La création, c'est prendre position. Il y a une distinction entre la relativité et une opposition destructive.

« Le burlesque, répliqua Henry, est un moyen de détruire. » Son instinct est de détruire. Mais quoi ? Le monde des idées ? En ce cas, la meilleure façon de détruire le monde des idées c'est de vivre et d'écrire sur la vie, les passions. Mais il ne se désintéresse pas complètement des idées. Pour le moment, c'est le thème de la mort qui l'intéresse parce qu'il est stimulé par Fraenkel autant que par D.H. Lawrence. Pourtant sa préface à *Bastard Death* de Fraenkel débute par quatre pages très sérieuses et se termine par vingt pages de burlesque.

Du jour où j'ai parlé avec Jeanne, j'ai commencé à

créer un tourbillon, un ballet, une symphonie. J'ai vu René Lalou, John Charpentier, Salvador Dali, Anne Green. Je suis allée chez Le Verrier. Dansant de l'un à l'autre afin de ne pas tomber en dépression. Charpentier disant de la tête de Blake : « Quelle belle caisse de résonance » a déchaîné les pages sur l'orchestre de *Winter of Artifice,* où j'ai introduit la violoniste qui jouait du violon avec tout son corps, passant l'archet entre ses jambes. L'idée d'un morceau d'orchestre avec des mots fermentait dans ma tête. J'ai rédigé dix pages d'une traite.

Il se passe quelque chose villa Seurat auquel je ne peux participer. C'est une sorte de dadaïsme.

Les portes se ferment sur moi. Je ne peux gagner ma vie comme analyste sans la présence de Rank. Je ne peux commencer à publier parce que Fraenkel prendrait les choses en main. Je ne peux voyager par manque d'argent.

Henry dit : « Je suis déprimé par l'inertie du monde. » Il ne peut obtenir la réaction qu'il veut. Nous bavardions tout en nous promenant sur les quais. Il y avait du brouillard et nous avions l'impression d'y être perdus. Cela paraissait la représentation extérieure de mon état d'esprit.

J'ai fait la connaissance du poète Jules Supervielle. Regard humide et rêveur. Un homme hanté, avec des racines humaines. Il est en partie sud-américain et il écrit des contes de fées lyriques, délicats, et une poésie délicate. Il est amoureux du mystère et de la fantaisie. J'aime *L'Enfant de la Haute Mer* et *Voleur d'Enfants.* J'entendais des voix d'enfants à l'autre bout de l'appartement, une joyeuse maisonnée, des rires. Il m'a fait la lecture de ses nouveaux poèmes avec mélancolie. Nous avons parlé du surréalisme qu'il n'aime pas. Il s'efforce à la simplicité complète, à l'humanité. Il reconnaît avec moi que les rêves ont une acuité, une luminosité. Supervielle rêve jour et nuit. Il a horreur du surréalisme parce que c'est le chaos et l'absurdité.

« Ce sont des farceurs. »

Supervielle crée un monde à lui qui ne s'égare jamais trop loin de la réalité, rempli d'enfants, d'humour, de caprice, avec la mer, des maison, des jardins, des animaux.

Il dit qu'il essayait toujours de rattraper l'homme qu'il voulait être.

Lorsque Henry envoya une lettre d'admirateur à Kay Boyle, elle pensa que c'était une lettre d'un tout jeune écrivain, qui, tout en l'admirant et en la portant aux nues, ne pouvait s'empêcher d'imiter son style.

J'ai une fois persuadé Allendy de me donner une pilule de haschich.

J'avais décidé que c'était le moment d'essayer car je me sentais lasse de mon rôle de mère, mais ne pouvais en trouver un autre. Peut-être que le haschich m'apporterait une révélation.

J'étais parfaitement éveillée, mais je rêvais. Et mon rêve était plus grand, plus envahissant que mes rêves habituels. Il remplissait toute la pièce. Il y avait un immense océan noir menaçant de m'engloutir. Une houle humaine me protégeait, mais comme je l'examinais, elle était faite de livres, des milliers d'énormes livres. Livres. Livres. Mais l'océan commençait à ébranler ce mur et j'étais en danger.

Un symbolisme aussi évident me fit rire.

Je ne fais pas partie de la villa Seurat. Je ne fais pas partie de l'univers de Jeanne. Il faudra que je crée mon propre univers.

(JANVIER 1936)

CHAQUE jour arrivent des lettres de malades me demandant de revenir à New York. Lorsque j'entends du jazz, j'éprouve un frisson d'aventure, comme si l'analyse que je vais faire si je retourne là-bas était une aventure, une aventure romantique. Je rêve aux miracles que j'accomplirai. Je me sens prête, au-dedans, pour un nouveau rythme, le rythme de New York. Le monstre avec lequel je vais me battre c'est la machine qui mécanise les gens. Je n'en suis pas victime, de sorte que je peux me placer à l'extérieur et défier son pouvoir, défier ses standardisations, qui déshumanisent et dépersonnalisent. Je peux même goûter ses sonores battements de cœur mécaniques, le battement mécanique de New York.

Douleur de me séparer de ceux que j'aime. L'Anaïs humaine ressent de la peine et se demande pourquoi elle est possédée de ce besoin d'activité féconde, de se dépenser, de plénitude.

L'arbre de Noël se fane. Joaquin joue un concerto de

Beethoven avec le Philharmonique de La Havane. Ma mère écrit des lettres joyeuses. Thorvald, peut-être, se trouve à New York. James Boyd m'a envoyé son roman.

La vie ici trop domestique. Le joli appartement. Des amis couleur pastel. Restrictions financières, restrictions de publication. Ouvrez la fenêtre! Je veux l'immensité de New York, son magnétisme et ses forces, le jazz, les sourires, le temps.

Je pars pour New York dans quelques jours.

Arrivée à temps pour les débuts américains de Joaquin à Town Hall. Ce fut pour moi un choc, car cela fit refluer tous les fantômes du passé, depuis la vie new-yorkaise d'avant Paris, la vie à Richmond Hill, et jamais je n'aime être replongée dans le passé. J'étais venue à New York pour sa vie au futur.

Les gens ont commencé à venir chercher force et sagesse, et j'ai senti ma propre faiblesse. Tous se rétablissant mais déclarant : « J'ai besoin d'une amie. »

Revu le docteur Conasson, un ami d'Henry, infatigable monologueur. C'est quelqu'un qui tisse autour de lui un filet, un filet de mots, et ils le paralysent.
Henry a l'air engourdi et lointain. Pour lui, New York est le passé, trop douloureux, et il veut le tenir à distance. J'ai compris sa souffrance.

Il travaille à *Tropique du Capricorne,* pour faire une alchimie du passé. La douleur est devenue création.

Quelle peur des relations existe ici. Nulle conversation. On boit ensemble. On étouffe les sentiments et les sens. Nul sens de richesse, de plénitude, d'expansion. Terrifiés par l'intimité. Et, partant, aliénés. Seuls.

Dîner du dimanche chez M. Thomas. Raymond Massey, Adrienne Allen (lui, joue dans *Ethan Frome,* et elle dans *Orgueil et Préjugé*). John Huston, les Middleton. Décor esthétique. Nourriture et conversations délicates. Mme M. a un visage de porcelaine, mais sa bouche tremble et l'on m'a dit qu'elle avait eu une dépression. Plus tard, la conversation devint grinçante et cynique, acide et virulente à propos de gens que je ne connaissais pas.

Norman Bel Geddes dit : « La pièce de Ferdinand Bruckner, *The Criminals,* que j'admire, était trop russe pour des Américains.

— Comment cela, trop russe ?

— Les Américains ne comprennent pas la tragédie. »

Doucement, la plénitude pour laquelle j'étais venue était là.

Tempêtes de neige, les rues comme la mer de glace. Un malade pleure en se remémorant la cruauté de ses camarades. Un autre déborde de l'amertume d'une vie sans passion. Une autre pleure parce que les poèmes qu'elle écrivait en secret ont été découverts, lus en classe tout haut et raillés. L'une déclare : « Vous m'avez donné plus qu'un être humain peut donner à un autre. » Chez un autre, il y a un artiste qui a été brutalisé. Chez un autre, un enfant qui a été négligé. J'opère le sauvetage de l'individu qui est submergé par le pouvoir des masses ici.

L'un de mes malades m'appelle en russe son « secret sacré ».

Rank est dans le Sud, pour donner des conférences.

Hier soir. Studio d'Hilaire Hiler. J'étais en train. J'ai dansé de façon satirique, dialogué avec Hiler en prenant l'accent marseillais, et il a dit : « Vous êtes la seule à ne pas être ivre de tous ceux qui sont venus ici. » Tout le monde fumait de la marijuana. Comme je n'inhale pas, elle n'avait sur moi aucun effet, mais je décidai de faire semblant, et je jouai si bien mon personnage que tout le monde fut persuadé que j'étais intoxiquée et que je divaguais. Improvisations désordonnées.

Puis je trépassai. Trop de maladie autour de moi, trop de chagrin. Pour la première fois, j'ai compris l'indifférence. Suicide d'une âme. Ne pas se faire de souci. Je voulais me convaincre que je ne m'en faisais pas. Tous mes malades vont mieux, écrivent des livres, donnent des concerts, prennent parti en politique, se marient, mais je suis morte. Liberté et témérité. Peut-être parce que j'ai rempli mes responsabilités, je me sens libre de ne plus me faire de souci.

(AVRIL 1936)

SUIS allée voir Rank. Il était installé dans un appartement de Riverside Drive. Lorsque j'arrivai, il était à la porte, plein d'urbanité, d'impatience et de tristesse. Il était plus mince, plus jeune, bronzé. Un sourire entendu. Le fleuve coule sous sa fenêtre. Nous avons une heure pour parler, comme si j'étais l'une de ses malades. Il semble résigné à travailler intensément comme auparavant, avec peu de temps pour la vie : « Mais c'est tout aussi bien, je suis trop absolu pour la vie. Il vaudrait mieux pour la vie que je sois moins entier. Vous avez échappé à l'obsession d'analyser. J'en suis heureux pour vous.

— Mais je suis toujours en conflit avec mon moi féminin. Je crains de perdre mon bonheur intime et personnel dans cette course à l'épanouissement et à la plénitude. »

Dans une large mesure, Rank me demandait et je répondais : « Je ne sais pas, je ne vis plus par l'analyse, mais grâce à un courant, en faisant confiance à mes sentiments.

— Je vous envie », dit Rank.

Peut-être que c'était cela que j'avais sauvé de son obsession exclusive d'analyse, ma vie émotionnelle. Cela me tracassait qu'il ne puisse jamais laisser les choses telles quelles. Il me semblait qu'en vivant selon mes sentiments et mes impressions, j'étais plus heureuse.

Couler, dériver, vivre comme la nature. Je sentais que Rank était triste et je souhaitais qu'il puisse être libre, se débarrasser du docteur. J'allai jusqu'à la limite, jusqu'au bout de son expérience, et j'en eus terminé.

Mon frère Thorvald arrivait d'Amérique du Sud. Je l'attendis longtemps sur le quai. Il ne se montrait pas sur la passerelle de débarquement. Puis un officier vint me dire qu'il était toujours à bord, retenu par une erreur dans son passeport. Il dit que Thorvald devrait passer la nuit à bord, et qu'ensuite on le conduirait à Ellis Island pour y être interrogé. Mais que je pouvais monter à bord lui dire bonjour. Je pouvais même dîner avec lui et passer la nuit si je le souhaitais. Je fis donc parvenir un message comme quoi j'aimerais bien venir. Et sur le pont nous nous revîmes après dix ans d'absence. Il nous avait quittés à Paris, ma mère, Joaquin et moi, en disant qu'il ne pouvait vivre là, qu'il préférait tenter sa chance en Amérique du Sud. Il avait vingt et un ans lorsqu'il partit. Comme il était différent maintenant ! Des yeux bleus candides derrière des lunettes noires, de l'assurance, élancé mais pas plus grand, de la même taille que mon père. Son visage, un masque aussi, comme celui de mon père. Des gestes brusques. D'une certaine façon, sans que je puisse dire pourquoi, il me faisait l'effet d'un très jeune homme essayant de jouer un rôle d'homme. C'était peut-être une vision de lui enfant, mon souvenir de lui adolescent. Thorvald le taquin, le seul de nous trois qui ait décidé de devenir tout à fait américain, de s'habiller comme les autres garçons en classe, d'être pratique, homme d'affaires, de s'endurcir. Enfant, il jouait bien du violon. Il eut tôt fait de se couper les cheveux court et d'apprendre le base-ball. Il allait faire fortune, réussir, etc. Il devait être fier de moi en son for intérieur, car c'était moi qu'il sortait, qu'il emmenait à des matchs au lieu de ses amies et il déclarait à ses camarades que j'étais son « flirt ». Il devint un Don Juan par la suite et collectionnait les mouchoirs pour montrer combien de filles il avait sorties ou embrassées. Thorvald était un garçon renfermé qui ne se mêlait pas au reste de la famille.

Nous avons pleuré tous les deux. Et parlé. Parlé pendant tout le dîner.

« Tu te rappelles, Anaïs, comme tu m'as fait honte en te bataillant avec les garçons qui m'attaquaient, qui s'en prenaient tous à moi parce que j'avais les cheveux longs et que j'étais étranger, et tu t'es précipitée sur eux à coups de parapluie ?

— Tu te souviens comme tu m'as fait honte en me disant que c'était parce que j'étais une artiste que je ne pouvais pas apprendre les mathématiques ?

— Tu me faisais filer doux, et je ne me suis émancipé qu'en devenant scout. Mais tu as l'air très en forme. »

Nous dînions dans la salle à manger déserte. Un vaisseau fantôme. Que déjà l'on astiquait, lavait, nettoyait, toutes portes ouvertes, les lits roulés, les gens s'affairant à briquer et ranger. Chambres désertes, salons déserts, salle à manger déserte, ponts déserts.

Je redécouvrais mon frère perdu. Mon frère qui s'était retranché de nous tous, sans donner de ses nouvelles. Il ne veut pas manifester son émotion. Il ne parle que d'argent et de questions pratiques. Il est réticent. Il a peur de n'être pas compris. Il a peur des cancans. Il aime faire du théâtre amateur. La carapace qui le recouvre, je la considère comme une protection de sa sensibilité. Mais c'est toujours ainsi que j'interprète la carapace et je me suis souvent trompée.

Le vaisseau fantôme, sans autre passager, ressemblait tant au navire de notre enfance. Nous faisions un voyage dans le passé.

Le bateau devint la chambre des *Enfants terribles* de Cocteau. Le reste du monde était effacé. C'était un bateau étrange, unique, chargé de passé, avec des chaussettes à repriser, des chaussures de tennis, des disputes, des crayons mâchouillés, des devoirs, des vaisselles faites tous ensemble, pour rendre service à ma mère. Nous ne parlions pas d'aujourd'hui. Seulement d'hier. Hier. Enfance. Il se souvient que tous deux nous avons travaillé de bonne heure, qu'il voulait faire des études supérieures et qu'il n'en eut pas la possibilité, que tous deux nous avons travaillé.

Nous voici donc sur le bateau de notre enfance qui n'a pas le droit d'appareiller, qui fait d'autres voyages, plein à craquer de passé. Un hiatus. Un pont. Un suspense. Un entracte.

Mon père avait écrit à Thorvald que je m'intéressais à la bizarre science de la psychanalyse, que j'étais remplie d'idées étranges.

Thorvald supposait qu'il ne serait pas en mesure de me parler, mais nous nous sommes compris.

Voyage au Maroc. Bref mais marquant. Je suis tombée amoureuse de Fez. Paix. Dignité. Humilité. Je viens de quitter le balcon où je me tenais, en train d'écouter la prière du soir monter au-dessus de la cité blanche. Emotion religieuse éveillée par la vie des Arabes, sa simplicité, sa beauté fondamentale. Déambulé dans le labyrinthe de leurs rues, des rues comme un intestin, deux mètres de large, dans le gouffre de leurs yeux sombres, dans la paix. C'est d'abord par le rythme que l'on est impressionné. La lenteur. Foule dans la rue. Coude à coude. Ils vous soufflent au visage, mais avec un silence, une gravité rêveuse. Seuls, les enfants crient et rient et courent. Les Arabes sont silencieux. La petite pièce carrée ouverte sur la rue où ils sont assis par terre dans la boue, entourés de leurs marchandises. Ils tissent, cousent, cuisent le pain, cisèlent des bijoux, réparent des couteaux, fabriquent des fusils pour les Berbères des montagnes. Ils teignent la laine dans de vastes chaudrons, grands chaudrons remplis de teinture où ils plongent leurs écheveaux de soie et de laine. Ils ont les mains vert émeraude, violettes, bleu orient. Ils fabriquent des poteries en terre de Sienne, tissent des tapis, rasent, font des shampooings et rédigent des documents légaux séance tenante sous vos yeux. Un Arabe est endormi sur son sac de safran. Un autre prie avec son chapelet, tout en vendant des herbes. Plus loin un grand tintamarre, c'est la rue des artisans du cuivre. Des garçonnets frappent sur des plateaux de cuivre avec de petits marteaux, dessinant un motif, martelant des lampes de cuivre, des lampes d'Aladin. Des garçonnets et des vieillards font ce travail. Ils tiennent le plateau entre leurs jambes. Les hommes jeunes parcourent les rues, en burnous, allant je ne sais où, certains si beaux qu'on les prend pour des femmes. Les femmes sont voilées. Elles se rendent à la mosquée sans doute. A une heure donnée, toute vente, tout travail cesse et ils vont tous à la mosquée. Mais d'abord ils lavent à la fontaine leur visage, leurs pieds, leurs yeux malades, leur nez lépreux, leur peau piquetée de petite vérole. Ils retirent leurs babouches. Certains vieillards et certaines vieilles femmes ne quittent jamais la mosquée. Ils s'y accroupissent pour toujours, jusqu'à ce que la mort les surprenne.

Les femmes ont leur entrée spéciale. Elles embrassent au passage les murs de la mosquée. Pour laisser le passage à un âne chargé de petit bois, je m'efface dans l'embrasure d'une porte obscure. Une puanteur étouffante me saisit à la gorge. Cette puanteur se retrouve partout. Il faut une journée pour s'y habituer. Au début, cela donne la nausée. C'est une odeur d'excréments, de safran, de cuir tanné, de bois de santal, d'huile d'olive frite, d'huile de noix sur le corps, d'encens, de musc, si âcre qu'au début on ne peut rien avaler. Il y a de la boue sur les burnous blancs, sur les jambes des Arabes. Têtes d'enfants rasées où il ne reste qu'une touffe. Les femmes dont le visage est découvert et tatoué sont des Berbères des montagnes, primitives, femmes de guerriers, non civilisées. J'ai vu les femmes d'un Arabe, elles étaient cinq, assises sur un divan, comme des montagnes de chair, énormes, avec plusieurs mentons et plusieurs ventres, des diamants incrustés au front.

Les rues et les maisons se mêlent de façon inextricable, imbriquées les unes dans les autres, avec des passerelles entre les maisons, des passages couverts par des treillages qui font de l'ombre sur le sol. Ils semblent se croiser à l'intérieur d'une maison, on ne sait jamais quand on est dans une rue, un patio, un passage; comme la moitié des maisons ouvrent sur la rue, on se perd immédiatement. Les mosquées se confondent avec la maison d'un négociant, les boutiques avec les mosquées, tantôt on est sous une toiture de treillis recouverts de rosiers grimpants, tantôt on marche dans l'obscurité complète d'un tunnel, derrière un âne écorché jusqu'au sang à force d'être battu, et tantôt on se retrouve sur une passerelle construite par les Portugais. Tantôt admirez une dentelle de treillis fabriquée par les Andalous, et tantôt regardez la place devant la mosquée où les pauvres peuvent dormir sur des carpettes.

Partout l'Arabe s'accroupit et il attend. N'importe où. Un vieil Arabe apprend un chant religieux à un jeune. Un autre fait ses besoins soigneusement, consciencieusement. Un autre mendie, en exposant toutes ses plaies, debout près du boulanger qui cuit le pain dans des fours construits dans la terre.

L'atmosphère est si claire, si blanche et bleue, que l'on a l'impression que l'on peut voir le monde entier aussi distinctement que l'on voit Fez. Les oiseaux ne jacassent pas comme à Paris, ils font entendre des trilles mélodieux avec une ferveur tropicale de chanteurs d'opéra. Les pauvres sont vêtus de bure, les demi-pauvres de draps et de serviettes de bain, les femmes aisées de soie et de mousseline. Les juifs portent un burnous noir. Dans les rues et les maisons des pauvres, le sol est en terre battue. Les maisons sont construites en terre ocre, quelquefois blanchies à la chaux. L'huile d'olive est pressée dans la rue, également sous de grandes roues en bois.

J'avais des lettres d'introduction. J'ai d'abord été chez Si Boubekertazi. Il était assis dans son patio sur des coussins. Une Noire fort belle, une concubine, apporta un plateau de cuivre couvert de mets délicats. Et le thé servi dans des tasses minuscules sans anse.

Chez Driss Mokri Montasseb, on m'autorisa à visiter le harem. Sept femmes d'âges divers, mais toutes corpulentes, assises autour d'une table basse, étaient en train de manger des sucres d'orge et des dattes. Nous avons discuté vernis à ongles. Elles en voulaient du mien qui était nacré. Elles m'expliquèrent comment elles se faisaient les yeux. Elles achetaient au marché du kohl et en remplissaient leurs yeux. Les yeux sont irrités et pleurent, et ainsi le kohl noir marque les contours et produit cet effet lourdement accentué.

Le pacha El Glaoui de Marrakech mit à ma disposition un garde du corps pour visiter la ville. Il dit que c'était indispensable. Il fit signe à un soldat en faction devant sa porte, qui ne me quitta plus une seconde sauf lorsque je regagnais ma chambre d'hôtel pour aller dormir.

Sidi Hassan Benanai me reçut sous les fines colonnades d'or filé. Mais il venait de commencer quarante jours de jeûne et de prière, c'est pourquoi il restait assis en silence, disant son chapelet, et le thé fut servi en silence, et il continuait à prier, me souriant de temps en temps et inclinant la tête, jusqu'à ce que je prenne congé.

Vues du dehors les maisons sont d'une simplicité uniforme, couvertes de fleurs. Il est impossible de savoir quand on pénètre dans une demeure luxueuse. La porte peut être en beau fer forgé. Il peut y avoir deux, quatre, ou six gardes à l'entrée. Mais de l'intérieur, les murs sont tous recouverts de mosaïque, ou peints, et le stuc ouvragé comme de la dentelle, les plafonds peints en or. Les coussins sont en soie. Les femmes noires sont habillées simplement mais toujours belles. On ne voit ni les enfants ni les épouses.

Le burnous blanc s'appelle djellaba.

Mystère et labyrinthe. Rues complexes. Murs anonymes. Luxe secret. Secret de ces maisons sans fenêtre sur la rue. Les fenêtres et la porte donnent sur le patio. Le patio a un jet d'eau et des plantes ravissantes. Les jardins sont dessinés comme un labyrinthe. Les buissons sont disposés en sorte que l'on risque de se perdre dans leur dédale. Ils aiment avoir l'impression d'être perdus. On a interprété cela comme un désir de reproduire l'infini.

Fez. On finit toujours par rencontrer, tôt ou tard, une cité à l'image de ses cités intérieures. Fez est une image de mon moi intérieur. C'est peut-être ce qui explique la fascination que j'éprouve. Voilée, pleine et inépuisable, labyrinthe riche et changeant, je finis par m'y perdre. Passion pour le mystère, l'inconnu, pour l'infini et l'inexploré.

Avec mon guide, j'ai visité le quartier réservé. Il était entouré d'une muraille médiévale, gardé à chaque porte par un soldat français. Les maisons étaient remplies de prostituées. Seuls, les Arabes pauvres viennent là parce que les autres ont suffisamment de femmes pour satisfaire leur besoin de variété. Obscures, dramatiques, tortueuses rues. Caves nues qui ont été transformées en cafés. Arabes qui vont et viennent furtivement. Noirs. Mendiants. Musique arabe de temps à autre. Les murs, les plafonds couverts de tapis et de poteries usagés. On consomme du thé à la menthe ou de la bière. Pas de vin, par contre vaste trafic de drogue. Chambres nues, comme des caves. Portes recouvertes de rideaux de mousseline ou de rideaux de perles. La pièce du devant est le bar ou le café où se tiennent les hommes et où jouent les musiciens. La pièce du fond est pour les prostituées. On écarta le rideau de mousseline et je me trouvai en face de Fatima, la reine des prostituées.

Fatima avait un beau visage, un nez droit patricien, d'énormes yeux noirs de velours, une peau lisse et brune, pleine mais ferme, et les attributs arabes ordinaires : ventres et mentons multiples. Elle ne pouvait remuer qu'avec difficulté sur ses énormes jambes. Elle était à la fois royale et magnifique, opulente et voluptueuse. Elle portait une tenue de noce : robe de mousseline rose brodée de sequins d'or posée sur plusieurs épaisseurs d'autres jupons de mousseline. Lourde ceinture d'or, bracelets, bagues, bandeau d'or autour du front, énormes pendants d'or aux oreilles. Sur sa chevelure noire luisante, elle portait un turban de soie colorée posé sur l'arrière de la tête et découvrant les boucles noires. Elle avait quatre dents d'or, considérées comme un ornement par les femmes arabes. Le cerne charbonneux de ses yeux en accentuait la grandeur, comme dans les peintures égyptiennes.

Elle trônait parmi des coussins dans une chambre étroite et longue, comme le sont souvent les chambres à Fez. A chaque extrémité de la pièce, elle avait un lit en cuivre, signe de luxe et de succès. On ne s'en sert pas, ils sont là seulement comme un symbole de richesse. Entre les deux lits de cuivre se trouvaient tous les coussins, tapis, et divans profonds. (Dans les maisons riches, le sol est dallé, mais les lits de cuivre sont également exposés.) Fatima ne collectionnait pas seulement les lits de cuivre, mais aussi les coucous suisses. L'un des murs en était couvert, chacun marquant une heure différente. Les autres murs étaient tapissés de cretonne à fleurs. L'atmosphère était chargée de parfum, confinée et voluptueuse, comme un ventre. Une jeune fille entra avec un pulvérisateur et, soulevant ma jupe, pulvérisa délicatement de l'eau de rose sur mes sous-vêtements. Elle revint pour répandre des pétales de rose autour de mes pieds. Puis elle réapparut, portant un plateau : le thé fut servi dans des verres gainés de cuivre avec une anse. Nous étions assis en tailleur sur de vastes coussins, Fatima au milieu. Aucun de ses gestes n'était vulgaire. Deux musiciens aveugles et infirmes furent conviés et ils jouaient de façon monotone, mais avec un tel rythme que mon excitation croissait comme si j'avais bu du vin. Fatima se mit à préparer le thé sur le plateau. Puis elle passa à la ronde une bouteille d'eau de rose et nous nous parfumâmes les mains. Puis elle alluma un brasero de bois de santal et le plaça à mes pieds. J'étais dûment et complètement parfumée et l'air devenait plus lourd et plus riche. Le soldat arabe était renversé sur les coussins. Le beau garde du corps en turban et burnous blancs et costume militaire bleu conversait avec Fatima qui ne parlait pas français. Il traduisit mes compliments sur sa beauté. Elle lui demanda de traduire une question sur mon vernis à ongles. Je promis de lui en envoyer. Tandis que nous étions assis là, rêvant entre chaque phrase, il y eut un combat dehors. Un jeune Arabe fit irruption, le visage en sang. « Aii, Aii, Aiii », criait-il. Fatima dépêcha sa servante pour voir ce que l'on pouvait faire pour le jeune Arabe. Elle ne se départit pas un instant de son calme. Les musiciens jouaient plus fort et plus vite pour que je ne remarque pas la commotion et que mon plaisir ne soit pas gâté. Je passai deux heures avec Fatima, car c'est de l'impolitesse de se hâter ici. C'est une mortelle insulte que de partir trop rapidement ou de paraître pressé. Cela les offense gravement. Les relations ne tiennent pas tant à la conversation ou à l'échange qu'à la création d'une atmosphère propice à la rêverie, à la méditation, au recueillement ou à la contemplation. Finalement, comme j'étais prête à partir, mon garde du corps prononça un discours d'adieu.

Il était minuit passé. La ville, tellement grouillante dans la journée que j'avais du mal à y faire un pas, était déserte et silencieuse. Le veilleur de nuit dort sur le seuil des maisons. Il y a des portes entre les différents quartiers. Il fallut ouvrir six portes pour nous, avec d'énormes clefs. Il est interdit de circuler la nuit, sauf par permission spéciale et avec un laissez-passer que le soldat montrait à chaque veilleur.

Les grenouilles coassaient dans les étangs des jardins derrière les murs, les grillons annonçaient la chaleur de demain. L'odeur des roses gagna la bataille des odeurs. Une fenêtre s'ouvrit brusquement au-dessus de moi, une vieille femme sortit la tête et jeta un gros rat qu'elle venait d'attraper, avec force jurons. Il tomba à mes pieds.

Fez est une drogue. Elle vous prend dans ses rets. La vie des sens, de la poésie (même les pauvres Arabes qui vont trouver une prostituée trouveront une femme vêtue d'une robe de mariée comme une vierge), de l'illusion et du rêve. Cela me rendait passionnée, de rester là, assise sur des coussins, avec de la musique, les oiseaux, les fontaines, la beauté infinie des motifs de la mosaïque, la bouilloire qui chantait, les nombreux plateaux de cuivre qui brillaient, les douze flacons de parfum à la rose, et le bois de santal fumant dans le brasero, et les coucous carillonnant à leur guise en désaccord.

Les niveaux de la ville de Fez sont comme les niveaux et les mystères de la vie intérieure. Il faut un guide.

J'ai aimé la noblesse raciale des Arabes, la fierté, l'amour des sucreries au lieu d'alcool, la délicatesse, la paix, l'hospitalité, la réserve, l'amour des couleurs turquoise et corail, la dignité du maintien, leurs silences. J'aime la façon dont les hommes s'embrassent dans la rue, avec noblesse et fierté. J'aime l'expression de leur regard concentré ou enflammé, mais profond.

Le cours d'eau, sous le pont, était dégoûtant. Les hommes se tenaient la main en parlant dans la rue. Un Arabe mort était transporté sur une civière, enveloppé d'étroites bandelettes blanches comme une momie égyptienne. Sur ses pieds, on avait jeté un tapis rouge. Silence et quiétude. Contemplation et psalmodie. Musique. Thé servi sur des plateaux de cuivre avec un samovar. Les verres ont un couvercle coloré. Sur un autre plateau, une grosse boîte d'argent avec de gros morceaux de sucre d'orge. Plateaux avec des flacons de parfum. Plateaux avec des gâteaux d'amande recouverts d'un mouchoir de soie ou d'un couvercle de cuivre peint.

J'ai croisé des femmes arabes se rendant au bain. Elles s'y rendaient toujours en groupe, en transportant des vêtements de rechange dans un panier sur leur tête.

Elles marchaient voilées, en riant, ne laissant voir que leurs yeux et le bout de leurs doigts couvert de henné qui retient leur voile. Leurs amples jupes blanches et leurs ceintures aux lourdes broderies les faisaient paraître aussi lourdes et massives que les coussins sur lesquels elles aiment être assises. C'était une chair lourde marchant dans des robes blanches, nourrie de sucreries et d'inertie, de veilles passives derrière des fenêtres grillagées. C'était l'un de leurs rares moments de liberté, l'un des rares moments où elles paraissaient dans la rue. Elles marchaient par groupes avec leurs servantes, leurs enfants, leurs paquets de vêtements propres, riant et bavardant, et traînant les pieds chaussés de mules brodées.

Je les suivis. Lorsqu'elles pénétrèrent dans le bâtiment couvert de mosaïques près de la mosquée, j'entrai avec elles. La première pièce était très grande et carrée, toute en pierre, avec des bancs de pierre et des tapis sur le sol. C'est là que les femmes déposèrent leur balluchon et commencèrent à se déshabiller. C'était une longue cérémonie car elles portaient plusieurs jupes et plusieurs corsages, et des ceintures qui ressemblaient à des bandelettes, autant de mousseline blanche, de coton qu'il fallait dérouler, déplier et replier sur le banc. Puis il y avait les bracelets à enlever, les boucles d'oreilles et les bracelets autour des chevilles, et puis la longue chevelure noire à dégager des rubans qui y sont tressés. Tout ce coton blanc jeté à terre, un champ de feuilles, de broderies, de pétales blancs, répandus par les femmes corpulentes, et comme je les regardais, il me semblait qu'elles ne pourraient jamais être vraiment nues, que tout ce qu'elles portaient devait ne faire qu'un avec elles, grandir avec leur corps. J'étais déjà déshabillée et j'attendais, debout, car je ne voulais pas m'asseoir nue sur le banc de pierre. Elles attendaient que les enfants aient été déshabillés par les servantes africaines, elles attendaient que les servantes se soient déshabillées.

Une vieille femme nous attendait, une vieille femme borgne, toute ratatinée. Ses seins n'étaient que deux longues gourdes vides pendant presque jusqu'au milieu du ventre. Elle portait une toile de sac autour des reins. Elle me donna sur l'épaule une petite tape d'approbation et elle sourit. Elle désigna mes ongles en parlant, mais je ne compris pas et souris.

Elle ouvrit la porte de l'étuve, autre grande pièce carrée. Mais là il n'y avait pas de bancs. Toutes les femmes étaient assises à même le sol. La vieille femme remplit des seaux d'eau à l'une des fontaines et elle leur en versait un sur la tête de temps en temps lorsqu'elles avaient fini de se savonner. La vapeur remplissait la pièce. Les femmes étaient assises par terre et prenaient leurs enfants entre leurs genoux pour les frotter. Puis la vieille femme leur versait dessus un seau d'eau. Cette eau coulait tout autour de nous et elle était sale. Nous étions assises au milieu de ruisseaux d'eau sale et savonneuse. Les femmes ne se pressaient pas. Elles employaient le savon, puis un morceau de pierre ponce, après quoi elles se mettaient à employer des dépilatoires avec une concentration et un soin minutieux. Elles étaient toutes énormes. La chair formait des bourrelets et des replis qui déferlaient pesamment comme des vagues formidables. Elles paraissaient assises sur des coussins de chair de toutes les couleurs, depuis la peau claire des Arabes du Nord, jusqu'à celle des femmes africaines. J'étais stupéfiée de les voir soulever des bras aussi lourds pour peigner leur longue chevelure. J'étais venue pour les regarder, parce que la beauté de leur visage était légendaire et ceci s'avéra nullement exagéré. Elles avaient un visage parfaitement beau, de grands yeux comme des joyaux, un nez noble et droit avec un grand espace entre les yeux, la bouche pleine et voluptueuse, une peau parfaite et toujours un port de reine. Les visages étaient dignes d'être sculptés plutôt que peints parce que les lignes en étaient si pures et si claires. Je demeurais en admiration devant leur visage, puis je m'aperçus qu'elles me regardaient. Assises en groupes, elles me regardaient et souriaient. Elles me firent comprendre par gestes que je devais me laver le visage et les cheveux. Je ne pouvais leur expliquer que je préférais abréger le rituel parce que cela ne me plaisait guère d'être assise dans une eau noirâtre. Elles me tendirent la pierre ponce après s'en être consciencieusement servies, sur leur corps pesant. Je fis un essai mais cela m'écorcha le visage. La peau des femmes arabes était plus dure. Les femmes bavardaient en cercles tout en se lavant elles et leurs enfants. Je ne pus me résoudre à me laver la figure avec le savon dont elles s'étaient toutes servies pour leurs pieds et leurs aisselles. Elles rirent de ce qu'elles devaient considérer comme de l'ignorance de la part d'une Européenne qui ne connaissait pas les règles de la propreté.

Elles voulurent aussi que je m'épile les sourcils et sous les bras, et que je me rase le pubis. En fin de compte, je m'esquivai dans la pièce à côté où l'on m'aspergea de seaux d'une eau plus fraîche.

Je voulais voir les femmes arabes habillées de nouveau, dissimulées sous des mètres de coton blanc. Des têtes si belles s'étaient levées de ces montagnes de chair, des têtes d'une incroyable perfection, des yeux étincelants lourdement frangés, des traits sensuels. Parfois des yeux vert émeraude dans une peau pain brûlé, parfois des yeux charbonneux dans une peau claire et laiteuse et toujours la longue, lourde chevelure noire, les tresses ondoyantes. Mais ces têtes surgissaient de monceaux de chair informes, se soulevant comme des plantes aquatiques, gonflant, oscillant, retombant, des seins comme des anémones de mer, flottants, des ventres de femmes perpétuellement enceintes, des jambes comme des oreillers, des dos comme des coussins, des hanches avec des creux comme des matelas.

Toutes m'observaient, avec des hochements de tête amicaux, discutant sur ma silhouette. En comptant sur leurs doigts, elles me demandèrent si j'étais adolescente ? Je n'avais pas de graisse. Je devais être une jeune fille. Elles m'entourèrent pour comparer leur couleur de peau. Elles semblaient stupéfaites de mon tour de taille. Elles pouvaient l'enserrer entre leurs deux mains. Elles voulaient laver ma chevelure. Elles me savonnèrent tendrement le visage. Elles me touchaient et parlaient avec volubilité. La vieille femme parut avec deux seaux et me les versa dessus. J'étais prête à m'en aller, mais les femmes arabes transmettaient toutes sortes de messages avec leurs yeux, leurs sourires, leurs paroles. La vieille femme me conduisit dans la troisième pièce, qui était plus fraîche et m'inonda d'eau froide, puis elle me reconduisit dans la salle d'habillage.

Au retour, débarquant à Cadix, je vis les mêmes chétifs palmiers que j'avais soigneusement notés à l'âge de onze ans, en me rendant en Amérique. Je vis la cathédrale que j'avais minutieusement décrite dans mon journal d'enfant. Je vis la cité où les femmes ne sortent guère, la cité, avais-je déclaré, où je n'aimerais pas vivre parce que je tenais à mon indépendance.

Lorsque je débarquai à Cadix, je retrouvai les palmiers, la cathédrale, mais pas l'enfant que j'étais. Les derniers vestiges de mon passé avaient été perdus dans l'antique cité de Fez, qui était bâtie tout à fait comme ma vie personnelle, avec ses rues tortueuses, ses silences, ses secrets, ses dédales et ses visages voilés. Dans la ville de Fez, je m'étais rendu compte que le petit démon qui me dévorait depuis vingt ans, le petit démon de la dépression contre lequel je luttais depuis vingt ans, avait cessé de me dévorer. J'étais en paix, parcourant les rues de Fez, absorbée par un monde extérieur à moi-même, un passé qui n'était pas mon passé, par des maladies que l'on pouvait toucher et nommer, la lèpre et la syphilis.

Je m'étais promenée avec les Arabes, j'avais chanté et prié avec eux un dieu qui commandait la résignation. Avec les Arabes, je m'étais accroupie dans le calme. Voies sans issue, semblables aux voies de mes désirs. Oubliez l'issue et allongez-vous sous les murs couleur de boue, écoutez le cuivre que l'on martèle, regardez ces teinturiers plonger leurs soies dans des baquets oranges. Enfin, je parcourais tranquille les rues de mon propre labyrinthe, en m'acceptant moi-même avec ma force et ma faiblesse. Les sottises que j'avais faites restaient comme des ordures sur les pas de porte pour nourrir les mouches. Les endroits que je n'avais pas visités étaient oubliés parce que l'Arabe sur son âne, ou sur son mulet, ou sur ses pieds nus marchait pour toujours entre les murs de Fez. Les échecs, c'étaient ces inscriptions à demi effacées sur les murs, et les livres mangés par les souris ; l'enfance pourrissait dans les musées, les fous étaient enchaînés et j'allais librement parce que je laissais tomber les cendres, mourir la vieille chair, je laissais la mort effacer, je laissais les inscriptions tomber en poussière, je laissais les cyprès veiller sur les tombes. Je ne luttais pas pour l'intégrité, contre les fragments engloutis par le passé ou les détritus d'aujourd'hui sous mes pieds. Ce que la rivière n'emportait pas nourrissait les mouches. Je pouvais accompagner les Arabes au cimetière avec leurs tapis multicolores et leurs cages à oiseaux, pour une petite fête ou une conversation, tant la mort, la maladie ou demain comptaient peu. Veilleur de nuit endormi sur les marches de pierre, ou dans la boue, en burnous taché, moi aussi je peux dormir n'importe où. Il y avait à Fez, comme dans ma vie, des rues qui ne menaient nulle part, des impasses qui conservaient leur mystère. Il fallait aussi qu'il y ait des murs. Les pointes des minarets ne peuvent s'élever si haut qu'à cause des murailles.

Ce fut à Cadix que je restai allongée dans une chambre d'hôtel et tombai dans une rêverie douloureuse, obsessionnelle, une mélodie secrète et continue de jalousie, de peur, de doute et ce fut à Cadix que je me dressai et rompis la malédiction, comme par un acte magique de la volonté, je brisai le filet, obsession maudite. J'appris à la rompre. Cela fut symbolisé par le fait que je sortis dans la rue. A compter de ce jour, la souffrance devint intermittente, sujette aux interruptions, aux distractions, elle cessa d'être un état permanent. J'étais capable de me distraire. Je pouvais vivre des heures sans être rongée par le doute. Il y avait des silences dans ma tête, des périodes de paix et de jouissance. Je pouvais m'abandonner sans réserve au plaisir des relations multiples, à la beauté du jour, aux joies du jour. C'était comme si le cancer qui était en moi avait cessé de me dévorer. Le cancer de l'introspection.

Cela semblait s'être produit brusquement, comme un miracle, mais c'était le résultat de plusieurs années de lutte, d'analyse, de vie passionnée. L'introspection est un monstre dévorant. Il faut le nourrir d'une matière abondante, de beaucoup d'expériences, beaucoup de gens, beaucoup d'endroits, beaucoup d'amours, beaucoup de créations, et alors il cesse de se nourrir de vous.

A partir de ce moment, ce que j'éprouvai ce furent des drames émotionnels qui passèrent comme des orages, et laissèrent derrière eux la paix.

(MAI 1936)

LOUVECIENNES. Mais je vis au-dehors. Il y a d'abord eu Fez au-dehors, le soleil, la mer et la cité en forme de cerveau, une cité comme les cités de l'âme extérieurement, et puis il y a eu Paris au-dehors et moi dans les rues. Et puis, il y a eu *La Maison de l'Inceste* arrivant de chez l'imprimeur par énormes paquets, il y avait des lettres à écrire, de la pâte turquoise pour les paupières à envoyer à Fatima. Il y a Henry qui traverse actuellement une poche d'air, selon son expression. Perdu, dispersé, débranché.

Puis il y a eu cette toux persistante la nuit, au point d'étouffer, avec un amaigrissement. Le petit médecin français a dit que c'était une bronchite chronique. A quelques semaines de là, quelqu'un a parlé d'un médecin allemand réfugié, récemment arrivé d'Allemagne. Je me rendis dans un appartement modeste et, dès que j'eus pénétré, je me sentis en présence d'une personnalité inhabituelle. C'était le docteur Max Jacobson (qui devint si célèbre à New York par la suite). Il avait des yeux noirs vifs et perçants. Il me jeta un coup d'œil et dit : « Toi, ma fille, tu as la coqueluche. Je vais te retaper en une minute. » Et avec une seule piqûre, il me rendit sommeil et santé.

Il était si vivant, si plein d'entrain, si alerte, au moral comme au physique. C'était comme s'il faisait un diagnostic tout en volant. Il ne pouvait tenir en place ni écouter. C'était comme s'il ne voulait pas des bavardages du malade, de liste de détails pour obstruer son intuition qui travaillait rapidement, semblable à une flèche. Il était beau, les cheveux frisés, le visage rose plein de santé, toujours prêt à rire. Il n'écoutait pas mais il observait avec intensité, puis il fondait sur les symptômes. A partir de ce moment, j'eus en lui une foi aveugle (qui ne me quitta jamais). Nous devînmes amis. Il vint dîner avec sa femme.

Pas d'argent de New York, bien que l'on m'en doive beaucoup. Il faut faire des achats pour le nouvel appartement du quai de Passy, que je veux moderne. Besoin psychique d'un décor neuf. J'ai déniché une pendule en coquillages, un tapis marocain de laine blanche.

Dehors, on brandit des drapeaux rouges. Manchettes des journaux : « C'EST DONC UNE REFORME ? NON, SIRE. C'EST UNE REVOLUTION. »

Ouvriers dans les rues. Grèves. Grèves terminées. Re-grèves. Grèves qui continuent. Epoque tumultueuse, troublée, sombre, inquiétante.

Fraenkel est parti pour l'Espagne, en déclarant qu'Henry est infidèle en idées et en amitiés. Henry l'a vite oublié.

Charpentier porte aux nues *La Maison de l'Inceste.* « D'une beauté absolue. » Stuart Gilbert dit : « C'est de la musique, c'est une symphonie. J'en aime l'ironie. Emploi unique du langage. Du Scriabine. »

Je m'accroche au monde créé par les artistes parce que l'autre est rempli d'horreur et je n'y vois nul remède.

Roger Klein m'a invitée à déjeuner. Un de ses amis, Emile Savitry, photographe, a parlé pendant tout le déjeuner de ses amis péruviens. L'une était une danseuse que j'avais vue une fois dans un petit théâtre, rue de la Gaîté. Elle avait exécuté des danses étranges et sauvages, comme des danses vaudous, et avait terminé par la danse de la femme sans bras que j'ai décrite dans *La Maison de l'Inceste.* C'était un théâtre minuscule. Elle me laissa avec une impression de cauchemar. « Son mari l'accompagnait. Vous n'avez pas fait attention à lui ? » Non, je ne l'avais pas remarqué. Henry avait rencontré le couple, plus tard, à une réception. Il avait décrit les danses de Zara, et la conversation qu'il avait eue avec son mari, Rango. « Nous étions ivres tous les deux, nous nous entendîmes fort bien, nous étions d'accord que ni l'un ni l'autre nous ne voulions travailler. »

Roger compléta l'histoire : « Ils sont affreusement pauvres, incroyablement pauvres. Elle est devenue sourde et ne peut plus danser, et lui boit. Mais ce sont des gens extraordinaires. »

Il dit cela d'un ton pénétré. De songer à eux le plongea dans un silence complet, comme s'il ne trouvait pas de mots pour les décrire. Il éveilla ma curiosité. Il me promit que nous nous rencontrerions.

Il organisa une réception intime dans son nouvel appartement, un petit logement ouvrier, non loin de la villa Seurat. La nuit qui précéda notre rencontre je vis en rêve une femme pâle et défaite qui avait l'air si malade qu'on l'aurait crue à l'article de la mort.

Et ce fut cette femme pâle et défaite qui parut chez Roger, à la lumière crue des ampoules nues. Et juste derrière elle, un homme très grand, très brun, aux longs cheveux noirs. Il avait un visage rond, rieur, et il portait une guitare. Leur ami, le photographe, n'était pas là. Rango expliqua : « Nous ne pouvons jamais sortir ensemble parce que nous n'avons à nous deux qu'un seul pantalon correct. Ce soir, c'était mon tour. » Le contraste entre Zara, qui avait un teint bilieux, un regard triste, des cheveux tristes, et le vif et fougueux Rango, était frappant. Il joua de la guitare et chanta. Nous dansâmes. Rango avait une riche voix rauque. Lorsqu'il riait, les hautes pommettes de l'Indien lui faisaient fermer les yeux, ce qui lui donnait l'air oriental. Il avait de lourds cils noirs charbonneux. Un tigre qui rêve, un tigre sans griffes.

Jonathan Cape de Londres a refusé *Winter of Artifice.*

Le monde a droit à la joie d'Henry, à son goût de la nourriture, à ses généreuses conversations. J'ai droit à la révélation de ses angoisses, de ses craintes, ses culpabilités et son mécontentement. Je dois combattre ses fantômes qui le hantent toutes les fois qu'il n'écrit pas. Lorsqu'il semble jouir des cafés, des réceptions, c'est alors qu'il se sent le plus vide et le plus triste. Je le ramène toujours à lui-même. Nous eûmes, un jour, une discussion alors que je venais de le tirer d'affaire. Il m'accusa de ne pas le laisser être malade, mais d'essayer de manière artificielle de lui venir en aide, en contrariant la nature. « Un animal malade n'est pas la nature, dis-je. L'analyse n'est pas artificielle parce que finalement elle libère l'animal de sa maladie. Vous savez parfaitement que vous n'êtes pas un animal de la nature, ou alors vous ne seriez pas malade de temps en temps pour des fantômes et des craintes. »

Henry a peur de la faim, comme moi de perdre ceux que j'aime.

Lorsque je tombe dans mes rêveries alors que je suis entourée de monde, ma voix devient distante. Henry a remarqué le contraste entre ma voix chaude et ma voix distante. Il y a des gens qui ne sont naturels qu'en public. Henry respire, vit, parle mieux au milieu d'un tas de gens. Pour moi le moment le plus sincère, le plus naturel est lorsque je suis ou bien seule, ou bien avec quelqu'un que j'aime.

(JUIN 1936)

30, quai de Passy.

Un nouveau décor créé sans espoir ni joie, sans impression de permanence ni la conviction que cela s'imposait. Mais inévitablement beau. Moderne, simple, joyeux, clair. Murs orange, tapis marocains de laine blanche, chaises en chêne naturel pâle et cuir couleur crème, une grande table en pin avec une surface poncée qui ressemble à du sable pâle sur la plage. Luminosité, absence de décorum. Créé durant les chaudes journées d'été dans un esprit de détachement à l'égard de la villa Seurat.

La villa Seurat paraît du sable, une éponge, en dissolution.

J'ai fait une grande pendaison de crémaillère et j'ai invité un groupe de chanteurs et danseurs tahitiens. J'ai suspendu des lanternes de papier orange et j'ai mis partout des pots avec des plantes tropicales. Les portes-fenêtres donnant sur les balcons étaient ouvertes. La Seine coulait et miroitait en bas, tandis que les Tahitiens dansaient et chantaient (les hommes jouent de la musique, les femmes dansent). C'était vraiment une fiesta de nuit tropicale, avec des danses et des voix sensuelles, les lanternes, les plantes exotiques et le fleuve en bas qui miroitait.

Cela rappelait à Stuart Gilbert sa vie en Côte-de-l'Or. Un ami m'avait parlé d'un remarquable astrologue poète Conrad Moricand, qui avait connu Picasso, Louis Jouvet, Max Jacob, Blaise Cendrars, et qui avait écrit sur eux. Je l'avais invité, et il vint, silhouette pâle et aristocratique. Il me dit : « Lorsque j'ai entendu votre voix au téléphone, j'ai cru que c'était une voix d'une autre planète. »

Rango dépassait tout le monde, le tigre qui rêve, l'Inca au regard charbonneux, à la chevelure noire sauvage. Impossible de ne pas être frappé de sa sombre intensité à travers laquelle, de temps en temps, brillait un sourire enfantin et radieux. Mystique, rêveur, plein de noblesse et de profondeur, qualité mystérieuse. Et malgré tout, les pieds sur terre. Il murmurait alors que nous dansions : « Tu es si forte et si fragile. Quelle influence tu as sur moi. J'ai peur de toi. Ta voix, elle est si étrange. Tu es toute en sensibilité, tu es la fleur, tu es la stylisation, le parfum et l'essence de toutes choses. »

Sa voix était basse et rauque. Il parlait espagnol. En espagnol j'entends avec mon corps, mes sens, mon sang, pas avec mon esprit. Les mots arrivent jusqu'à moi par le réseau souterrain des souvenirs ataviques. Ils touchent une Anaïs différente, que je connais à peine.

« Anaïs, continua-t-il, tu t'es cogné la tête contre la réalité du monde, tu ne vois pas la ville, les maisons, les hommes, en tant que tels tu vois au-delà. Anaïs, j'ai vu des milliers de femmes, mais jamais une qui te ressemble. »

Ses yeux comme la nuit, une nuit sans lune. J'ai peur de lui comme il a peur de moi, parce que j'ai peur du rêve.

La Seine brille dehors lorsque nous passons sur le balcon pour prendre le frais. Des couples viennent s'embrasser dans la pénombre du balcon. Le docteur René Allendy fasciné par les Tahitiennes, Maigret qui danse, Henry Leigh Hunt scandalisé, parce que cette réception tourne à la bohème, et qu'il ne peut pourtant pas s'en aller. « Aloha, Aloha, Tahiti » ; visages tendres et sensuels ; ambiance sensuelle, l'une de ces soirées au cours desquelles chacun sort de sa coquille, s'épanouit, vit pleinement.

La guerre civile d'Espagne est dans l'air. On dirait que Rango est venu en réponse à ma question : « Qu'est-ce que cela veut dire, que puis-je faire en tant qu'artiste ? » Il a sans doute la réponse car il sait ce que cela veut dire, et ce qu'il faut faire.

Rango s'est endormi avec *La Maison de l'Inceste* sous son oreiller, le relisant vingt fois « comme une drogue ».

Je suis allée à Fez sans le journal. Je voulais m'étendre sur un lit d'hôtel, dans un lieu inconnu, sans le journal, pour interrompre l'introspection, le journal comme un miroir, assurance, le journal au lieu de la conversation. Je voulais ne rien avoir à ruminer, rien à mâcher. La vie a passé à Fez comme je passais, sans laisser de trace ni de lambeaux. Le soleil était sur l'eau de la Seine, je respire et j'aime sans avoir besoin de dire : « Je respire en ce moment, j'aime. » Lorsque, tout enfant, je fus enfermée dans les caves obscures de la cathédrale, j'eus peur d'être enfermée à l'intérieur des murs de mes propres terreurs. Plus tard je fus liée, bandée par mes traumatismes comme une momie, par un calvaire de doutes et de craintes qui dura vingt ans. Long cycle de lutte contre un moi mutilé. Et maintenant je suis libre.

Rango m'a emmenée à une grande surprise-partie chez Alejo Carpentier, le romancier cubain. Son vaste studio domine aussi la Seine. Les Tahitiens dansent et chantent. Zara, assise sur l'un des divans, regarde un livre d'art, lointaine. Qu'elle soit sourde n'est pas une raison, car il y a des choses qu'elle entend. Rango dépasse tout le monde d'une tête, ses bras d'un brun doré sont nus, et il me parle toujours à l'oreille : « Anaïs, quelle force tu es, spirituelle et vitale, bien que tu sois tout enveloppée de mythes et de légendes, tu es comme un fouet sur moi. La première fois que je t'ai vue, j'ai reçu un choc, tu as éveillé ma fierté, pour la première fois je renonce aux vapeurs de l'alcool, je veux *être*, Anaïs. »

Il parle du Pérou, de son hacienda, de son père écossais qui avait épousé une Indienne, de la culture inca, de légendes, des grandes distances entre les haciendas, l'écrasante immensité de la nature, de la chasse où il allait, des jésuites qui l'ont élevé, de l'odeur des boîtes de cigares de son père et de l'odeur du mobilier en cèdre. Journées passées à cheval, promenades le long d'étroits sentiers, au-dessus de profonds ravins, et des cascades qui endormaient les Incas et provoquaient souvent leur mort. Mâchant de la coca, indispensable à cette latitude, sa nourrice inca, et son premier amour, la statue d'une madone du quatorzième siècle, et ce jour où il jura de trouver un visage qui lui ressemblerait, et voilà que c'était mon visage.

Il parle comme un Indien chantant une mélopée, poésie, mythe, contes.

« Avec de la cruauté, avec de la cruauté, on peut m'inciter à l'action, nous sommes si vieux, nous autres les Incas, que nous ne pouvons atteindre la nourriture. Connaissais-tu les sept cercles mystiques ? Il fallait franchir sept cercles avant d'atteindre le centre. »

Les cheveux noirs frisés ont quelques mèches blanches. Ses yeux sont plus brillants que ceux des Arabes, le front est haut. Il a de la grandeur, de la noblesse.

Il a de la fierté, de l'intransigeance. Lorsqu'il a soif, il place devant lui un verre d'eau et n'y touche pas. (La théorie jésuite du châtiment de soi ?)

Il tient des propos décousus, fébriles, comme June.

Il dit qu'il est trop vieux pour vivre comme tout le monde, trop vieux, trop subtil, pour atteindre les choses directement.

Par sa conversation, il me ramène à la vie médiévale du Pérou, et en même temps il me donne à lire Karl Marx, et m'explique la signification des grèves.

Il me dit qu'il est venu à seule fin de me soustraire à ce qui allait arriver. Le monde entier allait avoir une éruption. Il allait y avoir une révolution en France.

Il voulait voir Louveciennes parce que j'en parlais. Nous prîmes donc le train et je lui montrai l'endroit. Louveciennes mourante, le bois pourrissant, la pluie tombant, les fantômes grinçant, l'odeur des maisons anciennes, les housses de velours élimé. Nous avons visité le jardin, envahi par les ronces et les mauvaises herbes. Nous nous sommes promenés au bord de l'eau et nous sommes arrêtés au café où vont les ouvriers.

Là, il parla de nouveau de la révolution. Il m'accusa de ne vivre que dans le monde de l'art et des artistes, d'ignorer la vie politique. « Quand les changements surviendront, je pourrai venir à ton secours. »

Nous sommes à Notre-Dame maintenant. Il semble vivre dans plusieurs mondes, l'un catholique, l'autre le monde inca de son enfance, païen, violent, et un troisième, le monde marxiste d'aujourd'hui.

L'orgue joue. Une lumière violette tombe des vitraux.

Dans le passé, et puis dans l'avenir.

Le monde de la politique, jusqu'à maintenant, m'avait semblé corrompu et laid. Rien à y faire pour moi. A quoi pouvais-je servir ? Rango parle aux ouvriers. Après avoir visité Notre-Dame, nous sommes allés rue de la Gaîté et je me suis acheté un tailleur gris de cent francs, j'ai enlevé mon vernis à ongles et je l'ai accompagné à un meeting politique où Pablo Neruda devait prendre la parole. Neruda était gras et très pâle, et il récita des poèmes d'une voix assez neutre, mais les discours qui suivirent, en espagnol, furent véhéments, et je ne savais pas de quoi ils parlaient. Avec les ouvriers, Rango est familier, joyeux, fraternel. Ils l'aiment, bien qu'ils ne comprennent pas son mauvais français. Il trinque avec eux. Ils ont confiance en lui. Il a de grosses mains solides, un corps solide, et il s'habille comme eux. Il est beaucoup plus grand qu'eux, et noir comme un nègre.

Lettre à ma mère :

Je suis allée à Notre-Dame hier après-midi et j'ai assisté aux vêpres, et j'ai pleuré, et j'ai retrouvé mon âme d'autrefois: je ne sais où elle était. Je l'avais retrouvée une fois à l'hôpital, tu te rappelles? Je l'ai retrouvée hier. Je me tenais dans l'église, et pleurais: aujourd'hui, je suis heureuse, tout est si bon, la maison est exquise, le chat est comique, et j'ai une bicyclette et j'irai bientôt à la campagne, mais il n'y a pas du tout de soleil, pas de chaleur, et je n'ai pas réussi à louer Louveciennes à cause de cela. Je paierai ton loyer demain, et donne ceci à lire à Joaquin aussi, c'est pour lui, c'est ce que l'on appelle le style moderne d'écriture, toutes les phrases s'enchevêtrant l'une dans l'autre, je le fais pour que tu ries, car tu aimes tellement le surréalisme. J'espère que mon livre a plu à Alida, il te plaira aussi un jour, je ne sais quand, lorsque tu te rendras compte que La vida es sueño, *et que les rêves sont indispensables à la vie; et tu sais que tous mes rêves ne sont pas saints, n'est-ce pas, tu en as eu qui n'étaient pas si saints, nos rêves ne sont pas saints, mais cela ne blesse ni ne change l'âme fondamentale, peut-être qu'un jour tu croiras si fermement à mon âme fondamentale que mes fantaisies ne te feront rien, tu ne blâmeras pas, tu te contenteras d'écouter et de sourire comme je t'imagine en train de sourire, et d'écouter lorsque tu es loin, je ne t'imagine jamais contrariée ou mécontente à cause de moi, ou désillusionnée, lorsque tu es loin, tout est charmant et comme c'était auparavant et toujours lorsque je t'étais entièrement dévouée comme tu l'avais été à tes enfants, et ce dévouement n'a pas disparu bien que ma vie se soit divisée, seulement tu n'y croyais pas autant et tu m'avais éloignée un peu, me grondant d'être différente de ce que j'étais enfant, mais fondamentalement, petite mère, rien n'a changé, si on est bon, rien ne change vraiment jamais, je t'aime autant.*

En soixante-dix-huit pages de son livre, Henry définit la plus tragique de toutes les vérités : « La vie ne m'intéresse pas, ce qui m'intéresse, c'est ce que je fais maintenant (le livre) qui lui est parallèle et qui est pourtant au-delà. »

Le fleuve de la vie d'Henry est anonyme, amorphe, et quiconque voudrait le rendre intime ou personnel s'y noierait. Il nie la vie du sentiment qu'il corrode par des colères, un esprit de contradiction, des dénégations et en jouant un personnage, par une fragmentation, une dispersion.

Henry définit l'être humain comme celui qui boit, oublie, est irresponsable, infidèle, faillible. Pour moi, c'est celui qui est conscient de ce que ressentent ses semblables.

En quittant la villa Seurat, je suis allée voir Rango chez lui, ce que je n'avais jamais fait. Il m'a accueillie à la porte d'un immeuble ancien et nous sommes descendus par un escalier obscur qui semblait mener à une cave. Il y avait eu un incendie autrefois, les murs étaient calcinés, et je les sentais s'effriter sous mes doigts alors que je m'y appuyais à cause de l'obscurité. L'escalier débouchait sur un vaste studio avec une grande fenêtre tellement sale que l'on ne voyait pas au-dehors. La lumière était diffuse comme si elle venait à travers du verre dépoli. J'avais du mal à y voir au début. Puis, je vis Zara étendue sur le divan, enveloppée dans de vieilles couvertures et des manteaux. Ses cheveux noirs dépeignés encadraient son visage. Elle souriait des lèvres, mais non des yeux. La chaise à côté d'elle disparaissait sous les fioles de médicaments et les boîtes de cachets. Elle avait deux expressions, qui se suivaient pratiquement sans transition: l'une, douloureuse, suppliante comme celle d'un mendiant, implorant la pitié. Peut-être dans la peine. Presque un rictus d'agonie. Mais une expression de moquerie soupçonneuse et rusée la suivait ou, pour ainsi dire, alternait avec. Je répondis à l'appel à la pitié. Je m'assis au bord de son lit, je n'avais nulle part où m'asseoir, et je lui pris la main. Je lui racontai comment je l'avais vue danser autrefois, de nombreuses années auparavant. Derrière elle, je voyais les murs graisseux du studio, luisant d'humidité.

Rango était revenu avec du bois et allumait du feu dans la cheminée. Au bout de quelque temps, il plaça sur le feu un fait-tout et mit à bouillir des pommes de terre.

La pénombre grandissait. Puis Rango commença à mettre dans des plats des petits morceaux de graisse qu'il avait fait fondre au préalable en y plantant une mèche, et c'était là leur éclairage à la chandelle. Plus tard une jeune fille arriva, qui ressemblait à Zara, et Rango présenta Elsa, la nièce de Zara. Elle était pâle et portait un mouchoir noué autour du cou. Elle souffrait d'un goitre et devait bientôt en être opérée.

Puis Rango me conduisit par un autre couloir obscur dans une pièce plus sombre encore, une véritable cave avec deux soupiraux qui auraient pu figurer dans n'importe laquelle des histoires de misère noire de Dostoïevski. Je songeais à Dostoïevski, à sa vie, à son état d'esprit en Sibérie. Et je sursautai lorsque Rango dit comme s'il avait connu mes pensées : « Je veux te présenter à Ivan. Il sort tout juste de prison pour avoir volé une collection des œuvres de Dostoïvski. Le juge français était plein de sympathie. Il avait bon goût en matière de littérature. Il dit : « Si vous aviez volé les « œuvres d'un mauvais auteur, je vous aurais donné « soixante jours. Mais je ne vous donnerai qu'une « semaine. » Et le jour de sa sortie de prison, il reçut de la part du juge un Dostoïevski complet enveloppé dans du papier d'emballage. »

Nous nous trouvions devant une porte vitrée opaque, et Rango frappait doucement. Mais nous dûmes attendre. « Il a toujours peur d'ouvrir. Il faut qu'il s'assure que c'est moi. Il a fait tellement de prison pour activité révolutionnaire. Cela a fini par lui déranger le cerveau, cela et les affres de la faim. C'est à l'asile qu'il a connu sa femme. Ils prennent ensemble un nouveau départ. »

La porte s'ouvrit. Ivan restait planté devant nous, et me dévisageait. Son visage émacié n'était pas rasé. Il avait l'air de ne plus comprendre ce qui se passait autour de lui. Ses yeux étaient inertes. Nous entrâmes. Dans un coin de la pièce, sa femme faisait de la couture à la lueur d'une bougie.

Les murs étaient humides, eux aussi, suintant. Il n'y avait pour ainsi dire aucun meuble. Le lit n'avait pas de draps. On eût dit une prison, et c'était comme si Ivan ne pouvait plus vivre au grand jour, mais devait rester tapi dans la pénombre d'une pièce humide. Je frissonnai. Ni l'un ni l'autre ne souriait. Ivan était en train de travailler. Il demanda à Rango s'il lui restait de la graisse, car les bougies allaient bientôt se consumer.

Je ne pouvais parler. Mais lorsque nous retrouvâmes Zara, il y avait des visiteurs. Il y avait Désirée, une Russe à l'aspect voluptueux, avec une chevelure blonde magnifique relevée au sommet de la tête, des yeux d'un bleu glacé magnifiques, une épaisse voix sensuelle. C'était la maîtresse du peintre Balthus. Et il y avait Pita, un adolescent cubain avec des yeux et une peau de jeune fille, qui était gai et bavard. Il me prit le bras et me fit danser tout autour de la pièce, et Rango nous jetait des regards sombres à la Othello, Zara riait des pitreries de Pita, puis Désirée, plus grande que Pita, interrompit brusquement ses danses et ses clowneries et elle l'emmena.

Après son départ, Rango déclara : « Ces deux-là sont inséparables, aussi incongru que cela puisse paraître. »

Comme Rango est perdu ! Il boit, se laisse aller, est pris au piège de la pauvreté. Dès que Zara cessa de danser à cause de sa surdité, ils tombèrent dans la pauvreté.

Il disait maintenant, tout en me raccompagnant chez moi : « Tu as réveillé ma fierté. J'ai fait violence à mon moi véritable, j'ai mendié, j'ai bu, et n'ai rien accompli. J'étais mourant. Maintenant, je veux vivre. Tu me donnes un désir de vivre. *Quiero vivir.* Tout ceci pour ton visage qui est le visage de l'ancienne Espagne. Les femmes espagnoles remuent la tête de deux manières, l'une, la manière *manola* qui est vulgaire, que je n'aime pas, et l'autre, comme tu le fais, avec fierté. »

Il ajouta plus tard : « J'ai toujours poursuivi l'irréel, le merveilleux. J'ai soif de danger, d'héroïsme. Je veux aller en Espagne pour aider les républicains. »

Souhaits tellement contradictoires ! Il parle de Marx. Toute cette antique poésie inca, mysticisme, et maintenant, Marx. Au début, je ne comprenais pas.

Mais ce que je comprenais par contre, c'était que la ferveur de Rango était le contraire de celle d'Henry : « Je ne m'en suis jamais fait, cela rendait la vie pénible, non, je m'en fichais complètement », mais il raconte aussi comment June a tué sa foi, lui a porté un coup si terrible : « Lorsque je vois la douleur de nouveau, je suis pétrifié, fataliste. Je ne peux agir. »

Le monde verse le sang. Avec le goût des hosties catholiques, pain distillé sur mes lèvres, que m'offre Rango, je ne goûte plus le pain ordinaire que me passait Henry.

La mort des républicains en Espagne me blesse comme la mort d'une chair que j'aime. Je suis sensible à chaque visage que je vois dans la rue, chaque feuille, chaque nuage, chaque forme d'amour, est-ce donc l'amour universel qui s'éveille en moi ? La poésie de Moricand, le visage de jeune fille de Pita (à qui Rango dit brutalement : « Je soulève ta robe et je te donne la fessée si tu continues. »)

Le voyage de la dépossession a commencé lorsque j'ai rencontré June et Henry. J'ai marché dépossédée, ainsi que marchait June, sans chapeau, sans lingerie ni bas, j'ai marché pauvre pour mieux sentir la proximité de l'humanité, pour être plus près, moins enveloppée, moins protégée, abandonnant ce qui est faux, les formes, la continuité, désirant être pauvre comme les autres, donnant tout ce que je possède, la robe que j'aime, mes bijoux, de l'argent parce que je reçois tellement, parce que je suis enrichie, fécondée, possédée par la vie.

Je n'ai pas été sans prendre conscience du drame politique qui se déroule, mais je n'ai pris aucun parti parce que la politique, à mon sens, toute la politique, est pourrie au cœur et uniquement fondée sur l'économie, non pas l'humanitarisme. Les souffrances du monde me paraissaient sans remède, si ce n'est grâce à ce que nous pouvions donner individuellement. Je ne faisais confiance à aucun mouvement ou système. Mais maintenant le drame continue, et l'Espagne saigne tragiquement, et je suis tentée d'engager mon allégeance. Mais il faut que je trouve un chef à qui je fasse confiance et pour qui j'accepterais de mourir, n'ayant vu jusqu'à présent que laideur et trahison, et nul idéal, nul héroïsme, nul don de soi. Si je rencontrais un révolutionnaire qui soit un grand homme, un homme, un être humain, je pourrais servir, lutter, mourir. Mais cependant, j'aide dans un rayon limité, et j'attends. Le « peuple » me détruira de toute manière à cause de ma naissance (« tirez sur tous ceux qui ont les ongles propres », criaient-ils en Espagne), à cause de ma façon de donner personnelle et individuelle, et ainsi j'ignore si je puis être utile. Ce n'étaient pas les rois auxquels nous étions attachés, mais au symbole d'un chef. Maintenant, nous ne semblons avoir aucun rite, aucune cérémonie, aucune direction, seulement une lutte pour le pain. Nous sommes bien pauvres en vérité.

Rango, dans son enfance et son adolescence, a vu les catholiques se flageller jusqu'à ce qu'ils parviennent à l'extase. Il demande les mêmes méthodes violentes pour parvenir à l'extase. Le sacrifice.

Il dit que je suis païenne et lui chrétien. Il dit qu'il aime le vin rouge comme le sang du Christ et que j'aime le vin blanc qui est le breuvage de Bacchus.

Printemps noir est paru, dédié à moi.

(JUILLET 1936)

NOUS vivons au sommet d'un monde qui s'écroule. Plus il s'écroule, plus j'ai envie d'affirmer la possibilité d'un monde parfait individuellement, des amours personnelles, des relations personnelles, de la création. Peut-être suis-je en train d'essayer de poser une natte de fumeur d'opium, au sommet d'un volcan. Le monde dans le chaos. Panique. Hystérie.

Rango n'est pas encore parti pour l'Espagne.

Ma mère et Joaquin sont rentrés sans encombre chez eux après mes efforts pour les faire sortir de Majorque.

J'ai fait la connaissance de Denise Clairouin, l'agent littéraire. Stature petite, beau visage, grands yeux bleus et traits classiques.

Elle m'a demandé de lui confier tous les volumes du journal que j'avais recopiés à ce jour.

J'ai porté à Henry mes livres préférés, *Miroir astrologique* de Moricand, *L'Eubage* et *Transsibérien* de Blaise Cendrars.

J'ai fait parvenir les derniers exemplaires de *La Maison de l'Inceste* à Frances Steloff du Gotham Book Mart à New York, au cas où nous serions contraints de quitter la France. Elle m'a écrit une lettre chaleureuse de bienvenue.

Henry, incapable de travailler. Tous les artistes en partance. Je dépose tous mes journaux au coffre de la banque où celui-ci ira aussi lorsque j'aurai fini de l'écrire.

Rango a parlé de son enfance.

« L'un de mes premiers souvenirs, c'est d'avoir regardé un anaconda qui dévorait une vache. Un autre souvenir très précis, c'est de m'être promené dans l'hacienda de mon père et d'être tombé sur un condor qui s'apprêtait à manger un âne mort. Je regardais pétrifié d'horreur. Le condor est immense, avec plus de deux mètres d'envergure. Il a une tête chauve, avec deux boules blanches saillant à l'arrière de son cou. Il incline la tête rapidement, plusieurs fois, comme s'il saluait et bavardait. Puis, il plante ses énormes griffes dans le ventre gonflé de l'animal. Je finis par connaître leur organisation. Lorsqu'un animal, ou bien un homme mourait, ils semblaient capables de le télégraphier à tous les condors dans les parages, et d'organiser une rencontre. Ils apparaissaient en groupes et se perchaient autour de la carcasse en cercle, inclinant la tête, mais sans y toucher jusqu'à l'arrivée du roi, le plus grand de tous. Il faisait autant de bruit qu'un avion. Toutes les têtes tondues s'inclinaient, et ils grattaient leurs griffes. Le royal condor les faisait se percher autour de la carcasse dans un ordre parfait, comme des invités à un banquet. Ils n'osaient manger avant que le roi ait mangé. Les hommes dans la montagne redoutent les condors parce qu'ils suivent les caravanes, guettant si quelqu'un montre des signes de maladie, de faiblesse, et risque de tomber et de mourir. Il y avait aussi un arbre qui tuait quiconque s'endormait dessous. Il avait des feuilles gigantesques qui procuraient ombrage et fraîcheur, et les Indiens s'allongeaient au-dessous pour une sieste et mouraient. Il y avait des fleurs carnivores et un arbre à pain qui donnait à la fois une substance semblable au pain et de l'eau. Je vivais dans un climat de cruauté extrême. Une cinquantaine, ou davantage, de familles indiennes vivaient dans l'hacienda de mon père, dans une pauvre extrême. Du produit de leur culture et de leur élevage, on les autorisait à garder tout juste de quoi manger, et tout le reste allait au maître. Les domestiques étaient traités comme des membres de la famille, mais si on les prenait à voler, ou s'ils se rendaient coupables d'un petit délit de ce genre, un tribunal se constituait, formé des membres de la famille, et ils étaient jugés et châtiés séance tenante. Le délinquant était attaché à un poteau et fouetté. Lorsque j'étais enfant, je fus témoin de nombreuses flagellations ; rien de comparable à ce que vous pourriez connaître en fait de flagellation, seulement des coups qui peuvent laisser une cicatrice allongée, mais un genre expert de flagellation où seule l'extrémité du fouet cingle la chair et en arrache des lambeaux entiers à chaque coup. Avec onze ou quatorze coups, un homme mourait, les muscles et les tendons arrachés. Les jésuites furent, à ma connaissance, les premiers à faire preuve d'humanité et à tenter d'abolir de pareils châtiments. Ils éveillèrent ma compassion. Mon père était écossais, ma mère inca. Peut-être est-ce cela qui me donna de la compassion pour les Indiens, ou peut-être mon marxisme vient-il de là. Je ne sais. Les jésuites, pour obtenir des conversions d'Indiens, durent les laisser se flageller à l'église. Ce furent d'abord les jésuites qui eurent raison de ma violence, puis l'Amérique, puis la France davantage encore. »

Le primitif chez Rango a-t-il été domestiqué ? Sa fougue a-t-elle été domptée, son sang a-t-il été dilué par sa vie en Amérique et sa vie en France ? Sept années en Amérique, sept années en France. Aujourd'hui, lorsqu'il est mécontent ou révolté, il boit.

Rango dit : « Lorsque j'ai vu l'Europe pour la première fois, j'ai été stupéfait de sa petitesse. Après le Pérou, le pays gigantesque, après la taille de nos montagnes et de nos fleuves, la France paraissait un jardin, ou un carré de légumes. Nous sommes ici parmi les jardiniers. Mais maintenant une guerre ou une révolution risque d'engloutir la France. Au Pérou, nous avions des révolutions en permanence. Lorsque ma mère m'attendait, il y eut une révolte des Indiens, et sa bonne dut l'habiller en Indienne, pour lui permettre de s'enfuir de l'hacienda et de se cacher. Je suis né dans une modeste hutte d'Indien, au son du canon. Le premier mot que j'appris fut *guérillero.* »

Rango est déchiré. « Lorsque je te place avec Zara sur un des plateaux de la balance, et le reste du monde sur l'autre, vous comptez davantage me semble-t-il et je ne peux m'arracher. Je dois être un poltron.

— Tu n'es pas un poltron, Rango, c'est peut-être que tu manques d'une foi absolue, d'une croyance absolue dans la cause que tu défends, sans quoi ni femme ni amie ne pourraient t'arrêter. Je pense que tu manques de conviction. Il faut parfois plus de courage pour être fidèle à ses convictions personnelles que pour suivre une ligne d'action que l'on peut partager avec beaucoup d'autres. »

Ambivalence. Dualité. Une partie de Rango ne peut agir.

« Peut-être suis-je un artiste après tout. » Comme pour le prouver, il a passé tout l'après-midi à dessiner à l'académie Julian. Il est en train de rompre petit à petit avec Montparnasse et la boisson. Il veut retrouver sa force. Au café, il parle sans trêve. « Je n'arrive pas à dormir sur un lit occidental. J'aime dormir sur un matelas par terre, ou sur un banc à la belle étoile. Dormir par terre, cela me rappelle les fumeries d'opium de Lima, où je m'étendais sur une natte en compagnie de Chinois, derrière des rideaux, dans la pénombre. »

Après tant d'années de vie de bohème, il a encore de la modestie et de la fierté. Sa fierté est intacte. Je dois trouver des chemins détournés pour leur venir en aide à lui et à Zara, par l'intermédiaire d'autres amis, chemins compliqués.

« Anaïs, tu as la même passion que moi pour créer des êtres humains. J'ai créé Zara. J'aurais aimé te connaître lorsque tu avais dix ans, avant ton voyage en Amérique. Je suis sûr qu'à l'âge de dix ans tu étais plus espagnole. »

Hier soir, j'ai dîné chez Henry. Nous avons discuté de ses dernières pages. Ce sont les descriptions les plus terribles que l'on ait jamais écrites sur la dissolution et le vide. J'ai parlé de son appétit gargantuesque, de sa recherche de la quantité, de son drame, de son conflit avec la perte du moi, de l'identité. La quantité et l'impersonnel sont symboliques du drame américain de l'esprit incapable de maîtriser tant de matière. Je lui dis que l'expérience personnelle avec June avait éclipsé l'expérience de la foule, et prouvait que tout le reste était dépourvu de valeur. Ai-je aidé Henry à transformer son matériau ? Ai-je insufflé une signification dans ses rues grouillantes ? J'ai tenté de replacer en lui son identité. Même aujourd'hui. Dans le livre, actuellement, la maladie d'Henry se révèle terrifiante, avec ses dispersions, ses émotions atrophiées. La perte de son identité dans la cité (« la cité l'a fait éclater », écrit-il). Mais ce sont la foule, le gigantisme, les promenades sans but, qui engendrent le vide, le néant, le dédoublement, la schizophrénie.

Mais que son monde est donc intéressant. Il change sans cesse, il est troublant. Je le parcourais, redécouvrant ses monstruosités, ses perversités.

Henry dit : « Vous n'êtes pas simplement une femme, vous êtes plus qu'une femme. » Je ris parce que je suis les deux. Je peux vivre parfois dans un monde plus grand, impersonnel, et à d'autres moments, je trouve tout cela froid, et je retourne au monde intime et personnel. Le vaste monde, où la femme nage parfois non sans appréhension humaine, solitude humaine, univers sidéral de grandeur et de mutation par lequel la femme est à la fois fascinée et blessée. Là-haut, je vogue dans des déserts planétaires où je ne rencontre nulle trace d'Henry, mais une sorte de monstre enfiévré qui crache des légendes, des mythes, des anathèmes, ou la simple histoire d'un enfant de Brooklyn, du juif Max, de la putain Claude, un Henry étrange qui faisait l'amour de manière impersonnelle, toutes les femmes et la femme emportées dans le tourbillon d'un orgasme universel, un maniaque schizophrène, tout à fait absent, en marge de la vie quotidienne, plantant ses cornes capricorniennes dans les mêmes moulins à vent que Don Quichotte, ou bien un chiffonnier plantant sa pique dans tous les détritus, ordures et excréments du monde, philosophiquement, un homme patinant sur des calembredaines glacées, un homme hypermétrope qui arrive beaucoup mieux à distinguer la princesse endormie dont il a lu l'histoire dans le journal, assoupie dans un faubourg de Chicago, que n'importe qui juste à ses côtés.

Henry étiré, déformé, illimité, transformable, transmuable, dissolvant.

Rango dit : « Je ne suis pas créateur. » C'est pour cela qu'il est vivant, qu'il a agi dans le monde, qu'il a tout risqué, tout expérimenté. Il met tout son être dans le présent. Comme un enfant, il n'a aucun souvenir d'hier, nulle pensée pour demain.

L'artiste, comme Henry, est un joueur qui réserve sa plus grosse mise pour ses écrits.

Dans ma vie, il y a une lutte perpétuelle pour unir l'art et la vie ; lorsque je m'aventure dans le monde, dans les cafés, les réceptions, je recherche des expériences profondes, des amitiés. Lorsque je les trouve, je fais halte. Je m'arrête pour goûter, pour approfondir ma réflexion, pour lui consacrer toute mon attention. Henry continue, encore des cafés, encore des gens, encore du mouvement, aucun choix, aucun approfondissement, aucune évaluation.

Le monde de l'homme à feu et à sang. Le monde de l'homme se désintégrant dans la guerre. Le monde de la femme vivant comme il l'est dans ce livre, comme il le sera toujours, la femme donnant la vie, et l'homme détruisant la vie. Mort et carnage tout autour de moi, mort, haine et division. Je continue à faire un monde humain individuellement pour Joaquin, ma mère, Zara et Rango, Henry et d'autres amis.

Rango en quête d'ivresse et de rêve. Rango, avec un

litron dans sa poche arrachée, se précipitant à des réunions politiques, et moi sanglotant au film des marins de Kronstadt. Héroïsme, l'héroïsme de mourir, mais jamais l'héroïsme de vivre, de défendre le monde personnel, l'âme. Mon univers personnel tient bon, mais cela devient plus difficile de le conserver en vie. Nous allons tous nous perdre, tout comme les gens se sont perdus au moment de la révolution russe.

(AOUT 1936)

RANGO n'est toujours pas parti pour l'Espagne. Par soif de grandeur, de l'holocauste, il mourrait. Exaltation qui mène à la dissolution.

Joies criblées de mélancolie. J'ai l'air fatiguée, nerveuse, j'ai l'air de lutter pour aimer dans un monde plein de destruction. Où donc est ma joie ?

Je rentre chez moi avec Rango et il parle du besoin de se savoir prêt et de mourir pour le monde.

« Je mourrai fusillé, Anaïs. »

Du monde de l'art et de la création dans le monde de la mort. Je ne peux le considérer que comme la mort. A quoi sa mort donnera-t-elle naissance ? Je ne peux tirer Rango de son univers de l'action, de l'action politique. Il y croit.

L'art a été mon unique religion. Je ne crois pas à la politique.

Entre-temps, le livre d'Henry devient immense, écrit avec du sperme et du sang, et Henry, de jour en jour, devient plus fragile et plus délicat.

Le temps est maussage. Pas d'été. Pas de soleil. Mort et tragédie. *Printemps Noir* a paru, et Henry déclare : « Je me fais eux. »

A midi, je traverse le Bois à bicyclette. Me demandant si la guerre arrive ici, et qui va mourir et qui sera sauvé, et où irons-nous ?

Conrad Moricand*. Il a une quarantaine d'années, et ressemble à un Indien blanc. Il a des yeux orientaux étroits. Il se croit le dernier des Mohicans, un Indien fatigué aux pommettes hautes ; transplanté d'un continent perdu, blanchi par de longues recherches à la Bibliothèque nationale, où il a étudié des écrits ésotériques. Il a une démarche lente, comme un somnambule pris dans les rets du passé et incapable de s'aventurer dans le présent. Il est tellement chargé de souvenirs, alourdi par eux. De ses recherches, de ses calculs, il n'extrait rien que le poison de la fatalité. Il ne voit que la folie du monde, l'approche d'une immense catastrophe qui engloutira le monde. Selon Moricand, toute la vie est un phénomène mineur de cristallisation à la surface d'une planète. Il en résulte que les gens lui apparaissent privés de leur densité. Il voit leur phosphorescence. Il parle de l'intensité ou de la faiblesse de la lumière en eux. Il offre d'abord au monde une apparence de légendaire élégance. Son manteau vous est confié avec le soin d'un homme qui refuse d'être alourdi par un grain de poussière. Ce manteau doit être suspendu soigneusement, demande-t-il, afin de ne pas se froisser. Son faux col est incroyablement amidonné, ses manchettes d'une blancheur éblouissante, ses gants

* Voir aussi Henry Miller, *Un Diable au Paradis* (Buchet-Chastel, édit.).

frais n'ont jamais été portés. Ses vêtements ne permettent en rien de deviner qu'ils ont été habités. Les somnambules font si peu de gestes, ne heurtent jamais rien, ne tombent jamais. L'état d'hypnose lui permet de franchir tous les obstacles avec une économie de gestes, et le rêve s'interpose entre lui et tout ce qu'il désire toucher et tâter. Lui-même passe invisible, hors d'atteinte, sans donner à aucun moment aucune preuve de réalité : nulle tache, nulle déchirure, nul signe d'usure et de mort imminente. On dirait plutôt que la mort est déjà passée, qu'il est déjà mort à toute friction, à tout usage de la vie, qu'il a été enterré en grande pompe avec tout ce qu'il possédait, vêtu de ses plus beaux atours, et qu'il ne se promène maintenant dans la ville de Paris que pour nous avertir de la désintégration de l'Europe.

Il a une armature d'aristocrate, cette solide armature qui non seulement donne de la tenue à ses vêtements, mais aussi qui lui interdit de se plaindre, de mendier, de se relâcher ou de se laisser aller physiquement ou spirituellement, cette extraordinaire armature qui est la seule caractéristique attachante de la noblesse, la dernière des attitudes rigides et stylisées qui disparaissent de ce monde. Il habite actuellement en haut d'une colline qui domine Paris, à proximité du Sacré-Cœur tout blanc. Il habite sous le toit en pente d'une chambre d'hôtel exiguë où le plafond rejoint le plancher derrière son lit. Il donne à sa chambre l'ordre et le dépouillement d'une cellule monastique. Il recouvre ses livres de cellophane, le buvard sur son bureau est d'une blancheur immaculée. Aux murs sont suspendus des horoscopes dessinés avec une précision géométrique. Les planètes marquées en fins traits bleus, rouges et noirs traversent les « maisons ». Les oppositions entre elles soulignées à l'encre rouge, les carrés en noir, les conjonctions en bleu.

Moricand est assis dans sa petite chambre sous le toit, chaude l'été, et froide l'hiver, et de là il observe notre vie et fait des prédictions. Tout ce qu'il lui faut, c'est l'heure, le lieu et la date de la naissance. Après quoi, il disparaît pendant plusieurs jours dans son laboratoire de l'âme, et nous ne le revoyons que lorsque l'horoscope est, suivant son expression, bien infusé. Sait-il réellement quand frapperont la maladie et la folie ? Sait-il quand nous allons aimer, nous unir, nous séparer ? Moricand croit qu'il le sait.

Il est maintenant en train de lire son horoscope à Henry. Il parle tantôt comme un enfant, tantôt comme un homosexuel, tantôt comme un drogué, et tantôt comme un schizophrène. Mais il est plus qu'un astrologue, il est poète. Ses horoscopes sont des poèmes. Il a naturellement accès à des mondes subtils et invisibles. Ce qu'il décrit comme le monde neptunien c'est tout ce pour quoi je ne peux trouver de mots, des états de conscience, des métamorphoses, des intuitions, des illusions.

Un besoin d'attitude stoïque. Je ne cesse donc de travailler, de tenir ma maison, d'écrire, de recopier, tandis que tout le monde va au café et connaît l'inquiétude, la crainte, la désintégration.

Tout le monde a renoncé à travailler, aimer, vivre.

Les idées sont un élément séparateur. L'amour est une communion avec autrui. Les univers mentaux sont des isolants. L'amour fait embrasser toutes les races, le monde entier, toutes les formes de création. L'artiste, en fait, est à la recherche d'un langage universel, et des artistes de toutes les parties du monde arrivent à se comprendre.

Lorsque les femmes se précipitent sur Henry

aujourd'hui et lui demandent : « Quelle est votre dernière expérience érotique ? » il rougit et s'éloigne brusquement.

Rango veut brûler *Tropique du Cancer.*

« Toute cette laideur est en lui, dans son esprit.

— Mais la laideur a du caractère, Rango, elle est comme les caricatures de George Grosz, comme Goya. »

Tout le monde est plein de fissures, de dualités, de contradictions. Les dessins de prostituées que fait Rango sont comme les descriptions d'Henry, Zara elle-même se vautre dans la laideur. En nous tous il y a des éclairs de compréhension, des éclairs de lucidité, et des taches aveugles. La tache aveugle de Rango est l'idée que tout art est une tour d'ivoire. Alors que c'est l'art qui a rendu supportable une condition du monde dont l'artiste n'est certes pas responsable.

« Rango, si tu désires que je sorte de mon univers artistique, pour moi cela signifie agir. Ton propre conflit entre ta vie individuelle et ta vie collective n'est pas résolu. Tu hésites à agir.

— Je vais t'avouer franchement, Anaïs, que je ne sais que faire. Je me sens responsable envers toi, en tant qu'artiste, envers ton travail. J'hésite à t'entraîner hors de ton monde de l'art, ton monde créateur, dans le chaos et la création d'un monde nouveau. J'ai parfois le sentiment que je devrais te servir, que tu fais quelque chose d'important, et que je devrais t'aider.

— Il me semble que le véritable problème c'est en quoi je puis être utile à la création d'un monde nouveau. Je vois bien comment tu peux être utile, tu es fort, tu es rompu au marxisme, tu sais parler aux ouvriers, ils t'aiment, ils t'écoutent, mais moi, que puis-je faire ? »

Rango sait que, lorsque ma foi est éveillée, j'agis. Je ne m'arrête plus pour écrire des livres.

Nous sommes au café, à Denfert-Rochereau. Nous prenons le café. Nous achetons un journal. Sang. Massacres. Sang. Tortures. Cruauté. Fanatisme. Personnes brûlées à l'essence. Ventres ouverts en forme de croix. Religieuses entièrement dévêtues. Les surréalistes français sont partis combattre en Espagne. Rango, à trois heures de l'après-midi, fait des croquis à Colarossis. Je vais le voir. Je le regarde travailler, révélant le côté grave de sa nature. Une minute après, on le retrouvera au Dôme ivre et riant.

Il n'y a que toi, mon journal, qui saches que c'est ici que je montre mes craintes, mes faiblesses, mes récriminations, mes désillusions. Je sens que je ne peux être faible extérieurement, parce que d'autres s'en remettent à moi. Je pose ici ma tête et je pleure. Henry m'a demandé de l'assister dans son travail. Rango me demande de participer à des révolutions politiques. Je vis à une époque de dissolution et de désintégration. L'art lui-même, aujourd'hui, n'est pas considéré comme une vocation, une profession, une religion, mais comme une névrose, une maladie, une « fuite ». J'ai appelé ce journal « à la dérive ». Je croyais que, moi aussi, j'allais me dissoudre. Mais mon journal, semble-t-il, me garde entière. Je ne me dissous que pour un peu de temps, mais je finis par recouvrer mon intégrité.

« La corruption d'Henry, dit Rango, est à fleur de peau. »

La mienne est plus profonde. Je ne suis pas bouleversée par une ville, par l'histoire ou des événements extérieurs, mais par celui que j'aime. Je comprends maintenant l'angoisse que je ressens dans les endroits où règnent un certain relâchement, l'ivresse, l'abandon, la corruption. Cela n'est pas mon genre. Je me dissous dans des relations, l'empathie, la sympathie, des projections, des identifications avec autrui, mais sans me perdre, sans m'enfoncer dans l'échec, le masochisme, la défaite, la mort.

Henry est en train d'écrire actuellement, dans *Tropique du Capricorne*, les meilleures descriptions du vide, de la désintégration, de la corruption. Il symbolise et représente la maladie de l'homme moderne. Il est à l'aise dans le chaos du monde, des villes, des rues. Son anonymat est collectif, la perte du moi. Je ne me perds pas, moi. Sa dispersion me semble plus dangereuse que la mienne. Lorsque je passe d'une vie dans une autre, d'une vie dans beaucoup de vies, c'est une vie élargie, mais pas la dissolution, bien que je frise, à chaque instant, la dissolution.

Henry admire le manque de sympathie des Chinois.

Rango chante doucement à la table du café, « *Espana, que te mueres. No has sabido que te quiero* ». (Espagne, tu es en train de mourir, sans avoir su que je t'aime.)

Roger Klein est allé en Espagne. Il est revenu hier soir. Nous étions dans sa chambre et nous parlions. Ringo avait volé une petite lanterne à huile de chantier qui faisait une flamme jaunâtre.

Roger parle de l'Espagne, et ce qu'il a à dire est si terrible, que je suis allée dans la salle de bain, où j'ai été prise de sanglots hystériques.

Roger ne reste pas. Il ramenait une jeune Espagnole qu'il a épousée, que la guerre avait laissée seule. Il voulait la confier à quelqu'un. Elle voulait retourner en Espagne avec lui.

Les Chinois disent que le futur n'est que l'ombre du passé.

Il y a une ombre sur mon chemin, et c'est la récurrence du moment où l'on me demande de renoncer à ma vie (d'abord pour mon père, puis ma mère, mes frères, d'autres ensuite, le travail d'Henry, le travail de Rank, l'Espagne).

Et, à chaque fois, j'entre de plain-pied dans le don, l'abandon, l'abnégation, jusqu'à ce que je sente que quelque chose est en train de se détruire (moi en tant que femme, ou l'écrivain ?). Je ne sais. Je suis alors obligée de m'arrêter. J'ai pourtant le sentiment d'avoir quelque chose à réaliser, une destinée à accomplir, mais, ainsi que Proust, je ne suis pas sûre que ce que je fais soit important.

Je suis tiraillée entre les deux : abnégation et travail.

Rango s'en prend au monde où je vis. Henry a détruit mes vertus bourgeoises, Rango, mon univers d'artiste.

Pourtant, qu'a fait Rango de sa vie, lui qui prêche le marxisme ?

Comment vit-il son marxisme ?

Il est vrai qu'il lutte contre son penchant pour la boisson, et qu'il évite ses amis alcooliques.

Cela blesse Rango lorsque je le mets en face de sa vie. « Avec de la cruauté, m'a-t-il dit, tu arriveras à me faire créer. »

Mais je ne souhaite pas faire preuve de cruauté. Et si cela doit être un autre duel avec la destruction, contre la destruction, comme avec l'univers d'Henry, alors je ne peux vraiment pas le supporter. J'ai besoin d'unité, d'intégrité.

« Je veux te donner un complexe de classe ! » dit Rango.

Moi qui, toute ma vie, me suis efforcée de supprimer les barrières sociales, n'admettant que les qualités d'esprit, de sentiment, de courage ou de talent.

« Je crois uniquement à la poésie, dis-je, je veux vivre au-delà du temporel en dehors des organisations du monde.

— Mais la mystique de Marx...

— Marx n'a rien d'un mystique.

— Tu n'as aucun mysticisme religieux.
— L'art est ma religion.
— Nous parlons chinois. » Nous disons toujours cela lorsque nos discussions n'ont plus aucun sens.

« Oui, tu as parlé chinois, nous avons parlé chinois, toi et moi avons parlé chinois. » Il rit. « Tout est chinois et dépourvu de signification. » Nous étions assis sur un banc, et nous regardions par terre l'ombre des branchages. Je lui rapportai ce que les Chinois disent du futur.

Rango a ricané du voyage autour du monde de Cocteau, car personne ne devrait écrire sur la Grèce, l'Egypte, l'Inde et la Chine, tandis que l'Espagne est en feu.

Lorsque je rencontre Henry, les nouvelles de ce voyage c'est tout ce qu'il a lu dans les journaux.

Rango m'a emmenée visiter le village des chiffonniers. Ils habitent juste au-delà d'une des portes de Paris, près des Gitans, sur un vaste terrain vague dans des baraques de tôle, de carton et de journal. Les Gitans habitent dans leurs pittoresques roulottes.

Après que les chiffonniers ont fouillé dans les poubelles et rempli leur sac en jute de tout un bric-à-brac, ils viennent là pour trier tout cela et arranger leurs marchandises pour le marché aux puces.

Les allées ont un mètre de large, et ont des clôtures de chaque côté fabriquées avec des traverses de chemin de fer pourries. Baraques branlantes et de guingois, ouvertes au froid et au vent. Hommes et femmes vivent dans la boue, dorment sur des piles de chiffons. Bébés couchés sur des sacs à pommes de terre. Tout le rebut de la cité empilé en monceaux, chiffons, poupées désarticulées, bouts de tuyau, bouteilles, objets sans forme ni couleur, détritus, morceaux de meubles, d'habits. Les femmes nourrissent leurs bébés à leur sein desséché. Les enfants vont chercher l'eau à la fontaine dans des seaux percés. Lorsqu'ils sont de retour les seaux sont pratiquement vides. Entre les baraques sont les charrettes des Gitans grouillantes de familles nombreuses.

Parmi elles se trouvait une jolie maison rouge et noire, une maison de jouet, avec un jardin miniature, entouré d'une clôture. Dans le jardin poussaient des tournesols géants, et il était rempli de pigeons, d'oiseaux en cage, de colombes. C'était la maison de Django, le guitariste que Rango connaît bien. Il joue magnifiquement avec des mains abîmées lors d'un incendie. Rango avait habité chez lui, il avait mangé et parlé toute la nuit avec les Gitans. Nous fîmes carillonner la rangée de cloches à vache, mais il n'y eut pas de réponse. Derrière la maison se trouvait la roulotte de bohémien de Django. Nous le trouvâmes là, en train de jouer. La roulotte était rouge à l'extérieur, à l'intérieur, elle avait un plafond orange et des murs de cuir noir. On aurait dit les murs d'une frégate de l'ancien temps. Le lit de Django était suspendu au fond de la charrette, comme une couchette de bateau. La charrette avait de petites fenêtres arabes. Rango n'avait pas la place de se tenir debout, il s'assit donc par terre. Il faisait si sombre que je ne pouvais voir le visage de Django. Une seule lampe à huile brûlait dans un coin, couverte d'un abat-jour rouge avec des glands dorés.

L'un des Gitans avait recouvert sa baraque de coquillages. Un autre avait une roulotte, verte à l'extérieur et à l'intérieur également tapissée de cuir de Cordoue. Le sombre cuir rouge sang, usé, sa surface modelée rendue lisse au contact des mains, était doux et sensuel. Les rideaux avaient des glands dorés. Le Gitan avait une barbe foncée et le regard farouche, mais les mains blanches et douces, bien soignées. Il ne travaillait jamais. Les Gitanes font tout le travail, troquant, filoutant, volant. Les hommes jouent de la guitare ou vont au café. Rango et moi désirions acheter une roulotte. Nous discutâmes avec le Gitan et ses douces mains étaient immobiles. « Je connais une charrette que vous auriez pu acheter, mais elle est actuellement occupée par un mutilé de guerre qui n'a ni bras ni jambes. Et je ne le mettrais à la rue pour personne, même pas pour toi, Rango. »

Nous partîmes voir l'homme qui n'avait ni bras ni jambes. Il eut quelque difficulté à se servir de l'échelle qui donnait accès à la charrette. Rango proposa une solution. Nous nous rendîmes dans le terrain vague d'à côté, celui qui bordait la voie ferrée. Rango trouva deux planches et les rapporta. Il les plaça par-dessus les marches de l'échelle, et les fixa au sol. Le mutilé de guerre put alors se laisser glisser facilement et en douceur jusqu'à terre. Cette charrette avait des rideaux rouges. Pas de lit. Rien que des matelas que l'on roulait dans la journée. C'était jour de lessive, et les multiples jupes et jupons des femmes étaient suspendus sur un fil. Ils dansaient dans le vent, rouges, jaunes, blancs, orange, violets et bleus. Une Gitane brossait sa longue chevelure noire. Elle décocha une œillade aguichante à Rango, mais il murmura : « Si je répondais, j'aurais vite fait de me retrouver avec un couteau dans le dos. »

Les marchandises collectées par les chiffonniers jonchaient le sol, tous les objets imaginables, depuis des épingles jusqu'à des pneus de voiture, des cages à oiseaux, des disques cassés, et, les plus touchants, des objets dépareillés ou mal assortis : un gant unique, une boucle d'oreille unique, une tasse sans soucoupe, un panier sans anse, des lunettes avec un seul verre, etc. Des mégots et des médailles pieuses, des plumes et des dentelles déchirées. Des pendules sans aiguilles, des chaussures sans lacets, une moitié de jouet, une moitié de livre, des albums de photographies de famille (un enfant trouvé aurait de quoi se découvrir des ancêtres), des pelotes à épingles, des boutons, des lacets de souliers, des poupées sans tête.

« Je pourrais écrire ici », dis-je.

Rango dit : « Je pourrais dessiner ici. »

Nous restâmes jusqu'à la tombée du jour. A regarder les lampes à huile qui s'allumaient, la nourriture que l'on préparait sur des feux en plein air, regardant certaines roulottes qui s'apprêtaient à voyager, à regarder les diseuses de bonne aventure qui comptaient leurs gains, à regarder les enfants qui s'amusaient avec des morceaux de jouets, vêtus de morceaux d'habits. Il y avait un enfant qui portait un manteau complètement déchiré dans le dos, ainsi il n'était protégé que par devant.

« Au Pérou, dit Rango, on guérit la folie en plaçant le fou près d'un cours d'eau. L'eau coule, il y jette des pierres, ses sentiments se remettent à couler, et il est guéri. »

Je regarde donc couler la Seine, mais la folie continue. J'entends crier : « De La Rocque au poteau ! »

Par la fenêtre du train qui m'emportait vers un inoffensif dîner, j'eus une vision d'arbres déracinés, la cime enfoncée dans le sol, et les racines gesticulant dans l'espace. Vision de la guerre ?

Hilaire Hiler m'a écrit de New York : « *La Maison de l'Inceste* est très triste, et réconfortant à la fois, tout comme une drogue peut stimuler et calmer à la fois... »

Je dis aux gens que je n'écris pas, mais je continue à

écrire dans le journal, souterrainement, secrètement, manière d'écrire qui n'est pas une écriture mais une respiration.

« De La Rocque au poteau ! » hurle-t-on dans la rue.

Denise Clairouin. Son visage classique ne semble pas faire partie de sa petite stature. Cela lui donne un aspect de statue grecque placée sur un corps d'enfant rondouillard. Elle a une expression d'innocence et de lucidité, une manière directe rare pour une Française. Elle est bretonne. Elle a quelque chose de mystique ou de fanatique, bien que ses traits nets, ses grands yeux bleus n'aient aucune flamme.

Elle habite du côté de l'Etoile, un bel appartement vieux mais confortable. Il est haut de plafond, avec des cheminées et des bibelots, argenterie et cristaux, dorures et tapisseries, belles boiseries et beaucoup de livres. Sa mère trône comme une reine dans un fauteuil à dossier élevé.

Elle veut que tous les journaux intimes soient publiés. « Une œuvre proustienne sans déguisements, qui repose de la littérature, de l'ennui des autres manuscrits », dit-elle.

(Denise Clairouin fit de la résistance pendant la guerre. Elle fut prise par la Gestapo et torturée à mort. On créa en son honneur pour les écrivains une bourse qui porte son nom. — A.N.)

Moricand dit : « Vous êtes en état de grâce. Le conte de fées est possible pour vous. Vous le faites arriver. »

Il me comprend. Il capte les plus grandes ondes de ma vie, comme quelque radio divine avec des antennes spéciales.

La nuit, en face de ma fenêtre, des ouvriers posent les fondations pour l'exposition de 1937, une mosquée de Tombouctou, des palais algériens, des pagodes indochinoises, une forteresse du désert marocain, et autour des piles seront amarrés des jonques chinoises, des proas malais, des sampans.

Le quai de Passy est en bordure du quartier aristocratique ; j'habite près d'un pont qui m'emporte sur la rive gauche, vers Montparnasse où habite Rango, vers Denfert-Rochereau où habite Henry. Le métro nous fait franchir le fleuve dans les deux sens, que nous soyons pauvres, riches, à toute heure du jour. Rango reste sur ce pont le soir après m'avoir quittée et il regarde ma fenêtre, guettant le moment où elle s'éteint.

La large fenêtre du salon est ouverte devant moi, donnant sur le balcon. J'aperçois les lumières sur la Seine, la tour Eiffel illuminée, la lune rousse, et de l'autre côté de l'eau, les communistes tiennent un meeting pour entendre la Pasionaria. Rango y est. Dans un instant, il va venir me chercher. Il veut que je voie, que j'entende. Mon cœur se serre. Je les ai entendus chanter il y a une heure, alors qu'ils arrivaient en rangs serrés. Les taxis passaient, remplis de gens qui chantaient en agitant des drapeaux rouges.

J'essaie de comprendre. Je suis allée au meeting communiste. J'ai entendu la Pasionaria. J'ai entendu André Malraux. J'étais assise au premier rang. Elle avec son visage ardent et sa voix puissante, lui, avec une nerveuse intensité, un feu d'un autre genre, ses cheveux lui tombaient dans l'œil, il transpirait, la foule comme une seule voix, un seul cœur, chantant, criant, tapant des pieds, applaudissant. Je voulais me laisser prendre, mais j'en étais incapable. C'était féroce et furieux.

Je lisais dans la *Cabale*, ce qui concernait les boules de cristal. Toutes les formes de transes, peu importe laquelle produisait le même effet magique d'unité. L'être entier rassemblé, fusionné, pris dans une transe, et capable alors d'extase. L'extase est un moment d'exaltation, d'unicité.

Je suis comme le cristal dans lequel les gens trouvent une unité mystique. Parce que je suis obsédée par l'essentiel, indifférente aux détails insignifiants, aux interférences, aux contingences, aux apparences, aux façades, aux faux-semblants, regarder en moi c'est comme de regarder dans une boule de cristal. Ils y voient leur destin, leur moi potentiel, leurs secrets. Leur moi secret.

Je ne participe pas aux conversations de salon. Je reste coite. C'est autant de sauté. Je me détourne. Je suis toujours absorbée par le noyau fondamental des êtres, le regardant et ne m'intéressant que lorsque « il » parle. Le miracle que j'attends, le miracle de clarté, se produit toujours.

Le meeting pour porter secours à l'Espagne républicaine était-il un autre genre d'unité ? Une foi en la révolution, au changement ? Un souhait de tuer pour elle, d'annihiler ceux qui ne croient pas ? Les paroles que l'on prononçait, chose étrange, ne voulaient rien dire. Clichés. Banalités. Mais les sentiments...

Un jour et une nuit. Ouvert les yeux avec, comme à l'accoutumée, un désir de chanter et de danser sans jamais savoir pourquoi, mais il y a déjà la lumière de l'eau qui danse sur mon plafond, mes murs et mon lit. C'est la lumière du soleil qui se réfracte sur la Seine.

Après le meeting, je me suis promenée jusqu'au petit matin en compagnie de Rango, discutant, rêvant, nous asseyant au bord de l'eau, mangeant aux Halles, regardant les chiffonniers fouiller les poubelles, et les clochards encore endormis sur les pas de portes et les bancs, serrant leur litron vide.

Janine entre doucement avec le petit déjeuner. Avec le journal et le courrier. Lettres de mes « enfants » : « Je donne un concert bientôt. J'écris mon livre. J'ai écrit une nouvelle. J'écris sur mon enfance. Je me sens seul. Je n'ai pas d'ami. Ne m'abandonnez pas. Je me marie, grâce à vous. Je n'ai pas eu de dépression cette fois-ci. Comme je voudrais être dans votre petite chambre d'hôtel, à vous parler. Vous m'avez rendu la liberté. Je me sens plus fort. »

A leur égard, j'éprouve un amour impersonnel. Je n'ai aucun lien personnel avec eux. J'aime le moment du miracle, l'instant où Sasha s'est mis à sangloter sur la 5e Avenue, à la révélation du sens de sa vie ; Dorrey pleurant d'être délivrée du cauchemar ; Emilie tombant à genoux parce qu'elle pouvait recommencer à croire ; les premières pages d'écriture de Will et le premier éclair de joie et de vie dans son regard.

Afin de faire vivre Moricand, nous nous sommes tous mis en devoir de vendre des horoscopes. J'ai parlé de lui à Denise Clairouin.

J'ai les pieds couverts de poussière en arrivant villa Seurat. Henry a écrit fiévreusement et il dit qu'il a peur de devenir fou.

Il s'est avancé si loin vers une nouvelle manière d'utiliser le langage, vers des tourbillons, des mondes qui tournent, pour restituer le parfum de Broadway, qu'il s'est senti perdu. Il était étourdi et esseulé. « Les femmes, dit-il, n'ont pas aimé mes livres ainsi que vous l'aviez cru. Vous vous êtes trompée en cela. »

C'est exact. Les femmes n'aiment pas être dépoétisées, naturalisées, traitées de façon peu romantique, comme des objets purement sexuels. J'ai cru que les livres leur plairaient, qu'elles étaient fatiguées de l'idéalisation. Je croyais en avoir assez, et pourtant le romantisme de troubadour de Rango, sorti du Moyen Age, m'a vivifiée après la desséchante absence de romantisme d'Henry.

La voie lactée.

Constellation d'idées.

Conflit avec le journal. Tant que j'écris dans le journal, je ne peux pas écrire de livre. J'essaye de couler d'une manière double, de continuer à consigner, et d'inventer en même temps, de transformer. Les deux activités sont antithétiques. Si j'étais un véritable auteur de journal, ainsi que Pepys ou Amiel, je me contenterais de consigner, mais ce n'est pas le cas, je veux remplir les intervalles, transformer, projeter, étendre, approfondir, je veux cette floraison ultime qui vient de la création. A mesure que je lisais le journal, je prenais conscience de tout ce que j'ai passé sous silence, qui ne peut être dit que grâce à un travail créateur, en s'attardant ; en développant, en insistant.

Henry a dit que je ne laissais pas se produire le changement géologique, la transformation due au temps qui transforme le carbone en diamant.

« Non, ce n'est pas vrai, je crois. J'aime le matériau brut, j'aime la chose avant qu'elle soit transformée. J'ai peur des transformations.

— Mais pourquoi ? demanda Henry.

— Parce que c'est s'éloigner de la vérité. Je sais pourtant que c'est atteindre la vérité parce que je reconnais qu'il y a une vérité plus grande aujourd'hui dans votre description fantastique de Broadway que dans les instantanés que j'ai faits à New York lorsque j'y étais. Quand j'étais petite, je voulais voir comment les plantes poussaient. Je creusais la terre autour des graines en germination, pour voir le processus.

« La peur de la transformation a un certain rapport avec ma crainte de la perte, du changement et de la transformation. J'écris pour combattre cette peur. Par exemple, Henry, il fut un temps où j'étais terrorisée par votre cruauté. Je prenais bien soin de noter vos moments de bonté, de compréhension, comme quelque chose qui pourrait servir par la suite à conjurer le mal, les craintes. C'est comme cela. Il m'arrivait quelque chose de merveilleux et cela me faisait l'effet de l'allumette enflammée par un primitif — un miracle. Comme le primitif, j'ignorais que cela se répéterait, qu'il existait d'autres allumettes, que le pouvoir de produire une petite flamme était en moi. En cela je n'ai fait aucun progrès. Cette crainte je la confiai à Rank. C'est comme la crainte du changement sur un visage. Tantôt il semble beau, humain, proche, et tantôt convulsé, méchant, cruel. Mais dans le journal, j'arrive à ne pas perdre de vue les deux visages de la réalité. J'ai un compte rendu, je peux comparer une vision à l'autre. A mesure que j'écris, je dissipe la peur du changement et de la perte. Ma vision instantanée du monde auquel je crois, c'est ma réalité. Elle naît de l'intuition, du sentiment. La transformation qu'exige la création me terrifie. Le changement, pour moi, représente la tragédie, la perte, la folie. »

Cela surprit Henry. « C'est votre maladie.

— Eh bien, si c'est une maladie, Henry, il faut que je l'exprime au maximum dans le journal, que je fasse quelque chose du journal, tout comme Proust a fait son œuvre à partir de sa maladie, sa maladie de se rappeler, de ressusciter le passé, son obsession de le saisir sur le vif. Je devrais me consacrer entièrement au journal, le rendre plus plein, en dire davantage, vivre une névrose jusqu'au bout et voir jusqu'où elle m'emportera. Alors que jusqu'à présent je la combattais, je m'efforçais de la guérir, vous vous efforciez de la guérir, Rank s'est efforcé de la guérir.

— Le problème, dit Henry, est arithmétique. Vous ne rattraperez jamais les jours. Et faire le compte rendu des journées ne saurait vous satisfaire. Un jour n'est pas tout. Le compte rendu d'une journée prend un temps infini, et parfois quelque chose de plus grand est omis, reporté à plus tard, perdu. Ce sera comme une grosse toile d'araignée qui vous étranglera. L'art exige de l'indifférence. Vous sacrifiez à votre culte primitif de la vie, à votre adoration. Et chaque journée de compte rendu arrête le flot. Le flot gagnerait en mystère, entraînerait une explosion, une transformation. Vous avez également un souci de complétude. Vous dites, par exemple, qu'un certain portrait vous donne du tracas. Il n'est pas complet, comme l'un des personnages de Proust. Là, vous parlez en artiste.

— J'ai tout à fait le sentiment que les portraits du journal ne sont faits qu'au moment où une personne compte pour moi. La personne s'élève et décline, paraît et disparaît uniquement par rapport à l'amplitude de ma vision, par rapport à ce que je vois d'elle. C'est comme une statue sans bras ni tête, déterrée et qu'il faut déchiffrer, deviner. Pourquoi ne suis-je pas satisfaite d'une journée ? Peut-être seulement parce que je ne l'ai pas suffisamment remplie, de sorte qu'elle contienne l'infini ? Un jour du journal devrait être complet comme un livre, et tous les espaces que je saute, tous les bras qui manquent, tous les étages qui ne sont pas illuminés parce que je ne les ai pas touchés de mes doigts tièdes, pas aimés ou caressés, devraient être là dans le noir comme le mystère de la vie elle-même. Quel est donc ce quelque chose de plus grand que j'ai capturé dans mon livre sur mon père qui n'était pas dans le journal ? Un jour si rempli. Est-ce que de noter par écrit empêche les suprêmes envols ? Chaque jour où je décris va à l'encontre de ce quelque chose de plus grand, ou bien est-il possible de le rendre si grand et si beau qu'il puisse devenir ce quelque chose dans sa totalité — l'infini ? La floraison n'est-elle possible qu'avec l'oubli, avec le temps, avec la pourriture et la poussière et les faussetés ? Si j'écrivais dans le journal par crainte de perdre, alors, comme disait Nietzsche, c'était pour la même raison que l'artiste créait. Car l'artiste sans sa vision de la vie — du tragique et du terrible — deviendrait fou et l'art seul peut le sauver. »

Une heure après, j'arpentais les quais de la Seine et je regardais des bateaux.

Depuis le jour où j'ai rendu visite aux gens qui avaient acheté la maison qui avait appartenu autrefois à Guy de Maupassant, je rêve de posséder un bateau.

C'était sa maison d'Etretat, assez proche de la mer, de sorte qu'un jour, par grosse tempête, la mer arriva jusqu'à la maison et déposa dans le jardin un bateau de pêche qui resta là. C'était la maison qu'il a maintes fois décrite dans ses contes, ses lettres. Une allée de peupliers menait jusqu'à l'entrée. C'était une allée double de sorte qu'il y avait de chaque côté une allée ouverte par l'arche des branches. On disait que Maupassant pouvait observer de là ses visiteurs et décider s'il avait ou non envie de les voir. Bien des femmes ont dû se promener dans cette allée. Bien des voitures, s'avancer jusqu'à la porte, Nous avons dîné dans une salle à manger carrelée. J'ai vu la pièce où il fumait de l'opium. J'ai vu l'estrade recouverte d'une natte ainsi que la table et les accessoires pour l'opium. Mais ce dont je me souviens le mieux, c'est du bateau abandonné, large et profond, planté au fond du jardin. Il servait de hangar pour les instruments de jardinage. Je demandai à mes hôtes si je ne pourrais pas y passer la nuit. Ils se moquèrent de moi et dirent que je serais beaucoup mieux dans la chambre d'ami. Le bateau eut sur moi un effet étrange. Il reproduisit exactement mon rêve le plus fréquent d'un bateau fiché dans le sol, incapable de naviguer par suite du manque d'eau. Et je l'avais devant moi, échoué et statique, dans un vieux jardin. Ne devant jamais plus naviguer. Pourrissant en terre, comme un pot de fleur. Recouvert de mousses au lieu de berniques, imprégné d'une odeur de terre au lieu de mer.

Sa vue me fit faire un rêve cette nuit-là. Je rêvai que je passais la nuit dans le bateau de pêche au fond du jardin. Je m'endormis, et il se mit à naviguer sur une rivière. Je n'avais en rien le contrôle de sa course. Les gens m'interpellaient depuis la rive, inquiets ou ironiques, critiques, moqueurs, ou implorants. Où m'en allais-je ? Combien de temps serais-je partie ? Pourquoi est-ce que je ne revenais pas ? Pourquoi ne mouillais-je pas avec eux pour quelque temps ? La course, une fois commencée, était incontrôlable. Adressant des signes de la main à ceux qui étaient sur le rivage, pour ma part j'éprouvais de la joie à être en mouvement. Le voyage dura vingt ans. Durant vingt ans, je naviguai sans arrêt dans mon rêve.

Lorsque je revins après ce week-end à Etretat, j'écrivis une nouvelle. Le voyage se terminait en formant un cercle. Je revenais à mon point de départ. Mes amis n'avaient pas changé.

Comme je m'appuyais sur le parapet, l'agent de service me surveillait. Croyait-il que j'allais me suicider ? Avais-je l'air de quelqu'un qui avait envie de se suicider ? Il ne me quitta pas des yeux lorsque je descendis l'escalier pour parler au propriétaire de *Nénette*, une jolie péniche rouge vif, le pont arborant non pas un drapeau, mais une lessive bariolée qui voltigeait sur une corde et des pots de fleurs que l'on arrosait. Les petites fenêtres avaient des rideaux de perles. Ils avaient la nostalgie de leur pavillon de banlieue, de leur jardin. Et moi de l'eau. *Nénette* n'était pas à louer ni à vendre. Elle était encore assez fringante pour transporter du charbon, pour gagner sa vie. Le propriétaire me conseilla d'aller visiter les péniches au rebut, les chalands qui ne pouvaient naviguer étant réparés pour être revendus.

En marchant le long des quais du côté des Tuileries, je glanai quelques conseils et renseignements.

Mon père est venu, égoïstement, égocentrifugement, égocentriquement, charmant, clair et propre comme un Frigidaire, tendre et hâbleur, mythomane incurable et pathologique.

Jeudi, Henry et moi avons rendu visite à Moricand. Il ne s'intéresse pas au présent. Il a monologué sur Max Jacob et Blaise Cendrars, ses deux idoles. Il a trop à se rappeler, et son unique plaisir était de le recréer. Il y a des gens dont la vie passée contribue à illuminer le présent, les aide à couler dans le présent, enrichis, chargés de trésors, mais toujours avides d'avoir plus. Il y a ceux, comme Moricand, qui donnent l'impression d'avoir fermé les écluses de sorte que l'eau est renfermée statique à un endroit et ne coule plus en un seul fleuve continu. Voyait-il Henry ? Me voyait-il ? Nous étions spectateurs. Sa chambre a un ordre méticuleux, une précision, une forme géométrique, en dépit de la pauvreté, de la maladie, de l'angoisse. Nul chaos. Nulle explosion. « Les explosions de Neptune, déclara Moricand, sont toutes internes, personne ne s'en rend compte. »

Pour l'écrivain, il semble que le passé ne soit jamais mort. Rango est jaloux de mes anciennes amitiés. Pour le consoler, je lui parle de mon amour mort pour mon père. Je lui dis : « Ta jalousie est nécrophile, les amours passées sont des amours mortes.

— Mais tu passes ton temps à porter des fleurs sur des tombes. Quel amour tu as pour les morts ! »

Je dis d'un ton enjoué : « Je ne suis pas allée au cimetière aujourd'hui. »

Moments où l'univers semble profondément harmonieux, où Henry écrit magnifiquement, où Rango est efficace politiquement, où Moricand a été chargé d'un horoscope et est, par conséquent, certain de manger.

Les pages d'Henry sur Blackie, et leur sommet, une folie produite par la vie, ainsi que je l'avais dit de lui au début, et maintenant il dit lui-même : « Mon surréalisme naît de la vie. C'est cela le vrai surréalisme. »

Juxtaposition du poétique et du laid. Henry est pour moi le seul surréaliste authentique. Les autres sont les théoriciens. C'est un surréaliste dans la vie, dans son œuvre, dans son caractère. Ce que je goûte en lui, c'est son surréalisme.

Lorsque je suis allée le voir hier, il avait écrit avec intensité et il dit : « J'ai travaillé comme un fou et j'ignore si c'est bon ou pas. Dites-le-moi. Suis-je tout à fait dingue ou ai-je tout à fait raison ? » Je lus les pages et je lui dis qu'il avait tout à fait raison.

Après avoir écrit ici l'autre jour sur l'art par opposition au journal, j'ai senti le danger qu'il y aurait à introduire l'art dans le journal. Cela risquerait de tuer sa qualité la plus grande, son naturel. Je dois me dédoubler et faire quelque chose de différent — c'est un besoin. Nulle conscience de perfection ne doit entrer dans le journal. Adieu complétude. Mon projet d'écrire un Jour et une Nuit jusqu'à ce que j'atteigne la perfection.

(SEPTEMBRE 1936)

MON père est venu faire ses adieux avant de partir pour l'Espagne. Comme il s'en allait, ma mère est arrivée et ils se sont rencontrés devant l'ascenseur. Ma mère était en larmes lorsque je lui ouvris. Elle portait un cabas rempli de choses pour moi. Elle s'est assise sur le balcon et a continué à pleurer. Elle murmurait : « Voleur ! Voleur ! » Je l'ai consolée avec tendresse. « Non, disais-je, il ne t'a pas volé tes enfants. Nous t'aimons toujours davantage, plus je le connais, plus je t'aime. » Je ressentais profondément sa souffrance. « Il ne représente rien pour moi. Je ne l'aime pas. » Je parlai de la sorte jusqu'à ce qu'elle fût consolée.

La nuit venue, j'étais obsédée par les souffrances de ma mère. Je me rendis à son appartement pour voir si tout était éteint, et elle, endormie. J'étais torturée par la pitié, par son image de mère dévouée, portant un cabas, et par ses pleurs. Tout était éteint. Je pouvais dormir maintenant. Le lendemain, j'appris qu'elle s'était endormie rassérénée, croyant que c'était mon père qui avait eu l'air terrorisé ! Oui, il avait l'air terrorisé ! je suis sûre qu'il n'a pas remarqué le cabas, dis-je.

Elle est partie pour l'Italie rejoindre Joaquin qui donnait des concerts à Milan et à Rome. Nous avons eu un déjeuner d'adieu, et nous avons travaillé ensemble à la confection d'un tapis.

Avant de partir, ma mère m'a raconté une histoire qui me concerne : à l'âge de neuf ans, alors que l'on me transportait sur un brancard avec un appendice prêt à éclater, je dis au docteur : *« Docteur, ne croyez-vous pas que je suis une malade imaginaire ? »*

A dix-sept ans, j'écrivis dans mon journal : « Je voudrais qu'il soit pauvre, très pauvre, et qu'il ait besoin de moi... » C'était vrai d'Henry et de Rango.

Rango, le rieur, le paresseux, le débonnaire, qui aime la bouteille. J'envie ceux qui peuvent boire, se désintégrer, se relâcher, ne plus s'en faire, être déguenillés et malades, parce que moi je ne peux pas. Quelque chose me tire vers le haut, toujours. Je ne vais en bas que pour me trouver un ami, et puis je ressors et je les attire dans mon univers, loin du leur. Les cendres de cigarettes et les mégots de Rango répandus partout. Il fait des dessins de moi, écrit, lit, assis sur un coussin sur le balcon, au bord de la Seine. Il a fait quinze dessins de mes oreilles.

« Tes oreilles sont tout à fait incroyables. Elles ne ressemblent pas à des oreilles, elles sont si délicates. Je n'ai jamais de telles oreilles. Toute ma vie, j'ai cherché des oreilles comme celles-là.

— Et c'est en cherchant des oreilles que tu m'as trouvée !

— Anaïs, je comprends ta vie. Tu es une grande force

explosive. Tu as tant de liberté en toi, tant d'intrépidité. Mais tu ne te laisses jamais exploser. Tu mets toutes sortes d'obstacles sur ton propre chemin, ce sont tous des obstacles, des couvercles, des restrictions, tes amours sont tous des attachements, des services qui t'empêchent d'exploser. Tu as noyé ta force. Tu t'entraves, tu te bloques.

— Ce n'est pas compatible avec l'état de femme. A l'intérieur de toutes ces limites, ces restrictions, je fais ce que je veux.

— En effet, tu y parviens magnifiquement. Tu fais tout ce que tu veux, sauf vivre pour toi. Tu ne souhaites pas détruire, la moindre chose accapare toute ton énergie, ton ingéniosité, ton imagination.

— Je comprends ta vie, Rango. Une grande force dort en toi, lovée en toi comme un serpent. Tu fais semblant d'être endormi — tout à fait endormi —, paresseux, rêveur et nonchalant. Mais je devine en toi la dynamite. Tu as noyé la tienne dans le vin. »

J'ai vu la péniche qui appartient à Maurice Sachs. J'ai suivi les quais en face de la gare d'Orsay, gravi une passerelle et frappé à la porte. Maurice Sachs est un homme grand et pâle, plutôt lymphatique, avec de remarquables yeux sombres et tendres. Il avait mis une annonce disant qu'il désirait louer son bateau.

Il me conduisit à l'intérieur. C'était une longue péniche à charbon qui avait servi, à une époque, de théâtre ambulant et avait descendu la Seine, en s'arrêtant dans toutes les petites villes pour donner une représentation. Elle était très longue, très large, noire et goudronnée à l'extérieur, en bois naturel à l'intérieur. A part le studio dans la proue, toute sa longueur semblait une seule longue table couverte d'esquisses, de pages manuscrites, de livres ouverts, de photographies. Maurice Sachs partait en voyage pour plusieurs mois et il emballait quelques affaires. La lumière qui tombait sur tout cela provenait de fenêtres aux vitres de verre dépoli. Il avait l'air vague, distrait et inquiet aussi. Les murs étaient tapissés de papier goudronné et l'odeur qu'ils dégageaient me plut infiniment. Une des fenêtres du côté de la Seine était comme une trappe maintenue ouverte par des chaînes. A la poupe, l'eau était visible sous des poutres très écartées, pour indiquer combien il fallait pomper. Le bois était recouvert d'une légère moisissure verte. La grosse chaîne qui retenait l'ancre donnait à tout cela une allure médiévale.

Il n'y avait qu'un seul gros poêle à charbon pour chauffer tout le bateau. Maurice Sachs, lui-même, suggéra que ce n'était pas ce qu'il me fallait, c'était trop gros pour que je puisse me charger de l'entretien.

Mais ma visite de sa péniche ne fit qu'accroître mon désir d'en trouver une où je pourrais habiter.

J'étais assise dans un café, attendant Rango, lorsque mes yeux tombèrent sur une annonce. « Péniche à louer. *La Belle Aurore.* Quai du Pont-Royal. »

Je me précipitai pour la voir. Cette fois, le propriétaire qui m'ouvrit était Michel Simon. Son visage paraissait défoncé et déformé, mais il avait les plus belles mains que j'aie jamais vues à un homme, fines, blanches, sensibles. Il me fit entrer dans le studio vitré qu'il avait construit au-dessus du pont. Il était beau avec des fenêtres par lesquelles j'apercevais la Seine en amont et en aval, et le quai d'Orsay aussi bien que les Tuileries.

Il se mit à me raconter l'histoire de la péniche. Il avait eu l'intention d'y habiter avec ses singes. Il aimait ses singes. « Ils sont plus gentils pour moi que des êtres humains. Ils m'aiment. Une femelle, alors que j'étais parti pour une tournée en province, fit la grève de la faim et mourut. Croyez-vous qu'une femme aimerait aussi profondément ? Mais la péniche ne leur convenait pas parce qu'ils réussissaient à s'échapper sur le quai et à faire peur aux gens, et la police était alertée. Il a fallu que je prenne une maison à la campagne. » En même temps, il me faisait voir l'intérieur. Au même étage que le studio vitré étaient deux cabines. L'une était habitée par un vieil unijambiste, avec une barbe et une casquette de capitaine ; l'autre, par un jeune homme renfrogné qui faisait les gros travaux : pomper l'eau, mettre en marche la batterie électrique pour la lumière, aller chercher l'eau à la fontaine, allumer le feu, nettoyer le pont, etc.

La troisième cabine était la cuisine, avec un grand fourneau à charbon pour faire la cuisine et chauffer l'eau des radiateurs et du bain. Puis, il y avait une salle de bain avec une baignoire. L'endroit était chaud, beau. Nous descendîmes l'escalier qui menait à la chambre, aussi grande que le studio, et qui avait de petites fenêtres en ogive des deux côtés, comme les fenêtres d'une vieille galère.

Je dis que je prendrais le bateau immédiatement. La seule condition que mettait Michel Simon c'était que je garde l'ancien ex-capitaine. Ainsi que René, parce qu'il était orphelin.

Je revins le soir même avec le loyer du premier mois. Le jeune René m'interpella : « Hé ! là-bas, qui êtes-vous ? » Le vieillard, patriarche du fleuve en blouse bleue de paysan et casquette de capitaine, regarda par la fenêtre et murmura : « Oh ! c'est vous, attendez, j'ouvre ! » J'entendis le tap-tap de sa jambe de bois.

Il y avait des craquements de poutres, celles qui retenaient le bateau au quai, et des bruits de chaînes rouillées, du côté de l'ancre, qui se tendaient dans le courant rapide. Je sentais l'odeur familière de goudron. Les réverbères sur le quai, ainsi que les autres bateaux qui passaient, faisaient une faible lumière. Le vieux et René retournèrent se coucher, tandis que je restais à bavarder avec Michel Simon et signais un contrat.

J'écoutais le clapotis de l'eau.

De temps à autre, un bateau passait, agitait l'eau qui se soulevait et la vieille péniche oscillait. C'était comme d'être en mer, et de naviguer.

« Nous voguons », dis-je.

Le lendemain, lorsque je vins avec Rango, il fut enthousiaste.

Il dit : « Les Incas avaient toujours un petit passage souterrain dans leur maison qui menait à un jardin secret, un jardin qui s'appelait en quechua, *Nanankepichu.* Cela veut dire « La non-maison ». Voilà comment tu devrais appeler ta péniche. »

La Seine était vivante et gaie. le goudron sur les murs luisait.

J'emménagerai d'ici quelques jours.

Henry était assis au café. Il avait écrit avec beaucoup de profondeur, de sincérité sur son enfance. Il dit : « Vous m'avez stimulé l'autre jour. »

Il est grave, songeur, il nage dans la création et l'imagination. Nous parlons de rêve, de langage, d'enfance. Je me rends compte à la fois de sa solitude, que personne ne le comprend comme un tout, de sa grandeur, de son génie, de son âge qui commence à se voir, des univers dans sa tête, du fait que, à mesure qu'il progresse en profondeur dans son livre, sa sincérité, le véritable Henry, le créateur, ses illuminations, débordent en tous sens le Henry de chaque jour, le prosaïque Henry.

Et comme le train s'arrête (écrit-il), je pose le pied et

mon pied a creusé un grand trou dans le rêve... Je n'ai rien gagné à l'agrandissement de mon univers : au contraire, j'y ai perdu. Je veux devenir de plus en plus enfantin et passer, par-delà l'enfance, dans la direction opposée. Je veux très précisément remonter le courant habituel, passer dans un monde de l'être superinfantile qui sera tout à fait fou et chaotique, mais pas fou et chaotique comme le monde qui m'entoure. Je veux aller au-delà de la responsabilité paternelle vers l'irresponsabilité de l'homme anarchiste qui ne peut être endigué, persuadé, cajolé, acheté ni traduit en justice. Je veux prendre pour guide Obéron qui chevauche la nuit, qui, sous le couvert de ses ailes noires, a éliminé à la fois la beauté et l'horreur du passé : je veux fuir vers une aube perpétuelle avec une rapidité implacable qui ne laisse aucune place au remords, au regret, au repentir. Je veux devancer l'homme inventif qui est une plaie sur terre, afin de me retrouver encore une fois devant un abîme infranchissable que pas même les ailes les plus puissantes ne me permettront de franchir. Même si je dois devenir un parc sauvage et naturel, habité seulement de rêveurs sans but, il ne faut pas que je fasse halte ici dans la fatuité ordonnée de la vie adulte responsable. Je dois faire cela en souvenir d'une vie sans comparaison avec la vie d'un enfant qui était étranglé, étouffé, d'un commun accord, par ceux qui avaient capitulé. Tout ce que les pères et les mères ont créé, je le désavoue. Je retourne à un monde plus petit encore que ce vieux monde hellénique, je retourne à un monde que je peux toujours toucher en étendant les bras, le monde de ce que je connais et vois et reconnais d'instant en instant. Tout autre monde n'a pour moi aucun sens, est pour moi étranger, hostile. En retraversant le premier monde éclatant que j'ai connu enfant, je désire non pas m'y reposer, mais reprendre force pour atteindre un monde encore plus éclatant d'où j'ai vraisemblablement dû m'échapper. A quoi ressemble ce monde, je ne sais, et je ne suis pas davantage certain de le trouver, mais c'est mon univers et rien d'autre ne m'intrigue.

Lorsque je recouds des boutons, je ne fais pas que recoudre des boutons, je joue à être leur mère à tous, cousant ensemble les fragments des univers qu'ils veulent, raccommodant leurs rêves déchirés, recousant leur âme brisée, afin qu'ils puissent la sentir là, cousant ensemble des contrepoisons, pour guérir leur amertume, recousant les blessures où les banderilles ont été fichées dans leur corps excité que le monde provoquait et rendait sans espérance. Lorsque je fis la connaissance d'Henry, tout ce qu'il savait faire c'était invectiver, cracher, se coucher dans les ruisseaux de *Tropique du Cancer,* et boire ; mais maintenant, il peut expliquer qu'il a découvert le langage de la nuit, et parler de tous les trésors qu'il découvre dans sa folie, une folie dont je ne peux jouir parce que je suis leur mère à tous, la mère de leurs rêves, et je suis obligée de coudre des boutons sur des vestes déchirées lorsqu'ils rentrent de leurs bordées, de leurs joutes, de leurs tournois. Je suis obligée de préparer les drogues de vie pour guérir Rango de l'héroïne qu'il a prise jusqu'au jour où il tomba raide dans la rue, et fut conduit à l'hôpital, son cœur prêt à se rompre, à exploser en lui. Je leur donnais ce que leurs père et mère ne pouvaient donner à aucun d'eux, à Henry, Rango, Zara. Leurs parents respectifs les avaient tous mis dans un monde où ils étaient fourvoyés, et d'où il nous fallait tous fuir. Je les aidais à fuir.

La grande roue qui tourne, la roue de trois-jours-en-un, trois-nuits-en-une. A dix heures et demie du soir, je suis dans le studio d'Annette avec des amis. Henry me reproche de ne pas aimer Fred, de ne pas trouver drôles ses « veuleries », et Annette babille suavement en français, pour dire des puérilités qui paraissent intelligentes et tombent en poussière entre mes mains. Le mari d'Annette est comme un chien qui s'ébroue dans un rêve de temps en temps, mais ne se rappelle jamais aucun de ses rêves. Lorsqu'il s'éveille, il s'éveille comme un bon toutou, comme un chien de garde. Je cherche la sortie. Je m'esquive. Dehors, il tombe un crachin. Il n'est que dix heures et demie. Je décide d'aller chez Rango et Zara.

Rango casse du petit bois pour alimenter le poêle. Les œuvres de Marx sont ouvertes sur la table, éclairées par deux chandelles. On dirait un décor à la Dostoïevski. Les dessins au fusain de Rango sont éparpillés au milieu des livres. Ce sont des esquisses des gens que l'on voit près de la Seine, les clochards déguenillés qui couchent sous les ponts, sur des journaux, serrant leur litron. Clochard lavant leurs pieds douloureux dans la Seine, pêcheurs assis au bord des quais, en état d'hypnose. De vieilles femmes sont assises sous les arbres. D'autres exercent leur métier derrière les arbres. L'agent se penche pardessus le mur pour s'assurer que tout va bien.

Rango a fait une esquisse d'un clochard qui collectionne toutes sortes de couvre-chefs qu'il ramasse dans les poubelles. La première fois que nous le vîmes, il portait un béret écossais et nous lui demandâmes d'où il était. La seconde fois, un agent de police qui avait de l'humour lui avait donné un vieux calot de sergent de ville élimé et défraîchi.

Rango recommence à parler de marxisme. Je lui ai lu mon histoire de chiffonniers que j'ai écrite en une matinée et un après-midi *.

* Voir *Under a Glass Bell*, « Ragtime ».

A minuit, il me raccompagne chez moi. La Seine est enveloppée de brume.

Rango a retrouvé dans l'histoire de chiffonniers certains de ses propres sentiments en ce qui concerne l'amour des fragments, de l'inachevé, de l'imparfait ; Henry a trouvé que c'était « étrange et fantasque, très étrange et merveilleux ». Avec Rango ainsi qu'avec Henry, j'explore des bas-fonds, les cavernes de Pluton, clochards, chiffonniers, voyous, parasites, vagabonds, vauriens, anarchistes. Lorsque Rango était jeune et que son père était maire de la ville, on l'envoya avec une escouade pour capturer un bandit qui s'était réfugié dans la montagne. Lorsqu'il le découvrit, il s'en fit un ami, ils passèrent toute la nuit à boire tous les deux, à se raconter l'histoire de leur vie, et Rango revint en disant qu'il ne l'avait pas trouvé.

Rango n'arrive pas à peigner sa sauvage crinière de cheveux noirs, à avoir les ongles propres, ni à boutonner sa chemise. Il déclare fièrement en regardant *Nanankepichu* : « Je veux peindre cette porte. Je vais aller chercher de l'huile pour la lanterne. »

Rien ne se produit. La porte reste telle quelle, la lanterne éteinte.

Henry, chinois, indifférent à tout, rusé, plein d'humour, de tolérance, de mansuétude. Rango, fanatique, fataliste, oriental. Négatif. Rango répète toujours : « C'est mauvais, ce livre est faible, cette personne est vulgaire. Montparnasse est pourri. » Il met en pièces, raille, démolit, tout comme Henry autrefois. Rango dit : « Je donnerais ma vie entière pour trois mois d'accomplissement, de création. » Les bras lui en tombent.

Comme un jour il s'était plaint du grand effort qu'il

devait fournir pour ouvrir la bouteille de vin, ôter le bouchon, trouver un verre et s'asseoir pour le boire, en manière de plaisanterie (car nous n'avons jamais discuté ouvertement de son penchant pour la boisson), je fis un jour mon apparition avec un petit tonneau de vin rouge. Je le posai sur sa table en disant : « Tout ce qu'il te reste à faire maintenant, c'est à t'étendre au-dessous et tourner le robinet ! »

Ce fut cela, dit-il, qui le guérit. Chaque fois qu'il voyait le tonneau, il pensait à moi, à mes taquineries, à mes plaisanteries, et cela l'a stoppé. Il comprit que le vin l'abrutissait et tuait son énergie.

Rango et June se ressemblent. Pas d'esprit créateur, mais tous leurs dons s'épanouissent à parler, à vivre. Je l'aime tel quel, avec un ouvre-bouteilles dans sa poche, son mépris du temps, sa nonchalance.

J'ai déclaré un jour à Henry : « Je n'aime pas les clowns, j'aime les fous. »

Henry a répondu : « Les fous sont trop sérieux. J'aime les clowns. »

En matière artistique, Rango a un goût très sûr. Il a vu les failles chez les chiffonniers. Il me pousse vers le fantastique, pour lequel, lui semble-t-il, j'ai un don.

Rango est aux petits soins. Il se dévoue au travail de Zara, à celui d'Elsa, il s'occupe d'elles, leur fait la cuisine, les courses, allume le feu, bref, il fait tout sauf gagner sa vie.

Rango me raconte des histoires. Je l'imagine enfant. Vif. Débordant d'énergie. Debout à six heures du matin avec sa soif de vivre. Dans l'hacienda de son père. Mobilier espagnol, cassettes en cuir, caisses en bois de cèdre, odeur de bons cigares. Le père confie à chaque fils le soin de s'occuper de l'hacienda un jour par semaine. Il doit se lever de bonne heure et apprendre à diriger toute la propriété. Lorsque Rango donnait de l'argent au cuisinier, il lui disait : « Achète un gigot pour la famille, et un autre pour moi. » Et il le mangeait. Solitude immense autour d'eux. Serviteurs indiens. *Peones* indiens (garçons de ferme). Des kilomètres et des kilomètres de terres. Il apprit le *quechua* avec eux. Puis huit ans dans un collège jésuite. Puis le service militaire. Puis Lima, où les étudiants et les intellectuels se vantaient de ne frayer qu'avec des boxeurs, des acteurs de théâtre, des danseurs et des drogués. Rango boxait et il était bon coureur. Lima avait une importante population chinoise, et de nombreuses fumeries d'opium. Rango essaya de toutes les drogues, au point de manquer en mourir. C'est Zara qui le sauva. Il écrivait alors la colonne sportive du journal de la famille, et on l'envoya faire un reportage sur elle, et lorsqu'il la rencontra il se consacra à sa danse. Elle était métissée d'espagnol et d'indien. On l'avait mariée d'autorité à l'âge de quatorze ans avec un homme brutal. Rango et Zara décidèrent de s'enfuir à New York. Ils allèrent d'abord à La Havane, où ses danses furent tournées en dérision. Puis à Tampa, elle tomba malade et Rango continua seul vers New York. Ils eurent à lutter contre la faim. Rango dut faire la vaisselle dans des restaurants. Il ne put obtenir aucun secours de sa famille si riche, après s'être enfui avec une danseuse ! Puis Zara fut embauchée par Shubert et elle fut la vedette d'un Ziegfeld Show. Trois années d'argent, de succès, de voyages, mais la « maladie » de Zara s'aggravait. Excentricité, puis névrose, puis le commencement de sa surdité. Elle avait un comportement de plus en plus bizarre. Ils retournèrent en Amérique du Sud où les Latins se moquèrent d'elle. Elle ne dansait plus de danses du folklore indien, mais des inventions à elle. Rango pensait qu'elle serait mieux comprise en France. En France, on l'apprécia pour son originalité et son invention de danseuse, mais ils crevaient de faim. La surdité de Zara devint totale. Elle se renferma. Rango buvait.

Lorsque je parle à Henry de la façon dont Rango soigne Zara, qui, comme Job, est frappée de maladies de toutes sortes (Henry se souvient de l'avoir vue danser et d'avoir été impressionné par sa vitalité), il dit : « Est-ce que cela lui plaît, ce rôle d'infirmier ? Moi, cela ne me dirait rien. Si n'importe qui tombait malade, je crois bien que je viderais les lieux. Lorsque les gens tombent malades, je trouve qu'on devrait les laisser mourir, voilà mon opinion. »

Zara me dit : « A Lima, tout le monde était au courant de l'irresponsabilité de Rango. Il travaillait pour le journal de son frère, il était chargé du théâtre et des sports. C'est comme cela que nous nous sommes rencontrés. Lorsqu'il commença à être mon manager, je gagnais beaucoup d'argent comme danseuse. Lorsque mon premier concert fut projeté, et qu'il commença à faire de la publicité, les annonces et les placards ne précisaient ni la date, ni le lieu, ni l'heure de la représentation ! Il n'était jamais aux rendez-vous avec les journalistes ou les autres managers. Il avait horreur de la commercialisation et du succès. C'était toujours *mañana*. Le dieu latin Gana. *No tengo ganas.* J'en ai envie, ou je n'en ai pas envie. Rango a détruit ma carrière et ma santé. C'est un bohème. »

Rango use un costume en trois mois. Il brûle tout. Il renverse le vin. Il casse les couteaux et les fourchettes. Ses papiers sont tachés. Il oublie tout, la lettre qu'il part mettre à la poste, les messages de Zara pour moi, le livre qu'il veut lire, ses engagements, ses rendez-vous.

Le bateau a un aspect confortable extérieurement. Comme il a été fait à partir d'une péniche coupée en deux, on dirait un bateau dessiné par un enfant, gros et trapu. Le studio a été construit au-dessus du pont, alourdissant un tant soit peu la superstructure. La moitié supérieure est en bois peint en gris, la moitié inférieure en vieux bois noir. Le studio a un toit en verre et des fenêtres sur trois côtés. La moitié inférieure est sombre, couverte de suie, usée par de nombreux voyages pour transporter du charbon sur la Seine. La proue épaisse et large, elle est ancrée au quai par une lourde chaîne attachée à un rivet métallique, et deux longues perches énormes attachées à des anneaux de fer. Elles craquent sous l'effort qu'elles doivent fournir pour retenir le bateau près du quai. Il y a un pont-levis qui mène à une petite porte. Le studio est à droite. Je vois la gare d'Orsay, le jardin des Tuileries, et la Seine en amont. Quand on entre, à gauche il y a une petite cabine et la cuisine. Un étroit escalier à vis mène à une grande chambre à coucher, aussi grande que le studio, avec beaucoup de fenêtres à petits carreaux, et à gauche une salle de bain et une pièce de débarras.

Le jour, le fleuve projette sur les murs et le plafond des reflets éclairés par le soleil ; la nuit, des reflets des lumières sur le quai. Jour et nuit, l'eau clapote contre le bois, et berce doucement le bateau. Cela me procure un sentiment de départ. Quelle coïncidence étrange que j'aie écrit sur la page de garde de ce journal : « *Les Mots Flottants.* » Une prophétie.

Les Mots Flottants m'ont conduite jusqu'à *La Belle Aurore* sur la Seine. J'y suis maintenant assise, en train d'écrire. Dimanche, je l'ai déplacée pour l'approcher du pont Royal, j'ai télégraphié à Rango de venir m'aider à naviguer mais il est arrivé trop tard. J'ai navigué seule, halée par un remorqueur.

Lorsque Moricand est venu, il a été surpris de l'atmosphère du lieu. Il était persuadé que c'était une fumerie d'opium. Même un poète comme Moricand ne comprend pas qu'il existe des moyens de stimuler les rêves sans artifice. Il associait les bateaux avec l'opium. Avait toujours pensé que je me droguais et que *La Maison de l'Inceste* était le produit d'un rêve d'opium. J'ai ri de ce concept. J'ai dit : « Il y a des expériences qui viennent de ce que l'on vit ses rêves. J'ai rêvé un jour d'un bateau et je n'ai eu de cesse que je ne l'aie trouvé. »

La chambre si belle, basse de plafond, avec de lourdes poutres en bois. Le vieux mobilier de Louveciennes, qui n'allait pas dans l'appartement moderne du quai de Passy semble fait pour le bateau.

Au-dehors, sur le quai, sont les clochards, les poivrots, et les sans-abri. Ils couchent sous le pont, ils allument du feu, et y font cuire leur dîner.

Moricand m'avait apporté un revolver. Il pensait que j'en aurais besoin, à vivre sur l'eau. Pour me montrer comment il fonctionnait, il tira un coup dans la Seine.

Il m'a aussi apporté les livres de Léon-Paul Fargue, un poème de Max Jacob.

Nous avons parlé à la lueur des bougies. Le poète anglais qui est exactement comme devrait être un poète anglais, David Gascoyne, est venu en m'apportant les livres de Pierre Jean Jouve, ainsi qu'un poème qu'il avait écrit pour moi, qui s'appelle « La Cité du Mythe ». Rango est venu et David Gascoyne a dit : « Il ressemble à Othello. » Le bateau les a enchantés. Il les emportait loin d'un monde torturé, dans un voyage poétique. Dans ma chambre, le soir, je suis dans une galerie médiévale. La lampe de cuivre byzantine oscille comme un encensoir. Les contrevents battent contre les fenêtres comme les ailes en bois d'une mouette géante.

La pluie tombe à verse dans la boîte aux lettres, et mes lettres sont mouillées comme si mes amis avaient pleuré dessus.

Moricand est pervers, plein de ruses et de destruction.

Il a fréquenté des sadiques, des prostituées, des criminels. Il s'est servi du revolver qu'il m'a donné. Lorsque je l'ai senti dans ma main, j'ai pris conscience de la mort. Je ne pense jamais à la mort. Cela semblait terrible d'être capable de causer la mort.

Moricand a raconté l'histoire de la fleur créée par le sable dans le désert d'Afrique. C'est une sorte de rose en poussière pétrifiée, qui se désagrège si l'on y touche. J'avais imaginé une telle fleur dans l'histoire de miroir, bien avant d'en connaître l'existence.

Je suis tombée amoureuse des romans poétiques de Pierre Jean Jouve. Ils vous maintiennent sous le charme d'une aura poétique. *Paulina, Le Monde désert, Vagadu, La Scène capitale.* Je ne pus m'arrêter de le lire tout au long d'une journée chargée, dans le métro, au café, en me rendant villa Seurat, tandis que l'on me lavait les cheveux. *Paulina* s'ouvre sur cette citation de sainte Thérèse : « L'amour est dur et inflexible comme l'enfer. »

Ses romans poétiques psychologiques sont des chefs-d'œuvre. L'intuition analytique enrobée de poésie est infiniment plus percutante que la seule analyse. La drogue de la poésie rend la vérité et la lucidité plus absorbantes. L'intellect ne peut résister à son invasion. Le langage devient potion magique. Le rythme devient instrument de contagion, et la fluidité des images coule directement dans le subconscient sans interférence. Pierre Jean Jouve a décrit un monde dans lequel les visions, les hallucinations, le symbolisme, relégués d'ordinaire dans notre vie nocturne, opèrent au grand jour, et en union avec le corps, unissant désir et fantaisie, songe et action, rêverie et passion. Il ne prétend pas tout illuminer. Il ne construit pas tous les ponts, chronologie, séquences, auxquels nous avons l'habitude de nous accrocher, parce qu'ils ne font pas partie de la vie. Dans la vie, nous avons de ces brusques illuminations, de ces brusques trous, de ces brusques ombres, brusques abîmes, et une telle incohérence suivant une logique que l'on a démontrée être une pseudo-logique. Nous ne synthétisons pas l'expérience, ni ne faisons chaque jour le point de tous nos actes.

Nous nous laissons souvent guider dans la vie par des impulsions que les yeux grands ouverts de notre conscience savent être dangereuses, peut-être fatales. Nous nous précipitons dans des extases avant de nous laisser rattraper par notre lucidité qui nous paralyserait. L'illusion nous procure des joies supérieures inconnues de ceux qui vont à pied et des réalistes. Et les gens qui résistent à l'intoxication des drogues de l'imagination ou de l'esthétique sont ceux-là même qui la recherchent dans des bouteilles de vin, ou des drogues comme l'opium.

Après que j'ai lavé une paire de bas, le réservoir est vide. Lorsque j'ai fait chauffer une tasse de café, le charbon est épuisé.

Au passage des remorqueurs, leurs occupants me font des signes. Les hommes sont à la barre et les femmes suspendent la lessive.

Parfois, le courant est trop rapide. Je fais des cauchemars de bateaux secoués par la tempête.

(OCTOBRE 1936)

Il y a eu, la nuit dernière, une répétition pour la guerre. Nous sommes tous descendus dans la rue pour regarder les avions simuler des attaques et des défenses aériennes.

Novalis a dit : « La vie poétique est le seul absolu, la seule réalité. » C'est bien cela. Il m'est possible d'échapper à la fatalité du temps historique, aux tragédies de la vie quotidienne, à la cruauté et à la destruction du monde, pour me réfugier dans la vie poétique, dans l'éternel.

Rango, les poches bourrées de journaux et de nouvelles du monde monstrueux, souvent brise le rêve, mais aussi y puise sa force et repart travailler. Il ne faut pas avoir peur. Il faut savoir flotter à la manière des mots, sans racines, ni arrosoir. On doit savoir naviguer sans latitudes ni longitudes, et sans moteur. Sans drogues et sans fardeaux. On doit apprendre à respirer comme un anémomètre. La corde doit être de sable, l'ancre d'aurore boréale.

Alors que j'étais enfant, sur le bateau qui nous conduisait en Amérique, je remarquai que nous nous dirigions vers une ligne d'horizon que nous ne touchions jamais. Les contours insaisissables, évanescents de l'illusion. Lorsque les mots et les sentiments ont appris à flotter, ils atteignent le mouvement perpétuel poétique. Flotter signifie rejoindre un rythme universel. L'absolu signifie le moment de pulsation du rythme. C'est alors que je flottais, m'abandonnant à l'expérience, que je me suis retrouvée liée au monde entier. Je me suis laissé pousser par tout ce qui était plus fort que moi, l'amour, la pitié, la création. C'est ainsi que j'ai flotté dans l'unité. Le bateau est porté par quelque chose, par une eau beaucoup plus profonde que lui. Je suis maintenant dans le courant. Je ne crains nul bas-fond, nulle dislocation soudaine.

Le studio est la chambre du soleil. Il est transpercé, saturé de soleil. C'est un berceau de lumière. J'aime y travailler, tapant à la machine sur une énorme table. La chambre est le mystère, le berceau de la nuit. La lampe hindoue projette des dessins sur tous les murs, des treillis, des fleurs de cactus, des éventails de dentelle, des arches compliquées, des cercles, des grilles de fer, des cages, des platanes, des feuilles d'oranger.

Je sais où j'ai déjà vu des fenêtres comme cela : dans les illustrations des *Contes* de Grimm.

Combien prophétique ma description du labyrinthe. « La toile d'araignée fut rompue par une corne de brume, et par le carillon des heures. Je me suis trouvée en train de traverser des douves, des passerelles, tout en étant attachée à la lourde amarre des navires en partance. »

Le vieux grand-père du fleuve, l'ex-capitaine de yachts somptueux, était depuis longtemps le capitaine de *La Belle Aurore.* Il en voulait à quiconque s'occupait du bateau. A l'occasion, Rango réparait la pompe ou la batterie pour la lumière électrique. Ou bien il secouait le poêle, et cassait du bois. Le vieux capitaine sortait de sa cabine et crachait, et jurait dans sa moustache, et tapait bruyamment sa pipe contre le mur.

La peau sombre de Rango lui faisait peur, ses un mètre quatre-vingt-dix de haut, et, bien que Rango fût vêtu comme un ouvrier, en velours à côtes râpé, le capitaine était encore plus effrayé de lui que de mes autres visiteurs mieux habillés, tel l'immaculé Moricand.

Chaque jour, à ce qu'il semblait, le vieillard buvait davantage. Et le soir, lorsqu'il était ivre, il cognait contre les murs avec sa batterie de cuisine. Il crachait, ronflait, jurait.

L'une de ses corvées était d'aller chercher de l'eau potable à la fontaine sur le quai. Il portait deux seaux suspendus aux deux extrémités d'une perche, à la japonaise, mais il était tellement pris de boisson, qu'en arrivant au bateau, les seaux étaient vides. Si je venais à manquer d'eau la nuit, j'avais peur d'aller en chercher parce que les clochards dormaient sous le pont. Il faisait très sombre pour y aller et les prostituées exerçaient leur métier derrière les arbres.

Un soir, Rango arriva accompagné d'un ami et je leur demandai de me rapporter un seau d'eau. Le vieillard sortit sur son unique jambe et il observa ce qu'il considérait comme une intrusion dans le champ de ses activités. Il remua le poêle fort mécontent, et marmonna quelque chose sur les Noirs. Rango s'emporte vite. Il enjoignit au vieillard de retourner dans sa cabine et d'y rester.

Tandis que nous parlions, il cognait contre les murs.

La péniche, les murs couverts de goudron noir, les poutres noyées d'ombre, l'eau qui clapotait au fond, commencèrent à paraître hantés par l'ombre du vieillard.

René dit : « *Je l'ai vu descendre un homme comme rien, il est costaud, le vieux.* »

Lorsqu'il montait ou descendait l'escalier sur son unique jambe, avec sa béquille, son tap-tap sonore m'éveillait dès l'aube ou tard la nuit.

Zara raconte toujours l'histoire du jour où sa mère vit Rango pour la première fois et dit : « Aïe ! comme il est noir. *Dios mio*, comme ses péchés doivent être noirs ! »

Lorsqu'il est en colère, il ressemble à un démon. Sa chevelure noire bouclée voltige autour de son visage, son regard étincelle.

Il était huit heures du soir. Rango faisait une esquisse de René en casquette de truand, avec un foulard jaune crasseux autour du cou, et les mains bleuies à force d'avoir chargé des choux au petit matin pour le marché. Le poêle ronflait. Les amarres du bateau craquaient, comme du bois prêt à craquer, l'eau venait clapoter contre les flancs de la péniche. Ombres. Les réverbères clignotaient entre les branches d'arbres sur le boulevard au-dessus.

Le vieux se mit à lancer des casseroles contre les murs, et à vociférer.

Rango bondit, furieux, et cogna contre la porte du vieux. « Tiens-toi tranquille, hurla-t-il. Si tu ne te tiens pas tranquille, on te vide. »

Le vieux continuait ses chants et ses injures. La colère de Rango montait. Il se jeta contre la porte du vieux, la défonça à coups de pied et la démolit.

Le vieux apparut, à moitié nu, gisant sur une pile nauséabonde de sacs à pommes de terre, son béret sur le crâne, tenant sa béquille comme une épée. Rango dit dans son mauvais français : « Tu es un vieillard méchant, sors d'ici. Tu vas sortir tout de suite ou bien je vais prévenir la police. »

René s'en était déjà chargé, craignant un meurtre. Le vieux, dans les vapeurs de la boisson, avait bien trop peur pour faire un geste. Rango leva la lampe à huile. René dit : « Habille-toi. La dame veut que tu sortes. Habille-toi.

— Qui donc a enfoncé la porte, je vous le demande ? Ce n'est pas moi que l'on devrait conduire au poste. »

Il restait étendu. Il ne retrouvait plus son pantalon. Rango et René parlaient. L'agent de police parlait. Ils ne réussissaient pas à l'habiller. Il ne cessait de marmonner : « Qu'est-ce que ça peut bien me faire. Mettons que vous me jetiez à l'eau, pour moi c'est tout un. Ça m'est égal de mourir. Je ne suis pas mauvais. Je fais vos commissions, non ?

— Vous faites trop de bruit, à chanter toute la nuit et à lancer vos casseroles contre les murs.

— Je dormais à poings fermés, dit le vieux, et vous avez défoncé la porte. Puis on vient me chercher. Je ne sortirai pas. Je suis trop vieux. Je ne trouve pas mon pantalon. » Une heure durant, de la sorte, innocence, déraison, logique d'ivrogne, jusqu'à ce que, en fin de compte, l'humour nous gagne, et nous nous mîmes tous à rire, tout le monde riait, y compris le vieux.

« *Je ferai le mort* », dit-il, et il se coucha en fermant les yeux, docile, ahuri, effrayé. L'agent partit en riant. René alla se coucher, en riant.

Un jour au café, Rango se mit à m'interroger sur la psychanalyse, le grand ennemi du marxisme. Je parlai des idées de Rank, par rapport à la névrose de Zara. Au bout de quelque temps, il dit : « Je voudrais lire ces livres. »

Puis, tout à coup, il se frappa le front avec son poing : « Maudits soient les univers intellectuels. Les mondes littéraires. Brûlez ces livres. Personne ne serait névrosé si le problème économique était résolu. La névrose est pour les riches. C'est un luxe. Les pauvres ont besoin de pain. Est-ce que tous vos beaux livres ont résolu les problèmes du monde ?

— Tous les problèmes ne sont pas économiques », observai-je doucement.

Rango commenta la façon bon enfant dont s'était terminé l'incident à propos du vieux clochard dans le bateau. Il dit qu'un clochard espagnol dans les mêmes circonstances aurait mis le feu au bateau, ou empoisonné l'eau qu'il apportait pour boire, ou assassiné Rango dans le noir.

Rango dit : « Je pourrais facilement tuer un homme dans un moment de colère. »

Ce n'est que lorsque je suis seule que je retrouve ma tête, des régions philosophiques plus froides, où je cherche l'explication de ce qui me déconcerte et me blesse, ou je remets en question toutes les sagesses, tous les oracles, toutes les interprétations afin de retrouver l'équilibre.

Mais ce n'est qu'une pause. Le reste du temps, je vis aussi pleinement que quiconque, sur plusieurs plans, dans plusieurs langues, avec beaucoup de gens, dans beaucoup de mondes, de manière aussi poignante et fraîche que si chaque jour était nouveau, chaque être humain nouveau, et en fin de compte fidèle uniquement à la vie, toujours à la vie.

Sombre journée. Tout le monde écrasé, opprimé.

Rango reçoit des lettres de sa mère, âgée et malade, le

rappelant chez lui, lui promettant que s'il vient il recevra sa part d'héritage, ce qui apporterait une solution à sa pauvreté.

Zara avoue qu'elle n'a jamais aimé Rango avec passion, qu'ils sont comme un frère et une sœur, que son fatalisme l'a détruite.

Tout le temps, je sens que je combats contre une force obscure et vorace. Je sens qu'à l'intérieur d'un millier de murs j'ai réussi à créer un paradis illusoire pour nous tous en ne choisissant que les instants marquants.

L'antre obscure où Rango, Zara et leurs amis restent assis comme des personnages tragiques, passifs et vaincus, d'une pièce de Tchékhov. Zara vêtue de ses guenilles, une vieille chemise de Rango, ses chaussettes et plusieurs vestons. Elsa, après l'opération de son goitre, assise en robe marron, touchant sa cicatrice constamment, comme un pianiste son clavier, et le violoniste, voleur des œuvres complètes de Dostoïevski, qui ressemble au jeune homme dans *Le Docteur Caligari*. La nourriture ici est servie sur une table nue, tachée de vin, couverte de cendres de cigarettes et de miettes de pain.

Est-ce que mon histoire de chiffonniers était une acceptation fantastique, humoristique de la futilité ?

Ma vie est-elle dans un équilibre précaire au-dessus d'un précipice ? Plus je m'élève dans la fantaisie et vis de mes sélections, plus la corde de la réalité me serre le cou. Plus je bouge, plus je sens la main suffocante d'une angoisse sans nom.

Ne rechercher l'absolu que dans la multiplicité. Un absolu dans les abstractions, les éléments dispersés, de nombreuses vies. Un absolu dans des fragments. Un absolu qui ne coule pas sereinement mais que je dois saisir grâce à une pure vigilance, et aussi fuyant que les extases des poètes, le merveilleux recherché par les surréalistes. Un absolu toujours en fuite.

Cet absolu est comme de la dynamite qui n'aurait pas explosé, mais la mèche est allumée, la petite flamme danse le long de la mèche avec une sorte de joie dionysiaque, me tenant haletante, les nerfs hérissés, leurs extrémités éveillées comme des yeux, le cou tendu, alertes, affamés, les yeux ouverts, l'oreille dressée, tous les petits nerfs attendant la crise qui fera couler le sang en eux et les endormira.

Extase et anxiété sont jumelles. L'anxiété est une sentinelle qui voit dans un visage jaune, au café, le visage d'un criminel, d'un drogué, un signe prémonitoire de catastrophe. Un couteau ? Le poison ? Une pause quelconque. Mais le taxi ne s'est pas écrasé contre un autre. Les murs ne sont pas tombés, le passé ne s'est pas écroulé, et j'attends un absolu qui ne traverse pas le ciel comme un météore, absolu fugitif, impossible à capturer.

Est-ce que tous les feux qui brûlent ont cent flammes pointant dans toutes les directions, y a-t-il jamais eu une flamme ronde avec une seule flammèche ? Pourquoi l'anxiété traverse-t-elle les veines comme du vif-argent, revêt des formes de typhon, court après chaque monstre qui marche dans la rue pour s'interroger sur ses intuitions, imaginer ses perversités, se glisser entre les amants. Cet homme qui tient sur son bras sa petite fille, pourquoi a-t-il ces yeux humides, cette bouche humide, pourquoi a-t-elle un regard aussi las, pourquoi sa robe est-elle aussi courte, son regard à lui, aussi oblique, pourquoi ce malaise que j'éprouve lorsque je les croise ? Pourquoi ce jeune homme est-il aussi blanc, ses yeux aussi hagards, est-ce de l'écume sur ses lèvres, l'écume du véronal que j'ai vue pour la première fois sur les lèvres d'Artaud ; pourquoi cette femme attend-elle sous le réverbère une main dans son manchon — un revolver ? Pourquoi les deux sœurs ont-elles assassiné un frère fou, après avoir cohabité avec lui de nombreuses années dans une grande maison ?

La femme d'Ivan est assise dans une immobilité absolue, avec une ride entre les yeux comme si elle ne comprenait pas un mot de ce que nous disons. Elsa suit la ligne de sa cicatrice comme si elle la découvrait pour la première fois. Zara met ses deux manteaux cousus ensemble, elle accroche dessus une broche sans pierres, toutes les pierres ont été perdues, arrachées.

Et je cherche toujours le conte de fées, tandis que l'homme qui nous a vendu au café des bas et des cigarettes, à moitié prix, transportait de la cocaïne dans sa jambe de bois, m'explique Rango. Je ne m'en étais pas doutée, je ne devine jamais ces choses-là. C'est la marque de mon innocence. Je ne pressens pas le mal ou le danger ; cependant même lorsque je rêve ma vie, j'aperçois les feuilles mortes qui flottent dans le ruisseau, le vieux clochard aviné qui s'est posté en bas de l'escalier pour attendre Rango et le poignarder, je vois la rouille sur la cafetière que tient Zara, la fuite dans la toiture, la pluie qui tombe sur les dessins de Rango, le feu qui s'est éteint, le vin aigre qui a séché au fond d'une tasse et je continue à descendre à travers des trappes sans jamais tomber dans aucune chausse-trape, passant comme invisible de sorte que je peux traverser la rue en courant, sans être renversée par une voiture. Je suis toujours à l'écoute de ceux qui pleurent. Le conte de fées porte une longue robe qui déplace de l'air, laisse un espace entre les pieds et la terre, le bois et la rouille.

Ce que j'appelle le paradis, c'est lorsque personne ne souffre. Si quelqu'un souffre, ma joie est gâchée.

Le soir où nous avons dîné chez Zara, Rango comptait les gens pour mettre le couvert, et ne s'est pas trompé.

Evreinoff, du Théâtre artistique de Moscou, les cheveux peignés comme un page, un page dont le sommet du crâne serait dégarni, avec une tête de vieille femme, les yeux mobiles d'un acteur, interchangeable, amorphe ; ses vêtements pendouillent sur lui comme s'ils étaient empruntés, n'épousant pas son corps, comme un homme dans une lithographie d'autrefois, tout à fait comme si son faux col lui montait jusqu'aux oreilles et que sa cravate coulait en disant : « Il y a cet homme d'aujourd'hui, le moi d'aujourd'hui, l'homme moderne, mais aussi il y a le moi archaïque, l'archétype en terme de psychologie et c'est ce moi-là qui se souvient de millions d'années, qui a besoin de l'art pour se nourrir. La dramatisation, du point de vue théâtral, est indispensable pour mettre en évidence la signification. »

Conrad Moricand, qui est un *homme de salon* mais qui reste planté comme une jeune fille intimidée par son corps, laissant ses mains tomber devant ce qui a besoin d'être protégé, qui a une tête d'Indien blanc, d'Indien très peu marqué, est en train de dire : « La véritable condamnation à mort viendra le jour où je serais dans l'obligation de vendre toutes mes affaires pour payer l'arriéré de mon loyer. Il faudra que je prenne du travail, que je connaisse toutes les cruautés ignominieuses. Je suis sur le point de prendre du véronal. »

Les yeux d'Ivan dansent comme ceux des danseuses de Bali, des possédées. La première chose que font tous les esprits en entrant dans un corps, c'est de décrocher les yeux, comme on pourrait le faire de mauvais tableaux.

Ceux qui ne peuvent suivre toutes mes rapides rotations, qui me voient disparaître à des heures bizarres, réapparaître à des heures bizarres, devraient bien me voir par terre, travaillant à un tapis nouant la laine blanche à chaque point du canevas, coupant la laine à la longueur voulue, m'assurant que le nœud est solide et la longueur correcte, ainsi que font les Marocains. Et, bien que ce tapis m'ait demandé des années de travail, je ne défais pas chaque nuit ce que j'ai déjà fait. Le tapis donne des signes d'usure, de temps, de poussière et de fatigue.

Zara dessine des maisons qui n'ont pas de centre de gravité, comme les chevaux volants de Chagall ; elle achète un collier de chien pour le porter comme une coiffure péruvienne et l'essaye devant le marchand indigné qui lui rappelle que c'est un collier de chien.

A La Havane, lorsque Zara dansait, le public lui conseilla de boire de l'huile d'olive pour prendre des kilos. Elle les chassa du théâtre à coups de balai. C'était un balai fait de brindilles, qui servait pour la scène, et qui lui donnait encore plus l'air d'une sorcière.

Rango dessine des personnages à la Goya, trois vieilles femmes sur un banc, accablées, comme magnétisées par la terre, attirées par son centre de feu, comme le sont tous ceux qui ne gravitent pas vers le haut, vers le magnétisme des étoiles, à la manière des rêveurs, des artistes qui cherchent à échapper à l'attraction de la terre.

Dans le studio de Zara, il y a la présence de l'humidité, l'haleine des inhumés suinte par les murs et le plancher. L'haleine des inhumés suinte toujours, sentant l'approche de la mort chez les vivants, ceux qui font déjà partie de leur confrérie. Nul besoin de l'art pour rappeler à l'homme son passé, un papier de mur gras et taché qui transpire rendra mieux des siècles de mélancolie qu'un visage sur une toile. Mais le peintre nous enseigne à le voir. Leurs murs exhalent la sueur et la graisse de la terre dont nous venons. L'humidité des racines et des cimetières, la moiteur de la naissance, de l'agonie et de la mort. Il y a des murs qui gênent la respiration, l'essor, la fuite hors du monde. L'épaisseur de ces murs-là, sur lesquels les corps ont laissé leur graisse, leur haleine, leur humidité, est quelque chose dont nul destructeur ne peut venir à bout. Lorsque la maison sera démolie, c'est cette tache qui restera, comme une tache de sang, et lorsque cette tache est enlevée, pierre par pierre, couche par couche, l'odeur persiste encore dans l'air, une odeur de mort. Zara vient de laver ses murs avec une solution d'ammoniac, et ses mains sont enflées. Elle essayait d'effacer la présence de la mort, dit-elle. Ivan l'a aidée, à moitié nu, tout en lui expliquant Einstein et la géométrie, criant dans l'espoir qu'elle l'entendrait. Rango secoue la tête comme un lion irrité par un harnais de connaissance, ferme les yeux comme s'il méditait, et donnait l'assaut au cadre fragile de la logique et de la science en crachant du feu. Il recherche le vin pour oublier comme il était heureux dans la jungle, sur son cheval, et la catastrophe que ce fut, le jour où on lui apprit à lire. Il maudit la tante qui jouait du piano toute la nuit à l'hacienda, une tante non mariée que son amoureux avait délaissée, qui se mourait d'amour, et se suicidait en jouant du piano jour et nuit, sans manger. Elle laissa à Rango un trésor de musique, et le son lancinant du piano, de sorte que, lorsqu'elle mourut, les mains sur le clavier, il se sentit obligé de continuer, d'étudier le piano. A cette époque-là, un homme n'étudiait jamais le piano. C'était un art de femmes, comme la broderie. Lorsqu'il arriva à l'école de musique, à peine descendu de son cheval, portant encore des bottes blanches et une veste de cuir et de la fourrure de *vicuna*, toutes les fillettes se moquèrent de lui. Il recherche un mode d'être, un état de conscience, fort éloigné des conversations intellectuelles que l'on fait autour de lui. Il l'a cherché dans l'opium, la cocaïne, en mâchant de la coca à la manière des Indiens, et en absorbant les breuvages mystérieux que lui donnait sa nourrice indienne. Les décoctions que l'on prenait à l'église pour atteindre une extase inconnue des prêtres catholiques.

J'aimerais m'occuper d'eux tous, m'introduire par effraction dans la maison silencieuse et inutilisée de mon père, et les y installer tous, parce qu'ils ont le courage d'être, d'accomplir ce que les autres osent seulement rêver la nuit.

Rango est passé devant un libraire du boulevard Montparnasse et y a vu *La Maison de l'Inceste,* ouvert à la devanture. Au-dessous, il y avait une reproduction de Cranach. Il dit qu'il ignorait si le libraire l'avait fait exprès, mais qu'il y avait une ressemblance entre le personnage de Cranach et moi. Je suis rentrée et j'ai ouvert un exemplaire du *Minotaure* que Rango venait de me donner. Il contenait une reproduction complète de la femme de Cranach. J'ouvris le *New York Times* le lendemain, et j'y retrouvai la reproduction.

Henry est maintenant célèbre, en grande partie à cause de ses efforts personnels, de sa sociabilité, de son instinct grégaire, de sa correspondance, de son énergie et de son ambition sans bornes.

Rêve : assise sur le toit d'une maison en Chine, attendant l'obscurité. Assise au milieu des tuiles du toit faites de morceaux de tasses et de soucoupes chinoises, avec les dernières feuilles de thé encore au fond des tasses. Assise au milieu des tasses et des soucoupes et attendant qu'il fasse nuit pour m'esquiver et pénétrer secrètement dans la ville. Glissant le long des poutres en bois de santal, et constatant que les murs étaient faits de panneaux à glissière. Une Chinoise, avec un visage de porcelaine, faisait glisser le panneau et m'indiquait l'entrée. J'étais agenouillée devant un repas, une immense assiette ronde sur les genoux, remplie de mules incrustées de perles, de cheveux d'ange, de *filigrane,* de glaçons, d'or fondu. Je regardais intensément et amoureusement parce que je savais que je n'irais qu'une seule fois dans chaque pièce, et que tout ce que je voyais, je ne le verrais qu'une seule fois, mon regard s'attardait donc sur les panneaux sculptés, sur le plat, je sentais l'odeur d'encens de la pièce, je voyais la lumière qui filtrait à travers du parchemin. Chaque panneau que je déplaçais me conduisait à travers la maison chinoise, mais aussi au-dehors, et à un moment j'en sortirais pour de bon, de sorte que je poussais doucement les panneaux, traversant chaque pièce à regret, méditant dans la douce lumière tamisée, et je pensais qu'avec du temps j'arriverais à lire comme un livre la sculpture sur bois qui était si précise. Je commençais à la déchiffrer, mais le sens m'échappait, elle me rappelait beaucoup de choses, mais pas une dont je puisse me souvenir entièrement, et au dernier panneau que je poussai doucement, je me retrouvai dans une rue de Chine avec des maisons sans porte, sans fenêtres, avec des lanternes qui se balançaient, toutes pareilles, et des poupées assises sur les trottoirs.

Ivan était assis sur un banc dans un parc. Un clochard lui adressa la parole. Il ne lui répondit pas. Le clochard lui dit : « *Et moi qui croyais que tu étais de la cloche.* »

Lorsque j'avais treize ans, j'inscrivis dans mon journal : « Ce que j'appelle faire un paradis pour moi, c'est faire un paradis pour les autres. »

Henry est d'une activité débordante. Gens, lettres, espérances, revues, nouveaux amis, idées, traits tirés, cannibalisme : « Qu'est-ce donc que vous m'avez lu l'autre jour, à propos d'une broche sans aucune pierre ? C'était une image merveilleuse.

— Ne me la volez pas, j'en ai besoin pour mon portrait de Zara.

— Je m'en garderai bien », dit-il, mais il en prit bonne note.

Il collectionne les adresses. Il veut communiquer avec la terre entière. Comme un télégraphiste, dis-je. Rire. Laotseu-Miller, voilà comment je l'appelle. Le chenapan chinois. Il dînait chez des Hollandais. Je lui ai demandé : « Comment sont-ils ? » Il me répondit qu'ils étaient rasoirs, mais avaient un tas de relations.

Le matin, je fais mon courrier, j'essaie de vendre mon sari indien parce que je suis sans le sou. Je continue à recopier des journaux intimes pour Denise Clairouin.

Je suis profondément fatiguée parce que tout me touche, je ne suis jamais indifférente. L'indifférence ou la passivité me sont impossibles.

Louceviennes est morte. On l'a démantelée. Je n'ai jamais raconté ses derniers jours. Lorsque je voulus entrer dans un nouveau cycle et emménager à Paris dans un appartement moderne avec un mobilier moderne, il fallut que je me sépare de Louveciennes et de son ameublement. On me dit qu'il n'y avait rien d'autre à faire que de tout vendre aux enchères. Lorsque j'arrivai, je vis que les commissaires avaient tout sorti dans la cour et menaient les enchères dehors. Je n'avais guère d'idée précise sur ce que signifiait une vente aux enchères. Je fus consternée de voir celle-ci annoncée dans les journaux locaux et par le garde champêtre du village, l'homme en uniforme qui bat du tambour pour attirer l'attention, et lit ensuite les nouvelles locales sur la place. Les grilles étaient grandes ouvertes. Il y avait une foule de gens venus pour tout examiner.

Lits, rideaux, tapis, tables, bureaux, chaises, bibliothèques, oreillers, dessus de lit, tout l'ameublement intime d'une maison très aimée et très habitée, tellement saturée de souvenirs. Il me semblait, lorsque des étrangers ouvraient les tiroirs, que des mots allaient en sortir, lorsqu'ils secouaient les rideaux que la voix d'Artaud, d'Allendy, de Joaquin, d'Henry, de mon père, de Jeanne et d'autres allait se faire entendre. Je me tenais dans la cour, sous la lumière crue, tandis que le commissaire se tenait derrière mon bureau et frappait dessus pour obtenir le silence. La foule se composait de voisins, d'ouvriers, de fermiers, et de quelques propriétaires de grandes maisons. Ils avaient toujours été curieux de connaître ma vie et ma maison. Ils touchaient les rideaux, les tâtaient, ouvraient tous les tiroirs. Ce qui me contrariait le plus, c'était de les voir s'allonger sur mon lit, le grand lit mauresque espagnol que j'avais d'abord vu chez un antiquaire de la rue de Seine, que j'avais désiré pendant des années sans pouvoir l'acheter, que je regardais à la devanture, craignant qu'il ne fût vendu, et dont je n'avais pu faire l'acquisition que quelques années auparavant. Ses incrustations de nacre et de cuivre brillaient au soleil. Les gens l'essayaient pour le confort et la taille. C'était comme s'ils avaient envahi ma maison, ma vie, fouillé mes secrets intimes. Je me mis à avoir le sentiment que le mobilier était un prolongement de mon corps, contenait encore l'empreinte de ceux qui l'avaient touché. Cela semblait une erreur de le vendre à des étrangers. Je ne pouvais supporter cela. A l'étonnement et à l'horreur du commissaire, je me mis à surenchérir. Je rachetais mon lit, mes bibliothèques, mon bureau.

Un murmure de colère parcourut la foule. Les gens étaient venus pour faire de bonnes affaires et pour s'amuser, et je ne respectais pas les règles du jeu !

A la fin de l'après-midi, je me retrouvai en possession d'une partie de mes meubles, que je mis dans un garde-meubles jusqu'à ce que je trouve la péniche. Ils étaient parfaits pour la péniche.

Mais quelle journée tragi-comique. Chaque objet adjugé contenait un fragment de mon passé. J'éprouvais des regrets pour le temps qui passait, et la mort des maisons, des objets, le changement et la disparition des sentiments et des attachements. Lorsqu'il se mit à faire nuit, comme la vente continuait, la maison vide, éclairée par des ampoules au bout d'un fil, brilla une fois encore comme une mosquée, dont les somptueuses couleurs contrastaient avec le muet village gris, brilla une fois encore, chaude, étincelante, et puis mourut. Tout le monde emportait les meubles que je n'osais garder, miroirs, lampes, rideaux, et toutes les traces de ma vie ici furent dispersées dans différentes demeures, sans que je doive jamais les revoir.

C'était un sacrifice aux besoins de ceux dont je prens soin, et à mon désir de donner, de réduire ma vie à l'essentiel, et Louveciennes était devenue un luxe.

Hier soir, Moricand parlait d'astrologie et disait : « Il y a des grandes ondes, et des petites, il y a des ondes courtes et des longues, dans le psychisme des gens. » Il parle du psychisme en termes d'océan, d'ondes, de vibrations. Il possède vraiment le langage des poètes.

En même temps, Evreinoff gesticule. On peut voir dans les glaces les visages et les chandelles qui se répètent à l'infini. Le colonel Cheremetief est l'entremetteur qui prend plaisir à mélanger les gens. Il murmure des dates anciennes de l'histoire russe tandis que, de l'autre côté de la Seine, la gauche est en train de faire une histoire nouvelle. Nous entendons les cris, les fermentations, les chants amplifiés par les haut-parleurs. Rango est là-bas. C'est un marxiste idéaliste. Il défend les opprimés. Je pourrais être là-bas si je pouvais accepter les effusions de sang et la violence. Rango a vu les Indiens au Pérou maltraités par les blancs. La moitié de lui qui est indienne se range toujours du côté des sans-défense.

Rango a des gestes d'animal. Il ne se frotte jamais le visage avec les mains ouvertes, mais avec les poings fermés, comme un chat avec sa patte. Il a des yeux en amande comme un chat. Il fronce le nez comme un chat.

Rango me parle de la révolution russe.

Je ne le comprends pas lorsqu'il déclare : « Moricand est une victime du capitalisme. Artaud est une victime du capitalisme. »

Il parle de philosophie dynamique par opposition à statique. Le marxisme en tant que philosophie dynamique. Il peint le monde en évolution et révolution constantes.

« Rango, je hais l'injustice. J'ai de la sympathie pour ton marxisme parce qu'il est idéaliste. Je peux mourir pour n'importe quelle foi du moment qu'elle est idéaliste. Mais la révolution russe actuellement est divisée, corrompue, partagée. L'organisation du monde est une tâche pour des réalistes. Le poète et l'ouvrier seront toujours des victimes du pouvoir et des intérêts particuliers. Jamais aucun monde ne sera mené par une équipe d'idéalistes parce que dès qu'elle fonctionne, elle cesse d'être désintéressée. Lorsque l'Eglise catholique est devenue une force, une puissance, une organisation, elle a cessé d'être une religion. Le réaliste, l'homme puissant et avide, l'emporte toujours sur l'humaniste. L'avidité a le dernier mot. Le monde sera toujours dirigé par les matérialistes. »

Rango ne croit pas cela. Il parle de l'Espagne. Pour lui, aller ou ne pas aller combattre en Espagne est un conflit constant. « Les blessés reviennent. Roger est blessé. Il faut que je parte, il faut que je parte. »

Plus tard il souligne mon besoin de donner, et me dit qu'il serait plus efficace s'il était impersonnel. Il pense que la façon dont je m'y prends maintenant est autodestructrice et inefficace. « Tu pallies tout juste une misère qui devra bien finir par éclater, par empirer, sans quoi nul n'y portera remède. »

Il m'a quittée pour aller retrouver Artaud. Il aide Artaud à traduire un ouvrage sur les rites des Indiens Tarahumare.

Après avoir écouté Rango parler du Pérou, j'ai écrit :

On ne marche jamais sur des chemins plats, on monte toujours comme sur un escalier, un éternel et lassant escalier vers des cieux noirs, fait de pierres gigantesques, des pierres carrées, posées l'une sur l'autre, un escalier usant parce que les pierres sont taillées trop hautes pour un pas humain, elles sont faites pour des géants, ceux dont le visage est taillé dans le granite, ceux qui boivent le sang des sacrifices, ceux qui se rient des efforts des hommes lilliputiens. Les hommes se fatiguent à gravir des degrés aussi élevés, et les Indiens descendent la pente courbant l'échine sous d'invisibles malédictions. Partout ils découvrent des empreintes de pas, de grandes empreintes. Se pourrait-il qu'elles aient été faites par des hommes portant des bottes blanches? Là-haut, là où j'habitais, le monde a commencé, et le monde se termine. Ici furent noyés des continents, des hommes qui n'ont jamais vu la lumière du jour. Il n'y a pas de mer, mais à cause de l'altitude on entend le rythme du sang. Le vent est assez vif pour trancher une tête, et les nuages sont percés par des tempêtes. La lave des volcans se fige en forme d'astres morts, la rosée brûle là où elle tombe. Des nuages de fumée et de vapeur s'élèvent des fissures de la terre. Ici naît le monde.

J'ai la croyance superstitieuse que lorsque Rango aura fini de me raconter son enfance, il se lèvera et s'en ira combattre en Espagne.

Henry dit de ce qu'il a écrit à propos du journal, de *La Maison de l'Inceste*, et de *Winter of Artifice* : « Je ne sais si cela a un rapport quelconque avec les ouvrages, mais c'est rudement beau ! »

J'ai écrit de *Printemps Noir* que cela représentait un effort pour saisir la vie à tous les niveaux, y compris le rêve qui obsède le poète.

Henry a bondi, hurlé, déclaré que cela lui donnait envie de s'installer devant la machine à écrire sur-le-champ.

Rango me dit que l'un des secrets de son attachement à Zara c'est à quel point elle a besoin de lui, tout ce qu'il a fallu qu'il fasse pour elle, pour son travail qu'il admire, et je lui demande s'il croit que le dévouement à quelques êtres humains est moins important que de mourir en Espagne. Nous avons tous deux recherché le dévouement aux autres.

Il adore les pages sur le Pérou que j'ai écrites en espagnol, ainsi qu'il les avait racontées, mais j'y ajoute quelque chose qu'il ne comprend pas. Je le vois comme un personnage mythologique, arraché à la nature, planté à Paris de manière incongrue.

Lorsque j'entre dans une pièce remplie de monde, j'éprouve un fort malaise qui m'avertit que je ne peux rester, une véritable angoisse. Des lieux, des gens pour lesquels je ne suis pas faite, car je ne peux cesser de sentir. Je ne peux être en compagnie de cyniques, de débauchés, de gens superficiels, indifférents, endurcis. Sans doute, j'arrive à percer la surface d'Henry, je sais qu'il existe un Henry tendre, mais cela n'oblitère pas les gens brutaux et insensibles qu'il aime autour de lui.

Je me vois pénétrer dans une pièce remplie de monde, et celui qui s'avance vers moi est celui qui a des inquiétudes, qui est incapable de participer à la réunion où nous sommes tous deux présents.

Cette fois, chez Denise Clairouin, ce fut un jeune homme qui désirait parcourir des pays lointains et qui ne pouvait réaliser son désir. Il était triste. Il n'avait parlé à personne jusqu'au moment où il me choisit comme confesseur. Avait-il deviné que je dirais : « Faites comme la danseuse espagnole qui peut exécuter toute sa danse sur une table. Choisissez une table sur laquelle danser, sur laquelle voyager. Dansez toujours au même endroit. On n'est pas obligé de parcourir des kilomètres. Il y a d'autres voyages. Ici même à Paris, on peut se rendre partout. Vous pouvez vivre avec les Gitans, comme l'a fait Blaise Cendrars, vous pouvez vous éprendre d'une Tahitienne, vous pouvez habiter une péniche et obtenir la même extase de voyages imaginaires. » Il se mit à rire. « Vous pensez si vite. Vous m'avez répondu avant même que j'aie formulé ma question. J'aime l'Orient.

— Il y a des femmes voilées ici même à Paris. Vous pouvez vivre dans le mystère si vous refusez l'habitude européenne de percer tous les mystères.

— Etes-vous heureuse ?

— Je le suis, mais je le serais davantage, s'il ne fallait pas tant de choses séparées pour me rendre heureuse.

— Je veux fuir très loin, échapper au « moi ».

— Ce moi vous suivra partout. C'est votre ombre.

— Comment s'en débarrasse-t-on ?

— Donnez-le à un autre. Abandonnez-vous. »

Nous parcourûmes la pièce du regard pour voir à qui il pourrait bien s'abandonner. Ponisowski et son cousin russe. Britton Austin, une actrice irlandaise, Beltran Masées, une blonde qui est modèle, un jeune écrivain timide, une Japonaise. Les pièces étaient remplies de merveilles venues des quatre coins du monde. J'entendais parler espagnol, russe, allemand. Mme Stuart Gilbert a le visage délicat des femmes de Marie Laurencin. Lorsqu'elle parle, ses yeux sont fixés sur vous, mais ses lèvres modulent, sensibles et tendres.

J'ai la faculté de m'abstraire complètement de mon entourage immédiat et de me lancer dans une vie imaginaire à volonté.

Moricand, avec un carton rempli d'horoscopes, me dit à moi et à Paul Fort, le jeune homme qui voudrait aller en Orient : « Les Poissons ont quelque chose de si doux, si lisse, si peu résistant que cela donne souvent une impression fausse. Les Poissons ne croient pas que la vérité soit la meilleure chose à dire et par conséquent, puisqu'ils détestent faire de la peine, ils substituent ce qu'ils croient être une vérité cosmique à des vérités moindres. La relation de ce signe avec les enchanteurs et l'enchantement est manifeste. Détachement du monde, sacrifice de soi, idéal romantique, inspiration, parce qu'ils soupçonnent une conscience plus vaste. »

Paul Fort était stupéfait. Il commençait à entrevoir comment je me distrayais « sur une table ». « C'est donc ainsi que vous voyagez », dit-il. Je le laissai parlant avec Moricand.

(NOVEMBRE 1936)

RANGO est entré sans conteste dans ses activités d'agitateur, écrivain, porte-parole, chef de quatre-vingts intellectuels sud-américains. Il est proche de Pablo Neruda, de José Bergamín. J'ai entendu Neruda lire ses propres poèmes. José Bergamín, un philosophe catholique, essaye de trouver un équilibre entre le catholicisme d'une part, et le marxisme de l'autre.

La passion de Rango pour la politique, ses discours véhéments, sa sincérité ne sont pas sans avoir sur moi de l'effet. J'ai été conquise par son marxisme.

« Bizarre, dit Rango, que, tout en étant bien éloignée de tout cela, ce soit toi qui m'aies incité à m'accomplir, et qui aies fait naître mon désir d'action. »

Je me suis assise et j'ai dactylographié vingt-quatre enveloppes de propagande pour l'Espagne républicaine.

Je lui ai porté les enveloppes. Mais je n'arrive pas à partager sa foi. Elle paraît utopique et naïve. Rango a l'illusion que le marxisme réorganisera le monde. Je respecte son illusion. Je lui apporterai mon concours. J'ai été une anarchiste spirituelle.

Si je n'arrive toujours pas à croire aux systèmes, je crois, par contre, aux gens. J'ai cru en Henry, et je crois au profond désir qu'a Rango de guérir les maux de la pauvreté.

Rango a soif d'une existence héroïque. Sa force et sa fierté sont éveillées. J'aime ceux qui sont prêts à bouleverser le monde pour une foi nouvelle, un effort nouveau, une tentative nouvelle pour guérir la corruption.

Il cessera de faire la cuisine pour Zara et Elsa, il cessera d'écouter leurs jérémiades, cessera de faire la lessive pour elles. C'était à cause de la puérilité de sa vie personnelle qu'il buvait, pour oublier.

La vision de Rango affecte la mienne. Avant que je connaisse Rango, dîner chez Maxim's en compagnie de gens riches était une expérience esthétique. L'endroit entièrement décoré en rouge, peluche sensuelle, cristaux délicats, chandelles, porcelaine, la courtoisie des serveurs, l'élégance et la beauté des robes. Je n'avais jamais vraiment vu les gens de près. Je les voyais comme on voit une valse de Vienne dans un film, ou au théâtre. Lustres de cristal, musique, animation, rythme. Moments lyriques. Cette fois, mes yeux se sont ouverts et j'ai vu les visages, les gestes, les expressions que je n'avais jamais remarqués. Les riches, et les nouveaux riches, les aristocrates et les magnats. J'ai vu l'ironie, l'arrogance, l'avidité, la malice, la moquerie, la suffisance, le manque de profondeur. Et lorsque je m'interrogeais sur la valeur de chaque personne autour de la table, en tant qu'individu, je n'en trouvais aucune.

Rango projette d'organiser une réunion dans la péniche. Lui et Pablo Neruda invitent à venir tous les Latino-Américains. Anaïs, va donc louer des chaises pour les conspirateurs !

Les hommes se figurent qu'ils vivent et meurent pour des idées. Quelle divine plaisanterie ! Ils vivent et meurent pour des erreurs personnelles, émotionnelles, tout comme les femmes.

Le monstre que je dois tuer chaque jour, c'est le réalisme. Le monstre qui m'attaque chaque jour, c'est la destruction. De ces duels sortent des transformations. Je dois transformer sans cesse la destruction en création.

Lettre à l'un de mes malades à New York :

Je comprends votre désir de me connaître. L'analyse oblige à porter un masque d'objectivité. Son effet dépend du détachement que l'on a. Seule est permise la sympathie. Je sens que vous avez fort bien percé ce masque. Je sens que vous me connaissez aussi bien que je vous connaissais. Même si je répondais à vos questions et vous en disais davantage sur ma vie, cela n'ajouterait rien à la connaissance intuitive que vous avez de moi. Je soupçonne d'ailleurs qu'il existe une grande affinité entre notre attitude émotionnelle à l'égard de la vie et de l'amour, parce que je cherche toujours, comme vous, à réaliser aussi pleinement que possible tout ce que j'imagine, ou porte en moi. Je cherche la richesse et la plénitude. J'aime la citation de Gide. Mais remarquez qu'il dit : « Il ne peut rien pour le bonheur d'autrui, celui qui ne sait pas être heureux lui-même.» C'est tout à fait cela. C'est pourquoi, il semble paradoxal parfois de voir que l'homme égoïste et joyeux peut rendre les autres autour de lui joyeux par contagion, non pas en donnant. Mais c'est cela la joie. Le bonheur, qui est plus profond, et considérablement différent, est ce que l'on peut donner sans le posséder soi-même. Je n'ai jamais si bien aidé, ou donné autant de vie aux autres, jusqu'à ce que j'aie moi-même compris ce qui me bloquait. Vous savez que j'ai subi un véritable enfer, il y a cinq ou six ans, je ne compte pour ma part que six années d'accomplissement humain. Tout le reste était une lutte. Vous me demandez maintenant si je suis heureuse. Je suis très heureuse. C'est un bonheur précaire et dangereux, à cause de ce qui se passe autour de moi. Je suis toujours sur la corde raide. J'ai un besoin d'abondance et ne veux faire de mal à personne. Je vis dans une fournaise d'affections, d'activités, et de rêveries. Le bonheur ne réside pas dans les faits concrets, ou dans mes actes, mais dans ce qui s'éveille en moi, ce qui se crée à partir de tout cela. Je vis simultanément une vie physique et métaphysique. Vous m'écrivez que le monde du poète et le monde de l'action politique semblent être en conflit. Si le poète travaille, écrit, crée, c'est cela son travail du moment, et là réside sa force. Neruda n'a du pouvoir aujourd'hui que parce qu'il est Neruda, le grand poète. Mais je ne vois aucune raison pour que des poètes mineurs, ou des poètes désœuvrés, ou des écrivains qui ne sont pas en train d'écrire, s'ils ont du sang dans les veines, ne participent pas à la reconstruction du monde. Mais si Proust avait prononcé des discours, écrit de la propagande et discuté toute la nuit avec ses camarades, il en aurait moins fait pour la destruction des fausses valeurs qu'il n'en a fait en ridiculisant une société décadente. Aujourd'hui, en

Russie, on lit Proust. C'est une question de sémantique. Il y a deux espèces de dynamite. L'une invisible, l'autre visible. Les hommes qui ne sont pas métaphysiques ont besoin d'employer la dynamite concrète. L'artiste a raison d'employer la satire. Ceux qui ne sont pas efficaces dans leur art font bien d'apprendre à utiliser la véritable dynamite.

J'éprouve de la sympathie pour le marxisme. Je respecte les efforts et les illusions. Je n'ai certainement rien à faire du capitalisme, et je déteste les systèmes qui existent actuellement. Vous allez recevoir une enveloppe vous demandant de sympathiser avec le groupe ibéro-américain. Je me trouve entourée de misères que je n'arrive plus à secourir. Je veux donc essayer un remède plus vaste, de plus grande portée. J'aurais préféré une analyse collective, mais puisque cela n'est pas possible, essayons le marxisme. Vous me demandez d'expliquer ce que vous avez ressenti au Syndicat des écrivains. Vous avez éprouvé l'isolement irréductible de l'individu. Pour s'intégrer à un groupe, on doit devenir un vide, un mouton, une sorte de substance gélatineuse. Rappelez-vous D.H. Lawrence : « Il est plus difficile de rester fidèle à son âme, que de mourir avec d'autres. »

Stuart Gilbert à propos de *La Maison de l'Inceste* :

A une époque plus ancienne, l'auteur de La Maison de l'Inceste *aurait vraisemblablement terminé sa carrière sur le bûcher — en bonne compagnie, inutile de le dire, à commencer par Jeanne d'Arc. Car il y a quelque chose d'inquiétant dans sa clairvoyance. C'est comme si elle avait bu une potion, ou découvert un sortilège qui lui donne accès à ce monde souterrain à l'entrée duquel est gravée cette injonction : « Vous qui entrez ici, abandon-*

nez toute conscience!» Il fallait du courage pour se lancer dans une pareille quête, et, outre le courage, de la perspicacité et un sens délicat de l'équilibre qui permettent aux clairvoyants de marcher sur la corde raide entre l'analyse de soi et l'abandon de soi. Toutes ces qualités et avec elles une habileté peu commune dans le maniement des mots et des rythmes se manifestent dans l'œuvre d'Anaïs Nin.

Mon père a pris une maison aux environs de Madrid.

Lettre à mon père :

L'atmosphère de Paris est oppressante et lourde avec un malaise politique. Nous ne sommes pas encore condamnés à vivre dans le métro, mais cela viendra. Pour le moment, nous ne le prenons que pour rendre visite à des amis. Les assauts de la réalité sont de plus en plus violents. Il devient de plus en plus difficile de maintenir un monde individuellement beau et intégré. Je dois tuer un dragon par jour, afin de préserver mon petit monde de la destruction. Malheureusement, le dragon de la réalité est trop coriace pour être mangé, sans quoi nous économiserions l'argent qui passe en bifteck. Une chair impossible, la réalité, gélatineuse et en même temps fibreuse, nerveuse, baveuse, effrayée.

(DÉCEMBRE 1936)

LE magazine m'a renvoyé ma critique de *Printemps Noir* parce que ce n'était pas une analyse de son contenu.

Soir de Noël au Poisson d'Or. Caviar et vodka. Chants tziganes, danses enfiévrées, orgie émotionnelle avec des amis russes ainsi qu'Hélène R... jusqu'à cinq heures du matin. Un Russe cassant des verres contre sa tête. Ils n'ont pas honte de pleurer. Cinq heures et demie et nous sommes sur les boulevards, tout à fait éveillés. Hélène veut marcher. Nous allons prendre le petit déjeuner, mais où ? Nous sommes assis au Melody's bar. L'orchestre est argentin. Il ne reste que quelques femmes noires et quelques hommes. Il est six heures trente du matin. L'orchestre joue un paso doble. Je me lève et je danse toute seule, encouragée par les musiciens et les femmes noires. Il est sept heures du matin. L'aube est bleue. Le sentiment perpétuellement que c'est peut-être la dernière nuit de plaisir, la dernière nuit avec de la vodka, de la danse et des rires. Que ce pourrait être bientôt les canons, les alarmes, et les bombardements, la guerre et le sang et l'horreur.

Idéal chinois : « Pour rendre satisfaisant du point de vue artistique jusqu'à la chambre d'un pauvre érudit : montrer le grand dans le petit, et le petit dans le grand, faire de l'irréel une source de réel, et du réel une source d'irréel. »

Qualité d'un tableau que les Chinois nomment *Kingling :* « Vide et vivant, vitalité extrême, économie de dessin. »

Hélène grande, épanouie, des traits parfaits, un port de déesse, et des yeux d'un vert si clair que les orbites ont l'air parfois presque vides, comme dans les statues antiques. Magnifique et impressionnante, pourtant la première histoire qu'elle me raconta lorsque je fis sa connaissance chez Henry était une histoire de son enfance. Elle aimait à se blottir dans un coin de la pièce, recouverte par un châle. Sa famille l'appelait, la cherchait. Elle faisait comme si elle n'entendait pas. Un jour, on la découvrit dans cette posture, et on la secoua rudement. « Qu'est-ce que tu fabriques là-dessous ?

— Je voyage », répondit-elle.

Hélène est assise sur mon divan. Elle déclare qu'elle voudrait être un homme parce qu'un homme peut tout regarder objectivement, il peut être philosophe. Lorsqu'elle se retrouva mariée (au Brésil) et mère de deux petites filles, elle fut terrifiée, faillit perdre la raison. Elle ne le savait pas alors, mais elle ne voulait pas être mère, une mère avec des enfants. Elle voulait être la mère d'artistes, de créations. Elle souffrait de terreur, terreur de la nature, d'être avalée par une montagne, étouffée par la forêt, engloutie par la mer. Elle a horreur de l'acteur et de la métamorphose. Elle souffrait de claustrophobie. Elle avait un rêve qui se répétait, elle était emportée par un centaure. Lorsqu'elle parlait du centaure, il était aisé de la situer dans le mythe. Elle était plus grande que nature et stylisée, parfaite de visage et de corps. Je pensais aux Olympiens, et aux mythes des gens de grande taille, plus grands que les êtres humains. J'appelle ceux qui sont plus grands que nature des personnages mythiques. Mais parce qu'ils ont aussi une signification symbolique, je sépare ceux qui sont ordinaires de ceux dont la vie est significative, symbolique. Ils ont de la grandeur. Dans leur monde, je respire librement. Entre Hélène avec ses multiples rêves, sa force et son positivisme, le pouvoir de jouer ses drames, comme Rango. Elle appartient au même univers que June.

Nous parlions d'Henry. Je dis : « Il a contribué à me faire accepter le pouvoir de l'illusion auquel il avait cessé de croire parce que les illusions de June reposaient sur l'air. Les miennes étaient créatrices et réelles. Je ne suis pas l'illusionniste à la foire, avec seulement du carton-pâte autour de moi et derrière moi, en train d'exécuter des tours. Je suis une illusionniste douée d'un pouvoir réel, le pouvoir de rendre vrai. J'ai promis à Henry qu'il ne serait pas un échec, que je forcerais le monde à l'écouter, et j'ai tenu ma promesse. Beaucoup de ce que j'ai souhaité moi-même ne s'est pas réalisé, mais je suppose que le jour où le créateur veut quelque chose pour lui-même, son pouvoir magique n'agit plus. »

De la cire rouge est tombée hier soir sur le plancher. De la cire rouge des bougies sur les tables et des lanternes. Cire rouge sur la table. Bouteilles vides de champagne et de vodka.

Hier soir autour de la table, Rango, Zara, Elsa, Grey, une jeune fille javanaise, Carpentier, sa femme et sa mère.

Je crois qu'il se produit quelque chose de magique lorsque j'essuie les meubles, en priant que les autres y prennent plaisir, lorsque je mets le couvert, pensant que d'autres y prendront plaisir, lorsque je prépare un plat et souhaite qu'ils y prennent plaisir, lorsque j'allume les bougies en disant : « Prenez-y plaisir. » Lorsque je sers le vin en disant. « Prenez-y plaisir ». Il y avait une lueur de joie sur les murs oranges, les invités s'appréciaient, goûtaient la beauté sombre de Rango, les longs cheveux noirs de Zara, les yeux en amande d'Elsa, la svelte silhouette de danseur de Grey, les hautes pommettes de la jeune fille javanaise. Ils goûtaient un porc rôti, la pâte d'amande d'Espagne. Lorsque vint le moment de porter un toast au Nouvel An, Rango but à *Nanankepichu.*

Lorsque Henry écrit, il est divorcé de la vie. Rango est dans la vie continuellement. Il lit très peu. Il a une grande amitié pour Artaud sans connaître les œuvres d'Artaud, pareil pour Neruda. Il a travaillé avec Artaud à son théâtre. Lorsque Rango parle d'eux, c'est d'eux en tant qu'êtres humains. Ce qu'il entend et retient, c'est l'essence de ce qu'ils donnent dans leur conversation ou dans leurs actes. Il n'a pratiquement rien lu de moi. Son univers est un univers entièrement personnel.

Henry a eu toute une correspondance privée avec Lawrence Durrell, le poète anglais qui vit en Grèce. Il admire *Tropique du Cancer* et il a envoyé le manuscrit de son *Livre noir.* Je lui ai écrit pour lui parler de ma réaction au *Livre noir.* Nous avons correspondu. Il m'a envoyé pour Noël une histoire qui m'est dédiée. Cela s'appelle « Asile dans la neige* ».

Voici ce que je lui écrivis :

Cher Larry,

Vous avez réussi quelque chose d'extraordinaire dans « Asile dans la Neige », atteint un monde si subtil, presque évanescent, saisi un climat si fuyant, la vie du rêve directement à travers les sens, bien au-delà des lois de la gravité. Vous employez un langage qui est surréaliste et plein d'échos, de phrases magiques. Vous avez écrit de l'intérieur du mystère, pas de l'extérieur, vous avez écrit, les yeux fermés, les oreilles bouchées, de l'intérieur même de la coquille. Vous avez capturé l'essence de ce que nous poursuivons dans le rêve, et qui, la plupart du temps, nous échappe. Vous avez parlé de l'incident qui s'évapore au réveil. En réponse à « Asile dans la neige » je vous envoie La Maison de l'Inceste *que je considère comme la* Saison en Enfer *d'une femme.*

* « Asylum in the Snow », réimprimé par Circle Editions, Berkeley, Californie, en 1947, sans la dédicace, avec une histoire, « Zéro », que Durrell avait dédiée à Henry Miller. — Edit.

(JANVIER 1937)

J'AI maîtrisé les mécanismes de la vie afin de mieux la plier à la volonté du rêve. J'ai conquis les détails pour rendre le rêve davantage possible. Avec un marteau et des clous, de la peinture, du savon, de l'argent, une machine à écrire, un livre de cuisine, des poires à injection, j'ai créé un rêve. C'est pour cela que je renonce à la violence et à la tragédie. J'ai fait de la poésie à partir de la science, j'ai pris la psychanalyse et j'en ai fait un mythe. J'ai maîtrisé la pauvreté et les restrictions ; j'ai vécu adroitement, intelligemment, en conservant mon esprit critique ; j'ai cousu et ravaudé, tout cela par amour du rêve. J'ai pris tous les éléments de la vie moderne et les ai utilisés pour le rêve. Et maintenant, c'est de nouveau une question de rêve contre réalité. Dans le rêve personne ne meurt, dans le rêve personne ne souffre, personne n'est malade, personne ne se sépare.

Maintenant la politique. Que vais-je faire de cela ?

Rango va-t-il inscrire mon nom sur la liste de ceux qui travaillent pour l'Espagne républicaine ? Il en est fier. Il est parvenu à m'arracher à la tradition, il m'a éveillée politiquement. Qu'il inscrive mon nom, lui dis-je. Si je peux faire un poème à partir de chiffonniers, je peux bien faire un poème à partir d'une révolution économique.

Rango m'a demandé si j'assisterais à la réunion de mercredi soir.

Je suis entrée impunément dans le monde de la psychanalyse, la grande destructrice d'illusion, la grande réaliste. Je suis entrée dans ce monde, j'ai vu les dossiers de Rank, lu ses livres, mais dans le monde de la psychanalyse j'ai trouvé le seul homme métaphysique : Rank. J'ai vécu jusqu'au bout le poème et j'en suis ressortie indemne. Toujours poète. Toutes les pierres attachées autour de mon cou de psychanalysée et d'analyste ne peuvent noyer le rire. La vie pour moi est une danse profonde, sacrée, joyeuse, remplie d'âme et de mystère. Mais c'est une danse. A travers les marchés, les maisons de passe, les abattoirs, les boucheries, les laboratoires scientifiques, les hôpitaux, Montparnasse, je marche avec mon rêve déployé, et je me perds dans mes propres labyrinthes, et le rêve déployé me porte.

C'est à cause de mon insistance sur le rêve que je suis seule. Lorsque je prends ma pipe d'opium, m'allonge et dis : politique, psychanalyse. Ces deux mots n'ont jamais voulu dire pour moi ce qu'ils veulent dire pour les autres. Ni New York. Ni les boîtes de nuit. Ni personne de mon entourage. Ni Montparnasse. C'est mon mystère. Ils veulent toujours que je devienne sérieuse. Je ne suis fervente et passionnée que pour le rêve, le poème. Que je m'allie aux analystes pour constater que je ne suis pas une analyste, ou aux révolutionnaires pour constater que je ne suis pas une révolutionnaire, peu importe. Je sens ma solitude au moment où j'établis ma relation la plus grande avec les êtres humains, avec le monde. Lorsque l'on s'adonne à la sorcellerie, on s'y adonne seul. On interroge seul le démon. Il m'arrive quelque chose qui ne me fait pas peur, c'est une expansion de ma conscience, qui crée dans l'espace et dans la solitude. Il s'agit d'une vision, d'une cité suspendue dans le ciel, d'un rythme du sang. C'est l'extase. Comme seulement des saints et des poètes. Extase devant la vie. Devant toutes choses, la croissance d'une graine, l'histoire de Noël de Durrell, le visage à la Chirico d'Hélène, l'orange de sa voix. Je vais peut-être exploser un jour et envoyer des fragments sur la terre.

Je ne peux croire au rêve de Rango. La faim et le dénuement des autres me touchent profondément, mais je ne crois pas qu'aucun système les sauvera.

Henry, contrairement aux apparences, n'est pas *dans* la vie, pas à l'intérieur.

Au-dessous du culte du rêve, j'entrevois la destruction et la séparation inexorable de la vie contre lesquelles je me révolte. Je me révolte contre le changement et l'évolution. C'est donc l'exactitude que je note ici, le souffle et l'odeur, pour tout conserver en vie ! Mais nous ne pouvons supporter de tout conserver en vie. C'est pourquoi la mort nous a été donnée, et la mort lente dans la vie. Parce que nous ne pouvons en ressentir autant. Certaines parties de nous-mêmes doivent mourir, mourir pour nous libérer, nous alléger. Comme certaines parties d'Henry meurent bien en lui parce qu'il possède le don de la destruction. Je ne peux que rassembler jusqu'à ce que cela soit intolérable. En entendre trop, en voir trop, n'avoir aucun détachement, ou protection ou refuge pour se garantir contre la vie.

Première réunion politique. *Comité ibérien pour la*

défense de la République espagnole. Le grand studio est éclairé par une seule lampe. Les hommes arrivent. Mexicains aux longs cheveux noirs, aux anneaux d'or, aux chemises de couleur. Chiliens, Nicaraguais, Cubains, poètes, étudiants en médecine, en droit. Le poêle est allumé. C'est une nuit de brouillard. Mais nous apercevons l'agent posté en haut des marches. Sa présence cause une certaine inquiétude à ceux dont les papiers ne sont pas en règle. Neruda est mal à l'aise. Il est pâle et lymphatique. On l'a surnommé Yaourt à cause de son teint. Rango est physiquement le plus grand, le plus fougueux, le plus dynamique de l'assemblée, parlant de sa voix profonde et rauque. Les autres sont assez pâles et prosaïques. Le thème principal est comment utiliser, exploiter la mort d'un poète mexicain qui est mort en Espagne pour la cause. On devrait rédiger une brochure. On devrait publier certains de ses poèmes. Combien d'argent y a-t-il dans la caisse ? Quarante francs. Comment trouvons-nous l'argent ? Neruda frotte ses mains lisses et blanches de politicien. Rango a l'air d'un homme qui s'apprête à lancer une bombe. Sa chevelure est sauvage. La hauteur de son front lui donne un air romantique. Le sombre Indien en lui a reçu une âme pour sa malédiction.

Plus tard, au café, alors que tous étaient partis, il dit : « Je sais que jusqu'à maintenant tes problèmes étaient purement artistiques, que tu te préoccupais de quelques personnes autour de toi. Je me rends compte que je t'introduis dans un domaine entièrement différent. Je ne peux cependant m'empêcher de sentir que c'est bon pour toi, que tu es une femme trop remplie de vie pour vivre dans des tours d'ivoire, je ne peux m'empêcher de sentir que l'artiste aujourd'hui ne peut demeurer à l'écart. Il doit avoir une conscience politique. »

Lorsqu'il parle du rôle de l'artiste dans la transformation du monde, je demande doucement: « Mais à quoi puis-je être utile? Je songeais à transformer le monde, abolir la pauvreté lorsque j'avais quinze ou seize ans. Par la suite, j'ai compris combien c'était futile et j'ai œuvré obstinément pour construire un monde individuellement parfait. Cela je l'ai fait.

— Oui, mais vient un moment où ce monde parfait est détruit par ce qui se passe dans le monde plus grand. Tu ne peux plus avancer maintenant. Tu es bloquée. Ton œuvre ne peut être publiée parce que c'est un outrage aux idéaux bourgeois. Tu ne peux vivre ta propre vie parce qu'il y a trop de gens qui dépendent de toi. »

C'est vrai. Quelque part, à un certain point, mon univers individuel touche les murs de la réalité. Je me trouve face à face avec les catastrophes extérieures, guerres, révolutions, désastres économiques, décadence, et je n'arrive pas à en protéger mon univers, et ceux qui dépendent de lui.

J'ai bâti un univers particulier plein de richesse, mais je crains de ne pouvoir aider à construire le monde extérieur. Je pressens qu'au fond, rien ne peut changer la nature de l'homme. Je sais trop bien que l'homme ne peut se changer que psychologiquement et que la crainte et l'avidité le rendent inhumain et que nous ne parvenons qu'à un changement de rôles avec chaque révolution, rien qu'à un changement de ceux qui sont au pouvoir, et c'est tout. Le mal demeure. C'est la culpabilité, la crainte, l'impuissance qui rendent l'homme cruel, et nul système n'éliminera cela.

Mais Rango est sincère. Et je veux croire.

Un imprimeur, qui broyait du noir après avoir perdu la femme qu'il aimait, a composé son nom en caractères d'imprimerie et l'a avalé.

Un gangster qui avait attaqué un homme pour le voler lui a planté un clou dans les mains pour le fixer à un banc.

Les horreurs de l'Espagne. Qui guérira l'homme de la cruauté ? Ils ont les courses de taureaux.

Mais au lieu d'un taureau, c'est un rebelle, et les autres plantent des banderilles dans son corps, des banderilles explosives.

Ils mettent de la dynamite dans le ventre des femmes.

Hélène, si forte, imposante, indomptable. Dans ses confessions, pourtant, tout ce qu'elle me raconte est crainte, indécision, peur de la solitude, peur d'être asservie par l'homme, de nouveau transformée en épouse et mère. Elle éprouve de la culpabilité à être sortie de sa vie. Elle a pour amant un chef d'orchestre célèbre. Elle se demande si elle devrait l'épouser. Elle préfère ses visites impromptues. Il est là, mais pas tout le temps. Elle étudie la peinture avec Fernand Léger.

« Je veux vivre *à l'intérieur* de la signification, pas à l'extérieur. »

C'est une amie de Maruca, et de mon père. Hélène dit : « D'après tout ce que j'entends dire de lui c'est un complet enfant. Comment pouviez-vous attendre de lui qu'il joue le rôle de père ? »

Rango est allé à un meeting où il y avait Gide et Malraux.

Hier soir, visite des Carpentier, des Stuart Gilbert, d'Hélène et de Moricand. Des amis lancent une revue qui s'appelle *Civilization* pour résister à la sauvagerie sanguinaire de ce temps. Nous avons lu leur manifeste. C'était érudit, serein, noble. Quel contraste. J'ai promis de rédiger des comptes rendus pour la revue. Travailler pour des pacifistes, et travailler pour l'Espagne. Dualité ? Non, je crois à un détachement philosophique de la violence, de la destruction sauvage, et je crois aussi à l'action et à la rébellion.

A Hélène je déclare : « Vous pourriez être heureuse avec Henry. Vous avez de la force et vous êtes capable de rire de tout. »

En Espagne, le sang coule à flots.

Henry reçoit de partout des témoignages d'admiration. Il veut aller au Danemark. Une femme lui écrit qu'elle peut être mille femmes pour lui. Il a découpé une photographie de Mae West parce qu'elle est née à Brooklyn. Henry attend le plombier. « Tout va bien. Le poêle est chaud. J'ai reçu une belle lettre de la dame du Danemark, une lettre idiote d'Angleterre (« le rôle de l'art en tant que stérilisateur », dit un critique anglais). »

Je me promène à la Cité universitaire. Je m'arrête au Dôme où tout le monde a l'air dégoûtant, comme si personne ne s'était couché, et avait dormi dehors sur un banc.

A sept heures et demie, je suis chez Hélène parce qu'elle m'a téléphoné pour me dire qu'elle avait des cauchemars affreux. Un cri de détresse. Aussi rapidement que je vive, j'entends toujours la voix de ceux qui sont à la traîne derrière moi. Hélène traîne derrière moi dans la vie, étouffée par les craintes, les sentiments de culpabilité et des scrupules conventionnels. Je pensais qu'elle me devançait et qu'elle était forte.

Elle a réfléchi à Henry. Etait-il le type d'homme qu'il lui fallait ?

« Je me suis prononcée contre. C'est un intellectuel. Je suis trop égoïste pour cela. Je ne veux pas être sacrifiée à une œuvre.

— Je promets de vous réconcilier avec vous-même », dis-je, et je me suis souvenue alors que c'étaient les paroles qu'Allendy m'avait dites.

J'aime son honnêteté et l'acuité de son esprit.

Rango obtient une aide de la légation espagnole. Ils fourniront de l'argent, des timbres, du papier, des facilités d'impression. Rango a rédigé le premier manifeste. Il est heureux. Je pose des questions. J'écoute.

Il déclare : « Le monde capitaliste a tué l'artiste en moi. » Il voit comme venant de l'extérieur tout ce qui vient de l'intérieur. Je sais que l'artiste en lui devait être bien faible pour succomber devant pareils obstacles. Les limitations, restrictions, défaites viennent de l'intérieur. Je suis pleinement responsable de mes propres restrictions.

Hélène est tombée vraiment malade, ses angoisses l'étouffent. Elle a déjà été décrite dans *La Maison de l'Inceste*. Il m'a fallu quatre heures pour illuminer les ténèbres. Pour chasser les esprits du mal. A mesure que le jour baissait, et que les yeux d'Hélène redevenaient vert et or, elle apparaissait de plus en plus comme une femme dans un mythe. Aussi vite que je courre, je suis poursuivie par les ultimes fantômes des autres, et je suis condamnée à entendre les mêmes paroles : « Je n'ai jamais rencontré personne sur qui je puisse m'appuyer, personne qui me comprenne. Quelle force vous me donnez. Je vais bien de nouveau. » Hélène dans son lit, et le lit couvert des feuilles de l'horoscope que Moricand a fait pour elle. Son écriture en pattes de mouche, mais aux lettres grandes et nettes. J'ai vu le titre qu'il lui avait donné (il aimait donner à ses horoscopes des titres extraits de poèmes). Celui-ci était marqué : *« Du Sang, de la Volupté et de la Mort. »*

Cette ligne l'a rendue malade. Elle pensait que c'était prophétique, que cela s'appliquait à elle.

« C'est une citation de Maurice Barrès, dis-je. Ce n'est pas à prendre littéralement. C'est symbolique. Ne m'avez-vous pas raconté qu'au Brésil vous aviez vu de grandes effusions de sang, beaucoup de sensualité et de mort ? »

Les obscures étoiles brillaient sur elle, elles plongeaient leurs pointes fatales dans sa chair couleur de soleil.

Hélène dit qu'elle voulait me peindre en Daphnée, en train de se transformer en plante.

« Anaïs, tant de personnes tiennent des propos que je n'entends ou ne me rappelle pas. Je me rappelle tout ce que vous me dites. »

Rango parle de son enfance. Il parle de la belle école jésuite au milieu de jardins et de bois dans une vallée environnée de volcans. La discipline des jésuites était sévère. Chez lui, et au collège, Rango voulait toujours dormir nu. Il détestait les pyjamas, les kimonos, les vêtements. Les jésuites l'avaient à l'œil. Rango se mettait au lit, nu. Un père jésuite venait à une heure avancée de la nuit et soulevait un coin de la couverture pour regarder. Les jésuites créaient une image idéalisée d'eux-même en ne se montrant jamais à table ou au travail. Ils apparaissaient irréels et stylisés. A quatorze, quinze ans, Rango était sexuellement timide alors que ses camarades couchaient déjà avec des bonnes et des prostituées. Quand il avait seize ans, une fille lui fit parvenir un billet lui donnant rendez-vous au parc. Il y alla, mais se cacha derrière un arbre et s'enfuit en la voyant. Il parle des Indiens et de son désir de les mener à la rébellion contre leurs oppresseurs. Le Pérou, dans les ranches éloignés, était encore médiéval. Les jésuites devaient rencontrer bien des difficultés pour les civiliser. Sa famille trouvait tout naturel de fouetter les Indiens pour des vétilles. Les jésuites mirent un terme à cela, et firent prendre conscience à Rango de l'inhumanité de ces rossées. Ils devaient être assez forts pour réveiller en Rango une conscience sociale, ce fut donc lui qui partit porter de l'aide à un village voisin où sévissait une épidémie de méningite. Il soigna les gens tant et si bien que lui-même fut atteint de manière foudroyante.

Rango dit : « L'Equateur et le Pérou sont plus rapprochés de la lune. Et tout en haut sur le lac Titicaca, à quatre mille cinq cents mètres, nous en étions encore plus près. La lune est tellement immense qu'elle effraie l'homme blanc. Elle apparaît avec un halo rouge sang, occupe la moitié du ciel et tout est taché de rouge. Il y a un oiseau que nous chassions, dont la vie est si puissante, que même lorsqu'on lui a tiré dessus il ne meurt pas et les Indiens doivent lui arracher une de ses plumes et en plonger le bout dur à un certain endroit de son cou, par-derrière. Et puis il y a l'oiseau au long bec qui ne se nourrit que de cervelles qu'il suce à travers les oreilles des animaux morts. Je me souviens d'un aigle apprivoisé qui restait sur le toit de notre maison et que l'on nourrissait de poulets. Je me souviens de grands dîners solennels chez nous le dimanche, et de la visite de Monseigneur vêtu de sa somptueuse robe brodée. De messes et de prières dites à la maison. Ma mère récitait le chapelet chaque matin pour toute la maisonnée. Une atmosphère d'Espagne du seizième siècle se superposait à la vie indienne. Je me souviens encore du goût de la viande d'agneau cuite sur des pierres chaudes tandis que nous chassions, et de notre père écossais qui apprenait à ses trois fils à diriger l'hacienda. »

Ce que je préfère chez Rango ce sont ses humeurs contemplatives d'Inca, les zones crépusculaires, l'hypnose qui s'empare de lui lorsqu'il contemple le fleuve, ou bien un arbre, ou bien un oiseau.

Il peut être silencieux des heures durant. J'aime sa suspicion à l'égard de l'intellect. « Jésuite », déclare-t-il. L'Europe paraissait minable, minuscule, microscopique après l'immensité de son pays. Un jouet, une lune miniature, des jardins miniatures, des gens petits. Mais l'immensité du Pérou était une source de tristesse et de solitude.

Il parlait tellement de la lune qui était plus grande, plus rapprochée et plus puissante au Pérou, que je finis par avouer qu'à l'âge de seize ans je prenais des bains de lune, persuadée que cela influerait sur ma destinée, m'accorderait une vie plus mystérieuse, une vie nocturne. J'avais entendu dire que les effets de la lune étaient dangereux. Cela me tentait. A Richmond Hill, dans ma chambre, je restais allongée, nue, là où le clair de lune brillait à ma fenêtre ouverte, en été, m'y baignant et rêvant au genre de vie fantastique que la lune créerait pour moi.

Je ne pensais pas à l'époque, que la lune, comme la mer, est un symbole du subconscient, et que ce serait ce royaume qui m'attirerait, que je serais amenée à l'explorer, à y vivre, à écrire dessus.

Rango, losqu'il me raconte ses histoires, me donne le sentiment d'un rêve déjà rêvé, d'un être que j'ai déjà connu, de quelqu'un qui fait les gestes, crée l'atmosphère, les images déjà imprimées dans mon sang, le sang espagnol de la race de mon père qui coule en moi. Est-ce que ce sont des souvenirs de Don Quichotte, de romans du Moyen Age, de livres lus sur la conquête du Pérou par les Espagnols, ou des souvenirs ataviques ? Ce qu'il éveille en moi c'est le contact avec un monde si lointain, comme le monde que peut voir un homme lorsqu'il observe le soleil levant du haut d'une montagne et contemple en bas des vallées, des rivières, des montagnes qu'il n'a pas vues la nuit d'avant. Le monde est tellement agrandi que je parviens à connaître les jungles d'Amérique du Sud, les déserts d'Arabie, la couleur de peau des Hindous, des Balinais, des Tahitiens, la vie mystérieuse des Incas. Ce n'est pas dans cette vie-ci que j'ai vu Rango, parce que j'ai été arrachée trop jeune à l'Espagne, avant de l'avoir vue, de l'avoir goûtée, ce n'est pas dans cette vie-ci que j'ai vu Rango à cheval. Mais je l'ai vu. C'est pareil à ces souvenirs obscurs qui vous assaillent alors que vous voyagez dans des pays avec lesquels vous ne pensiez pas avoir la moindre affinité, et que vous sentez remuer les racines de la familiarité. Certaines racines en moi étaient enterrées dans l'Espagne du XVIe siècle, avec sa sévérité, ses formes rigides, la domination de l'Eglise, la claustration des femmes, la sensualité des rites religieux, l'intensification de la passion par les obstacles et les restrictions.

Rango recrée toujours son enfance. Il parle constamment des jésuites, de leurs efforts pour « civiliser » les Indiens. Ils ont détruit la culture des Indiens, c'est exact. Mais ces jésuites, les professeurs, sont également ceux qui ont préservé de la destruction les manuscrits, qui ont imposé aux propriétaires des ranches des lois humaines, qui ont pris soin des malades et ont enseigné le droit et la médecine, la musique et la littérature aux enfants qui étaient doués. Ce furent eux aussi qui enseignèrent à Rango à jouer du piano et à lire de la poésie.

Le ranch de son père était aussi grand qu'un village, avec une maison principale, une église, une salle d'armes, un vaste salon pour les réceptions, de nombreux serviteurs indiens, et les huttes des Indiens tout autour.

Les jésuites n'arrivèrent pas à éliminer tous les rites

indiens et pour gagner les Indiens à l'Eglise, ils les autorisèrent à combiner les rites. A l'église, ils écoutaient la messe, l'orgue, regardaient monter l'encens, et briller les vitraux, et ils se flagellaient aussi mutuellement. L'Eglise leur permit d'avoir recours à des drogues qui les mettaient dans un état d'extase.

Rango, tout jeune, avait assisté à certains de ces spectacles. Il avait vu des Indiens comme des Orientaux, porter au cimetière les jours de fête, des tapis aux coloris éclatants, des cages, de la nourriture de fête et des bougies de couleur. Ils refusaient de considérer la mort avec tristesse. C'étaient la musique et le spectacle, qui les attiraient vers le catholicisme. Les reflets chatoyants des vitraux sur le dallage. Les chasubles violettes des prêtres, les mitres dorées, la coupe en or pour les hosties de la communion, les candélabres en argent, les parterres de lis blancs brodés de fil d'or sur les chasubles de damas blanc, les surplis des enfants de chœur avec des manches de dentelle, le calice comme un symbole du dieu soleil, les voiles et les plis multiples du costume des religieuses, les tissus de nuit noire, pliés pour des siècles en vagues ondulantes de mystère, le corps un ciboire, un calice dans des tabernacles d'ombre. Les prêtres héraldiques et raides dans leur soutane, pâles d'être si distants. Les Indiens pris dans les rets de l'encens, apaisés par des océans de soie, de dentelle. Arrivait la procession, les jours de fête, s'avançant avec les méandres sinueux d'une longue queue de dragon, balançant des têtes d'hommes tournoyant dans des oscillations d'extase. Venait la procession de flammes de bougies et de torches gigantesques, les langues du Saint-Esprit brûlant dans la nuit sur le bûcher du sacrifice. Les hommes priaient avec des langues de feu, tenant à la main des épées et des fouets. La procession cheminait avec les courants en spirales du sang humain, la chair psalmodiant dans les affres de la culpabilité et les têtes inclinées, comme tranchées par l'épée du châtiment. Genoux dans la poussière du passé et des morts, genoux sur le seuil de l'église, porte ouverte comme un coffret de velours exhalant de l'encens et des bijoux. Venait la procession comme une aurore boréale emplissant l'église, puis avalée comme par un cratère par l'ombre et les ténèbres, ensevelie sous les incantations, les fleurs et les motifs d'orgue. La procession s'arrêtait, les bougies et les torches étaient placées devant l'autel, la blanche eucharistie était enfermée derrière la porte d'or, et les prêtres ainsi que les fidèles se frappaient trois fois la poitrine en signe de contrition pour le dieu qu'ils avaient tué et transformé en hostie, en pain et en vin pour que tous participent.

L'enfance de Rango fut le paradis de la nature, la mienne vint des livres. Mais les histoires qu'il me raconte, je les reconnais. Et je comprends qu'il soit indifférent à l'art.

Le paradis de mon enfance était inventé, parce que mon enfance était malheureuse. C'était en jouant des personnages, en inventant, en faisant semblant que je m'amusais. La réalité ne me procurait aucune joie. Rango n'avait nul besoin d'inventer. Il y avait une montagne d'une magnificence légendaire, des lacs aux proportions et à la profondeur fantastiques, des animaux extraordinaires, des histoires de sorcellerie, des Indiens, des drames, de la couleur et de l'excitation, et du romanesque. Il trouvait son extase dans l'air qu'il respirait, sa drogue dans sa religion, son plaisir sensuel dans la bataille, le danger, la puissance physique, la domination, sa poésie dans la solitude et chez les Indiens. Il passait toute une nuit à cheval pour aller voir la jeune fille qu'il aimait, il sautait par-dessus des murs pour la retrouver, il risquait la fureur de ses parents, tout cela était écrit dans le *Romancero.*

Le paradis de mon enfance était sous une table de bibliothèque recouverte jusqu'à terre d'un tapis rouge à franges, qui était ma maison de poupée, et le petit morceau de toile cirée que l'on m'avait donné comme paillasson et sur lequel je m'essuyais les pieds ostensiblement.

Le paradis de mon enfance, c'était la musique qui remplissait la maison, les livres qui remplissaient les rayonnages de mon père, dans des jeux tirés des livres et de la musique, tels que des opéras chantés et joués, ou des morceaux inspirés de l'histoire tels que « Marie-Antoinette conduite à la guillotine », sur une charrette faite de chaises empilées l'une sur l'autre. C'était comme le monde que j'avais vu un jour à travers l'espagnolette d'une fenêtre en verre coloré grâce à laquelle les arbres, les maisons, le ciel, les gens devenaient des joyaux kaléidoscopiques.

Henry dit : « Mes lettres à Emil Schnellock valent celles de Gauguin à son frère. »

Lu *La Procession Enchaînée* de Carlo Suarès. Le livre le plus insensé que j'aie jamais lu, vraiment schizophrène.

Lettre à Durrell :

Je vous remercie de voir Henry comme un tout. Peu de gens le voient ainsi. Ils le grignotent. Votre lettre à lui et sur lui est la seule qui m'ait plu. La vision en était puissante. Tout ce que vous dites de La Maison de l'Inceste *est exact. Son contraire c'est le journal, où sont les racines, l'humus, le compost, le sang, la chair, les balbutiements.* La Maison de l'Inceste *est la fumée, « la fulgurante névrose », dit Henry. Oui, moi aussi je voudrais en changer le titre, mais il est trop tard. Je passe du journal humain, tendre, sincère, naturel, à la stratosphère, de ce qu'il y a de moins artificiel à l'artificiel. Je me sers d'une paire de ciseaux rouillés pour les tenir séparés. Dualité. Sans cela ils se gêneraient mutuellement. L'immédiat détruit le transformé. Et vous recevez la fumée par la poste. Dès le début, votre monde héraldique m'a plu. Derrière tout cela je devine une foi, un symbole, une signification. Tout le contraire du narcissisme, puisque chacun d'entre nous doit être lui-même plus le symbole, un lui-même plus grand.*

Henry m'a emmenée chez Hans Reichel. Son atelier était vétuste et froid. Il est famélique. Il porte dans sa poche un œil-de-chat. Ses vêtements tombent en haillons.

Ses peintures sont belles, délicates, remplies de mystère. Elles sont aussi remplies d'yeux qui vous fixent, parfois plus d'un œil dans un tableau. Il y a des yeux dans les poissons, dans les œufs, les oignons, les escargots, sur les planètes. Yeux flottants enfoncés dans des maisons au fond de la mer, yeux sur la lune. Il y a une cloche qui rit, un pétale de fleur avec une oreille. Les bateaux, les filets de pêcheurs et les maisons sont coulés par un poisson vengeur qui vient contempler le silence. Dans ce silence et cette communion, tout est dans un état de métamorphose. Les plantes deviennent chair, et la chair devient plantes. Les poissons se transforment en éventails, et les feuilles en eau. A l'intérieur d'un colimaçon, il y a une clef de *sol,* la lune repose sur du sable, et le corail pousse dans le ciel. Un homme regarde fixement, dans un milieu fluide, mais il est homme pour un instant seulement et il se décompose bientôt en une méduse, un espadon ou une tour. Un homme avec des yeux qui ne peuvent voir que dans l'eau, qui font saillie de droite et de gauche pour déplacer l'eau. La lune presque pleine tourne sur un ciel de lave, les étoiles sont comme une toile d'araignée, leur clarté n'est pas fulgurante mais évanescente et perçante. Fixes sont les yeux à l'intérieur de racines suspendues à des branches. Le colimaçon qui caracolait en Espagne dans un nuage de sang transporte un accordéon. Hans Reichel dit avec une douceur infinie : « Voici le *Poisson furieux* et là c'est moi. » Son moi est assis avec un oiseau minuscule comme l'oiseau de saint François, une tendresse effrayée retient l'oiseau immobile, sans demander de nourriture ni chanter aucun chant. Il est au centre d'un flux de communion, tous les éléments mêlés, mariés dans un silence profond. Les branches ont de petits yeux et les poissons de petites branches. Le vitrail est sillonné comme une ruche et à l'intérieur de la ruche il y a de la musique. Les filets à poisson s'enflent comme des montagnes et l'orage électrique a des yeux également. Un œil comme une larme gelée est suspendu au faîte d'une tour branlante, une tour sans fenêtre mais une tour qui me regarde avec la peur de la dissolution. Une grande terreur paralyse les nuages, le désespoir poursuit les poissons d'un pas tremblant, les branches sont lourdes de l'intensité de cette croissance. Les yeux des poissons ressemblent à ceux de l'homme, et les yeux des hommes à ceux des poissons. Les yeux, tous les yeux, en voient trop. Ils ne peuvent se fermer parce qu'ici n'existe ni jour ni nuit. La lumière qu'ils voient filtre à travers les tissus d'un centre intact, à travers des pierres tombales anonymes, à travers des yeux de poissons, de plantes ou d'hommes éperdus et confondus dans la communion et la métamorphose *.

En revenant de chez Reichel, Henry me dit : « Maintenant vous allez décrire tout cela à tête reposée dans votre journal, et ensuite vous me le lirez pour que je puisse m'en inspirer. Donnez-moi de ces expressions finies !

— Vous êtes trop modeste. Vous savez que personne ne peut écrire aussi bien que vous. »

Mais je vois fort bien mon rôle d'*œil,* de troisième œil, l'œil de la vision. Car Henry parlait à tout bout de champ de Reichel, puis il m'y emmena, et ce fut moi qui vis tout ce que Reichel voulait que l'on voie : je vis l'importance des yeux dans son œuvre, l'insistance sur la communion, la métamorphose.

Henry a écrit une grande description riche et sonore de Reichel. J'ai écrit la mienne.

« Vous me donnez des idées », dit Henry tout content.

Dans les aquarelles d'Henry, il y a quelque chose d'enfantin. Je suis passée maître dans l'art de saisir la présence de cet enfant chez les adultes. Sa fugitive apparition dans un regard trop ouvert, surpris, surpris par la dureté du monde. Je l'ai décelée dans les aquarelles d'Henry, dans le rire aux joues arrondies, aux yeux fermés de Rango, dans la *Sonate pathétique* de Zara et son imploration constante de dévouement et de compassion. Dans les aquarelles d'Henry, il y a de la lévitation. Il n'est pas attaché à la terre comme dans son œuvre. C'est un jeu, un univers sans monstres.

Dépression.

Meeting pour aider l'Espagne républicaine avec

* Voir l'histoire « Le Voyage de l'Œil », dans *Under a Glass Bell.* — Ed.

Rango. On y a lu les poèmes d'Alberti. Toutes les paroles que j'entends, discours lyriques, envolées romantiques, couronnes, prières, lamentations poétiques, m'irritent. Je vois dans la révolution une question capitale de vie ou de mort, une lutte dans laquelle on doit entrer directement et violemment par l'action. Pourquoi parlent-ils autant, récitent-ils de la poésie ?

Et Rango qui chassait, luttait, boxait et tuait dans son sauvage pays du Pérou, est choqué par le réalisme du récit de l'accouchement *. Il me raconte des horreurs sur l'Espagne, me décrit des tortures, et il s'offusque de ma description de la naissance de l'enfant mort-né !

* Voir *Journal, 1931-1934,* p. 358 sq.

(FÉVRIER 1937)

COMMENCE une esquisse de Moricand. Suis intriguée par le fait qu'il ne provoque pas la compassion. Pourquoi ? Est-ce donc qu'à force de stylisation et de formalisme il a effacé de sa vie toute trace humaine ? En dépit de la pauvreté, de la tragédie, il a maintenu une façade qui repousse l'intimité et par suite la compassion. Il dissimule l'être humain. Il se comporte comme un prophète, un voyant. Ses discours sont si poétisés, et il parle tellement du passé qu'on ne le situe absolument pas dans le présent ; on a peine à croire qu'il a faim ou froid.

Lorsque je lui eus trouvé un riche mécène, il prit un air mystérieusement satanique, mais il n'avoua jamais ce qui s'était passé. Il laisse entendre qu'il a de nombreux secrets, mais il ne les partage jamais. Il donne à penser, il suggère, mais ne confie jamais.

Henry a dit : « Si cela tourne mal en France, je m'en irai. J'irai en Hollande. Echapper. Je ne crois surtout pas à la lutte. »

Parlant d'amis, il fit cette déclaration : « La vérité c'est que j'ai beaucoup d'amis qui m'aiment, mais que je n'aime personne. S'ils savaient seulement comme cela m'importe peu. »

On dirait que cela lui importe. Il devient tendre, sentimental. Tout le monde s'y laisse prendre. Il crée une illusion de chaleur. Mais si l'un d'entre eux venait lui demander service, alors il comprendrait.

J'ai l'air de ne pas m'intéresser. Je crée une impression d'éloignement, mais si quelqu'un vient me demander service, il s'aperçoit que j'aime.

Il dit : « Comme un mollusque. Je veux vivre comme un mollusque. »

Rencontré Jean Carteret. Il est grand, mince, avec des yeux bleu pâle, de longs cheveux raides châtain clair. La partie supérieure de son visage est d'un poète : front haut, air d'illumination spirituelle ; la partie inférieure, marquée par la petite vérole, plus lourde et sensuelle, presque brutale. Ses yeux, bien que d'une couleur pâle, lancent des éclairs. Lorsque j'ouvris la porte, il me vit instantanément. Je me sentis dévoilée instantanément. Sa vision était encore plus vive que la mienne. Peu après il disait : « Vous êtes un personnage sorti d'un mythe, vous vivez dans le mythe. Je vous vois comme un beau miroir sans défaut. Un pur miroir dans lequel les autres peuvent se voir. Le miroir est important pour vous. Le jour où l'on vous apportera, où l'on vous donnera un grand miroir sera un jour faste. Si un miroir se brise, vous serez malheureuse. Vous portez vos bracelets au bras gauche : vous dépendez de vos affections. Mais les portes et les murs n'existent pas pour vous. En fin de compte, vous êtes indépendante. »

Il essaie de canaliser ses dons et ses intuitions par l'astrologie, ou par l'analyse du costume, des maniérismes, de l'écriture. Mais je sens que tout cela est une question d'intuition. Il a donné une conférence pour *Idées et Tendances nouvelles* d'Allendy. Il déclare : « Mais toutes les projections que je montrais arrivaient à l'envers. Je crois que je voulais garder toute ma science pour moi — un mystère. »

Au-dessus du regard goulu qui pouvait voir sans être jamais satisfait tombaient de douces paupières de la peau la plus délicate, et dans la douceur avec laquelle elles tombent, il y a de la bonté. Les longs cils blonds ont une tendresse veloutée mais au-dessus des paupières délicates tombent des sourcils féroces, sauvages, comme ceux d'un Bushman. Le nez petit est vulnérable, le front spirituel, la bouche pleine et sensuelle, et les mains sont celles d'un paysan affirmant sa force. Tel quel, il est en mutation constante entre la férocité et l'abandon, entre l'affirmation de soi et les brusques éclipses de tout son être qui le font pâlir et disparaître devant certaines personnes qui ne sont pas de son climat. Oscillant sans cesse, dans le même instant, entre un appétit physique que sa bouche exige, et la flamme secrète d'un rêve qui mine sa force.

Hélène revient et me raconte une conversation qu'elle a eue avec mon père dans le Midi. Il lui a demandé de traduire pour lui *La Maison de l'Inceste.* Elle le lui a expliqué, lui a exposé comment le livre avait été écrit à partir de rêves, etc. Mon père dit : « Anaïs vit dans la fantaisie. J'aime la logique et l'ordre rationnel. »

Elle dit : « Anaïs vit dans une autre sorte de réalité. Elle peut se passer d'ordre et de logique parce qu'elle a un noyau à elle. C'est vous qui êtes romantique, et peut-être chaotique parce que vous vous raccrochez si farouchement à l'ordre extérieur. Sa vie est une sorte de drame métaphysique. »

J'ai suffisamment aimé Hélène pour lui sauver la vie à plusieurs reprises, pour lui redonner le goût à la vie, lui faire retrouver sa foi en elle. Mais je ne peux la soutenir toujours, et je la supplie de voir C.G. Jung. Dès que je la tire de sa maladie, je vois réapparaître le démon en elle, la femme égoïste, moqueuse, sensuelle. Sa chasse sexuelle recommence, mais c'est un appétit, un enthousiasme, et elle ne veut que le plaisir.

Chacun de nous a son démon. Le démon de Rango est révolutionnaire.

Il me lit des passages de *Libre de Chilan Belam de Chumayel,* qui contient tout ce qui reste, tout ce que nous savons de la civilisation inca.

Stuart Gilbert à propos du journal : « Remarquable. Jamais rien lu de semblable. Tellement de sentiment. Bien sûr vous amplifiez. Tout est six fois plus grand, mais vos sentiments sont si réels que l'on n'a pas une impression d'exagération, mais de sincérité. Vies divisées. Vous vivez avec excitation, passion, et en même temps vous êtes consciente, détachée, posée. Vous voyez tout. Petits portraits de gens avec qui vous n'êtes pas intimement liée, remplis d'humour. On arrive à voir tout le monde aussi bien que vous. Vous avez les qualités d'un Proust. Ceci est trop naturel et ne sera jamais publié. Vous devriez écrire un roman. Vous savez être moqueuse sans mesquinerie, et vous dites la vérité sans haine. Il y a une absence de haine. »

Rango commence à comprendre le récit de la naissance de l'enfant mort-né. Dit que c'est hors du cadre de l'époque, du monde social, de la conscience, au-delà de la morale, du présent. Au-delà du temps. C'est la femme devant la nature.

Denise Clairouin dit : « Le journal ne sera jamais publié. Les gens ne supportent pas une telle nudité. Vous êtes tellement dans la vie. N'écrivez jamais pour des intellectuels. Le récit de l'accouchement sera censuré immédiatement. »

Henry décrit l'incident de son voyage à Londres après la rupture avec June, et lui donne une tournure complètement différente. Au lieu d'être (ainsi qu'il me l'avait raconté) victime de la colère de June, June et lui sont assis en train de boire joyeusement, et dans un accès de sentimentalité d'ivrogne, Henry lui remet l'argent, etc. Tout cela est écrit d'une manière dure, métallique. Cela m'a plongée dans la perplexité, m'a donné à réfléchir sur les aspects changeants de la vérité. Quelle version était le mensonge ? Celle-ci, ou sa version dans la lettre qu'il m'avait adressée * ?

Henry dit : « C'est de la fiction. »

Un Henry dur se superpose à un Henry tendre. Les deux se confondent souvent dans mon esprit.

Vient le moment où j'étouffe, où tout ce que j'ai vécu, vu, entendu, senti, me submerge, remonte dans ma gorge, m'inonde. Vient le moment où la surabondance fait éclater les cellules et où il faut que je crie. La vie atteint un paroxysme, un orgasme. Tout tend vers un

* Voir l'histoire d'Henry Miller « Via Dieppe-Newhaven », publiée dans *Max et les Phagocytes* (édit. du Chêne).

orgasme. *« Poème de l'Extase »* de Scriabine, rêve de Rango disant que la flamme de sa vie fut la danse de Zara, la danse d'Uday Shankar, le *Livre Noir* de Lawrence Durrell, conversation avec Henry et David Edgar, travail au journal, tandis qu'Henry écrit sur les trois volumes qu'il a lus, conversation sur les rôles que l'on joue, avec Evreinoff, l'acteur russe, et avec Jean Carteret. Evreinoff dit que l'on peut devenir n'importe quoi ou n'importe qui, si on le souhaite, rien qu'en jouant le rôle, mais il faut que cela soit complet, une immersion dans le rôle, une étude approfondie de tous ses détails.

Mme Green m'écrit : « Venez donc faire une conférence en Estonie. » Elle m'envoie la photographie du plus bel enfant de huit ans que j'aie jamais vu. Il semble fait de velours, depuis la douce lumière de ses yeux immenses, jusqu'à la délicatesse de ses traits, la tendresse de sa bouche, la pose de son cou, de ses mains, un enfant tout de douceur et de rêve, qui me rappelle Joaquin à son âge, sauf que Joaquin avait en outre beaucoup de vivacité et de brio.

Joaquin a joué devant le roi d'Espagne qui l'a applaudi, Joaquin et mère ont gravi à genoux les soixante-cinq marches saintes de Rome. Le printemps fait une pâle apparition.

Les gens se jettent du haut du pont Royal. L'eau froide les tire de l'hypnose où les a plongés le désir de la mort, et ils se mettent à appeler au secours gaillardement. Ils se raccrochent à la chaîne rouillée qui retient le bateau. Le sergent de ville posté en haut de l'escalier se dépêche de descendre, et hale la chaîne avec l'aide d'un clochard. Le suicidé s'y cramponne. Il (ou elle) est hissé sur le pont, ou sur le quai. Il est presque toujours honteux. Honteux de n'avoir pas eu le courage de vivre, ou bien honteux de n'avoir pas eu le courage de mourir ? Je ne saurais le dire.

Tout le monde est jaloux. Certains l'admettent, d'autres non. C'est une perversité d'être jaloux du passé parce que le passé est d'ordinaire fait de cendres. Mais avec l'artiste le passé survit sous une autre forme ; et je comprends ceux qui sont jaloux du passé d'un artiste. Il devient un monument. Examinez le passé de la plupart des gens et vous trouverez un cimetière bien propre ou bien une urne avec des cendres. Examinez, par contre, le passé d'un artiste et vous trouvez des monuments à sa pérennité, un livre, une statue, un tableau, une symphonie, un poème.

Zara dit : « Comment pourrais-je ne pas t'aimer, Anaïs, nous sommes sœurs. Tu m'as sauvé la vie. Je n'aime pas Rango en tant qu'homme. C'est un enfant. Il m'a fait tellement de mal. C'est vraiment un Indien, il veut seulement boire et discuter le coup avec ses amis. Je dois continuellement lui recoudre ses affaires. Il déchire tout. Il fourre des bouteilles de vin dans ses poches et elles sont toujours arrachées. Il ne fait rien pour moi. Il est plein d'idées insensées, plein de candeur. Il est incapable de penser au lendemain. Ce n'est qu'un enfant. Si tu l'aimes bien, j'en suis heureuse à cause du type de femme que tu es, parce que tu es remplie de qualités, et que tu es une artiste. »

Nous nous sommes embrassées.

Dîner pour Moricand, Jean Carteret, ainsi qu'Hélène, la Méduse. Moricand parlait de la vente aux enchères de ses affaires, disait à quel point il avait souffert, combien il avait été indigné par la rapacité et la cupidité des gens qui se disputaient ses dessins, ses peintures, ses livres, ses souvenirs intimes, trophées, symboles, dons magiques, signes d'amour. « Ils troquaient et manipulaient des objets que je n'aurais moi-même manipulés qu'avec une tendresse extrême. J'avais des poèmes de Max Jacob, des lettres, la jarretière d'une femme, des épingles à cheveux, des mouchoirs encore imprégnés de parfum. A les voir mettre à l'encan ces objets, je me sentais calciné, comme ces arbres que l'on voit dans le Midi encore debout, mais les entrailles brûlées, en cendres. Il est peut-être exact que ceux qui dévoilent les mystères ont une vie tragique. Je suis né en Suisse de parents aisés. Je suis venu à Paris et j'ai loué un beau studio et j'y donnais de beaux dîners. Je connaissais Picasso, Louis Jouvet, Max Jacob, Cendrars, Henri Michaux, et je les ai tous dessinés. Je m'intéressai alors aux sciences occultes et je me concentrai sur l'astrologie. Je fis toute une série de dessins érotiques. Lorsque Max Jacob se fut converti au catholicisme, il me déclara : « Conrad, brûle ces dessins, sans quoi Dieu te punira. » Je n'ai pas brûlé les dessins. Mes parents sont morts. Mon frère aîné, qui était un homme d'affaires, prit tout l'héritage, me filouta, avec pour excuse l'immoralité de la vie que je menais à Paris. Je me retrouvai dans la plus abjecte pauvreté. J'étais incapable de gagner ma vie. De l'époque de mon passé aisé, je connaissais de nombreuses femmes du monde qui voulaient m'inviter chez elles. J'aurais pu vivre indéfiniment à leurs crochets. Tout ce que j'avais à faire, c'était d'être un brillant causeur dans leur salon. Elles habitent des châteaux et des manoirs à la campagne, et elles s'ennuient. Je pouvais leur apporter des histoires sur la vie à Paris, et des révélations d'aventures intimes. Mais elles me voulaient seul, sans Blanchette. »

J'imaginais l'effet que Blanchette pouvait produire

sur les amies aristocratiques de Moricand. Blanchette était une jeune personne qu'il avait rencontrée rue Godot-de-Mauroy, derrière la Madeleine, où elle faisait le trottoir. Elle était pâle, comme si elle n'avait jamais respiré un autre air que celui de la rue et des cafés où elle exerçait. Elle était passive, calme, sans expression. Elle avait de grands yeux fatigués, une chevelure teinte maladroitement par ses soins et qu'elle portait avec une frange dans le style de 1920. Elle ne soufflait mot. Elle avait un chien blanc. Le chien blanc n'était jamais bien blanc, plus souvent noir de poussière et de boue. Il n'était ni brossé ni peigné. Il y avait une forte ressemblance entre Blanchette et son chien. Le chien n'aboyait jamais. Blanchette supportait les visiteurs de Moricand. Elle ne regardait jamais ses livres ni ses horoscopes. Elle ne prenait jamais part à la conversation. Je crois que Blanchette était là comme un trompe-l'œil. Parce que le plaisir que prenait Moricand à parler de l'amour de Max Jacob pour les garçons, et de leurs exploits le soir lorsqu'ils partaient en voiture à la recherche de garçons n'était pas feint. Il racontait toujours les histoires comme s'il s'agissait de la vie et des amours de Max Jacob, mais son visage exprimait un tel enchantement, que cela le trahissait. Des souvenirs de plaisir illuminaient son visage. Et dans ses dessins, il y avait des reproductions exactes de ces plaisirs. A mesure qu'il les racontait, son corps perdait de sa rigidité, ses poses presque hiératiques. Il se mettait à onduler doucement comme un corps féminin. Il soulevait son épaule gauche, et baissait sa hanche droite comme pour en montrer la flexibilité, la souplesse, les possibilités de pivoter. Sa main était placée là où celle de la Vénus de Milo, si on avait trouvé ses bras, serait placée, pour retenir ses vêtements avec une modestie qui indiquerait où elle avait espéré que les regards erreraient.

Moricand voulait-il que Blanchette le protège de ses trop protectrices muses, égéries, mécènes ? Ou serve de paravent à son intérêt pour les garçons ?

Repensant à ce qu'avait dit Moricand, que tous ceux qui dévoilaient les mystères avaient une vie tragique, je lui demandai s'il pensait que cela s'appliquait également aux psychanalystes.

« Tous les dévoileurs », dit Moricand.

Et je songeai à la vie d'Allendy.

Moricand regarda Carteret et dit : « Vous êtes Rimbaud en gai. »

Et Carteret répondit : « Il y a en vous un je ne sais quoi qui n'est pas humain.

— N'ayez pas peur de le dire, répondit Moricand. Il y a quelque chose de fatal. »

La Méduse entra, avec une coiffure d'Antoine, en toge blanche, et dit : « J'ai rêvé, la nuit dernière, d'un temple dont les colonnes étaient faites de gens, et je ne pouvais y accéder parce qu'il y avait un abîme à mes pieds. »

Evreinoff dit : « Le public craignait presque d'applaudir les danses d'Uday Shankar. Le sentiment d'un rite magique était si fort qu'on avait l'impression d'être dans un temple. »

Tout le monde, à ce moment-là, regarda ma robe persane en cotonnade et je sus que je faisais partie de ce monde où tout s'exprimait par un symbole. Je pouvais oublier sans peine toute la pensée du monde occidental, toute l'analyse de l'Orient, l'exubérance intellectuelle et tranférer dans le corps toute la signification et ne la traduire que par des gestes. C'était cela le miracle d'Uday Shankar. Il n'y avait même pas besoin de musique. Le *« sommeil lucide et sans durée de Siva... »*

Moricand s'arrêta au beau milieu de ce qu'il était en train de raconter. Il y avait un trou complet. « Cela se produit lorsque tout à coup je commence à m'observer en train de discourir. » — « C'est ce que j'appelle mes absences », dit la Méduse.

Moricand lui parlait des stigmates de Thérèse Neumann.

On ne peut s'approcher davantage de la magie en Occident. Moricand, Allendy, Carteret, Rank. Magie occidentale.

Evreinoff désigne ses orteils, se penchant pour expliquer : « Au théâtre artistique de Moscou, on nous apprenait à dissimuler les signes extérieurs de timidité. Une chanteuse, par exemple, au lieu de se tordre les mains, apprenait à tordre son orteil.

« Tant de choses dorment en nous, en puissance, inconscientes, que si l'on joue un rôle, et que ce rôle correspond à un moi latent, le moi s'éveille, devient réalité. Mais si l'on joue un rôle faux, quelque chose de complètement extérieur à soi-même, on en est écœuré, mal à l'aise. Comme dans la comédie musicale de Gilbert et Sullivan, le poète qui n'est pas poète, qui faisait semblant d'être poète, attrapa une crampe terrible. »

Pépé-le-Moko, le chat siamois, faisait un bruit de colombe.

Pendant le déjeuner, je me demande : était-ce un pur hasard si en espagnol, anglais, français les mots *passion* et *compassion* sont presque identiques. Compassion : avec passion.

Henry représente la violence et le chaos que je ne saurais exprimer, un Henry tendre.

Le reste du monde l'incite au combat. C'est ainsi que l'on atteint son propre équilibre, dans les rapports avec autrui. Henry exprime mon moi martial. Paradoxe étrange. Moi qui ne m'étais jamais battue, je me suis battue pour défendre Henry. Et Henry qui n'avait jamais cédé, a cédé devant moi.

Je dois poursuivre le journal parce que c'est une activité féminine, c'est une création personnelle et personnifiée, l'inverse de l'alchimie masculine. Je veux rester sur le plan du non transmué, non transformé, non transposé. Cette alchimie que l'on nomme création, ou fiction, est devenue pour moi aussi dangereuse que la machine. Les sentiments et les émotions sont détournés à la source, servent de combustible pour un autre usage. Ce qui sort de l'usine : peinture, sculpture, poterie, tapis, architecture, romans, je le considère maintenant avec crainte. C'est trop loin de la vérité du moment. Perçu par le sentiment, au cours de la vie, pas après.

Cela me rappelle le moment où j'ai senti qu'avec Rank, j'en voyais trop, j'en dévoilais trop, le terminus psychologique. Un excès de conscience, dépourvu de l'expérience correspondante, est un squelette sans la chair de la vie.

L'analyse a commis trois erreurs :

1. Idéalisme. En luttant contre l'élément négatif, destructeur dans les relations, elle en propose aussi une faussement idéaliste, un parfait équilibre, un absolu qui est humainement impossible.

2. Elle considère toute fuite comme mauvaise, comme une évasion. Certaines de ces fuites sont un mouvement vers des zones créatrices, vers la lumière ou le soleil, une nouvelle croissance, un nouveau départ, un renouvellement.

3. Le désir de retourner dans le ventre de la mère peut devenir, de façon créatrice, la transformation du monde entier en un ventre, y compris tout ce qui est dans le ventre (la ville, l'univers agrandi de *Printemps Noir,* du *Livre Noir*), le ventre qui contient tout, qui englobe tout,

qui renferme tout. Dans l'incapacité de réintégrer le ventre, l'artiste devient le ventre. L'analyse ne prend pas en considération les produits créateurs des désirs névrosés.

Mon histoire « Ragtime » acceptée par *New Directions,* New York.

Je me suis gravement brûlée les paupières à la lampe à bronzer ; je ne portais pas de lunettes. Yeux enflés et douloureux. Je porte des foulards pour dissimuler mes yeux huilés. Effet pittoresque. Une femme musulmane, une madone voilée. Mais pour moi une semaine dans l'obscurité, peur de la cécité. Privée de l'opium de l'intensité, je suis tombée dans un abîme.

Henry a le sang chaud et une âme froide. En voyant mes yeux, il déclara : « Maintenant vous aurez du temps pour méditer. »

Son ami David Edgar et lui se meuvent dans des mondes d'une objectivité glacée. Idées. Mots nouveaux. Technique de l'aquarelle. Analyse. Henry a donné une conférence sur « La Vie Intégrale ». Il m'a lu une critique de *Tropique du Cancer* dans *Le Mois.* Lettres d'admirateurs. Il m'a fait la lecture des trente pages qu'il a écrites sur mon journal. Elles sont magnifiques, mais pas sur le journal. Edgar est tout esprit, tout idées, ainsi que Fraenkel et Lowenfels.

Interpréter ? Mal interpréter ? Quoi ? L'univers entier ? Toute la vie, brusquement ressemble de nouveau à un monstre, et pourtant, est-ce un monstre ? Combien de jours et de nuits ai-je attendu des catastrophes qui ne survenaient pas, combien d'heures, au cours de ces dernières années, ai-je attendu la perte de l'amour ? Qu'est-ce donc que ce linceul d'angoisse, l'attente des nerfs, les craintes en plein jour, en comparaison de ma vie telle que la voient les autres ? La jalousie des femmes vis-à-vis de ma vie et de mes amours. Les jours où je suis hors du monstre, jours de repos, de vision normale, où Henry n'a pas un air de truand sans scrupules, où je peux rire, ces jours-là me font douter du monstre, de sa présence, de sa réalité. Ce n'est qu'un cauchemar. C'est pourquoi je ne peux faire une trêve, ne peux rester oisive, je ne peux dormir autant que les autres, c'est pourquoi je cherche mes joies, mon activité, mes créations, mes amours, mes amis.

Je m'éveille joyeuse. Le monde est clair et doux, en paix. Les arbres, le ciel sont paisibles. Bondissant d'un taxi dans le matin ensoleillé, je retrouve Joaquin qui rentre juste d'Italie. Nous prenons le petit déjeuner ensemble. Nous achetons du papier à musique pour y dactylographier mon texte sur l'orchestre tiré de *Winter of Artifice*. Pas le temps d'aller voir Eugène Jolas, qui a exprimé le désir de me connaître. Stuart Gilbert, ensorcelé par le journal, demandant : « Etes-vous en train d'écrire ? » Je prends des notes dans l'autobus. Henry s'écrie allégrement : « Je vais mourir de tranquillité. » Aimant sa vie, vivant avec une jouissance profonde de la paix. Ecrivant régulièrement. Content.

Les instants que je consacre à mon bain sont les seuls que j'ai pour méditer. J'en aime la richesse.

Zara si malade que je l'ai emmenée chez le médecin. Je traduisais ce qu'elle disait en espagnol au médecin français. L'homme auquel on l'avait mariée à l'âge de quatorze ans lui avait passé la syphilis. On l'avait déclarée guérie depuis des années. « A quand remonte la dernière analyse de sang ? demanda le médecin. Comment vous a-t-on soignée ?

— On m'a fait une analyse de sang il y a deux mois. On m'a fait des piqûres de mercure. »

Il se tourna vers moi, et comme elle ne pouvait entendre il dit d'un ton normal : « Cela explique la surdité. »

« Vos parents étaient-ils robustes ? s'enquit le médecin.

— Mon père est mort fou. Ma mère aussi était à moitié folle. »

Pauvre Zara. Je l'ai embrassée avec une soudaine pitié. Elle était effrayée d'avoir parlé. Elle était allongée sur le divan, à moitié dévêtue. Un corps malade.

« Dégénérée, dit le médecin. Le mélange d'espagnol et d'indien est mauvais. Les Indiens sont dégénérés. Le père espagnol est peut-être mort de la folie syphilitique. »

Dans le taxi Zara était terrorisée. « Je te supplie de n'en parler à personne, Anaïs. Rango sera furieux s'il apprend que je t'ai dit cela. Il m'a suppliée de ne pas t'en parler. Il a horreur de la maladie, il dit que c'est si laid, il te met toujours comme quelqu'un dans un rêve, il ne veut pas que tu sois au courant de tout cela. J'ai dit aujourd'hui que la femme turque viendrait peut-être me voir en même temps que toi. Il était furieux. Il a dit qu'il ne voulait pas que tu fasses sa connaissance, qu'elle était vulgaire et qu'elle parle d'opérations. Il pense que tu es un rêve.

— Ne crains rien, Zara. Ce sera notre secret. Entre femmes. Je ne dirai rien. Naturellement. Mais je ne suis pas une rêveuse, je suis un être humain, j'éprouve de la pitié pour toi, je ne suis pas dégoûtée. Tu as été une victime. Je veux t'aider à te rétablir. Je te rétablirai...

— Oh ! Anaïs, pourquoi fais-tu tout cela, personne

n'a jamais fait cela pour moi. Rango ne fait rien pour moi, c'est un enfant, son temps s'écoule en rêverie... »

La souffrance de Zara m'a touchée, et j'ai aussi été touchée par le besoin de rêver de Rango, notre besoin de rêver tout en faisant la cuisine, en fendant du petit bois, en récurant les fourneaux, en posant, dansant, jouant du piano, rêverie tandis que nous servons, soignons les malades, rêverie au milieu de la laideur et d'une réalité monstrueuse.

L'histoire de Zara : son père abandonna sa mère, et elle ne l'a jamais revu. Il emmena ses deux frères. Il laissa Zara avec sa mère qui la détestait. A l'âge de sept ans, elle fut placée dans un couvent pour orphelines. Il était installé dans une ancienne prison. Les religieuses qui y entraient ne revoyaient jamais la rue. Il n'y avait pas de fenêtres sur la rue, seulement des lucarnes. Les enfants étaient réveillées à cinq heures par une religieuse qui criait : *« Viva Jesús. »* Puis elles allaient à la messe avant le petit déjeuner, et le petit déjeuner consistait en un morceau de porc. Zara ne supportait pas le gras et lorsque la religieuse s'en aperçut elle le lui servit indéfiniment, même alors qu'il était couvert de fourmis. Les enfants n'avaient la permission d'uriner qu'à certaines heures. Zara ne pouvait se contrôler et elle avait besoin, beaucoup plus tard, pendant la classe. Les religieuses disaient qu'elle était possédée du démon. Elles la punissaient en tressant ses cheveux très serrés, d'abord en beaucoup de petites nattes, et ensuite elles étaient toutes rattachées ensemble en un nœud encore plus serré. On la laissait deux ou trois jours, les cheveux tirés de cette façon jusqu'à ce que la congestion s'ensuive et que Zara s'évanouisse. On n'appelait pas les enfants par leur nom, mais par un numéro, comme des prisonnières. Zara découvrit qu'en mettant un morceau de papier noir derrière une vitre, cela faisait miroir. Toutes les filles voulaient voir à quoi elles ressemblaient. Les religieuses les surprirent et dirent que c'était un péché mortel. Elles prenaient un bain une fois l'an, vêtues de leurs longues chemises de nuit en coton blanc, et en frottant le savon sur la chemise de nuit. Lorsque les religieuses les battaient, elles ne cessaient de murmurer : « *En nombre de Jesús, en nombre de Jesús.* » La mère de Zara n'ajoutait pas foi à ces histoires, elle avait le sentiment que Zara devait être possédée du démon pour que les religieuses la punissent.

L'atmosphère du bateau est maintenant assombrie par René. Parce que René était orphelin, je me mis à lui donner de plus en plus, et il en fit de moins en moins, et exigea de plus en plus d'aide.

Nous avions un arrangement comme quoi si je rentrais à la nuit tombée, je lançais un caillou depuis le quai sur le toit de la péniche et René devait venir au-devant de moi pour m'escorter jusqu'au bateau, parce qu'au début j'avais peur des clochards qui dormaient sous le pont (ce ne fut que par la suite que je découvris qu'ils considéraient les occupants du bateau comme des frères, et eux-mêmes comme des protecteurs en échange d'une bouteille de vin, de fromage et de savon). René faisait souvent semblant de ne pas entendre et lorsque j'arrivais au bateau après avoir couru tout le long du chemin, je le trouvais endormi. Le bateau se mit à ressembler au lieu d'un crime. Les colères renfrognées de René pénétraient les murs. Il négligea de pomper l'eau et je la voyais suinter à travers le plancher. Dans l'obscurité et l'isolement, l'humeur du monde et l'humeur du fleuve se combinaient, immenses et menaçantes.

La Seine grossit et s'agita. Elle inonda les berges.

Pour arriver jusqu'au bateau maintenant, je dois escalader le mur, descendre par une échelle de corde dans ma barque, et ramer jusqu'au bateau. Les jours où il vente et il fait mauvais c'est René qui doit ramer.

Les gens qui se promènent sur les quais me regardent descendre à l'échelle. Cela les amuse. Un jour, j'ai lâché un volume du journal, et il est tombé au fond de la barque et a été trempé.

Peu après, René partit pour prendre un travail au marché, et je pris Albertine, une jeune servante de la campagne.

(MARS 1937)

HENRY écrit sur le surréalisme. J'ai le sentiment que la plus grande partie de ce que les surréalistes écrivent est artificiellement produit par l'esprit, pas par l'inconscient. Placer un parapluie sur une table d'opération est incongru, mais ce n'est pas une image de l'inconscient. Le seul chaos fécond vient des rêves, des fantaisies, de l'inconscient. L'absurdité est la réaction de l'intellect aux événements, ce n'est pas de la poésie ni de la fantaisie. Nous avons parlé de psychanalyse. Je dis qu'il faudrait qu'elle invente un système d'intégration pour ceux qui ne pouvaient pas être intégrés par la vie. Mais ce système ne guérit que ceux qui ont foi en lui. Nous n'avons pas encore trouvé le moyen d'implanter la foi. Qu'est-ce qui remplacera la foi que la religion était autrefois capable de donner ?

Henry a terminé son histoire « Via Dieppe-Newhaven ». Il n'a pas envie d'aller au Danemark.

Rango ne compte pas sur sa chance. Lorsque nous jouons vingt-cinq centimes dans une machine à sous au café, il tourne le dos à la machine en attendant le résultat : il est certain de perdre. Lorsqu'il gagne, il n'en crois pas ses yeux.

Le pouvoir magique d'Hélène s'estompe. J'ignore pourquoi. Mes amis l'appellent « le vampire » et en ont assez d'elle.

Un jour : la lumière de la Seine gonflée et turbulente se réfléchit sur le plafond. C'est l'aube et je suis à demi éveillée. Nous sommes le quatre du mois et mon allocation a totalement disparu. Loyer, nourriture, médecins, vêtements, dentistes pour mes orphelins. J'ai sept francs en poche. Je possède deux paires de bas, reprisés, deux paires de chaussures usagées. Je dois de l'argent à tout le monde. Mes bijoux sont en gage. Il ne reste plus de vin dans le tonneau de Rango. Tout le monde a besoin de charbon parce qu'il fait froid. La lumière me réveille complètement, et le problème d'argent. J'ai vécu à la manière d'une autruche.

La concierge d'Hélène me téléphone qu'elle est inquiète parce que celle-ci n'est pas rentrée la nuit dernière.

Rango déclare au téléphone : « Ne t'en fais pas pour elle, elle a dû coucher avec quelqu'un.

— Je m'en fais précisément parce qu'elle n'a personne avec qui coucher. En ce cas, je ne m'en ferais pas. »

Je la retrouve déséquilibrée à la suite de deux nuits d'insomnie, où elle a déambulé à travers les rues, où elle a fait halte dans les cafés. Elle dit : « Je sens que personne ne m'aime, que l'on me considère comme un monstre. Tout le monde sauf vous. Je sens que je suis de trop partout.

— C'est votre culpabilité qui vous fait paraître peu

aimable à vos propres yeux. Il y a quelque chose que vous pouvez faire pour attirer les gens. Ils ont l'impression que vous ne vous intéressez pas à eux. Montrez-leur que vous vous intéressez à eux. L'amour attire l'amour. Moricand a fait votre horoscope et il a trouvé que vous ne faisiez rien pour lui en retour, et il est dans une telle pénurie. »

Quel journal ambulant ! Parfois, derrière un bureau, sous un matelas, dans un poêle éteint, dans des malles, des valises, des cantines, des autobus, des métros, des taxis, des pupitres dans des salles de conférence, des serviettes, dans le cabinet d'un médecin, des salles d'attente d'hôpital des bancs dans un parc, sur des tables de café, dans des salons de coiffure. Les pages souvent maculées de café, de vin, de larmes, de rouge à lèvres. Il a voyagé en canot, en bateau, dissimulé sous des robes, des sous-vêtements, et une fois il a été posé sur l'appui d'une fenêtre d'hôtel, une fois sur un escalier de secours à New York, tout en haut dans des cagibis, etc.

Albertine, la nouvelle bonne est une petite femme avec des jambes minces, une grosse poitrine, et un regard apeuré. Elle se déplace furtivement, s'occupant du bateau, quelquefois silencieusement, quelquefois en chantant un fragment d'un chant de sa Bretagne natale, un chant toujours accompagné d'un bruit de casseroles. Elle porte un chandail couleur souris et des pantoufles de feutre couleur souris. Sur sa table de nuit il y a une photographie de son futur mari, en uniforme militaire.

Sa plus grande peur c'est d'aller à la fontaine à la nuit tombée. Dans la journée, les clochards l'aidaient à porter son seau d'eau en échange d'une bouteille de vin de temps en temps, et elle riait et parlait avec eux. Mais le soir, elle en avait peur.

Les jours tournent, la roue tourne, une explosion de feuillage verdoyant, les journées si remplies qu'elles éclatent presque de plénitude et de richesse. Nouvelle poussière dans l'air, poussière d'or.

Zara parle tandis que nous marchons : « Rango m'aimait comme je l'aimais, pas comme entre mari et femme, mais en amis, il n'était pas jaloux. En fait je n'ai jamaïs été attirée par un homme, de toute ma vie. Ma première expérience fut trop forte. Mariée à quatorze ans à un sadique qui s'imposa à moi et qui me battait. » Zara et Henry nés tous deux de l'ignorance et de la pauvreté, du « peuple », ont tous deux du génie dans leur art mais ne peuvent vivre la poésie dans leur vie ; dans la vie ils sont prosaïques et terre à terre. Est-ce que cet art, cette magie dans la vie, est voué à disparaître de la vie humaine, tué par le communisme qui déclare : « Ne rêvez pas. Ne vous occupez que des besoins de nourriture et de logement, ne vous concentrez que sur le besoin de pain. » Peu importe jusqu'à quel point Rango et moi nous nous inquiétons des besoins humains des autres, il restait un monde secret qui leur était fermé, à Henry et Zara, le besoin de beauté, le besoin d'un abri contre la laideur.

Je ne me souviens pas de ce que je voyais dans le miroir lorsque j'étais enfant. Peut-être un enfant ne regarde-t-il jamais dans un miroir. Peut-être un enfant, comme un chat, est-il tellement enfermé en lui-même qu'il ne se voit pas dans la glace. Il voit un enfant. L'enfant ne se rappelle pas à quoi il ressemble. Plus tard je me rappelais à quoi je ressemblais. Mais lorsque je regarde des photos de moi à l'âge d'un, deux, trois, quatre, cinq ans, je ne me reconnais pas. L'enfant est *un*. Réconcilié avec lui-même. Jamais hors de lui-même. Je me souviens de ce que je faisais, mais pas du reflet de ce que je faisais. Nul reflet. Six ans. Sept ans. Huit ans.

Neuf. Dix. Onze. Nulle image. Nul reflet. Sentiments. Je peux ressentir ce que je ressentais à l'égard des souris blanches de mon père, l'horreur qu'elles m'inspiraient, l'odeur repoussante, l'odeur d'une omelette brûlée que mon père nous fit alors que ma mère était souffrante et attendait Joaquin à Berlin. Je retrouve la plage à Barcelone, je retrouve le balcon là-bas, la peur de la mort, et la rédaction d'un testament, les sentiments à l'église, dans la rue. Bruits dans la cour espagnole, chant, souvenir d'une gaieté qui devait me hanter toute ma vie, totalement absente de l'Amérique. Le visage de Ramona, la bonne, la musique dans la rue, les enfants qui dansaient sur le trottoir. Voix. Apparition d'autres personnes, la longue moustache noire de Granados, les religieuses qui me noyaient dans leurs voiles en se penchant pour m'embrasser. Je ne me représente aucunement ce que je portais. Les longs bas noirs des enfants espagnols que j'ai vus en photographie. Je me rappelle par contre ma passion pour les « surprises », les cornets à un sou, une passion pour la surprise. A l'âge de six ans, cependant, je me préoccupais de la perfection du nœud, bleu, posé comme un papillon sur ma chevelure, puisque je tenais à ce que ma marraine le noue car elle le nouait mieux que quiconque. Je devais donc bien voir le nœud dans la glace. Je ne me souviens pas si je voyais le nœud, la petite fille en robe très courte à bordure de dentelle blanche, ou bien une photographie prise à La Havane où toutes mes cousines et moi-même sommes alignées par rang de taille, portant toutes un énorme ruban et une courte robe blanche. Dans la glace jamais il n'y eut d'enfant. Le premier miroir avait un encadrement de bois blanc. Dedans il n'y a pas d'Anaïs Nin, mais Marie-Antoinette en bonnet de dentelle blanche et longue robe noire, debout sur l'échafaud. Pas d'Anaïs Nin. Une actrice, jouant tous les rôles des personnages de l'histoire de France. Je suis Charlotte Corday plongeant un couteau dans le tyran Marat. Je suis, bien sûr, Jeanne d'Arc. A quatorze ans, le portrait d'une Jeanne brûlant sur le bûcher était l'histoire d'épouvante que préférait mon frère.

Le premier miroir dans lequel le moi paraît est très grand, il est incrusté à l'intérieur d'un mur de bois marron d'une pièce dans une maison en meulière. A côté, la fenêtre déverse une lumière si forte que le reste de la pièce ne se reflète pas dans la glace. L'image de la jeune fille qui s'en approche est lumineusement mise en relief. Se détachant d'une obscurité brumeuse, la jeune fille de quinze ans se regarde apeurée. Elle regarde sa robe, une robe de serge bleue lustrée, que l'on a arrangée pour elle dans une vieille robe qui venait d'une cousine. Elle n'est pas à sa taille. Elle est étriquée, elle fait pauvre. La jeune fille regarde la robe de serge bleu foncé luisante d'usure, honteuse. C'est le jour où on lui a dit en classe qu'elle avait un don pour écrire. On était venu exprès dans la classe pour le lui dire. Bien qu'elle fût étrangère, bien qu'elle dût se servir d'un dictionnaire, elle avait écrit la meilleure rédaction de la classe. Elle qui était toujours effacée et qui ne désirait pas se faire remarquer, fut invitée à remonter l'allée et à parler au professeur d'anglais devant tout le monde, pour entendre le compliment. Et la joie, la joie éblouissante qui l'avait tout d'abord inondée, s'éteignit aussitôt lorsqu'elle prit conscience de la robe. Je ne voulais pas me lever, me faire remarquer. J'avais honte de cette robe étriquée et lustrée, de son aspect usagé, de son air d'orpheline, de son air de décrochez-moi-ça.

Il y a un autre miroir à l'encadrement de bois marron. La jeune fille regarde la robe neuve qui la métamorphose. Quel changement extraordinaire. Elle se penche tout près pour regarder les yeux humides, la bouche humide, la luminosité causée par le changement de robe. Elle s'avance lentement jusqu'au miroir, très lentement, comme si elle ne voulait pas effrayer le reflet et le faire disparaître. Plusieurs fois, à quinze ans, elle s'avance très lentement vers le miroir. Toute fille de quinze ans a posé la même question à un miroir : « Suis-je belle ? » Le visage est comme un masque. Il ne sourit pas. Il ne veut pas charmer le miroir, ou tromper le miroir, ou flirter avec lui et obtenir une fausse réponse. La jeune fille est hypnotisée. Elle ne veut pas effrayer et faire fuir elle-même le reflet. Quelqu'un a dit qu'elle est très pâle. Elle s'approche du miroir et demeure tout à fait immobile, comme une statue. Immobile. Figée. Elle ne fait pas un geste. Elle est surprise. Somnambule ? Elle ne bouge que pour devenir quelqu'un d'autre, incarner Sarah Bernhardt, Mélisande, la Dame aux Camélias, Madame Bovary, Thaïs. Elle n'est jamais Anaïs Nin qui va en classe et cultive des fleurs et des légumes dans son arrière-cour. Elle est immobile, obsédante comme une forme qui remue dans un rêve. Elle se décompose devant le miroir en une centaine de personnages, se recompose en pâleur et en immobilité. Silence. Elle guette une expression qui trahisse l'esprit. On ne peut jamais surprendre un visage sur le vif, riant ou aimant. A l'âge de seize ans, elle regarde le miroir, avec sa chevelure relevée pour la première fois. Il y a toujours la question. Le miroir ne va pas y répondre. Il faudra qu'elle cherche la réponse dans les yeux et le visage des garçons qui dansent avec elle, plus tard chez les hommes, et surtout chez les peintres.

Je porte encore le foulard de chiffon sur mes paupières brûlées. L'abbé Lancelin a sonné à la porte. Il quête pour ses pauvres. Il est médusé lorsque je lui ouvre. Une religieuse ? Non. Une femme voilée d'une longue écharpe de chiffon. Il a une barbe grisonnante. Nous parlons. Je lui dis sans ambages que je ne crois plus au catholicisme parce qu'il y a trop de cruauté dans le monde, mais que je veux bien venir en aide à ses pauvres. Nous bavardons. Il a tellement envie de voir le visage derrière le voile. Ce doit être une association. Religieuses, femmes voilées dont il ne peut voir le visage derrière la grille du confessionnal. Mais ici, il est permis d'avoir de la curiosité, de s'interroger sur le visage. Il se mit à venir tous les jours, pour me convertir. Pour convertir cette femme voilée mystérieuse. Il était hypnotisé par le mystère, la religieuse qui n'en est pas une, une rebelle.

Pierre Bresson dit que l'écriture symbolique, le langage stylisé gêne la participation humaine. Les gens admirent *La Maison de l'Inceste* mais explosent devant l'histoire de l'accouchement.

Lawrence Durrell m'écrit :

Je me sens un porc si je ne vous écris pas pour vous dire quel écrivain remarquable vous êtes, bien qu'évidemment vous le sachiez. C'était cette dernière chose que vous avez envoyée, la petite scène dionysiaque de la naissance. Cela a déclenché la sonnerie et restitué le son : ainsi que vous le savez, il n'y a qu'une force véritable qui puisse faire cela. Je vais vous dire ce qui m'a captivé. J'ai toujours rêvé d'une sorte de but hypothétique que la femme écrivain atteindrait un jour dans son art. Ce serait quelque chose de si positif dans sa qualité que l'on cesserait sur-le-champ de le critiquer selon des critères masculins. Plus exactement cela établi-

rait de nouveaux critères, une sorte de fusion homme-femme, un furlong inaltérable pour l'étalon actuel en mille. Que serait cette positivité, quand et comment, je n'arrivais pas à le concevoir. Mais dans ce que vous avez fait là, je trouve cet avant-goût qui me dit que vous êtes la femme qui accomplira cela. J'ai toujours éprouvé jusqu'à maintenant du ressentiment à l'égard des femmes qui écrivaient. Je sentais que leurs critères étaient des critères masculins : et elles souffraient de la comparaison. Ce que je crois que vous faites (peut-être avez fait), c'est de créer un Art nouveau : si vous voulez, une sensibilité nouvelle qu'un homme peut accepter totalement, en tant qu'homme, sans la juger d'après ses propres critères. Une expérience nouvelle où le seul lien, de nouveau — ainsi qu'entre l'artiste véritable et son époque — est la foi. C'est l'ombre que projette devant lui votre récit de l'accouchement, et j'en suis heureux car c'est une véritable nouveauté. Vous êtes la nouveauté et votre œuvre à travers vous réalise un statut, une totalité, qui ne me concernent plus en tant qu'homme rencontrant une femme, mais en tant qu'homme rencontrant son créateur. C'est très bon parce que cela annonce une liberté émotionnelle, qui nous attend tous. un nouvel EST. Salut ! Si j'ai mal exprimé ceci, je le regrette, bien qu'en fait ce soit idiot de m'excuser. Vous comprendrez le sens, qui se trouve à des univers au-delà de la seule encre. Ainsi donc, salut ! Un salut de 400 coups.

Post-scriptum :

Chère Anaïs Nin,

Je parle en mon nom, et aussi pour Nancy, Patrick Evans, mon frère Leslie, et les deux chiens Puke et

Roger: MERVEILLEUX, ABSOLUMENT MERVEILLEUX, CORROSIF. Cela vaut un million de « Carols » et de « Zéros » et de Livres Noirs. *Nous en gémissions de douleur, d'une douleur physique. Un accouchement à lire. Merveilleux. Toutes mes félicitations les plus violentes et mon admiration. Toute ma jalousie, en fait.*

Ecrire en tant que femme. J'en prends de plus en plus conscience. Tout ceci se passe dans le véritable ventre, pas dans le ventre fabriqué par l'homme en guise de substitut. Etrange que j'explore ce ventre de chair véritable alors que je semble la plus idéalisée des femmes, la plus légendaire, un mythe, un rêve. Et c'est ce qui me fascine : descendre ainsi dans le véritable ventre, y attirer les hommes, lutter pour les y garder, et lutter pour le libérer de la femme, pour l'aider à créer un autre ventre. Le journal s'est terminé à Fez, dans une ville, dans une rue, dans un labyrinthe pour moi parce que c'était la ville qui ressemblait le plus profondément au ventre, avec sa douceur, sa tranquillité et son mystère des Mille et Une Nuits. Moi-même, femme, ventre, avec des fenêtres grillagées, les yeux voilés. Rues tortueuses, cellules secrètes. Labyrinthes et encore labyrinthes.

J'ai discuté avec Rango. Nous avons discuté de la folie. « Personne, dis-je, ne devient fou autrement que de solitude. Tant qu'il y a quelqu'un auprès de vous qui voit ce que vous voyez, entend ce que vous entendez, vous ne devenez pas fou. Tant d'artistes furent sauvés de la folie par la foi d'une épouse, alors qu'ils avaient tout le monde contre eux. Tu vois, Rango, la lampe suspendue là-bas, est de la couleur de la lune. Oui, elle a la couleur de la lune dis-tu, c'est donc que tu la vois aussi et que nous avons tous deux notre raison, mais lorsqu'il s'agit de l'artiste, bien souvent il se retrouve seul contre tous. »

La pluie tombe. Je dois faire face à des problèmes d'argent, des dettes, bien qu'Henry ait reçu 3000 F de droits d'auteur pour *Cancer,* et que Kahane m'ait en partie remboursé les frais d'impression du livre. Henry a donné 100 F à Osborn, il a donné 100 F à Reichel en acompte sur un tableau qu'il achète, a remboursé une dette à Edgar, 300 F de dette à Durrell, acheté une chemise et une cravate, et lorsque je suis arrivée deux jours après Henry déjeunait de haricots rouges, de gros haricots rouges. Lorsque j'ai retrouvé Betty Ryan au Dôme je lui parlai des haricots rouges et commandai de l'eau de Vichy. Comme nous en avons ri ! Je ne m'inquiète jamais pour des questions d'argent, mais je dois souvent avoir recours aux grands moyens, tels que mettre en gage tout objet susceptible de l'être, emprunter, jongler. Et au moment le plus sombre, il se produit quelque chose, un chèque arrive, un malade de New York me paie, des débiteurs s'attendrissent.

J'ignore pourquoi je ne peux me sentir humainement proche d'Hélène. Nous le sommes par moments. Lorsqu'elle est chez elle, calme et sérieuse, assise dans un fauteuil recouvert d'une peau de tigre, et que nous parlons de notre vie. Mais bientôt j'ai le sentiment que j'éprouvais avec Jeanne de jouer un jeu. Je vois les boules colorées de notre fantaisie qui flottent au-dessus de notre tête, je vois les yeux non humains, et je ne lui fais pas confiance. Les gens devinent en elle le non-humain, et ils ont peur d'elle, comme d'une personne qui en définitive ne s'intéresse pas aux autres, et n'obéit qu'à ses obsessions. Elle parle pourtant de sa vie en termes tragiques, mais cela ne me touche pas. Elle ne me touche pas. Elle semble irréelle. Une brillante

Méduse multicolore, capable de destruction. Un vampire, a-t-on l'impression, qui vous prend votre substance pour s'en nourrir. Pourtant son rôle conscient est maternel, elle est généreuse, imaginative, créatrice. Elle a deux visages, en fait : l'un, à domicile, faisant de la couture, sérieuse, tragique, la catholique qui a peur de pécher, et l'autre, au-dehors, le regard moqueur, la bouche sardonique, une allure osée et voluptueuse. Cet aspect glace les gens, ou bien les amuse. « Lequel est mon moi véritable ? » me demande-t-elle. Dualité absolue. Comme chez moi. Mais peut-être que ce qui est effrayant c'est que les divers aspects de sa personnalité sont comme des femmes sur une plaque tournante, il y a un mur entre chaque rotation. Si vous êtes enfermé avec l'une, l'autre ne vous entend pas. Son cœur n'y est pas. Il n'y a qu'une actrice, décidée à vous séduire. On ne pourrait appeler à l'aide cette Hélène dans un moment de détresse.

Sa haute taille, ses proportions statuesques, sa tête plus grande que nature, son cou puissant, ses yeux verts, sa voix forte donnent un sentiment de force et d'invulnérabilité.

Henry est tout en paradoxes. Il adore les aspects ordinaires, naturels de Paris. Il est désillusionné lorsqu'il voyage, parce que rien n'est extraordinaire ainsi qu'il s'y attendait. Je lui dis que sa quête du naturel, de l'ordinaire l'empêche de découvrir l'extraordinaire. Il ne comprend pas cela. On découvre l'extraordinaire dans la mesure où l'on se révolte contre l'ordinaire. On dirait qu'Henry craint l'extraordinaire, s'y dérobe, afin d'être forcé de caricaturer l'ordinaire, ou de créer l'extraordinaire. Je le recherche sans vergogne, et je le trouve. Rank, Moricand, Jeanne, Hélène, Carteret, Gonzalo, Fez. Henry goûte le familier et craint l'inconnu : Corton,

Durrell, etc. L'extraordinaire dans la vie le met mal à l'aise, il ne le reconnaît pas, ne l'aime pas tant qu'il n'est pas devenu familier, humain, naturel. On ne peut avoir de grandes aventures et ses pantoufles à la fois. Je me sens chez moi dans le merveilleux. Absolument chez moi. L'inconnu, le mystérieux, l'exotique, l'étrange, le jamais-vécu-auparavant, le difficile. Je suis mal à l'aise, paralysée dans le banal. Le banal ne m'est pas familier. Ce qu'aime Henry ce sont les gens qui manquent de pittoresque, qui n'ont rien de frappant, la rue banale, le cadran d'une horloge, une maison sans histoire, un café mal tenu, des gens médiocres. Lorsqu'il rencontre le merveilleux dans la vie, cela l'effraye. Je pense maintenant que June ressemblait à la Nadja d'André Breton, seulement Henry ne l'a pas acceptée. Il la tourmentait parce que c'était une mythomane, pourtant il est mythomane dans ses écrits.

Rango et moi, appuyés au parapet, voyions les clochards endormis sous les arbres, la Seine ondoyante.

Je lui parlais d'Albertine, la Souris, comme je l'appelle, je lui disais que rien de ce que je pouvais faire ou dire ne pouvait venir à bout de sa crainte, de sa suspicion à l'égard de mon amitié. Lorsqu'elle casse un plat, elle se lamente : « Madame va le retenir sur mon salaire. » Rango pensait qu'elle avait dû être maltraitée autrefois.

Rango parlait des rites. Les somptueux rites catholiques du Pérou. Tandis qu'il les décrit, ainsi que les tentures et les tapis indiens, les couleurs des textiles et des poteries, les règles de la courtoisie, j'ai l'impression de retrouver un monde perdu.

Lorsque Rango s'emporte contre la vulgarité du monde occidental, je comprends, lorsque Rango dit que nous sommes contaminés par une certaine affectation, incapables de rêver ou de profiter de la beauté, de réaliser la communion avec la nature et l'humanisme collectif des Indiens du Pérou, je comprends.

J'essaie de faire passer dans ma vie ce sens du rituel, par ma façon de m'habiller, les lieux où j'habite, par le symbolisme de mes cadeaux, par mon pouvoir de rêver, de sortir du réalisme par l'exaltation, loin de la violence, dans l'inconscient. Un univers somptueux de grandeur et de hiérarchie, de foi et d'adoration, que le monde occidental a perdu. Un monde perdu. La religion en tant que poésie. Artaud a tenté de retrouver le symbolisme et le rituel, de rompre avec le réalisme au théâtre, mais je crois qu'il avait trop d'emportement. Il était fou de colère. Ou bien toute folie est-elle un emportement ?

Zara a pris un chat noir sous sa protection. Le chat a vomi un ver. Zara en a eu des convulsions. Je la voyais, le visage tourmenté et les yeux saillants. « Les vers sont en moi. Voilà pourquoi je suis malade. Ils ont dévoré mes intestins et ce que je mange ne me nourrit pas. Emportez le chat. » Vers. Crainte de la mort. Elle ne me reconnaît pas.

Au même moment, Osborn hante le studio d'Henry. Il est étendu sur le divan et il tire la langue et il essaye d'en mâcher le bout. Ou bien il se met devant la glace, se coupe les cheveux de la main gauche et contemple son visage non rasé. Ou encore il arrive tenant son sexe dans ses mains, le montrant à Henry et à Edgar, disant : « Il a l'air très sain, n'est-ce pas, nullement syphilitique. » Et plus tard : « Henry, comment irais-tu de Littelfield, dans le Connecticut, à Boston ? »

Il a intenté un procès à un personnage imaginaire qui lui a volé ses manuscrits et les a vendus pour une somme colossale à un producteur d'Hollywood. Il croit qu'il a été mis à la porte de sa situation parce qu'il buvait du Pernod, fréquentait Montparnasse et avait une maîtresse. Il veut qu'Henry garde son argent et le lui remette par petites sommes.

Henry est obsédé, gêné par Osborn. Il veut quitter la villa Seurat. Il se cache. Il a peur de taper à la machine parce qu'Osborn risquerait de l'entendre et de vouloir pénétrer dans le studio. Il n'ira pourtant pas à Corfou où Durrell l'a invité. Il faut que je garde l'argent pour chacun d'eux. Henry me le remet. Il n'a pas confiance en lui. Il faut que j'envoie des enveloppes avec cent francs pour Osborn par l'intermédiaire d'autres personnes. Osborn habite dans quelque hôtel sordide.

Henry a l'air fatigué, sérieux. Il veut prendre ses repas au restaurant, loin de la villa Seurat.

J'en ai assez des acrobaties d'Edgar. Henry aime les acrobates mentaux. Henry m'invite encore à parler. Je m'arrête dès que je me sens mal comprise. Edgar, ainsi que Fraenkel, parle géométriquement, mathématiquement, par abstractions. Je ne comprends pas les abstractions. Je n'ai pas honte de cela.

Ce que j'aurais dû dire à Edgar c'est : « L'auto-analyse est destructrice. Elle n'engendre que l'introspection. Elle se fonde en général sur une fausse prémisse. Elle est paralysante. L'analyse de soi par un guérisseur professionnel est objective, dynamique. Elle unifie. L'auto-analyse dissèque et désintègre. L'analyse ne devrait être employée que par des professionnels. L'auto-analyse est anti-créatrice. Elle est passive. »

Rango dit : « Etrange, l'effet que tu as sur moi. Bien que tu me drogues de poésie, tu as sur moi un effet dynamique. J'ai besoin d'action. » Je l'ai un jour aidé à adopter une attitude ferme à l'égard d'un homme qui était un politicien et qui voulait se servir de l'esprit révolutionnaire romantique de Rango. Je l'aide par ma clairvoyance vis-à-vis des gens.

En attendant au café, j'écris ces mots : « *Etre* la

matrice. » Et cela libère un formidable univers féminin. Je suis complètement divorcée du monde des idées de l'homme. Je nage dans la nature. Etre la matrice... englober. Ma pitié ressemble à de l'amour et on la prend souvent pour de l'amour. Tous les artistes et les intellectuels se précipitant pour trouver le rythme de leur sang dans la guerre et la révolution. Je vais partout où il y a la pulsation de la vie. Rien ne peut détruire mon univers individuel, nulle action collective. Nul orage sur terre. Communisme, cela s'appelle.

Mais pour moi c'est le drame, le poème et le rythme des haines personnelles, désirs, envies, et guerre, passions, avidité. Un jour, ces mêmes ouvriers que l'on piétine deviendront les tyrans, les mêmes « patrons » avides et inhumains.

Ma folie est celle de la perpétuelle identification aux autres. En tant qu'êtres humains, non pas en tant que membres d'une race, d'un parti ou d'une classe. Les gens se mêlent en moi. Il y a un courant qui les relie, une absence de cloisonnement.

Carteret et moi nous sommes allés là où l'on interroge les fous lorsqu'ils sont amenés pour la première fois. Un psychiatre pose les questions. Quelques étudiants, quelques amis des médecins composent l'assistance.

On l'amena en camisole de force, les jambes attachées ensemble. Ses cheveux, clairsemés sur le dessus, étaient humides de transpiration. Le médecin souriait en voyant ses yeux clairs, sa bouche enfantine, son expression intriguée devant ses bras croisés et ses jambes liées.

« Pourquoi êtes-vous aussi violent ? Pourquoi aviez-vous peur de venir ici ?

— Vous allez m'enlever ma force, vous aviez tout préparé pour m'enlever ma force.

— Pourquoi voudrais-je vous enlever votre force ?

— A cause du merle blanc, qui naît tous les cent ans. Le merle blanc est l'ami des bons. Et l'homme à la cravate blanche, qui m'a prévenu du danger, était de l'ordre du merle blanc. Le merle blanc est maintenant en moi et les aigles fins sont envieux, les aigles fins sont les amis du mal et ils sont contre moi. Ils viennent à six, en costume gris, et ils me poursuivent. Je les vois quelquefois en calèche, c'est-à-dire qu'il y a longtemps de cela, dans une gravure que j'ai vue, aujourd'hui bien sûr ils arrivent en automobile. Le président est mort aujourd'hui, sans quoi on ne m'aurait pas amené ici.

— Le président n'est pas mort aujourd'hui.

— Pas lui, peut-être, mais alors c'est l'autre, celui qui lui ressemble.

— Il y en a un qui lui ressemble ?

— Oui, tout comme il y a quelqu'un d'exactement semblable à moi, qui pense tout ce que je pense, c'est une fille, c'est ma fiancée, mais je ne peux pas la trouver.

— Sait-elle que vous êtes ici ?

— Pas encore.

— Qui d'autre vous pourchasse ?

— Un moine châtré, qui prend parfois la forme d'une femme.

— Où voyez-vous ce personnage ?

— Dans la glace.

— Voyez-vous autre chose dans la glace ?

— Ce moine châtré et qui prend parfois la forme d'une femme.

— Vous savez que je ne vous veux aucun mal, n'est-ce pas ?

— Oui, je sais cependant que vous aviez tout préparé pour me retirer ma force, comme Abélard.

— Pourquoi voudrais-je vous retirer votre force ?

— Parce que je désirais ma fiancée, cette jeune fille qui pense comme moi.

— Voyez-vous le merle blanc fréquemment ?

— Il naît tous les cent ans, aussi, voyez-vous, il y a beaucoup plus d'aigles fins qu'il n'y a de merles blancs, et le bien est toujours persécuté et suivi par six hommes vêtus de gris dans une calèche comme dans la gravure que j'ai vue, ou si vous préférez, en automobile comme ce le serait aujourd'hui.

— Comment reconnaissez-vous le merle blanc ?

— Par mes pensées.

— Vous avez essayé de vous suicider, n'est-ce pas ?

— Oui, parce que personne ne m'aimait. On m'a envoyé pour vivre la vie de Musset et, comme vous le savez, il a beaucoup souffert et personne ne l'aimait, et, comme vous le savez, il buvait énormément parce que personne ne l'aimait. On m'a envoyé pour vivre la vie de Musset et expliquer la prophétie qu'il fit au café avant d'être pendu.

— Il fut pendu ?

— Oui, personne ne le sait, et je dois sauvegarder son honneur.

— Comment pouvez-vous sauvegarder son honneur ?

— En expliquant la prophétie qu'il fit dans un café avant sa fermeture, et que j'ai reçue de lui alors que je me tenais devant la glace, en agitant un chiffon blanc, au son de l'angélus.

— L'angélus ?

— Je suis né à midi, alors que l'angélus sonnait. Blanc est la couleur du merle blanc et les aigles fins se croient supérieurs à lui, ils se figurent qu'ils ont tout le pouvoir, mais ce pouvoir est en moi maintenant, voilà pourquoi vous voulez me retirer ma force.

— C'est pour cela que vous avez fait preuve d'une telle violence lorsque j'ai voulu vous amener ici ?

— Non, cette fois-là, c'était simplement pour faire de l'esbroufe devant vous, parce que vous y comptiez, c'est ce que vous attendiez, alors je l'ai fait, parce que je sais bien que tout ce que je vous raconte vous croyez que c'est tiré d'un roman policier, et vous savez que c'est vrai que j'ai lu cent mille romans.

— Pourquoi vouliez-vous mourir ?

— J'ai l'amour bleu, le bleu de l'amour, parce que la femme qui correspondait en tout point à ce que je pensais ne m'aimait pas, alors je me suis jeté dans le Nil en Egypte. Elle voulait savoir d'où me venait ma force. J'ai beaucoup d'ennemis.

— Pourquoi donc ?

— Parce que, lorsque l'on est blanc comme le merle blanc et que les autres sont noirs, on a des ennemis. C'est toujours pareil. C'est le merle blanc que vous voulez me retirer. »

Le médecin abandonna l'homme à la camisole et se tourna vers son auditoire : « Vous voyez, dit-il, rien de ce qu'il raconte n'a le moindre sens. Il n'y a ni logique, ni continuité. C'est un cas évident de schizophrénie, avec des déclarations décousues, des dissociations d'idées chaotiques et dépourvues de sens, et une obsession de la persécution. »

Il observait l'homme à la camisole, qui riait doucement et dit : « Je savais que vous croiriez qu'il s'agissait d'une histoire policière, mais je savais que tout cela m'arriverait et je l'avais vu dans la glace, l'avertissement de l'homme à la cravate blanche n'est pas tombé dans l'oreille d'un sourd, et ainsi tout ce que vous m'enlevez vous ne pouvez me l'enlevez parce que je vis la vie d'Alfred de Musset, qui fut remplie de souffrance, et il y a un moine dans la glace qui surveille maintenant les six hommes en complet gris qui voulaient me tirer dessus. »

Les deux aides qui se trouvaient là pour empêcher le

fou de devenir dangereux, se tenaient à côté de lui. Le médecin lui souhaita au revoir et dit qu'il pouvait quitter la pièce. Le fou se leva. Les deux aides qui savaient bien que ses pieds étaient attachés et qu'il ne pouvait marcher sans assistance, le regardaient et ne firent pas un geste pour le soutenir. Ils le laissèrent faire deux pas tout seul pour quitter la pièce. Le médecin se tourna vers son auditoire d'étudiants avec une lueur ironique dans le regard, un air de connivence qui semblait dire : « Comme je suis intelligent, moi le médecin, et combien intelligents mes étudiants, combien supérieurs à ce dégénéré. »

Le fou fit deux pas et tomba en avant. On le laissa tomber. Et le médecin était là, assis, un rictus aux lèvres, fier de sa lucidité et de sa logique, et on le laissait sourire, et les dieux permettaient au fou de dire des choses profondes, des choses qu'un poète pouvait comprendre, que n'importe quel poète aurait pu déchiffrer pour le médecin, et tout était permis, cette moquerie d'un homme égaré dans son labyrinthe inconscient, demandant le chemin, et que l'on traitait avec mépris.

Après avoir entendu cela, Carteret et moi nous quittâmes le Palais de Justice (Justice !), et suivîmes les quais. Les êtres humains apprendraient-ils jamais la signification du symbolisme ? Poètes et rêveurs et fous, employant un langage nécessaire à la vie au-dessous du niveau du conscient.

Nous épiloguions sur la cruauté du médecin qui se croyait tellement supérieur, et sur l'imagination poétique du fou et ses fantaisies combien chargées de sens. Si le symbolisme était quelque chose à proscrire, pourquoi, alors, tout le monde rêve-t-il sous forme de symboles ?

Jean Carteret.

Son visage me rappelle les visages que j'ai vus à Fez. Le front, les yeux, presque toujours beaux, et les joues, le menton, la bouche presque totalement abîmée par des marques de petite vérole, le sourire gâché par des dents d'or. Comme des visages sculptés dans la pierre en partie abîmée par les intempéries. Le front de Jean, ses yeux, ses cils, avec une beauté spirituelle, illuminée comme on imagine le front et les yeux de Rimbaud. Mais le reste de son visage marqué de petite vérole révèle l'angoisse, et le sourire le chagrin.

Il aime avoir des fermetures Eclair à toutes ses poches qui sont pleines et inépuisables. Il transporte des livres, des photographies, des notes, des magazines, des pipes. Il vit comme un escargot lourdement chargé. Ses yeux sont innocents, bleu pâle, pourtant il attire et recherche les personnages des bas-fonds, aventuriers, acteurs de cirque, guides de Paris la nuit, forains, escrocs, joueurs, prostituées, souteneurs. Il arrive en retard partout. Il ne peut rien terminer, réaliser ou accomplir ses désirs. Vie chaotique et surchargée. Chaque jour de nouvelles explorations, de nouveaux appétits, de nouveaux enthousiasmes. Tout est intéressant. Il écrit des lettres qu'il ne poste jamais, promet des visites qu'il ne fait jamais.

Mais Rango m'a initiée à ce monde de promesses non tenues, de grandes productions littéraires volatilisées en discussions nuit après nuit au café. Rango dit : « Je vais arranger ta radio. Je te montrerai ce que j'ai écrit à propos de *La Maison de l'Inceste.* » J'ai appris à ne pas y croire, à ne pas attendre. Car je suis le genre de rêveur dangereux qui exécute toutes ses rêveries, tous ses désirs, paroles, promesses, projets. Le plus excentrique et le plus léger. Un souhait pour moi n'est pas un jeu : c'est une création. Si je suis étendue sur mon lit et que je rêve du collier de coquillages pointus que je pourrais coudre sur ma robe noire, il faut que je me lève et que je couse les coquillages.

Il faut marcher très légèrement sur les vagues et les vibrations de l'extase pour rester dans l'humeur poétique, les yeux mi-clos pour ne pas voir la détérioration, les ravages, la maladie, la laideur. C'est un état auquel parviennent aisément les gourous du Tibet. Ils peuvent marcher pieds nus sur la neige. Ne puis-je marcher sans voir les marques de petite vérole et les dents d'or. Le merle blanc du pauvre fou chantait à nos oreilles, car il avait raison ; il y a beaucoup d'ennemis désireux de détruire la pureté, l'innocence, ou le visionnaire qui voit ce qu'ils ne peuvent voir. Et si leur vision était défectueuse ? Le médecin limité dans sa vision ?

Carteret s'éloigne, perdu dans la circulation, me faisant signe de la main depuis son autobus, et je suis assise au café en compagnie de Rango qui décrit les tortures infligées aux communistes au Pérou, comment on les a laissés debout dans l'eau jusqu'à ce que leur peau se craquelle, que le sang se coagule, les jambes gonflent et que les hommes deviennent fous de douleur.

« Rango, je ne peux vivre dans un pareil monde. C'est pourquoi je me détourne. A moins que je ne puisse agir, les sauver, combattre la cruauté du monde, il faut que je me détourne et vive dans un autre monde. Je ne peux le voir comme un parti politique donné, je le vois comme la cruauté de l'homme. »

Le tourment de Rango se calma doucement. Je lui donnai des médicaments pour Zara, et je pris le métro pour aller retrouver Henry au café. Henry a signé son contrat avec les éditions Stock pour la traduction de ses livres. Lorsqu'il arrive, il parle avec excitation, mais il dit qu'il n'est pas excité parce que tout cela est arrivé trop tard.

Il pleut. Ses amis, les Rattner, ont été invités à fêter cela. Abe Rattner peint comme Rouault. Bettina écrit sur les modes.

Henry connaissait Rango depuis des années, Artaud le connaissait, et pourtant je ne l'ai rencontré que des années après. Pourquoi? Je ne l'aurais pas compris avant.

Qu'est-ce que la destinée? Henry m'a présentée à Rango lorsque le moment fut venu, lorsque l'impersonnalité de la vie et des amitiés d'Henry me parut froide.

Comment chaque ami représente un univers en nous, un univers peut-être pas encore né avant leur arrivée, et ce n'est que par cette rencontre que naît un nouvel univers. Avec Rango, j'ai redécouvert mon univers espagnol, mon sang espagnol, la chaleur et l'engagement personnel, la réponse directe et passionnée à l'expérience, le feu, le fanatisme, la ferveur, la foi, le pouvoir d'agir *en entier,* la plénitude, le souci. Henry ne se fait pas de souci. Rango se fait du souci. Il pourrait mourir pour une cause, pour les ouvriers, pour les pauvres. Henry ne cherche que son plaisir et sa glorification personnelle. Rango veut se donner.

Ironiquement, Henry déclare qu'il est en train de devenir un saint et que sa vie a été une erreur. « Mettez cela dans votre journal, Anaïs. » Henry dit qu'il aime être en compagnie de lui-même maintenant, pas dehors, il se recueille, se concentre.

Et je me disperse, comme je l'ai appris de lui, afin de me donner, de gaspiller, de vivre aveuglément. Les gens passent à d'autres plans, échangent leurs qualités, changent. Henry discute de l'analyse avec Edgar, je m'éloigne de l'analyse vers l'action.

Depuis qu'Osborn est arrivé, a hanté le studio d'Henry, a emprunté de l'argent et de la nourriture, Henry, tout en agissant avec sagesse et compassion, n'a cessé de devenir de plus en plus déprimé. Sa propre passivité, résignation, inertie le lie en un nœud. J'ai tenté de l'aider. J'ai souffert ses sautes d'humeur, sa fatigue, son découragment. Je comprenais. Henry était loin.

Lorsque Henry se trouve devant un conflit, il fait le

mort tout simplement. Lorsqu'il se trouve devant l'obligation de prendre la tête, d'agir, de se libérer, de se dégager, il est paralysé.

Il tombe malade. Il dort. Il hiberne. Il ne peut agir. Il dort toute la journée, comme si cela pouvait résoudre le problème d'Osborn.

Il dit qu'il se sent tout secoué intérieurement, fatigué, qu'il a besoin de se concentrer. Nous avons dîné au café et avons parlé tranquillement. Il dit : « J'ai l'impression que je n'ai jamais vécu au même niveau que celui où j'écris, sauf avec vous, et maintenant avec Edgar.

— Avez-vous fait cela pour ne pas être seul, pour être comme les autres, avec les autres, pour ne pas devenir fou ? Vous recherchiez la médiocrité chez les gens, dans la vie. Pourquoi l'état d'Osborn devrait-il vous déprimer ainsi ? Avez-vous peur d'être coupé comme lui de la réalité ? »

Rêve : un long chemin de glace qui serpente. Je marche dessus, terrorisée à l'idée que la glace se rompe. Je cours, prise de panique. Henry s'engage sur le chemin, et je lui donne la main. Je lui dis de ne pas essayer, parce qu'il est plus lourd et qu'il va passer au travers. La glace se rompt. Je le tiens pour qu'il ne tombe pas dans le trou mais je sens la chaleur qui s'en dégage et je tire Henry hors de l'enfer. Nous devons tous passer par une étroite ouverture pour arriver en un certain lieu. Je ressens l'angoisse habituelle devant un trou, et décide de prendre une autre route. Je saute par-dessus des lacs, des buissons, des collines, comme une biche. Je parviens à un château isolé, très ancien et ravagé. Il a de nombreuses pièces fermées à double tour avec de grandes clefs. La pluie tombe par les fenêtres cassées, et le plancher pourrit. J'ouvre toutes les pièces.

J'arrive à une pièce, et par une porte vitrée, j'aperçois un homme assis de dos, assis au milieu d'une pièce absolument vide. Il est blond. Je suis prise de panique et je m'enfuis, emportant l'une des clefs. Lorsque je retrouve les autres, le manager de Zara a décidé que je devais danser une danse indienne, le corps peint en doré, avec des plumes. Je dis à Rango : « Je crois que Zara ferait cela beaucoup mieux que moi. » Rango est de cet avis. Un homme dit : « Si vous vous êtes introduite dans ce château, pouvez-vous le prouver ? » Je dis : « J'ai une des clefs. — Alors vous êtes une hystérique », répond-il. Cocteau, Chirico, et Dali !

Durrell écrit :

Votre petite histoire dionysiaque de la naissance, cela vit et brille, je vous le garantis... Je n'ai aucun doute, pas l'ombre d'un doute que vous êtes une artiste. Le sens de la dislocation me le prouve encore plus sûrement. Solitude est le mot de passe...

A Durrell :

Lorsque j'ai lu votre lettre le mot foi *s'est détaché immense, et j'ai été frappée par la chaleur, la douceur estivale de la lettre. Lorsque je suis arrivée à « l'atrophie spirituelle de Gregory », je me suis dit non, ce qui ne va pas chez lui c'est seulement le conflit émotionnel, le conflit anglais. C'est le sentiment dont l'Angleterre a honte et qui tracasse Gregory. Difficile d'exprimer tout cela en anglais. Le tabou du sentiment. Je ne veux pas dire que Gregory est anglais, ni qu'il a des sentiments atrophiés, mais ils sont repliés à l'intérieur, indirects, ils se déplacent obliquement, ils ne s'agitent que dans le noir, ils se manifestent de façon perverse, par l'ironie, l'hystérie, et pleinement dans la poésie seule. C'est ce qui manque entièrement chez Huxley* [*à qui on l'avait comparé — A.N.*] *et c'est pourquoi je ne vois pas la moindre affinité. Et pour commencer Huxley n'est pas un poète. Ça ne chante pas. Vous, si. Pourquoi faut-il que Spandrell commette un crime? C'est pour échapper d'un bond à la paralysie créée par les abstractions. Les gens sautent dans le crime, pour ramener à la vie le sang lorsqu'ils n'en ont pas. Une fois encore l'émotion est laissée de côté. Elle est confondue avec la sensation. Voyez le bond du surréalisme à la révolution, la guerre. Gregory, parce qu'il analyse, est conscient, divisé, mais pas paralytique. Ses instincts, sa nature sont vivants. Sa faculté de sentir est là, comme un explosif. Attendant de révéler son visage dans l'extase. A d'autres moments elle est aveuglée, éblouie, rendue muette par la vision. Je pourrais vous dire ce qu'Henry a dit de moi dans le journal, je vis les yeux trop ouverts... Et je vois les vôtres se fermer un peu, la métamorphose. Vous êtes déjà ailleurs. Vous êtes parvenu à la vie par la divination d'abord, je suppose, comme moi-même. Combien pareil à Gregory et sa sincérité et ses aboutissements cosmiques. Je me demande où vous en êtes maintenant de votre métamorphose? Je suis dans les ténèbres, cherchant le silence. La tête est calme, ainsi que tout le reste, toutes les autres cellules sont des tentacules qui respirent. Me demande pourquoi vous m'avez appelée la « superwoman » sous-marine. Cela m'a fait bien rire, pourtant c'est vrai. Seulement cela m'a pris des années pour retrouver mes nageoires et l'usage de celles-ci. J'essayais de marcher (comme les pingouins) et de penser comme un homme. J'étais fortement impressionnée par la manière de penser de l'homme!*

Eugène Jolas vient faire une visite. Il ressemble à un taureau prêt à foncer. Il est lourd de mysticisme allemand. Il a perdu ses illusions devant les concessions temporelles des poètes. Il loue *La Maison de l'Inceste* comme une merveille de langage, de beauté, qui lui a « donné de grandes frayeurs ». Je crois qu'il avait l'impression que sa vie était vouée à la découverte d'un langage nouveau. N'a-t-il pas l'impression que James Joyce a fait cela ? Il est désillusionné par le « réel ». Nous parlons donc en harmonie, une sorte de langage mystique opaque. J'entends les chevaux sémantiques sauter au-dessus de notre tête, un bain de brumes et de brouillards et son « langage de la nuit » avec ses cavernes rouges, ses lettres très noires et ses mystérieux hiéroglyphes. Dans le visage de Jolas je vois un homme tourmenté, avec un sourire anxieux, et un désespoir mystique dans un monde qui devient absolument unidimensionnel.

Rendant visite aux Gilbert, j'étais au désespoir de me sentir timide parce qu'il y avait trop de monde.

Stuart Gilbert répète que je suis intense, émotionnelle lorsqu'il s'agit de moi, mais que lorsque je décris les autres, j'ai de l'ironie et de l'humour. Il goûte mes esquisses. A lu tout ce qui est recopié du journal et dit que j'ai créé mon style propre.

On l'imagine très bien dans un uniforme de juge colonial en Indochine ou à Sumatra. Un visage de Bouddha anglais dispensant la justice, ses petits yeux alertes pour la comédie, sa « tolérance » à l'égard des indigènes, son savoir, son détachement. Au moment de partir, Caresse Crosby lui a demandé : « Traduisez cela pour moi. » (J'oublie de quoi il s'agissait.) « Mais je ne suis pas traducteur », dit-il. Et il a fini par traduire Joyce en français, et par écrire sur James Joyce.

Le piano occupe une bonne partie du salon qui a deux fenêtres donnant sur la Seine. Un gros arbre aux branches tombantes forme un treillis à travers lequel passent péniches et bateaux, et le fleuve ressemble, à un miroir brisé, ou à une rivière de diamants répandue. Mme Gilbert a un beau visage tendre, le visage de la mère-épouse idéale, bien que jeune, un regard prêt à comprendre et à protéger, une voix pour apaiser, un sourire pour consoler, et avec cela un ravissant rire d'être humain qui n'est pas perdu au milieu des abstractions, qui crée l'atmosphère dans laquelle les livres sont comme des invités vivants et étincelants, pas comme des objets. Il y a toujours des livres partout, empilés sur les tables. Fauteuils profonds, bienveillance et une manière de cultiver sans ostentation la qualité uniquement. Leur appartement sur les quais est un bateau immobile que nulle tempête ne peut faire chavirer. Il est ancré dans le monde de l'intelligence.

Ma mère recueillait des vêtements pour la Croix-Rouge espagnole (la Croix-Rouge de Franco). Je lui demandai de me donner un costume qui venait de David Nixon, le violoniste, pour quelqu'un de très pauvre qui travaillait pour l'Espagne.

« Pas un républicain ? s'enquit ma mère.

— Pas un républicain. »

Je le portai à Rango qui n'avait rien à se mettre pour le vernissage d'une exposition où il y avait quelques-uns de ses dessins. Je demandai à un ami d'acheter l'un des dessins de Rango pour qu'il soit encouragé, en promettant de le lui racheter plus tard. Vint alors le jour et nous nous retrouvâmes tous rue de Seine. Rango parut dans son costume bleu foncé et je vis quel effort c'était pour lui de ne pas fuir. Il est sauvage et timide lorsqu'il y a du monde. Il cherchait continuellement une ouverture, à droite et à gauche, comme s'il avait été dans un corral, guettant une chance de s'échapper. Ses yeux paraissaient plus sombres qu'à l'ordinaire, et il gardait la tête penchée. Bien que le costume fût assez grand, on eût dit que les vêtements occidentaux n'étaient pas faits pour lui. Heathcliff. L'Inca venu tout droit du Pérou, trop grand, trop sauvage pour cette galerie exiguë, pour l'étroite rue de Seine. Il ne cadrait pas avec ce monde minuscule, entre des murs, dans une foule, écoutant des compliments artificiels. Il se tenait près de la porte, puis il sortit pour respirer. J'étais à côté de lui et nous vîmes tous deux, au même instant, David Nixon s'approcher de la galerie, avec ma mère ! David allait reconnaître son costume, ma mère, un républicain ! Rango disparut avec la célérité d'un magicien consommé.

Lorsque Henry parle de l'impersonnalité de ses relations (un ami qui en vaut un autre, interchangeable, ils peuvent bien bien s'en aller, cela ne lui fait rien), j'essaie de lui expliquer ma compassion impersonnelle qu'il ne comprend pas. Je suis poussée par une force que je ne contrôle pas, à créer, à construire, à donner espoir et compassion même lorsque la personne ne compte pas pour moi.

De temps en temps, Zara déclare qu'elle va se remettre à danser. Cela signifie qu'il faut aller récupérer à la cave ses malles de costumes, que Rango doit préparer des couleurs pour décorer ses robes et ses coiffures qui sont ternies, que je dois acheter des perles et des étoiles d'argent, des glands, du fil d'or, des bijoux, des verroteries, des glaces. Elle est prise d'une activité fébrile des journées entières, préparant sa garde-robe. Puis, tout aussi brusquement, elle oublie la tentative, referme les malles, et Rango les coltine à la cave de nouveau.

J'observe Zara en train de coudre des haillons. Peu importe ce qu'on lui donne, entre ses mains cela ressemble bientôt à des haillons. Elle assemble des haillons et confectionne des costumes de théâtre comme en font les enfants pour des pièces d'amateurs. Elle se fabrique des vêtements qui lui donnent l'air d'une chiffonnière. Tout ce qu'elle touche ressemble à un objet de chiffonnier dès que cela a été pétri par ses mains. Cela devient vieux, passé, rapiécé, en l'espace de quelques secondes. Comme si ses mains desséchaient tout ce qu'elles touchent. Une fois, à l'issue d'une réception où elle avait admiré ma robe persane de cotonnade à fleurs, je lui portai la robe comme si je voulais l'habiller de quelque éclatant vêtement à fleurs à la place de ses haillons, un vêtement magique. Elle s'empressa de la teindre en noir. Elle tua ses couleurs. Une autre fois (comme elle dit que j'ai un nez de lapin), je lui portais à l'hôpital une liseuse en lapin blanc pour porter au lit, disant que c'était ma propre fourrure qui lui tiendrait chaud. Elle ne la mit jamais. Elle se tailla une liseuse dans une vieille couverture grise mitée. Elle s'obstine à s'habiller comme une pauvresse implorant la pitié. Elle trouve de plus en plus de charme à jouer son rôle pitoyable, au point que parfois Rango et moi nous éprouvons autant de lassitude que devant les mendiants professionnels. Elle continue dans ce rôle longtemps après qu'il a cessé d'être vrai. Etait-ce l'enfant chez Zara qui refusait de mourir ? Tous les désirs inassouvis sont des enfants emprisonnés.

Elle a le dos voûté lorsqu'elle est assise. La danse de Zara était un miracle, l'inverse de sa vie. Dans la vie, elle claudique, courbe l'échine, se balance maladroitement, a des réflexes lents, s'habille comme une pauvresse et se déplace comme une infirme. Sur scène elle devenait fougueuse et satanique. Ses danses indiennes étaient puissantes et violentes.

Son visage est usé. Sa peau est vieille, bien qu'elle ait une trentaine d'années. Elle a des expressions de paysanne rusée, de jeune mendiante dans la rue. En fille du peuple très pauvre, elle a éveillé la compassion de

Rango, Rango don Quichotte, le défenseur des pauvres. Elle dansait alors dans des boîtes de nuit, et Rango était le mouton noir de sa puissante et riche famille.

Dans la courbe des cils de Zara, dans la forme de ses paupières, il y a la souffrance. Elle s'humilie, s'enlaidit, se fait plus pauvre, se replie sur elle-même, ne s'intéresse à rien d'autre qu'à sa danse, ne peut voir danser les autres ni lire, ni même tourner les yeux vers l'extérieur. Elle a un visage terreux, ascétique. Je lui ai donné des vêtements, des manteaux, tout ce dont je pouvais disposer. Rango disait : « Zara n'a pas de manteau. » Puis, un jour qu'ils déménageaient, je dus aider Zara à faire ses malles, et toutes ses malles furent apportées de la cave. Ses malles de costumes. Il fallut en ouvrir une, et il en sortit un manteau de fourrure, des robes de toutes espèces, des sous-vêtements, des chaussures, des bas, tous ses atours de l'époque où elle dansait à New York avec la troupe Ziegfeld. Sacs à main, mouchoirs, ceintures, peignes, tout ce dont elle pouvait avoir besoin et qu'elle avait accumulé comme une bohémienne, tandis que je me dépouillais pour l'habiller.

Attachement de Rango pour Zara, touchant. J'éprouve la même pitié lorsque je la vois plus petite, rétrécie, sourde, les cheveux pendouillant, ses cheveux noirs qui sont morts, et qui ne danse plus mais se dessèche.

Elle dit : « Je perds mes cheveux par touffes entières. Mes dents me font mal, et se déchaussent. Rango est fou. Il paraît changé uniquement parce qu'il s'appuie sur toi. Il laisse tout aller à vau-l'eau, et dit que c'est la destinée. Avec sa cigarette, il a failli mettre le feu à l'immeuble. Il a jeté son mégot allumé dans le vide-ordures et cela a provoqué un début d'incendie pendant la nuit. Pour une femme, aimer Rango ce n'est pas le bonheur. C'est un homme qui sacrifie la femme à lui-même à son insu, inconsciemment. C'est un enfant. Je sais pourquoi tu veux lui faire cadeau d'une presse à imprimer. Tu veux empêcher Rango d'aller en Espagne pour combattre. Tu penses à moi. L'idée de Rango à la guerre, quand j'y songe, toute la beauté de cet après-midi devient noire. »

J'observe parfois ses gestes avec horreur. Car il lui arrive d'aller bien au-delà de la dramatisation que sa formation de danseuse rend compréhensible. C'est un personnage de théâtre, elle exprime vraiment tout avec son corps, mais dans sa danse, lorsqu'elle dansait avec tant d'intériorité, je reconnaissais déjà les gestes de la folie. Elle exagère sa mimique à un point monstrueux, pour exprimer la douleur physique. Pour la douleur de la pleurésie, que j'ai connue, elle jouait de ses mains comme la statue du dieu dont les entrailles étaient dévorées par les corbeaux. Pour des douleurs d'estomac elle imite quelqu'un sur un bûcher. En fin de compte, je reconnus qu'elle avait transposé son don du théâtre en un don pour la dramatisation de sa maladie afin de toujours paraître à l'agonie, à deux doigts de mourir. Cette menace de sa mort planait au-dessus de la tête de Rango, ne lui laissait aucun répit. Il ne pouvait oublier ses menaces que lorsqu'il était ivre. J'étais horrifiée de voir ces gestes ressembler aussi souvent à ceux des fous. Il y a de la folie dans la caricature des gestes, dans des déformations grotesques. Si le drame de Zara ne détruisait pas Rango, je pourrais en être émue, mais je devais la démasquer afin de sauver la vie même de Rango.

Découragée par ma timidité. Présentée à André Breton, ai failli m'enfuir prise de panique. Il m'inspire de la terreur parce que j'ai tout à fait conscience que ses idées nous ont tous profondément marquées. Et il est lui-même un grand poète.

—

(ÉTÉ 1937)

La pauvreté, voilà la grande réalité. C'est pourquoi l'artiste la recherche. C'était ma seule réalité lorsque j'étais enfant. Cela m'a rendue proche de l'humaine réalité pour toujours. Je l'ai recherchée par la suite, volontairement, pour demeurer proche de tous mes amis, Henry, Zara, Rango, Moricand, qui tous étaient pauvres. La pauvreté a une signification religieuse également. Elle représente le sacrifice, elle est d'ordinaire le résultat d'un choix entre les valeurs artistiques, spirituelles, et les valeurs matérielles. Elle a une signification spirituelle. Pour protéger les pauvres, je me suis refusé des voyages, le luxe, des vêtements, certains conforts. Je n'ai conservé que le strict nécessaire. Je me suis dépouillée allégrement. J'éprouve une grande joie lorsque je pense à Henry travaillant dans son studio, à ses aquarelles, à Zara qui a la possibilité de consulter un médecin, à Rango avec du papier pour dessiner, des costumes à porter. Moins je possède, et plus je me sens riche. Je recherche la pauvreté. Mais lorsque je vois ce qu'elle a fait d'Henry, Rango et Zara, je reste songeuse. Leur santé détruite, leur œuvre, leur vie. Sans protection, leur rêve détruit. Pas de nourriture. Pas de matériaux pour travailler. Pas de papier, pas de peinture, pas de machine à écrire, pas de costumes, pas de médicaments. Je recherche pourtant cela. Chaque jour je m'en rapproche. Pour être plus proche des valeurs spirituelles ? Plus proche des vaincus, des ratés, parce que je sens qu'ils ont des qualités que les autres n'ont pas, les riches, les égoïstes, les flattés, les reconnus, les décorés ? Je suis née sous le signe du donateur, les Poissons, il faudra que je donne encore plus. Je dois renoncer à rendre visite à mon père à Caux, à séjourner à Corfou chez les Durrell, à Montecani avec Hélène, ou à Venise avec ma mère et Joaquin, parce qu'il faut que je paie le loyer d'Henry, le loyer de Rango et que je les nourrisse tous. Pas de repos. Pas de bord de mer, pas de voyages, pas de vacances. Voilà. Pas de tenue de plage de chez Heine, pas d'air de la montagne, pas de soleil sur le corps. Mais je prends plaisir à voir comment vivent mes enfants. Rango est si bon pour le présent, il est bon pour la vie, mais c'est pourquoi il est peut-être une valeur moindre dans l'éternité, en art, qu'Henry. Il est immédiat, et c'est pourquoi il vit dans la politique. Il vit tellement dans le présent qu'il a le don merveilleux de l'émotion directe, comme une femme, un don merveilleux de répondre avec tout son être, contrairement à Henry. Rango vit tellement dans le présent que lorsqu'il achète des cigarettes il oublie les allumettes et doit ressortir. Le moment d'après il pense au café. Dès que la création commence il y a un besoin de planification, un besoin de penser à demain. J'ai un tel sens de la création, de demain, que je ne peux m'enivrer sachant que je serai moins vivante, moins créatrice, en moins bonne forme le lendemain.

Rango aime avec attachement, fidélité, sacrifice, avec un don de soi. Henry aime d'une façon primitive, il goûte, prend, utilise, et ne se donne jamais. C'est tout pour lui, pour son travail, pour son profit, pour sa carrière d'écrivain, pour son appétit, ses plaisirs.

Mon père parle des merveilles du microscope, du scorpion qu'il a vu et qu'il a étudié, des minéraux de la poudre d'or. Et pendant ce temps je m'interroge sur le roman que j'ai écrit, était-ce la vérité ? Henry a déformé June dans son roman, ai-je déformé mon père ? L'art est un microscope, tandis que vous examinez un aspect d'un être humain, vous ne pouvez donner le portrait intégral et complet. Le journal est plus proche de la vérité, parce qu'il dépeint mon père chaque jour à nouveau, avec les changements, les paradoxes, les contradictions, l'évolution, et dans ces oscillations réside la vérité. C'est là seulement que la vision humaine est restaurée. Le roman est un acte d'injustice. On y est vrai au *thème,* à un aspect de la relation, pas au portrait. Je ne veux pas être une romancière. Je veux conserver les photos du père que j'ai connu à Valescure. Le roman dépeint le conflit, non pas l'être humain séparé de son conflit. Il dépeint les dangereux animaux que nous sommes dans nos relations entre nous. Ainsi que l'a dit D.H. Lawrence, tout être humain est dangereux pour chacun de ses semblables. Maintenant que nous sommes réconciliés, je le vois différemment. Il aime être assis par terre, comme moi, et me raconter ses rêves qui ressemblent aux miens ; il me parle du bateau qui traverse une ville sans eau, d'un train qui part et de sa valise qui n'est pas prête, de cataclysmes, il me parle de s'envoler. Je le regardais, d'un œil triste. Parle-moi encore, père, du microscope. Il a honte de tout ce qu'il veut pour lui, de ses soifs, ses appétits, ses caprices, ses jeux qu'il lui faut poursuivre inexorablement tandis que les gens meurent ou crèvent de faim autour de lui, de son besoin de luxe et de parade, de son besoin de gadgets, de nouveaux appareils photographiques, de microscopes, et il déclare donc : « J'ai acheté le microscope durant la maladie de Maruca, pour l'amuser. » Alors que je sais que Maruca ne s'intéresse nullement au microscope, et encore moins au meilleur microscope que l'on ait jamais fabriqué. Jeux.

Le besoin des autres, besoins réels. Besoins obscurs, besoins vitaux. Jeux avec la poésie, les costumes, la musique, les guitares, le fusain, la gouache, avec les mots, jeux vitaux de l'art. Paris et poésie. Tous les plaisirs que je pourrais prendre au luxe, comme mon père, j'y renonce volontiers pour le plaisir supérieur que je prends à créer la vie, l'espoir, l'accomplissement tout autour de moi. J'éprouve un plaisir profond lorsque d'autres sont heureux. Il est plus profond qu'aucun autre. Il y a une drogue au Mexique qui s'appelle *sinicuik* pour aider à se souvenir du passé. C'est ainsi que je pourrais appeler mon journal. Enseignement taoïste : « Obtenir son dû, c'est demeurer dans le tourbillon du temps, mais ne pas exiger son dû, c'est s'envoler en prenant la tangente vers l'éternité. »

« L'importance d'être un imbécile (pour faire rire). L'imbécillité, pas la connaissance, est la puissance. » Philosophie d'Henry.

En Chine : des cubes de bois, sur lesquels sont sculptés des textes gravés, servent à construire les murs des maisons. On pourrait venir y frotter du papier et obtenir le texte de documents importants.

« Le fondement du taoïsme c'est l'idée subtile de l'interpénétration des contraires. » « Dans le tao, le seul mouvement est le retour. » Proverbe chinois : « Lors-

qu'une chose a été poussée à l'extrême, elle revient. »
« Une autre manière de dépasser le bien et le mal, c'est la pratique assidue de ce que Lao-tseu appelait les vertus douces ou féminines. »

De plus en plus manifeste dans le journal est ma lutte contre les inventions intellectuelles et scientifiques de l'homme. Avec mes sentiments et mes instincts je démens toutes les théories et les explications psychologiques de l'homme. Ce que j'ai fait de l'analyse a été d'utiliser, de transformer et en fin de compte de tout rejeter, sauf la poésie.

C'est alors que j'ai eu la chance de rencontrer l'Inca, Rango, qui saisit le livre de Frazer *Myths of the Origin of Fire,* et déclare : « Pourquoi chercher l'origine du feu ? pourquoi ne pas *être* le feu ? »

Je deviens maniaque de l'ordre, j'organise mon débarquement, mes papiers, je crée une atmosphère d'allégement, rien d'inutile, tout facile à trouver, à vivre avec. Réduction. Papiers classés, médicaments rangés, comme pour partir en voyage, vêtements rangés. Pour rendre l'existence plus harmonieuse, plus rapide. L'ordre me procure la sérénité. C'est la philosophie des Japonais. L'ordre autour de soi aide à penser clairement. J'en ai besoin parce que mon corps est trop tendu, comme celui d'un cheval de course, et j'ai besoin de calmants. J'ai distribué tout ce dont je n'avais pas besoin. Pas de gaspillage. Pas d'accumulation d'affaires. Rien autour de moi qui soit déchiré ou cassé. Je vois tout le contraire dans la vie de Rango et de Zara ; ils sont toujours submergés et noyés par ce qu'ils n'ont pas fait, empêtrés dans de petits obstacles, lessive jamais faite, rien à se mettre, tout perdu, déchiré, dispersé.

J'ai acheté à Rango une presse à imprimer. Rango

était en extase. Pour lui cela signifiait l'indépendance financière, le prestige, la domination, la propagande pour l'Espagne. Sa fierté est maintenant éveillée. J'ai suscité son énergie, son amour du commandement, je lui ai enlevé son sens de culpabilité qui lui donne peur de vivre pour lui-même, qui le rend honteux de faire quoi que ce soit pour lui. Nous sommes allés acheter la machine ensemble. Nous avons dansé autour. Elle est posée à plat sur une table comme une machine à tirer des épreuves. Henry la voulait, mais il n'en a pas vraiment besoin. Ses ouvrages sont publiés et acceptés. Rango en a besoin et peut gagner sa vie avec. Sa joie était merveilleuse à voir. Je me dis après coup avec quelque regret que j'aurais aimé avoir la presse pour moi, pour en faire ce que je voulais, mais je ne peux jamais faire cela tant que ceux que j'aime en ont davantage besoin. La joie de Rango me procurait de la joie.

Lawrence Durrell m'écrit à propos des deux romans que je lui avais envoyés (*Winter of Artifice* et un autre, incorporé par la suite à *Miroirs dans le Jardin*).

Post-scriptum le lendemain, c'est-à-dire aujourd'hui.

Chère Anaïs. J'ai lu vos deux manuscrits, et je suis enchanté de vous. Quelle femme vous êtes, mon Dieu. J'ai peur de faire votre connaissance, etc. Celui du père était superbe, beau de proportions et rédigé au fer rouge. Formidable et mémorable; et le portrait de la petite fille est émouvant pour moi. Mais l'autre, à mon sens, a plus d'envergure, bien qu'il n'ait pas l'objectivité de celui du père. Vous devenez une véritable Gorgone, bicéphale. La seule critique qui m'est venue à l'esprit, si tant est que l'on puisse parler de critique, c'est que, en le rendant aussi subjectif, aussi intensément personnel, vous avez été obligée de rendre les personnages transcendants, surhumains : mythiques, comme ils étaient mythiques dans votre univers. J'ai un peu pleuré, parce que c'est le premier livre en Europe qui appartient à une artiste ; et il est amer. Je ne me suis pas tellement préoccupé des relations entre personnages ; mais j'ai tout le temps pensé à quel point c'était féminin, combien le don était total, toujours, sans réserve ni réticence. Et ceci est une crucifixion bien pire pour une femme artiste que pour un homme, parce que son univers fonctionne si intimement à travers l'homme. En un sens le détachement premier pour la femme n'est pas une séparation d'avec l'humanité, mais une séparation, une amputation de l'homme ; tandis que pour moi cela se passe différemment. Les femmes ont peut-être eu une plus grande pratique de l'involution ; le profond nerf biologique, sensible, de la femme est peut-être davantage blessé par la rupture du cordon (je raconte peut-être tout bonnement des inepties). Mais le spectacle est plus douloureux, plus blessant lorsque c'est une femme qui assume le rôle de protagoniste. En tout cas, cela me fait cet effet-là. J'aimerais qu'il y ait davantage de ces touches malicieuses, rassurantes : comme lorsque Jay parlait si douloureusement des putains, etc., pour s'assurer que les profondeurs sont aussi nécessaires que les hauteurs. Lorsque vous mettez une plume à votre chapeau et bandez l'arc, alors vous faites mon enchantement : parce que le mâle est si vulnérable devant ce genre de malice. Il est transpercé avant d'avoir pu préparer une réplique. Il est debout, la bouche remplie de pain et d'oignons, et traîne les pieds. Et le magnifique édifice de sa propre estime vacille ! J'adore ça ! C'est extraordinairement grand. Je suis content de ne pas être une femme. Comment pouvez-vous supporter cela ? On m'appelle pour aller me baigner. Il fait chaud. Je vous renverrai bientôt les romans : Nancy les termine. Qui est Jolas ? N'est-ce pas le type au carnet de rêves ? Que vaut-il ? Exécrable le contenu du dernier New Directions. *Ai fait la connaissance d'une certaine Ivy Langton, c'est un peintre merveilleux.* J'aimerais qu'elle illustre l'asile de fous héraldique. *Dans son drôle de petit cerveau elle entretient une ménagerie de gens aussi volatils, aussi vivants que Breughel : mais elle a infiniment plus de sentiment que lui ; une bonne partie de l'art automatique (Klee, Miro et compagnie) me semble boiteux : statique en quelque sorte ; mais dans sa peinture il y a une activité incessante, bien que les petites silhouettes semblent pétrifiées sur la toile par la puissance de leur coloris. Je voudrais bien pouvoir acheter un de ses tableaux. Elle connaît Reichel. Dit qu'il est toujours ivre, mais elle admire son œuvre. A vécu dix ans à Paris et a horreur des Anglais. Ce dernier trait suffit à en faire une artiste même si elle n'avait rien d'autre. Drôle de petite bonne femme du Lincolnshire qui est bonne parce qu'elle ne se fait pas de souci. Le reste à plus tard.*

Dans ce qu'écrit Henry il y a une sonorité, une fièvre, une amplitude. Vent cosmique. Le journal était à un moment une maladie. Je ne le tiens plus maintenant pour la même raison. Avant, c'était parce que je me sentais seule ou parce que je ne savais pas comment communiquer avec les autres. J'avais un besoin de communion. Maintenant, c'est pour écrire, non pour le réconfort, mais pour le plaisir de décrire les autres, par abondance.

Je serai un jour enfermée pour folie de l'amour. « Elle

aimait trop. » C'est ce que l'on pourrait inscrire sur ma pierre tombale. Ce que je ressens intensément, et à quoi je réponds toujours, c'est la solitude des autres, leurs besoins. Quel amour rend très proche, l'amour fraternel, l'amitié, la passion, l'harmonie intellectuelle, l'amour tendre, l'attachement, l'amant, le frère, le mari, le père, le fils, l'ami. Tant de sortes de fusions ! Qu'est-ce donc qui annihile la solitude ? La compréhension de Rank, les attachements, l'ardeur, l'harmonie créatrice ?

Rompre et détruire à jamais la solitude !

Je ne suis jamais assez proche, je veux une impossible communion.

Il faut que j'accepte les intermittences. Solitude dans les intervalles.

Lettre de Faber and Faber à Denise Clairouin :

Nous avons éprouvé des difficultés exceptionnelles à prendre une décision concernant le journal d'Anaïs Nin. Ainsi que vous le savez déjà par ma demande de plus amples matériaux, nous étions vivement intéressés ; finalement, toutefois, et après bien des regrets, nous ne voyons pas comment mettre le matériau en forme de livre susceptible d'être publié en Angleterre. Une grande part de ce que nous souhaiterions utiliser pour l'intégrité de l'ouvrage, nous ne pourrions l'utiliser à cause des restrictions sur les livres en Angleterre. En fin de compte, les difficultés du problème nous ont paru insurmontables, et je retourne les volumes bien à contrecœur.

Sur la solitude. Ma relation avec Henry est sur un plan créateur, imaginatif, plus impersonnel. Elle n'est pas continue parce qu'il se partage entre le monde et son œuvre, il mène une vie collective.

Le talent de Rango est pour la relation personnelle. Il est émotif, direct, personnel, humain. Il est spontané, chaleureux, loyal, dévoué.

Le dynamisme de Rango et sa participation à l'histoire, la célébrité d'Henry, la meilleure santé de Zara me font plaisir.

Mon père m'écrit : « Je suis reparti plein de paix et de douceur. »

Rango exubérant s'épanouit. Je l'appelle le « Dieu du Feu », le dieu qu'il avait pris l'habitude de noyer dans le vin. Je navigue entre le Shangri-la de la littérature, la villa Seurat, et *Nanankepichu,* la drogue indienne de la poésie. J'écris sur la métamorphose.

La Souris mange toujours la même nourriture que moi et je ne la traite pas comme une domestique française. Un jour, je fus à court d'argent et je lui demandai d'acheter des œufs au lieu de viande. Elle fondit en larmes.

« Oh ! Madame, je savais que ça ne pouvait pas durer ! Nous avons eu de la viande tous les jours et j'étais tellement heureuse. Je pensais que j'avais enfin trouvé une bonne place. Et maintenant vous agissez comme les autres. Je ne mange pas d'œufs.

— Mais si vous n'aimez pas les œufs, vous n'avez qu'à prendre quelque chose d'autre. Je disais des œufs simplement parce qu'aujourd'hui, j'étais à court d'argent.

— Ce n'est pas que je ne les aime pas. Je les aimais beaucoup à la maison, à la ferme. Nous en mangions des quantités. Mais lorsque je suis arrivée à Paris la première fois, la dame chez qui je travaillais était si pingre

— vous ne pouvez vous en faire une idée. Elle fermait à clef tous les placards, elle pesait les provisions, elle comptait les morceaux de sucre que je mangeais. Elle achetait de la viande pour elle tous les jours, et des œufs pour moi, au point que j'en étais écœurée. Et aujourd'hui, lorsque vous avez dit... j'ai cru que tout allait recommencer. »

Nous avons dissipé ce malentendu et tout allait bien.

Mais je quittais le bateau pendant huit jours et à mon retour la Souris avait l'air plus soucieux que jamais.

A quelques semaines de là, la Souris était occupée à moudre le café à la cuisine lorsque je l'entendis gémir. Je la trouvai livide, pliée en deux tellement elle avait mal au ventre. Je l'emmenai dans sa cabine. La Souris dit que c'était une indigestion. Mais la douleur empirait. Elle gémit pendant une heure et finalement me demanda de bien vouloir aller chercher un médecin qu'elle connaissait et qui habitait dans les parages. Ce fut la femme du médecin qui me reçut. Le médecin avait déjà soigné la Souris, mais pas depuis qu'elle habitait sur le bateau. Il lui était impossible de venir la voir parce que c'était un grand blessé de guerre, et à cause de sa jambe de bois on ne pouvait lui demander de franchir une passerelle branlante. C'était impossible, répéta sa femme. Mais j'implorai. Elle finit par me donner une demi-promesse.

Lorsqu'il arriva, la Souris fut obligée de fournir quelques explications. Elle craignait d'être enceinte. Elle avait essayé quelque chose dont on lui avait parlé, de l'ammoniaque pure, et maintenant la douleur était épouvantable.

La Souris dut se découvrir. Je lui demandai pourquoi elle ne s'était pas confiée à moi.

« Je craignais que Madame me renvoie. »

Le médecin dit : « Vous avez risqué une infection

terrible. Si cela ne vient pas maintenant, il faudra que vous alliez à l'hôpital.

— Oh ! je ne peux pas faire cela ! Ma mère le saura et sera furieuse contre moi.

— Peut-être que cela viendra tout seul, mais c'est tout ce que je peux faire. Je ne peux me trouver mêlé à des cas comme celui-ci. Je dois faire attention dans ma profession. Apportez-moi de l'eau et une serviette. »

Il se lava les mains soigneusement. « Vous autres domestiques vous nous attirez des ennuis à nous les médecins.

— Ne m'envoyez pas à l'hôpital », supplia la Souris.

Après le départ du médecin la Souris dit : « A vrai dire, Madame, ça ne vaut pas le coup. Tout cela n'est rien. Ce n'est arrivé que parce vous étiez partie et que j'ai eu très peur. Mon ami est venu, et je lui ai permis de rester, et voilà comment c'est arrivé. »

La fièvre augmenta. Je fus obligée de la conduire à l'hôpital. Je fis sa valise. Elle tint à porter son chapeau du dimanche qu'elle rangeait sous son lit dans du papier de soie, et un morceau de chinchilla autour du cou. Elle voulait emporter son livre. C'était un livre de lecture pour enfants. On refusa de l'admettre à l'hôpital. Je m'adressai à mon propre médecin. Elle fut sauvée et je ne soufflai mot de tout cela à sa famille. Mais je ne pus oublier la femme qui perdait son sang, là, sur le banc d'hôpital, tandis qu'on lui posait d'interminables questions. Les petits yeux ronds humides, la maigre fourrure élimée, la panique en elle. Le chapeau du dimanche flambant neuf et la valise défoncée avec une ficelle comme poignée. Le calepin graisseux et taché, et les lettres du soldat serrées entre les pages du livre de lecture. Et cette grossesse engendrée dans le noir, par frayeur. Un geste de panique, celui d'une souris prise dans une souricière.

Ce volume du journal (n° 54) est grand. Un grand cahier honnête, exubérant que m'a offert Henry sur lequel je peux m'épancher au-delà du journal, en embrasser davantage, me transcender. Le petit cahier que je pouvais glisser dans ma poche était à moi, celui-ci je ne peux le saisir, le cacher, le retenir, le contenir. Il s'étale. Il s'affirme. Il est posé sur mon bureau comme un véritable manuscrit. C'est une toile plus grande. Pas d'inscriptions marginales, faites délicatement, discrètement, mais du travail, de l'affirmation. Il se trouve que je suis seule. Je peux le laisser sur mon bureau. L'endroit m'appartient totalement. Je vais peut-être y inclure le monde. Je néglige le monde, Henry avait raison, ce que j'écris est moins communicable que ce qu'il écrit lui, parce qu'il a un amour humain de l'écriture, des mots, il prend un plaisir sensuel à écrire, c'est une chair et une nourriture, alors que moi j'éprouve un certain mépris vis-à-vis de la joie sensuelle de l'expression, je recherche la signification, le contenu. Quête solitaire qui m'isole. Henry est plus proche de tous à cause du langage, parce qu'il aime parler, formuler, partager. Il s'intéresse à la communication, et moi à l'exploration, aux découvertes, à la poursuite d'états d'esprit, de sentiments insaisissables. Nous allons un peu regarder, mon journal, les jouissances, autour de nous. Nous nous attarderons sur les plaisirs sensuels du langage, le verbe fait chair, et nous nous préoccuperons moins de la signification. Henry bien souvent ne s'occupe pas du sens. Peu lui importe qu'un paragraphe vienne contredire ou anéantir l'autre.

Parfois dans la rue, ou bien au café, je suis hypnotisée par le visage de « maquereau » d'un homme, par un gros ouvrier avec des bottes jusqu'aux genoux, par une tête brutale de criminel. Je ressens un frisson sensuel de frayeur, une obscure attraction. La femme en moi tremble et reste fascinée. Pendant l'espace d'une seconde, je suis une prostituée qui s'attend à recevoir un coup de couteau dans le dos. J'éprouve de l'angoisse. Je me sens prise au piège. J'oublie que je suis libre. Primitivisme souterrain ? Désir de ressentir la brutalité de l'homme, la force qui peut violer ? Etre violée est peut-être un besoin chez la femme, un besoin érotique secret. Je dois me secouer de l'invasion de ces images violentes, m'éveiller.

L'œuvre d'Henry a cet effet sur moi, la brutalité de ses propos, besoins primordiaux pour lui.

Chez Rango aussi j'aime l'homme de la nature. Le poète Neruda lui a dit : « Où donc est votre cheval ? Vous semblez toujours avoir laissé votre monture à la porte. » Le nombre de fois dans son studio où il s'est lavé les mains et où elles fumaient, car elles étaient si chaudes et l'eau était si froide. Il se séchait les mains devant le feu et regardait la fumée s'échapper entre ses doigts ouverts. Le dieu du Feu, dis-je en riant. Il ne peut se soumettre au temps. Il est chaotique. Il ne sait pas combien on peut en faire en une demi-heure. Une moitié de lui est toujours somnolente, recroquevillée dans le sein de sa mère indienne, dans une rêverie, une paresse indienne. Une moitié de lui seulement agit dans le monde et l'idéaliste est déjà écœuré par le jeu politique, par l'intérêt égoïste et la soif du pouvoir autour de lui, par les écrivains qui soignent leur publicité sous couleur de servir la cause espagnole, par les hommes qui profitent du sang sacrifié par d'autres. « Je fais une sale besogne, dit-il. Le travail derrière le front est dégoûtant et indigne. J'aimerais mieux me battre. » Il est pur. Il a la timidité des animaux nobles. Il refuse toujours les orgies, ou l'exhibitionnisme dans les réceptions. Nous aimons tous deux les qualités anciennes, irréelles, nous aimons l'héroïsme et la passion, et cela est en train de disparaître du monde.

Rango représente pour moi tout ce que j'ai hérité de l'Espagne, ardente et mystique, l'Espagne dont les paysans sont aussi polis et stylés que les aristocrates. Incrustée dans mon sang, dans le sang de ma race, était la figure d'un Don Quichotte romantique et il fallait que je le trouve. Rango le Don Quichotte inca, seulement il se bat pour une infirme et pour la révolution espagnole.

Lorsque Rango lut *La Maison de l'Inceste,* il s'écria à plusieurs reprises : *« Qué sensual, qué sensual. »* Il réagissait directement aux sensations et aux images. Pour Henry, *La Maison de l'Inceste* est « ésotérique ». Il réagit au langage : il est fasciné comme par quelque chose de très éloigné de lui. Il aime les images en artiste. Mais il ne les *sent* pas. Rango sent à quelle profondeur je nage, il essaie d'expliquer à l'aide de gestes de quelles régions sous-marines j'écris. Il sait. Il devine les choses intuitivement, comme June.

Mais l'aventurier en lui est fatigué, trouve la vie trop dure, trop amère, trop terrible.

Il y a chez lui un anarchiste, un enfant naïf qui fait confiance et pardonne, un bohémien qui s'en fiche, un fanatique qui est prêt à tuer pour le marxisme, un ivrogne qui oublie toutes ses responsabilités dans un bar, un mystique religieux qui entre en extase à Notre-Dame, un Indien qui ne communique ses secrets à aucun homme blanc, sa mélancolie et son inertie, un Maure violent, une dame de compagnie catholique pour Zara, un esclave indien, un rebelle indien. Il a une langue cinglante, voltairienne, lorsqu'il est en colère, il a des accès de générosité, de noblesse miraculeux, il est prêt à donner sa vie pour un ami, pour les faibles, pourtant sa propre vie est remplie de contretemps, et parfois de grands orages de colère amère qui prennent la forme de longs monologues cinglants.

La seule faille que je trouve chez Proust ce sont ses généralisations. S'il avait seulement écrit ceci comme une expérience personnelle :

Et je comprenais l'impossibilité où se heurte l'amour. Nous nous imaginons qu'il a pour objet un être qui peut être couché devant nous, enfermé dans un corps. Hélas ! Il est l'extension de cet être à tous les points de l'espace et du temps que cet être a occupés et occupera. Si nous ne possédons pas son contact avec tel lieu, avec telle heure, nous ne le possédons pas. Or nous ne pouvons toucher tous ces points. Si encore ils nous étaient désignés, peut-être pourrions-nous nous étendre jusqu'à eux. Mais nous tâtonnons sans les trouver. De là la défiance, la jalousie, les persécutions *.

Si seulement Proust avait parlé pour lui, sans dire « les amants, la jalousie, tout soupçon, tous les amants ».

Nous pouvons partager toutes ses humeurs, ses intuitions et ses expériences parce qu'il est un grand artiste. Mais ce sont les siennes. Chaque être humain s'y prend à sa manière pour être proche, et ressent différemment la séparation. La manière d'Henry est purement physique. Elle était centrée sur les activités sexuelles de June, parce que sa propre relation avec les femmes est d'ordinaire uniquement sexuelle. Sa jalousie était centrée sur des preuves. Il ne croyait qu'aux faits. Les séparations

* *A la recherche du temps perdu*, vol. XI, « La Prisonnière », p. 127 (N.R.F.).

pour Henry étaient causées par de simples infidélités. Mais chez Proust, le contraire d'Henry, les séparations étaient causées par sa maladie intime du doute.

Si seulement il avait toujours dit : « la joue d'Albertine », ou bien « la couleur du coucher de soleil des Verdurin », mais il partait toujours d'une expérience individuelle et il généralisait à partir de là. Chaque jalousie, chaque crainte, est différente. Chez Proust lui-même, il y avait une activité qui créait constamment l'irréalité : l'une était l'hyperanalyse, l'autre le doute de soi. Il file donc l'irréalité dont il souffre. Il dissout la vie.

Je veux décrire l'image physique juste assez longtemps pour la préserver, mais pas assez longtemps pour parvenir à la dissolution.

Rango touche aux domaines de la création, de la philosophie, de la psychologie, avec des intuitions fugitives. Il y a des moments où il comprend tout. Mais il ne *vit* pas là, il ne dort pas, ne mange pas et ne marche pas là, il n'y habite pas continuellement. Il enfourche son cheval et pénètre dans la forêt. Il se dispute, boit, parle avec des ouvriers au bistrot, combat pour ses idéaux, peut passer des soirées entières avec la racaille blanche ignare qui traîne dans les bars, tout comme Henry. J'en suis incapable. Je ne peux passer la journée avec des amis creux, sans ressentir le gaspillage. Je ne peux me donner aux gens ordinaires. Henry déclare : « Mais je ne me donne pas. C'est pourquoi je peux paraître si humain, précisément parce que je ne le suis pas. »

Mais j'ai des scrupules. Je me sens coupable, pour la part de moi-même que je ne peux partager avec le premier venu. Je me sens coupable parce que cela me rend non pas heureuse, mais plus triste, d'être avec eux. Je ne trouve humainement ni plaisir ni réconfort, comme Henry ou Rango, dans les échanges ordinaires.

Parler de la pluie et du beau temps dans un bar, un café. Je n'ai pas de critique. J'ai des regrets, j'aimerais être proche et comme tout le monde. La femme est plus seule que l'homme. Elle ne peut trouver les « moments éternels » dans l'art comme l'homme, comme Proust, même si elle est artiste.

En lisant *Modernes* par Seurat, je prends note de tout ce qu'il a à dire sur les sensations. Tout ce qu'il dit sur la quête de « sensations » de l'homme moderne s'applique à moi, sauf l'ennui par suite de l'épuisement qui résulte de leur satisfaction. Je n'ai jamais connu l'ennui. Peut-être à cause de la qualité plus signifiante de mes sensations. Elles ne se dessèchent ni ne demeurent en moi. Je ne souffre pas de la gueule de bois. Ma sensibilité, ma puissance sont identiques, sinon plus profondes qu'au début de ma vie. L'ennui, qui obsède l'homme moderne, m'est inconnu. Parfois, simplement, je souhaiterais sentir moins, afin de connaître la paix et le repos.

Je me suis éveillée ce matin avec un chant dans la tête, un poème d'Eluard chanté comme un chant d'oiseau, l'oiseau de paradis mécanique que l'on remontait avec une manivelle de phonographe. Ce qui meurt en l'homme moderne ne meurt jamais en moi, parce que mes sens sont vivants, mariés à mes sentiments et à la signification, parce que ma terre a des racines dans l'infini. C'est le vide des sensations qui provoque l'ennui.

Je vis si intensément pour l'autre, je suis si anormalement consciente des sentiments d'autrui, que j'ai pris l'habitude de mentir à propos de ce que je goûte. Je ne dis jamais, par exemple : « Je vois Hélène ce soir, parce que j'ai plaisir à la voir, parce que nous parlons ensemble de façon si folle, si fantastique. » Je dis : « Hélène veut me voir ce soir, elle est si seule et cela la déprime. » Comme si je me contentais d'accéder à son désir. Parfois je fais cela pour ne blesser personne, pour ne pas avoir l'air de préférer quelque chose d'autre à leur présence, cela veut dire : tous mes plaisirs sont ici, avec vous. Le reste est devoir. Mais il y a une raison plus profonde à tout cela. Je vis tellement pour faire plaisir aux autres qu'au bout de quelque temps je ne sais plus moi-même si je vois Hélène pour son plaisir ou pour le mien. La vérité, c'est qu'il y a tant de choses, que je ne fais pas pour moi, que c'est devenu l'impulsion dominante. La véritable identification aux autres et le désir de donner sont par erreur confondus en psychologie avec le masochisme. Les psychologues disent que nous donnons par culpabilité, pour expier, nous donnons pour souffrir. Mais ils ne prennent nullement en considération le plaisir divin qui accompagne le don et en fait une fonction naturelle de ceux qui aiment le plaisir. Je suis loin des hypocrisies catholiques, mais je retourne à la religion. Rango, hier soir, parlait du catholicisme et de la vie sensuelle. Il dit : « Vous êtes une vraie catholique. Vous aimez pécher, et vous confesser, et obtenir l'absolution, avoir des regrets et puis recommencer à pécher. »

Aujourd'hui, je dois consoler Rango du grand chagrin qu'il éprouve après avoir appris que son frère aîné au Pérou dirige un journal « fasciste » et est considéré comme le « valet de plume » du capitalisme.

« La maison qu'elle habite, dit l'écrivain mystique allemand, est pour l'âme ordonnée, qui ne vit pas aveuglément devant elle, mais ne cesse de construire et d'orner pour elle les différentes parties de la demeure aux multiples pièces, simple extension du corps, tout comme le corps selon la philosophie de Swedenborg, n'est qu'une extension de l'âme. Pour une âme aussi méticuleuse, tandis qu'elle continue à vivre, toutes sortes d'affinités délicates s'établissent, entre elle et les portes et les couloirs, les lumières et les ombres, de sa demeure extérieure, tant et si bien qu'elle voit incorporée à elle — tant et si bien qu'enfin, dans toute l'expression de ce qui est au-dehors, il n'y a, pour elle, à proprement parler, plus aucune distinction entre l'extérieur et l'intérieur ; et la lumière qui se faufile à une heure particulière sur un tableau ou un emplacement du mur particuliers, le parfum d'une fleur dans l'air à une fenêtre particulière, deviennent pour elle, non point tant des objets appréhendés, mais plutôt eux-mêmes des puissances d'appréhension, et des passages vers des chaos au-delà — semences ou rudiments de facultés nouvelles, grâce auxquelles, obscurément mais sûrement, elle appréhende une matière au-delà de la capacité que ses sens et son esprit ont effectivement atteinte. »

A regarder les poissons évoluer dans les eaux turquoise de l'aquarium, j'ai éprouvé une suffocation. J'avais observé avec tellement d'intensité, j'avais été si absorbée par leur respiration que j'avais moi-même oublié de respirer. J'avais eu le souffle coupé à observer leur respiration, à imaginer l'impression que cela doit faire de respirer par le côté, par l'aine, par une fente derrière l'oreille, de respirer par une fente de chaque côté du cou, par une ouverture dans les côtes, de respirer avec un aileron de chair ouvert, de respirer avec une partie de la chair se retroussant comme les antennes d'une anémone de mer, de respirer avec les bras, le tronc, les jambes, si bien que j'en avais oublié de respirer pour moi, la femme qui se tenait là et observait l'aquarium. J'étais passée dans l'eau, dans le corps des poissons. J'étais le poisson respirant avec mon ventre, et je découvrais la multitude des cellules à l'intérieur de moi qui respiraient dans la lumière, le son et la couleur, lorsque j'étais endormie. Je sentais toutes les brusqueries de changements de climat, toutes les incisions des airs plus froids, des courants plus chauds, des changements de niveau, des eaux raréfiées, des eaux surchargées de bulles d'air ; et en passant dans le poisson j'avais oublié de respirer en tant que femme. Cela m'arrivait tellement souvent lorsque je regardais les chagrins des autres, leurs vies croulantes, les débris de leurs créations. J'oubliais de respirer en tant que femme et pour moi. Je me mettais à vivre la vie des autres, à rassembler les fragments de cendres, à pleurer devant leur désespoir, à partager leur rébellion, à entrer dans leur lutte et leur fatigue, et je sentais parfois dans le noir la même suffocation de mon moi oublié observant l'aquarium. Cela fait partie de la religion zen : devenir ce sur quoi l'on médite, un arbre, une fleur, un être humain en difficulté.

Le baiser dans le taxi est le baiser qui demeure dans la mémoire comme jamais terminé et toujours à chercher car, comme le taxi avance, il donne au moment cette preuve physique d'insécurité, d'aventure éphémère ; vite passé, il éveille des résonances qui cessent au premier arrêt, le goût sur les lèvres en est profondément lancinant, brusquement interrompu par l'arrêt d'une machine. L'interférence de la circulation est le rappel de la réalité. Des yeux dans la foule fouillent le taxi pour attraper cet éclair de vertige, cette bouche ouverte, le regard ivre dans les yeux. Les lumières de la rue sont les projecteurs, qui ouvrent des brèches au milieu des nuages de fumée des cigarettes, de l'haleine et du parfum. Et maintenant le taxi roule à nouveau, le baiser est interrompu par la crainte de le voir se terminer. Lorsque le taxi s'arrête, l'aventure est interrompue. On marche sur le trottoir avec un bruit de corps tombant du ciel. On paye avec un bruit de prostituée qui marchande, on ouvre ses yeux embrumés pour chercher sa maison, souhaitant qu'un tremblement de terre l'ait engloutie et avec elle tout sens du temps. L'aventure continue dans la tête, dans le corps. Elle s'évapore car elle s'est produite entre ciel et terre en des lieux inconnus, en mouvement, il ne reste pas trace du baiser, nul décor pour en conserver le parfum. Il est étrangement éloigné de la vie quotidienne. Peut-être n'a-t-il jamais eu lieu. Nous fûmes embarqués et débarqués entre minuit et l'aube et peut-être étions-nous endormis, tout comme les autres. Jusqu'au prochain taxi, nul baiser n'aura le parfum de vie et de temps qui fuient, insaisissables, hors d'atteinte. L'irruption qu'il a faite en nous est unique, impossible à répéter. Le taxi se dirigeait vers une fin, le baiser était sans lendemain, il n'a laissé qu'une blessure de regret et le bruit d'une porte refermée.

Un jour, j'écrirai une longue « Promenade en Taxi », qui décrira tout ce qui se passe dans un taxi. Les rêveries par anticipation de ce qui va se produire, les préparations, répétitions avant de passer à l'action, et ensuite l'analyse rétrospective et les rêveries sur ce qui s'est passé, le soulagement lorsque l'on s'échappe, le détachement, l'exaltation et les extases revécus, notés. Le passage entre des niveaux de vie, comme un changement de vitesse, on passe une vitesse, tantôt lente, tantôt rapide, tantôt chaleureuse, tantôt froide, tantôt se confondant aux autres, tantôt seule, tantôt mille personnes en une et tantôt une seule. On ne peut trouver de tels états en métro ou en autobus. Un tel isolement du virus de la vie sous un microscope.

Un soir, j'étais dans le studio d'Henry occupée à coller des comptes rendus de presse sur *Tropique du Cancer* et sur *Printemps Noir.* Henry jubilait en les lisant. C'était une preuve tangible de ses progrès d'écrivain, de sa communication avec le monde, de sa célébrité.

Henry n'est pas en harmonie avec lui-même. Il est plein de confusion et de paradoxes, et le conflit en lui est si continu qu'Henry le projette sur tous ceux qui l'entourent. Chaque jour il détruit ce qu'il a dit la veille. Il attaque précisément les qualités qu'il vantait la veille.

Si les gens sont tranquilles, il les incite à être agressifs. S'ils sont agressifs, il les écrase. Il est un océan de discorde et de contradictions.

Il attaque mon manque d'intérêt pour l'argot. Qu'y puis-je, ce n'est pas mon langage. Cela sonnerait faux si je l'employais. J'ai trouvé mon propre langage.

Les commentaires d'Esther Harding, dans son livre *The Way of All Women,* s'appliquent à lui :

Certains hommes semblent dépendre, presque comme les femmes, du changement de leurs sentiments intérieurs. Les fonctions rationnelles du logos ont été reléguées à l'arrière-plan, tandis que la partie féminine du psychisme, qui est d'ordinaire cachée, vient en avant et porte leurs humeurs changeantes à prendre une prééminence indue. Ce changement résulte d'une domination par anima, l'esprit féminin chez l'homme, qui, toutefois, ne devrait pas régner sur le conscient mais sur l'inconscient. En conséquence, la domination par l'esprit féminin a une qualité particulièrement déplaisante. Car de tels hommes ne sont pas vraiment sous l'empire de changements dans l'éros non personnel, mais d'humeurs et de caprices qui ont pour principale caractéristique d'être excessivement personnels. La domination par anima produit une curieuse qualité féminine, une dépendance de sympathies et d'antipathies personnelles, d'humeurs et de sentiments appropriés en accord avec aucun jugement de fait ou la validité d'une vérité impersonnelle. Cette situation est un travesti de la soumission de la femme à sa loi intérieure de changement.

Le langage de Rango est la clef de sa nature. Ses mots préférés sont : « Atmosphère », il a, ou n'a pas, aimé l'atmosphère (un mot ou sentiment qu'Henry ne pourrait jamais employer, parce qu'il n'est pas sensible à l'atmosphère, à un climat plus subtil). « Cela n'a pas de qualité », dit Rango. *« No tiene calidad. »* Un autre mot que n'emploie jamais Henry. Il ne fait pas de pareilles distinctions. Rango le dit même en parlant d'un corps, un corps sans qualité. *« Calidad espiritual. »* Prodigieux. *« Prodigioso. »* Il emploie des extrêmes d'enthousiasme. *« Qué prodigio! »* Il a le sens de l'émerveillement, du fabuleux, du miraculeux. Il emploie souvent les mots de « vital, irréel, mystique ».

Rango, lui aussi, est plein de contradictions et de confusions. Il adore l'ancien, il déteste la science, la machine, pourtant il embrasse le communisme. Il est religieux, et il aime la beauté, il va pourtant à des inaugurations, des réunions politiques, il peut écouter des discours passe-partout, des discours larmoyants, il peut aller à des grands meetings, parcourir les rues avec des ouvriers qui détruiront un jour tout art, toute esthétique. Il a horreur du réalisme, mais il fait des dessins naturalistes de pauvres hères, de prostituées, de poivrots et de clochards. Il aime la beauté mais il ne dessine que des difformités, des infirmes, etc. Il aime la poésie et la magie mais il ne croit pas qu'un être humain puisse être affecté par un chagrin, une perte, une défaite, devenir aveugle ou sourd par suite d'un traumatisme émotionnel. Il est conscient du temps qui passe, il peut dire qu'il est cinq heures sans consulter une pendule, comme tous ceux qui ont vécu dans la nature, mais il ne peut arriver à l'heure. Il est au courant de statistiques scientifiques mais il vit dans le chaos. Il révère la délicatesse et la qualité, mais il détruit tout autour de lui. Il manque d'équilibre psychique aussi bien que physique. Il ne peut dessiner une ligne droite (je peux dessiner un cercle parfait sans compas). Il ne peut encadrer un tableau droit, il ne peut découper du carton sans le déchiqueter. Il ne peut organiser sa journée : il lui arrive de traverser Paris plusieurs fois à cause de son manque d'organisation.

Henry ne souffre jamais d'angoisses « irréelles ». Uniquement de réalités. Sa plus grande névrose est la peur de se retrouver sans nourriture, de sorte que pour calmer son angoisse, je dois entasser dans son placard des provisions pour une semaine. Il ne craint jamais de perdre un être cher, la mort, la solitude, la maladie.

Esther Harding :

Il semble aux hommes que le caractère humain de la nature de la femme ne dépend que de ses caprices. Si elle change d'opinion, il ne lui vient jamais à l'idée qu'elle en change par suite d'un changement de conditions dans son psychisme, peut-être aussi peu sous son contrôle qu'un changement de temps... La nature de la femme est cyclique... à part ses désirs personnels ou égoïstes. La nature de la femme est non personnelle et n'a rien à voir avec ses propres souhaits, c'est quelque chose qui lui est inhérent en tant qu'être féminin et ne doit pas être considéré simplement comme quelque chose de personnel. La force vitale monte et descend dans son expérience réelle, non seulement en un rythme diurne et nocturne, ainsi que pour l'homme, mais aussi dans les cycles de la lune, premiers quartiers, deuxièmes quartiers, pleine lune, déclin, et de nouveau la nouvelle lune. Ces deux changements ensemble produisent un rythme qui est comme les changements de lune, et aussi comme les marées dont le cycle mensuel plus grand se superpose concurremment aux changements diurnes, augmentant parfois l'amplitude des marées, et à d'autres moments allant à l'encontre du mouvement des marées, l'ensemble produisant un rythme complexe difficile à saisir.

Névrose, écœurement, la maladie consiste à rester fixé dans une ligne de pensée destructrice, à ressasser tous les aspects négatifs, les frustrations de son existence. Par exemple s'attarder sur ce que l'on ne peut obtenir, sur ses défaites, sur un désir de pouvoir illimité.

Quelle est cette maladie qui me fait sans cesse repenser aux gens qui n'ont pas compris *La Maison de l'Inceste* plutôt qu'aux lettres enthousiastes de Durrell ? Je médite sur mes échecs plutôt que mes triomphes, mes joies, mes possessions, mes plaisirs. Est-ce la destruction que je ne mets pas en pratique dans la vie qui s'exprime par de l'autodestruction ? Dans la vie je ne détruis jamais, je ne critique, n'attaque, ne punis ni ne blesse quiconque. Cette source d'énergie s'installe alors dans ma poitrine comme un rongeur que j'essaye de garder enfermé à l'intérieur et qui me déchire. Ne vaudrait-il pas mieux le libérer, ainsi qu'Henry a libéré ses démons, et de laisser causer ses ravages, me révolter ainsi qu'Henry, détruire le passé, haïr, cracher sur les fidélités d'antan, piller, tuer ses parents par des mots ? Comment libérer le démon de destruction que je porte en mon sein parce que je refuse de le laisser nuire aux autres ? Il me dévore dès que je cesse d'être active ou de vivre à un rythme enfiévré. La solitude m'est interdite. La création nourrirait-elle le monstre ? Dois-je écrire avec mes démons ?

Rêves, rêves. J'arrive dans un innommable taxi parce que je savais que personne d'autre ne prendrait une pareille guimbarde. Le plancher du taxi était si abîmé que la rue apparaissait par les fentes. J'aurais pu compter les pavés. Je me demandais si je n'allais pas finir par passer au travers, et rester assise au milieu de la chaussée comme un nouveau-né tombé de son berceau, ou un œuf d'une poule. Il y aurait la rue, brusquement, sans que j'aie eu le temps de me préparer pour l'aventure. Je croyais à la préparation. J'aimais être dans un taxi et me regarder dans la petite glace à l'avant. Je me parlais à moi-même. Je disais que j'avais grand besoin d'avoir sur moi des objets pesants, sur la tête et aux pieds, quelque chose comme des chaînes et des souliers de plomb. De la sorte je ne quitterais pas la terre aussi facilement. C'est invraisemblable avec quelle facilité je laisse les choses derrière moi, avec quelle aisance je m'éloigne, je m'envole et suis transportée à des milliers de kilomètres du lieu où je me trouve, de telle manière, je vous assure, que je n'entends pas ce que l'on me dit, que je ne vois pas la personne qui est là, et que je n'ai plus conscience de moi. Je me sens si légère, si légère par moments, vaporeuse, comme de la buée sur une fenêtre que l'on peut effacer d'un doigt négligent. Mettez-moi plein de choses lourdes que je reste sur terre. Couvrez-moi de chaudes couvertures parce que la chaleur m'attire et m'incite à rester où je suis. Prenez une voix chaude et puissante. Une voix puissante qui vient du ventre, m'incite également à rester sur terre. En fait il y a bien des choses qui pourraient me retenir, m'accrocher, comme l'odeur de café le matin, et une bouteille de verre mauve avec un goulot qui ressemble au cou d'un homme goitreux, et le moment en taxi où je me rends vers une destination et où j'ai le temps d'imaginer à quoi ressemblera cette destination, le temps de l'inventer, le temps de m'y préparer. J'allais lui dire cela, avec un visage bizarre où les traits n'ont pas l'air d'avoir de rapports entre eux, un visage où les yeux semblent briller loin l'un de l'autre et l'éclat des joues se disperser dans plusieurs directions, comme une auréole brisée, et où le sourire s'effondre. Je faisais cette tête dans la glace, pareille à la tête, pensais-je, que l'on voit parfois aux gens qui sont au bord de la folie. Tout est sans relations. Le regard n'a pas de rapport avec le sens de la phrase que l'on prononce, et l'expression non plus ne se conforme pas au contenu de la phrase. Il y a dans tout cela une sorte de panique, ils hésitent tous comme pris de panique et chacun dit une chose différente. Le regard ne reflète pas l'humeur du moment, mais ce passé qui rôde éternellement derrière le présent comme une sorte de couverture, comme les marques d'une ancienne maladie, et la voix renferme encore les terreurs d'il y a plusieurs années et pas le courage d'aujourd'hui. Tout cela est confus, tandis que la femme déclare avec l'humeur d'aujourd'hui : Je vais lui dire que je suis venue ici par hasard parce que lorsque le plancher du taxi s'est effondré, je me suis trouvée devant chez vous. J'aimerais que la vie soit toujours aussi simple que cela. Il n'y aurait jamais d'engagements. Je suis arrivée ici comme un paquet mis à la consigne. Voulez-vous me donner un reçu s'il vous plaît, donnez-moi un reçu. Je n'ai pas confiance, voyez-vous. J'aime entendre les gens dire ce qu'ils pensent de moi, l'effet que je leur produis, même ce que je leur ai dit. Il faudrait que vous écriviez sur le reçu : à cette heure est arrivée une femme qui avait l'air exotique et parlait avec un accent étranger. Je ne veux pas dire qu'elle est née ailleurs dans un autre pays, mais qu'elle a une intonation qui dénote qu'elle n'est jamais née à notre langage, au langage des autres femmes. J'ai reçu d'elle des paroles fort graves dites d'un ton de plaisanterie, de plaisanterie exprimée avec une tristesse que je ne peux comprendre. C'était très étranger parce qu'elle en donnait l'impression. Elle-même devait aimer se sentir en pays étranger. Elle aimait avoir l'illusion de l'extraordinaire, du jamais-encore-vécu. Je pense vraiment qu'elle y croyait. Or ce reçu me prouvera qu'à cinq heures j'étais chez vous et que nous avons échangé des propos que vous prétendiez n'avoir encore jamais entendus, ce reçu me serait d'un grand réconfort. Je vais le plier et le serrer sur mon cœur. C'est comme une certitude. Je voudrais aussi lorsque vous m'aimez que vous le marquiez par écrit. J'ai le sentiment que, depuis le début, la vie m'a joué un terrible tour de passe-passe. Je n'ai plus foi en elle. Il me semble qu'à chaque instant maintenant elle se joue de moi. De sorte que, lorsque j'entends la gaieté, je ne suis pas sûre que ce soit elle, et lorsque j'ai mangé et aimé et que je suis toute réchauffée par le vin, je ne suis pas sûre que ce soit l'amour, la nourriture ou le vin mais plutôt un tour étrange que l'on me joue, une illusion, glissante et déconcertante et maligne, et qu'un magicien rôde derrière moi, guettant l'extase que je ressens devant ce qui se passe de sorte qu'en mon for intérieur je sais que tout cela est fluide et fuyant et peut disparaître à tout moment. N'oubliez pas de m'écrire une lettre et de me dire que j'étais ici, et que je vous ai vu, et vous ai aimé, et que j'ai dîné avec vous. Tout cela est si évanescent et me plaît tellement, j'aime cela comme vous aimez le changement des jours. Je préférerais m'en aller là où je ne pourrais pas sentir les mouvements de la vie qui passe, quelque part dans l'espace et la distance où je pourrais deviner qu'en définitive c'est moi qui abandonnerai la vie et m'en séparerai et non pas la vie qui me quittera, et ce sera comme le vieux taxi croulant qui a laissé tomber son contenu comme un œuf, et peut-être que cet œuf est un livre, et pas moi et que je suis en lieu sûr, derrière du papier, de l'encre et des mots et des histoires, je compte seulement les pavés, n'étant arrivée nulle part à cause des préparatifs pénibles que cela implique, car, voyez-vous, je m'exerce dans la glace à une certaine expression et lorsque j'arrive, elle n'est en général pas nécessaire. Car la personne est autre que celle que j'ai inventée, et il faut que j'adapte mon âme à nouveau.

Une autre vérité négligée par les psychanalystes c'est qu'après avoir classé une relation comme masochiste, ils ne considèrent jamais que ce qui peut paraître une recherche de la souffrance risque, en certains cas, d'être son salut spirituel. Ils oublient complètement le fait du salut de l'âme.

Il y a, par exemple, la frustration que je ressens devant le manque de perspicacité d'Henry. Mais son manque de perspicacité m'a forcée à m'exprimer, il a approfondi la mienne et m'a humanisée, car il faut toujours que j'explique à Henry. Qui dira ce qui est destructeur, et ce qui est créateur ?

Henry, peut-être, m'a aidée à trouver ma force en la défiant constamment. S'il est vrai que j'ai le défaut d'être hypersensible, il est vrai aussi que j'ai le don de deviner les sentiments d'autrui. Rango est perpétuellement stupéfié de la manière dont je devine tout ce qu'il ressent, l'expose, et le guéris. C'est une pénétration de l'âme.

Henry admire toujours ce qui est au-dehors, extérieur. Zara se plaint que Rango ne peut vivre qu'en compagnie d'un groupe de gens. Lui aussi, comme Henry, se meut en bancs. Rango et Henry arrivent tous deux de la rue le visage rayonnant. Ils arrivent d'endroits tout ce qu'il y a d'anodins, un café, une conversation avec une personne anonyme, incolore et sans saveur, une exposition de peinture. Ils dénigrent ce qu'ils ont vu. Mais le rayonnement est là. C'est le rayonnement de l'exercice, du mouvement, de la pure circulation physique. Il vient du flux et du reflux, des vagues. Il est impersonnel. C'est le plaisir de la vie en compagnie, que la femme ne peut comprendre, parce qu'elle trouve ce rayonnement dans la vie intime.

C'est la santé de l'exercice collectif, de la natation collective. La femme cherche la profondeur, et l'intimité. Je ne devrais pas dire « la femme » et généraliser à la manière de Proust, je devrais dire moi, Anaïs, pour être exacte.

(AOUT 1937)

JE me suis rendue chez Henry pour faire la connaissance de Lawrence Durrell et de sa femme. Ce qui m'a d'abord frappée, ce sont ses yeux d'un bleu méditerranéen, vifs, pétillants ; sage, enfant et vieillard. De corps il est petit et trapu, avec des contours adoucis comme un Hindou, il est flexible comme un Oriental, débordant de santé et d'humour. C'est un faune, un nageur, un enthousiaste de la voile. Nancy, sa femme, est une gamine à la taille élancée avec de beaux yeux en amande. J'ai instantanément communiqué avec Durrell. Nous avons sauté les préliminaires habituels de l'amitié, son développement progressif. Dès l'abord, j'ai éprouvé de la sympathie, sans pratiquement avoir besoin de parler.

Après leur départ, Henry, Fred et moi avons passé une soirée tranquille. Nous sommes allés au cinéma. J'ai vu des ouvriers qui se révoltaient, un combat avec des policiers, l'injustice, la souffrance et la faim. A ce moment-là, parce que les policiers tiraient sur les ouvriers, parce que les machines les laissaient sans pain, j'ai compris les propos de Rango sur le communisme comme remède possible à l'injustice. Je ne crois pas qu'il puisse en venir à bout, parce que l'injustice et la cruauté sont inhérentes à l'homme, incurables, mais il pourrait la contrôler dans une certaine mesure.

Je me suis dis une fois encore que les souffrances individuelles devraient fusionner en souffrance universelle. On devrait adopter les maux du monde au lieu des siens propres. Naturellement, la vie personnelle profondément vécue débouche toujours sur des vérités qui la dépassent. Mes luttes avec moi-même m'ont amenée à comprendre les luttes des autres.

Lorsque l'on écrit consciemment, on suit le fil le plus accessible. Trois ou quatre autres fils peuvent être agités comme des fils télégraphiques au même instant, et je ne m'en occupe pas. Si je devais les capter tous, j'acculerais les esprits les plus agiles, je révélerais simultanément l'innocence et la duplicité, la générosité et le calcul, la crainte et le courage. Toute la vérité ! Je ne peux dire toute la vérité, tout simplement parce qu'il faudrait que j'écrive quatre pages là où j'en écris une, il faudrait que j'écrive à reculons, que je revienne constamment sur mes pas pour attraper les échos et les harmoniques à cause de l'agilité des embellissements, du vice de l'idéalisme qui déforme la vérité à chaque tournant. Le danger qu'il y a à revenir méthodiquement en arrière pour récupérer ce qui est tombé du filet, c'est de tomber dans l'introspection, ce monstre qui rumine trop longtemps un morceau, n'aboutit qu'à la mastication absolue et qui dessèche tout ce qu'il touche plutôt qu'il ne l'illumine.

Rango appartient à d'autres siècles. Qu'a-t-il pensé de New York, de Paris, en les voyant pour la première fois ? Ils lui parurent petits, encombrés et il faisait de la claustrophobie ! Zara était la vedette du Ziegfeld Show, en danseuse inca. Elle dansait à Paris. Il jouait du piano pour elle, il l'aidait à peindre ses costumes. Il jouait aux cartes, buvait et se droguait. Les femmes ne lui laissaient aucun répit. Il avait un magnétisme extraordinaire pour les femmes. Il me dit cela sans vanité. Il ne pouvait pas répondre aux avances des femmes. Il fallait qu'il choisisse lui-même. Il était toujours en train de fuir. La seule force qui l'unifie, qui le rassemble, c'est ou bien l'amour ou bien la politique. Il a le génie du commandement et de la domination. Il sait parler aux ouvriers, les impressionner. Il est éloquent et fougueux. Il y a de la puissance en lui. Mais sa faiblesse est comme la mienne : il ne sait pas se servir des autres. Il sait se dominer, se conduire, créer, il a une vision, mais il ne sait pas utiliser les autres, il est incapable de les utiliser, de les faire travailler pour lui. Il veut servir le communisme, mais il ne peut se lier par aucun contrat, il ne veut, ne peut se soumettre à personne. Il veut faire un travail indépendant, sans obéissance ni discipline. Il veut œuvrer pour le bien collectif, mais il ne peut, ne veut pas renoncer à sa liberté, sa liberté individuelle.

Il me demande : « Est-il possible que je n'aie été, il y a deux ans, qu'un Montparnassien, un bohème ?

— Jamais au fin fond », dis-je. Et je me rappelle la première fois que je mis le doigt sur le ressort de sa vraie nature, ce que je touchai ce jour-là, qui explosa comme de la dynamite : sa fierté, son aristocratie, son âme de chef, son dévouement et sa compassion. Je me suis souvenue comment il s'était éveillé émotionnellement, comme un homme frappé par un fouet, dont la force brusquement et violemment s'affirmait. Je me souviens où nous étions, dans un petit café sur les quais, alors qu'il venait de dire que je ressemblais à une vierge du seizième siècle qu'il aimait depuis toujours, à la femme pour laquelle les hommes partaient en croisade, à son premier idéal de la femme. Retournant à son premier idéal qu'il n'avait pas atteint (il avait épousé l'inverse), il était brusquement revenu, semblait-il, à l'époque où il était le maître d'une vaste propriété, possesseur d'esclaves, soldat et maire de son village. J'avais réveillé cela en lui, bien que, lorsque je fis sa connaissance, il fût aussi mal en point qu'un clochard.

Il dit : « Je crois, *chiquita,* que notre amitié n'était pas simplement une amitié personnelle, mais que nous avons été réunis pour servir l'humanité. »

Sa femme idéale était la mère de Gauguin, qui était une héroïne politique sud-américaine, l'une des premières socialistes. Je crois qu'il me confond avec elle. Mais pourquoi, s'il aime les femmes héroïques, les femmes d'action, a-t-il commencé par épouser une danseuse, et s'est-il ensuite attaché à un écrivain, une artiste ?

Je voulais venir en aide à l'Espagne républicaine, mais je ne pouvais écrire des lettres remplies de platitudes, d'esbroufe héroïque, de propagande sentimentale, de naïveté humanitaire à la manière de Rango qui recueille de l'argent, paie l'entretien de volontaires, assiste à des réunions, écoute les informations à la radio et lit les journaux de la première page jusqu'à la dernière. Rango dit : « Tout ce qu'il nous faut, c'est votre sympathie et votre foi. Nous n'attendons pas de travail politique ni de service d'un Artaud, ou d'un Erik Satie. »

Zara et moi faisons une promenade au Bois. Je l'ai emmenée pour profiter du soleil. Nous faisons halte à une laiterie modèle pour prendre un verre de lait frais. Et qui trouve alors moyen d'arriver? La belle-mère ultrasnob de mon père, vêtue de la dernière création de Vionnet, avec une toque de Trigère, coiffure d'Antoine, nouveaux ongles d'Emil, faux cils de Gérard, chien bichonné par Cécile, gants de chez Hermès, sac à main en cuir de Chanel, parfum de chez Guerlain, le visage traité par Elizabeth Arden, et son chauffeur en livrée de chez les spécialistes de la rue Saint-Honoré, attendant à proximité avec un plaid écossais de chez Old England pour le cas où il y aurait un risque de brise.

Zara portait la vieille chemise rouge de Rango, mes sandales vertes de Majorque, une jupe taillée dans un sac à pommes de terre, et se mouchait dans des chiffons. Elle transportait son nécessaire à couture dans une boîte de fer-blanc marquée en grands caractères: SUPPOSITOIRES OVARIENS, qu'elle avait déposée sur la table. Parce que Zara est sourde il fallait que j'élève la voix. Alta Gracia aurait pu entendre toute notre conversation sur l'état du ventre de Zara et ses opérations, sur son examen pour la syphilis, sa constipation, etc. Alta Gracia décida qu'il valait mieux ne pas me reconnaître. Douceur du jour d'été comme une patte d'hermine.

Tout paraît miraculeux, que l'été soit si doux, que les jets d'eau marchent sur les Champs-Elysées, que les hommes et les femmes se promènent. Une ville jamais entièrement connue, qui vous donne pourtant un sentiment d'intimité, de possession intime. Un ciel qui change chaque jour tout en conservant ses teintes opalines. La vie peut-elle continuer à se dérouler de la sorte, avec une fraîcheur jamais ternie, de nouveaux visages, de nouvelles merveilles ? Peut-on arriver tant de fois à la plénitude sans atteindre le fond, chaque année de nouvelles feuilles, de nouvelles peaux, de nouvelles amours, de nouveaux mots. Un jour je pleure du changement, mais il n'y a pas de mort, il y a cette éternelle continuité, rien n'est perdu, cela se transforme, ou bien ai-je appris à marcher sur des charbons ardents sans me brûler les pieds ?

Je connais Lawrence Durrell depuis un millénaire. C'est un garçon de dix ans qui joue dans l'Himalaya, atteint du mal des neiges (la maladie anglaise de l'impersonnalité). C'est un vieillard par certains côtés qui ne vit pas impulsivement mais prudemment, c'est un spectateur, c'est un enfant qui rit.

Lorsqu'il est venu hier soir dîner dans mes écuelles de bois, regarder le fleuve, il a pris goût à l'endroit, il s'est laissé ensorceler par lui, il était assis au centre, par terre, comme un Hindou, et il en jouissait.

Nous nous sommes promenés dans l'Exposition. Il voulut aller sur les montagnes russes, il voulut monter dans le train pour enfants. Nous parlions de tout, et en même temps il n'y avait pas besoin de conversation. Comme il connaît bien Henry. Parlant de l'histoire de Max (une histoire de juif, dans laquelle le juif est exposé sans pitié, passé aux rayons X, caricaturé, crucifié à jamais)*, il dit : « Vous êtes effrayant, Henry. Cette façon que vous avez de couper le cordon, le cordon ombilical de ce que vous décrivez — ni pitié ni amour —, rien que le monstre à qui rien n'échappe, la vision cruelle, qui démasque. Quelque chose de vraiment hors de l'humain. Si j'étais juif, cette histoire m'achèverait. »

* Voir Henry Miller, *Max et les Phagocytes* (édit. du Chêne).

Une dimension sans émotion. Je n'admire pas cela chez Henry. Peut-être l'ai-je fait dans le récit de l'accouchement, dans le journal, par moments, mais jamais sans pitié. Henry se demande ensuite pourquoi les gens sont terrifiés, pourquoi Fraenkel est tombé malade en lisant l'histoire, tout comme je me demande pourquoi le récit de l'accouchement produit sur les gens un effet si terrible.

Durrell est blond, avec le teint clair. Il a de belles dents, une bouche sensuelle pleine d'humour, des yeux bleus avec une lumière nordique en eux, de petites mains, une petite stature, quelque chose d'enfantin dans le corps. Un bon rire chaleureux qui fuse volontiers, une sorte de science exceptionnelle mêlée d'hésitation. Cette obsession anglaise de l'impersonnalité le rend spectateur, lui donne l'air lointain, et en même temps chaleureux.

Je lui ai envoyé l'histoire de la métamorphose. « Nous autres du Midi nous sommes très liants. »

Patrick Evans, un ami de Larry m'écrit :

Ceci est avant le petit déjeuner, l'air est plein de soleil, mais encore frais. Je viens de lire votre roman sur votre père (Winter of Artifice). *C'est très émouvant. Je l'admire beaucoup. Et je me réjouis énormément que Lawrence Durrell me l'ait prêté pour le lire. Ce n'est pas la première chose que j'ai lue de vous mais c'est, pour moi du moins, la meilleure.* La Maison de l'Inceste *j'ai beaucoup aimé ; il contient des choses merveilleusement poignantes, mais j'ai trouvé que c'était décousu, cela manquait d'unité, comme la croissance d'un tronc d'arbre. Ou plutôt il y a de l'unité là mais elle n'est pas à la surface, on a un vague pressentiment du drame, mais il ne se réalise jamais complètement, c'est comme de voir le tronc d'arbre à travers une muraille de brouillard multicolore. Ou comme une île flottante — on attendait la mer, et en fait la mer est là, mais on ne l'atteint jamais, on est toujours perché sur l'île. Le livre est rempli de bonnes choses, mais elles sont toutes isolées, étrangères l'une à l'autre. Les images les plus ahurissantes, ici une ligne parfaite et là une ligne parfaite, plusieurs à chaque page, un plein tiroir de joyaux, mais ils sont tous pêle-mêle et indépendants, pas enfilés ensemble sur un seul fil. Le fil s'est perdu en route. Mais dans le livre sur vous et votre père c'est différent. Il y a la même excellente écriture, le style plus sobre, il est vrai mais fort bon néanmoins — le langage employé comme la notion exacte et spontanée de l'expérience; il y a aussi ce recueillement et ce mouvement vers l'avant semblable au mouvement d'un navire, que* La Maison de l'Inceste *n'a pas. Pas simplement le fil d'un drame. Un fil dynamique qui court tout le long avec des additions d'incidents non dramatiques, statiques, ou des descriptions groupées dessus comme des parasites; le tout est du drame, sans rien de superflu. Et c'est vivant, cela respire. Je suis très ému par ce livre et plein d'admiration pour l'honnêteté, la vie et le courage. (Si je puis m'exprimer ainsi sans paraître écœurant et faussement élogieux, dans le style «cher confrère», les ferventes admirations de celluloïde conçues pour les manifestations publiques qui m'irritent et me dégoûtent tellement chez les hommes de lettres français). Je vous suis très reconnaissant de l'avoir écrit. A notre époque, comme à toute autre, il y a si peu d'œuvres produites dans lesquelles l'écrivain se fonde simplement sur l'expérience vécue, pure et sans fioritures (sans ajouts), pour la substance et la complexion de son art; il est si aisé de masquer le moi, de produire un effet grandiose, élégant, ou pétillant, vide de la sensation de vécu, en adoptant une pose et en employant des petits trucs en guise de technique, il est rare de trouver un écrivain naïf et réel, et franc, aussi authentique que la nourriture et aussi indéniable, aussi réel que le vent ou le ciel ou un arbre. Votre œuvre m'excite et me plaît et me passionne, et m'effraie un peu aussi. J'espère un jour pouvoir écrire quelque chose qui approche du même niveau. (Pour ce qui est de l'aspect « cher confrère », j'en suis moi-même aux premiers stades, me débattant pour sortir de mes langes. J'ai écrit une liasse de poèmes dont les neuf dixièmes ne valent rien et dont le dernier dixième est bon. Pour l'instant je suis aux prises avec mon premier roman, j'en ai fait le tiers à peu près. Rempli de difficultés ; c'est une lutte continuelle.) Ainsi donc de la mer Ionienne azurée, par un jour d'été laiteux avec le soleil qui souffle, un salut et merci.*

Cher Patrick Evans,

Votre lettre m'a fait immensément plaisir, vraiment. Vous êtes un écrivain et vous savez ce qui se passe lorsque l'on écrit. C'est une arithmétique qui a lieu dans le noir. Elle ne prend de valeur, ni s'illumine d'une sorte de rougeoiement, de rougeoiement de vie, vital, que lorsqu'elle crée un courant, lorsqu'il y a quelqu'un du côté récepteur, lorsqu'il y a un écho, une réponse. Tout le reste est une triste affaire, être assis, seul, à écrire. Le plaisir vient lorsque Patrick Evans assis devant la mer Ionienne azurée écrit à son tour pour dire ce qu'il a ressenti, vu, entendu. Alors le manuscrit commence à respirer vraiment. Nous en parlions l'autre soir avec Henry, Larry et Nancy. Larry se révoltait contre l'écriture. Henry dit : « Cela ne vous éloigne pas de la vie, cela

« vous l'apporte, c'est comme cela que nous nous som- « mes rencontrés. » Lorsque j'ai écrit mon livre sur D.H. Lawrence, j'ai rencontré Henry. La Maison de l'Inceste *m'a amené les Durrell. Mon manuscrit sur le père m'a apporté une lettre de vous. Tels sont mes plaisirs. Vous devriez m'envoyer quelque chose de vous. On est dédommagé des instants de solitude passés devant le papier, que Larry déteste tant par moments. J'ai été dédommagée de ces instants lorsque j'ai senti tous les chauds courants de vie qui refluaient, moi, tel un fantôme, pâle d'absorption, loin de tout, hors de contact, coupée du monde, parce que le manuscrit du père me dévorait. Nancy, Larry, Henry et moi goûtons maintenant les compensations. Nous les aimons dans le présent, nous faisons peu de cas de l'immortalité, nous sommes humains et sensuels et nous aimons le présent immédiat. Lorsque l'on reçoit une lettre comme la vôtre, on sent que l'on reçoit son dû dans le présent, et c'est humainement satisfaisant. Je crois que nous avons tous de la chance. J'ai aimé ce que vous disiez de la mer, la mer est là mais on n'y arrive jamais. Henry a trouvé que ce que vous disiez du drame, du mouvement en avant, était excellent. Je suis heureuse que vous ayez trouvé le manuscrit du père, naïf, réel et franc. J'étais un peu anxieuse. Par timidité, parfois, il m'arrive d'être un peu artificielle. Au lieu de bégayer, je stylise. Je croyais que dans le manuscrit du père, de temps à autre, j'étais artificielle. Je suis heureuse que vous n'ayez pas eu cette impression. Cela a été une véritable joie de voir Larry. Je l'apprécie hautement. Pour la tendresse et la férocité et la claire vision, et la qualité humaine qu'il a. Nous parlons beaucoup, et pourtant nous n'en avons pas besoin. Hier soir, assis dans le noir et contemplant la Seine, nous avons parlé sans fard. Nous avons fini par aboutir à l'univers héraldique, nous nous y sommes*

installés, reposés, nous sommes redevenus entiers. Pour un soir. Habitez-vous Corfou? Recopiez-vous votre roman au fur et à mesure? Aimez-vous qu'on le lise tandis que vous l'écrivez, ou seulement après qu'il est terminé?

Un jour... Cependant, tout en devisant nous regardons la Seine sous ma fenêtre, l'exposition de carton-pâte, et la chaleur nous rend quelque peu léthargiques...

Je ne suis pas sûre de ce que Lawrence Durrell entend par son « univers héraldique ». Une île poétique ? Un lieu noble, une intégrité, un signe, une fraternité ?

Curieux que ce soit Lawrence Durrell alors que Lawrence, l'autre, D.H., fut mon premier amour d'écrivain.

Coïncidences. Que je passe devant le café Zeyer et que j'y voie le propriétaire de Louveciennes, et ce fut aussi au café Zeyer que je rencontrai Otto Rank, avant qu'Henry n'emménage villa Seurat. Rango habite à quelques maisons de mon premier studio rue Schœlcher. J'ai déjà parlé de la rue Jean-Dolent qui m'affectait mystérieusement. Je m'imaginais habitant là, regardant la prison de la Santé et communiquant par des signaux avec les prisonniers. Emile a loué une chambre dans cette rue et communique avec l'un des prisonniers par des messages écrits sur un oiseau en papier plié qu'ils lancent d'une fenêtre à l'autre. Les prisonniers voulaient savoir qui avait gagné le Tour de France. Lorsque toute la ville de Paris aura été usée par mes expériences, un jour viendra où j'aurai habité dans toutes les chambres de Paris, déambulé dans toutes les rues, consommé dans chaque café, pris un repas dans tous ses restaurants.

La transposition de l'émotion faite par les gens les

plus sincères lorsqu'ils ne se rendent pas compte de leurs sentiments subconscients. Cette transposition de l'émotion, les femmes la pratiquent plus que les hommes.

Les femmes pour la plupart n'en ont pas conscience. Je m'en rends souvent compte tout en le faisant, et parfois je le fais consciemment lorsque j'ai un secret que je ne peux partager, et que cependant mon état émotionnel ne peut être contrôlé ou déguisé, je l'attribue donc à une autre cause.

Chez moi l'inconscient est si vaste, si formidable, comme un vaste océan qui manifeste constamment sa présence, menaçant de me noyer, mais que je peux éclaircir et contrôler en le faisant passer dans ma vie. Il est très rare que je ne me rende pas compte de ce qui m'arrive, très rare que je vive à l'aveuglette. Chaos, orages, furies, ils surviennent aussi brutalement que chez toutes les femmes mais très vite je gagne la surface à la nage, et je peux *voir* avec des yeux humains, et contrôler les dégâts des inondations et des éruptions primitives.

La soirée que j'ai passée avec Henry et les Durrell ressemblait à un voyage au long cours parce que nous avons abordé tant de sujets, remué tant de sentiments, réveillé tant d'idées. J'avais été en Grèce, dans leur maison, léchée par les vagues. J'avais été dans l'Himalaya et en Angleterre. J'avais été dans un nouveau Paris avec Larry, visitant l'Exposition comme un terrain de jeux aux capricieuses possibilités. Son humour est poétique, délicat. Il n'emploie pas le langage d'Henry. J'avais les pieds couverts de poussière, dans la tête le chant de l'Oiseau de paradis de Ravel, de la joie que Durrell comprenne ce que j'écris et moi-même. S'il adopte la dimension sans émotion d'Henry, ce qui se peut car il est impersonnel, il s'éloignera de ce que je fais. Même maintenant il déclare que l'on ne saurait bien écrire sans avoir une fois écrit *Hamlet,* de même que les peintres sont censés avoir fait des copies de Rembrandt. Je ne suis pas de cet avis. Pas pour l'écriture moderne.

Un monde impersonnel. Un glacier. Si personnel en ce qui le concerne, Henry, sous la dépendance en fait de la lune en lui, mais si impersonnel pour les autres. Oui, il ne pénètre jamais les autres, n'éprouve de l'empathie que s'il s'agit de quelqu'un avec qui il peut s'identifier. Il observe. Il ne pénètre pas. Il ouvre le ventre des êtres humains et révèle leurs boyaux, mais il n'éprouve aucune sympathie. Il peut faire cela parce que cela ne lui fait rien.

Et Lawrence Durrell, où se situe-t-il ? Parfois je sens qu'il aurait pu être, symboliquement parlant, l'enfant écrivain d'Henry et moi. Il aime le côté sans pitié d'Henry. Il l'appelle anti-romantique. Il l'appelle la vérité. Lui-même écrit sans émotion, impersonnellement. Mais il y a là quelque chose d'autre. Je crois que c'est un romantique qui cherche à répudier ou renier cela. Je crois que c'est un peintre et un poète et que jamais il n'ouvrira les êtres humains à la manière d'Henry. Mais il ne veut pas non plus les pénétrer, pénétrer leurs sentiments, ainsi que je le fais. Il est trop anglais pour cela.

Je crois qu'il ne sait pas encore où il se situe.

Courant merveilleux entre Durrell, Henry, Nancy et moi. C'est pendant nos conversations que je découvre comment nous nous alimentons mutuellement, combien nous nous stimulons. Je découvre ma propre force en tant qu'artiste, car Henry et Durrell s'allient souvent contre moi. Le respect d'Henry est aussi réveillé par l'admiration de Durrell pour moi. Ma sympathie pour l'incapacité de la femme à s'exprimer est réveillée par les balbutiements et les bégaiements de Nancy, et sa loyauté envers moi qui ne trahis pas la femme mais cherche à parler pour elle. Conversation palpitante, au cours de laquelle Henry a démasqué Durrell et moi, et lorsque Durrell dit : « Et maintenant il faut que nous « démasquions Henry », je répondis : « Nous ne pouvons « pas, parce qu'il l'a fait lui-même. » Henry est le plus fort, parce qu'il n'a pas peur d'être seul. Larry a peur. J'ai peur. Et nous l'avons reconnu.

Ils ont brusquement attaqué ma relation personnelle avec chaque chose, par une personnification d'idées. Je me suis défendue en disant qu'établir des relations était un acte de vie. Pour rendre vivantes l'histoire ou la psychologie, je les personnifie. Et puis tout dépend de la nature de la relation personnelle. Mon moi est comme le moi de Proust. C'est un instrument pour relier la vie et le mythe. J'ai cité Spengler qui disait que tous les schémas historiques se reproduisent à l'échelon individuel, des évolutions historiques entières se reproduisent chez un seul homme, au cours d'une seule vie. Un homme pourrait connaître, de façon personnelle, une période gothique, romane ou occidentale. L'homme triche lorsqu'il passe toute une soirée à discuter de Lao-tseu, Gœthe, Rousseau, Spengler. Ce serait plus près de la vérité s'il disait, au lieu de Lao-tseu, Henry, au lieu de Gœthe, un poète que nous connaissons maintenant, au lieu de Rousseau son équivalent contemporain. Ce serait plus honnête si Larry disait que c'est Larry qui éprouve de l'irritation parce que le vin symbolique n'a pas aussi bon goût que le vin ordinaire.

Lorsqu'ils ont discuté le problème de mon journal, toutes les théories de l'art furent englobées. Ils parlèrent des changements géologiques qui se produisent avec le temps, et dirent que c'était le produit de ce changement que nous nommions art. J'affirmai que pareil processus pouvait se produire instantanément.

Henry dit : « Mais cela bouleverserait toutes les théories de l'art. »

Je dis : « Je peux vous donner un exemple. Je devine les potentialités de notre conversation ce soir tandis qu'elle se déroule aussi bien que dans six mois. Prenez le récit de l'accouchement. Il ne varie guère dans sa forme finie de la manière dont je l'ai raconté dans le journal immédiatement après coup. La nouvelle version fut écrite trois ans plus tard. L'objectivité peut amener un tableau plus arrondi, mais son absence, l'empathie, l'émotion, l'immersion peuvent amener un autre genre de rapport. »

Henry demanda : « Mais alors quel besoin avez-vous eu de le récrire ?

— Pour une plus grande perfection technique. Pas pour le recréer. »

Larry, qui m'avait louée auparavant parce que j'écrivais en tant que femme, parce que je ne coupais pas le lien ombilical, s'écria : « Il faut que vous récriviez *Hamlet.*

— Pourquoi cela, si ce n'est pas ce que je souhaite écrire ? »

Larry dit : « Il faut que vous fassiez le saut hors du ventre, que vous détruisiez vos liens.

— Je sais, dis-je, que cela est une conversation importante, et que ce sera le moment où nos routes divergeront. Peut-être qu'Henry et Larry suivront le même chemin, mais il faudra que j'en suive un autre, celui de la femme. »

A la fin de la conversation ils dirent : « Nous avons devant nous une véritable artiste, la première, et nous ne devrions pas la contrer. »

Je sais qu'Henry est l'artiste parce qu'il fait exactement ce que je ne fais pas. Il attend. Il sort de lui-même. Jusqu'à ce que cela devienne fiction. C'est entièrement de la fiction.

Je ne m'intéresse pas à la fiction. Je veux la fidélité.

Tout ce que je sais, c'est que j'ai raison, raison pour moi. Si aujourd'hui je peux parler le langage à la fois de l'homme et de la femme, c'est parce que je ne crois pas à l'objectivité de l'homme. Dans toutes ses idées, ses systèmes, ses philosophies, les arts viennent d'une source qu'il ne souhaite pas reconnaître. Henry et Larry prétendent qu'ils sont impersonnels. Larry a le complexe anglais. Mais c'est un déguisement.

Pauvre femme, que c'est difficile d'exprimer clairement sa connaissance instinctive !

« Tais-toi », dit Larry à Nancy. Elle me jette un regard étrange, comme si elle attendait que je la défende, que je l'explique. Nancy, je ne me tairai pas. J'ai beaucoup à dire, pour June, pour vous, pour les autres femmes.

Quant à toutes les inepties qu'Henry et Larry ont débitées, la nécessité de « Je suis Dieu » afin de créer (je suppose qu'ils veulent dire « Je suis Dieu, je ne suis pas une femme »). La femme, de toute façon, n'a jamais communiqué directement avec Dieu, mais seulement à travers l'homme, le prêtre. Elle n'a jamais créé directement, à moins de passer par l'homme, n'a jamais été capable de créer en tant que femme. Mais ce que ni Larry ni Henry ne comprennent, c'est que la création de la femme, loin d'être comme celle de l'homme, doit être exactement semblable à sa création d'enfants, c'est-à-dire que cela doit provenir de son sang, être englobé par son ventre, nourri de son lait. Ce doit être une humaine création de chair, ce doit être différent des abstractions de l'homme. Quant à ce « Je suis Dieu », qui fait de la création un acte d'orgueil et de solitude, cette image de

Dieu tout seul créant ciel, terre et mer, c'est cette image qui a dérouté la femme. (L'homme aussi, parce qu'il croit que Dieu a fait cela tout seul, et il croit que lui aussi a fait cela tout seul. Et derrière chaque accomplissement de l'homme se trouve une femme, et je suis sûre que Dieu a reçu de l'aide aussi, mais ne l'a jamais admis.)

La femme n'oublie pas qu'elle a besoin du fécondateur, elle n'oublie pas que tout ce qui est né d'elle y a été planté. Si elle oublie cela, elle est perdue. Ce qui sera merveilleux à contempler, ce ne sera pas sa solitude, mais cette image de la femme visitée la nuit par l'homme et les choses merveilleuses auxquelles elle donnera naissance le matin. Dieu seul, créant, peut-être est un beau spectacle. Je ne sais pas. L'objectivité de l'homme peut être une imitation de ce Dieu si détaché de nous et de l'émotion humaine. Mais une femme seule créant n'est pas un beau spectacle. La femme est née mère, maîtresse, épouse, sœur, elle est née pour représenter l'union, la communion, la communication, elle est née pour donner naissance à la vie, et pas à la déraison. C'est l'éloignement de l'homme, sa prétendue objectivité, qui lui a fait perdre contact, puis la raison. La femme est née pour *être* le maillon qui relie l'homme et son moi humain. Entre les idées abstraites et le schéma personnel qui les crée. L'homme, pour créer, doit devenir homme.

La femme a ce rôle de vie, mais la femme artiste doit faire fusionner création et vie à sa manière, ou dans son sein si l'on préfère. Il faut qu'elle crée quelque chose de différent de l'homme. L'homme a créé à l'intérieur du mystère, des orages, des terreurs, des enfers du sexe, la bataille contre les abstractions et l'art. Elle doit se couper du mythe qui crée l'homme, d'être créée par lui, elle doit lutter avec ses propres cycles, orages, terreurs, que l'homme ne comprend pas. La femme veut détruire la solitude, retrouver le paradis originel. L'art de la femme doit naître dans les cellules utérines du cerveau. Il faut qu'elle soit le lien entre les produits synthétiques du cerveau de l'homme et les éléments.

Je ne me leurre pas, à la manière de l'homme qui prétend créer dans une orgueilleuse solitude. Je dis que nous sommes liés, interdépendants. La femme ne se leurre pas. Elle doit créer sans les fières illusions de l'homme, sans mégalomanie, sans schizophrénie, sans folie. Elle doit créer cette unité que l'homme a détruite dès le commencement par sa fière conscience.

Henry et Larry ont essayé de m'attirer hors du ventre. Ils appellent cela de l'objectivité. Nulle femme n'a connu le genre de mort qu'a eue Rimbaud. Je n'ai jamais vu chez une femme un squelette comme Fraenkel, tué par les dissections de l'analyse, la lèpre de l'égoïsme, la peste des cellules du cerveau.

L'homme aujourd'hui est comme un arbre qui se dessèche par les racines. Et les femmes, pour la plupart, n'ont fait qu'écrire ou peindre des imitations de phallus. Le monde était rempli de phallus, comme des totems, et nulle part d'utérus. Il faut que j'aille dans la direction opposée de Proust qui trouvait dans la création des moments éternels. Il faut que je les trouve dans la vie. Mon œuvre doit être la plus proche du flot de la vie. Je dois m'installer à l'intérieur de la graine, de la croissance, des mystères. Je dois prouver la possibilité d'un art instantané, immédiat, spontané. Il faut que mon art soit comme un miracle. Avant de passer par les conduits du cerveau et devenir une abstraction, une fiction, un mensonge. Ce doit être pour la femme davantage comme un antique rituel personnifié, où chaque pensée spirituelle a été rendue visible, a été concrétisée, représentée...

Un sens de l'infini dans le présent, que l'enfant possède.

Le rôle de la femme dans la création devrait être parallèle dans la vie. Je ne parle pas de « bonne terre ». J'entends la mauvaise aussi, le démon, les instincts, les orages de la nature. Les tragédies, les conflits, les mystères sont personnels. L'homme a fabriqué un détachement qui est devenu fatal. La femme ne doit pas fabriquer. Elle doit descendre dans le véritable utérus et en révéler les secrets et les labyrinthes. Elle doit le décrire comme la ville de Fez, avec sa douceur, sa tranquillité et son mystère des Mille et Une Nuits. Elle doit décrire les humeurs voraces, les désirs, les mondes que contient chacune de ses cellules. Car l'utérus a des rêves. Il n'est pas aussi simple que la bonne terre. Je crois parfois que l'homme a créé l'art par crainte d'explorer la femme. Je crois que la femme balbutiait sur son compte par crainte de ce qu'elle avait à dire. Elle se couvrait de voiles et de tabous. L'homme a inventé une femme qui convienne à ses besoins. Il a disposé d'elle en l'identifiant avec la nature, après quoi il a affiché sa méprisante domination de la nature. Mais la femme n'est pas la nature uniquement.

Elle est la sirène et sa queue de poisson est plongée dans l'inconscient. Sa création sera de rendre articulé ce monde obscur qui domine l'homme, bien que celui-ci le nie, mais qui affirme sa domination par des preuves destructrices de sa présence, de sa folie.

Note de Durrell : « Il n'y a rien à répondre à Anaïs. Absolument rien. Je plie bagages et j'abandonne. Ce qu'elle dit est biologiquement vrai depuis le cordon ombilical. »

La naissance du magazine le *Booster,* dont Fred a hérité et qu'Henry domine, a réveillé ma rébellion contre cette manie qu'a Henry de mendier, voler, cajoler, de jouer des farces d'écolier, son humour de guignol, son goût du burlesque.

Rango travaille d'arrache-pied à la presse, va bientôt gagner sa vie avec. Il a plein de commandes.

Durrell m'écrit : « C'est charmant votre façon d'ouvrir vos ailes, et nous accourons tous pour nicher sous votre protection. Je ne sais comment vous faites. Vous devez avoir l'envergure d'un albatros. » Ce billet arrive après que nous avons eu ensemble une conversation éblouissante, principalement sur ce qui semble de l'irresponsabilité de la part de l'artiste est au fond une responsabilité envers son œuvre avant tout.

Henry, Nancy, Larry et moi. Une douce soirée d'été. La ville illluminée. Les gestes de Larry plus lents que sa conscience. Ses yeux arrivent vite, transcendent, possèdent en un éclair. Son corps est à la traîne, naturel, indolent, peu pressé, mais un peu entravé. Il a écrit avec acharnement sur l'acte spontané. Il fait de son double, Gregory, un Anglais. C'est peut-être le secret de sa fascination à l'égard d'Henry. Le nouveau Larry émerge, animé par une création qui n'est pas entièrement en harmonie avec son corps athlétique, son amour de la voile, son rire, ses facéties. « Prenons l'autobus et puis commandons un café. Entrons dans ce restaurant indo-chinois, commandons de la nourriture et demandons où est l'« indo ». » Il est un peu stupéfait de lui-même, comme quelqu'un qui découvre en lui-même une maladie. Au-dessous de la peau bronzée, de la chevelure blonde, des yeux comme le fond des mers, derrière les gestes poétiques, pleins de mansuétude et d'humanité, il a découvert une cataracte de mots, un univers de nuances, d'ombres, de quarts de tons. Ce n'est pas par le biais d'une névrose qu'il a découvert l'imagination qu'il possède. Il est comme un marin, un alpiniste qui a reçu des révélations. Sa création tient du miracle. Il est un tant soit peu abasourdi. Il parcourt des rues familières avec un malaise diffus. La bouteille de vin est devenue symbolique. Ceci exprime tout ce contre quoi il lutte. Il ne veut pas perdre la chaleur, la chair, l'odeur, la réalité.

Il ne fait aucun doute que nous traversons en tant qu'individus un monde qui n'est pas individuel et auquel nous sommes reliés, le monde de l'écriture.

J'ai senti que Larry et Nancy étaient légèrement mal à l'aise, un peu perdus, un peu prêts à fuir après dix jours de villa Seurat et de cirque du Dôme. J'ai senti leur solitude. Je leur ai demandé de venir me voir hier soir. Nous nous assîmes par terre, près de la grande fenêtre. Nous avons pris le café dans le noir, assis sur des coussins. Toutes les lumières venaient de la Seine. Et nous avons parlé intimement. Ils reculent devant les mêmes choses que moi. Ils voulaient retrouver la Grèce après avoir parcouru le monde graisseux, visqueux, putride de Montparnasse. « Ce n'est pas une répulsion morale, dit Larry, mais héraldique. » L'amour du monde « héraldique » chez Larry exclut l'autre. Pas chez Henry.

Après coup, Henry déplore de ne pas vivre au niveau de sa création. Il ne vit même pas de plain-pied avec lui-même. Ai joui du mépris de Larry et Nancy. J'ai aimé lorsque Larry s'est écrié, comme je le fais moi-même si souvent : « Je m'impatiente. Je ne peux supporter longtemps les imbéciles. On ne devrait pas avoir de mépris, mais ce type... » Je me suis sentie moins seule. Dans l'obscurité nous semblions pouvoir tout dire. Larry exposa sa crainte de devenir fou s'il continuait à écrire.

Il dit que j'étais unique et qu'il ne voulait pas me perdre. Il se mit à danser en rond lorsque je lui montrai mon journal et ses lettres collées dedans. « Vous êtes important », dis-je. Il l'ignorait. Il a peur de ce que j'écrirai sur lui, mais je dis : « Moi aussi j'ai peur de ce que vous écrirez, je ne peux pourtant cesser de parler, parce que vous me connaissez de toute façon. » Nous avions en commun un malaise au milieu d'un entourage désintégré, dissolu, une nostalgie d'intégrité, un besoin d'intégrité. Nous avions en commun la conviction que certaines expériences ne sont pas nécessaires.

Je me rappelais la première fois où Larry avait parlé de son « univers héraldique », qui avait attiré mon attention. Nancy et Larry songeaient à s'évader, s'échapper de Paris. Je dissipai leurs craintes en les nommant. Je conjurai les démons et nous les exorcisâmes. Nous eûmes un moment d'intégrité, de repos, de sérénité orientale.

Zara parle des heures durant de la paralysie de Rango. Elle est obsédée par ses atermoiements, la manière qu'il a de se bloquer, de s'empêcher d'agir. Il construit quelque chose et juste avant que cela se concrétise, il arrête. La presse, toute prête, n'est pas utilisée parce qu'il ne veut pas faire venir l'ouvrier qui lui apprendrait, car il pourrait y avoir des jours où il n'aurait pas de travail pour lui. Et toutes les commandes de ses amis sont en attente. Tout est au point mort. Il déclare : « Je ferai le travail », mais il ne le fait pas parce que le papier n'est pas arrivé. « Pourquoi n'est-il pas arrivé ? — Je ne sais pas. Je devais téléphoner hier à ce propos. — Veux-tu que j'aille le chercher, Rango ? — Non, on le livrera demain.

— Je travaillerai avec toi demain, Rango.

— Non, pas demain. Demain je dois voir Neruda au sujet de ses poèmes. »

Zara récrimine : « Rango, tu es si maladroit, tu es idiot, tu casses tout, tu ne peux rien faire correctement. »

Je dis : « Rango, tu es si adroit avec cette presse. Pourquoi t'intimides-tu à l'idée de faire venir un ouvrier pour t'aider la première semaine ? » Destruction. Création. Destruction. Création. Duel infernal. Continu. Si j'avais gardé la presse pour moi, je produirais, j'imprimerais, j'éditerais. Lorsque je demande à Rango : « Comment aimerais-tu que soit ta vie ? », il répond : « Une révolution chaque jour. »

Nancy dit courageusement à Larry : « Tu es peut-être mécontent de moi. »

Larry répond : « Je le suis, mais cela ne signifie pas que je veuille changer, ou que je veuille quelqu'un d'autre. »

L'incroyable force de stagnation chez Zara et Rango qui les a emportés dans la famine, la maladie, la mort, Rango se sert de chiffons en guise de mouchoirs. Je lui ai donné des mouchoirs. Il a dit : « Mais j'en ai des douzaines chez moi. Voilà un an que je les entasse pour les porter chez le blanchisseur. Je ne peux me décider à les laver. Le paquet y est encore. »

Larry déclare : « J'ai horreur du genre bohème. »

Henry dînait avec un personnage inclassable.

Le Dôme à neuf heures du matin. Antonin Artaud passe par là. Il brandit sa canne mexicaine magique, en vociférant.

« Je ne veux pas de cette pourriture tant que je suis vivant », s'écria Rango.

Je dis à Rango : « Sais-tu ce que cela veut dire de désirer sans désirer, d'agir et puis de t'arrêter ? Tu as peur de la réalisation, de la concrétisation. Tu désires le pouvoir, mais tu as honte de prendre la tête. Tu désires servir le communisme, mais tu rejettes la discipline. Tu désires une liberté qui aboutit au plus grand esclavage, à la plus grande humiliation, à la plus grande impuissance. Tu préférerais mourir plutôt que de risquer la défaite. Tu préférerais mourir de faim plutôt que de sacrifier une heure de sommeil. »

J'ai travaillé une heure et demie à la presse pour aider Rango. Euphorie de voir apparaître les mots imprimés.

Nous travaillons dans une petite pièce basse de plafond avec deux fenêtres donnant sur un très vieux jardin à la française sur la rue de Lille. C'est la résidence de *Paix et Démocratie.* Il y a deux énormes tables, l'une avec la presse dessus. J'ai imprimé deux mille bandes pour des brochures. Les ai coupées. Rango écrivait des lettres. C'était l'orgueil et un sentiment de possession qui l'empêchait de faire venir l'ouvrier. Il veut tout contrôler lui-même. Un univers personnel. Lorsque le travail deviendra trop lourd, alors il aura des ennuis.

Chère Djuna Barnes,

Il faut que je vous parle de la grande, la profonde beauté de votre livre Nightwood. *La deuxième moitié surtout m'a tant émue que j'ai presque peur de vous écrire. Le véritable poète en vous qui a isolé le docteur, Nora, Robin dans un monde surchargé de sens, et les fait parler avec une perspicacité, et une humanité, une profondeur que j'ai rarement vues atteintes, comme cela m'a émue. La relation entre Nora et Robin, que non seulement vous décrivez en réalité, dans le monde que nous voyons, dans la rue, à la maison, à la ville, au café, mais aussi dans laquelle vous nous introduisez par la plus mystérieuse des pénétrations, pour en révéler la signification la plus évanescente, la plus poétique, la plus symbolique et humaine. Aveuglant. Tout en lisant je sentais : elle en sait trop, elle en voit trop, c'est intolérable. C'était intolérable. C'était inoubliable. Le langage, la science, la beauté, la qualité tragique, le transparent pouvoir d'atteindre les profondeurs. C'est ce que j'ai lu de plus beau sur la femme, et les femmes amoureuses. Je suis effrayée de vous écrire. Vous saurez pourquoi. J'aimerais que vous sachiez ce que votre livre a touché, illuminé, éveillé. Mais ce n'est pas dans une lettre à quelqu'un que je ne connais que dans son univers créé, que je peux le dire. J'aimerais m'installer dans votre univers créé, que je ressens si vivement, et de là m'adresser à vous. J'aimerais franchir la barrière du vous extérieur. C'est étrange, il y a plusieurs années, nos noms furent sur la même page, j'entendis parler de vous, l'un de vos livres et le mien sur D.H. Lawrence furent annoncés par un « aboyeur » nommé Drake. Une fois au café vous m'avez été désignée. Je vis une femme très belle. Mais si j'avais su alors que vous étiez la femme de* Nightwood... Nightwood *m'a véritablement hantée. Le pouvoir émotionnel, l'expression passionnée m'ont réellement hantée. Une femme écrit rarement comme une femme, comme elle sent, mais vous, oui.*

Même aujourd'hui où je suis très profondément installée à l'intérieur de la vie, je ne peux entendre de la musique et de la gaieté chez un voisin, sans tristesse, sans me sentir exclue. Etre dedans ou dehors c'était mon cauchemar. Je me sens transportée aux confins d'un monde qui se dérobe éternellement. Lorsque j'étais pauvre, lorsque j'étais à l'âge ingrat, que je peignais ma longue chevelure devant la glace de l'office dans la maison en meulière de New York, je comprends pourquoi la musique qui venait de la maison d'en face me remplissait de nostalgie, de jalousie, d'envie, de désespoir. Elle me semblait inaccessible. Elle me semblait venir d'un monde impossible, interdit. Je pensais que c'était parce que j'étais pauvre, parce que notre vie n'était pas belle, parce que je n'étais pas belle. Je pensais que c'était parce que, telle que je me tenais là en chemise de nuit, ma brosse à la main, brossant mes longs cheveux, je me rendais compte de la timidité de ce corps qui ne dansait que dans l'obscurité, de la fragilité de cette chevelure qui ne semblait brillante que dans l'obscurité, de la pâleur de ce visage qui semblait plus radieux dans la solitude. Je brillais dans la solitude, c'était là le mystère. Et je ne parvenais pas à réconcilier ce moi obscur qui brillait avec l'éclat du jour, l'éclat de la pièce des voisins par une soirée de gaieté, et avec la musique. Ce n'était pas la pauvreté, ce n'était pas l'âge ingrat. Le jour vint où je brillai au grand jour, où je portai la robe et dansai au grand jour, et l'éclat, le sourire, la familiarité et les triomphes. L'allégresse était la mienne et elle était pour moi. Mais le moment d'intériorité, de participation, d'appartenance était de courte durée et me laissait en dehors, tout comme du temps où, adolescente, je restais à regarder la fenêtre du voisin. Il y avait toujours le sentiment d'être en dehors, à un moment ou à un autre, seule. Je ne pouvais demeurer à l'intérieur, je ne vivais pas à l'intérieur. L'éclat, la familiarité à l'intérieur de la musique avec les gens et la gaieté y étaient bien, mais l'éclat lunaire de la solitude y était aussi, l'observatrice au visage blême. Au début, j'étais tout à fait la jeune fille solitaire regardant et se sentant étrangère, dépaysée. Par la suite, je fus les deux. Maintenant, je suis souvent à l'intérieur et je redoute le moment où je verrai le pâle visage à la fenêtre observant d'un autre monde. Je ne veux pas que l'on me dérobe le présent. Cette adolescente nostalgique n'a-t-elle pas été finalement ensevelie dans la femme comblée ? Pourquoi le moment de la musique devrait-il jamais s'arrêter ? Pourquoi doit-il venir, le oment où je suis rejetée à la périphérie, séparée et où j'entends la musique du voisin, j'entends les festivités, j'entends danser alors que je n'en suis pas, et je suis triste, toujours nostalgique comme quelqu'un de condamné à se sentir en marge, au bord, à distance. Tout ne se produit pas chez moi. Il y a toujours de la musique venue d'ailleurs, toujours une nostalgie, toujours quelque chose que l'on imagine plus beau et plus chaud. Toujours une couleur qui est inaccessible, une pièce qui me donne l'impression d'être pauvre et déguenillée, une musique qui me fait danser dans le noir. Toujours une musique qui me fait rayonner dans le noir, un rayonnement différent de la couleur de la gaieté du voisin. Ce désir violent d'être à l'intérieur de tous les plaisirs palpitants, vivants, chauds, de m'y endormir, de faire toujours partie d'eux, de n'être jamais seule, de briser pour toujours l'éloignement, un désir fou*.

* C'est l'état d'esprit qui inspira *Les Miroirs dans le Jardin.* Et l'un des plus étranges incidents de récurrence se produisit une dizaine d'années plus tard, lorsque *Les Miroirs dans le Jardin* fut publié. Je fus invitée par Violet Lang, qui dirigeait alors le *Chicago Review* à venir en faire une lecture à l'université de Chicago. C'était en plein hiver et il y avait beaucoup de neige par terre. Je lus et je donnai une conférence, après quoi des amis me conduisirent en voiture chez Violet Lang, où devait avoir lieu une réception. Il neigeait abondamment. Nous arrivâmes à l'adresse que l'on nous avait donnée. Mais nous ne pouvions trouver l'appartement. Quelqu'un nous indiqua l'arrière de l'immeuble. Nous vîmes les fenêtres éclairées d'un appartement au sous-sol. Nous regardâmes à l'intérieur. La réception en mon honneur battait son plein, remplie d'animation. Je frappai au carreau. Personne ne m'entendit. J'étais trempée, réfrigérée, fatiguée. L'incident fit revenir l'ancien sentiment d'être laissée à l'extérieur. Je serais repartie si j'avais été seule. Finalement, quelqu'un me vit à la fenêtre et sortit pour nous guider dans un dédale de couloirs de caves.

(AUTOMNE 1937)

MA tragédie, c'est que j'aime profondément mais ne peux renoncer à mon intégrité ni vivre totalement dans le monde de quelqu'un d'autre. Une part de moi-même reste toujours Anaïs Nin. Le désir d'être avec les autres, de m'amalgamer, de faire des concessions, des compromis, me tue. Je voudrais être à l'aise dans le travail politique, mais je ne peux pas. Le travail à la presse fait par à-coups, sans rendement. Par exemple, à côté de l'appartement de Rango il y a une grosse imprimerie où Rango devait acheter la gelée pour les caractères. Il avait projeté de se lever de bonne heure, d'aller chercher la gelée, et m'avait demandé de venir aider à distribuer les caractères. Je vins. Mais Rango se leva à onze heures, n'alla pas chercher la gelée, vint au bureau, oublia le papier d'emballage, si bien que je n'avais rien à faire. Puis, au milieu de l'après-midi, il fait un trajet d'une heure en autobus pour aller chercher la gelée tandis que le bureau se remplit de gens qui l'attendent sur rendez-vous. Il ne peut organiser, planifier, et il crée une vaste confusion, un gaspillage d'efforts. La chose immédiate, il ne peut la faire. Il faut qu'il emprunte des détours. C'est cela Rango. Mais je ne peux travailler de cette façon. Alors je prends la fuite.

Il faut un jour que j'aie une presse à moi.

Il est symbolique que tout ce que fait Rango soit de guingois, même lorsqu'il s'agit de couper du papier. Henry ne sait rien faire de ses dix doigts. J'exécute mon travail comme par enchantement, vite, tout simplement parce que je ne veux pas être submergée, noyée par les détails. Je n'en tire pas vanité. Rango ne peut rien construire. S'il partait pour la guerre, il lutterait farouchement, comme un maniaque et mourrait probablement par erreur, inutilement, aveuglément.

Le sculpteur Henghes me dit : « Lorsque j'étais pauvre et que je travaillais dans des restaurants, je pensais et je sentais comme ceux avec qui je travaillais. » Je l'envie. Lorsque j'étais pauvre et que je travaillais comme modèle et comme mannequin, jamais je ne devins comme les autres. Je demeurai moi-même. Je jouais des rôles, mais tout en restant moi-même.

Cette incapacité de me changer, cette façon de rester moi-même, au fond, c'est douloureux pour une femme. La femme devrait naître aveugle afin de pouvoir servir aveuglément. Sans poser de questions.

Pour cette raison je dus abandonner mon association avec le *Booster*. Trop de guignol. Reichel, dont Henry faisait l'éloge, a passé plusieurs nuits blanches à se demander comment il pourrait dire à Henry qu'il avait honte qu'on le fasse aussi crûment « mousser ».

Lorsque je dis à Rango : « J'ai écrit toutes ces lettres ce

matin parce que je veux me sentir libre et légère », il dit : « Et j'ai remis à plus tard ces paquets que je dois faire depuis plusieurs jours, sachant que cela me pèsera sur la conscience, me préoccupera pendant des jours, comme si je cherchais à ne pas me sentir libre. »

Parfois, par contagion, il fait la chose immédiate, en est heureux, mais je sais que dans une heure il trouvera un autre moyen de s'empêcher, de bâcler son travail, de se lier, de s'asservir.

Pourquoi est-ce que je m'allie à des forces destructrices ? Et les combats ? Lorsque j'ai fait la connaissance de June et Henry, c'était pareil. Je pénétrai dans un enfer de noire destruction. Et pourquoi, si je suis attirée par ces forces, est-ce que je ne succombe pas, ne deviens pas destruction, n'abandonne pas la lutte pour les changer ?

Hans Henghes m'envoie une lettre avec un cristal de roche. « C'est la première fois que je vis quelque chose de pur, Anaïs. Je sens que je peux voir quelque chose de nouveau dans mon œuvre. J'étais écœuré par le monde, faible, et perdu. Mais plus maintenant. »

Il partit de chez moi pour se rendre chez la princesse de San Faustino, avec ma *Maison de l'Inceste* sous le bras. Elle lut le livre, l'acheta, m'écrivit une lettre : « Je veux vous connaître. » Elle vient demain.

Cependant je consacre tout mon temps à la presse.

Il s'avéra que la princesse de San Faustino était une Américaine. Elle vint me voir parce qu'elle a connu une grande anxiété et un sens de déplacement. Elle avait décelé ces sentiments dans le livre. Anxiété. Aucun écrivain n'en parle. Pourtant c'est le drame d'aujourd'hui. Pas les événements. La souffrance à cause d'incidents qui ne se produisent jamais, souffrances de l'imagination. En supprimant les identifications concrètes et en passant aux rayons X l'état lui-même, n'importe qui, y compris la princesse San Faustino de l'Illinois, peut reconnaître ce qu'il éprouve dans n'importe quel endroit, pays, à n'importe quel moment.

Tant de relations imaginaires, tant de scènes imaginées qui n'ont jamais lieu.

La célébrité grandissante d'Henry a créé une inflation, un gonflement, une effusion qui sont suivis d'accès de mauvaise humeur, de fatigue, d'irritabilité. Sa semaine avec les Durrell, semaine d'intoxication, d'insomnie, a été suivie d'une dépression.

H. H. m'apporte un scarabée vert avec un ventre roux doré. Deux poèmes. Nous étions au café. Un groupe d'ouvriers arriva pour pique-niquer. Une grosse femme déballa son panier à côté de nous, sur notre table. Je dis à H. H., en riant : « Pourquoi ne m'aviez-vous pas dit que vous aviez invité une autre femme à déjeuner. Je me sens de trop.

— Il n'y a rien entre nous, dit H. H. C'est seulement une très vieille amie. »

Conversation avec Henry. Je sens qu'il est créé maintenant, en tant qu'écrivain. Il est publié, accepté, connu.

Je peux maintenant travailler pour moi.

Quand il s'agit d'écrire, cela se passe ainsi. On se dit : « Je me sens bien. Trop bien. Je n'ai pas besoin d'écrire. Je veux vivre. » On est à l'intérieur, jouissant de la vie, vivant sans formulation. Pas d'échos, pas d'enregistrement. Puis un jour, sans raison, le fleuve de la vie se sépare en deux bras : être et formuler. Une activité qui ressemble à un film de cinéma se met en mouvement dans votre tête. (Vous entendez le ronronnement de la machine.)

J'écris. Ce n'est pas une analyse, une méditation ou un monologue, j'écris. Je vis en termes de phraséologie immédiate, avec une grande excitation comme avant, une découverte des termes appropriés, le désir anxieux de capturer, de retenir, d'être précise, de trouver le mot juste. Cela vient à l'improviste, comme une fièvre, et s'en va comme une fièvre. C'est distinct de toute autre activité.

Tout ce mois-ci j'ai écrit dans ma tête, j'approche de la réalisation de ce que je dois faire.

Mais je ne veux pas encore m'y mettre, parce que la vie est agréable, la paresse est agréable. J'écris dans ma tête sur New York, Otto Rank, ce qu'écrit Henry, la mort d'une robe. Je ne suis pas suffisamment détachée pour entamer mon grand travail.

Il se passe des choses pleines d'humour et d'ironie à propos de la publication du *Scénario* d'Henry, qu'il avait imprimé dans une édition limitée de deux cents exemplaires avec ses premiers droits d'auteur.

A l'origine, nous voulions écrire ensemble un scénario d'après *La Maison de l'Inceste,* qui n'était pas encore sous sa forme définitive. J'avais montré à Henry tout mon matériau. Dès que nous nous mîmes à l'œuvre, je m'aperçus qu'Henry obéissait à sa propre imagination, que *La Maison de l'Inceste* devenait quelque chose d'entièrement différent, que nos styles ne pouvaient s'accorder. L'atmosphère même, la contexture, le contenu étaient modifiés. A mes yeux cela ressemblait plutôt à une parodie de l'original. Je ne voulais pas dire à Henry que je n'aimais pas ce qui venait de nos entretiens. J'abandonnai discrètement dans ma version finale les thèmes qu'Henry avait développés à sa manière et dans son langage à lui. Henry s'était senti stimulé par le matériau de *La Maison de l'Inceste* et proclamait qu'il s'en était inspiré.

Sous sa forme actuelle, comme le *Scénario* d'Henry, il sera lu et apprécié par des milliers de gens qui ne liront jamais *La Maison de l'Inceste,* ou ne le comprendront pas*.

Hélène me fait une description féroce de la jalousie de son mari. « C'était un Othello. Il semblait prendre un plaisir pervers à ces scènes, et j'essayais d'apprendre de lui, mais je dois avouer que je n'ai rien appris. Si elles contiennent un plaisir quelconque, je ne l'ai pas découvert. Cela commençait toujours au moment où nous étions le plus heureux, allongés dans le noir. Après m'avoir caressée, il restait étendu, renfermé dans son mutisme. Je lui disais :

« Qu'y a-t-il, *querido* ? » Il se frappait la tête de ses poings serrés : « Cette image de toi parlant avec le « sculpteur au cours de la réception, j'ai cette image « clouée dans mon cerveau, je ne peux m'en débarras- « ser !

« — Mais c'était une conversation bien anodine !

« — Pourquoi, alors, étais-tu si intéressée, si animée ? »

« Pareille injustice me mettait toujours hors de moi, et je disais des choses pour le blesser, inconsciemment, arrivant toujours à ce qui le blessait le plus profondément : « Pourquoi ne me laisses-tu pas étudier la peintu- « re ? » Sachant que cela le faisait sortir de ses gonds, l'idée que je pourrais aller chez les rapins, les fréquenter et peindre des nus. Son insistance sur la jalousie physique me mettait aussi en fureur. Pourquoi n'était-il pas jaloux de mes pensées, de mon amour de la peinture, de

* Cette prophétie se révéla exacte. De nombreuses années plus tard *Scénario* fut donné en France à la radio, joué, et enregistré. Il fut lu en plusieurs langues. *La Maison de l'Inceste* ne fut traduit en français et publié qu'en 1963. — Ed.

ma vie émotionnelle et artistique? Nous avions des disputes incohérentes. Pour le rassurer, je lui dis que je savais que je ne pourrais jamais éprouver une attirance sexuelle sans amour. « Qu'en sais-tu? demanda-t-il. Comment t'en es-tu aperçue? » Il me reproche de paraître trop relâchée, trop libre dans mes propos. J'expliquai que c'était parce que j'avais honte de mon intransigeance, elle semblait si vieux jeu, même dans notre cercle d'amis. Puis il affirma catégoriquement qu'il avait vu le sculpteur m'embrasser tandis que nous dansions. Je me sentais si honteuse, pendant tout ce temps, de la querelle mesquine que nous avions. L'air devint lourd, nos sentiments confus. Nous disions des choses fausses, des choses minables, nous ne savions ce que nous disions, nous nous plantions des couteaux l'un dans l'autre, il y avait de l'hostilité, de la douleur, de la confusion, de l'aveuglement. Cela me faisait horreur. J'en avais horreur parce que c'était comme un poison, cela noyait ce que nous avions d'unique, ce que, je le croyais, notre amour avait d'unique, cela nous séparait. Je me sentais broyée, lacérée, blessée. Etait-ce de l'amour, ces couteaux plantés dans la chair, ces phrases cruelles, un amour qui n'avait nulle foi en l'amour? Poison. Nos caresses après cela étaient comme après la mort. Je ne savais si l'amour avait poussé une nouvelle racine, ou bien un poison qui en précipiterait la mort. Je ne savais si cette mise à nu de l'animal éveillait les sens, excitait le désir. Pas chez moi. Lorsqu'il dit : « Il y a un « coin de ton être où je n'ai pas réussi à pénétrer », j'eus envie de rétorquer : « La seule chose que je te cache c'est « mon horreur de ta jalousie. » Et ce fut sa jalousie qui me fit prendre la fuite. Un soir, nous eûmes une scène au restaurant. Il se fit violent. Je sortis sous la pluie, en sanglotant, parce que je craignais sa jalousie, elle nous séparerait et j'entendais encore ses paroles désespérées :

« Il y a ceux qui naissent pour perdre, je suis né pour « perdre. » Mais je ne pouvais lui dire que c'était lui qui me chassait. Je sanglotais pour lui, pour sa douceur et sa frustration. Il me rattrapa en courant. Il m'attira dans une embrasure de porte pour que je ne me fasse pas tremper par la pluie. Il embrassa mes larmes, mes cheveux mouillés, ma bouche. Je n'oublierai jamais ces baisers. Nous rentrâmes. Nous luttâmes. Je tins bons. Retrouverai-je jamais une telle passion ? Ici à Paris, cela semble si léger, si joyeux, si allègre. Pas de folie. Pas de pénétration par des couteaux. »

Je suis profondément troublée par la condition du monde, la souffrance. Je ne peux fermer les yeux comme Henry.

Rango m'apporte ses conflits. Doit-il signer un document préparé par *Paix et Démocratie* exposant les investissements capitalistes en Espagne ? Signer son nom lui fait courir le risque d'être assassiné. Ne pas le signer en fait le travail d'un groupe. Je pensais que des attaques devaient venir d'un groupe, parce que la perte d'un homme, comme bouc émissaire, est une perte pour la force de la révolution. Venant de *Paix et Démocratie,* me semblait-il, l'attaque inquiéterait ceux qui se trouvaient exposés. Ils ne sauront pas quelle documentation, quelles preuves ils ont. Y aura-t-il d'autres révélations ? Cela donnait plus de poids à l'attaque, à mon sens. Il n'y a pas une personne précise dont on peut disposer. Ce sera plus efficace sans nom.

Je sortis de cet entretien déprimée.

Je vis Durrell. Son livre va sortir. Havelock Ellis est intéressé à la fois par Henry et par Durrell. Durrell m'encourage à publier des extraits du journal. Il dit : « Je suis un complet acteur, je suis tout mimétisme. » Il est né en février, comme moi, et tout près de ma propre date.

Avec les Durrell je revis ma découverte d'Henry, mes conflits, mes acceptations. Durrell est mûr, il paraît plus âgé qu'Henry. Il comprend pourquoi je protège le travail d'Henry.

Nancy et moi faisons la chasse aux appartements pour elle et Larry.

André Breton m'a rendu visite. Je me disais que l'atmosphère de ma vie, mes intuitions inarticulées correspondaient à sa sensibilité poétique. Il n'en fut rien. Il était intellectuel. Il parla idées, pas impressions ni sensations. Et il me raconta une histoire qui était le contraire de ce que je m'étais figuré.

Il avait parlé du jeu surréaliste qui consiste à se retrouver à plusieurs pour s'engager dans une action non concertée. Ils prennent le train, descendent n'importe où, un endroit qu'ils ne connaissent pas, et attendent que des surprises, des choses se produisent. Ou bien montent dans un autocar et décident tout à coup de rester dans une petite ville, et d'attendre l'inattendu. Il raconte cela avec solennité, davantage comme un roi s'adressant à un auditoire que comme un collègue artiste parlant à d'autres artistes. Il n'attendait pas de commentaires, seulement des auditeurs.

Puis il dit : « L'autre jour j'ai reçu une lettre d'une femme. Elle avait écrit une lettre très belle. Elle commentait l'importance que j'attache à la « surprise », aux coïncidences, et disait qu'elle aimerait me rencontrer seul sous le pont Royal un soir à minuit. Elle ne voulait absolument pas révéler son identité. »

J'attendais le reste de l'histoire. Breton ajouta : « Je n'y allai pas, bien entendu.

— Pourquoi « bien entendu » ? demandai-je.

— Parce que j'ai de nombreux ennemis et que ç'aurait pu être un piège. »

Lorsqu'il vit combien j'étais déçue de son manque d'esprit d'aventure, il ajouta : « J'y allai la deuxième fois, pourtant, après qu'elle m'eut écrit. Mais je pris soin de poster deux amis loyaux sur le pont de manière à pouvoir les héler en cas de danger. »

Cette histoire, ajoutée à son manque de goût pour la musique, trahissait ce que je soupçonnais dans le surréalisme, la part qui en est consciente, préméditée et une technique intellectuelle ; elle trahissait l'homme de laboratoire. C'est ce qui m'empêcha d'épouser le surréalisme, de devenir un disciple totalement engagé.

Dès qu'Hélène rentra à Paris, elle retomba malade. Elle dit : « Rien ne me retient ici, à part vous. S'il vous plaît accompagnez-moi chez le médecin, il va me radiographier. J'ai une boule dans l'estomac et j'ai peur d'un cancer. » Elle ajouta que ma compréhension était tout ce qu'elle avait. Sa maladie est le vide de sa vie et je ne peux le combler à sa place. Elle a étudié la peinture avec Léger. Léger voulait qu'elle écrive un livre sur lui en espagnol pour l'Amérique du Sud. Elle ne veut pas faire la connaissance d'Henry. « Il est accaparé par lui-même et par son œuvre. »

Avec Henry et les Durrell nous parlons de la sainteté, de l'intégrité, la nature, la maladie, de façon vigoureuse et merveilleuse. L'univers grandit. Nous acquîmes la certitude que l'artiste n'est pas *entier*. Seule son œuvre est entière. Henry dit de lui-même tout ce que j'ai écrit sur son compte, qu'il est entièrement dans le moment, et que c'est tragique pour la vie humaine. Il dit que quiconque atteint un absolu et meurt pour lui, la sainteté ou la folie de Rimbaud, a raison. L'artiste ne meurt pas. Henry a touché le fond de la souffrance avec June, mais il ne s'est pas suicidé. J'ai touché les cimes de l'exaltation religieuse mystique à quatorze ans, mais je ne suis pas devenue sainte. Je plaide pour la nature maintenant, contre la maladie, parce que les surréalistes ont encouragé l'aggravation de troubles mentaux pour obtenir des révélations de mondes inconnus.

J'aime l'arbre épanoui, pas l'arbre qui ne porte qu'une seule branche. Je plaide en faveur de la vie d'Henry, vaste, exubérante, et contre la vie du cloître, de la retraite. Car il y a quelque chose au-delà du don de soi à un seul absolu. Peut-être, dis-je, l'intégrité pour nous est-elle une chose différente de l'intégrité de l'homme simple. Nous avons peut-être un centre, un absolu qui est un équilibre dans l'espace et le mouvement, tandis que l'unité d'une vie simple consiste en un choix statique. Plus aucune croissance. L'artiste refuse de mourir. Peut-être notre intégrité est-elle différente, plus vaste, au-delà de l'intégrité personnelle. Il n'y a pas de progrès de la personnalité comme une pyramide convergeant vers un point de perfection. L'accomplissement est l'achèvement d'un cercle. Tous les aspects du moi doivent passer dans la vie, comme les douze maisons du zodiaque. Une personnalité, c'est quelqu'un qui a déroulé le ruban, déplié les pétales, exposé tous les niveaux. Peu importe par où l'on commence : l'instinct ou la sagesse, la nature ou l'esprit. L'accomplissement signifie l'expérience de toutes les parties du moi, de tous les éléments, tous les plans. Cela signifie que chaque cellule du corps accède à la vie, s'éveille. C'est un processus de la nature, et non de l'idéal. On meurt lorsque les cellules sont épuisées, on atteint la plénitude lorsqu'elles fonctionnent toutes, le rêve, le désir, l'instinct, l'appétit. L'un éveille l'autre. C'est une contagion. L'ordre est sans importance. Toutes les erreurs sont nécessaires, les balbutiements, les impairs, les aveuglements. Le but est de couvrir tout le terrain, toutes les routes. Il ne faut sauter aucun espace. Toute phase sautée ne fait que retarder le déploiement des branches. Croissance, éclosion, plénitude du moi potentiel. Ne vivre qu'un seul aspect, qu'un seul côté de la personnalité, c'est comme de n'utiliser qu'un seul sens, les autres, alors, s'atrophient. Il n'y a de grandeur que dans l'accomplissement, dans la plénitude de l'éveil. L'achèvement signifie la symphonie. La sublimation signifie condamner à l'immobilité certains membres du corps pour permettre le monstrueux développement des autres. Comme l'anormale sensibilité des aveugles, l'ouïe extraordinairement aiguisée des muets. C'est monstrueux. Psychologiquement, une grande personnalité est un cercle touchant quelque chose à chaque point. Un cercle avec un centre. Un processus de la nature, une croissance, pas l'idéal. L'idéal est une erreur. La vie est un cercle complet qui s'agrandit jusqu'à rejoindre les mouvements en cercle de l'infini.

Première conversation en tête-à-tête avec Larry. Il me prend le bras tandis que nous nous promenons. Il trouve que je ne le traite pas comme s'il avait vingt-six ans, et cela lui fait plaisir. Je lui dis : « Je trouve parfois que vous êtes plus vieux qu'Henry. Henry n'a jamais conscience de l'autre, seulement de lui. Je vois bien que vous avez conscience de l'autre. » Larry avait remarqué l'impersonnalité d'Henry, comme détaché de tout. Ses relations, pour la plupart, sont sur une base fausse. Larry comprend cela, le voit. Henry donne l'exemple de la séparation. Il a de nombreuses zones d'insensibilité, de dureté même. Henry, souvent, n'est pas humain. Larry pourrait être le fils d'Henry, mais il a une sensibilité à l'autre qu'Henry n'a pas. Henry dit : « Je crois à l'amitié, pas à l'ami. Les gens sont interchangeables. »

Le visage poupin de Larry, mais ses yeux âgés. Il est jeune dans ses divertissements, son humour, son sens de l'émerveillement, mais vieux dans sa conscience, comme moi-même. Larry a parlé de son propre drame. Il veut la proximité. Il a de la sympathie pour la femme, il sent mes difficultés. Je parle avec lui et je m'étonne. Larry comprend mon acceptation de l'artiste et ma rébellion humaine contre leur sacrifice des relations humaines.

Hélène comme une girouette changeant tous les jours ses projets. Je suggère qu'elle aille parler à Jung pour découvrir pourquoi elle ne peut pas trouver une relation profonde. Elle est si belle et si intéressante qu'il est difficile de croire qu'elle ne peut trouver d'amour. Trop de contraires, de contre-courants, de révoltes. Elle ne peut se donner. Pourquoi ?

Elle dit : « Le regard d'Henry est tellement innocent. »

Elle ajoute : « Lorsqu'il courbe la tête on a envie de s'occuper de lui. »

Mais elle ne va pas le chercher. « Je suis trop égoïste. Je ne veux servir personne. »

Larry a pleinement conscience de ces moments où Henry devient irréel, rien de chaud ni de vital n'est là. L'artiste. Transmutation. L'inhumaine transposition de la vie en souvenir. Il ne vit pas dans le présent. Il est toujours à se souvenir.

Larry dit : « Je ne veux pas vous décevoir, détruire votre idée de moi.

— Vous ne pouvez pas, dis-je. Je transporte un rayon X, ainsi que Proust.

— Ne vous faites pas écraser, Anaïs. »

Les différences d'attitude entre Henry et moi deviennent plus marquées. Différences de caractère, d'habitudes, de goûts, d'amis, mode de vie, philosophie, livres, et même d'attitude à l'égard de l'écriture.

Je glisse si vite entre des atmosphères contrastantes, je me trouve en une seule journée en des lieux si différents. A un moment je suis dans un cinéma de quartier avec Henry et ses amis, un cinéma du côté d'Alésia avec des gens qui sentent mauvais, qui sont laids d'aspect, où les cabinets ont des portes percées de trous pour les voyeurs, à un autre moment je prends le thé avec des amis dans un endroit sélect, à un autre je suis installée aux Deux-Magots avec André Breton et Henghes. Maintenant je suis dans l'appartement bourgeois de ma mère, avec des bibelots du passé, photographies, napperons de dentelle sur les fauteuils. Plus tard au bureau de la rue de Lille où des membres de *Paix et Démocratie* étudient un plan pour mettre au pilori les capitalistes.

Le bureau est un vieil appartement donnant sur un jardin qui teinte la pièce en vert. Il est contigu avec un hôtel. Et parfois, lorsque tout est tranquille et que j'adresse des enveloppes, j'entends ce qui se passe dans les chambres de l'hôtel à travers la cloison ou les fenêtres ouvertes. Une fois, par un jour froid, j'entendais un homme qui toussait, s'agitait. Il paraissait très vieux. Je questionnai Rango à son sujet. Rango le connaissait. Il dit : « Il n'est pas vieux. Il n'a que quarante ans. Mais il a combattu dans la guerre d'Espagne, et il a eu plusieurs blessures, dont une à la poitrine. Il a perdu toute sa famille. Il est seul au monde, et à moitié estropié. » Je sentis un lien avec cet homme à partir de ce moment. Ses accès de toux me faisaient mal. J'entendais le froissement des journaux lorsqu'il les lisait au lit. Sa solitude. Sa tragédie. C'était comme une exhortation à travailler davantage.

Jamais je ne pourrai décrire l'étourdissement, l'état d'hypnose, les extases que je ressens après avoir fait l'amour. Plus qu'une communion, plus qu'aucune joie à écrire, plus que l'infini réside dans l'unité réalisée par la passion. C'est le seul moment où je suis en paix, c'est le sommet, la grâce, le miracle.

Chez tous ceux qui s'occupent de créer, il existe un ordre. Chez Henry, Durrell, ainsi que chez moi règne l'ordre. Chez June, Hélène, Rango, les non-créateurs, règne le chaos.

Larry déclare que mon concept d'une intégrité réalisée par un équilibre entre une dualité n'est pas la véritable intégrité. Tout ce que je fais c'est de ne pas rompre le dernier cordon.

Je ne veux pas m'arrêter de vivre pour écrire. Je ne peux que remplir le journal.

Larry dit que je suis encore plus caméléon que lui, même après m'avoir vu une fois dans mon rôle « fragile », un jour où je me sentais complètement vidée, faible, où j'avais besoin de protection.

Ces moments où je perds complètement toute force, je ne les ai jamais connus soit physiques soit émotionnels. Mais je me sens vraiment désemparée. Comme il m'avait vue soutenir, consoler, discuter, aux jours où j'étais forte, il fut abasourdi du contraste, dit qu'il me mettrait dans une pièce, une idée labyrinthienne qu'il avait. Je dis que s'il me mettait dans une pièce, je cesserais probablement de jouer mon personnage dans la vie. A vrai dire, tout en riant de mes transformations, j'en suis un peu fatiguée. Il me semble que je traverse cent quartiers par jour, respire cent airs différents, suis tellement sensible aux changements, souffre de mes dualités et de mes triplicités, me demande ce que c'est que je peux discuter avec Larry que je ne peux discuter avec Henry ou Rango.

Je ne suis pas indifférente aux drames plus grands au-dessus de notre tête, mais le drame est partout le même, microcosme ou macrocosme, et ce n'est pas ma destinée de vivre le drame de l'Espagne, celui de la mort, de la guerre, de l'agonie, de la faim. C'est ma destinée de vivre le drame du sentiment et de l'imagination de la réalité et de l'irréalité, un drame sous-tendant l'autre, un drame sans fusils, sans dynamite ni explosion, mais c'est le même, c'est de celui-ci que l'autre naît: conflit, cruauté, jalousie, envie. Or, chez moi tout cela se produit dans un autre monde, en moi-même, et moi-même en tant qu'artiste qui me rappelle chaque jour davantage ce que chaque jour de ma vie touche dans le passé. Je ne vis pas au-delà de la guerre, le drame qui précipite la mort, accélère la fin. C'est peut-être une plus grande agonie de vivre cette vie dans laquelle ma conscience fait mille révolutions tandis que les autres n'en font qu'une, mon envergure peut paraître plus petite et elle est en fait plus grande parce qu'elle couvre tous les cheminements obscurs de l'âme et un corps qui cherche la vérité et ne reçoit jamais de médaille pour son courage. Ce sont mes mille ans de condition féminine que je consigne par écrit, un millier de femmes. Il serait plus simple, plus court, plus rapide de ne pas rechercher cette perspective approfondissante pour ma vie et de me perdre dans le simple drame mondial de la guerre, de la faim et de la mort.

De la fenêtre de *Paix et Démocratie,* je vois aussi passer la silhouette squelettique de Nancy Cunard. Rango me dit qu'elle préfère avoir des amants noirs. Elle est venue au bureau avec une liasse de feuilles de papier fait à la main sur lesquels sont imprimés des poèmes pour l'Espagne. Les bracelets et les colliers pendaient sur sa peau drupacée, sa peau olivâtre, parcheminée. Je ne pouvais l'imaginer au lit vivante, mais seulement allongée comme une momie, la peau sur les os. Mais il faut au moins la respecter car elle a lutté pour les Noirs, a essayé d'améliorer leur situation en Amérique, a vécu à Harlem et embrassé leurs luttes.

Je suis intriguée par la signification de choses qui n'étonnent pas Rango, je suis rongée par des sentiments inconnus d'Henry, perturbée par des questions auxquelles ni Rank ni Allendy n'ont su donner de réponse, je n'écris que dans un journal qu'il faudrait clouer, dit Henry, avec un gros clou sur le mur de son studio et faire taire à jamais, et je me demande : est-ce de la crainte de la part de l'homme, crainte d'une femme qui dévoile ses vérités à elle ? Y a-t-il une autre raison pour que tout le monde soit contre, qui ne soit pas purement idéologique ? Larry est venu aujourd'hui. Larry divisé entre Henry et moi, partageant la dureté, le rire, le monde masculin, objectif d'Henry, et cependant davantage capable qu'Henry de se mettre à la place d'une femme avec une sensibilité que n'a pas Henry. Après la grande conversation sur, ou contre, le journal (la nuit qui me fit écrire sur la création de la femme) il se dit : « Peut-être qu'Anaïs a raison et que nous avons tort. » Henry ne doute jamais. Larry dit : « Henry est parvenu pour sa part à l'état de roc heureux, mais il aime donner des coups de boutoir dans les fondations des autres. Tout comme je rentre à la maison et m'attaque à Nancy avec une hache après vous avoir respectée et acceptée des heures durant. C'est pourquoi, dis-je, l'amitié en général est une chose si difficile. Je sens qu'Henry mine ma confiance en moi, ne sème en moi que des doutes. Il ne me donne jamais le sentiment que je pourrais avoir raison pour moi autant qu'il a raison pour lui. Il ne peut accepter mes différences comme j'accepte les siennes. Si je lui donne des coups de boutoir c'est dans le journal, jamais dans la vie. Dans la vie j'ai créé sa foi. »

Larry dit : « Avez-vous par hasard noté par écrit ce que vous avez dit l'autre jour ? C'est ce que j'ai entendu une femme dire de plus merveilleux. Si vous ne l'avez pas noté, ce sera moi. »

Nous avions parlé avec entrain de questions financières et j'avais terminé sur cette remarque : « Il est de la plus haute importance qu'Henry puisse jouer. Il n'y en a qu'un de nous deux qui peut jouer. »

Larry se mit à examiner les volumes que je sortais de la cantine. Mais je commençai à me sentir mal à l'aise, agitée, et nous parlâmes d'abord. Sa première remarque fut : « Ma parole, c'est aussi terrifiant que Nijinsky. » Nous venions tous de lire le journal de Nijinsky.

Larry s'en fut les bras remplis de volumes après avoir déclaré : « Vous êtes une curieuse personne, assise là, entourée de vos cahiers noirs. »

Je sens que j'ai raison pour le journal. Je ne m'arrêterai pas. C'est une nécessité. Mais pourquoi Henry l'attaque-t-il ? Il dit qu'à chaque coup je fournis de bonnes justifications mais qu'il n'y croit pas.

Nijinsky, écrivant juste avant de perdre tout contact avec les êtres humains...

Larry, avec ses yeux perçants, dit : « Je n'ai fait que renifler l'écriture du journal, j'ai seulement lu une page çà et là. Vous avez réussi, une écriture réellement féminine. C'est une œuvre tragique. Vous retrouvez la tragédie que le monde a perdue. Continuez. N'arrêtez pas. J'en ai assez d'entendre parler de l'art. Ce que vous avez fait, personne ne l'a fait. C'est stupéfiant. C'est nouveau. »

Tout cela me réchauffa et je lui demandai : « Croyez-vous qu'Henry veut que cela se termine pour des motifs personnels ? — Oui », dit Larry.

Lorsqu'il parla, et même plus profondément que je ne l'ai noté, il eut peur de nouveau, comme il a peur de son *Livre Noir* né des profondeurs. Il se leva et termina sur : « Ce n'est qu'un enfant de vingt-six ans qui parle. »

Je ne le considère pas ainsi. Il est rempli d'effroi par cette création puissante et spontanée qui est en lui. Le robuste adolescent anglais, impersonnel, spirituel, protégé par la carapace du conventionnel, surpris par le monstre en lui qu'Henry et moi traitons comme un homme d'une égale maturité. Il n'est pas sûr de lui, mais nous, nous sommes sûrs de lui, tant de son génie que de son intelligence.

Il m'a demandé comme ils le font tous : « S'il vous plaît, ne mettez pas cela ou ne parlez pas de moi dans le journal. » J'ai répondu, comme toujours : « C'est entendu... »

Le sens des propos de Larry, c'était qu'ils répondaient à ma question : « Tout ce que j'aimerais vous entendre dire c'est continuez le journal. » Larry déclara qu'il pouvait dire cela de grand cœur, sans hésitation. Que le roman ne se comparait pas au journal.

« Le journal continue, mais j'ai besoin de foi. Cette attaque incessante, comme s'il s'agissait d'une maladie, selon Rank, ou comme si c'était de l'anti-art, selon Henry, m'épuise. »

Lorsque je songe au suicide je n'y songe que comme à un soulagement, et une fin de la sensibilité. C'est cela ma maladie, ma seule maladie. C'est ce qui m'isole, me sépare de la vie collective. Je trouve le bonheur dans l'intimité des amitiés, lorsqu'elle est nouvelle, mais vient alors l'univers où vit l'ami, ses autres « moi » apparaissent en relation avec autrui, un moi différent, plus petit, plus étriqué, plus pauvre, plus faible. Je les vois dans le monde, et ce n'est pas la même personne que j'aime dans l'intimité. Puis vient alors la mort de l'amitié. Je me demande: Etait-ce une mort naturelle? Ou était-ce une mort précipitée par ma sensibilité anormale, mes doutes sur ce qui est la réalité, ce qui est la personne réelle, celle qui m'a été révélée, ou celle qui tient son rôle dans le monde? Rango me quitte, quitte son rôle de conteur étonnant, de révolutionnaire romantique, de mari dévoué, sacrifié, pour aller au Dôme. Ils boivent, en viennent aux mains, roulent dans le ruisseau, volent un bateau de pêcheur, rament sur la Seine et le coulent.

Cher Larry,

Je repensais à tout ce que vous aviez dit l'autre jour. J'ai encore deux volumes à vous faire lire. J'espère que vous viendrez me voir bientôt. Vous étiez si exact l'autre jour, si précisément comme je vous imaginais. Un jeune Jupiter nimbé d'or et humoriste brusquement descendu dans les enfers de Tropique du Cancer, *de votre* Livre noir, *de Montparnasse et de mon journal. Il est malheureusement impossible, vous le savez, de retourner en arrière, et de toute façon vous ne pouvez me tromper, prétendre que vous n'êtes encore jamais venu là. Vous avez vu tout cela, et cela se voit dans votre regard. Et j'ai une sorte d'intuition prophétique que, sans une lourde responsabilité, vous pourriez m'arracher à mes mondes trop obscurs (ne craignez pas ce rôle, son effet sur les autres, on n'a pas le pouvoir de le changer) et c'est peut-être moi qui vous donnerai le courage de continuer, d'exploser. Vous pouvez me parler tant que vous voudrez de la version d'*Hamlet *que vous souhaitez écrire (et* *maintenant je comprends mieux que c'était une ordonnance que vous me prescriviez pour garder ma raison et contre la douleur), mais ce que j'ai réellement compris, c'est ce que vous m'avez donné, peu importe ce que c'est, je ne veux pas le disséquer, mais je vous en ai de la reconnaissance. Il n'y a pas de solutions, il y a des déplacements. Quelque chose en vous m'a aidée à me déplacer et je respire mieux. Merci. Peut-être la vieille idée de Foi.*

Larry et moi nous nous sommes promenés parc de Montsouris. Il parlait du journal : « Plus terrifiant que *Tropique du Cancer.* L'effondrement des enseignements de Rank, incroyable. Vous êtes comme un diamant qui désire devenir poussière, et tout le monde en taille un morceau, mais le diamant est intact. Henry aurait pu vous aider, mais vous l'avez rencontré trop tard, lorsqu'il s'absorbait dans son travail. Le journal ne peut se terminer avant que la quête soit terminée. C'est notre quête à tous, simplement vous luttez davantage. Nous écrivons tous sur la Matrice, mais vous *êtes* la Matrice. Ils se laissent tous prendre à votre féminité, et vous, qui avez l'air si innocent. Lorsque tout le monde vous croit morte, tuée, vous restez comme un poisson au fond de l'étang, et tout le monde croit maintenant que vous êtes morte, mais je vois les nageoires qui remuent encore — presque imperceptiblement. Henry pourrait être un homme véritable s'il était dans la vie et pas une machine à écrire. »

Tandis que nous nous promenions, je riais de plaisir que le journal soit évalué.

Henry travaillant à *Capricorne.* Ecrivant sur le sexe,

aveugle à tout sauf au sexe, écrivant comme un maniaque sur le sexe.

Brusquement, brutalement, j'ai senti Dieu, comme je l'avais senti à l'hôpital. J'ai senti ce dieu me prendre tendrement dans ses bras, me serrer, m'endormir. Je me sentais protégée. Mes nerfs étaient dénoués. J'étais en paix. Je m'endormis. Mon anxiété s'était dissoute, et je m'endormis. Si bien que, le lendemain, lorsque Larry dit : « Quelqu'un devrait vous serrer et vous endormir », je me souvins de la visite de Dieu. J'ai besoin de sommeil, j'ai besoin de sommeil et de repos et de paix. J'ai besoin de Dieu.

(OCTOBRE 1937)

L'HIVER est venu, envahissant tout de brumes et de grisaille. La ville est noircie, enfumée et mélancolique. Je voudrais m'enfuir. C'est bien cela. Je voudrais m'enfuir quelque part. Larry dit : « Plus vous luttez, bien sûr, moins vous vous libérez. » J'aurais dû répondre : « Mais ne voyez-vous pas que si je ne luttais pas, alors je voudrais mourir. La lutte me soulage, me donne de l'espoir. Dès que je m'arrête, je désespère. »

La conversation de Moricand sphérique. Il fait d'énormes ellipses — prenant le bain turc au Maroc où le si beau garçon le massait avec tant d'efficacité que Moricand dut prendre la fuite (tout son visage exprimant qu'il n'a pas pris la fuite, tout son visage éclairé par le souvenir du plaisir qu'il ne veut pas admettre). Si vous le pressez de questions, vous découvrez qu'il a revu le garçon, mais vous n'en saurez jamais davantage. Cependant, tandis qu'il raconte tout cela, le visage de Moricand reflète la perversité, et l'on n'a aucune peine à imaginer ensemble le jeune homme et Moricand parce que son plaisir à parler n'était pas d'un spectateur, mais d'un participant. Rien pourtant de ce qu'il dit ne donne à entendre qu'il fut plus qu'un spectateur, sauf la brume sensuelle dans son regard, la brume au souvenir du plaisir. Il parlait comme un frôleur, un voyeur, ses propos étaient pleins d'imprécisions, d'excitations irréelles, de jouissances non formulées, qui ne se cristallisaient dans aucun fait. Mais le rapide « Ah ! » de connivence qu'il laissait échapper à la moindre indication d'une aventure était si expressif que l'on n'avait pas besoin de continuer, on savait que Moricand connaissait tout ce qu'il y avait à connaître, ou à éprouver. En même temps je sentais que c'était le grossissement, le développement d'incidents à travers son imagination qui traduisaient ce sentiment et non pas la somme des expériences réelles. Chaque scène qu'il évoquait était immédiatement gonflée, dilatée, et l'implication de mystère, de terreur, de perversité, renforcée par le sens de culpabilité qui les accompagnait. Je songeais aux gigantesques roues à la foire, auxquelles sont accrochées de petites nacelles qui font un voyage sphérique et donnent l'illusion d'un vaste voyage circulaire. Moricand vous cueillait au bord de cette roue, vous faisait tourbillonner dans l'espace et vous redéposait sans vous avoir permis un seul instant de vous rapprocher du pivot de la roue, du mécanisme ou du cœur de la roue, de son axe. Moricand se tenait au centre, il lançait en cercle des serpentins de fer, et son visage était dans l'ombre de la roue qui tournait. Il prenait bien soin de ne pas s'exposer sous cette roue de conversation qui tournoyait autour de lui, transportant les gens autour de lui, toujours à la même distance, il enfreignait les lois de la vie humaine qui permettent aux gens de se caramboler, de se sentir respirer mutuellement, ou de passer dans la même rue sans se rencontrer, il enfreignait les lois humaines afin d'établir une sorte de système stellaire fixe, mots employés seulement pour brouiller sa piste plutôt que pour se réveiller et pour empêcher quiconque de s'approcher de l'axe, de lui-même.

Henry est déconcerté par ce que j'ai écrit du rôle de la femme dans la création. J'ai dit que Marika Norden s'est rendue ridicule dans ses *Confessions,* parce que, lorsqu'elle croyait prouver qu'elle était une femme qui ne pouvait trouver de mâle qui s'accorde à son rythme, elle prouvait seulement qu'elle n'avait aucun noyau auquel l'on puisse se rattacher, s'accorder. Elle cherchait un compagnon pour un centre qu'elle n'avait pas en elle.

J'ai un centre. Je ne perds jamais de vue ceux qui sont à la périphérie et ceux qui sont au centre de mes affections et de mes amitiés. Mais Henry n'a pas de noyau. L'univers impersonnel de l'homme ne fait que masquer le personnel.

Henry nie la réalité de tout ceci, pour lui il n'y a ni bien ni mal, ni vrai ni faux, ni centre ni périphérie. Cette expansion vers l'extérieur, je le sais, ôte tout sens à son œuvre. C'est une galerie, une galerie, une série de types, une foule. Puis il dit : « Nous sommes des monstres. — Nous ne sommes pas des monstres, dis-je. Nous sommes des hommes et des femmes exagérés, nous représentons les autres, mais agrandis. Un seul peintre peut être le symbole de nombreux peintres, comme chez Proust. De nombreux peintres, comme dans votre œuvre, peuvent représenter moins qu'un seul peintre. » Henry ne vise pas à la profondeur mais à la quantité. Ceci déshumanise son expérience. C'est un monde agrandi, mais vide de sentiment, d'humanité, de drame.

Il ne mène nulle part. Il est mince. L'œuvre d'Henry est un courant : dynamisme sensuel, dynamisme instinctuel, nature, impulsion, appétit. Lorsque je fis sa connaissance, je crus d'abord qu'il créait un monde sans la dimension de l'émotion, mais que lui-même était un homme de sentiment. Je pensais qu'en lui le sentiment était inhibé, perverti, tourné vers l'intérieur et masqué. Aujourd'hui je n'en suis pas sûre, parce que, dans la vie, il fait montre des deux, parfois une totale insensibilité, et parfois de la sensibilité. Il ne se préoccupe pas d'intuition ni de compréhension.

Je veux vivre depuis un centre. L'expansion d'Henry est illusoire, superficielle. Il me comprend mal lorsque je parle d'un noyau, il croit que je parle éthique, morale, etc. Henry veut recevoir un million de lettres, rencontrer un million de personnes, et je crains que cela n'aboutisse à des livres encombrés, mais pas à la profondeur.

J'étudie la Fatalité intérieure chez Hélène. Je l'ai observée rejeter la vie, la camaraderie, l'échange. Je l'ai vue créer des courants opposés à toutes formes d'attachement, résister à toutes formes de vie, affirmer son indépendance, ne pas se donner, puis se lamenter du vide de sa vie, gémir sur sa solitude. Elle crée sa solitude. Elle attend qu'on lui donne. Elle aime seulement entrer dans la vie toute faite de quelqu'un d'autre comme elle est entrée dans la mienne, pour satisfaire son appétit sans y rien apporter. Elle a demandé à Moricand de lui faire son horoscope, après quoi non seulement elle a refusé de le payer d'aucune manière, tout en sachant parfaitement qu'il crève de faim, mais encore l'a braqué, vexé, a mis en doute tout ce qu'il disait, a discuté avec lui, s'est plainte qu'il ne s'intéressait pas suffisamment à elle. Elle ne me convie que pour me raconter tous ses ennuis, puis, lorsqu'elle est remise et heureuse, elle disparaît pendant plusieurs jours pour aller se distraire. Elle m'a entretenue pendant trois heures d'horloge de la nécessité de se marier ou non, pour finalement abandonner tout à fait cette question le lendemain. Aussi je l'évite maintenant. Tous ceux de mon entourage qui ont l'habitude d'être traités tendrement, servis, protégés, choyés, se sont soustraits à ses exigences. Pour ma part, je me débarrasse des chaînes de son règne pittoresque. Ce dont elle a envie, elle ne veut pas se donner du mal pour y parvenir. Son destin est créé par son attitude, la nature de sa quête. Jamais elle ne dit : « Je veux me donner. » Elle dit : « Je veux être protégée. Je veux ci ou ça. Je veux une vie comme la vôtre. Je veux une vie brillante. Je veux jouir de la vie, avoir des amis comme les vôtres.

— Mais Hélène, dis-je, tout cela doit être créé. Cela n'arrive pas tout seul.

— Je veux la liberté, je veux l'amour, je veux le mariage, je veux voyager, je veux être protégée, je veux vivre à ma guise. »

J'ai jeté un coup d'œil sur ce qu'écrivait Henry dans *Tropique du Capricorne,* et c'était bien cela, le grand univers du sexe anonyme, dépersonnalisé. Au lieu de prêter à chaque femme un visage différent, il prend plaisir à réduire toutes les femmes à une ouverture biologique. Cela n'est pas très intéressant. Sa dépersonnalisation touche à une obsession du sexe proprement dit. Cela ne suffit pas de coucher avec une femme, l'homme a reçu bien d'autres formes d'expression et de relation. La seule expérience personnelle, individuelle qu'il ait eue fut avec June, parce qu'elle le tourmentait, et grâce à cela réussit finalement à émerger de l'océan des femmes. La manière dont il se concentre sur le sexe est une obsession. Il est en passe de devenir un ego dans une foule. (L'ego ne peut apercevoir qu'une foule, il ne peut apercevoir un égal.) La foule est une chose malléable, elle peut être dominée, éblouie, c'est un public, elle est sans visage. Cela est l'inverse d'une relation.

Si seulement je pouvais l'éveiller à la conscience de l'*Autre.* La vie d'un être en tant qu'homme n'est pas en relation avec une foule, mais avec l'ami, l'être aimé, l'enfant.

Il dit : « Il m'arrive de passer de bons moments avec des gens qui ne représentent pas grand-chose pour moi. » Mais ce n'est pas ce qui nourrit notre vie la plus profonde.

J'ai besoin de vivre dans l'exaltation, sans quoi, dès que ma vie se ralentit, je verse dans l'analyse. Maintenant lorsque j'ai du temps je pense à Lawrence Durrell, Larry. Larry a une compréhension qui dépasse son expérience. Mais je sens qu'il est fluide. Il a mieux le sens des valeurs qu'Henry, mais lui aussi il est impersonnel. Le personnel le terrorise.

Passé un certain stade, l'exubérance détruit le personnel. Ce que je trouve chez Henry, c'est un univers plus vaste comme une illusion, comme l'art par rapport aux rétrécissements de la vie immédiate. Mais ce qui rend son univers si vaste, c'est aussi ce qui détruit ses relations personnelles. Il aime accumuler les acquisitions, il ne se concentre pas sur ce qu'il trouve, ne l'explore pas, ne s'y tient pas. Est-il donc impossible d'avoir un univers plus grand, une exubérance, et de conserver l'intime et le personnel ? L'univers de Rango est intime, personnel, et il souffre parfois de l'exploration des univers des autres où je m'engage et où il ne peut me suivre, ce qui lui est impossible.

Pita et Désirée, militants républicains, qui étaient

amis intimes de Rango lorsque je fis sa connaissance, se sont lentement détachés par envie et par jalousie. Désirée n'ayant jamais réussi à dominer Rango (peut-être à faire sa conquête) et Pita fasciné par moi pour la plus grande inquiétude — absurde — de Désirée. Ils en voulaient à Zara et Rango de leur changement de vie, de ce que j'avais pu faire pour soulager leur misère. Puis Désirée devint envieuse de l'ascension politique de Rango, envieuse de la presse à imprimer qui lui permettait d'être utile à l'Espagne. Pita, devenu femme, se mit à griffer et siffler. Il a l'air féminin. Tous deux trouvèrent du travail à l'ambassade d'Espagne. Ils y lancèrent une campagne insidieuse à base de racontars, qui culmina en une attaque ouverte : Rango est un espion fasciste. Il est à la solde des fascistes. C'est pourquoi sa vie est devenue plus confortable. Il a reçu une presse à imprimer d'Anaïs Nin, fille d'un aristocrate. Le vieux professeur Langevin de la Sorbonne, qui est à la tête de *Paix et Démocratie,* a parlé à Rango, lui a posé des questions sur mon compte. Rango lui a affirmé que mes sympathies allaient aux républicains et que je l'aidais. Par bonheur, le professeur avait intercepté une lettre destinée à Rango qui disait : « J'ai parlé à votre mère de vous aider financièrement ainsi que vous l'en aviez suppliée. Elle refuse de vous envoyer de l'argent, sachant qu'il servira la cause révolutionnaire, et passera à l'achat d'une presse à imprimer pour faire la propagande en faveur de l'Espagne républicaine. » Roger Klein dut confirmer. J'offris de me déclarer publiquement républicaine, afin de sauver Rango. Nous étions tous deux furieux de l'injustice et de l'ironie. Moi, qui aide Rango à aider les républicains, utilisée comme instrument pour détruire la carrière de Rango. Résultat, je n'eus plus le droit d'aider à la presse, ni même de téléphoner à Rango.

Je me suis mise à écrire à corps perdu. J'ai travaillé à mon portrait de Rank. J'ai rédigé les pages sur les confessions d'Emilie *(Winter of Artifice).*

J'ai passé une soirée en compagnie d'Henry et des Durrell. La soirée fut consacrée à l'histoire de la visite qu'Henry avait rendue à un pédicure où il était allé demander de la publicité pour le *Booster.* Henry se gargarisait de durillons, de pieds sales, etc. Fred et lui y étaient allés tous les deux et s'étaient fait soigner les pieds. Henry était hystérique d'amusement.

Rango et Henry passent tous deux des soirées au-dehors en compagnie de gens que je ne pourrais supporter, et ils rentrent en déclarant tous deux : « Le monde me donne la nausée, il me dégoûte. Les gens sont infâmes, ils sont écœurants. » Rango est en fureur mais il y revient, va les retrouver dans des bars, passe la nuit en beuveries et en discussions. Rango a un ami péruvien, Manuel, qui est exhibitionniste. Il me raconte sans cesse des histoires sur les perversions de Manuel. Il est amateur de livres, un véritable rat de bibliothèque, et c'est là qu'il se sent poussé à commettre ses actes de déshabillage les plus osés, dans le lieu le plus tranquille et le plus solennel qui soit.

Lorsque j'arrive chez les Durrell, je trouve Fred complètement ivre, Edgar intellectualisant comme une machine sans freins, un cheval emballé au milieu d'abstractions, Nancy faisant rageusement la cuisine pour tout le monde, Larry supportant tout cela, et moi qui ne les supporte pas, mais qui suis fatiguée de tenir bon pour ne pas boire, contre les propos futiles.

Au travail donc. Je récris le volume 45 (New York, Rank, Henry). Il y a dans le journal tant de fleurs comme les fleurs de papier japonaises qui ont besoin d'être plongées dans l'eau pour fleurir. Je mets donc dans l'eau tous les boutons fermés. Quelle floraison. Les confessions entières, hilarantes d'Emilie. Dix pages sur Fez. Des pages sur les vêtements de Rank, les vêtements d'homme. Des pages sur les orages lunaires. Essai sur la philosophie de Rank.

Je ressers la diabolique alchimie si familière aux écrivains, à l'homme plus qu'à la femme. L'exaltation qui s'est épuisée à attendre l'amour, dans une caresse, passe dans les pages sur Fez. Le feu qui s'est consumé au souvenir des nuits d'amour, de la température de la joie, coule en un chant merveilleux adressé aux rues, un feu de joie avec des mots. Je suis seule ici ce soir, détachée, dans un état second semblable à celui des saints, loin du monde, habitant et caressant Fez et mes chagrins mystérieux. Je suis assise au sommet des minarets.

Si l'Anaïs de onze ans avait pu prévoir que MM. Paulhan et Groethuysen de la *Nouvelle Revue Française* se pencheraient sur le journal enfantin, s'émerveilleraient, s'exclameraient dans leur barbe et considéreraient l'Anaïs d'aujourd'hui avec admiration. Henry était venu avant moi avec son « essai » sur le journal et ses discours exubérants. M. Groethuysen dit : « Il faut que nous étudiions ce journal, ce qu'il est réellement car, naturellement, dans l'essai de M. Miller il y a beaucoup de M. Miller, tout ce qui a trait à la baleine, par exemple. »

Un petit homme qui attendait là, assis, se leva et interrompit tout le monde en disant : « Je considère comme un privilège de m'être trouvé ici en ce moment. J'ai entendu parler du journal et j'étais curieux de vous connaître. » La petite Anaïs de onze ans soupirant parce qu'elle aurait voulu entrer à l'Académie française.

Rango a perdu ses illusions sur la politique à la suite

des trahisons et des rétractations. Il est écumant. Son éloquence et sa flamme à certains moments pourraient mener un pays à la révolution. Les Français se carrent dans leur fauteuil et Rango n'est pas en mesure de leur adresser la parole, il est enfermé à double tour dans son bureau, occupé à écrire des lettres, et s'il pouvait parler, ils ne comprendraient pas son baragouin. Même en espagnol, il parle les lèvres serrées.

Idiote d'Anaïs, on te donne une toile d'araignée et tu veux en faire une voile et partir en bateau. Où donc allais-tu hier d'un pas si décidé ? Toute ta vie est semblable à ta recherche d'un bateau. Oui j'ai traversé l'Exposition en trombe pour revoir un ravissant bateau que j'avais entr'aperçu, une jonque chinoise. Un bateau avec une fragile voile arachnéenne, qui n'était pas fait pour naviguer. J'ai traversé au pas de course les salles d'exposition ; c'était dimanche, la foule flânait, surprise de ma hâte. Je n'ai rien vu, c'était comme un film accéléré défilant devant moi, la foule, les bâtiments, les Arabes contre lesquels je me cognais en courant aveuglément toute à ma recherche. Un bateau ! un bateau !

Tout le mystère du plaisir dans un corps de femme réside dans l'intensité de la pulsation juste avant l'orgasme. Parfois elle est lente, un-deux-trois, trois palpitations qui projettent ensuite à travers le corps une liqueur de feu et de glace. Si la palpitation est faible, atténuée, le plaisir est comme une onde plus douce. La poche de l'extase éclate avec plus ou moins d'énergie, lorsqu'elle est à son paroxysme elle atteint chaque partie du corps, vibrant à travers chaque nerf et chaque cellule. Si la palpitation est intense, le rythme et le battement en sont plus lents et le plaisir plus durable. Des flèches de chair fulgurantes : une seconde vague de plaisir recouvre la première, une troisième qui touche chaque extrémité nerveuse, et maintenant une autre comme un courant électrique traversant le corps. Un arc-en-ciel de couleur frappe les paupières. Une écume de musique remplit les oreilles. C'est le gong de l'orgasme. Il y a des moments où une femme sent que l'on ne joue sur son corps qu'avec légèreté. A d'autres moments il parvient à un tel paroxysme qu'il ne saurait, semble-t-il, jamais le surpasser. Tant de paroxysmes. Certains provoqués par la tendresse, certains par le désir, certains par un mot ou une image vue dans la journée. Par moments la journée elle-même exige un paroxysme, les journées de sensations cumulatives et de sentiments non explosés. Il y a des journées qui ne se terminent pas par un paroxysme, où le corps est assoupi ou bien rêve d'autres rêves. Il y a des jours où le paroxysme n'est pas le plaisir mais la douleur, la jalousie, la terreur, l'anxiété. Et il y a des jours où le paroxysme se produit dans la création, un paroxysme blanc. La révolution est un autre paroxysme. La sainteté encore un autre.

J'ai trouvé un nouvel appartement pour Zara, qui donne sur un jardin. Une semaine après, elle n'a toujours pas déménagé de l'obscur sous-sol humide et nauséabond. Cependant je suis en train de m'endetter. Avec les Durrell tout n'est que gentillesse et bon sens. Henry vit entièrement dans son univers à lui. De temps en temps il a une dépression et prend conscience des autres. Il pleure à cause de sa famille. Mais cet après-midi dans son studio, avec les Durrell, après avoir pleuré sur elle, il s'est endormi. Nancy et moi avons préparé le dîner. A son réveil il était prêt à se remettre au travail et à écrire comme avant. Il est entouré de disciples admiratifs qui le flattent et acceptent ses opinions. Il a même foudroyé Larry avec : « Si vous ne comprenez pas Picasso, il y a une limitation en vous. »

Larry m'aide à maintenir Henry à flot. Il a de la solidité. Il se soumet parfois, parce qu'il aime Henry. « Je ne veux pas gâcher son enthousiasme. Cela vaut bien mille francs jetés par la fenêtre. »

Le *Booster* ne me plaît pas. Il est vulgaire et grotesque. Strident. Puis je me sens coupable : « Je suis peut-être trop austère. »

A la base de ma vie sont la crainte et le doute, je donne pourtant aux autres la foi. Rango dit : « Lorsque je suis cafardeux je n'aime pas te voir. Je déteste gâter l'atmosphère lumineuse qui t'environne. » Je suis seule avec mes chagrins. Mon seul soulagement c'est l'activité. Je vois que la presse, entre les mains de Rango, a peu contribué à la cause de l'Espagne, en six mois, et j'aurais pu imprimer un livre dessus. Je vois comment les idées d'Henry ne peuvent lui faire sacrifier un caprice. Aussi j'écris. Rango avait promis avant que nous achetions la presse : « J'imprimerai toute ton œuvre. »

Un univers composé d'un père sévère, d'un Rango sans cesse à la poursuite du danger et de la destruction, d'un Henry qui n'est humain que par intermittence, me laisse dans un abîme de solitude. Pourquoi faut-il que je poursuive constamment des mirages ? Pourquoi est-ce que je lutte contre le chaos et ne m'y vautre pas comme les autres ?

Folie de Hans Reichel. Dans le studio d'Henry il monologue : « Personne ne m'a jamais dit : « Je t'aime. » Je suis rempli d'angoisse et d'anxiété. Tout le monde est contre moi. Vous cachez le vin. Je suis sûr qu'il y a encore du vin mais que vous le cachez. Je vois bien que vous vous moquez de moi. Je ne peux trouver la paix nulle part. Je veux retourner *chez mes peintures.* » *Chez mes peintures!* Comme si elles étaient son foyer, sa famille, sa maîtresse. Reichel s'accrochant aux gens, physiquement, violemment, pour qu'ils ne puissent pas le quitter. Toujours entre deux vins, indifférent à son succès, à l'argent qu'il a gagné, redoutant seulement que « la soirée se termine, et je vais me retrouver tout seul ». Reichel fou. La compréhension ne peut plus le ramener. Il ne croit plus en personne.

Henry considère les femmes qu'il a connues comme plus critiques, davantage prêtes à le condamner qu'elles ne l'étaient en fait. Il interprète le silence des femmes comme une condamnation. Il projette ses propres culpabilités sur les femmes, pas sur les hommes. Il s'attend à être jugé par les femmes, pas par les hommes. La culpabilité, sans nul doute, hante tous les hommes qui en paraissent exempts. Henry, Rango, mon père. Ils n'en sont pas complètement exempts.

Durrell appelle les exemplaires de mon journal mes enfants noirs. Ils sont reliés en noir. Je les range dans un coffre de mariage arabe, velours violet à clous dorés. Ravissant de voir le coffre ouvert, plein à ras bord. Et maintenant celui-ci ira au coffre-fort, pour y être enfermé parmi les bijoux et les testaments des autres gens.

Lettre à Durrell :

Passé la journée au lit, de sorte que je ne peux aller villa Seurat et devrai attendre demain, mardi. Essaierai de passer vous voir pour le thé au lieu du dîner. Rapporterai la Fontanne. Rien qu'un schéma de plus, et actuellement, je ne trouve pas cela fécond. Je crois que les motifs et les arrangements ne sont fructueux que lorsque nous nous perdons, lorsque nous avons un besoin vital d'être réorientés, mais autrement ce ne sont que d'intellectuelles parties d'échecs, pas vitales, qui tuent l'expérience. J'ai le sentiment que nous ne devrions nous tourner vers ces livres que lorsque nous allons à la dérive sur un océan d'instincts ou d'émotions, étouffant dans un drame, suffoquant dans la subjectivité, ou dans quelque autre crise aiguë qui nous a fait dévier de notre course. Me demande ce que vous penserez de mon essai sur Otto Rank pour le magazine d'Eliot, Criterion. *Travaillé toute la journée. Je suis ravie de vous avoir kidnappés hier soir. Lorsque j'ai vu Fred là avec vous, je me suis tout à coup souvenue de tout ce que nous avions dit une fois sur la manière de vivre horizontalement ou verticalement. Et avec Fred c'eût été une soirée horizontale, c'est pourquoi je vous ai tous deux kidnappés, avec une dévotion verticale, héraldique.*

(NOVEMBRE 1937)

La journée a fort bien commencé avec Dorothy Norman de l'*American Quartely* qui accepte à la fois le récit « La Naissance » et l'essai « La Femme dans la Création », et déclare qu'elle éprouve une grande admiration pour la pureté de mon œuvre.

L'activité qu'a créée Henry est extraordinaire. Il vit dans un tourbillon, attirant tout le monde à lui. Je vais m'occuper de la publication d'un numéro du *Booster* contenant des écrits de femmes. C'est d'une discussion avec Larry et lui, un soir, qu'est né mon essai sur la création de la femme. Larry a écrit un voyage dans la matrice que rien ne saurait égaler. Nous relisons *Le Traumatisme de la naissance* de Rank.

L'activité de Rango augmente parce que c'est une cause perdue, et il est dans sa nature de défendre ce qui est faible. Je sens que la cause espagnole s'affaiblit et j'ai peur pour lui.

Rango admire chez moi des qualités qui laissent

Henry indifférent. Rango aime mon indépendance, ma lutte pour maintenir mon intégrité en dépit de mes attachements humains, de mon esclavage à mes affections. Rango admire mes rébellions. La destinée d'Henry c'est ce qu'il écrit. Celle de Rango, la révolution. Henry a agrandi mon univers, m'a fait écrire, a rendu ma vie riche et inhumaine aussi. Rango m'apporte le tumulte, le danger, le sang et la mort, la guerre et la destruction. Henry veut la paix et la philosophie. Rango veut la ferveur et les explosions. Henry admire un film sur la Chine dans lequel est révélée une grande résignation, une passivité, un sens de l'éternel chagrin personnel qui annihile. Il fut impressionné parce qu'ils ne pleurent pas aux enterrements. Cela est plus proche de l'attitude d'Henry. C'est sa solution à la vie. Résignation, acceptation, indifférence. Ce n'est pas ma nature.

Lorsqu'un désir est bloqué, les gens, pour la plupart, réagissent avec philosophie. Mais chez moi un désir frustré est une partie de la vie qui est tuée.

Visite de David Gascoyne, vingt et un ans seulement, un enfant prodige. Je ne connais pas sa poésie, seulement sa réputation. Un garçon mystique, poétique, mais entortillé comme un Arabe mort dans de multiples bandelettes blanches serrées. Il me laisse son journal, rempli de réticences et d'évasion.

Je me rappelle la première vision que j'eus de Rango qui entra dans la petite chambre de Roger Klein comme un géant dans une caverne miniature — surprenante silhouette —, troublant, sombre, fougueux, mais ivre, dispersé. Je l'ai incité à l'action. Je le secouai sans connaître la force qui l'habitait pour le drame, la rébellion. Est-ce mon destin d'enflammer des forces révolutionnaires, Henry en littérature, Rango en politique ?

Denise Clairouin me dit : « J'ai donné les journaux à Maxwell Perkins de chez Scribner. Il a été intéressé. Au lieu de les confier à un lecteur, il les a emportés chez lui et les a lus lui-même. Il a été foudroyé. « Quelle curieuse, « quelle extraordinaire femme », a-t-il dit. Il veut que vous en fassiez une version abrégée. Au travail, Anaïs. »

A cause de la description d'Henry qui compare le journal à une baleine, Larry m'appelle « la Baleine ». Et signe : votre à jamais admirative patelle. Je dus chercher « patelle » dans le dictionnaire. Puis j'écrivis en réponse : « Chère patelle, la baleine veut que vous sachiez que vous avez la plus vaste, la plus luxueusement meublée, la plus fastueuse cabine, recouverte de nacre, sur le pont le plus haut (cabine extérieure) avec vue sur tout l'Océan, sur le dos de ladite baleine. En fait cette baleine, qui semble des plus indépendantes, qui, aux yeux de tous les marins paraît voyager seule assez volontiers, n'irait nulle part sans la patelle. »

Jamais je ne pourrai dire, en pleurant comme Henry : « Après tout je suis un être humain, et en tant qu'être humain j'ai fait du mal. » Un jour peut-être je pleurerai en disant : « Après tout je suis une artiste, et en tant qu'artiste j'ai fait du mal. J'ai agi humainement. »

Artiste. Je voudrais faire Jeanne et ses frères mieux que Cocteau n'a fait *Les Enfants terribles*. Je veux faire June mieux que Djuna Barnes n'a fait *Nightwood*. Je veux faire Artaud mieux que Carlo Suarès n'a fait *La Procession enchaînée*.

J'aime Larry. Mais je n'ai pas de chaleur pour

Gascoyne. Il me laisse froide en dépit de ses souffrances. C'est un prisonnier. Les grincements de chaînes me mettent mal à l'aise, mais je n'ai nul désir de briser les siennes.

Tout pour moi se divise en chaud ou froid. Les gens froids qui ne font rien avec une spontanéité humaine, mais qui agissent toujours par instinct de conservation ou d'acquisition. Les gens chaleureux qui sympathisent avec autrui.

Me suis mise au travail sur la version abrégée du journal.

Hélène change les rideaux de sa chambre. Rango travaille pour la révolution au Pérou, dans la clandestinité. Zara reste assise, comme les malades mentaux dans un asile, sans rien faire pendant des heures, ou bien elle coud et recoud des haillons. Henry écrit *Tropique du Capricorne* et, comme l'a dit Larry : « une nouvelle dimension sans émotion ». La création d'Henry, par moments, ressemble à la folie, parce que c'est de l'expérience coupée de l'émotion, comme une âme anesthésiée sous l'effet de l'éther. Je me demande : ceux qui sont coupés d'un monde humain de sentiment, pour une raison quelconque, qui vivent dans un monde à eux, leur noyau humain n'était-il pas faible au départ ? Où sont les sources profondes du sentiment chez mon père et chez Henry que la vie est parvenue à atrophier ? Comment se fait-il que je ne sois jamais coupée de la pitié, de la sympathie, de la participation, en dépit du fait que je fasse passer dans ma vie mon propre rêve, ma vision intérieure, mes fantaisies sans interruption. Je rêve, j'embrasse, j'ai des orgasmes, je m'exalte, je quitte le monde, je flotte, je fais la cuisine, je couds, fais des cauchemars, écris dans ma tête, compose, décompose, improvise, invente, j'écoute tout, j'entends tout ce qui se dit, je ressens l'Espagne, je me rends compte, je suis partout, je suis ouverte aux blessures, ouverte à l'amour, je suis enracinée dans mes attachements, *je ne suis jamais séparée,* jamais coupée, jamais aveugle, sourde, absente. Je tiens au rêve qui rend horrible la vie, à la création qui transfigure, au dieu qui soutient, aux crimes qui donnent la vie, aux illusions qui rendent possible le merveilleux. Je tiens à la poésie et aux humaines simplicités. J'écris sur le labyrinthe, le ventre, Fez, et j'apporte chez Rango des ampoules électriques. Larry est assis par terre en tailleur comme un sage hindou blond, avec une souplesse féline, et il écrit au fer rouge.

Le vieux Lantelme, qui fut secrétaire de mon père pendant de nombreuses années, maintenant à la retraite, vient deux fois par semaine me donner des leçons de français, en disant: « Elle est vivante, je viens me réchauffer. »

Les Jones sont arrivés d'Espagne parlant des terribles souffrances des réfugiés, mais ils ont pris des repas complets en compagnie d'Hemingway qui prend des notes sur le front, et lorsqu'il ne prend pas de notes, il chasse le faisan dans des propriétés espagnoles abandonnées. Jones parle de politique comme un somnambule, d'une voix monocorde, sans animation, en une oraison funèbre de faits, des faits sûrs, qui me semblent à moi aussi peu sûrs que les déclarations hystériques faites au cours des meetings révolutionnaires. Lila Ranson me téléphone, voix masculine. Je l'ai vue seulement deux fois et elle m'appelle chérie. « Il faut que je vous voie, j'ai quitté mon mari, je suis très heureuse maintenant. J'ai tant de choses à vous raconter. Quand puis-je vous voir ? »

Gascoyne arrive une heure plus tard pour voir s'il peut surprendre sa propre image narcissique dans le bassin de ma compréhension. Le volume du journal qu'il a lu a agrandi l'espace de sa prison. Tandis qu'il est là, je reçois un coup de téléphone de la secrétaire de la comtesse Lucie pour m'inviter à dîner.

Henry s'occupe de recueillir des souscriptions pour publier le premier volume du journal, et la première qu'il a reçue était d'André Maurois qui ajoutait que, toutefois, il ne voulait pas les cinquante-quatre volumes, que sa maison était trop pleine de livres. Entre ces visites, j'ai disposé tous les journaux que je veux faire paraître dans une seule caisse, afin de pouvoir y plonger facilement.

J'avais dit à Rango que cela me manquait de ne plus entendre la toux solitaire du capitaine russe, ami de Rango, qui avait été blessé en Espagne, aussi Rango m'emmena avec lui lorsqu'il alla le voir dans son hôtel borgne où on ne demande aucun papier. Il était assis dans le salon d'attente et lisait les journaux. Rango lui apportait des numéros de *New Masses.* Il fut un temps où il avait une chambre près de *Paix et Démocratie,* et je l'entendais tousser et se parler tout seul. Il avait l'air frêle et distingué, fumait la pipe, et Rango me dit qu'il attendait qu'on lui fasse cadeau d'un fauteuil roulant pour se déplacer à sa guise. Il a perdu les deux jambes.

Chaque fois qu'il est question de l'Espagne il y a en moi une tornade d'émotion et de désir de participer. Rango dit que je ne pourrais être d'aucune utilité. Et je n'ai plus qu'à retourner à ce que j'écris. Sur les jeux de mon père, Zara, qui a emballé ses chiffons crasseux et a mis un mois à déménager, Carteret lumineux et qui appelle pourtant au secours Allendy. Il déclare : « Je sais bien qu'Allendy n'est pas un poète mais il peut m'aider. » Il comprend mon amour du Maroc. « Au Maroc on se fond dans l'universel, on se perd dans les autres. »

Denise Clairouin : « Ne faites aucun changement. C'est le document qu'ils veulent. »

J'éparpille sur les ampoules des feuilles de patchouli. Je numérote les pages du journal et me demande quoi supprimer. Les déserts, les espaces vides.

Je passe ma robe de velours pour le dîner de la comtesse Lucie et m'assieds sur son divan de satin blanc.

Lila Ranson est écrivain, rondouillarde, pleine de force. J'ai fait sa connaissance au cours d'une soirée des plus conventionnelles, et elle faisait une diatribe contre les conventions. Je l'évitai parce que je suis fatiguée de rompre les chaînes des autres. Après plusieurs coups de téléphone de sa part, sa voix si triomphale, j'acceptai de venir chez elle. Elle me fit entrer dans la chambre. Et une réplique de June se trouvait là. June auréolée de cheveux d'ange, avec un corps voluptueux de Viking. La voix rauque, les bras lourds, le regard fiévreux. Et elles vivaient la vie que je n'ai jamais vécue avec June. Elle était malade, et elle était assise appuyée à la tête du lit en cretonne à fleurs. Aventure et témérité dans chaque expression de son visage. Lila se nicha contre elle. Elles parlèrent de leur amour réciproque. Elles se caressaient. Elles dirent : « Vous ne possédez jamais un homme comme vous possédez une femme. »

Lila était de toute évidence celle qui se tourmenterait, qui serait jalouse. Son amie était évidemment celle qui était mobile, mouvante. Une dureté et une passion chez elle. J'étais venue pour un instant seulement. Je restai tout l'après-midi, fascinée. Le large lit, le négligé violet entrebâillé sur une peau bronzée. Lila tenant des propos romantiques du genre de « vivre ensemble vingt ans ». Son amie n'éprouvant que dédain à l'égard de ces assertions. « Il n'y a pas d'absolu en matière de relation », dit-elle. Et à moi plus tard : « On vous donnerait seize ans. » L'atmosphère m'énervait. Cela me plaisait de partager la nouveauté de leur amour, la foi et le feu de la nouveauté de leur amour, la foi où l'amour semble plus fort que tout, le moment avant les chocs, les fissures, les irritations, les conflits, le moment avant qu'elles découvrent un univers au-delà l'une de l'autre que nulles caresses ne pourraient souder ensemble.

Ce fut à ce moment que je compris le mieux Don Juan : être toujours au début, au premier moment de foi et d'amour, ne jamais connaître la progressive détérioration, le progressif affaiblissement de l'amour, son vieillissement, son dessèchement. Etre toujours au premier moment, le plus haut, et y demeurer en ne recherchant que les commencements.

Déjà l'amie de Lila poussait des branches qui ne sortaient pas du tronc unique de leur amour. Elle disait : « La relation idéale est entre un homme et une femme. »

Les rébellions de toutes sortes attirent à leurs activités les faibles qui se révoltent parce qu'ils ne peuvent maîtriser, détruisent parce qu'ils ne peuvent créer. Je crains que Rango ne fasse partie de cette lamentable armée, de ceux qui ont toujours vécu négativement. Est-ce un noble service rendu aux pauvres, ou bien la colère hystérique des incendiaires ? L'incendiaire étant celui qui voulait lutter contre le feu, mais n'y est pas arrivé. Dans la misère de Zara et Rango il n'y a pas de cruauté, mais une autodestruction opiniâtre.

Quels glissements de lanterne magique depuis la vie sordide, tachée de Zara, par suite de sa propre inertie, jusqu'au salon de satin blanc de la comtesse Lucie. Lucie assise sur le bras d'un fauteuil de satin blanc, svelte, évanescente, yeux sombres et sélectifs, critiques, éveillés. Visage d'une blancheur austère, austérité inattendue, parce que les traits, la bouche sont faits pour la sensualité. Un nuage blanc de préoccupation. Elle pilote un avion, une voiture, rit, parle, mais elle est perdue.

Je vois Betty Ryan qui est comme une délicate Japonaise, en train de parler de *La Maison de l'Inceste.* Elle ajoute : « Lorsque j'étais petite, j'adorais le mercure. J'en apportais une petite bouteille en classe, je la versais dans le creux de ma main et je m'amusais avec. Cela m'amusait de le voir prendre diverses formes, se décomposer, se séparer, changer et rester pourtant un, magnétiquement. C'était mon fétiche. Je ressentais une affinité avec lui. Je pouvais aller partout avec. Il était vivant et faisait partie de moi. Avec je pouvais affronter le monde. » Sa délicatesse m'émut, sa timidité, son air rêveur. Sa voix est frêle et lointaine. Elle ne m'a pas parlé librement parce que je l'intimidais. J'étais la baleine des journaux noirs.

Lucie est trop protégée par des larbins en gants blancs, des cristaux, des brocarts. Mais il y a des ténèbres en elle. Betty Ryan est droguée par le sommeil blanc de la rêverie, de l'irréel. Elle aussi est si loin et désireuse d'être éveillée. Lucie a reçu des chocs violents mais elle rêve encore. Elle a écrit un livre qu'elle m'a envoyé. Dans ce livre une femme meurt des blessures qui ont été causées par les caprices d'un homme et son amour de la liberté à tout prix.

Henry déclare : « Je veux vivre une vie plus profonde, je connais mon défaut, je me disperse trop. Je n'aurais pas dû, par exemple, m'occuper du magazine. » Le *Booster* a détourné ses énergies.

Je n'ai pas parlé librement à Lucie à cause de la fourrure blanche, des miroirs où se reflète chaque mouvement multiplié, des valets de chambre à proximité, parce que je n'ai plus la robe qu'il faudrait pour lui rendre visite, parce que je glisse dans une vie sans décor, sans illusions, sans gants blancs ni esthétique.

Rango se volatilise dans les cafés.

Mon père me rend visite, avec des fleurs dans du papier d'argent, et des mots dans du papier d'argent, des fleurs entourées de fil de fer pour les maintenir dans une raideur hautaine, et ses paroles aussi avec du fil de fer, compassées, synthétiques, toutes cultivées dans des serres chaudes. « J'exerce une chanteuse norvégienne à chanter mes chansons. Elle veut chanter des chants espagnols. Elle est si froide que je dois lui infuser ma propre chaleur.

— Es-tu sûr, dis-je, que les notes que tu lui enseignes sont les mêmes qu'elle chantera à son concert ? »

Je ne devrais pas le taquiner de la sorte, sachant que c'est là son point le moins sensible.

Hélène décide de ne pas aller vivre à Londres. « Je vous suis trop attachée, Anaïs, comme un canot de sauvetage à un navire. »

C'est plutôt moi qui suis le canot de sauvetage proportionnellement et elle le *Titanic*.

Nouvelles de la Bourse : « Une timide reprise de la dynamite. »

Le Henry que je connaissais au début était humble et mal assuré. Le Henry actuel est assuré et un tant soit peu mégalomane. Parle toujours de la Chine et de sagesse, après une soirée où il a tenu des propos insensés et brutaux à une jeune Anglaise.

Les marxistes tiennent Allendy pour un gauchiste douteux parce qu'il a fait paraître un article sur « Sexualité et Capitalisme » dans une revue médicale. Ils ont appelé cela de « l'exploitation des appétits bourgeois », alors qu'Allendy remplissait simplement sa fonction médicale, ses observations de docteur. Un poète a été incarcéré pour avoir parlé de Dieu dans un poème. Gide a été ostracisé pour avoir donné ses vraies impressions de Russie. J'ai trop combattu pour une vie spirituellement honnête et libre pour passer d'une étroitesse d'esprit à une autre, d'un dogme à un autre, d'un préjugé à un autre.

Rango dit justement : « Il faut regarder au-delà des défauts, de la discipline. Faire un nouveau monde exige d'abord la destruction et la sévérité. Les hommes d'aujourd'hui seront sacrifiés, l'individu sera sacrifié, à moins que ne se crée un ordre nouveau. Tu as eu la force de t'épanouir malgré un monde bourgeois, mais qu'adviendra-t-il des faibles, de ceux qui ne le peuvent pas, qui sont foulés aux pieds ? » Cet argument me touche toujours. Les faibles. Ceux que j'aide quotidiennement, prisonniers de misères de toutes sortes.

Rango sacrifie son genre bohème. Mais il trouve que la discipline est un conflit. Il vit sans horloge.

David Gascoyne. Habite une véritable chambre sous les toits, dans un grenier, plafond bas, fenêtres mansardées. Il m'a donné Pierre Jean Jouve, un univers nouveau, des rêves nouveaux, un poison nouveau, une drogue nouvelle. Le premier à traiter la connaissance de la psychanalyse en poète, à en écrire un roman qui est à demi un poème.

Puis chez Henry. Denoël et Steele vont publier *Printemps noir* en français. Lettres flatteuses. James Cooney, de Woodstock, lance un nouveau magazine *(The Phœnix)*, nomme Henry directeur européen, acccepte mon fragment « Orchestre » extrait de *Winter of Artifice,* parle de publier tous les volumes de mon journal sur sa presse manuelle, un par un.

Valentina et Lila viennent me voir. Valentina entre comme une reine des Amazones, arborant une orchidée où un oiseau se perdrait, une émeraude grosse comme une noisette. Lila porte un tailleur qu'elle remplit voluptueusement. Fourrures et parfums. Valentina a une coiffure d'Antoine. Valentina est dominée par l'invisible moustache de Lila. Elles m'ont emmenée entendre Suzy Solidor. Cocktails au Ritz. Pas mon univers. Nulle parole à me rappeler. Il ne reste rien d'elles lorsqu'elles s'en vont. A fleur de peau. Fleurs de peau.

Je suis allée voir l'appartement de Jean Carteret tout en haut d'un vieil immeuble près de Clichy. Avant que j'entre, il m'a vue au travers d'un judas grâce auquel le palier paraît démesurément long, la personne qui s'y trouve démesurément grande et à des kilomètres. J'ai pénétré dans un appartement aussi sombre qu'un cachot, un sombre couloir avec des lampes comme des lucioles. Jean doit me guider. Mais ses yeux scintillent d'une manière qui me fait songer à sa description d'une aurore boréale. Cela passe comme un voile de mousseline ondoyant, un phénomène de lumière et de couleur tellement immense que Jean avait dit qu'il semble vous fixer comme un œil. L'œil est le seul sens que nous ayons qui soit entre le fini et l'infini. L'aurore boréale est l'œil du monde. Les yeux de Jean ont cette qualité. Ils brillent, nichés entre une chevelure abondante et une barbe blonde. Ses paupières tombent avec une douceur où il y a de la bonté. Ses longs cils pâles et tendres ont quelque chose de féminin. Le nez est pur, la bouche sensuelle. Il porte le costume de laine noire des Lapons, une longue blouse carrée de moujik, mais ornée de bandes jaunes, rouges et vertes bordées en feutre.

Dans sa chambre le rouge sang prédomine. Le dessus de lit, les coussins et les rideaux sont rouge sombre. Il a recouvert ses fenêtres de papier de riz japonais collé sur les vitres, pour qu'on n'ait pas vue sur les autres maisons, pour que les yeux se tournent vers la chambre qui ressemble à une cave d'Ali Baba remplie de trésors.

Des traîneaux bleus de Laponie se dressent dans un angle, prêts à glisser vers le ciel jusqu'aux planètes. A l'intérieur du traîneau, il a placé une petite lampe à huile qui dispense une lumière bleue arctique. A la main, il tient une pipe à opium chinoise, sans opium. Il n'en a pas besoin. Il a un don pour la rêverie. Une collection de pipes du monde entier est éparpillée. Un énorme gong chinois sonne les heures. Autrefois il réveillait les moines tibétains, mais il vient de la foire aux puces. Une pirogue africaine taillée dans le bois navigue sur la cheminée, avec quatre rameurs africains. Deux grands couteaux à manche d'ivoire sont cloués au mur au-dessus du lit de Jean. Des bois de renne, accrochés au mur, soutiennent un livre ouvert sur la magie, et un livre de contes érotiques. Un délicat corail séché fleurit inopinément au sommet d'une pile de livres. Les rayonnages sont haut placés, près du plafond. Un chapeau de Madagascar pend au dernier rayon. Il tire de sous son lit une caisse qui contient un squelette trouvé aux Canaries. Une racine d'arbre ramassée à Tahiti rivalise avec les serpents pétrifiés de Brancusi. Jean est un grand voyageur, mais il aime rapporter des témoignages de ce qu'il a vu, du sable du mont Atlas, des liqueurs de Hongrie, de l'eau de la mer Noire dans une bouteille, des roches volcaniques, des rideaux de perles d'Algérie.

Nous nous asseyons sur deux chaises d'enfants rapportées de Grèce. Viennent-elles non pas de Grèce, mais du royaume de son enfance, de quelque petite ville provinciale, pareille à celle où Rimbaud vécut enfant, si étroitement lié à sa sœur? Jean et sa sœur sont-ils encore assis dans ces minuscules chaises? L'enfant était-il encore là, jamais complètement chassé, jamais adulte?

Sa mère lui interdisait d'étudier le violon, pour lequel il avait une passion. Il collectionnait des instruments qu'il fixait au mur. Sa mère mit en morceaux le violon sur lequel il voulait jouer. « Aucun de mes enfants ne deviendra un bon à rien de violoniste. » Les instruments au mur semblent jouer une musique silencieuse que seul peut entendre le musicien qui dort en lui. Il n'a pu ressusciter ce violoniste, mais il est devenu l'archéologue de son âme. Il s'est entouré d'objets éloquents. Cahiers mêlés à des chapelets. Sachets remplis d'herbes odoriférantes. Il ouvrit d'autres valises et déversa par terre des cartes postales érotiques d'Espagne, une jupe d'herbe tahitienne, une pipe taillée dans une patte de homard. On dirait un jeune magicien. Il aime se déguiser. Il changea plusieurs fois de costume au cours de la soirée.

Cuillers, pierres, icônes, plumes d'oiseau, un fouet autrichien séché ne sont pas, entre ses mains, des objets inanimés. Ils deviennent des objets qui servent à des messes noires, à conjurer un chaos magique. Il veut posséder tout l'univers dans sa chambre. Pour compenser le musicien perdu, il a sondé et poursuivi la musique tuée par sa mère.

Au mur est suspendu un gigantesque bénitier en forme de champignon. Un bénitier de poison, je l'ai baptisé.

Un tapis turc semble prêt à s'envoler, les lourdes chaussures lapones en feutre semblent prêtes à porter pour chasser dans la neige. Ses lampes sont recouvertes de haumes médiévaux. Un petit rouleau chinois est ouvert sur une console. Une plume et un encrier auraient pu appartenir à Dostoïevski. Jean m'offre de l'encens indien, une cigarette allemande.

Il est en proie à l'instabilité, au désir de voir du pays, à l'oubli, à l'intemporalité. Il vit dans un labyrinthe de mots, d'histoires, de souvenirs. Sa distraction, ce sont les fétiches. Des objets, pas des abstractions. Des preuves de ses lointains voyages, des preuves de tout ce qu'il a touché et aimé, des preuves de ses vagabondages. Chez lui il rapporte l'Univers. Le violon est muet, il ne pose jamais ses mains dessus, mais la musique est en lui, elle inonde l'endroit, les harmonies sortent de la coquille de sa misère. Il est condamné à errer en dehors de son violon, pourtant contre tous les objets qui l'entourent je pourrais placer mon oreille et entendre la musique que sa mère n'a pas réussi à faire taire.

Il me parle du conflit politique. Il a le même conflit que moi entre humanisme et dogmes. Je suis tentée d'abandonner mon univers individuel pour servir un monde collectivisé. Mais Carteret dit que le marxisme n'est pas expression de notre humanisme, il est pratique, utilitaire, concret. Ce n'est pas une vie individuelle égoïste qui nous entraîne loin d'autres systèmes, de systèmes collectifs, mais une vie sur un autre plan. Nous vivons sur un autre plan. Il faut que nous agissions sur un autre plan. Nous ne fuyons pas, nous ne goûtons pas une vie d'opium, nous rêvons le rêve de la vie elle-même, le rêve de la croissance de l'homme, de chaque homme un par un. Notre action est à un autre plan. Je lui fus reconnaissante de ces paroles. « C'est une époque réaliste, une époque de détails concrets, d'économie. Nous ne pouvons servir à rien. »

Rango dit : « La littérature, la métaphysique, les philosophies n'ont jamais été efficaces sans la violence. La violence est nécessaire, inévitable. Il est impossible de se libérer grâce à l'art ou la religion. Même pour établir la religion, la violence et la révolution furent nécessaires. »

Renata Bugatti est arrivée comme un ouragan, avec une tête de soldat romain et une intelligence de Sphinx. Elle a tant de force que je me souviens de l'avoir entendue jouer du piano salle Pleyel treize ans après. Je me souviens du costume qu'elle portait, de son port de tête farouche. Je comprends ces femmes d'une taille exceptionnelle. Etrange, ces femmes, qui terrorisent les hommes, sont les femmes qui ne m'intimident nullement. On peut les affronter en terrain découvert. C'est exaltant. Elles sont directes, honnêtes.

Je ne peux entrer dans le rêve de révolution tel que le rêve Rango, dans son essence, sa pureté. J'ai pourtant un désir si vif que les autres vivent, et donner individuellement devient de plus en plus difficile. Rango attaque cette façon de donner parce qu'il dit que cela ne fait que retarder les réformes, apporte un palliatif à des maux qu'il faut confronter. Donner individuellement signifie être submergé, tué et ne pas avoir une bien grande portée. Il faut donner collectivement.

Voilà comment cela se passe. Vous devez porter un appareil spécial, un genre de Sonotone (car normalement vous ne saisiriez pas la rumeur d'une crise économique, l'organisation collective des usines) et vous vous mettez à l'écoute. Puis vous parlez de *Paix et Démocratie* en baissant les yeux, en reconnaissant que c'est un organisme antifasciste qui milite pour l'Espagne. L'appareil enregistre : un sympathisant de la cause. Scs yeux se réchauffent. Vous faites un échange de propagande. Vous indiquez son nom dans la boîte pour *Paix et Démocratie.* Rango est tout content.

Je m'en allai dans la pluie douce. Une cloche d'église sonnait le glas. Ce gong grave résonnant dans la ville agitée, une cité de nerfs, de klaxons, de sons stridents. Je sentais sa résonance. Quelle délicate réceptivité.

Dans cette grotte qui est en moi et où je n'entends que de profondes notes graves, que ce merveilleux, parviendrai-je à recevoir le rêve de révolution pour le bien de tous ? Un monde aux grandes arches qui s'élancent sur de vastes espaces — le rêveur apprend à les franchir, mais je ne parviens jamais à oublier que l'Inquisition torturait des êtres humains qui ne croyaient pas au catholicisme, et que la révolution torturera et torture actuellement tous ceux qui n'y adhèrent pas fanatiquement. C'est ce que je ne puis accepter. Y a-t-il eu une révolution pure ? Un système instauré sans sacrifice humain ?

Renata a demandé à Jean : « Quelle est votre profession ? » Et Jean lui a répondu : « Ma profession est d'apprendre à les traverser toutes dans un état de transcendantalisme, à ne vivre que dans l'essence et dans le cadre d'aucune. » Une forme de liberté. Mais Renata était trop primitive pour comprendre cela. C'était lorsqu'elle employait le mot cruauté que sa longue bouche devenait le plus expressive. Elle voulait être cruelle, elle comprenait comment on pouvait torturer l'être aimé pour le plaisir de le consoler. Elle a parlé d'elle. Elle est un jour tombée aux mains du magicien décrit par Thomas Mann. Elle fut en son pouvoir dix jours durant. Elle voulait être guérie de sa peur du public. Il ne réussit pas à l'hypnotiser comme les autres, mais il parvint à la faire jouer malgré elle. Elle donna tout un concert sous sa domination. Elle se croyait guérie de son trac. Elle le quitta, et, au concert suivant, le trac revint.

Jean lui dit qu'elle cherchait toujours le frère. « Le drame entre périodiqμement dans votre vie. » Colette, l'écrivain, l'interpella un jour d'une voix forte au théâtre : « Voilà le beau garçon de Rome. »

Apparence de force, remplie de craintes pourtant.

« Ma peur la plus grande, c'est l'identification, c'est de passer en d'autres personnes. » Son père était un ténor célèbre, joueur, Don Juan. Carteret dit : « Vous êtes mystique. »

Je ne la voyais pas comme lui. Elle est dans un état de tension élevé, qui donne l'illusion de la puissance. Il me semblait que je pouvais voir dans le regard de Renata le petit ascenseur démoniaque du désir montant et descendant tandis qu'elle contemplait Jean Carteret dans son rôle de visionnaire. Sa gravitation était en péril. Je connaissais et reconnaissais cette chute vertigineuse dans un précipice tandis qu'elle contemplait les oreilles petites et tendres de Jean, ses cheveux dans son cou doux comme s'ils n'avaient jamais été coupés. Sa conversation crée l'espace, l'air, des rythmes.

Renata disait : « En amour, je vois toujours un adversaire. Je préfère l'amitié. Toute fusion est dévorante. J'ai toujours eu le désir de pénétrer dans l'antre d'un lion. Colette souhaitait cela aussi, elle voulait se trouver nez à nez avec une panthère. Et la panthère se précipita sur elle et déchira ses habits.

— J'aime beaucoup ce qu'écrit Colette, dis-je.

— Pourquoi n'allez-vous pas la voir ?

— Parce que dans *Le Journal de Claudine* la fille que Colette détestait le plus en classe s'appelait Anaïs. »

Travaillé pour Perkins. Travaillé pour *Paix et Démocratie*. Travaillé pour le *Booster*.

Je ne crois plus que la dualité soit un élément de faiblesse. On peut s'en forger un outil puissant. Tout dépend de la flexibilité que l'on a, si l'on est capable de se soumettre à des pressions doubles et de se mouvoir avec fluidité entre elles. C'est la rigidité qui provoque les ruptures.

Jean dit: « Je crois que ce n'est pas l'infidélité qui meut les grands amants, mais que lorsque l'on est hautement sensibilisé à l'amour, lorsque l'on vibre profondément, sensuellement, et que l'on aime passionnément, c'est comme un courant dans le corps qui, étant continuel, provoque avec tous un contact chaleureux. Je sens tant de personnes physiquement, amoureusement, parce que je suis dans un état amoureux, comme un mystique, et il est plus grand que moi, c'est un immense trop-plein. Tout comme l'activité engendre l'activité, l'énergie engendre l'énergie, la création engendre la création, de même la passion engendre une capacité toujours plus grande pour la passion. La réceptivité, la capacité, est agrandie, et vous avez ainsi la réponse à l'expansion amoureuse de tous les amants-nés. C'est pourquoi le mot fidélité n'a pour moi aucun sens. »

Il parla aussi de ses aventures érotiques: « Quelquefois je crains d'être trop lent à atteindre un paroxysme et d'épuiser la femme, ou bien d'être trop rapide et d'avoir échoué à lui donner du plaisir. Donner du plaisir à la femme, c'est cela qui me préoccupe. J'ai rarement connu le plaisir simultané. En une ou deux nuits on ne trouve pas le rythme qui convient. J'ai connu tant de femmes et la synchronisation quelquefois seulement. Et la femme demeure une étrangère pour moi. En moi il y a toujours le doute, le manque d'assurance, les tâtonnements, les échecs, ou les demi-réussites. Et bien souvent pour m'exciter je dois inventer une fantaisie érotique, me rappeler une image érotique que j'ai vue, ou une autre femme que j'ai désirée, et n'ai pu avoir. »

Les aventures, sans l'attraction magnétique de l'amour, des émotions provoquées, les bouleversements du sentiment qui sensibilisent le corps, excitent les nerfs, éveillent la chair! Le plaisir de l'amour est tellement plus grand que celui de l'aventure. Les plaisirs de Jean me semblaient bien pâles en comparaison des miens. Il dit en réponse à moi : « Vous avez de la chance d'avoir rencontré l'érotisme dans l'amour, pas en dehors comme c'est mon cas. »

Nous avons parlé de la schizophrénie, que je considère comme un manque de contact, une sorte de dessèchement du sentiment vis-à-vis des autres, de la sympathie pour eux. Et comme je ressens trop le contact avec les êtres humains, le monde, je dis que je devais être affligée de l'inverse de la schizophrénie, l'empathie, l'identification aux autres, la dispersion en eux, l'abandon et la perte du moi à leur profit. Pourquoi alors le sentiment de solitude ? « Nous touchons tout par osmose, empathie, dit Jean. Nous sommes au contact d'un centre, une partie de nous cependant s'échappe et vit en marge, une partie de nous en exil, de là le sentiment de solitude. C'est que nous vivons dans le devenir, dans le futur. »

Joies profondes dans le sacrifice, à obtenir l'appui d'Allendy pour *Paix et Démocratie* plutôt que sa souscription au journal, à écouter ses confidences.

Rentré chez moi et dansé au son de la radio. Des océans d'émotion roulant sous mes pieds. J'éprouve une tension qui devrait me transporter jusqu'à la lune.

Hélène est invitée par son amant à l'accompagner en Norvège. Elle loue son appartement. Elle me plaît parce qu'elle peut jouer avec l'expérience. A nous deux, nous pourrions abstraire n'importe quel événement de son contexte tragique. Il prendrait une couleur de rêve, de fiction. Nous nous sommes raconté des péripéties pittoresques et violentes comme d'autres se racontent leurs rêves.

Renata Bugatti jouant dans un concert. Son masque

tourmenté. Lorsque je l'entends jouer, j'entends l'homme et la femme que j'ai une fois entendus gémir derrière une cloison d'hôtel, gémir rythmiquement. Renata cherche à posséder le piano, à entrer dans la musique. C'est un corps à corps. C'est une orgie sexuelle qui se termine par une défaite. Ses narines frémissent. Sa bouche est dessinée pour la cruauté. Elle a un menton volontaire, mais qui est une défaite. La mélodie ne s'élève pas, même lorsqu'elle tourne son visage vers le haut. C'est une substance alourdie par sa passion. Sa volonté ne peut atteindre ce qu'avaient atteint l'homme et la femme derrière la cloison d'hôtel, un moment de plaisir. Sa passion est primitive, sang et boyaux, et ne peut se transmuer en musique. Le piano qu'elle martyrise est son propre corps, avec une violence mâle, et le masque est de l'être qui n'arrive jamais ni à l'orgasme ni à la sainteté. Nulle musique ne s'élevait ni ne sortait de la fenêtre. Elle était trop lourde de sang.

Cela avait lieu chez le baron de Rothschild. Le vaste salon avait été transformé en salle de concert. Nous étions entourés de portraits de ses ancêtres. Devant moi il y avait une femme ravissante que je ne pouvais voir que lorsqu'elle tournait la tête. Elle était défigurée par une excroissance brunâtre sur son menton. Je détournai la tête. Je regardai dans le jardin d'un vert brumeux. Et j'aperçus trois miroirs de grande taille plantés là, reflétant les arbres, trois miroirs au milieu d'un jardin plein de rosée.

En une journée, un kaléidoscope. La lanterne glisse et je suis chez les Stuart Gilbert, à parler avec Denise Clairouin, qui me demande: « Et ce travail sur le journal, où est-ce que cela en est ? » Je lui réponds que cela avance, mais je n'avoue pas que je préfère écrire sur le présent plutôt que de condenser le passé en six cents pages pour M. Perkins.

Je m'oblige à aller voir Zara dans son nouvel appartement. C'est encore plus surprenant de la voir, dans un nouvel appartement clair, aéré, propre, sortir comme une bohémienne dépenaillée, affublée d'une chemise à Rango avec par-dessus un kimono qu'elle a teint en noir et où le rouge effiloché apparaît encore au travers. Aux pieds elle porte une paire de grosses chaussettes à Rango bourrées d'ouate au bout. On dirait une chiffonnière. Elle est sur son lit occupée à lire un livre sur les maladies. Les fenêtres sont fermées, le soleil est banni, elle a réussi à rendre ce nouvel endroit qui est joyeux et d'une blancheur immaculée presque semblable à l'ancienne cave moisie où je l'ai d'abord connue. Elle s'est mise en devoir de marquer dans le livre toutes les maladies qu'elle a. « Regarde, me dit-elle en me tendant ce livre, j'ai les maladies qui sont décrites pages 143 et 226 ; en fait si je lis avec suffisamment d'attention je les ai toutes. Je suis en train de recopier une recette pour les pellicules. » Son visage est jaune et vieux. Ma pitié est épuisée, je ne peux plus réagir, parce que toute cette misère est dûe à l'entêtement, à l'ignorance et à une autodestruction systématique. Mon médecin a dû renoncer à la soigner. « Elle ne coopère pas, elle n'en fait qu'à sa tête, elle ne tient aucun compte de ce que je lui demande de faire. » Je suis peu désireuse de rester. On croirait visiter un tombeau. Je lui en veux de sa volonté de mourir, et de traîner Rango dans une inquiétude perpétuelle, la peur, la saleté. Ici a lieu une rivalité entre la mort et la vie, et chaque fois Zara gagne contre moi. Lorsque je lui donne un nouvel appartement, comment s'y prend-elle pour lui donner un aspect de vieille cave ?

J'ai rêvé que mon père dirigeait un orchestre. Il n'y avait personne pour jouer de la harpe. Je proposais d'en jouer. Mais la harpe était en fait une épinette avec des notes espacées, une blanche, une bleue, une noire. Mon père disait que je n'avais qu'à jouer les trois notes chaque fois que l'orchestre se taisait. Cela semblait tout simple, mais lorsque je m'apprêtais à le faire, les notes disparaissaient. Je les retrouvais plus tard dans une boîte. C'était des jetons de joueur de roulette.

Hélène m'a dit au revoir avec une sincérité au regard électrique, les yeux secs. Un jouet est emporté, l'un des personnages de rêve, une grande femme de Chirico sur une toile bleue, moitié statue moitié actrice de cinéma, une amazone, mais qui a peur des cambrioleurs et des maniaques sexuels, faisant la moue lorsqu'elle ne pouvait obtenir ce qu'elle voulait. Pourquoi certaines personnes sont-elles comme des personnages de rêve auxquels on ne peut s'attacher émotionnellement ? Moricand en est un autre. Nous nous quittons au métro, mais je jurerais qu'Hélène n'est jamais entrée dans une rame de métro. Elle a tout simplement disparu.

Rango et moi regardions les bougies chez lui, les regardions trembler. Je lui demandai pourquoi les bougies tremblaient tant, et il répondit : « Parce qu'elles sont inquiètes. »

Jean Carteret comprend ma vie, et moi la sienne. « Nous nions la réalité. Nous cherchons seulement le rêve. » Je le vois sans entraves, fluide, libre, magique. Mais il avoue qu'il n'est libre qu'en esprit. Partout ailleurs il est dans les chaînes. Il est bloqué. Il ne peut être un artiste, un amant, un mari, un conférencier, un voyageur. Il joue à tout cela, partiellement. Ce que je recherche, c'est la vie féerique, où tout se passe comme en rêve. Pas le confort, mais le déroulement sans heurt des événements magiques. Pas le luxe, mais l'illusion scénique de la beauté. Pas la sécurité, mais les effets d'harmonie dus à la drogue. Pas l'ordre, mais la disposition irréelle des objets comme dans le rêve. Pas la perfection, mais l'illusion de la perfection. Pas l'heure de la montre, mais l'instantané des miracles. Pas le travail, mais la réalisation de tous les souhaits. Pas le service, mais une réponse immédiate à tous les désirs formulés. Pas la paix, mais la séquence du rêve. Pas l'absence de la mort, mais la vie éternelle du rêve. Par la rébellion contre le changement, la perte, la mort, le temps qui passe, mais la quête de l'éternel dans chaque moment. Une transfusion de sang dans les rêves. Le rêve comprend la violence, le meurtre, la douleur, mais pas de fin. Dans le rêve on ne touche jamais le fond même après que l'on meurt.

(JANVIER 1938)

J'ETAIS face à face avec mon travail. Plus possible de m'y soustraire. Je me suis mise à l'ouvrage et j'en ai fini aujourd'hui avec les coupures.

J'ai donné tout ce que j'avais à Rango pour son loyer. Cela ne suffisait pas tout à fait pour couvrir les charges, mais il ne me le dit pas. J'étais à court d'argent. Rango n'osa pas affronter sa propriétaire ce jour-là sans la totalité de la somme, et il dormit dans un fauteuil à *Paix et Démocratie.*

Henry projeté dans l'espace par ce qu'il écrit, loin de nous tous. Pâle. Froid. Henry dit : « Je souffre comme un animal. Je suis comme un animal. Personne ne peut me venir en aide. Personne n'est assez fort.

— Mais Henry, dis-je, on peut être secouru rien qu'en demeurant humainement proche des autres. La force est un rythme. Chacun de nous a ses moments de faiblesse où il a besoin d'être secouru. Mais vous paraissez incapable de rester proche de quiconque. » Il est trop loin dans ces moments-là. Trop loin pour sentir. Je sais ce qu'il fait, et comment cela nous surpasse tous.

Je suis névrosée, tous les artistes le sont, mais lorsque je sens le sol s'ouvrir sous mes pas, je me tourne vers les êtres humains. Je m'appuie sur eux. Je recherche la chaleur et l'amour. Ils me sauvent. Je crains les moments de folie d'Henry. Son équilibre est précaire. Il a des idées tellement grandioses sur lui-même et en même temps de tels doutes. Alors une phrase de Jouve délie les nœuds d'Henry, et il est de nouveau prêt à écrire. Il est heureux.

Du moins, dans la peine comme dans le bonheur, je sens les constantes rotations et circonvolutions de la terre et de la vie.

Je suis au café de Flore et j'attends Rango qui n'arrive pas. Il pleut. Je prends un journal. Il m'avait dit un jour : « J'ai pris un journal et j'ai vu en première page la photo de mon meilleur ami assassiné la nuit précédente par les fascistes. » C'est ainsi que cela pourrait se passer. Rango pourrait manquer notre rendez-vous, et cette même nuit... A la table à côté, un homme parodie la folie d'Artaud qui est enfermé à Sainte-Anne. Il mime sa façon de parler, ses craintes, son délire de persécution. Je me tourne vers lui et déclare : « C'est vous qu'on devrait enfermer, pas Artaud. »

Mais qu'est-il arrivé à Rango ? Il est neuf heures. Je n'ai pas dîné. Gascoyne entre dans le café. Il est drogué. J'entends les conversations, superposées, intellectuelles, personnelles, littéraires, intimes. L'ami irlandais de Gascoyne ne peut le ramener à la raison avec ses saillies irlandaises. Un ami d'Artaud nous interrompt : « Il y a un homme qui le ridiculise dans tout Paris, je veux le tuer. Où est-il ? » On ne peut protéger personne. Mais Henry ne risque jamais de mourir.

Rango avait été malade chez lui, sans téléphone. A minuit, un de ses amis vint m'avertir.

J'étais si reconnaissante qu'il ne soit pas dans quelque ruisseau, le corps percé de trois balles, que j'entrai dans Saint-Germain-des-Prés et, bien que je n'arrive plus à croire à la prière, je réussis à exprimer ma gratitude. A quoi ? A qui ?

Devant le porche une automobile flambait. Les pompiers s'affairaient pour éteindre l'incendie.

Ma névrose est totalement différente de celle d'Henry, ou d'Artaud, ou de Zara, ou de Rango. C'est comme si, grâce à une qualité fluide, une facilité à m'identifier aux autres, je devenais pareille à l'eau et qu'au lieu de me séparer des autres comme Henry, je me perdais en eux. Si les gens disent : « Je déteste les tropiques, je déteste la campagne, je déteste le rouge, ou bien l'orange, ou le noir », je sens que je suis les tropiques, que Louveciennes était la campagne, que le rouge est ma couleur, que cette personne me déteste. Puis je m'y perds. Ceci, pour moi, est le labyrinthe. Identification, projection. Mon identification avec mon père qu'il fallut briser. Moi-même en June. Je vois le double, les jumeaux des autres. Est-ce cette profonde vérité psychologique que j'explorerai jusqu'à la limite, et dont je ferai la base de mon édifice proustien ? Elle est à la base de ma vie, analogie, âmes, identités interchangeables. N'est-ce pas cela que l'amour signifie, grandir en l'autre, comme des plantes enchevêtrant leurs racines, cette interchangeabilité de l'âme et des sentiments. Pas un abîme, par conséquent, mais un univers nouveau. Pas la folie, mais une vérité profonde. Un principe qui se meut en nous, notre fatalité intérieure. Nous n'agissons pas comme nous-mêmes. Nous agissons. Nous sommes possédés. Tels sont les miracles multiples de la personnalité.

A l'âge de quinze ans, je voulais créer la tulipe noire dont avait parlé Alexandre Dumas. J'inventai donc une formule. Je trouvai des symboles, j'inventai des signes, un langage, et un mélange chimique. Je l'appliquai. Mais j'avais inventé des signes sans conserver la clef ou le code de leur signification. J'ignorais quels éléments produiraient une tulipe noire. Cela demeurait un mystère ésotérique, même pour moi qui en avais fait la découverte.

La vie de Jean Carteret est exubérante, dilatée au point d'avorter. Lorsque nous nous rencontrons, le sang afflue à son visage, et il tombe dans un rêve. Nous déjeunons ensemble lorsqu'il se rend à la Sorbonne. Alors que je l'attendais, le serveur me dit : « Le jeune homme qui ressemble au Christ est venu tout à l'heure et il vous cherchait. » Jean me lit ce qu'il est en train d'écrire sur les horoscopes, ou sur l'analyse de l'écriture, ou sa conférence sur la Laponie. Il est rempli de curiosité et d'étonnement. Il flotte dans de vastes rêveries.

Moricand nous retrouve au café de Flore, il écrit un livre qui s'intitule *Histoire d'un peuple qui devint fou.* A la Rhumerie Martiniquaise, on peut avoir du café au rhum. L'endroit est enfumé et le phonographe joue sans arrêt de la musique de danse. Le café est rempli de maquereaux, de lesbiennes, de Noirs, de boxeurs professionnels, d'homosexuels, de prostituées, de musiciens de jazz. Cette atmosphère me plaît. Elle est aussi dense qu'une jungle, diffuse.

Rango rencontre deux de ses amis, ceux qui l'accompagnaient partout à une époque. Malkine est abruti par la drogue, le visage hagard, les yeux caves, les paupières bouffies. Rango n'en revient pas d'une telle dégradation. Il ne comprend plus cette mort dans la vie, cette manière de servir de pâture aux vers longtemps avant la mort véritable. Malkine est loin de ses amis. Je demande à Rango : « Tu étais attiré par la mort, la maladie, la destruction avant que nous fassions connaissance ?

— Oui, mais pas vraiment. Je suis davantage attiré par la vie. Tout cela était littéraire. Ce n'était pas mon moi véritable. »

Ils parlèrent d'Artaud.

Rango est loin de la mort. Il est très en forme. Il est plein de feu et d'activité.

Tous ces changements sont mystérieux et me dépassent. Je change aussi. Rango m'a initiée à ses façons de romanichel, son absence d'heure, ses silences, sa témérité de bohème, sa nonchalance. Je m'élance avec lui dans un désordre musical d'habits éparpillés, de cendres de cigarettes répandues, d'indolence, dans des régions de chaos et de clair de lune. Cela me plaît. C'est la lumière de la lune, de la vie souterraine. C'est ineffable. J'aime les silences de Rango, sa rêverie méditative. C'est l'expression la plus belle de Rango, le silence de la terre elle-même, le silence des animaux.

Lorsqu'il achète des chaussures, elles sont si lourdes, si fortes, qu'on dirait les sabots du centaure.

J'ai l'impression que j'essaie de faire passer dans ma vie la pauvreté d'Henry, la pauvreté de Zara et de Rango, pour me rapprocher de leur vie. Je donne tellement que je me retrouve souvent sans un centime. Je vais chez un prêteur sur gages. En me disant : Rango y est allé. Henry est sorti de lui-même un jour pour s'amuser à analyser les gens, pour devenir moi. Moricand et Jean comprennent le dédoublement du sentiment, ce désir d'être les autres, de vivre d'autres vies, d'abandonner le moi. Par compassion, par un immense amour, par communion, pour parvenir au dédoublement des mystiques. Dans la sorcellerie, on dissipe cela en réintégrant son moi. Nous réintégrons tous notre moi par la création.

Sullivan écrit à propos de Beethoven :

Beethoven avait fini par se rendre compte que son énergie créatrice, qu'il opposait, à une époque, à sa destinée, devait, en fait, sa vie même à sa destinée (...). Accepter de souffrir pour créer est une chose, comprendre que sa création nécessite que l'on souffre, c'est parvenir à une solution mystique au problème du mal. Dans ces moments d'illumination, Beethoven était parvenu à cet état de conscience que seuls les grands mystiques ont jamais atteint, où il n'y a plus de discorde. Et en y parvenant, il conserva intacte son expérience de la vie: il ne renia rien. Il se détourna donc de son aventure personnelle et solitaire (...). Ceci est la dernière occasion où Beethoven s'adresse à ses semblables comme l'un d'entre eux. Il allait désormais naviguer solitaire dans des mers inconnues de pensée. Ce qu'il avait maintenant à exprimer était beaucoup plus difficile à formuler que tout ce qu'il avait exprimé auparavant. L'état de conscience qui le préoccupait contenait des éléments de plus en plus fuyants et venait de profondeurs plus grandes. La tâche de la création exigeait un degré sans égal d'absorption et de retirement. Les régions où Beethoven, le compositeur, travaillait maintenant, étaient, à un degré sans précédent, retirées et à l'abri de sa vie extérieure. Nul orage du dehors ne pouvait influencer son œuvre. La musique des derniers quatuors vient des plus grandes profondeurs de l'âme humaine qu'aucun artiste ait jamais sondées.

Henry paraît encore dans le monde, mais pas vraiment. Il souffre du labeur formidable que représente la synthèse de *Capricorne*. Il dit que, lorsqu'il regarde ses notes, il s'y perd complètement, ne sait plus ce qui s'est produit en réalité. Ce n'est plus sa vie personnelle. La création chez lui est si manifestement un art, une transmutation. En réalité, Henry ne peut se rappeler, comme moi, un dialogue, ou ce qu'il a dit au juste, ou ce que les autres ont dit. Il ne se souvient pas. Et maintenant pour sa plus grande envolée, il est libéré de ses notes, de son réalisme. Il nage dans un monde qui a subi une mutation, synthétisé, transformé. Il est conduit par une force supérieure. Récemment encore, il était pâle, défait, étourdi.

Cet état que je comprends et admire en tant qu'artiste, ou chez les autres artistes, je ne souhaite pas le connaître. Je veux rester à l'intérieur de la vie humaine non transformée.

Moricand parle de courants continu ou alternatif, de communion, d'adhésion, de résonance. Au moment où il se sentit devenir fou, il dit : « Je dérapais. » A ses yeux, les gens ont des yeux d'animaux. « Elle avait des yeux de seiche. » Il parle de nuits hermaphrodites. « Pour regarder mes dessins d'enfants pervers, il faut des lunettes noires. » Puis il s'étendit longuement sur le fait que peu importe avec quelle violence je vis, ni où, rien ne m'a encore éveillée de l'état de rêve.

Jean, à cause de sa vaste vie à plusieurs dimensions, s'accroche à des objets. Il a une soif d'exploration, de changement, de nouveauté, un ténia de l'imagination comme Henry, mais il faut qu'il ait des objets qui *prouvent où il est allé,* une mèche de cheveux de la femme avec qui il a couché, des objets d'autres pays. Il vit en public et pour le public. Il faut qu'il écrive au café, et s'épanche sur sa vie intérieure, qu'il la disperse toute la nuit en conversation. Il faut qu'il sorte. Il s'évapore dans des conversations interminables, volatilise son énergie dans un mouvement constant. Il vit dans le gaspillage, la confusion, avec une absence de mémoire. Il recherche l'âme sœur, qui lui ressemble.

Rango dit maintenant qu'il éprouve le besoin d'une vie austère et de dévouement à la cause espagnole. J'ai éveillé en lui le désir de servir un but et de vivre pour les autres. Comment cela se fait-il, alors que je croyais que c'était moi qui voulais être éveillée à une vie plus réaliste, plus profonde, plus bohème que celle que j'ai jamais connue avec Henry. Recherchais-je le chaos, une vie irréfléchie, l'aventure ?

Rango était mieux ancré dans la vie qu'Henry. Il n'appartenait pas au monde de l'art. Il vivait une vie nocturne muette, non transformée. Et il adopte à présent le réalisme rigide et nu de Marx.

Nous ne nous rencontrons pas sur tous les points. Deux personnes comprennent les rêves l'une de l'autre, entrent dans les rêves l'une de l'autre comme nous avons fait Rango et moi, mais ensuite chacune manifeste cela de manières paradoxales. J'avais besoin d'écrire davantage, Rango a besoin d'action.

Jean garde sur son bureau *La Maison de l'Inceste*. Il ne sait pas lire l'anglais, mais constate qu'il peut écrire ses rêves pour Allendy en plaçant une feuille de papier transparent sur ce que j'ai écrit. Tandis que je parle avec Rango au café de Flore, Jean, à une table à côté, prépare sa conférence.

Sur Beethoven (Sullivan) :

La conscience qu'il avait de plus en plus nettement que ce qui s'appelle la vie humaine lui était refusé. Cet homme émotif et passionné était condamné à un isolement fondamental. Les relations personnelles, qui lui auraient donné le sens de la complétude et qui auraient apaisé sa faim, étaient impossibles. La séparation du monde fut l'entrée dans une vision différente et plus exaltée.

Rango vit avec une moitié de lui-même dans les ténèbres. L'inverse d'Henry qui expose tout, ne laisse rien sous-entendu. Rango n'essaye pas de formule, ne vit pas nu. Est-ce la vie que le pauvre D.H. Lawrence appelait de tous ses vœux ? Mais c'était un écrivain affligé de formulation.

Notes sur des rêves : noter des fragments de rêves, les bordures, les espaces obscurs qui les entourent. Chirico. Vastes déserts. Simplement quelques objets en vue (Tanguy). Mutilations. Variations de couleur et de tempo. Certaines musicales, certaines silencieuses. Noter les thèmes et les personnages qui reviennent comme des motifs dans une symphonie. Noter les états d'âme, angoisse ou euphorie, aspect minuscule ou gigantesque. Intemporalité. La conscience précède parfois le drame. Innocence d'avant la chute. Nul souvenir.

Promenade sur les quais en compagnie de Gascoyne. Travaillé cinq heures au journal au son de *L'Oiseau de Feu.* Agitée. L'autre soir, je me promenais avec Jean et Moricand. Nous passâmes devant une boutique d'objets en bois. Moi : « J'ai des plats en bois. » Jean : « J'ai des cuillers en bois de Laponie. » Moi : « J'ai des verres en bois des Philippines. » Jean : « J'ai une cruche en bois de Panama. » Moi : « J'ai des écuelles en bois du Japon. » Jean : « J'ai un saladier en bois d'Afrique. » Nous nous écriâmes en chœur : *« Il faudra se mettre en ménage ! »*

Si j'étais riche :

J'enverrais Zara dans un sanatorium où elle se rétablirait.

J'offrirais à Jean un phonographe-radio, parce que, lui aussi, aime écrire au son de la musique.

J'offrirais à Henry des livres rares sur l'art chinois dont il a envie depuis longtemps.

Je donnerais une pension au vieux Lantelme qui n'aurait plus besoin de travailler.

Aussi à Moricand pour être astrologue de la cour.

Soutiendrais toutes les publications d'Henry.

M'achèterais une presse.

La princesse de San Faustino fait des portraits de personnes en quelques lignes, un œuf, une cage d'escalier, une flèche, un paratonnerre, un ruban, un serpentin, un bœuf, un feu d'artifice, une tour, un cercle*. Jean savait lire ses symboles et décrire le caractère de chaque personnage. Elle lui demanda de deviner le mien. Il en choisit un au hasard pour : *« La ligne droite, centrée, et les envolées dans l'air, mais fécondantes. »* Kay dit : « Eh bien, ce n'est pas Anaïs ! J'ai dessiné celui-là sans avoir personne à l'esprit. C'était un portrait de ce que quelqu'un devrait être. » Le second coup il tomba juste. Il choisit : *« L'envolée vers l'espace, comme des cheveux d'ange. »* Jean ajouta : « Si les gens se dissolvaient, voilà ce qui resterait d'eux sur le papier. »

Jean est dispersé, perdu, en pleine confusion, sauf dans son rôle de divination à propos des autres. Rango regarde ces jeux avec la sombre fureur d'Othello. Rango a enterré ses dessins, ses écrits, ses rêveries, ses extases, ses manières de romanichel, sa soûlerie, pour servir la révolution. Les fantaisies de Jean le mettent en rage, les liens de Jean avec le Centre psychologique.

* Par la suite, elle épousa Yves Tanguy et peignit sous le nom de Kay Sage. — A. N.

(MARS 1938)

HITLER a envahi l'Autriche. Franco investit Barcelone, et la France, par crainte de la guerre, ne se porte pas à son secours. Rango est arrivé dans le bateau et il a explosé : « Je me tuerai si je dois vivre dans un monde fasciste. Je mourrai, mais en échange j'aurai tué dix fascistes. »

Lorsque le monde devient monstrueux, et commet des crimes que je ne peux empêcher, je réagis toujours avec l'assertion qu'il existe un monde extérieur à celui-ci et au-delà, d'autres mondes, humains, créateurs, à dresser contre les forces inhumaines et destructrices. Je n'ai appris aucun autre remède. Rango était prêt à se tuer, à tuer Zara aussi et moi-même pour ne pas vivre dans un monde fasciste. Je ne pouvais accepter son fanatisme et cette solution. Suicide ?

Pourquoi, alors, ne va-t-il pas combattre en Espagne ?

Jean me rappelle mon rôle : « Votre rôle, dit-il, est de garder votre tête hors de l'eau, pour empêcher les autres de se noyer. Vous devez toujours rester pure, seule, et capable ainsi de guider. Vous ne pouvez être confondue ni identifiée avec une action collective. Votre influence n'est pas dans l'action, mais dans une prise de conscience. »

Il me fallut donc lutter pour persuader Rango que de prendre un fusil et de nous tuer tous ne serait d'aucun secours ni pour l'Espagne ni pour la révolution. Sa folie furieuse me laissa pantelante. Tout ce qui se passe est monstrueux. Mais comment combattre un pareil monstre ?

A force de paroles je fis tomber la rage impuissante et futile de Rango. Il se remit au travail pour *Paix et Démocratie.*

Jean dit : « Votre rôle est d'exprimer ce qui ne peut l'être. Vous êtes prisonnière de la réalité, toujours et vous cherchez une expansion dans des univers transcendants. »

Henry commença par rire de l'érudition de Moricand, de ses *coïncidences poétiques,* mais il trouva ensuite ses images fécondes, le symbolisme, une nourriture nouvelle pour lui. Moricand voulait des disciples. Moricand croit avoir trouvé chez Henry le frère de Blaise Cendrars. Henry a trouvé une nouvelle manière de considérer l'expérience.

Rango n'arrive pas à créer un monde comme il le veut. J'ai créé, individuellement, personnellement, un monde comme je le veux qui sert de refuge aux autres, d'exemple de puissance créatrice. Si l'on ne croit pas que le monde est susceptible de réponse, on recherche un monde individuellement parfait. Le bateau est devenu l'arche de Noé. Le déluge en politique. Un contre-courant de trahison à grande échelle, de division, d'hystérie collective, de volonté de mourir. Ils ne meurent pas pour un idéal.

En conservant le rêve en vie, on conserve tout en vie.

Rango ne comprend pas ce que j'appelle la maladie spirituelle et psychologique du monde, que nulle révolution ne peut guérir, nulle violence. Nul changement de système, c'est ce mal, cette distorsion que je constate. Il n'y a pas de système qui puisse contrôler la cruauté de l'homme.

Auparavant, Rango se réfugiait dans l'ivresse. Maintenant, il lui faut de l'action, il est en révolte contre la réalité. Il veut des réformes et du changement.

J'ai créé un rêve si puissant contre la mort et l'horreur. Rango vint, en sortant de chez un ami qui est mourant. « Cet endroit me fait tout oublier. C'est comme une drogue. Oublier est une trahison.

— Cet oubli passager est une source de force. Tu retourneras à tes activités, conscient, et non pas avec une colère aveugle. »

Il lit les poèmes de César Vallejo avec grande ferveur.

« Tout ce que je puis faire, Rango, c'est de contrebalancer la force destructrice du monde par la création. »

Albertine, la Souris, qui me sert silencieusement, m'apporte le petit déjeuner. Je travaille dans le studio le plus longtemps possible.

Lorsque j'étais enfant, je m'assimilais les souffrances du monde, je souffrais avec lui, et cela ne faisait de bien à personne. J'ajoutais la souffrance à la souffrance.

La Seine offre ses humeurs changeantes. Je me perds avec ma douleur, mon angoisse devant ce qui se passe dans le monde, dans la beauté de la Seine et son miroitement.

Rango parlant de son ami, chef révolutionnaire à Moscou. « Il m'envoie des lettres désespérées à propos de sa femme, pour que j'essaie de la faire sortir de Barcelone. Ce n'est pas le moment d'être obsédé par sa femme. Il a des choses plus grandes à accomplir, sans se préoccuper de sauver sa femme... Ils sont tous trop sensibles et trop émotifs. C'est ce que l'on entend par individualisme bourgeois. »

Et je vois la fausseté de tout cela, car c'est lui qui ne part pas pour l'Espagne parce que Zara sans lui serait perdue.

Zara le sait bien. Elle est venue parler de la dureté nouvelle de Rango. « Rien que des paroles. Tout cela parce qu'il est tellement émotif et sensible. Il essaye de jouer les durs. Ce n'est pas réel. Rien que des paroles. Rango est trop tendre. Rango est né fourvoyé *(equivocado),* dans l'erreur. Né pour se tromper. Il est aveugle. Comme un animal ou bien un enfant. Il n'est pas intelligent ni philosophe. Ses amis de la gauche lui ont donné ce qu'ils appellent l'autocritique. Ils lui ont raconté tout cela. Qu'il était romantique, indiscipliné. Si je parle du fanatisme de ses camarades il me traite de fasciste, et dit qu'il me fusillera de ses propres mains. Il est un peu dingo. »

Puis penchant la tête comme une femme en prière : « Ne laisse rien lui arriver. Je mourrais de chagrin s'il était fusillé. »

Henry, Fred et moi sommes allés voir Luise Rainer dans un film. Lorsque nous étions au café après, Henry, qui l'aime beaucoup, se mit à parler d'elle. « Elle a des gestes et un maintien merveilleux, un port de tête si gracieux, une telle délicatesse. Elle vous ressemble beaucoup. Ses gestes sont si légers, comme le vent presque, et elle se déplace si gracieusement. Il existe entre elle et vous une grande affinité. Son visage reflète parfois une profonde tristesse que le rôle n'exige pas. Une tristesse formidable. C'est ce que vous avez. C'est bizarre. Vous êtes légère et gaie, mais si l'on vous surprend à l'improviste, on voit un visage tragique. Cela a tellement plus de charme, cette gaieté acquise, qu'une gaieté que l'on a de naissance. C'est quelque chose pour quoi vous avez lutté. On sent la luminosité, et en même temps ce sentiment tragique, un mystérieux caractère double. »

Jamais Henry ne m'avait mieux comprise qu'à ce moment.

Rango a perdu un ami qu'il aimait depuis vingt ans. Le poète Vallejo. L'ami de Rango est mort et il est dans l'affliction. Je suis allée voir Zara à l'hospice. Rentrée pleine des horreurs que j'y avais vues. Me suis mise à mon bureau, et rédigé les pages sur le rêve pour la deuxième partie de *Winter of Artifice,* les pages sur les rêves et les cauchemars. Le livre prend tournure.

Je décourage, d'un ton enjoué, Jean de s'éprendre de moi. Il se plaint déjà, même comme ami, que je ne me concentre pas sur lui. « Je veux une femme plus petite que moi, vous aimez trop de gens, vous avez votre travail, et une vie bien remplie. J'ai peur de vous. M'éprendre de vous me serait fatal. »

Tous les deux, avec notre besoin de grandes preuves d'amour, qui avons besoin d'être aimés solidement, qui craignons la légèreté et la fluidité. Nous pouvons nous charmer mutuellement, mais non pas nous faire confiance l'un à l'autre.

Je travaille à *Winter of Artifice,* me plongeant dans la deuxième partie parce que je suis environnée des besoins des autres, de problèmes constants, la maladie de Zara, jamais suffisamment d'argent pour eux tous. La réalité me coince chaque jour, lourdement, me restreint et me limite.

Henry est le seul d'entre nous qui soit joyeux, il s'appelle lui-même l'« Heureux Rocher ». Peu lui importe ce qu'il advient du reste du monde.

Rango médite sur la mort. « Et tout à coup le cœur s'arrête de battre. » Il me raconte comment Vallejo ne montrait jamais ses poèmes ; il en avait dans toute sa chambre des tonnes que personne n'avait jamais lus. Et il avait raconté dans un de ses poèmes qu'il mourrait le jour de la Toussaint, et ce jour est arrivé, et il est mort effectivement.

Jean arrive et il dramatise sa névrose, il s'en pourlèche. Il dépense toute son énergie à décrire ses états d'angoisse, les fleurs venimeuses qui naissent de la distorsion. Il élabore complaisamment, enjolive, développe, étoffe. Il a égaré Allendy dans un labyrinthe de discours et une richesse de matériau, pour le noyer. Il crée ce dédale pour que personne ne le connaisse jamais vraiment, ne puisse le guérir, pour ne pas voir les racines fort simples de son mal, le simple conflit entre instinct et peur de la vie. Il détruit précisément les amours qu'il courtise. Il stoppe la réaction primitive des femmes à sa personne, au Jean sensuel, par peur, puis il déplore de n'être pas aimé. Il veut jouer le jeune magicien, séduire les autres, et il se plaint ensuite que personne ne le connaît. Il ne peut écrire parce qu'il vise trop haut, et ne peut jamais être simple. Comme il brise tout acte spontané par l'analyse, et exerce une tyrannie sur ses désirs.

Je dis : « Votre angoisse n'est pas simplement un doute à propos de l'amour des autres, mais un doute de la réalité. C'est une forme particulière d'angoisse qui demande à être incarnée par l'amour de l'autre. Vous êtes fluide, rêveur, et toute votre vie est un constant mirage. Vous avez besoin de vivre par l'intermédiaire du corps de celle que vous aimez. Vous avez le don de tout rendre fuyant, abstrait. Vous êtes tombé amoureux de l'amour humain d'une femme pour vous. Cessez d'analyser et de dissoudre ce dont vous avez besoin. Vous avez besoin d'être assuré que l'on vous aime solidement parce que vous perdez si facilement le contact, vous flottez si facilement dans l'espace. » Ceci l'intéressa et il reprit avec délectation : « Voyez-vous, les autres gens sont cousus naturellement, de manière lâche, avec entre les points un espace pour respirer. Je suis cousu si serré, avec tant de points qui se chevauchent que je suffoque. Je pense non pas à une, mais à un million de choses à la fois. »

Je lui dis : « Jean, arrêtez s'il vous plaît. L'artiste en vous prend plaisir à la description de votre état d'esprit, mais c'est de cette façon que vous avez continué à éluder le noyau de ce qui vous fait souffrir. Vous attrapez tout le monde dans les rets de vos involutions complexes. Mais c'est ainsi que vous évitez leur résolution. Vous créez une névrose, et n'êtes plus capable d'un acte simple d'expression. Vous ne permettez pas au simple diagnostic de faire effet. Vous vous lancez immédiatement dans des descriptions volatiles, des inflations, des épanchements. »

Les femmes veulent le ramener sur terre. Elles sont déconcertées par sa mobilité. Elles sentent qu'il leur échappe.

Henry, Jean et Moricand discutaient de couleurs. La couleur favorite d'Henry est le jaune, et c'est la couleur de la philosophie. « La vôtre, dit Henry, est une couleur qui s'estompe. Vous n'avez pas de couleur déterminée. Vous ne sortez que lorsque l'atmosphère est propice. » C'est vrai.

Je comprends bien les angoisses de Jean. Il voit l'amour comme un arc-en-ciel, créé par l'atmosphère, et qui disparaît. Il n'a pas, comme moi, de puissantes racines. Chaque jour la vie de l'instinct, du sang et de la chair, doit dissiper les mirages. Chaque jour la caresse réelle doit détruire l'amant fantomatique.

Henry et moi différons radicalement dans notre opinion de Pierre Jean Jouve. Je fais quelque chose de plus proche des romans de Pierre Jean Jouve que nul autre écrivain. Suis-je simplement en train de m'orienter d'une manière différente de lui ?

J'ai rédigé aujourd'hui dix pages de plus pour *Winter of Artifice.*

Moricand dit un jour qu'il se tenait sur la passerelle : « Comme j'aimerais savoir quelque chose de votre vie terrestre. Rien qu'à regarder votre horoscope je soupçonne beaucoup de choses. Vous êtes la femme la plus réelle et la plus irréelle que je connaisse. Hélas ! à moi vous ne montrez que votre côté angélique. »

J'étais au lit dans le bateau. Il était quatre heures. Un jour sombre et froid. Je travaillais à *Winter of Artifice,* cent pages de courant de conscience lyrique et sensuel. Henry était satisfait. Ma vie sur le bateau était un rêve. Le soleil brillait tous les jours, semblait-il, je recevais de nombreuses visites. Waldo Franck, soupirant et boudeur, Renata Bugatti, enfiévrée, agressive, Henghes, Moricand. Et puis une dépêche de Maruca : « Venez me voir immédiatement. Je divorce avec votre père. »

Maruca prenait son petit déjeuner au lit. Une Maruca changée. Ce n'était plus l'enfant confiante qu'il avait épousée. Une femme dont les yeux s'étaient ouverts, qui se révoltait, pleine de haine, et qui expliquait comment il avait tué son amour complètement.

Elle voulait que j'aille immédiatement à Caux, en Suisse, parce que mon père menaçait de se suicider. Elle voulait que je lui dise qu'elle ne lui pardonnerait jamais, ne reviendrait plus vivre avec lui, et que je l'oblige à envisager une nouvelle vie. Elle lui offrait une modeste pension tandis qu'il cherchait à résoudre ses problèmes.

Je me rendis à Caux. Je le trouvai en tenue de golf, monologuant. Il ne comprenait pas ce qui était arrivé à Maruca. « Elle était à une époque si douce, si soumise. » Il se lamentait de sa dureté. Ce qui le tracassait, c'était de manquer le Grand Prix de la plus belle automobile à Montreux. Il avait acheté un billet de loterie parce que maintenant il allait se retrouver sans le sou. Ce que Maruca lui offrait était tout à fait insuffisant. Ce qui le tracassait, c'était d'emmener avec lui une des femmes de chambre, mais laquelle, parce que l'une était la seule qui sût repasser ses chemises convenablement, et l'autre était une bonne cuisinière. Il se lamentait sur son sort. Et tout cela perdu pour une femme dont il n'était même pas amoureux. Mais une femme qui avait été la première à lui dire *non,* et ce *non* l'avait incité à persévérer, à se lancer dans une frénésie de poursuite, parce qu'il sentait que s'il ne changeait pas ce *non* en soumission, cela signifiait qu'il se faisait vieux, perdait son charme, son pouvoir sur les femmes.

Mais cela avait des racines plus profondes. Il est exact qu'il n'était guère resté auprès de Maruca tandis qu'elle soignait sa tuberculose en Espagne (Maruca se plaignait qu'il lui faisait des visites de dix minutes), mais je devais comprendre qu'il n'avait jamais pu supporter la maladie. Il lui avait assuré les meilleurs soins médicaux. Il est exact que la femme de chambre avait dit à Maruca que lorsqu'elle avait montré à mon père une chemise de nuit qu'elle avait brodée pour sa maîtresse, il s'était écrié : « Je connais quelqu'un sur qui cette chemise de nuit paraîtrait beaucoup plus belle. »

Et maintenant tout était perdu. Il songeait à l'étendue de la perte, la maison à Paris, la voiture, le luxe, la vie brillante. Il ne songeait pas au chagrin de Maruca, qui, depuis de nombreuses années, fermait délibérément les yeux sur sa conduite. Il semblait presque s'être écarté de son chemin pour avoir ses liaisons aussi dangereusement, aussi près que possible d'une éventuelle découverte. On aurait presque dit qu'il voulait être découvert, ou qu'alors il était devenu si insouciant, si sûr de lui, si irréfléchi, qu'il ne s'attendait nullement à voir Maruca protester. « Et protester précisément lorsque je me fais vieux et m'apprête à m'assagir, maintenant que je pourrais rester chez moi et lui consacrer toute mon attention. »

Je le persuadai de rentrer avec moi et de voir Maruca, de s'expliquer avec elle. Maruca refusa de le voir. Il passa la nuit sur mon bateau. Je le consolai. Il dit : « Débarrasse-toi de tous tes protégés, et occupe-toi de ton père. »

Il ouvrit sa luxueuse valise, plaça sa brosse à cheveux en argent, son peigne d'argent, ses flacons d'argent sur ma coiffeuse. Le spectacle de cette exquise valise de chez Hermès dans la chambre à coucher du bateau, était tellement incongru. Et son expression tandis qu'il examinait mon royaume. « C'est comme cela que tu vis ! » Je ne pus lui faire voir la beauté de l'eau, des lumières sur l'eau, des berceuses cadences du bateau. Il me demanda de lui faire chauffer un bain, puis refusa de le prendre parce que l'eau n'était pas filtrée. Je dus aller chercher de l'eau minérale. Il n'était nullement sensible à l'aspect conte de fées du bateau. Il gémissait sur la perte du luxe, d'une épouse qu'il avait formée à le servir comme une esclave. « Elle savait si bien classer mes papiers, répondre à mon courrier, organiser mes concerts. » Pas un instant de douleur humaine pour Maruca elle-même. « J'avais toujours pensé que si Maruca mourait je t'aurais pour prendre soin de moi. Mais il faudrait que tu changes de vie, que tu prennes un appartement correct, que tu te débarrasses de tes protégés. »

Lorsque la nuit tomba, les ombres lui firent peur,

chaque mouvement du bateau le mettait mal à l'aise. Les craquements du bois et le jardin sauvage de motifs sur le mur projetés par la lampe indienne. Ma chambre était comme la chambre à coucher des contes d'Andersen, avec ses petites fenêtres à treillis de bois. Je l'installai aussi confortablement que possible et montai dormir sur le divan du studio.

L'amant fantôme était-il venu hanter l'âme du père endormi, pour défendre sa fille de son poids, pour défendre le bateau, le poème, la liberté ? Qui hanta le bateau cette nuit-là, protestant contre l'intrusion du père, avec un grand bruit de cauchemar pour le faire fuir ? Le lendemain, il partit pour la Suisse s'occuper du déménagement de ses affaires. Le bateau poursuivit sa route sans le père.

Lorsque mon père fut revenu de Caux, je devins ambassadrice entre Maruca et mon père. Je dus porter des messages de l'un à l'autre, des listes, des objets trop fragiles pour être confiés aux déménageurs, un verre de Venise, une statuette japonaise, un tableau. Je vivais dans un dédale de petits détails, de partage d'objets, de scènes. Je devais tempérer l'égoïsme de mon père ainsi que la colère de Maruca. Je vivais leur cauchemar. Maruca me parlait. Cela l'aidait. J'essayais de lui dire que mon père était égoïste et inconscient de ses actes comme un enfant irréfléchi, gâté, qu'il manquait de maturité, mais à cela elle répondait : « Oui, les enfants sont égoïstes, mais ils sont aussi tendres et aimants, et votre père n'était même pas tendre pour moi. »

Cette femme enfant, qui avait adoré son mari comme un maître, un dieu, un musicien, était maintenant aussi fermement inflexible qu'elle avait été indulgente. Elle ne croyait pas un mot de ce qu'il disait, pas même à sa contrition. Elle se remémorait le passé pour fouiller, pour accumuler toutes les facettes de sa conduite, chacune de ses paroles, attitudes, expressions, et elle décida qu'il ne l'avait jamais aimée.

Je dis que tout cela dépendait de sa définition de l'amour.

Mais elle avait accumulé trop de remarques inconsidérées, d'exclamations égoïstes, de gestes irréfléchis, l'expression de son visage lorsqu'elle était malade, lorsqu'il racontait ses histoires invraisemblables, et elle était tout à fait convaincue qu'il ne l'avait jamais aimée du tout, quelque définition que l'on donne de l'amour. Jusqu'à maintenant son amour à elle avait recouvert toutes les fissures, et sa foi guéri toutes les ruptures. Mais cette petite vie douce et secrète qui entretenait des griefs depuis quinze ans entrait maintenant en éruption comme un volcan et rien ne pouvait arrêter sa dévastation. Je savais que rien ne pourrait l'arrêter, mais j'essayais. Je savais que le genre d'infidélité dont mon père était coutumier n'était pas de celles que les femmes pouvaient pardonner, car elle ne venait pas d'une impulsion naturelle, primitive, chaleureuse, d'un besoin de conquête, pas d'un besoin d'amour, d'une faim véritable, mais d'un besoin de collectionneur pour prouver son charme et son pouvoir. Ce que Maruca ne pouvait pardonner c'était son idéalisation de lui-même, sa manière de ne rien se refuser, couverte d'hypocrisie. Mon père voulait toujours passer pour l'être idéal. Son total égoïsme était dissimulé. Il présentait ses actes comme de l'altruisme. Il prétendait enseigner, aider, sauver les femmes alors qu'il couchait avec elles. C'était cela que Maruca ne pouvait pardonner : le déguisement.

« Mais il faisait peut-être cela pour vous épargner de la peine.

— Oh ! absolument pas. Lorsque nous étions à Caux, non content d'avoir sa maîtresse qui séjournait à Caux en même temps que nous, il voulait encore que je l'invite à demeure, et il me reprochait de ne pas l'aimer. Qu'il pleure donc maintenant, j'ai pleuré pendant de nombreuses années. Qu'il parle de suicide. Je sais qu'il n'en fera rien. Il aime bien trop son précieux corps. Qu'il mesure maintenant la force de mon amour qui lui rendait la vie si douce, et qu'il se rende compte de ce qu'il a détruit. Je ne ressens rien. Il a tué mon amour si complètement que je ne souffre même pas. Je n'ai jamais connu un homme qui puisse tuer un amour aussi complètement. »

Je savais qu'elle ne s'en dédirait pas, mais j'essayais tout de même de plaider. Je répétais qu'il y avait des hommes qui se conduisaient toujours en enfants, et qu'elle et moi avions accepté le rôle de jeunes mères, car ainsi tant d'actes des hommes sont transfigurés. La femme accepte un rôle maternel, et alors elle peut pardonner n'importe quoi. L'enfant ne sait pas lorsqu'il blesse la mère. Un enfant ne remarque pas la fatigue, la douleur. Il ne donne rien, il exige tout. Si la mère pleure, il lui mettra les bras autour du cou, il continuera à faire ce qui l'avait déjà blessée. L'enfant ne pense jamais à la mère autrement que comme à l'éternel, l'inépuisable amour qui donne tout, qui pardonne tout. L'enfant dévore la mère.

Mon père voulait voir sa maison une dernière fois. Lorsque nous nous tenions devant, il regarda d'abord la fenêtre de sa chambre. « Jamais je ne reverrai cette chambre. C'est incroyable. Mes livres y sont encore, ma musique, mon piano... mais moi... » Des larmes coulaient sur ses joues. « Qu'est-il arrivé à Maruca ? Une femme si douce, si résignée, si patiente et angélique. Une petite fille, pleine d'innocence et d'indulgence. Et puis cette folie... J'étais inconscient de ce que je faisais. J'ignorais qu'elle s'en formalisait... »

Ce fut à ce moment précis qu'un petit tremblement de

terre fut enregistré à Paris. Au moment même où la vie de mon père était secouée par le tremblement de la révolte et de la vengeance d'une femme, lorsqu'il perdait l'amour, la protection, la loyauté, le luxe, la foi. Sa vie entière bouleversée en un instant de révolution féminine. La terre, et la femme, et leur soudaine explosion. Sur l'instrument insensible de l'égoïsme de mon père nul signe n'avait été enregistré de cet imminent bouleversement. Comme il était là à regarder sa maison pour la dernière fois, les entrailles de la terre tremblèrent. Maruca prenait paisiblement son petit déjeuner au lit, tandis que la vie de mon père s'ouvrait en une grande fissure et que tous les trésors amoureusement collectionnés tombaient dans l'abîme. La terre s'ouvrait sous ses pieds toujours dansants, ses valses de cour, ses scènes d'amour en contrepoint. En un instant elle avait englouti le pittoresque ballet de ses mensonges, les pointes de ses évasions, ses fuites vaporeuses, les lumières et les halos dont il entourait ses conquêtes et ses appétits. Tout était détruit dans le tumulte. La terre et la colère de la femme devant sa légèreté, ses audaces, son mépris de la réalité, ses fuites. Sa maison s'ouvrait et dans les fissures tombaient ses livres rares, ses partitions de musique rares, ses revues de presse, les dons de ses admirateurs.

Un jour, un prêtre espagnol débarqua chez Maruca. Il avait fui l'Espagne en emportant une statue de la Vierge. C'était un prêtre musicien qui venait chercher refuge. Maruca voulut lui faire plaisir : elle l'emmena dîner au Bois et m'invita à venir aussi. Mais elle avait oublié que c'était un jour de courses, et le restaurant était rempli de femmes extraordinaires arborant des toilettes abracadabrantes. C'était la mode des cheveux poudrés d'étranges couleurs, en vert, bleu, ou or, avec de la crème or ou argent sur les paupières.

Le brillant spectacle qui nous entourait formait un contraste pénible avec la conversation du prêtre. Ses histoires de l'Espagne, d'agonie, de faim, de peur, de torture, dans ce décor tout à fait frivole. Je priai Maruca de partir. Au lieu de cela, elle se lança dans le récit complet de sa vie avec mon père, ne négligeant aucun détail, pour le plus grand étonnement du prêtre, car ce qu'il avait pu entendre dans un confessionnal obscur, il ne pouvait le supporter en public, et le violent contraste entre les tragédies de l'histoire, les tragédies personnelles, et la parade mondaine, était insoutenable.

Les plaintes, lamentations, accusations de l'épouse étaient assez naturelles, cela il l'avait déjà entendu, mais il n'avait jamais entendu une fille interpréter aussi lucidement, aussi ouvertement, la conduite de son père. « Respect pour le mari, murmura-t-il, respect pour le père.

— Et que faites-vous du respect pour la femme, dit Maruca. Vous avez risqué votre vie pour emporter la Vierge sur votre dos, vous auriez pu être fusillé pour cela, et pourtant vous ne trouvez pas que l'homme devrait aussi avoir du respect pour la femme ? »

J'analysais l'inconscience de mon père. Car parfois, à Caux il comprenait qu'il avait été d'un égoïsme monstrueux, il comprenait qu'il avait vécu son donjuanisme sans précaution ni délicatesse, mais l'instant d'après il ne pouvait supporter de croire cela et il accumulait excuses, alibis, mensonges, il rejetait le blâme sur Maruca, sur les femmes qui le tentaient.

Il était inconscient de ce qu'il avait fait.

« Et si je tombe malade maintenant, dit mon père, qui est-ce qui me soignera ? »

(ÉTÉ 1938)

NOUS avons vécu ces deux dernières semaines sous la menace de la guerre. Anxiété, panique, rébellion, peur collectives. Les gens font leurs bagages et prennent la fuite. Les gens sentent planer la menace des camps de concentration, de la prison ou des bombardements. Henry s'est arrêté de réviser *Capricorne*. Il est tombé malade devant le bouleversement de la vie individuelle. Sombres jours pour le monde. Foules attendant des nouvelles devant les immeubles des journaux. Inquiétude. Hystérie. Ce petit univers que j'ai créé, à force de protection, d'amour, d'humanité, de travail, risque d'être détruit par la guerre, par Hitler.

Nous sommes tous à bout de nerfs. Nous faisons tous nos valises. Henry part pour la Dordogne, après m'avoir donné ses instructions au sujet de ses manuscrits.

Un matin, dans ma boîte aux lettres, je trouvai un ordre de la police fluviale m'enjoignant de quitter Paris. Tous les bateaux avaient été priés de partir. Je dus louer un remorqueur pour traîner le bateau en aval. Ce que nous craignions tous, c'était que les bateaux ne fussent pas assez robustes pour supporter le voyage. Aussi demandai-je à Rango de se trouver là pour m'aider à naviguer. Il était en retard. Le remorqueur ne voulait pas attendre. Et je dus me mettre en route seule. Il pleuvait. Je restai sur le pont pour observer les opérations. Je me rappelais mon rêve où je naviguais pendant vingt ans et tous mes amis debout sur la rive me demandaient où j'allais et quand je rentrerais. Ici, en réalité, je voyais défiler des quartiers de Paris qui m'étaient familiers, des immeubles où j'avais vécu, et des rues que j'avais bien souvent explorées. Mais il ne m'était pas loisible de méditer sur la façon dont les rêves se concrétisent, car le bateau prenait l'eau et il fallait que je pompe. Le remorqueur dut ralentir, sans quoi il aurait été submergé.

Nous étions hors de Paris. Nous passâmes sous un pont et parvînmes à des usines. Nous passâmes un autre pont et arrivâmes à un chantier rempli de carcasses de vieilles péniches, d'ancres rouillées. Un cimetière de bateaux. On me conseilla tandis que je passais de continuer sur Neuilly. Il y avait de la place pour jeter l'ancre là-bas. Neuilly! Toute cette circumnavigation pour me retrouver au lieu de ma naissance. Présage ? Et mon père, aussi, s'était transporté à Neuilly, près de là où il habitait au moment de ma naissance.

L'appartement que Maruca avait choisi pour mon père était un endroit moderne et confortable pour les ménages de retraités. Il y avait un restaurant au rez-de-chaussée et le service était assuré. Mais en voyant cela mon père eut un moment de désespoir. Il avait été choisi inconsciemment par une épouse en colère qui le plaçait dans l'Enfer de Dante, car il habitait avec des personnes âgées et il n'avait jamais reconnu son propre vieillissement, il vivait dans une illusion de perpétuelle jeunesse, et de plus son appartement donnait sur un cimetière, ce qui, pour un Espagnol, est un sinistre présage.

Je venais le voir fidèlement, j'allais faire avec lui des promenades dans le même parc où il m'emmenait promener lorsque j'avais deux ou trois ans. Mais j'éprouvais à peu près le même sentiment que Maruca, de détachement, de liberté à son égard.

Je vins un jour le voir après avoir accompagné Henry à la gare. Il était au piano, en train de réviser une composition. Elle était dédiée aux orphelins espagnols, mais j'eus le sentiment qu'il se considérait comme l'un d'entre eux. Son appartement était rangé méticuleusement, d'une propreté, d'un ordre de clinique.

Lorsque nous fîmes notre promenade au Bois, il se remémorait l'époque où il emmenait mon frère et moi jouer dans le même parc.

Et pour la première fois, par suite de notre lutte, il déversa un flot de confidences véritables, absolument sincère. C'était cela que j'avais cherché à obtenir parce que je savais que c'était le seul remède à la solitude. Il pleurait sur Maruca perdue, perdue pour des diversions sexuelles sans intérêt. « Je ne me souviens même pas de leur nom ! » Simple collection de trophées. Il croit maintenant qu'il y a un dieu qui l'a puni, lui qui ne croyait pas en Dieu. Il exprime du remords, et de la culpabilité. « Dans ce même parc je t'ai emmenée promener lorsque tu étais petite. J'aurais pu être heureux en père, mari et musicien, si je n'avais pas été obsédé du désir de conquérir de plus en plus de femmes. » Je le console. Il comprend maintenant le grand effort que c'est de jouer sans cesse un rôle, et il déclare qu'il aurait bien voulu être soulagé de cette comédie, avoir cet authentique échange de sentiments et de pensées qu'il trouvait avec moi. « Si seulement j'avais trouvé une femme qui aurait pu pénétrer au-delà de la façade, comme toi, c'est ce qu'une véritable relation aurait pu être. »

Je le quitte pour me rendre chez ma mère et Joaquin. Ils font leurs préparatifs pour aller en Amérique. Joaquin a été invité à enseigner à Middlebury College. Il travaille à son quintette, et répète pour un concert. Mère paraît vieillie, plus douce, plus facilement fatiguée.

De là chez le vieux Lantelme, qui me fait promettre, s'il meurt, de m'occuper de sa femme.

Puis je retrouve Zara pour parler de Rango qui est déchiré par un grand conflit. Il y a non seulement le conflit entre les soins à donner à Zara et les activités politiques, mais aussi un autre plus profond, parce que ses camarades lui ont dit qu'il n'est pas fait pour travailler à la révolution. Il est indiscipliné, négligent, et aboutirait par ses bévues à sa destruction. Il ne sait pas organiser, perd des papiers importants, oublie des rendez-vous. Ses camarades lui ont dit qu'il était un révolutionnaire romantique.

Zara déclare : « Je l'ai relevé, je l'ai porté jusqu'à ce que je tombe malade. Il n'y a que toi maintenant qui puisses le sauver.

— Mais comment, Zara ? C'est un sac de nœuds. »

Nous étions attablées au café de Flore, et je devais élever la voix pour que Zara m'entende. Un homme assis derrière nous, de l'autre côté des plantes en pot, nous accusa de le déranger dans sa lecture du journal. Il nous fallut donc sortir.

Zara dit : « Rango a tellement abîmé son corps à force d'excès qu'il a fini par affaiblir sa santé. Une journée sous la pluie et il est secoué par des frissons. S'il était allé en Espagne il aurait été le premier à sortir des tranchées pour entrer à l'hôpital.

« Il serait aussi très capable de s'avancer sans arme et torse nu vers la gueule des canons. Il veut mourir pour une cause, mourir pour une idée, et si nous ne l'encourageons pas, plus tard il aura honte. »

Tôt levée le lendemain matin pour aller villa Seurat, pour la faire nettoyer, emporter la machine à écrire d'Henry pour la faire huiler, prendre son courrier. Il envoie des lettres désolées : « Tout a l'air morne et mort. Je me sens comme un fantôme. »

Où se reposera-t-il pour recouvrer ses forces ? Il est épuisé et nerveux.

De là, rendu visite aux propriétaires du petit bateau blanc qui était amarré à côté de mon bateau, et pour lequel j'ai toujours eu de l'admiration. Son propriétaire était un peintre allemand qui l'embellissait constamment, le reconstruisait, le repeignait amoureusement. Il avait demandé à me voir. Il me dit alors que sa femme et lui étaient juifs et qu'ils étaient effrayés de la tournure que prenaient les événements, et qu'ils voulaient partir pour l'Afrique ou l'Amérique du Sud. Accepterais-je de leur acheter leur bateau et de les aider à s'enfuir ? Il ne voulait pas être enrôlé dans l'armée, allemande, ni envoyé en camp de concentration. Leur situation m'émut profondément, mais je n'avais pas les moyens d'acheter le bateau. Toutefois je trouvai un acquéreur et nous nous séparâmes avec émotion, comme de très vieux amis.

Winter of Artifice reste inachevé. Moricand veut me remettre à flot dans le monde des rêves et me donne à lire *Séraphita,* et parle de mythologie pendant toute la soirée.

Je vis à travers les autres ce que je ne peux vivre moi-même directement : chaos, désordre, tumulte, instincts obscurs, caprices, craintes, fièvre, violence. Ils le vivent pour moi. Ils détruisent ce que je crée. Ils commettent des maladresses, se perdent, tombent, ils me bouleversent, se font du mal, et une part de moi-même est entraînée dans leur destruction, et une autre part de moi-même, qui est sage, qui a dépassé tout cela, souffre profondément avec eux, pour eux, à travers eux. C'est mon karma, de traverser les ténèbres, la confusion, la violence et la destruction dont je ne suis en rien responsable, que j'ai contrôlées, transmuées, apprivoisées en moi. Mes amitiés profondes sont comme les « moi » que j'ai essayé de transcender, les vies que j'ai sautées, fuies, par de magiques ascensions vers d'autres domaines : philosophie, psychologie, art. Ainsi ceux de la terre, les démons, les instincts m'ont saisie en la personne d'Henry, de June, de Rango, comme pour dire vous devez tout essayer, même les enfers à la Dostoïevski, parce qu'ils ne peuvent être transmués, ils demeurent tout instinct, toute nature et chaos.

Demain, je place ce volume du journal au coffre. Il faut que je sois prête et déchargée pour quand viendra le déracinement.

La guerre menace de nouveau.

Mobilisation.

Les femmes pleurent ouvertement dans la rue. Des foules font la queue aux Caisses d'épargne pour retirer leurs maigres économies. Il y a de la peur dans l'air. Et Rango repique à la violette devant cette angoisse, il se sent vivre. Enfin le monde et lui sont synchronisés, ses angoisses personnelles sont contrebalancées par l'angoisse universelle.

Tout le monde a recours à moi, et je n'ai pas de quoi leur venir en aide à tous. Je dois aider mère et Joaquin à partir pour l'Amérique. Je dois mettre Zara en lieu sûr. Le jour où j'ai enfin procuré à Rango les lunettes dont il a tant besoin, il les fait tomber et les casse. Je dois envoyer de l'argent à Henry, donner à Moricand de quoi faire un repas par jour. Il me supplie de l'emmener en Amérique, car il mourra de faim si je le laisse à Paris. Fred me demande d'aller retirer sa machine à écrire actuellement en gage.

Rango me demande de lui enseigner l'organisation. Je lui achète un carnet à spirale et lui montre comment j'inscris tout ce que je dois faire, et dès que c'est fait j'arrache la feuille et la jette. Comme je me sens légère lorsque toutes les feuilles sont parties ! Mais cela manque d'attrait pour Rango. Je lui dis que je ne pouvais supporter le poids des choses qui restent à faire. Il reconnut qu'elles lui pesaient.

Je me tiens coite lorsque Rango rejette le blâme pour tout sur l'ordre établi parce que « c'est le capitalisme qui est cause de tout, y compris de la maladie de Zara ». Je ne peux lui expliquer qu'il y a une responsabilité individuelle, et que toutes les tragédies ne sont pas des pressions venues de l'extérieur, certaines nous sont inhérentes.

Rango me dit : « Je crois qu'Hitler abandonne la partie. »

Henry est revenu.

Nous prévoyons tous une révolution en Allemagne qui mettrait un terme à la guerre.

Jean dit : « Il faut laisser la destinée accomplir son œuvre et ne pas se mêler de la façon dont les autres se complètent, se punissent, ni des autres chemins qui mènent à la sainteté ou à la vie humaine. » Je n'ai jamais appris cela pour d'autres, je ne laisse pourtant personne m'épargner des souffrances ou des erreurs nécessaires.

Morricand vint un jour me chercher. Henry avait eu un accident. Ce n'était pas très grave, mais il était tombé de l'échelle menant à la terrasse du studio, il s'était coupé au verre cassé de la porte, avait des blessures au dos, à la plante des pieds. Il ne pouvait marcher. Nous devions donc tous, à tour de rôle, faire ses courses, sa cuisine, nous occuper de lui.

Henry avait besoin de moi, mon père avait besoin de moi, Maruca avait besoin de moi.

Mon seul plaisir, ce mois-ci, a été ce qu'Henry a écrit dans *Capricorne*. Extrêmes de sensualité et de lyrisme, spiritualité et le démon. Après qu'il eut écrit les pages sur l'étoile noire, nous parlâmes tristement parce que dans l'Antiquité toute littérature était symbolique, et tout le monde comprenait le symbole, mais aujourd'hui nous ne pouvons pas écrire en terme de symbole ou de mythes.

N'ayant jamais vécu une vie vraiment chaotique et capricieuse, je dus d'abord l'imiter pour conquérir ma liberté. J'imitai les caprices irraisonnés d'Henry, les brusques changements de projets d'Hélène, la conduite irrationnelle de Rango, leurs réactions inexplicables et imprévisibles. Je perdis donc leur trace comme ils perdirent la mienne. C'est un camouflage en fait. Finalement, en imitant cela, ce que je n'avais jamais été capable de faire par considération pour les autres (je ne pouvais même pas manquer de paraître à un café lorsque j'avais promis d'y être), je commençai à vivre de manière authentique ce que je tolérais chez les autres. Me permettant la même liberté que celle qu'ils prenaient.

Jean Carteret, qui ne lit pas l'anglais, a écouté ma traduction de *Winter of Artifice* et s'est écrié : « Vous marchez sur l'eau. D'autres auront peur. S'ils vous emboîtent le pas ils risquent de tomber. »

Ce jour-là, sur le bateau, parler avec mon père était comme de parler à un fou. A un moment il était tout à fait lucide et avouait qu'il avait eu un comportement monstrueux, avait vécu son donjuanisme de manière obsessionnelle sans protéger Maruca ni faire preuve à son égard de délicatesse. Il reconnaissait sa culpabilité. « J'étais comme un drogué, incapable de me rendre compte de ce que je faisais. » L'instant d'après, il s'évertuait à se justifier et donnait une version déformée de ce qui s'était passé. Il rejetait le blâme sur Maruca, sur les autres femmes qui le poursuivaient et le séduisaient. Il finissait par se remettre dans sa niche de saint, sur son piédestal, victime innocente. Il était tellement bien possédé par sa réalité subjective qu'il commettait des actions insensées et téméraires que même un imbécile n'aurait pas osées. Qu'est-ce qui l'incitait à prendre de tels risques d'être découvert, confondu ?

(OCTOBRE 1938)

LORSQUE je repense à la semaine où la guerre menaçait, où j'ai cessé d'écrire dans le journal, je vois un cimetière. Que la guerre n'ait pas eu lieu en fait importe peu. Bon nombre de gens sont morts psychiquement, beaucoup ont perdu leur foi. Le voile de l'illusion qui rend la vie supportable a été violemment arraché.

J'ai vu la précarité de l'univers créé individuellement, balayé par la folie collective.

J'ai vu Henry gémir et trembler, bien qu'il fût le seul à avoir quitté Paris et qu'il n'ait eu personne pour qui se faire du souci, excepté lui-même. Henry dans une agonie d'inquiétude égoïste, rageant parce que la paix et la sécurité lui sont enlevées par des forces extérieures plus grandes. Henry sans force. Télégraphiant dans toutes les directions pour demander l'argent qui lui permettrait de retourner en Amérique. Henry un primitif.

J'ai vu Rango disposé à sacrifier à la guerre tous les attachements individuels, jubilant parce que la guerre rendrait possible la révolution. Rango courageux physiquement mais avec un courage pour la mort et pas pour la vie. Rango, pour qui *Nanankepichu* n'était qu'une halte pour le guerrier entre des crises de bouleversements et une foi utopique en un monde nouveau.

Les propos chinois d'Henry sur la sagesse n'avaient pas supporté l'épreuve de la réalité. Nous nous dévisagions comme des fantômes. Tout à coup, la villa Seurat avait l'air en ruine. On remarquait les taches sur les murs, les fissures, la peinture écaillée.

La paix comme un cimetière.

Fiction, faussetés, craintes, préjugés.

Comment puis-je croire en un système qui encourage à espionner parents et amis, qui fait preuve d'une cruauté aussi puissante que celle des oppresseurs, comment puis-je croire à quelque chose qui s'est réalisé par des effusions de sang et la torture ?

Rango a l'aveuglement nécessaire pour prendre parti et mourir pour une idée, mais je vois l'inhumanité de toutes les idées, leur fausseté. Je veux vivre en transcendant les lois, les préjugés, les morales. Je me trouve à l'étroit dans tous les systèmes. J'ai toujours respecté un homme de qualité lorsque j'en ai rencontré, un homme de caractère, une valeur humaine ou créatrice. Maintenant, pourtant, j'avais la conviction que ce qui pour moi était mauvais, pouvait être bon pour d'autres, pour délivrer les pauvres, les esclaves, les travailleurs.

Rango m'a convaincue.

Le seul univers que je connaisse qui n'ait ni murs, ni injustices, ni monstruosités, est celui de l'illusion et de la poésie. Pour moi, c'est la seule libération, je ne crois pas que l'homme puisse être changé par des systèmes extérieurs. Cela doit venir de l'intérieur.

C'était la nuit d'euphorie de la paix. Une trêve. Nous

avions échappé à un cauchemar, un monstrueux holocauste, une gigantesque tragédie, pour quelques jours.

Lorsque je lis les livres de Rango, je vois l'erreur et les limitations. Mais peut-être pas pour le monde. Le monde est terre à terre, et il lui faut des changements extérieurs, des solutions terre à terre. Il ne peut se libérer dans l'espace ou le temps. Il lui faut des changements concrets, externes. Il ne peut avoir affaire qu'à des transformations extérieures. Rango ne comprend pas qu'aucune libération économique ne lui enlèvera sa culpabilité vis-à-vis de Zara, ni à moi mon incapacité à causer de la peine. La faiblesse et les vices sont en nous, c'est pourquoi ils réapparaîtront dans n'importe quel système comme les taches de sang de Lady Macbeth. Zara et Rango ne reconnaissaient jamais la faiblesse en eux. Ils blâmaient la société, les médecins.

Lorsque je m'élève jusque dans l'illusion, Rango appelle cela une solution négative. Quelle ironie ! Quelle source de création ont été pour moi la terreur et la tragédie de la vie.

Un jour, lorsque je revins au bateau, j'avais laissé sur mon bureau une page de mon journal écrite il y a longtemps, mais qui paraissait d'actualité.

Ce journal est ma drogue et mon vice. C'est le moment où je prends la pipe mystérieuse et m'adonne à la réflexion. Au lieu d'écrire un livre, je m'allonge et je rêve et me parle à moi-même. Une drogue. Je me détourne d'une réalité brutale vers le réfracté. La fièvre stimulante qui me tient en alerte et tendue dans la journée se dissout dans l'abandon, en improvisations, en contemplation. Je dois chaque jour revivre ma vie dans le rêve. Le rêve est ma seule vie. Je vois dans les échos et les répétitions les transfigurations qui, seules, gardent sa pureté à l'émerveillement. Sans quoi toute magie est perdue et je m'éveille pour toucher les barreaux de ma prison. Sans quoi les difformités, le familier, les limitations rongent chaque geste comme la rouille. Ceci est mon journal et ma drogue. Recouvrant toute chose de la parfaite fluidité de la fumée, transformant à la façon de la nuit, toute matière doit être fondue de la sorte à travers les lentilles de mon vice, ou alors la rouille de l'existence ralentira mon rythme au point de n'être plus qu'un sanglot.

Rango lut cela et il écrivit ce qui suit, le laissant sur ma machine :

Tu refuses de rejeter le blâme là où il faut, tu préfères tirer un voile de fantaisie, de beauté et de pardon sur une réalité insoutenable. Anaïs, l'être humain, est constructive et pleine de vie, s'occuper des autres, telle est sa devise. Mais Anaïs l'artiste fuit le monde et recherche les transmutations qui pourraient rendre la réalité supportable. Ce paradoxe entre les deux Anaïs est causé par le système social actuel, d'infâmes bourgeoisies ploutocrates et exploitantes. Je prophétise qu'un jour viendra où Anaïs verra que ces barreaux de prison sont précisément faits de rêves, qu'elle est emprisonnée dans une prison de rêves. Et ses geôliers la garderont là, la nourrissant de fantaisie qui l'empêchera de se changer en rebelle.

Tous ceux qui en avaient la possibilité étaient partis pendant la semaine de panique. Ceux qui étaient coincés, qui ne pouvaient bouger parce qu'ils n'avaient pas d'argent, étaient heureux de me voir rester. Fred, Moricand. Moricand copiait des notes sur la mythologie à la Bibliothèque nationale.

Henry parle d'aller en Amérique.

Durrell publiera *Winter of Artifice* en février.

Dans *La Maison de l'Inceste* j'ai écrit en parlant de June : « Elle ne tolérait pas de rais de lumière sur les livres ouverts. » C'est vrai de Rango. Il est devenu si amer et violent à l'égard des livres qui me maintiennent dans une prison de rêves, tellement persuadé qu'ils m'empêchent de prendre part à la lutte pour un monde nouveau, qu'un jour j'ai dit, exaspérée : « Parfait, nous allons tous les brûler. »

Rango me prit au sérieux, et commença un feu de joie sur la berge, là où l'on brûlait les ordures des bateaux. Je commençai par choisir les livres auxquels je ne tenais pas. Mais Rango devenait fanatique, comme un inquisiteur. Il en remettait sur le tas. On aurait dit un rituel barbare, brûler les livres qui m'apprenaient à rêver. Les yeux de Rango étincelaient d'un orgueil farouche. Le plus grand sacrifice que je pouvais offrir à sa foi : si je cessais de rêver et de n'être qu'une infirmière pour les blessés, je pourrais contribuer à réformer le monde. Sa foi sauvage m'impressionnait. C'était comme le rite de la Saint-Jean en Espagne. Tous les ans ils font un immense feu de joie avec le contenu de leurs greniers, comme pour se débarrasser du passé et vivre dans le présent.

Les livres se consumaient lentement. Les derniers à être ajoutés à la pile étaient mes préférés. Il y en avait tellement, et cela prit si longtemps, que Rango perdit patience, et s'en alla.

Lorsqu'il partit, il faisait nuit. Je récupérai les livres qui n'avaient pas brûlé. C'étaient les livres des grands irréalistes, *L'Enfer* de Strindberg, *La Procession enchaînée* de Carlo Suarès, des livres sur le surréalisme, *L'Art et l'Artiste* de Rank, *L'Art et la Mort* d'Artaud, Pierre Jean Jouve, Giraudoux.

Jean Carteret est en Laponie, il travaille comme un fermier. Il vit dans une maison en bois. Lorsqu'il fut pris d'une rage de dents, les Lapons se réunirent tous autour de lui, l'enivrèrent, et ils arrachèrent la dent. Il a vu la sainte croix jetée dans la rivière gelée et les Lapons plonger dans l'eau glacée pour la repêcher, afin de gagner des privilèges au ciel.

Et je laisse Rango brûler mes livres, pour symboliser le renoncement à mon opium ! L'univers créé individuellement.

Cependant les nouvelles redeviennent tragiques. Rango est venu l'autre soir, malade d'horreur parce qu'il a dû confondre un traître et le juger. Il décrivit la scène. Un Sud-Américain qui avait travaillé pour la révolution marxiste, puis l'avait trahie. Rango dut le questionner, le faire plier, lui arracher son véritable nom, et finalement lui mettre sous les yeux les preuves de sa trahison. Lorsque l'homme s'effondra, qu'il se mit à gémir et à sangloter, voilà ce qu'il dit : « Je pensais que la révolution était pour maintenant. J'étais rempli de foi. J'ai supporté tant de jours de prison, tant d'angoisse, les souffrances de ma famille, et toute cette attente, mon exaltation a disparu... j'avais besoin d'argent... »

L'humanité de Rango lui faisait éprouver de la pitié pour l'homme. Le condamner avait été la chose la plus pénible qu'il ait jamais eu à faire. Il ne pouvait dormir à force de penser à lui. « J'aurais préféré qu'on me fusille à sa place. » Il vomit, il était physiquement malade devant les réalités de la politique.

Henry déclare qu'il a des comptes à régler avec l'Amérique, et que le temps est venu pour cela. Il s'est tenu à l'écart de la vie extérieure, condamnant beaucoup de ses activités, ce que j'ai un jour décrit comme le vice du mouvement perpétuel. Il rêve du Tibet. Il déclare que dans quatre ans il se retirera au Tibet et se fera moine.

Henry et moi voyageons en sens inverse. J'entre dans un monde d'action et de violence qu'Henry a depuis longtemps abandonné.

Rango condamne mon pouvoir d'artiste qui me permet de rester vivante dans une cellule à l'intérieur d'une cellule qui protège la création de la destruction universelle, mais il n'a jamais condamné ceux qui prennent de l'alcool et boivent comme des formes inférieures de la fuite de la réalité. Il lui fallait des drogues pour s'élever dans l'infini, au-dessus de la douleur. Il se peut qu'Henry aille vers des univers spirituels, mais moi je deviens de plus en plus incarnée afin de vivre ma vie pleinement sur terre, en tant que femme, incarnée par amour, dans le présent. Vie humaine sur terre.

Rappelez-vous que c'est une rêveuse qui prend le métro et voyage à côté d'une vieille femme couverte d'eczéma, qui gravit un chemin boueux pour aller dans un hôpital, qui passe le bassin à Zara, change le coton, écoute son récit détaillé de l'opération. Zara n'essaie pas de déguiser. Elle exhibe toutes ses plaies, toutes ses souffrances. Elle a le teint jaune, les cheveux pendouillants. A côté d'elle est étendue une femme d'une maigreur squelettique, je crus d'abord qu'elle était âgée, puis je m'aperçus qu'elle était jeune, vieillie prématurément par la maladie. Elle s'assit, et elle s'était maquillée, peignée, avait noué un ruban dans ses cheveux. Zara me dit que c'était une prostituée qui mourait de syphilis. Je la regardai avec une admiration que je n'avais pas pour Zara. Pour rencontrer la mort, cette jeune femme se poudrait et se fardait le visage, mettait un ruban, et j'admirais sa manière d'affronter la réalité avec un effort touchant pour en vaincre la laideur.

Combien de temps conserverai-je la drogue qui ne me détruit pas, qui me permet de préserver les extases, de me détourner de Zara qui rend tout plus affreux ?

Tout en marchant je sentis que cela venait. Cela se produisait toujours lorsque je considérais les aspects monstrueux de la vie. C'était une émotion étrange, comme l'ivresse. Cela me prit au milieu de la rue comme une vague formidable et sur-le-champ un engourdissement saisit mes veines, l'engourdissement du merveilleux. Je le reconnaissais à son courant, à la manière dont il semblait soulever mon corps, à l'air qui semblait passer sous mes pieds, je le reconnais à sa force, sa délicatesse, son effet sur ma vue, une sorte de cécité, de flou. La rue s'illumina soudain. Une humeur insaisissable passait, que je ne pouvais retenir ni fixer pour toujours. Une vision, un état, un sommeil, qui serait perdu l'instant d'après. C'était comme si j'avais appris à voler au-dessus de la rue, et que j'étais en mesure de le faire pendant quelques heures, et alors, sans cause, les obstacles que j'avais transcendés de nouveau se cristallisaient brusquement et me barraient la route. Collision. Avec cette ivresse qui rendait chaque objet, chaque couleur, chaque voix, chaque passant, chaque incident, chaque caresse extraordinaire, merveilleux, il y avait aussi une peur, une peur que cela ne continue pas d'une manière suivie. C'était un état de grâce, seulement, je n'arrivais pas à découvrir ce qui me le faisait perdre. Peut-être que si cet état continuait, cet état de joie, cette joie qui enveloppait le corps et m'emportait dans des sphères musicales, cette joie me rendrait pantelante et finirait par me tuer, d'un excès de plaisir.

Le danger est de voler bas, de s'éveiller. Il y a des jours où je sens la descente, d'une sphère où mouvement et courant ne sont jamais interrompus, vers une autre où les gestes sont interrompus.

Tout le monde ici semble vivre derrière des barreaux de prison. L'air est chargé de poussière. Les gens aspirent à atteindre les planètes, lorsque le monde autour d'eux devient intolérable, mais c'est un voyage inutile. Il y a une certaine façon de respirer, de marcher, de voir, qui transporte l'être dans l'espace. Dans cet espace, il existe le même spectacle de la rue, mais il subit une transformation. L'aspect extérieur, les plaies, les cancers, les misères, les poisons n'apparaissent que sur la croûte. Et ce qui éblouit l'œil et rend aveugle à tout cela, c'est l'éclat extraordinaire des jeux que *jouent les gens dans l'espace,* au-delà d'eux-mêmes. *Le jeu intérieur. Ils pouvaient jouer parce qu'ils croyaient que la cruauté et l'horreur étaient intermittentes, passeraient.* Ils ne voyaient pas d'impasse. A l'infini, il n'y a pas d'impasse.

Il y a diverses formes et divers états d'extase. Certains sont musicaux, on est possédé par le son, comme si l'on vivait à l'intérieur d'une vaste cloche. Il y a des extases blanches provoquées par la beauté d'objets, de tableaux. Il y a l'extase réalisée par l'immobilité, d'autres venues d'un excès de sentiment.

Je connais le secret. J'ai conservé le sens de l'émerveillement de l'enfant. Je ne peux m'éveiller. Lorsque je fais la cuisine, je n'imagine pas que je puisse me brûler. Je suis étonnée lorsque je me brûle. Lorsque je sors, je ne m'attends pas à ce qu'il pleuve. Je mets une tenue gaie et la pluie me surprend à l'improviste.

Nous disons que c'était le châtiment de Dieu lorsque la foudre a frappé le monument d'Edison, qui avait voulu créer une flamme éternelle. Que disons-nous lorsqu'un train déraille, rempli de moines qui revenaient d'une pieuse visite à Notre-Dame de Lourdes.

Il existe une maison de plaisir pour les aveugles, où les

prostituées sont aussi aveugles. Il faudra que j'écrive une histoire là-dessus.

Il y a des limites à la compréhension de Durrell vis-à-vis de mon œuvre. Il croit à l'objectivité, à laquelle ne peut vraiment pas croire quiconque a fait une étude un peu approfondie des motivations. Il croit au respect des formes déjà établies pour le roman. Je crois à une forme en mutation constante.

Moricand dit qu'il m'identifie au mythe d'Aréthuse. Aréthuse, incapable de combler un impossible amour, transformée en fontaine, nourrissait les autres de ses larmes. Cela me fit rire. Personnage assez ridicule Anaïs, aussi ridicule que Don Quichotte. Moricand dit que la fontaine c'est le journal.

Jean écrit de Laponie :

Le renne n'est pas absolument silencieux, mais il ne mange rien qui ait été touché par la main de l'homme. Le Lapon doit porter des gants. Nous irons plus tard derrière les fjords de l'océan Arctique, jusqu'à Utsjoki. Il se peut que nous rencontrions des loups, il y en a beaucoup, et lorsqu'ils ont faim ils adorent les hommes et les rennes. N'ayant pas de revolver, il faudra que je les éloigne à la manière du facteur en lançant derrière le traîneau des boîtes d'allumettes enflammées.

(JANVIER 1939)

A MINUIT, le soir de la Saint-Sylvestre, une tristesse effrayante devant la situation mondiale.

Douleur inexprimable et muette.

Je trouve une petite porte ouverte, minuscule, sur l'infini. Je veux écrire un autre livre, sur le bateau. Zara, fagotée n'importe comment, cousant, prenant des boutons dans une boîte marquée SUPPOSITOIRES OVARIENS. Albertine, la Souris, et son avortement dans la petite cabine. Le fœtus que je dus jeter dans la Seine. Sa valise avec son livre de lecture pour enfants. Le naufrage de mon père. Le facteur qui n'ose pas s'avancer sur la passerelle qui mène au bateau. Sur la berge l'homme à la jambe de bois marchant sur une pièce de cinq francs par terre que quelqu'un d'autre voulait ramasser. Fleuve en crue. Tant d'histoires à écrire. Ce n'est que dans la création que l'on peut façonner un monde privé d'échecs, de mort, de guerre.

Je relis les épreuves de *Capricorne* avec Henry. Transportée par ce qui y est écrit.

Henry écrit : « Il faut que je rentre chez moi immédiatement pour écrire un livre ou que je reparte à zéro. Comme il n'est pas question de repartir à zéro, il faudra que ce soit un livre. »

J'écrirai moi-même un livre qui commencera : « Je suis derrière les barreaux d'une prison. Je suis un prisonnier. Je regarde toujours une vie libre que je voulais et n'ai pas pu avoir. »

Mais bien entendu, j'avais le rêve, cette drogue bénie qui est donnée à tous les prisonniers de marque. Seulement les rêves n'apaisaient pas ma faim parce que mes rêves ne m'entraînaient pas loin de la vie mais vers elle, me guidaient toujours vers la réalisation, de sorte que je me heurtais toujours à un mur : je voulais vivre mon rêve. Cela ne me suffisait pas d'être illuminée. Je m'éveillais toujours à la présence de la fenêtre grillagée. J'avais le don de libérer les autres, mais pas moi, parce que je prenais la responsabilité de les libérer.

A cause du million de filets protecteurs que j'ai tissés pour qu'Henry puisse écrire, Rango faire de la propagande, Zara recouvrer la santé, envoyer de l'argent à sa mère, pour que Joaquin puisse donner des concerts, Rango acheter les lunettes nécessaires à sa vue qui baisse, Henry aller à Londres, pour que Lantelme ne s'inquiète pas du sort de sa femme, que Moricand ait de quoi manger, pour toutes ces raisons je suis prise dans un piège comme personne ne l'a jamais été. Je ne peux échapper à ma vulnérabilité, à ma compassion. J'ai bâti une prison avec mes attachements, mes fraternités, mes loyautés, mes reconnaissances. Henry ne m'a pas libérée. Rango attend la révolution comme une panacée.

Quelle est donc cette prison ? La différence, le contraste violent entre ce que je rêve, souhaite, et la réalité qui diminue, rétrécit, interrompt, dessèche tout.

E. Graham Howe :

Aussi, comme nous attendons l'impossible, il n'est pas surprenant que nous ayons parfois l'impression que la vie ne vaut pas la peine d'être vécue... La loi de la réalité nous préserve en équilibre et tient en échec notre omnipotence. Nous avons une échelle qui monte au Ciel et une autre qui descend en Enfer, et celle qui monte au Ciel est tangentielle au côté plus de cette pente ascendante. Si nous conservons le rythme de la vie nous avons des hauts et des bas comme tous les voyageurs. Mais si nous voulons tous les hauts et jamais les bas, nous préférons gravir l'échelle qui va au Ciel, où il ne doit y avoir ni déception ni résistance et nulle expérience du négatif. De la sorte, beaucoup de gens arrivent à vivre une vie presque entièrement de fantaisie. Mais s'ils font cela, le prix qu'ils payent en fin de compte, c'est d'être exclus de la réalité. Peu importe comment ils s'y prennent pour l'éviter, l'Enfer les poursuivra tout le temps, s'il faut qu'ils aient leur Ciel de Comme il Vous Plaira... L'expression connue sous le nom de dépression est plus facile à comprendre si on la considère comme l'apanage de ceux qui ne veulent pas être déprimés, c'est-à-dire tomber suivant le rythme descendant, ou lâcher prise lorsque le moment est venu de perdre. La dépression est typiquement associée avec un excès de conscience, et trouve donc un terrain particulièrement favorable chez les gens vertueux. C'est parce qu'ils se considèrent moralement obligés de retenir toutes les choses bonnes, de les fixer à jamais contre la loi mouvante du temps... Je définirais la fantaisie comme l'imagination utilisée comme moyen de fuir la réalité... comme distincte du faux-semblant de l'imagination créatrice (qui est tournée vers la vie). Le faux-semblant de la fantaisie s'en détourne.

Rango : « L'Indien n'est pas un mystique. L'Indien est un panthéiste. La terre est sa mère. Il n'a qu'un seul mot pour les deux. Lorsqu'un Indien meurt, on met dans sa tombe de la vraie nourriture, et on continue à le nourrir. Le soir, dans la solitude immense de la montagne, je me rendais dans un de leurs cimetières. Et ils étaient là, à la lueur des torches, festoyant sur les tombes mêmes, et s'adonnant à des orgies, pour partager avec les morts ces plaisirs véritables. Lorsque les corps ne sont pas placés dans des cercueils, il se produit une combustion, de petites explosions de flammes bleues. C'est le sulfure qui brûle. Ces petites lumières aperçues la nuit, irréelles et effrayantes, comme de la sorcellerie, amenaient les Indiens à croire que c'est l'âme quittant le corps. »

Nous sommes dans un profond désespoir devant le tragique destin de l'Espagne. Barcelone près de tomber entre les mains des fascistes. Persécutions en France des gauchistes. Rango se demande où aller.

Mon père est en train de vendre son mobilier et sa merveilleuse collection de livres sur la musique pour retourner à Cuba, se réfugier chez son cousin, l'endroit qu'il cherchait à fuir depuis trente ans. Retour à son point de départ.

Joaquin, cependant, donne un concert à La Havane avant de s'embarquer pour l'Amérique.

Thorvald est tout seul à Bogota, séparé de sa femme et de ses enfants.

Pour moi, je suis métamorphosée en éponge, absorbant toutes les larmes du monde, accumulant les douleurs, incapable de rien effacer. Un océan de sensations, de quoi étancher la soif de plusieurs êtres humains.

Dans l'histoire de bateau il y aura un amant fantôme, rêvé, non pas aperçu, qui émerge chaque nuit du fleuve dans un bruit de chaîne et des remous de vagues, lorsque les bougies sont allumées et que l'encens brûle, et qui a disparu lorsqu'elle se réveille.

En 1938, dans le journal, j'ai parlé de miroirs et de métamorphoses et j'ai trouvé des descriptions semblables dans le *Livre des Morts* tibétain. Dans ce livre cela s'appelle des états « bardo », qui aboutissent à une nouvelle naissance, une seconde naissance, mais l'atmosphère, les images, les visions, les hallucinations sont pareilles. Affinités aussi avec mon histoire de labyrinthe* : « A l'âge de onze ans je pénétrai dans le labyrinthe du journal », etc., où j'ai annihilé le sens du temps et où je réapparais à la fin du labyrinthe, la même petite fille.

Tout cela existe donc, métaphysiquement, alors que les attaques de Durrell et Henry me reprochant d'écrire avec ma subjectivité, d'écrire des choses qui ne peuvent avoir de sens pour personne, me donnaient parfois le sentiment d'avoir poussé si loin ma fantaisie qu'elle était inexplicable pour les autres. Je reconnais aujourd'hui leur authenticité métaphysique. Une œuvre comme *La Maison de l'Inceste,* et toutes les fantaisies qui me vaudront de ne pas être aimée, contiennent l'essence la plus pure de ce que je veux dire. Cela vient de la distillation de mon expérience et ce sont des descriptions d'états que les Tibétains comprenaient.

J'ai été humainement la moins seule des femmes, je vis entourée de ma famille, de mes amis, de tous ceux que j'aime, mais il y a un univers où je pénètre seule, un désert tibétain.

Je peux me trouver au café, en train d'écouter de la musique, de boire un café. Les lumières sont fortes, la

* Voir *Under a Glass Bell.* — Ed.

musique violente. J'ai une conscience aiguë de tout cela, depuis les taches sur les tables jusqu'au visage de l'homme assis le plus loin de ma table, conscience de ce dont parlent les garçons. Je sens mon corps plein de vie, de chaleur dans mon manteau de fourrure. Je porte un capuchon bordé de fourrure. J'ai parfois l'impression d'être une actrice. Je suis une comtesse polonaise, une chanteuse hongroise, une mariée eskimo, toutes sorties d'un roman. Les hommes croient toujours à mes déguisements. Ils y croient. Ils ne vont jamais dans les coulisses pour dire : « Vous mentez. Vous mentiez lorsque vous avez cousu le capuchon sur votre manteau. Vous n'êtes pas ce que vous paraissez. » Si je réponds : « Que suis-je ? » cela ne fait que précipiter mon départ. Dès que quelqu'un conteste mon existence, mon apparence et que l'on révèle mon déguisement, que l'on me démasque comme une espionne venue d'un autre monde, cet autre monde ouvre sa gueule lumineuse et me happe. Je ne suis ici que tant que quelqu'un croit en moi, tant qu'il y a un être humain qui jure que je suis présente et qui m'aime.

Quelqu'un pourrait m'espionner et déceler mon origine non humaine. Je me lave trop facilement, trop légèrement. Je n'use pas mes vêtements, je fais la cuisine trop légèrement et trop rapidement. Je ne laisse aucun désordre après moi, nulle trace tumultueuse de mon existence. Mon lit n'est pas sens dessus dessous, défait.

Lorsque je suis éjectée du monde ordinaire, il ne faut pas que je me désole. Il faut que j'entre hardiment dans mon univers, avec les sentiments que j'ai, les yeux ouverts, seule. Ce n'est pas un univers où l'on est marié humainement. Les mariages ont lieu sur terre.

Il se passe des choses étranges. Lorsque je découvris le monde tibétain, ces états qui me sont si familiers, je me dis que peut-être j'étais morte il y a longtemps et que j'étais maintenant en route vers quelque chose d'autre, peut-être une nouvelle naissance, un état de vision.

Henry, cependant, est obsédé par *Séraphita* de Balzac.

Comme les hommes au café parlaient de leur tritesse après l'amour, je leur demandai comment il se faisait que je n'éprouvais pas cette tristesse après l'amour. Ce fut Henry qui me répondit : « C'est peut-être parce que pour vous ce n'est pas tout. Ceux pour qui c'est le seul moyen de s'unir sont tristes que l'union soit éphémère. » Il est vrai que pour moi ce n'est qu'un seul mode d'union, ou d'expression de l'union, et qu'il y en a d'autres.

Une autre fois, Rango me rejoignit au café, et me parla d'amis morts en Espagne, de la traîtrise des anarchistes à Barcelone, d'un de ses amis dont le visage avait été tailladé d'un coup de couteau dans un café, de Zara qui a un abcès au ventre. « Toute la pièce est empestée. »

Un autre jour, j'étais au café avec Henry, corrigeant les épreuves de *Winter of Artifice.* Il y avait dehors un épais brouillard. Henry est amoureux de *Séraphita.* Il emporte le livre partout et le pose sur la table de café.

Tout en relisant les épreuves de *Winter of Artifice*, en dépit de sa technique maladroite et de ses défauts, nous y voyons un sens nouveau.

Rango a des éclairs d'intuition, tout comme June. Mais ensuite l'aveuglement revient. Il vit dans un autre monde.

Lorsque Zara tombe gravement malade, il vient me trouver comme un enfant, perdu, déconcerté. Je décide un plan d'action. Nous nous rendons chez le docteur. J'attends au café. Au café, peu après, il regarde mes mains. « Elles ont l'air transparentes. Mon Dieu, Anaïs, est-ce que cela va bien ? » Je ne peux ajouter à ses inquiétudes. Je ne peux lui dire que le docteur Jacobson n'est pas satisfait de mon anémie persistante. Il va faire examiner mes poumons. En rentrant je me disais : « Je vais peut-être mourir. » Et à ce moment précis un convoi funèbre me dépasse. Je suis peut-être prête à mourir. Je ne peux vivre dans la barbarie de la guerre. Rango pleure la perte de ses amis morts en Espagne. La mort de Zara semble maintenant sans importance. Une vie inutile. Mais la mère de Rango était fragile, mourante pendant de nombreuses années, tout comme Zara. Elle est toujours en vie à quatre-vingts ans. Je ne crois pas à la mort prochaine de Zara.

La vie de Rango est dans la rue à vagabonder. Elle est dispersée en conversations. Il met toujours en train un grand mouvement qui apparaît comme un gigantesque projet et qui n'est en fait que les révolutions d'une grande énergie. Il démarre avec une force qui semble capable d'ébranler le monde et il aboutit au café, où il fait une partie de dés avec les mendiants de la rue de Beaune. Il a besoin d'indépendance, comme un cheval sauvage, il ne peut s'atteler, pas même au marxisme auquel il croit.

Henry a écrit à propos de June : « Je croyais avoir trouvé un Vésuve femelle. » Il se trompait autant sur June que moi sur Rango. Je pensais que la nature volcanique de Rango amènerait un genre nouveau de liberté. Je pensais qu'avec le feu et la foi qui l'animaient il brûlerait toutes les chaînes, mettrait en train un monde nouveau. Mais il est attaché comme un animal.

Etrange que, comme Henry, j'aie toujours attendu celui qui représenterait le mal, et me mènerait vers des expériences ténébreuses, une vie semblable à celle de

Richard Burton (le traducteur anglais des *Mille et Une Nuits)*. Parce que cette part de moi-même a toujours été submergée par le besoin de protéger les autres, de m'occuper d'eux. June aurait pu faire cela. Rango et June étaient réellement semblables. Mais ce qui se passe, c'est que deux personnes créent une alchimie nouvelle. Ils agissent l'un sur l'autre, et ce qui se produit ce n'est pas que l'un prend le pas sur l'autre, mais est la conséquence de cette interaction. Il n'y avait pas en Rango ni en June un mal profond, seulement un grand esprit d'aventure, mais tous deux changent à mon contact. C'est exactement comme les enfants nés d'un couple qui ne ressemblent exactement ni à l'un ni à l'autre, mais sont quelque chose d'autre.

Même pour l'amour de l'Espagne ou du marxisme, Rango ne peut renoncer à rester debout toute la nuit et à dormir toute la matinée. Pour un apéritif il peut laisser Zara attendre sa nourriture deux ou trois heures lorsqu'elle est malade.

Il y a des gens qui ne peuvent changer de l'intérieur vers l'extérieur, qui doivent être poussés du dehors. Ce sont ceux qui ont besoin de révolutions. Il y a ceux qui peuvent s'élever au-dessus de la vie, la transformer, se libérer, et pour eux la révolution n'est pas nécessaire. Je vois bien à quel point elle est nécessaire pour ceux qui ne peuvent se réfugier dans la création, créer un monde illusoire, ceux qui ne peuvent rêver ou créer un monde individuellement parfait.

Rango raconte: « Très haut dans les montagnes du Pérou, dans une montagne deux fois plus haute que le mont Blanc, il y a un lac tout au fond d'un cirque de roches volcaniques. Un lac d'une profondeur immense au milieu des neiges éternelles. Les Indiens y vont pour voir les mirages. Ce que je vis dans le lac, c'était une scène tropicale, luxuriante, avec des oiseaux colorés, une abondante végétation, des fleurs. Les Indiens appellent ces mirages *Fata Morgana.* Voilà le pseudonyme que tu devrais prendre pour ton journal.

— Ainsi donc tu trouves que tout mon univers est illusoire, comme celui de Don Quichote, dis-je, alors comment se fait-il que tu viennes t'y reposer lorsque le monde extérieur devient d'une horreur monstrueuse ? Te reposes-tu sur un mirage ? »

Rango ne m'a pas fait sortir de mon univers pour me conduire vers un monde meilleur. Je croyais que mon père me conduirait vers un monde d'expérience plus vaste, mais il ne put faire cela, parce qu'il était prisonnier de sa culpabilité, et cette culpabilité prenait la forme d'une idéalisation de ses actes, et d'un camouflage. Henry n'a jamais été un chef de file, il a toujours laissé les choses suivre leur cours. Il se trouve que l'homme qui aurait pu me tirer de mon univers n'a jamais croisé ma route, ou s'il l'a fait il s'est déguisé en ma présence.

Lorsque j'aidai Henry à relire ses épreuves pour *Capricorne,* je fus stupéfaite de ses pages sur June. Ce n'était plus June et Henry, mais quelque chose né de l'imagination d'Henry. Henry se décrit comme un pantin assis sur les genoux de June. Et tout en parlant du pouvoir qu'elle a, il la crucifie. Il y a quelque chose d'effrayant dans son impitoyable vision qui révèle une femme comme la nature, comme un miroir, comme un vide sans âme.

Lorsque Larry fit une description frappante d'Anna Wickham, avec son corps énorme, sa moustache, ses poils de nez, ses lourdes mains comme des pattes, sa voix épaisse, je lui dis : « Elle doit avoir aussi l'intérieur velu comme les oursins. » Larry partit d'un grand rire, et ceci fut à l'origine du « Ventre de Papier » qui parut dans le *Booster,* décembre 1938, connu par la suite sous le titre « Le Labyrinthe ».

Larry s'écria : « Ma parole, Anaïs vous ouvrez toujours de nouvelles trappes. Des trappes sur l'infini. »

(FÉVRIER 1939)

MON père donnait à Paris son millième concert. J'étais assise au premier rang. Tandis qu'il jouait, au milieu d'une composition, il laissa tout à coup retomber ses bras, figé sur son tabouret, puis bascula en avant pour aller donner de la tête sur le clavier. Pour le public c'était une attaque, mais pour moi c'était la prise de conscience brutale, accablante, de sa solitude, de son angoisse, la mort d'une vie qu'il aimait. Je me précipitai dans la salle de réception. On l'avait allongé sur une banquette, un médecin était auprès de lui. On avait desserré son col de chemise. Il était inconscient. Le médecin dit : « Ce n'est pas le cœur. » Je l'emmenai chez lui, à Neuilly, dans une voiture qu'un admirateur proposa. Il reprit connaissance. Il y avait là plusieurs amis. Il était étendu sur son lit. Lorsqu'il n'a pas ses lunettes, il ouvre les yeux papillotants des gens très myopes. Il ne semblait reconnaître personne. Mais il serrait ma main.

J'éprouvais une pitié déchirante, effrayante, mais passive. Je ne pouvais pleurer sur mon père, car tous les liens avec lui étaient brisés, mais sur un homme, un homme quelconque, dont l'univers s'écroulait, qui avait été chéri des femmes et du destin durant tant d'années. Cheveux blancs. Elégance. Solitude. Toutes les femmes autour de lui, ce soir encore, quatre ou cinq, virevoltant, soupirant, s'exclamant, l'adorant, toutes autour de lui, mais pas assez près. Je ne voulais pas m'approcher trop près de lui, bien qu'une voix s'écriât avec impatience: « Faites de la place pour sa fille. » C'est sa fille. Elles semblaient vouloir m'éloigner, comme si j'étais une autre rivale pour son affection. Je ne pouvais m'approcher davantage, on ne peut s'approcher davantage de mon père que ce cercle d'adoratrices qui l'entourent maintenant. Il barrait le chemin avec ses masques et son amour-propre. Son adoration de lui-même l'isolait. Je ne pouvais le consoler. C'était là une de ses morts. Il mourait parce qu'il ne pouvait encore envisager une autre vie. Avec la fin de la protection, du luxe, des liaisons, de son mariage, sa vie se terminait. Il y avait quelque chose de brisé. Son fantôme allait à Cuba, c'était pour lui une sorte d'exil, un pays sans culture, sans musique, dépourvu de toute la richesse de Paris. Il mourait à son millième concert à Paris, du fardeau des regrets, du souvenir, d'une vie si riche, si prestigieuse et brillante qui touchait à son terme. Je ne lui avais fait aucun mal. Je ne lui avais jamais dit comme Maruca: « Mon amour est mort. » J'avais agi selon ma croyance à l'illusion qui donne la vie. J'avais donné compréhension et compassion. Mais je ne lui avais pas donné ma vie comme autrefois lorsque j'étais enfant, alors que son départ avait tué quelque chose en moi. Je ne l'avais pas laissé se raccrocher à moi. Très doucement, je lui avais fait comprendre qu'il ne pouvait attendre de moi un amour total, je lui avais montré la différence entre nos deux vies. Je lui avais offert de partager avec lui la simplicité de ma vie sur le bateau. Il savait que j'avais de multiples liens, attachements, et des êtres chers à protéger. Mais ce qu'il exige toujours c'est votre vie entière, un esclavage. Ce soir-là, dans sa chambre, la pitié m'écrasait, mais non la culpabilité. Il accomplissait son destin. Le châtiment était grand. Pour lui Cuba signifiait l'exil loin de tout ce qu'il avait aimé. Mais il n'avait recherché que son plaisir, et n'avait fait de sacrifices pour personne. C'était une espèce de mort, sur cette scène, seul avec son piano, et aujourd'hui il pleurait sur lui-même, et je pleurais sur lui.

Le bateau si loin de Paris, si isolé, devint un endroit dangereux. Je n'avais plus la protection des clochards qui couchaient sous le pont. Je dus y renoncer. Je pris un appartement rue Cassini, à côté de l'immeuble où Balzac écrivit *Séraphita.* J'ai une grande pièce avec une alcôve pour le lit. La cuisine et la salle de bain sont ensemble, celle-ci ayant été aménagée après coup. Je peux donc surveiller mon fourneau tout en prenant un bain. Elle a une grande fenêtre allongée, placée à une telle hauteur que j'aperçois la tête des passants. Rien que les têtes qui passent. Je suis de nouveau proche de tous mes amis, à deux pas des cafés, libraires, etc.

Henry traverse une période mystique, il paraît fragile, presque lumineux. Il voit peu de monde, ne fréquente guère les cafés, préfère la méditation, la lecture, rentre dans son studio, rempli d'idées, de projets, écrit sur *Séraphita,* sur son passé et sur June comme une grande crucifixion. Il me rend pleinement hommage pour ce que je suis, et déclare à propos de la grande libération qu'il éprouve : « Bien sûr il a fallu pour cela que vous soyez crucifiée », et il transforme ainsi mes sacrifices en joie. Il a écrit tout un petit livre à la main pour mon anniversaire, il met au point ses notes, il peint de belles gouaches, écoute de la musique, se contente de ses explorations. Nous pouvons parler en riant de ses « erreurs ». Je m'étais opposée au *Booster,* à la lettre sur Alf, au pamphlet sur l'or, aux lettres des messagers, parce que cela absorbait une telle part de son énergie, ce n'étaient que des plaisanteries, et qui coûtaient tout l'argent qui aurait pu être consacré à un livre. Il devait donner tout cela, et c'était du goût de très peu de gens. J'avais le sentiment qu'il s'agissait là de farces tout simplement. Tout cela est maintenant empilé dans son placard. Il convient que j'avais raison, riant aussi, oui il le savait, il reconnaissait que c'était enfantin, puis il ajouta : « Mais je serais prêt à tout recommencer. »

Maintenant il veut imprimer *Séraphita,* entraîner Durrell à perdre de l'argent et donner au monde quelque chose qu'il ne peut assimiler pour l'instant. *Séraphita* est un hommage au passé. Il a toutefois laissé tomber le *Booster* qui nous pompait tous.

En relisant les épreuves de *Winter or Artifice,* il releva la phrase : « Le poète est celui qui appelle la mort une aurore boréale », qui était une phrase que j'avais rêvée. Ou bien : « Brillaient les grands oiseaux de la divinité, les moments éternels. »

Rango passe toute la nuit à boire. J'attendis au café et il ne vint pas. J'allai faire un tour, passai devant la Coupole, et l'aperçus au bar où les femmes ne vont jamais, debout au milieu de ses amis, dans un état de béatitude, complètement soûl.

Mon père est venu me voir. J'allumai toutes les petites

lampes et parfumai l'endroit. Il pensait que c'était peut-être notre dernière conversation ensemble, car il projetait de partir pour Cuba par un certain bateau.

La date du départ n'était pas fixée. Il y avait beaucoup de confusion. Il avait réduit ses affaires à treize valises de livres et de musique. Nous parlâmes calmement d'autres sujets. Je n'avais aucune appréhension. Mais après m'avoir quittée il s'évanouit dans la cour, et un étranger l'aida à rentrer chez lui. J'ignorai tout de cela jusqu'à ce qu'il m'écrive à quelque temps de là : « Je savais que c'était la dernière fois que je te voyais. »

Rango était au désespoir parce qu'il avait été soumis à une autre séance d'autocritique pratiquée par les marxistes. Ils lui avaient tous parlé de ses vertus et de ses défauts, l'avaient réprimandé pour ses beuveries, son désordre et sa faiblesse, mais avec bonté. Ils avaient fait l'éloge de ses capacités aussi, de tous les dons qu'il gaspillait par le chaos. Ils lui avaient dit qu'il avait le don de fraterniser avec les ouvriers, de leur parler, de les convaincre.

Zara était de nouveau à l'hôpital. Je lui préparais des plats spéciaux que je lui apportais. Un jour, je préparai un poulet. Lorsque Rango et moi nous vînmes la voir, elle prit plaisir à le retirer de sous son oreiller en déclarant : « Vous voyez, je suis si malade que je n'ai pas pu manger. » Il était là depuis huit jours. Je lui dis : « Pourquoi ne pas l'avoir donné à quelqu'un qui pouvait le manger, tu es entourée de gens qui ont faim. » Le besoin d'un accessoire pour dramatiser son manque d'appétit était plus fort que le besoin de secourir ou de donner.

Rango aspire à l'ordre et me demande de le lui imposer. J'essayai de lui expliquer qu'il ne pouvait être imposé par d'autres. Il fallait que cela vienne de lui.

En trois ans Rango a changé. Mais il n'a aucune volonté. Il se décourage aisément, se laisse aisément influencer, aisément détourner de son chemin, aisément déprimer et distraire, perd aussi facilement son équilibre. Lui-même déclare : « Je suis cinglé. Je suis russe. Il n'y a que Dostoïevski qui m'aurait compris. » Ou bien : « Je préférerais que l'on me donne une mitraillette. Voilà à quoi je suis bon, à faire fonctionner une mitraillette. » Il a horreur de lire ou d'écrire. Il préfère parler. Les jésuites ont essayé de le discipliner au collège, et n'y ont pas réussi. Tout ce que je peux, c'est l'empêcher de se détruire. Il ne sert bien personne, ni aucune cause. L'Espagne, le marxisme, sa femme, ses amis n'ont droit qu'à des dévouements épisodiques. Il ne peut rien faire jusqu'au bout.

J'en étais arrivée à un tel point de faiblesse physique qu'il fallut me faire une transfusion. J'avais l'impression de porter le fardeau des terribles humeurs de Rango, de l'opération de Zara.

Lorsqu'il boit, Rango ne parle jamais du présent, de Montparnasse, de sa vie actuelle. Il revient toujours aux premières années si belles.

Il a parlé toute la nuit avec Antonin Artaud, avec Breton, avec Tristan Tzara, avec Paul Lafargue, Picasso, Miró, mais de cela il ne me dit rien.

Tandis qu'il parle, un ami attend l'aide de Rango à l'ambassade du Pérou. Zara l'attend à l'hôpital, et il y a d'autres jours où j'attends avec de la nourriture pour Zara qui attache sur le feu, et pendant ce temps Rango peut être en train de regarder des livres à des étalages, ou de faire une partie de dés à un comptoir pour jouer un apéritif, et lorsque je le vois enfin il déclare : « Je n'en peux plus. » La journée s'est effritée, il est découragé, il est vaincu par ses initiatives qui avortent. Il veut combattre en Espagne. Il veut aller en Russie. Il veut voir la

Chine. Il veut changer le monde. Mais il fait nuit, il est épuisé, il veut boire encore un coup, manger une banane, et il se remet à parler de son enfance. Des condors, des arbres à pain, de l'arbre à l'ombre qui tue. « Mon père, un jour, me donna comme serviteur un jeune Noir, qui était né le même jour que moi. Un jeune Noir de la jungle. Nous étions inséparables. Mais il mourut du froid mordant là-haut, près du lac Titicaca. »

Rango veut écrire sur Artaud, qui est à l'asile de fous, il veut raconter tout ce qu'il sait d'Artaud, et qui vient d'avoir travaillé à sa pièce avec lui. Mais cette connaissance intime mourra avec lui par suite de sa paresse. Il n'a jamais écrit sur son ami chéri, Vallejo, le poète péruvien. Il n'a jamais écrit ce qu'il voulait écrire sur *La Maison de l'Inceste*, et comment cela respirait, disait-il, comme la bouche dans le film de Cocteau, la bouche dans le creux de la main. Sa journée est un cimetière de négations. Tout cela me pèse lourdement parce que j'aime tellement la création. De temps à autre il peut s'acquitter d'un travail d'impression, toujours en retard, et il doit alors travailler toute la nuit. Tout irait bien s'il acceptait cela. Mais cela le met au désespoir. Dès qu'il s'éveille, il se met à tisser une toile qui va l'étouffer, comme s'il était une araignée humaine qui avait tissé une toile pour s'attraper plutôt que pour attraper sa nourriture. L'effrayante vitalité qu'il apporte à cette construction dépasse mon pouvoir pour le libérer. Nous commençons notre journée de manière inverse : lui commence par casser un verre, renverser le vin, brûler la table, boire l'alcool qui va l'imprégner, parler à perte de vue de ses projets, laisser tomber la ligne qu'il a composée pour la presse, oublier de téléphoner. Et moi je m'organise pour dominer chaque détail, sauter par-dessus les obstacles, atteindre mon but, écrire plusieurs pages par jour, remplir toutes mes obligations. Tout ce que je crée, une page d'écriture, ou un état d'esprit euphorique, ou bien une solution à un problème, si je le lui apporte, il le met en morceaux soigneusement, adroitement. Si, grâce à une extrême habileté, agilité, je réussis à préparer la nourriture de Zara, il en détruit, à coup sûr, l'efficacité en arrivant si tard que l'heure des visites est terminée, Zara se plaint amèrement, et toute la journée est perdue. A d'autres moments ses imbroglios me causent une telle pitié que je me demande pourquoi je me suis lancée dans cette lutte contre la destruction. J'ignore si cet enfant géant aveugle, trébuchant, démuni, est une malédiction qui est sur moi à cause de mon désir de liberté et de légèreté suprême, de libération, mon désir de maîtriser la vie. Des avalanches tombent sur mes tentatives pour changer la destruction en création. Mais pourquoi me lancer dans ce jeu ? Je ne me sens pas à la hauteur de la lutte, je sens pourtant que si j'abandonne, Zara et Rango se noieront.

Je pense parfois que je suis Henry décrivant June et que j'écris mon propre *Capricorne.* Mais Henry était aveugle lorsque cela se passait, tandis que moi je ne le suis pas.

Mon père se préparait à s'embarquer pour Cuba. Je croyais que j'avais atteint le détachement et que je ne sentirais pas la séparation. Je sais maintenant que je ne le reverrai jamais. Cela m'a été profondément douloureux, alors même que je dis que je ne l'aime plus. Peut-être que je pleurais aussi sur sa peine à lui. Il ne voulait pas me voir. Ne pouvait supporter la peine. Cet après-midi où il était venu lui avait causé une si profonde douleur.

Quelques jours avant son départ, alors que je m'efforçais de ne pas penser à lui du tout, que je m'efforçais de me rappeler que je n'avais eu pour lui nulle pitié au moment de la rupture de son mariage, ne l'avais ni aidé ni protégé, ni tenté de le dissuader d'aller à Cuba, que j'étais restée silencieuse, évasive et neutre, gardant le contrôle de moi-même afin de ne pas proférer les ultimes paroles meurtrières : *Mon amour pour toi est mort,* soudain je me le représentais clairement, d'abord lorsqu'il s'était évanoui au piano au cours de son concert, puis lorsqu'il était étendu sur la banquette dans la salle de réception, son col ouvert, et au souvenir de son effigie élégante et mince, inconsciente, une pitié si brûlante m'emplit que je faillis m'écrier : *Mon Dieu, je l'aime.* Aime quoi ? Quelqu'un dont chaque parole, chaque action vous déplaît, qui est une antithèse de vos croyances, dont vous ne pouvez partager aucune des aspirations, dont le masque est faux, dont les habitudes, les manies, les particularités sont écœurantes, superficielles, vaines — alors cette silhouette gît sur un divan, ce corps privé de conscience, silencieux, gît les yeux fermés, l'acte suprême du comédien, ce simulacre de mort, qui devait me révéler la traîtrise de l'amour qui se croit mort mais qui n'est qu'atténué, nié, et qui ressuscite dès que meurt l'être aimé, cet amour aux mille vies, que vous croyez enterré, et qui reste enseveli sous une centaine de pansements, de vieilles blessures qui ne sont que des cicatrices, et que la cause de cet amour vienne à mourir, comme il semblait être mort, une préface à sa mort finale, alors cet amour est là, sauvage et fort. Il hibernait. Mon père était étendu comme un gisant, comme ces statues que l'on place sur le tombeau des personnages célèbres en Espagne, et mon amour qui était mort un millier de fois, et qui avait été enterré, se réveillait, intact. Pourquoi ? La mince silhouette ne parle ni ne rit, ne se donne pas en spectacle, elle est allongée, inerte, exposant la finesse de ses contours, l'essence que chaque acte, chaque réalité niaient, cela s'échappe encore du tombeau d'un amour mort, et est vivant en moi. L'amour meurt-il jamais, je me le demande, et je mourrai en me le demandant. Pendant des années je l'ai enterré en n'assumant pas le rôle de refuge, de mère numéro III. A maintes reprises je l'ai enterré. Je l'ai enseveli sous d'autres amours. Je le considérais sans illusion. Pourtant, lorsqu'il partit, la veille de son départ, je pleurai sur lui, et m'éveillai au matin en pensant à lui. Je ne connais jamais la mort ni l'indifférence. Le temps chez moi ne tue rien, alors même que j'ai tenté de me délivrer par l'art de toutes les possessions.

Les Parents terribles de Cocteau contient la vérité qui est au-delà du bien et du mal, ce monstrueux mélange d'amour et de haine, cet incroyable paradoxe de noblesse et de bassesse. Thème merveilleux, la nudité. La tante, celle qui est loyale, jamais trompée par ses actes de sacrifice ou de vengeance. Jamais aucune fausseté. Je vis maintenant selon une telle lucidité. Je ne peux supporter que l'on se leurre soi-même. Mais Zara, Rango, Henry ne peuvent supporter la vérité.

Zara et Rango vivent dans un monde catholique faux, de noblesse fausse, de faux sacrifices, de fausses interprétations. Si je leur présente le vrai miroir de leurs actes, ils ne peuvent le supporter. Ils préfèrent leurs illusions sur eux-mêmes et sur moi. Je vis dans unc clarté qui me rapproche énormément de la pièce de Cocteau, qui a dégoûté tout le monde. Un monde transparent.

Je me suis démasquée, mais je souffre maintenant de l'idéalisation de soi des autres.

« Quels monstres ! » disaient les gens au sortir du film de Cocteau. Mais ce ne sont pas les gens qui sont des monstres. C'est que le visage de la vérité est monstrueux parce que nous n'y sommes pas habitués. Nous le recouvrons toujours, nous le voilons. Nous ne sommes pas habitués à ses traits véritables.

Ce qui me fascine, ce sont les nuances de chaque jour, les changements subtils du caractère et de sa relativité. Je veux être l'écrivain qui a le mieux décrit la relativité, les dualités, les ambivalences, les ambiguïtés.

J'ai appris à jouer aux jeux catholiques de Zara et Rango. Cela consiste à mélanger, embrouiller, faire avorter, exagérer, par culpabilité et par amour de la souffrance. Ils prospèrent sur la douleur et la catastrophe. De temps à autre, lorsque leur absence de vision et de pouvoir me tourmente, je me venge en descendant jusque dans leur royaume et en jouant le jeu à leur manière. En d'autres termes, je fais un gâchis de ma propre vie, et déclare qu'il se passe des choses que mon intelligence ne permettrait pas.

Je dis à Rangò qu'il me faudra peut-être aller en Amérique, et ils considèrent alors leur pénurie. Ils me croient. Ils manifestent tous deux de l'inquiétude. Puis je refais une visite à Zara. En sa présence j'éprouve à nouveau de la pitié et de la bonté. Elle a l'air enfantin et innocent. Mais je connais sa volonté et à quel point elle est centrée sur elle-même. Je sais qu'il y a un certain plaisir en elle, car le jour où je partirai, elle sera de nouveau seule avec Rango. De nouveau démunie. A ce stade mon jeu m'a procuré suffisamment de plaisir et je considère une fois de plus Zara et Rango comme des enfants. Peut-être ne suis-je pas aussi sage que cela. Peut-être y a-t-il en moi une Zara souffrante, qui a besoin de protection, un Rango sauvage qui a besoin d'émotion. Et c'est peut-être pour cela que je les aime, et Zara a raison de croire que je ne les abandonnerai pas.

J'observais le visage de Zara. Autour des lignes douces de sa bouche, il y avait de la bonté. Elle n'a pas de jalousie. Elle est purifiée par la maladie. Elle est sans passion. Elle est plus généreuse. Pourtant lorsqu'elle me demanda : « Pars-tu vraiment pour l'Amérique ? » elle baissa la tête, leva les yeux comme si elle regardait par-dessus ses lunettes, et dans ce regard je vis une Zara rusée, retorse, celle qui sait si bien exploiter sa maladie, dramatiser ses souffrances. La méfiante, l'astucieuse Zara, cherchant une faille dans mon histoire. « Remplis ma bouillotte », me demanda-t-elle, et elle me donna des instructions très strictes sur la manière de m'y prendre.

Par amour, c'est moi qui tombe dans des chausse-trapes, pourtant lorsque j'étais enfant je n'aimais pas tenir le rôle de la princesse fée, mais celui de la reine ténébreuse, mauvaise, machiavélique. Par amour je suis asservie, comme je suis asservie par l'incurie de Zara et Rango, mais un autre côté de moi-même cherche des stratagèmes qui me permettraient de m'échapper. En ce cas m'échapper en Amérique n'était qu'une fantaisie.

(PRINTEMPS 1939)

LES premiers réfugiés d'Espagne arrivaient à gagner Paris. Les lois étaient strictes : si on leur offrait asile, si on les nourrissait, on était passible de prison, ou d'une amende. Ils étaient les combattants, les blessés, les mal en point. Tout le monde craignait de leur venir en aide. William Hayter les cachait dans son studio. Rango et moi écumions Paris à la recherche de chambres ou d'appartements libres. Carteret était encore dans le Midi, j'allai donc chercher sa clef chez un ami et Rango conduisit chez lui deux gitans espagnols qui s'étaient fait remarquer par leur courage. Tout au long de la guerre ils avaient été intrépides. Mais ils se trouvaient maintenant en un lieu qui réveillait toutes leurs craintes superstitieuses : squelettes sous le lit, coutelas sur les murs, livres de magie, encensoirs, cartes de tarots. Ils s'enfuirent terrorisés. Et nous devions continuer à chercher des endroits. Je m'employais à faire de la soupe en énormes quantités, qu'il fallait ensuite transporter dans de petits récipients au studio de Hayter. Rango me demanda de cacher la presse à imprimer dans ma cave. Je passais des heures au consulat cubain, à essayer de savoir qui sympathisait avec les réfugiés, et qui leur donnerait des passeports pour Cuba. Je faisais la liaison entre Rango et le consulat. Tout le monde hébergeait un réfugié au moins. Certains souffraient affreusement de dysenterie, de blessures anciennes. Un de mes amis en conduisit quelques-uns à la campagne. Ce fut un mois tragique.

Plus Rango et moi consacrons de temps et d'énergie à nous occuper des réfugiés, plus les scènes de Zara deviennent exagérées. De temps à autre, Rango commence à s'apercevoir qu'elle exagère, mais pour un moment seulement, et il retourne à son aveuglement. Hier soir elle a eu une « attaque ». Rango dit qu'il s'agissait d'une espèce de convulsion. Je dus la soigner tandis qu'il allait chercher le docteur. En fin de compte, il apparut qu'elle avait absorbé un verre de pétrole parce que les Indiens disent que c'est bon pour les maux d'estomac. On l'emmena à l'hôpital. Elle survécut. Elle nous survivra à tous. Mais Rango est toujours persuadé que sa mort est imminente. Comme il croit que Zara est victime de forces extérieures, il ne pourra jamais mettre le doigt sur la source du mal, l'âme destructrice de Zara qui souhaite en imposer aux autres par ses simagrées. Je ne peux faire voir à Rango à quel point ses ennuis sont provoqués par elle-même. Rango est un romantique, et c'est d'autant plus touchant, lorsque je songe qu'il est né du côté des forts, des puissants. Rango, le grand Rango, est né puissant. Il se souvient d'avoir exercé son autorité. Le directeur du collège jésuite séjournait chez eux. Rango avait environ dix-sept ans. On envoya un Indien pour aller chercher le courrier. Il ne revenait pas. Il s'était soûlé. Il réapparut à l'hacienda avec douze heures de retard. Rango fut courroucé. Il ordonna qu'on lui retirât ses vêtements pour le fouetter. Le directeur entendit les hurlements de l'Indien et sortit de sa chambre. Lorsqu'il vit ce qui se passait, il appela Rango : « Vous avez passé six ans chez nous et vous êtes pourtant capable d'agir avec autant de cruauté. Il faut exercer son autorité avec humanité. Vous devez vous conduire en chrétien. » Rango a évolué d'un système féodal aux idées du marxisme. Quant à Zara, tel Job sur son fumier, sourde et folle, née dans l'ignorance et la pauvreté, elle représente la figure d'une martyre chrétienne.

Henry prend au sérieux sa réincarnation chinoise. Il me demande de lui apporter du gingembre, qu'il mange en faisant la grimace. Mais c'est chinois et il faut qu'il y prenne goût. Il écrit à la main de petits livres, comme les cahiers de mon journal, pour Emil, Durrell, Edgar et moi. Chacun possède un thème, et il les illustre à la gouache. Ils sont charmants, personnels, enchanteurs. Un Henry chinois, délicat, ciselant ces joyaux d'amitié d'un esprit enjoué. Celui de Durrell est une fantaisie déchaînée de mots et d'expressions rares. Le mien est sur l'écriture. Son article sur *Séraphita* paraît dans *The Modern Mystic.* Il découvre des ressemblances entre Balzac et lui. S'identifie à Balzac.

Le lendemain sa paix s'effondre. La lenteur avec laquelle le monde réagit le met au désespoir, il est en rage devant la passivité de Kahane, les refus des éditeurs français, le tabou que l'Amérique impose à ses livres. Il ne reçoit pas son dû matériellement.

Pour fuir une réalité monstrueuse, je me suis mise au travail sur l'histoire du bateau.

Douleur et fatigue ont disparu.

Henry a terminé son essai sur Balzac. Edgar lui a dit : « Tu te consacrais autrefois à la terre, et maintenant tu te consacres au ciel. »

Henry m'a emmenée rue Raynouard, visiter la maison de Balzac. Espèce de maison de campagne en pleine ville. Le devant donne sur une rue animée, mais l'arrière donne sur une colline qui tombe en pente vers la Seine. Et c'est là que nous avons vu la trappe, l'escalier menant à la colline et grâce auquel, dit-on, ses maîtresses échappaient à leur mari furieux, et lui-même à ses créanciers. C'était secret, mystérieux, paisible. C'est un musée, sous la garde d'une femme pâle et fantomatique qui parle dans un souffle. Il y avait un portrait de Balzac, un grand, qui montre bien le cou de boucher et l'extraordinaire regard du visionnaire. Les livres et manuscrits sont conservés dans des vitrines fermées à clef. On nous permit d'examiner quelques-unes des éditions originales. Il y avait un recueil de gravures sur *Les Femmes de Balzac.* Nous regardâmes le portrait de *Séraphita* et Henry jura qu'il me ressemblait. Henry voulait offrir au musée un exemplaire de son essai sur Balzac. Tandis que nous regardions des photographies et des documents dans une vitrine, Henry dit : « Croyez-vous qu'un jour les gens se pencheront aussi sur nos manuscrits et nos photographies ? »

Il m'a donné un livre sur le bouddhisme zen.

Henry traverse une sorte d'agonie de son ego. Il essaie de tuer en lui l'égoïsme. Il balance entre la sagesse, la compréhension, et de brusques attaques d'agressivité, de dictature. Il adore se remémorer toutes ses insolences, ses provocations et pourrait tuer ceux qui lui font opposition. La guerre fait sortir sa peur, son instinct de préservation. L'homme spirituel lutte contre l'homme instinctif. Je vois le conflit, car il exprime les deux simultanément. A un moment il est en colère, et l'instant d'après il parle comme Bouddha.

Nous sommes allés voir les masques et les costumes de danse de Java et Sumatra et il les a tous regardés avec une attention délicate.

Il remarque que je ne romps pas avec les gens par un esclandre, mais par une évasion silencieuse. Je m'esquive.

Parlant de la guerre, il dit : « Je me sens comme un animal qui ne veut pas être pris au piège. »

(ÉTÉ 1939)

J'AI écrit l'histoire d'Albertine, la bonne sur le bateau. C'est un portrait exact *.

Au mois d'août nous avons tous voyagé. Henry est allé en Grèce, chez les Durrell. Je suis allée à Saint-Tropez avec Zara et Rango.

Saint-Tropez était un paradis, avec ses nombreuses plages désertes, bordées de forêts de pins. Une vie tahitienne, toute la journée en costume de bain, cuisine sous les arbres, tout à côté de la plage. Eaux limpides le jour, cafés animés le soir, tout le long du port, musique, danse. Le matin, en prenant mon petit déjeuner au café, je voyais tous les yachts que l'on nettoyait et astiquait pour la journée. Bel endroit, vivant. Chaleur, langueur, grande soif, longues promenades à bicyclette. L'épanouissement et la douceur, couleurs vives des tenues de

* Voir « The Mouse » dans *Under a Glass Bell.*

plage. Les filles assises torse nu sur des voitures décapotées. Il y avait une intensité dans le plaisir, comme si nous savions tous que ce serait le dernier des beaux étés.

Danse le soir dans les cafés du port, où parfois nous nous joignons aux danses villageoises à un coin de rue, avec la fanfare du village, danse avec le facteur, le menuisier et le réparateur de bicyclettes. Rango circulant au milieu des buissons de bambou comme un Indien véritable, la chevelure en bataille, le pied assuré, le regard brillant comme un animal, Rango grimpant aux arbres, faisant la cuisine sur un feu de bois, se remémorant son enfance dans la nature. Il semblait retrouver sa jeunesse, son innocence, son intégrité. Zara et lui habitaient une petite maison sur la colline, et moi plus près du port, une chambre louée.

Winter of Artifice est arrivé, tout en bleu. C'était une chaude journée. Je portais ma robe de cotonnade espagnole et une fleur rouge dans les cheveux. J'étais au café, et les amis se réunirent pour regarder le livre.

Dans une des boîtes de nuit, on éteignait toutes les lumières et on annonçait : « C'est le quart d'heure de passion. Vous pouvez vous embrasser, mais ne vous laissez pas surprendre. » Les lumières, tout à coup, se rallumaient, et beaucoup étaient pris. Quinze minutes de passion !

Jean Carteret est arrivé et a planté sa tente sur la plage. Nous nous retrouvons au port pour le petit déjeuner, chez *Sénéquier,* où les croissants fondent dans la bouche. Jean parle de ses aventures en Laponie et me montre des photographies. Zara et Rango ne se lèvent jamais avant une heure.

A la plage Rango m'a lu une description de l'Exposition agricole de Moscou. Jean Carteret parlait d'astrologie, tandis que Rango crachait du feu à l'idée que l'on puisse croire à de pareilles sornettes.

Des centaines de bicyclettes montant et descendant la côte. Le sauveteur nous a invités à une bouillabaisse sur la plage, préparée par lui dans un gigantesque chaudron de fer, pourvu que nous attrapions le poisson qu'il lui fallait. Ce que nous fîmes, et nous étions assis autour du feu ce soir-là à respirer l'odeur d'ail et de safran, et à chanter tandis que la bouillabaisse cuisait.

Un jour, alors que nous nagions, l'eau se mit à vibrer avec un bruit effrayant. C'étaient les canons qui répétaient. Les avions commencèrent à faire l'exercice et à nous survoler.

Rango découvrit alors un endroit où le patron fabriquait de l'absinthe et il se mit à en boire en secret et cela le rendait farouche et hagard. La gaieté de Saint-Tropez et la vie infernale de Zara et Rango formaient un violent contraste. Rango n'arrivait plus à temps pour jouir du soleil et de la plage. Zara était tombée malade et Rango restait enfermé avec elle. Mais il était mécontent que j'aille à la plage sans eux. J'ignorais qu'il buvait, et n'arrivais pas à comprendre sa folie. Il devint tellement impossible que je menaçai de partir. Je fis mes bagages et je me rendis à la gare routière. Je manquai le car. Je revins et trouvai Rango assis devant ma porte fermée, l'air si dépité et accablé que nous finîmes par rire, et il m'avoua qu'il s'abreuvait d'absinthe, le breuvage qui rendit fous les poètes français.

Quelques jours de joie encore, où nous mangeons des fruits juteux et sucrés sur la plage, où nous dansons, nous retrouvons le soir autour d'un feu de camp, où nous nous installons à la terrasse des cafés du port pour regarder le spectacle à la Dufy des bateaux à voile, des gens joyeux qui passent.

Et puis...

LA GUERRE.

Mobilisation. Chagrin des femmes.

Tous les yachts ont disparu en une nuit, et tous les visiteurs. Je suis revenue dans un train rempli de militaires.

(SEPTEMBRE 1939)

ZARA et Rango en sécurité à Saint-Tropez. Henry en sécurité à Athènes. J'expédie des mandats à droite et à gauche, allant d'un bureau de poste à l'autre (il est interdit d'envoyer de grosses sommes) avec mon sac en bandoulière. Lundi, la guerre n'était pas certaine, mais l'angoisse était dans l'air comme un brouillard empoisonné. Le calme aussi, ce calme qui précède la catastrophe. Hier, dans la rue, j'ai vu les manchettes : VARSOVIE BOMBARDEE. Maintenant c'est vraiment la guerre. Nous ne pouvons plus espérer une révolution en Allemagne qui mette fin à la guerre.

On ne peut lire les enseignes des restaurants, des cinémas ni des cafés. Pluie. Les gens se cognent les uns contre les autres dans l'obscurité. Le châtiment. Egoïsme devenu trop grand. Les problèmes mondiaux insolubles par suite de l'égoïsme. Dualité et schizophrénie partout. L'instinct de mort plus fort que l'instinct de vie. Panique. Un million de gens devenus criminels à cause de leur faiblesse, seulement capables de haine. Un million de gens ne connaissant que la haine, l'envie, la peur. La guerre était certaine. Une guerre d'horreurs et de ténèbres. Le drame, enfermé depuis des années dans des êtres humains, se donne maintenant libre carrière, cauchemars au grand jour, obsessions secrètes du pouvoir, cruauté, corruption. Une telle corruption ne peut se terminer que par un carnage. Je vois tout cela en parcourant les rues, et je n'ai pas le sentiment de partager le crime, mais il faudra que je partage le châtiment. A six heures, j'avais l'impression qu'il n'y aurait pas de guerre. J'écrivis à Henry. On ne sait rien. On ne nous dit rien. La Pologne envahie, et le monde attendant que la France et l'Angleterre déclarent la guerre, une guerre véritable. On attend, et on entasse contre les fenêtres des sacs de sable. On emballe les trésors artistiques et on les cache dans des caves.

Nous n'aurons peut-être jamais la guerre, rien que ce brouillard empoisonné de peur et d'angoisse, un cauchemar ininterrompu.

Première alerte. Danger. Obscurité. Une guerre se poursuit dont les gens se demandent si elle va devenir une guerre véritable. C'est peut-être un simulacre pour donner satisfaction à ceux qui la réclament à cor et à cri. On nous trompe, et ce qui se passe est un mystère. Pénurie de nouvelles.

La guerre est déclarée.

Rien d'autre à faire que de partager humainement l'erreur et la souffrance du monde.

Lettre de guerre d'Henry.

Ma seule inquiétude c'est de savoir si je vais être coupé. Même maintenant si je voulais télégraphier à (James) Laughlin, je me demande si je pourrais compter sur lui. Il y en a d'autres là-bas qui pourraient vraiment quelque chose pour moi, j'en suis sûr. William Carlos William, par exemple, Dorothy Norman, Paul Rosenfeld, Huntington Cairns, Mencken, Dos Passos, certainement Faulkner, Ben Hecht, Ben Abramson, Gotham Book Mart, etc. J'en connais bien une douzaine, mais comment les joindre rapidement et efficacement, je l'ignore. Le mieux pour moi serait de claquer, ils toucheraient tous alors la grosse somme. Je me demande si vous avez récupéré mes papiers qui se trouvaient au coffre du bureau de l'Obelisk Press. Cela paraît dangereux de les laisser à Paris. Les notes et les manuscrits que j'ai laissés là valent des milliers de dollars, une fortune pour quelqu'un si je devais mourir demain. Rappelez-vous que je transporte avec moi un testament qui vous laisse tout... Si effectivement vous allez en Amérique, et si la chose est possible, j'espère que vous emporterez avec vous mes livres et mes manuscrits.

Lettre de Rango, remplie d'inquiétude pour ma sécurité.

De nouveaux blocus financiers me rendent soucieuse pour mes orphelins. Rango se débat pour rentrer à Paris, travaille aux vendanges. Ses lettres sont humaines. Je passe mes journées à jongler avec les réglementations et les difficultés pour envoyer de l'argent à Henry, Rango, Moricand. La police me connaît. J'aurai bientôt épuisé toutes mes astuces. Je commence à faire des malles dans la cave. Ce volume représentera la fin de notre vie personnelle.

Moricand est venu dire au revoir. Il s'est engagé dans la Légion étrangère. Il a dû mentir sur son âge. « Que puis-je faire d'autre ? Je crève de faim. » Nous avons un dîner d'adieu à la brasserie Lipp, avec Jean Carteret et d'autres amis à lui. Il porte, attachés à son ceinturon, sa gamelle et son quart d'aluminium, sa fourchette et son couteau de légionnaire. Il me lègue son fragile flacon à eau de Cologne du dix-huitième siècle, en cristal moucheté d'or. Il répète que je dois vivre à un rythme cosmique, pas à un rythme personnel. Je pleure car je ne peux plus sauver personne. On ne peut pas sauver les gens, on ne peut que les aimer. On ne peut les transformer, on ne peut que les consoler.

Paris la nuit. Je sors du restaurant pour entrer dans l'obscurité. C'est une expérience sensuelle. Je ne reconnais personne. Je trébuche. J'entends la voix d'un homme que j'aurais pu aimer, j'en suis sûre, mais il disparaît. Mystérieuses lumières nocturnes bleues et vertes, çà et là.

Moricand parlait de son enfance comme s'il s'en séparait. « J'adorais, autrefois, renifler du camphre et manger du gingembre en même temps. »

Je suis stupéfiée de voir que tous nous recommençons chaque journée automatiquement comme par le passé, tout en sachant que nous pourrions mourir demain. Je m'habille simplement. Je me poudre le visage, je me peins les cils. Cependant la radio annonce la tragédie, l'horreur, la souffrance. Elle nous engloutit. Plus d'anesthésie. Je porte un manteau magenta et une jupe noire, des mocassins de cuir, un sac de cuir en bandoulière. Je lis les journaux. J'écoute la radio.

Lorsque je ne peux plus supporter l'horreur, je lis *Fille de Mamouri* d'Etsu Inagaki Sugimoto. J'ai compris le grand pouvoir de la forme, et ma lutte contre elle. Cela explique mon amour de Jeanne parce qu'elle était poète, que je l'aie suivie dans son univers et me sois heurtée à sa vie formelle, tellement contraire à ma propre essence, à mon peu d'empressement à jouer à des jeux. Cette artificialité m'irritait chez Moricand. Mais elle se brisa lorsqu'il lut *Winter of Artifice.* Ses lettres alors devinrent un cri de douleur humaine à l'idée qu'il avait eu peur de la vie « au naturel », qu'il était passé à côté de la vie humaine en faisant la petite bouche par excès de délicatesse. Mais comme il avouait son manque de naturel, ses précautions contre l'expérience, j'ai également pris conscience de la noblesse de ces formes expirantes. L'armature de l'aristocrate, quelque chose qui le soutient à travers toutes les épreuves, devient du courage. Je lui ai donc écrit une belle lettre d'adieu, pour lui dire tout ce que j'avais admiré chez lui, son sens de la poésie et de l'esthétique, sa fierté, son esprit et sa grâce. La poésie, dans son cas, était devenue une forme d'héroïsme. Son sens du rituel, des cérémonies. C'était vraiment un oriental brutalisé par la vie occidentale.

Je détestai le formel, mais j'aimais la forme. Nuance. Je comprenais lorsque Rango me disait combien l'Inca était infiniment plus civilisé que l'Européen. Il faisait preuve de délicatesse, de noblesse dans son comportement, d'ironie, il avait le sens du rituel et de la dignité jusque dans ses distractions, jusque dans les orgies. Je ne parvenais jamais à me débarrasser de ma forme, même lorsque je buvais. Mais je sentais qu'elle m'isolait des autres, et j'appelais de mes vœux la vulgarité. Henry prenait ce style pour de l'orgueil. Pour lui une pareille retenue ne pouvait être qu'artificielle, ne pouvait être naturelle. Il ne comprenait rien au comportement de Moricand. Il aurait trouvé la même stylisation chez un paysan japonais ou espagnol, ou bien chez un Indien.

J'aime le naturel, mais je voulais aussi qu'il soit beau. Certaines races sont poétiques naturellement. Le sens poétique des Japonais semble fondé sur une forme rigide qui est devenue pour leurs sentiments une prison. Etsu le savait bien. Parvenir à la sincérité, par exemple, devient difficile si l'on a le culte de l'hospitalité. J'ai reçu à Louveciennes des gens dont je méprisais la conduite ; tant qu'ils étaient chez moi, cependant, je ne le montrais pas. Il me suffisait de savoir ce que j'éprouvais, c'était cela ma sincérité.

La mort des maisons, comme elles semblent s'effondrer dès que nous les quittons, dès que nous nous apprêtons à les quitter. Je me souviens que la maison de Richmond Hill ne donnait aucun signe de décrépitude, jusqu'au jour où nous partîmes pour l'Europe. Alors, comme si nous en avions sucé tout l'éclat, elle parut tout à coup décrépie et délabrée. De même pour Louveciennes lorsque je revins d'Amérique une femme différente, lorsque Louveciennes cessa d'être le centre de ma vie et que je passai plus de temps à Paris. En un jour elle devint vieille, comme une amante délaissée, vieille et vide. Elle se dessécha. Je voyais ses défauts, sa décrépitude avec stupéfaction. Ou bien était-ce ma vision qui changeait ? De même pour la villa Seurat lorsque Henry la quitta au moment de la première menace de guerre. Elle perdit brusquement son éclat. Elle commença à se délabrer. La pluie et le vent pénétraient par un carreau cassé. Le chauffe-eau était hors d'usage. Les peintures parurent sales tout à coup. Les réparations à faire semblaient ne pas en valoir la peine. Parce que la vie s'en était retirée. L'angoisse de la guerre nous dispersait. La tragédie s'infiltrait dans les maisons, de l'extérieur. On ne pouvait plus lui barrer l'entrée. La villa Seurat, et d'autres endroits, naguère illuminés de vie, se mirent à mourir sous mes yeux. Les maisons deviennent des cadavres en une seule nuit lorsque nous cessons d'y habiter et d'y aimer.

Paris a perdu ce qui faisait la richesse de sa vie, il est jonché, déjà, de souvenirs. On parle au passé.

C'est à travers Rango que je commençais à percevoir et à toucher le monde de l'avenir. J'observe l'effondrement d'un univers individuel et beau que j'avais créé, et je peux maintenant espérer en un monde collectif.

Rango est revenu à Saint-Tropez, rempli d'espoir et de confiance. La guerre allait faire triompher le marxisme. Les événements lui donnaient raison.

Henry s'est réfugié en Grèce, ce qui est conforme à sa philosophie. Le consulat péruvien de Rango offre de le rapatrier.

Quelles tristes journées. Souffrance humaine partout. Contrairement à Henry qui peut quitter un bateau qui sombre sans un regard en arrière, je sens un lien très fort avec la France, une profonde empathie. Henry lui a tourné le dos sans regret. Je suis inquiète du sort tragique de la France. Moricand fait de longues randonnées d'entraînement avec la Légion étrangère. Je dois soigner ma concierge qui fait une dépression parce que son fils est mobilisé et qu'elle est veuve de guerre, elle est donc certaine que son fils va mourir aussi.

Soudain Moricand reparaît ! Il n'a pas tenu le coup pendant l'entraînement, on s'est alors aperçu de son âge véritable, et on l'a renvoyé ! Donc, encore des dîners de consolation à la brasserie Lipp.

Je cherche les points lumineux, les moments vivants. J'étudie Marx afin de ne pas ressentir ce cataclysme, cette convulsion, comme une mort, mais comme une révolution, une évolution. Je cherche à comprendre si nous allons vers un avenir meilleur.

La manière d'Henry n'est pas la mienne. Il se figure qu'il est parvenu à un détachement oriental. Mais il est peut-être parvenu à la cristallisation de l'ego. La vie de l'ego, loi suprême. Moricand était indigné de ses lettres. Détachement, objectivité. Descriptions de repas délectables, nouveaux amis, nouveaux plaisirs. « Je suis repu. Mon portefeuille est bien garni. Le monde va bien. »

A la guerre on ne perd sa vie qu'une seule fois, dans la vie on meurt à plusieurs reprises.

Je suis de ces rares personnes qui peuvent dire aujourd'hui : « J'ai aimé chaque jour comme si l'être aimé devait mourir. Comme si je devais mourir demain. » J'ai aimé et vécu pleinement. Tous mes amis lorsque nous sommes au café, ou parcourons les rues noires, ont des regrets pour ce qu'ils n'ont pas fait, pas aimé, pas donné. Ces derniers temps, c'est comme s'ils voulaient rattraper tout ce qu'ils n'ont pas osé faire. J'entends des exclamations de regret pour les journées qu'ils n'ont pas vécues, goûtées jusqu'à ras bord, dont ils n'ont pas joui. Je n'ai jamais été distraite, inattentive, étourdie, indifférente, absente ou endormie.

Certains se précipitent dans des liaisons. Les adieux deviennent des imbroglios, quitter la vie qu'ils connaissaient devient un mariage insensé au dernier moment avec elle. Les amitiés deviennent violentes, et elles se manifestent. On échange des cadeaux, des promesses, des paroles d'amitié. On dit à l'autre à quel point il comptait, tout ce qu'il représentait, on accumule les qualités, les louanges, parce que c'est peut-être la dernière fois.

Les dîners testamentaires de Moricand. Nous dînons dans des cafés archicombles, recherchant la lumière et le bruit. Il m'a présentée à Werner Lenneman, qui jouait dans *Metropolis*. C'était l'acteur juif allemand qui a perdu sa voix à rester trop longtemps dans l'eau pendant le tournage, et qui a gâché sa carrière. Il ne faisait que survivre à Paris. Il raconta comme il avait l'impression d'être pris au piège, comme il éprouvait la même angoisse que pendant le film lorsque l'eau montait autour de lui et que la ville devait être inondée. Il avait l'impression d'être pris au piège, parce qu'il allait terminer en camp de concentration. C'était un parent éloigné de Thomas Mann. Avec tant de fardeaux, je ne pouvais rien pour lui. Mais il m'assura que tout ce qu'il lui fallait c'était de quoi payer un billet pour la Suisse et que là il serait en sécurité. Cette demande semblait bien modeste, et je promis de trouver l'argent. Je vendis mon appareil photographique à Man Ray, et j'engageai la chevalière de mon père, et une autre bague, et le lendemain soir j'apportai l'argent au café.

Rango projette d'aller au Pérou pour y réclamer sa part d'héritage, et travailler pour le marxisme, et dès qu'il a fait part de ses intentions à Zara, elle est tombée malade, d'un abcès au poumon. Elle était rentrée de Saint-Tropez en bonne santé, elle allait au restaurant, elle faisait des courses. Elle cousait avec entrain ses chiffons pour préparer son voyage. Elle devait m'accompagner à New York et y attendre Rango qui la rejoindrait après le Pérou. Ce même jour elle tomba malade. C'était une pleurésie. Cette nuit-là, dans leur studio chaotique, tandis que je m'occupais du poêle pour Zara, lisais à la lueur d'une bougie, me nourrissais de provisions que j'avais apportées de chez moi, que j'écoutais les doléances de Zara et réchauffais des onguents toutes les vingt minutes, je fus prise d'un tel désespoir que je fondis en larmes. Rango était à un meeting.

Je voudrais comprendre ce monde nouveau. Je voudrais évoluer et changer avec lui. Je commence à le comprendre. Pourquoi ai-je été si lente ? Je suis si agile et vive d'esprit, je ne peux pourtant accepter les idées intellectuellement, en tant qu'idées. Il faut que je les boive, les mange, les vive, il faut qu'elles deviennent chair, qu'elles deviennent un drame humain. Pour moi cela ne veut rien dire de comprendre le marxisme avec la tête. Il faut que je le sente vraiment, le vive, le croie.

Comme il est étrange que la Russie, toute chaos, mystère, mysticisme, hystérie, exaltation, soit la première à accepter une dialectique matérialiste. Je songe à la folie de Dostoïevski, au fanatisme religieux et à la vie instinctive de la Russie.

Je crois davantage à Rango qu'à Henry, parce qu'Henry a perdu contact avec la vie humaine. A la fin de l'*Histoire de la Révolution russe :*

Dans la mythologie grecque il y avait un héros célèbre, Antée, qui était, selon la légende, fils de Poséidon, dieu de la mer, et de Gaïa, déesse de la terre. Antée était très attaché à la mère qui lui avait donné le jour, l'avait nourri et élevé. Il n'y avait pas de héros que cet Antée n'avait vaincu. Il était considéré comme un héros invincible. D'où lui venait sa force? Chaque fois qu'il allait être battu dans un combat avec un adversaire, il touchait la terre, la mère qui l'avait mis au monde et l'avait nourri, et cela lui redonnait des forces. Il avait cependant un point vulnérable, le risque d'être détaché de la terre d'une manière ou d'une autre. Ses ennemis connaissaient sa faiblesse, et le guettaient. Un jour, un ennemi se présenta qui profita de ce point vulnérable, et vainquit Antée. C'était Hercule. Comment Hercule s'y prit-il pour battre Antée? Il le souleva de terre, le garda suspendu en l'air, l'empêchant de toucher terre et l'étouffa. Je crois que les Bolchéviks me font songer au héros de la mythologie grecque. Comme Antée ils sont forts parce qu'ils gardent le contact avec leur mère. Et tant qu'ils gardent le contact avec leur mère, le peuple, ils ont une chance de rester invincibles.

La poésie et le mysticisme ont abouti à la séparation avec le drame humain vital. La dualité m'a menée à des impasses. Paradoxe entre *La Maison de l'Inceste* et *Winter of Paradise,* entre mon journal et la création de la fiction. Lorsque Rango parle d'interaction, d'interrelation, je comprends. Je vois un courant, un mouvement. Partout où je vois la vie et la croissance, je m'engage. Tout ce que je sais c'est que je suis en contact avec les éléments vitaux. Je ne suis pas coupée, ni perdue. Je ne partage pas avec Moricand les discussions sur l'âge, la mort, le passé, la fin. Je ne me cache ni ne m'évade. Cela ne me fait pas peur d'avoir à réviser toutes mes valeurs.

Moricand s'est engagé dans la Légion étrangère parce qu'il voulait mourir avec élégance et panache, parce qu'il m'aimait et ne pouvait m'avoir, parce que j'étais accablée par mon fardeau et ne pouvais lui venir en aide que de manière épisodique, parce qu'il était mort depuis longtemps, longtemps avant que je le connaisse, parce que pour lui c'est la fin d'un monde, de son monde d'élégance, de grâce, d'attitudes nobles, de romantisme, la fin de la subtilité et de la délicatesse, parce qu'il gaspillait son amour avec une petite putain vide et poussiéreuse, parce qu'il avait toujours été terrifié par la vie et n'avait jamais vécu jusqu'au bout, parce qu'il était passé à côté de tous ses courants vitaux, parce que dans l'astrologie il ne trouvait que le reflet de son propre fatalisme et de son autodestruction, parce qu'il ne pouvait voir partout que des démons, parce qu'il désirait vraiment de jeunes garçons et ne les avait jamais qu'en les caressant dans ses dessins érotiques, parce qu'il n'avait connu que deux grandes amitiés, avec Blaise

Cendrars et Max Jacob, et que toute autre amitié n'en était qu'un simple écho, parce qu'il était condamné, comme les analystes, à commenter les drames où il ne pouvait jamais pénétrer ni tenir un rôle, parce que c'était un sage, et une jeune fille timorée dans la vie, parce qu'il était fatigué de son langage oblique et compliqué, de ses excuses labyrinthiennes, de ses longues évasions, de son désir de luxe sans espoir, de sa lutte pour conserver jusqu'au bout ses faux cols blancs, parce que sa connaissance des secrets des astres était sa seule possession, parce que c'était la fin de l'époque neptunienne.

A présent, il avait offert ses services à la section ambulance. Nous ne savions quand il partirait. Mue par un pressentiment je passai la journée à regarder ses lettres et ses horoscopes, et j'écrivis l'histoire de Moricand parce que je le perdais*.

Lorsque j'écoute Rango, lis *Synthèse* de René Maublanc, je comprends que mes remèdes chrétiens étaient inefficaces, que ma charité individuelle était impuissante sauf dans un petit rayon, et que mes sacrifices individuels étaient utiles seulement à quelques-uns. Je sais que je n'ai rien apporté à la grande souffrance du monde sauf des palliatifs, la drogue de la poésie, les amours individuelles qui ne changent rien aux grands courants de la cruauté.

A mon insu, j'ai fait d'un bohème et un clochard un homme qui accomplit sa première ambition, son désir de jeunesse de sauver les Indiens du Pérou de l'oppression et de l'esclavage.

* Voir « The Mohican », dans *Under a Glass Bell.*

Jean s'est fait mal au pied et a descendu cinq étages clopin-clopant pour me téléphoner d'apporter de la nourriture. J'ai fait un ragoût. Un de ses amis se trouvait là, et nous décidâmes que nous dirions que j'avais préparé le ragoût avec de la viande de renne séchée, comme celle que les Lapons laissent des mois sur le toit de leurs huttes, à geler et sécher, et cela fait leur provision d'un an. Comme à cette idée l'ami avait l'appétit coupé, nous finîmes par avouer que c'était un honnête ragoût français !

Le matin du raid aérien, Anaïs, comme une idiote, se précipite chez Zara, croyant la trouver hystérique, et elle avait oublié qu'à cause de sa surdité Zara n'avait rien entendu !

Le second raid amena une réplique de la D.C.A. Un obus tomba dans ma cour et à travers le toit d'une automobile qui était garée là.

Jean déclara à propos des velléités d'engagement de Moricand à la Légion étrangère (Moricand nous avait parlé de ses vêtements qui tombaient en morceaux, de ses souliers qui se décollaient dans la neige, on ne leur donnait pas d'uniforme, pas de chaussures, il y avait de la neige par terre, ils marchèrent des heures) : « Il y est allé exprès pour expier de ne pas avoir vécu, toutes ses évasions, ses fuites, ses puérilités, ses mièvreries. C'était un acte de courage. »

J'ai veillé la nuit dernière dans le studio de Rango, pour lui tenir compagnie tandis que Zara dormait en haut dans la chambre au balcon. Nous étions assis à une table carrée, avec une ampoule qui pendait au plafond, recouverte de papier bleu (selon le règlement de la défense passive). Zara geignait de temps à autre dans son sommeil. Rango remettait du charbon dans le poêle. Le reste du studio était noyé d'ombre, hanté par des malles béantes, les costumes et les chiffons de Zara. Rango parlait du monde à venir. Avec cette lueur bleuâtre, les gémissements de Zara, l'eau qui bouillait pour son thé, l'onguent qui chauffait sur le poêle, le visage si noir de Rango, son costume si usé, je me sentais revenue à l'époque révolutionnaire de Dostoïevski.

Mais ce n'était pas du nihilisme, c'était une touchante révélation de la foi de Rango. Un monde recréé. Et je me demandais si l'artiste qui crée un monde de beauté pour venir en aide à la souffrance, la transcender et la transmuer est plus sage que ceux qui croient qu'une révolution supprimera les causes de la souffrance. La question demeure sans réponse. L'art était-il, comme la religion, un simple palliatif, une drogue, un opium ? Certains des artistes que je connaissais étaient détruits par la même pauvreté qui détruit le peuple. Artaud est fou, il est à Sainte-Anne.

Henry s'est enfui. Il écrit du *Grand Hôtel,* à Athènes :

J'ai goûté au soleil, à la lumière, à l'air pur. J'en avais besoin. En fait, je n'arrive pas à en avoir suffisamment. Je suis comme un homme qui en a été sevré depuis longtemps. Et je semble guéri de la vie que l'on mène en ville. J'aime la campagne maintenant, l'isolement, l'absence d'excitation et même de livres. Je ne lis pratiquement pas du tout. Je n'ai pas lu un journal depuis mon départ de Paris. En passant devant les kiosques j'aperçois les grands titres, et cela me suffit largement. Les détails ne m'importent guère. Ajoutez à cela que je trouve la Grèce un endroit merveilleux. Rien que le paysage désolé, et cette lumière et cette couleur tout à fait miraculeuses qui baignent tout. La France me semble maintenant un livre fermé.

Tout ce que nous faisons maintenant semble un sillage. Dîners chez Rosalie, naguère si pleins de gaieté, vides à présent. Presque tous les artistes étrangers ont été rapatriés par leurs ambassades. Du jour au lendemain, il semblait que l'on ne reverrait plus jamais de femmes parfumées, de salons de thé, de foules à l'Opéra, le Paris de la sérénité et des jardins de roses rares, aux tendres jardiniers, aux rues bien balayées, aux manières courtoises.

Il a changé d'aspect, comme si tous les gens jeunes et beaux en avaient disparu, et qu'il ne restait que les estropiés, les mendiants et les vieillards, qu'il ne restait qu'une cité grise d'hommes et de femmes terre à terre, ou peut-être ne restait-il que ceux pour qui nous n'avions aucune prédilection ?

On nous distribua des masques à gaz. L'éclairage des autobus comme le pâle éclairage de nuit des hôpitaux. On ne peut compter sa monnaie. Je vis les contours d'appareils militaires se profiler au clair de lune. Adieux chaque soir. Taxis qui avancent tout doucement comme par un épais brouillard.

Lorsque l'on vit proche des drames individuels, on s'étonne qu'il n'y ait pas la guerre continuellement, sachant quels cauchemars hantent les êtres, quelles obsessions secrètes, quelles cruautés cachées.

Je sentais que je n'avais pas participé aux haines, aux fureurs, à l'amour de la destruction, mais que je participerais au châtiment. Mais je connaissais l'origine de la guerre, qui était en chacun de nous, et je savais que notre concept du héros était dépassé, que le héros moderne était celui qui dominerait sa névrose pour qu'elle ne devienne pas universelle, qui lutterait avec ses mythes, qui saurait qu'il les avait créés lui-même, qui entrerait dans le labyrinthe et combattrait le monstre. Ce monstre endormi au fond de son cerveau.

Les guerres que nous portions en nous s'extériorisaient. Le monde attendait que la France et l'Angleterre déclarent la guerre. Une guerre générale. J'avais vu toutes les guerres particulières, entre amants, entre époux, entre frères, entre parents et enfants. J'avais vu l'amour secret de la destruction maintenant mobilisé. Et à présent nous étions tous en attente, nous entassions des sacs de sable contre nos fenêtres, nous mettions en caisse les statues, nous enterrions les tableaux dans les caves.

La destinée nous était enlevée des mains. Mais c'était la même folie, les mêmes craintes personnelles qui se déchaînaient sur le monde. Tout en attendant la guerre ultime, qui nous engloutirait tous, j'essayais de comprendre tout ce qui se passait. Tout en attendant le grossissement de l'irrationnel, j'avais déjà souffert de toutes les irrationalités personnelles qui m'entouraient.

Vous donnez votre foi, votre amour, votre corps à quelqu'un pendant des années, et à l'intérieur de cet être humain se trouve un moi qui ne vous connaît pas, ne comprend pas et qui est mû par des motifs que lui-même ne sait pas déchiffrer. En un instant, tout ce qui avait été créé entre vous, toutes les paroles prononcées avec confiance, toutes les caresses, tous les liens aussi évidents pour vous qu'un motif architectural d'une architecture née du sentiment d'un travail mutuel, de souvenirs, tout cela est emporté par une déformation intérieure, une vision tordue, une erreur d'interprétation, un mythe, une enfance que l'on revit. Et c'était la folie dans laquelle nous allions nous engager à une échelle grandiose. Car la guerre est folle.

Paris la nuit. J'émergeais d'un café, d'un restaurant pour plonger dans les ténèbres. Je ne reconnaissais personne. La personne à qui je m'apprêtais à dire au revoir disparaissait dans l'obscurité. Quel isolement profond, total. Mais alors, comme je perdais mes contacts intimes, j'entrai en contact avec le monde. Un monde policé était révolu. Un monde de souffrance collective commençait. J'avais l'illusion que lorsque l'on aime, tout comme lorsque nous créons des enfants humains, nous créons une image permanente de l'amour comme une statue de fer par un sculpteur. J'étais horrifiée de découvrir que l'image que l'autre portait en lui n'offrait aucune ressemblance à celle que l'on avait, ou qu'elle pouvait être annihilée par un autre amour, un malentendu, une déformation, ou un défaut de mémoire. Cela me donnait un avant-goût de la mort. Nous n'étions pas enchâssés dans le cœur de l'autre, et celui que nous aimions était souvent emmuré, seul, séparé de nous. La guerre a détruit notre illusion d'un puissant monde intime, indestructible, d'amours personnelles.

J'agissais toujours dans le but de préserver de la mort notre petit monde.

Au premier raid aérien, je refusai de me cacher. Je voulais rencontrer la guerre et voir son visage brûlant. C'est à de pareils moments que l'on prend pleinement conscience de la vie, de son prix.

Avant la guerre, par l'intermédiaire de l'art, je me faisais le champion de l'éternel contre le temporel, j'opposais le pouvoir créateur individuel à la décomposition de notre monde historique.

J'avais rompu les liens qui m'y rattachaient, mais à présent je n'avais plus qu'à admettre l'existence de ces liens, et prendre ma part, humainement, de l'erreur. Henry refuse purement et simplement de partager les souffrances. Mais je savais que je ne pouvais me séparer de l'agonie du monde, même si je n'étais pas de ceux qui l'avaient amenée. Il fallait que je rende manifeste la relation qui existait entre nos drames individuels et le drame plus grand, ainsi que notre responsabilité. Je n'avais jamais été à l'unisson avec le monde, et j'allais pourtant être détruite avec lui. J'avais toujours vécu en regardant au-delà. Je n'étais pas en harmonie avec ses explosions et son effondrement. J'avais, en tant qu'artiste, un autre rythme, une autre mort, un autre renouveau. Voilà ce que c'était. Je n'étais pas au diapason du monde, je cherchais à en créer un autre, selon d'autres règles. Comment pouvais-je donc mourir en accord avec lui ? Je pouvais seulement mourir à mon heure, suivant ma propre évolution. Je n'appartenais à aucune époque car j'avais élu domicile dans les cellules les plus actives de l'homme, les cellules de ses rêves. Par l'amour, la compassion, le désir, on se trouve inextricablement enchevêtré. Mais l'artiste n'est pas là pour être en accord avec le monde, il est là pour le transformer. Il ne peut en faire partie, car alors il n'accomplirait pas sa tâche, qui est de changer. La lutte contre la destruction que j'ai vécue dans mes relations intimes devait être transposée et devenir utile au monde entier.

Les étrangers étaient priés de partir, pour ne pas devenir une charge pour la France. Ordre de regagner les Etats-Unis. Il était temps de partir pour New York. Si j'avais eu le choix je serais peut-être restée pour partager la guerre avec la France. Je ne me réjouissais pas à l'idée d'échapper à la tragédie. Il n'y avait guère de temps pour pleurer, pour dire au revoir, pas une minute pour les regrets, juste le temps de faire ses bagages.

Comme Zara et Rango avaient besoin d'un manteau d'hiver pour New York, je ne pouvais payer un excédent de bagages en avion pour les volumes du journal. Je dus en laisser la moitié en dépôt, à la banque. Je n'emportai que les volumes récents, dans deux valises. Peu de vêtements. Je laissai livres, malles, objets de ménage, tableaux, en garde-meubles à Louveciennes.

Nous savions tous que nous quittions un style de vie que nous ne retrouverions jamais plus, des amis que peut-être nous ne reverrions jamais.

Je savais que c'était la fin de notre vie romantique.

INDEX

K

L

M

N

S

T

ŒUVRES D'ANAIS NIN

D. H. Lawrence: An Un professional Study, Paris, 1932.
House of Incest (a prose poem), Paris, 1936.
Winter of Artifice, Paris, 1939.
Under a Glass Bell (stories), New York, 1944.
Winter of Artifice (revised), New York, 1945.
[1] *Ladders to Fire,* New York, 1946.
[1] *Children of the Albatross,* New York, 1947.
Under a Glass Bell and Winter of Artifice, New York, 1948.
[1] *The Four-Chambered Heart,* New York, 1950.
[1] *A Spy in the House of Love,* New York, 1954.
[1] *Solar Barque,* Michigan, 1958.
Seduction of the Minotaur, London and Denver, 1961.
Collages, London, 1964.
The Novel of the Future, Mac Millan, New York, 1969.

Voir aussi: *Henry Miller: Letters to Anaïs Nin,* New York and London, 1965. Paris, Bourgois, 1968.

1. Réunis en un volume, *Cities of the Interior,* Denver, 1961.

DU MEME AUTEUR

Aux Editions Stock :

LES MIROIRS DANS LE JARDIN, roman.
UNE ESPIONNE DANS LA MAISON DE L'AMOUR, roman.
JOURNAL, tome I (1931-1934).
JOURNAL, tome II (1934-1939).
JOURNAL, tome III (1939-1944).
JOURNAL, tome IV (1944-1947).
LE ROMAN DE L'AVENIR.

Chez d'autres éditeurs :

LA MAISON DE L'INCESTE, Collection de l'Herne (La Table Ronde).

Composition réalisée par union parisienne d'imprimerie

IMPRIMÉ EN FRANCE PAR BRODARD ET TAUPIN
7, bd Romain-Rolland - Montrouge - Usine de La Flèche.
LE LIVRE DE POCHE - 22, avenue Pierre 1er de Serbie - Paris.

ISBN : 2 - 253 - 01576 - 8

30/3902/1